184 | MONA | ROMAN | 73

SEYİR

PİRAYE

1966 yılında İstanbul'da doğdu. Üsküdar Amerikan Kız Koleji ve İstanbul Üniversitesi İşletme Fakültesi mezunudur. Reklam sektöründe müşteri hizmetleri ve yönetimi alanında çalıştı. İnsan zihni, düşünce sistemleri ve uyanış odaklı farklı metodlar üzerine pek çok eğitime katıldı ve araştırmalar yaptı. Zihin konusunda edinmiş olduğu bilgileri, ulaştığı anlayışı ve geliştirdiği yöntemleri nefes ile birleştirerek kendi dönüşümünü yaşadı. Halen oluşturduğu "Özgür Zihin, Özgür Nefes" programıyla bireysel ve kurumsal eğitimler vermeye devam ediyor.

www.delphinpiraye.com

www.instagram.com/delphinpiraye

Seyir

Yayıncı ve Genel Yayın Yönetmeni: M. Faruk Bayrak
Genel Müdür: Vedat Bayrak
Yayına Hazırlayan: Fatma Aktaş
Kapak Tasarımı: Füsun Turcan Elmasoğlu
Sayfa Tasarımı: Alfa Grafik

ISBN 978-605-2182-73-4

1. Baskı: Kasım 2019
191-200. Baskı: Kasım 2021

Mona Kitap, Alfa Yayın Grubunun tescilli markasıdır.

Baskı ve Cilt
Melisa Matbaacılık
Çiftehavuzlar Yolu, Acar Sanayi Sitesi, No. 8, Bayrampaşa-İstanbul
Tel.: (0) 212 674 9723 Faks: (0) 212 674 9729
Sertifika No. 45099

Genel Dağıtım
Alfa Basım Yayım Dağıtım San. ve Tic. Ltd. Şti.
Alemdar Mahallesi, Ticarethane Sokak No. 15 34110 Cağaloğlu-İstanbul
Tel.: (0) 212 511 5303 Faks: (0) 212 519 3300
www.alfakitap.com - info@alfakitap.com
Sertifika No. 43949

PİRAYE

SEYİR

MONA ROMAN

"Seyir eden misin,
seyreden mi bu âlemde?"

Tıpkı yaşamda olduğu gibi,
bu hikâyede de karakterler ve olaylar kurgu,
yaşanan deneyimler ise gerçektir.

TEŞEKKÜR

Birkaç yıl önce çıktığım *Seyir* yolculuğu tabii ki öncelikle beni halden hale sürükleyen bir macera oldu. *Seyir*, yaşamımla içiçe, kendi kendini bana çözdüre çözdüre yazdırdı. Tabii ki yalnız değildim bu süreçte. Bu nedenle varlıklarıyla bazıları bu sürece sebep bazıları da bu macera dolu günlerde büyük destek olmuş dostlarımı anarak, teşekkürümü sunarak layıkıyla tamamlayabilirim *Seyir* maceramı.

Delphinmind, her gün bana kendimi gerçekleştirme fırsatı veren bereketli topraklarımdır benim. *Seyir*'de onun topraklarına ekip büyüttüğüm tohumlardan biridir aslında. Bu topraklarda düşlerimi oldurmaya başladığım ilk günlerde, "Ben de varım" diyen beş cesur kadın da istediklerime, yaratacağı sonuçlara, düşümün her ayrıntısına inanarak yanımda yer aldı. Onlar bana, düşüme destek oldular: Sevgili Rüksan Mumcu; Didem Uygan, Damla Yılmaz, Lena Boynuinceoğlu ve Yıldız Duba. İyi ki vardınız, iyi ki varsınız. Teşekkür ederim. *Seyir* sizindir de aslında.

Özgür Zihin Özgür Nefes programının her mezunu, yetinmeyip Delphinmind ekibine katılan her Özgür Zihin Özgür Nefes koçu iyi ki geldiniz; *Seyir*, sizin de seyrinizdir, sonsuz teşekkürlerimi kabul edin.

Arkadaş kelimesi çok küçük yaşlarda anlam yüklenmeye başlayan kelimelerden. Bu kelimeyle ilk özdeşleştirilen yüzler de, bir başka arkadaş olur yaşam boyu. Farklıdır çünkü hem eskidir, hem yenilenir senle her an. Hem hatalarındır paylaştığın, hem başarılarındır birlikte zıp zıp zıpladığın. Hem küçük olursun onunla, hem büyük. Çocukluğu da paylaşmışsındır, koca kadın olmayı da. Ve onunla fark edersin her yaşta esasında aynı ikilinin yan yana nefes aldığını da. Hele bazısı öyle yazılmıştır ki alnına, yıllarca kendi kaybolmuşluğunda, herkes gibi ondan da saklanmış olsan da, gerçeğe yürümeye başladığında yanı başında yeniden beliriverir. Oraya onsuz gidemeyeceksindir, mümkün değildir. Her an, her nefeste bu yolculukta yanı başında yerini alır. Sevgili Sibel Akıncı, evet, yanı başımdasın şükür. Dostluğun her gün şükrettiğim kıymetimdir. *Seyir* sensiz ne mümkün? Teşekkür ederim.

Bir de bir anda yaşamda beliren, ama dostluğu, desteği ile yerleri yerinden oynatanlar vardır. Öyle bir gelirler ki vakit gelince, onlardan sonrası yepyeni ufuklardır. Yeni capcanlı güçtür onlar, yeni koskoca bir sevgidir, yeni benzersiz bir enerjidir. Varlıkları senin yoluna taptaze ekilen koca bir inançtır. 'Sanki hep vardın' dedirtecek kadar tanıdık olsalar da tam zamanında ortaya çıkan, karşısında kimsenin duramayacağı keskinlikte bir dönüşümdür onlar. Sevgili Esra Yakupoğlu, *Seyir*'in ilk okuyucusu, Delphinmind'ın bir tanesi, yoldaşım... Teşekkür ederim, *Seyir* seninle yaşam buldu, iyi ki geldin.

Bazı dostlar vardır ki onlar seni görürler, gerçekten görürler. Sonra seni o gördükleri yere taşımak için ellerinden ne gelirse ortaya koyup, seni de coşturarak illa ama illa oraya yönlendirirler. Onlar itici kuvvet, vazgeçmemeyi hatırlatan elçilerdir. Sevgili Ebru Kohen. Teşekkür ederim.

Seyir'in kahramanlarından biri olan 'Dost' adlı Labradora ilham olmuş olan sevgili dört bacaklı, koskoca kalpli oğlum Jethro'm. Sen kalbimi açmasaydın bunların hiçbiri zaten olmazdı. Hele son nefesini verdiğinde sana verdiğim söz olmasaydı, *Seyir* inan olamazdı. Jethro'm iyi ki varsın, bak, sözümü tuttum, *Seyir* burada.

Jethro'nun askerleri: Yadigarı Enzo oğlum ve özlemine merhem olmaya gelen kızlarım Elsa,

J-lo ve Lucy. Kalbim sizlerle her an daha büyüyor, yaza yaza geçirdiğim onlarca uykusuz gece, sayısız gün sizlerle yaşandı, atlatıldı. Yanımda sizlerin sevgisiyle her satır hayat buldu. Sağ olun.

Ve kardeşim, canımın canı, sırdaşım, tarifsiz sevgim, gözümün bebeği Sitare. Sensiz Piraye'nin yaşamı toptan eksik olurdu zaten. Yaşamımın bir yeri değil, her yeri senin sevgin ve desteğinle örülü. Kendimden ayrı bilemediğim, sadece aynı karnı değil, yaşamı, en "yok" olduğum günlerde de, "Varım" dediğim o ilk günden beri de an be an birlikte paylaştığım, can yoldaşımsın. Hep en çok bana inanandın. *Seyir* en çok bu inancına bir teşekkürümdür. En yok olduğum günlerde, gözlerinde var olabileceğimi görebilmiş olmaya minnettarlığımdır.

Ve oğul. 28 yıl önce bir küçücük çocuk elinde feneri ile düştü önüme. "Kimsin sen?" diye sorduğumda, gülümsedi. "Biz bir takımız artık" dedi ve elindeki feneri öne doğru sallayarak "hadi gel benimle" diye ekledi. Yürümeye başladım onunla. Dünya beni onun annesi bildi oysa o benim yol gösterenim, gerçeğe yürüyüşümde her gün bir adım, bir adım daha iteleyenimdi. Pek çok anda, zihnimin girdaplarında debelenirken yaşamdan vazgeçmemek için tek sebebimdi. Hikâyelerimden beni uyandırmada en büyük rehberim, aşılması en zor tepelerim, devam edebilme gayretim, dünyaları aşan sevgim. Yılmaz Efe, fenerinin ışığı olmasaydı o karanlık yolları, yılları yürüyemezdim. Gerçeğe gözlerimi açtığım günden beri de, her çözdüğüm nokta, senin fenerini daha da parlatıp kendine özgürleşmeni sağlamak için. Her çözülen yumak, en çok sana anlatmak, en çok senin yolunu kolaylamak için oğul. Sen hep en büyük, en gerçek sebebimsin. Lütufsun bana... *Seyir* varsa sayende var. On yüz milyon bin teşekkür versem yetmez ki sen gibi evlada.

Sevgili Alfa Yayıncılık, Vedat bey, sevgili editörüm Arzu Çağlan, yıllar önce bir çevirmeniniz olarak yürüdüğüm Alfa koridorlarında bugün bir yazarınız olarak yürüme deneyimini bana hediye ettiniz, ne kıymetli bir bilseniz. Sağ olun. Var olun. Binlerce teşekkür.

Ve sevgili okuyucum... *Seyir* senin için yazıldı. Yaşamını nihayet gerçekten ve gerçekte yaşamaya başlayabilmeni tetiklemek niyetiyle yazıldı. Her bir sayfasında yer alanları sana anlatmak için içimde yanıp tutuşan bu aşk olmasaydı, bu kitap mümkün değil olmazdı. Bu büyük AŞK için de önce O'na ve sonra sana teşekkür ediyorum.

Yılmaz Efe'me,
Her an "gerçekten ve gerçekte"
yaşaman niyetiyle…

Hiç korkmamış olsaydım keşke.
Hiçbir korkuyu tatmamış olsaydı bilincim ve bedenim.
Korunmaya ve savunmaya gerek duymasaydım.
Korkuyu bilmeyen canımın istediği gibi davranıp, korkuyu bilmeyen canımın istediği gibi konuşsaydım.
Gerçekten nefes alabilseydim her an.
Gerçekten yaşayabilseydim.
Ben olsaydım sadece, en doğal halimle.
Gerçekte yaşayabilseydim keşke.
Öyle uyansaydım her sabah; öyle tat alsaydım, öyle dokunsaydım, öyle koklasaydım tüm kokuları, öyle duysaydım sesleri... Öylece, kendime özgülüğümle ve özgünlüğümle olsaydım bu dünyada, bu rüyada.
Kendine özgü, özgün ve özgür.
Var olsaydım.
Olabilir miyim?
Keşke...

1
Kurban

"Her şey, onlar böyle olduğu için böyle..."

"Şimdi" denen zamanda...

Gözlerimi açıyorum ve hatırlıyorum: Bugün evleniyorum. Başımı yana çevirip bakıyorum, yatakta yalnızım. İyi, daha iyi... Yanımda sadece "sınır yastıkları" var. Yatağın ortasında uzunlamasına konulmuş yastıklar. Gecenin bir vakti uykuda iken, herhangi bir şekilde ona değdiğim zaman öfkeyle uyanıp bana bağırmasın diye koymasına göz yumduğum yastıklar... Bıkkınlıkla içim burkuluyor.

Boş ver sen, hadi kalk, bugün evleniyorsun az kaldı bak. Yüzdün yüzdün kuyruğuna geldin, boş ver yastığı filan.

Gerçekten de evleniyorum. Nihayet... Kazıya kazıya, uğraşa uğraşa geldiğim o günün sabahında, koca bir yorgunlukla banyoya sürüklüyorum kendimi. Aynaya baktığım an nefesim tıkanıyor, gözlerimle karşılaşmaya tahammülüm yok. Boynumdan aşağısı yok sanki, geriye neredeyse bir kafa kalmış sadece, o kadar hissetmiyorum kendimi... Sadece bu düşünceler, bu başım... Boşlukta hareket eden bir kelle gibi.

Tekrar bakmaya çalışıyorum aynaya. Gülümsemeye çalışıyorum. *Oldu bak, evleniyorsun!* Bir ölü balığın gözleri gibi gözlerim. Donuk, bomboş... Kendimi bildim bileli, benimle büyüyen bu eksiklik hali. Eksikliğin boş gözleri. Kendime baksam da bir şey göremiyorum ki. Küçük bir kızken bunu ilk fark ettiğimde, şaşkınlıkla, kendime karşı bir bulantı duygusu kaplamıştı içimi. Eksiktim ben. Bir şeyler yoktu bende, ama ne? Olmayan her ne ise tam kalbimin orta yerinde, orada bir oyuk oluşturmuştu sanki. Bozuktum. Defoluydum. Üstelik utanç veren ve korkutan bir bozukluktu bu. Ne olduğunu tanımlayamadım, ama hep bildiğin bir şeyi tanımlamaya çalışmak da gerekmiyordu aslında. Vardı ve öyleydi işte. Sadece bu durumu hep düzeltmeye çalıştım. Tüm yaşamım boyunca tek amacım oldu bu. Hep kapatmaya çalıştım o oyuğu. Başlangıçta küçüktü tabii, olsa olsa bir yüzük kadardı çapı işte. Ama hep büyüdü, büyüdü. Büyüdüğü için içimde, ben olamadım ve sonrasında bir şeyi tamlayamadım kendimde. Ne olmaya çalışırsam çalışayım, hep ondan dolayı eksik, ekside kaldım... Şimdi ise öylesine büyüdü ki, "Sen kimsin?" diye sorsalar, belki de "Oyuk!" diye tanımlardım.

Soyunup duşa giriyorum, uyuşmuş bir halde. Su akıp gidiyor üzerimden; sanki bana değmeden, değemeden. Kendimi alıp bir gelin yapmalıyım bugün. Onun karısı olmayı başarmalı, onun için değerli olmalıyım. Bana değer vermeli. Bu kadar şey yaptım, bu kadar dayandım.

O... Celal ve diğerleri... Onların sözleri, onların ilgisi, onların tanımları, onların yorumları... Hep başkalarının beni konumlamaları. Yaşamım boyunca hep adamlar için bir şey olma, onların verecekleri ile eksiden kurtulma çabamla, onlardan alabileceklerimi toplayabilmek için yaşadım. Madem eksiğim ben, bu eksikliği kapatacak olan malzeme başkalarında olmalı. Sevgi, ilgi, değer, anlayış, saygı vesaire vesaire... Efendilerim, bana bunları verebilecekler oldu her zaman. Peki ama nasıl alacaktım?

Ne istiyorlarsa onu yap, o ol!

Kurulanırken aynada yüzüme bakıyor ve gözlerime yerleşen o tuhaf ifade değişir mi belki, diye gülümsemeye çalışıyorum yalandan. Nafile... *Hazırlanmam lazım. Bu işi tamamlamam lazım. Bu işi, sona vardırmam lazım. Bir başarırsam onunla evlenmeyi...* Ne olacak ne? Bu cümlenin gerisi gelmedi hiç, hiç duyamadım, ama cümlenin başını defalarca duyduğumu biliyorum: "*Bir başarırsan onunla olmayı*", "*Bir başarırsan onunla sözlenmeyi, nişanlanmayı, evlenmeyi,*", "*Bir başarırsan onu kendine âşık etmeyi,*" vesaire vesaire... Başka başka adamlar için başka başka yaşamlarda defalarca söylediğim, içeriği aynı cümleler... Her seferinde yaşanan son beni daha da eksik kılsa da, her seferinde aynı cümle ile bir daha düştüm yollara. *Bu sefer olacak, bir başarırsan...*

Bir zamanlar gerçekten inanırdım; evlenmeyi başarırsam, o yüzüğü parmağıma takmayı başarırsam bir şeylerin farklı olacağına. Şimdi pek çok sözlenme, evliliğe varamamış nişanlar, sadece bir buçuk yıl sürebilmiş bir evlilik sonrası, artık o kadar da emin değilim. Fark etmiyor gerçi, çünkü sorgulamalar bu çekim karşısında çok çaresiz ve zayıf. Öylesi bir çekim ki bu, kontrolüm dışında hep aynı yöne savruluyorum. Tek yapabileceğim, olabileceğine bir kez daha inanmak. Belki, bu defa...

Otuz dört yaşındayım, gelin oluyorum bugün. Ölü gözlerimle kendime kaçamak bakıyorum bir kez daha aynada. Hazırlanmalıyım; maskemi takmalı, zırhımı kuşanmalı, sahneye çıkmalıyım. Her şey bana bağlı. Korkuyorum. Girmiş olduğum ve daha da derinlerine ineceğim cehennemi bilmeme rağmen, oraya gitmeyi başaramamaktan... Son anda bir salaklık, bir hata yaparak onun vazgeçmesine sebep olmaktan korkuyorum.

Dikkat et! Ne derse, ne yaparsa sus, sakın sesini çıkarma! Sus...

Susarım, o kolay. Susmayı severim ben. Susmanın yarattığı etkiyi, karşımdakinin tüm silahlarını o suskunlukla nasıl etkisizleştirebileceğimi iyi bilirim. Susmak ilerletmez anı, oracıkta dondurur. Karşındaki ne yaparsa yapsın, ne kadar zorlarsa zorlasın, dayanıp sustuğun zaman donar her şey. Bir sonuca ilerlemez. Benim istemediğim bir sonuca ilerleyemez.

Yatak odasına geçip giyinmeye çalışıyorum. Yatak odası demeye bin şahit ister ya. Bir kilim, yamuk bir dolap ve yatak. Adamın evinde kalıyorum bir süredir. Ev Kuzguncuk'ta. Bana yabancı bir semtte, bana yabancı ve tuhaf bir evde yaşıyorum. Her şey dökük, derme çatma. Büyüdüğüm, alıştığım evlerden çok farklı. Gerçi önemi yok artık, onlarla hiçbir bağım kalmadı. Bu ine girebilmek ve yadırgamadan içinde yaşayabilmek için unuttum, unutmaya zorladım o yaşamları ve insanları.

Avrupalarda okutulmuş, iletişim yüksek lisansını Amerika'da tamamlamış Mina Akarca, üç aydır bu evde yaşıyor. Tam üç ay... Kısa gibi görünse de bana göre uzun zaman oldu, her şey "burası" ve "o" olalı çok uzun zaman... Adam artık her şeyi ve her yeri kaplıyor, ondan başka hiçbir şey yok. Şöyle bir dolanıyorum sessiz olmaya çalışarak ve evde olmadığını anlıyorum. Bir yere gitmiş belli ki. Cep telefonumda mesajını buluyorum:

"Nikâh dairesine gitmek için saat 13.00'te gelip seni alacağım, hazırlanmış ol."

İçimde, bu mesajı yazarkenki öfkesini hissediyorum. Önemli değil, az kaldı. Saate bakıyorum, henüz yeterince vakit var. Kuaföre gidip saçımı, makyajımı yaptırmalıyım; sonra gelip kendi başıma bulup buluşturduğum o beyaz elbiseyi giymeli ve hazır olmalıyım. Ağır ağır giyiniyorum ve eksikliğin yokluğa evrildiği bir hal içinde evden dışarı çıkıyorum.

Eş zamanda...

Uzun beyaz saçlarını bir saç lastiği ile arkadan toparlayarak hevesle oturdu yazı masasına. Hep aynı heyecandı onda bu hevesi yaratan. Yeni kelimeler bulmalıydı, yeni söylemler, okuyacak olan her kim ise ona ulaşabilmeliydi. Ulaşabilirse... Bir şüphe uyandırmayı, bir acaba dedirtmeyi başarabilirse... Bir nebze olsun, uyku ile kapanmış o bilinçte bir sarsıntı yaratabilirse... "Ne diyor bu kadın yahu?" dedirtebilirse... Gerisinin geleceğini, gerisi için bir yolun bulunabileceğini biliyordu.

Yazdığı birkaç dergiden en çok okuyucuya sahip olanı, yine bir yazı istemişti kendisinden. Bu da bir fırsattı yeniden işte... Her kime ulaşması gerekiyorsa ulaşmalıydı, nasıl ulaşacaksa zaten ulaştırılacaktı. Yeter ki o kendi payına düşeni yapabilsin. Bu sorumluluk hissiyle ellerini koydu klavyeye. Ellerinin giderek artan kırışıklığını fark etmek gülümsetti onu. Bedeni buradaki her şey gibi her an değişiyordu. Her an farklı bir deneyimi yaşatmak isteyen bir sistemin parçası değil miydi beden de? Değişecekti tabii. Yaşlanmayı kabul etmemek de neyin nesiydi? Ama işte insan değil miydi unutan? Ve sürekli farklı görüntüler göstermekle yükümlü bu kaleydoskobun bazı görüntülerini inadına sabitlemeye çalışan... Oysa mühim olan değişmeyeni bulabilmekti. O tek değişmeyen, bu görüntülerde bulunabilir miydi? Bu düşünce ile iç geçirdi. Gözleri bir noktaya daldı, o noktaya odaklı olarak bir süre kalakaldıktan sonra derin bir nefes alıp yazmaya başladı:

"*Düşünmüyorsun, düşüyorsun. Düşündüğünü zannediyorsun, ama sadece yoklukta biraz daha irtifa kaybediyorsun. Çıkabilmek için sözüm ona düşündükçe, her gün biraz daha nefessiz, boğuluyorsun. Sen düşünmüyorsun. Düşünmek, var olabilmek ile olur ancak. Sen var mısın?*"

Biraz geçmiş bir zamandan...

Onunla göz göze geldiğim ilk an, bir tokat patlamıştı sanki yüzümde ve kıpkırmızı olmuştu yüzüm. Bu etkiden şaşkın, olduğum yerde kalakalmıştım. O ise bir süre beni süzdükten sonra dikkatini tekrar konuşmakta olduğu kişilere vermişti. Deli gibi çarpan kalbimin sesini duyuyor, çakılıp kaldığım noktada onu izlemekten kendimi alamıyordum. Keskin el ve kol hareketleri, arada patlayan gür bir kahkaha ve sıkıntısı. Evet, ne kadar belli etmemeye çalışsa da, her tarafını sarmış derin bir sıkıntı vardı üzerinde. Sanki her an patlayacakmış da, kendine hâkim olmaya çabalıyormuş gibi kaskatı, kontrol etmeye çalışıyordu kendini. Bu şiddetli kontrol çabası yüzünden bu denli kesik kesik ve sert olmalı hareketlerindeki geçişler, diye düşündüm. İsmini öğrenebilmek için hemen elimdeki davetiyeye baktım:

Celal Evrim.

"Dalgaların İçe Vurumu."

Serginin ismini okuyunca, nereden de bulurlar böyle tuhaf isimleri, diye güldüm içimden. Gözüm etrafımı saran resimlere kaydı ve kendisinde hissettiğim sıkıntının boyutunun çok daha geniş olduğunu gördüm onları hızlıca süzerken. Karanlık ve siyah ağırlıklı fırça darbelerinin oluşturduğu tablolar sıra sıra duvarlara dizilmişti. Kasavetten başka bir şeyi yansıttığı yoktu resimlerin bana sorsalar, lakin resim sanatı bana öylesine uzaktı ki, yorum yapabilecek bilgiye sahip olmadığımdan emindim. O an zaten önemli olan resimler değil, oydu, artık "o" olmuştu. Her şey bir anda o...

İyi ki gelmişim! Onunla karşılaşacağımı bilseydim, beni bu sergiye sürüklemeye çalışan arkadaşıma hiç o kadar nazlanır mıydım?! O gün bunalımım tavana vurduğundan, en yakın arkadaşım, bu sergi açılışına beraber gelmemiz için her türlü baskıyı yapmıştı. En sonunda ise sergi sonrasında en sevdiğim lokantada yemek ısmarlayacağını söyleyerek beni ikna etmişti. Teşvikiye'deki bu galeriden içeriye girer girmez arkadaşım rahatlıkla insanların arasına dalmış ve üç dakika içinde arada bir duyulan kahkahalarıyla kalabalığa anında uyum sağlamıştı. Ben ise ortam içinde anlamsız bulduğum kendimle baş başa, bir ileri bir geri kenarlarda dolaşıyordum. Ve sonra... Onu gördüm, bana bakan onu. Bir anda yaşam bir anlam, varlığım ise bir amaç kazandı.

İçimi kaplayan heyecanın etkisiyle bir yere oturma ihtiyacı hissederek, ileride gördüğüm bir koltuğa doğru havalı bir şekilde yürüyerek oturdum. Çok belli etmemeye çalışarak onu izliyordum. O da beni izliyordu, biliyordum. Birden konuşmakta olduğu adamla beraber benim oturduğum koltuğa doğru gelişini, sırtını neredeyse bana yaslayacak şekilde yanıma oturup, adamla konuşmaya devam edişini nefesimi tutarak izledim. O kadar yakındık ki, neredeyse vücut ısısını hissedebiliyor ve parfümünü duyuyordum. Kalbim öylesine gümbürdüyordu ki, daha fazla bu basınca dayanamayacağımı hissederek yerimden kalkıp bir adım attığım zaman birden gür sesini duydum:

"İyiydi böyle."

Bana mı söyledi?

"Efendim?"

"İyiydi böyle," diyor yeniden ve gözleriyle yanını işaret ettiğini anlayınca hemen otomatik bir refleks gibi yanına, kalktığım yere oturuyorum. O, tekrar dönüp bu tuhaf diyalogdan ötürü kalkması gerektiğini hisseden adama son cümlelerini söylüyor.

Yanından kalkmamı istemedi.

Öylesi bir heyecanla doluyor ki içim, bütün dünyanın yavaş yavaş değişmeye başladığını fark ediyorum. Bir umut, evet işte yeniden bir umut. Her zaman gelen, mutlaka bir yerlerden çıkarak gelip beni bulan o tanıdık umut... Belki bu defa...

Şimdi denen zamanda...

"İyi mi saçlar böyle Mina Hanım? Şöyle minik bir çiçek de oturtalım mı?"

İrkilip kendime geliyorum. Kuaförüm kocaman bir gülümseme ve elinde minik bir beyaz çiçek derlemesi şeklindeki saç süsüyle bana bakıyor. Çiçek mi? Abuk bir boyda, kısa mı uzun mu ne olduğu belirsiz saçlarıma bakıyorum hüzünle. Sözde uzatmaya çalıştım gelin olacağım diye ama...

"Yok Mehmet Bey, fazla olur."

"Ne fazlası canım, gelin oluyorsunuz en nihayetinde. Aaaa, bakın şöyle şu kenara oturtalım, ne kadar hoş oluyor."

"Olur, peki Mehmet Bey oturtun bakalım hadi."

Alaycı tonlamam karşılığını kıkırdamalarla buluyor. Ben de gülümsemeye çalışıyorum. Çiçekler saça oturuyor da, Mina kendini bir yere oturtamıyor. Muhtemelen zaten bana oturtulacak bu evlilik yine ya. Son aylarda yaşananlara bakınca anlamak zor değil. Ama etraftaki dünya ne bilsin… Mutlulukla nikâha hazırlandığımı düşünerek, herkes seferber oluyor senelerdir geldiğim kuaför salonunda. Kimse de yüzüme vurmuyor, ne kibarlar. "*Bu kaçıncı deneme Mina Hanım? Emin misiniz Mina Hanım? Yine sersefil olmayın Mina Hanım!*" diyen yok. Devamlı söz saçı yap, nişan saçı yap, gelin saçı yap... Yüzükler takılıyor, yüzükler atılıyor. "*Manyak mısın?*" diyen yok. Hoş, neden desinler ki? Belki de kimse umursamıyor. Ben rolümü nasıl oynuyorsam, herkes de aynı şekilde oynayarak karşılık veriyor.

Ve çiçek başımdaki yerini alıyor, makyaj tamamlanıyor. Tüm kuaför çalışanlarının tebrik cümleleri arasından, bir an önce kurtulmaya çalışarak hızla çıkıyorum ve benim için çağrılmış olan taksiye binip eve doğru yol almaya başlıyorum. Yine aynı hal çöküyor üzerime, nefes alamıyorum sanki. Camı açıyorum hemen. Araba eve doğru ilerledikçe, içimdeki gerginlik de artıyor. Onu tanıdığımdan bu yana beni hiç bırakmayan, her an içimde soluduğum o gerginlik… Her an bir şeyleri yanlış ya da hatalı yapacağım ve onu kaybedeceğim düşüncesiyle içimde yer etmiş panik... Bu panik kesiyor nefesimi, bu panik boğuyor gelin olduğum gün dahi beni...

Biraz geçmiş bir zamandan...

"Tanıştırılmadık değil mi?"

"Hayır, ama kim olduğunuzu biliyorum tabii. Ben Mina. Mina Akarca."

Sesim titriyor mu, yoksa bana mı öyle geliyor?

Uzun uzun bana bakıyor, gözlerini gözlerimden hiç ayırmadan.

Ve nihayet bir ses duyuluyor:

"En derindeki bu tuhaf suçlu bakış. Kimsin sen?"

Çattık. Ne cevap vereceğimi düşünürken; *Kim miyim? Kim olmamı istersen o,* diye geçiriyorum içimden.

"Bilmem, kimim sence?"

Hafif işveli bir tonla söylediğim bu cümlenin hemen sonrasında, mahcup bir tavırla, başımı öne eğip gözlerimi kaçırıyorum. Bir sessizlik oluyor.

Sanki ne yapacağını kestirmeye çalışıyor. Sessizce birkaç saniye bekledikten sonra yeniden gözlerimi gözlerine kaldırıyorum. Öfke mi gördüğüm?

Bir an bana bakıyor ve hızla kalkıyor yerinden.

"Tanıştığımıza memnun oldum, görüşmek üzere hanımefendi."

Ve dönüp hızlı adımlarla uzaklaşıyor. Hoppala! Şaşkın kalakalıyorum koltukta. Aramızda geçmiş olan iki üç kısa cümleyi zihnimde sürekli başa sararak ne olduğunu anlamaya çalışıyorum, ama nafile.

İki dakika tutamadın adamı yanında, hayret bi şey ya, ne güzel konuşmaya başlamıştı işte...

Her yeri saran bir hayal kırıklığı. Bir anda canlanmaya, aydınlanmaya başlayan bir dünyanın parça parça önümde dağılışı. Oyuk merkezinden yanmaya başlıyor, inceden artan bir yanma hissiyle kendini hissettiriyor yeniden içimde. *Bir şeyler yap.* Hızla yerimden kalkıp arkadaşımın yanına gidiyorum.

Birdenbire içimden çıkardığım bir başka kadın, taşkın bir neşe ile önüne gelen herkesle sohbetlere girip kahkahalar atmaya başlıyor! *Fark et beni, fark et, yine gel yanıma,* diye çırpınsa da benden çıkan her hareket ve ses; o, o gece bir tek kez bile bana tekrar dönüp bakmıyor. Ben... kiminle konuşursam konuşayım, beni daha rahat görebilsin diye salonun farklı noktalarında ona yeni bir açı, yeni bir pozisyon sunmaya çalışan ben, her an onu takip ettiğim için bu gerçeği çok iyi biliyorum. Hayal kırıklığı sızıya, sızı ise büyüyerek o çok tanıdık, gözü kör isteğe dönüşüyor içimde...

Şimdi denen zamanda...

Gözü kör o isteğin... O gece beni ele geçirişinin sonucunda geldiğim noktaya bakıyorum aynada. Aynadaki görüntü; krem rengi bir elbise içinde, makyajlı, yapılmış saçlarının üzerine oturtulmuş bir çiçekle adım adım oluşturulmaya çalışılmış bir gelin görüntüsü. Yüzüm taş gibi. Gördüğüme tahammül edemeyerek kaçırıyorum gözlerimi. Gelin oluyorum, nihayet Celal ile evleniyorum evet, ama yaşadığım bu değil ki. Güçsüz ve yorgun hissediyorum kendimi. Bir savaş meydanından geçerek gelmişim o günden bugüne. Darbeler ala ala, yıkıla kalka, uyarıları duymayarak, "Dur!" işaretlerini görmeyerek... Sadece içimdeki, "Devam, sonuna kadar devam!" diyen sese kulak verip, orası burası darmadağınık bir halde gelmiş ve hedefimin kapısına dayanmışım. Son metrelerde çok yorgun olsam da, gittiğim yönden artık hiç emin olamasam da, o sesin peşinden gitmekten başka bir şey yapamıyorum.

Açılan kapının sesiyle kendime geliyorum. Yaklaşan birkaç adım sesi yine aynı korkuyu dolduruyor içime. Arkamda durduğunu hissediyorum. Korkudan dönüp bakamıyorum.

Ya beğenmezse, ya birden vazgeçerse?

"Hazırsan gidelim, Ercümentler aşağıda bekliyor."

Odadan çıkmak için dönüp bir adım attığımda, onun kımıldamadığını görüyorum. Gözlerimi kaldırdığımda ise tuhaf bir bakışla bana baktığını fark ediyorum.

Yoksa korku mu var gözlerinde, korkabilir mi o gerçekten?

"Güzel olmuşsun," diyor ve arkasını dönüp sokak kapısına yöneliyor.

Güzel dedi güzel! Geçiştirir gibi söyledi biliyorum, ama olsun... Yine de içimde bir ışık yanıp sönüyor. Hafifçe gülümsüyorum, kapıya doğru arka arkaya ilerlerken, "Değişecek her şey, olacak, biliyorum," diye içimden tekrarlayarak, yine belki bininci kez aynı umuda sarılarak nihayet nikâhıma gidiyorum.

Biraz geçmiş bir zamandan...

"Mina, birkaç kişiye sordum, boş versin diyorlar."

"Sırma, ne demek boş versin? Âşık oldum diyorum sana, gece gündüz aklımdan çıkmıyor ya! Ben senden yardım istiyorum ona ulaşmak için, senin şu dediğine bak."

"Ya adam manyağın teki mi ne belli değil! Zaten kimseyle birlikte olmuyormuş, kaç yıldır kimseyle olmamış yani. Kadın düşmanı diyorlar. Hep yalnızmış. Kendi içine dönük, resimleri, bir de kendi... onunla ilgili başka bir şey bilmeyiz diyorlar."

"Olmaz tabii ki, çünkü beni bekliyor," diye gülerek karşılık veriyorum.

"Sırmacım beni vazgeçiremezsin, bırak bu lafları. Hani gittiği, takıldığı yerleri öğrenecektin?"

"Yok kızım yok, adam gezmiyor diyorum. İçki de içmezmiş, gece hayatı yok, tek sosyalleştiği zaman sergileri diyorlar. Onun dışında görülmezmiş. Kuzguncuk'ta yaşıyormuş ve hep oradaymış. Tuhaf bir tip işte. Minacım, bak onca şey geçirdin, bırak adam mı yok Allah aşkına ya."

"Tamam Sırma tamam, çalışmam lazım şimdi, hadi görüşürüz."

Telefonu kapatırken birden telaşlı sesini duyuyorum:

"Dur, dur! Bu akşamüstü galeriye gidecekmiş, galeri sahibinden öğrendim, biliyorsun arkadaşımdır. İki resmi satılmış onların parasını alacakmış sanırım."

Heyecanla doğruluyorum yerimde.

"Süpersin arkadaşım, işte bak isteyince nasıl da yardım ediyorsun. Saat kaç ki? Daha üç, hemen fırlamalıyım."

"Dur Mina ne yapacaksın ki?"

"Sırmacım hadi bye bye! Koşmam lazım, ararım seni," diyerek telefonu sabırsızlıkla kapatıyorum. Bu laflara karnım tok benim. Başka adam mı yokmuş? Yok kardeşim. Onu istiyorum ben. Herkes nasihat vermeyi biliyor sadece. Âşık oldum adama, aklımdan çıkmıyor diyorum; çaresizim, bulmalıyım onu diyorum.

İçimden söylene söylene, çalıştığım Amerikan firmasının koridorlarında telaşla genel müdürün odasına yürüyorum. Bu firmada son bir senedir reklam ve halkla ilişkiler müdürü olarak görev yapıyorum. Onlarca yıl reklam ajanslarında çalışıp oluşturduğum tecrübe çok kıymetli olsa da, daralıp gelen teklif üzerine "reklamveren" tarafına geçtim. Genel müdürle aram iyi. Bana göre yaşlı ve tonton bir ihtiyar. Reklam çok anlamadığı bir iş olduğu için güveniyor bana. Fena gitmiyor şimdilik, sıkılıncaya kadar işte... Zaten iş yaşamım, daraldıkça değiştirdiğim ajanslarla dolu. İki üç yıl, sonra hooop değiştir. Değiştirmemek mümkün mü? O kadar uğraş, çalış, kendini ver, ne almam gereken parayı alabildim ne de mevkiyi. Ben de vurup çıkıyorum o zaman kapıyı, hak ediyorlar tabii ki. Bir de bu tarafı deneyeyim dedim, bakalım.

Kapıyı tıklatıp müdürün odasına giriyorum. "Apartmandan aradılar, evimi su basıyormuş, bir boru patlamış..." gibi bir yalanla izin alıp sıvışıyorum. Eve gidip sahne kıyafetimi tasarlıyorum. Hoş olmalıyım, çok hoş, ama süslendiğim de anlaşılmamalı. Kot pantalonumun üzerine yeni aldığım şık siyah boyunlu kazağımı giyiyorum. Ayağımda yeni aldığım siyah İtalyan botlar, kalın siyah yarım ceketimi de giydim mi tamamdır. Bana da yakışır siyah zaten. Kısacık ama kıpkırmızı saçlarımla oluşturduğu tezat hoştur. Uzun boyumla da şöyle bir salındım mı... Biraz makyaj ve evet, evden çıkmaya hazırım.

Galeriye gelmeden biraz önce taksiden inip yürümeye başlıyorum. Galerinin önünden geçerken bakıyorum, içeride görünmüyor. Sokakta görülmeyeceğim bir noktada bir sigara yakıp beklemeye başlıyorum. İki sigara ve birkaç telefon konuşmasıyla kendimi oyalamayla çalışarak geçen bir yarım saatten sonra orada direk gibi dikilmek saçma gelmeye, içim sıkılmaya başlıyor. Üşüyorum da. Kasım ayındayız tabii.

Ama ayrılamıyorum oradan. Ve bekliyorum, o günden sonra hep bekleyeceğim gibi...

Kendi kendime konuşmalarla geçen bir saatin sonunda, birden uzaktan yürüyerek geldiğini görünce sevinçten bir an aklımı yitirecek gibi oluyorum. *Sakin ol! Yaklaşsın,* diye bekleyerek onu izliyorum. Siyah kadife pantolon üzerine, açık yeşil boyunlu bir kazak giymiş. Yeşili de mi seviyor yoksa? Üzerinde yine siyah bir mont. Ayağında siyah spor botlar. Şık, sade.

Tamam yeterince yaklaştı, hadi.

Hızla ona doğru, ama hiç bakmadan, elimdeki cep telefonunda bir şey okumaya çalışır gibi yaparak yürüyorum.

Az kaldı, iki adım daha ve evet şimdi kafanı kaldır, bingoo!

Göz göze geliyoruz.

"Vaaaay, selam Mina Hanım."

"Aaa, merhaba! Nasılsınız?"

"Çok şükür, sizi gördük daha iyi olduk." Yine o acayip gür kahkahası sarıyor etrafı. Yalandan kahkahası.

"Nereye böyle?" diye soruyor.

"Arkadaşımla buluşacaktım. Ama maalesef şimdi mesaj atmış, gelemiyormuş, kös kös eve dönüyordum mecburen."

Beni süzüyor.

Anladı mı numaramı? Aman anlasın, ne var işte, seninle olmak istiyorum ya!

"Şu galeride ufak bir işim var, sonra bir kahve içelim istersen. Hem seninle konuşmak istediğim bir şey var, ne dersin?"

Teşvikiye'nin her yerini ışıl ışıl kaplayan ve ışıkları yanıp sönen Noel ağaçları sarıyor birdenbire sanki. Tüm dünya ışıldıyor.

"Aaa, tabii neden olmasın, sevinirim."

Galeriye doğru yan yana konuşmadan yürüyoruz. Daha doğrusu yürümek için ben zorluyorum kendimi. Hoplayıp zıplayıp dans etmek istiyorum oysa. *Konuşacakmış benimle. Benimle konuşacağı bir şey varmış. Biliyordum. Kadın düşmanı ha? Saçmalık! Beni beklemiş o, beni. O da beni aklından çıkaramıyor, biliyordum, karşılıklıdır böyle kuvvetli hisler.*

Biraz sonra oturduğumuz kafede, bir yandan kahvemi içmeye çalışırken, bir yandan havadan sudan bahsederek heyecanla esas konuya girmesini bekliyorum. Neşeyle kendimden bahsediyorum; işimden, yaşamımdan, nerede oturup nerede çalıştığımdan... Tanıtmaya başladığım bu beni istesin istiyorum. Hem öyle bir istemek ki, ayrılamasın bir daha.

"Mina, müsaade edersen bir portreni çalışmak istiyorum senin?"

Ne? Portre mi? Bu muymuş konuşacağı şey yani? Ne portresi ya?

Üzerime çöken bu derin hayal kırıklığına rağmen gülümseyerek konuyu istediğim yönde sürdürmeye çalışıyorum:

"Portremi mi? Gerçekten mi? Çok sevinirim, hiç olmadı... yani kimse yapmadı. Aaa, çok heyecanlandım bakın şimdi."

"Yok öyle çok heyecanlanma. Benim resimlerimi biliyorsun, sonuç beklediğin gibi olmayabilir. Senden istediğim, daha çok kendim için bir şey. Ne zamandır insan yüzü çalışmak istiyordum, ama ifadeler... Bilemiyorum, sende gördüğüm ifade ile bir şey yakaladığımı düşünüyorum, kabul edersen çok sevinirim."

"Tabii, olur. Ne zaman? Yani ne zamanlarda gelmem lazım? Nerede yapacağız?"

"Benim atölyem evimde. Kuzguncuk'ta. Umarım senin için yol sorun olmaz. Ben ararım seni, zamanlama bana bağlı olacak tabii. Cep numaranı versene bana."

Numaramı söylüyorum ve dans eden düşünceler arasında, benim telefonumu çaldırmasını seyrediyorum. İştahla kaydediyorum numarasını. Bir yandan da bir sonraki görüşmemizin evinde olacağını düşünerek içimden kocaman gülümsüyorum.

"Zamanlama için bir şey diyemem Mina, bana uyman gerekecek."

"Tamam kaydettim numaranı. Olur... şey... o zaman haber bekleyeceğim."

Sessizce evet anlamında başını sallıyor. Sessizlik.

"Güzel bir yermiş bu kafe, daha önce gelmemiştim. Sen buralara sık gelir misin? Yani evin uzakta da."

"Ancak işim düşerse."

Yüzü kararıyor sanki. Başını yine öne eğiyor.

Ne oldu? Yanlış bir şey mi dedim?

Tekrar başını kaldırıp tuhaf bir bakışla bana bakıyor. Ürperiyorum.

"Gitmem lazım benim," deyip el ediyor ve gelen hesabı bahşişle birlikte almasını söyleyip uzaklaştırıyor garsonu.

"Çıkalım mı Mina?"

Şaşkınım. Ne oldu anlamıyorum. Sokağa çıktığımızda biraz yürürüz herhalde diye düşünürken, hemen kafenin kapısının önünde, "Taksiii!" diye sesleniyor. Araba tam önünde duruyor. Arkasında ben olduğumu hatırlamış gibi birden dönüyor ve "Görüşürüz, ararım seni," dedikten sonra taksiye binip trafikte uzaklaşmaya başlıyor.

Taksinin camından şaşkınlığımı görmesin diye, hızla dönüp aksi yöne yürümeye başlıyorum. Biraz ilerleyip beni göremeyeceği bir noktaya geldiğimde ise durup bir sigara yakıyorum. Şaşkınım. Kızgınım. *Ne bu ya? Ne oldu şimdi? Öküz müdür nedir? Böyle şak diye bırakılır mı insan ortada?! Portreymiş, gitmeyeceğim işte, git başka ifade bul kendine.* Öfkeyle söyleniyorum da söyleniyorum. Ama ne kadar söylenirsem söyleneyim, o andan itibaren tek bir şey için, sadece onun beni araması ve çağırması için yaşayacağımı biliyorum. Daha şimdiden çok zaman geçti sanki, daha şimdiden beklemekteyim, daha şimdiden kenetlendim telefona... Acaba ne zaman?

Şimdi denen zamanda...

Ne zaman biter acaba?

Celal üzerimde ileri geri giderken daha ne kadar kaldığını hesaplamaya çalışıyorum. Bir yandan onu takip ederken, bir yandan da gereken yerlerde gereken hareketleri, sözde tepkileri ve sesleri yerine oturtmam lazım. *Az kaldı veeeee şimdi tamam...* Bağırmaya başlıyorum; onun çıkardığı sesler arasına kendi sesimi özenle yerleştirerek, sanki zevkten kendimden geçmiş gibi bağırmaya başlıyorum. Yavaş yavaş sesimi azaltarak sakinleştiriyorum, şimdi kısa kısa nefes alıp ver, tamam işte, bitti...

Suratında vahşi bir ifadeyle üzerimden kalkıyor ve hiç bana bakmadan duşa atıyor kendini. Bende sanki pis bir şeyler varmış gibi, benden kendisine geçenleri hemen temizlemesi lazım. Var mı peki? Bilmiyorum. Hiçbir şey hissedemeyen bedenimin bıraktığı izleri bilemem. Ama o beden ile zevk almalarını sağlayabiliyorum, mühim olan da bu.

Telaşla ayağa kalkıp hemen giyiniyorum. Duştan çıktığında beni çıplak görmek istemez, sinirlenir. Giyinmeli ve biraz evvel sanki hiçbir şey olmamış gibi davranmalıyım. Öğrendim. Önceleri bu tuhaf kurallarını sorguladım ve çok azar işittim. Ben de izledim ve farkettim ki, cinsellikle ilgili aramızda her yaşanan, sanki bana yenilişi oluyor ona göre. Sonrasında çok öfkeleniyor ve bu öfke belki de kendi isteklerine hâkim olamayışının pişmanlığı, kim bilir. Çünkü elinde olsa dokunmaz bana... Dokunmak da istemiyor ya, işte böyle nadiren de olsa arzularına yenilip benimle... O zamanlarda kendine gelince öfkeleniyor olsa gerek. Evet evet, bence bu yüzden geceleri yatakta ona değmemi bile istememesi. Bir tarafı kalksın istemiyor kesin. Resmen bir sıra yastıktan barikat yaptı adam ya. Sınır yastıklarımız aklıma gelince içim sıkışıyor yine. Beyefendi ayrı yatak da alamazmış, para veremezmiş. Cimri bok! Ben o kenarda, ona değmeden uyusaymışım falan filan.

Düzelteceğim hepsini, evlendi işte, birkaç saattir resmen kocam kendisi, değerli olmasam...

İçerideki televizyondan maçın sesi geliyor. Nikâh sonrası, evliliğimizin ilk gecesi için arkadaşlarının bize hoşluk olsun diye bir geceliğine tuttuğu beş yıldızlı otel odasındayız. Onu ne kadar sinirlendirdiklerini bilmeden sürpriz yaptılar. Ama önemlidir o iki arkadaşı onun için. Sürekli rol yaptığı, kendi içindeki canavarı dışa vuramadığı arkadaşları. Bir şey diyemedi bu yüzden. Zevkle seyrettim kıvranışını. Gülmemek için zor tuttum kendimi. Bu beklemediği dayatmanın dönüp dolaşıp bana patlayacağını bilsem de zevk aldım işte onun sıkıntısından, en istemediğine mahkûm oluşundan.

Oh! Hadi bakalım nereye kaçacaksın şimdi, kocamsın!..

Odada arkadaşlarıyla içtiğimiz şampanya sonrası onlar gidince, bana dönüp bir şey, herhangi bir şey söylemek yerine televizyonu açıp maç izlemeye başladı. Süit bir odaydı tuttukları, balayı odası. Ne bilsin adamlar bunun manyaklığını, ilk gecemiz ya hesapta. Arkadaşları gidince sessizce yatak odası tarafına geçtim. Bensiz kalmak istediğini anlamıştım çünkü. Kafamdaki çiçeği çıkarıp kenara koyduktan sonra üzerimdekilerle yatağa bıraktım kendimi. Öylece yattım, derin derin nefes alıp vermeye çalıştım: *Bitti! Başardım!..*

Başardım mı? Nikâhı film gibi hafızamdan izlediğimde, içime zorla bir gurur hissi doldurmaya çalışsam da, bir yerlerde istediğimden ve hayalimden ne kadar uzak olduğumu yine çok iyi biliyordum. Sonra onun yatak odasına girip bana şöyle bir baktıktan sonra, pantalonunu hızla çıkarıp hiçbir şey söylemeden üzerimdeki elbiseyi parçalarcasına çıkarıp atışına sabrettiğimi hatırlıyorum.

Ne kadar zorlasa da kendini, sana düşüyor yine. Yoksa evlenir miydi? Alışacak, kabullenecek... Böyledir kimisi, her şey düzelecek.

Duştan çıkıyor. Odadaki iki koltuktan birinde, sesimi hiç çıkarmadan başım önüme eğik oturuyorum. Yandaki odaya doğru giderken, birden bana dönüp buz gibi bir sesle komutunu veriyor:

"Git yat sen, ben geç vakte kadar televizyon seyredeceğim."

"Peki. Bir sigara içer yatarım."

"Orada iç."

"Peki Celal."

Mazlum kızı burada bırakıp, üzerindeki suçluluğun ağırlığı ile içeri gidiyor. Mazlum kız, iyi huylu, âşık kız... Adama o kadar âşık ki, adam ne dese, ne yapsa nafile. Susup oturur, kabullenir. Hep olduğu gibi her an kendine acır. Çok sever adamı, öyle çok ki, her zulmüne dayanır. Aşktır onu bu hale koyan. Gerçekten çok acıyorum bu kıza, bana... Gözlerimden akan birkaç damla yaşı durdurmak için hemen bir sigara yakıyorum. Sigaradan çektiğim derin nefesle birlikte alt tarafımda duyduğum acı, beni yine biraz evvelki sahneye götürüyor.

Neyse ki çabuk bitti. O anlarda öylesine canım yanıyor ki ve belli etmemek o kadar zor ki. Kimseye belli etmedim ben. Ne bir şey hissetmediğimi ne de onlar içime girmeye çalışırken hissettiğim acıyı kimseye anlattım. İçime girmeye çalışan ve her yeri kesen bıçakları... O bıçakların acısını... Üstelik bu acı, bu yanma ertesi gün boyunca da sürer. Söylemedim, çünkü herkes beni "herkes gibi" bilsin istedim. Büyürken filmlerden, şarkılardan, kitaplardan insanların bu işten ne çok zevk aldığını öğrendim ve bu işi hep yapmak istediklerini... Bende de öyle olacağını zannederdim. Ama hiç olmadı, ne ilk defasında ne de onu takip eden yıllar boyunca. İlk defasında hatta ölüyorum zannettim, ne zevk alması! Öyle hazırlıksız yakalanmıştım ki. Liseyi bitirdiğim yazdı. En yakın arkadaşımın Marmaris'teki evine gitmeme nihayet izin vermişti babam. Bir arkadaşımın ağabeyi vasıtasıyla yaklaşık bir senedir tanıdığım Kıbrıslı Utku'nun da arkadaşlarıyla Marmaris'te olduğunu öğrendiğimde daha da sevindim. Grubumuz kurulmuştu. İşte o tatilin ilk akşamında, Utku pat diye çıkma teklif etti bana. Açıkçası onunla bir ilişki düşünmemiştim o güne dek ama tutkuyla peş peşe sıraladığı kelimelerle ikna etmişti o akşam beni. Takip eden on günde bir Marmaris masalı yaşadım onunla. Utku ve birkaç arkadaşı, Marmaris'te bir ev kiralamışlardı ve sabahlara kadar gezen diğer iki arkadaşının yokluğuyla ev oldukça müsait olduğundan cinselliğe hızlı bir geçiş yapabildi ilişkimiz. Utku zaten hep sevişmek istiyordu. Bir yere kadar izin veriyordum tabii. Kızlığım sağlam kalacak şekilde sınırlar çiziliyordu. O kocaman bir dur işaretiydi aramızda. Kızlık sağlam kalmalı... Kızlığım giderse... Hep tetikteyim. Ta ki o son akşama dek. Tutturmuştu o akşam "benim olacaksın" diye. "Nasıl olsa evleneceğiz," diyordu. "Benim olmazsan beni sevdiğini nereden anlarım," diyordu. "Benim olmadan göndermem seni İstanbul'a, Ayrılırım o zaman senden," diyordu, evet hatırlıyorum. Korktum. Her şey öyle güzeldi ki. Öyle değerliydim ki Utku'nun gözlerinde, dilinde, ellerinde. Sızlandım. Yalvardım. Bir ara vazgeçti sandım, vazgeçti ve her zamanki gibi sevişeceğiz sandım. Öpüşmeye başlamıştım fırtınanın geçtiğini sanarak. Eliyle oynamaya başlayınca bende zevkten iyice bırakmıştım kendimi. Ta ki birden bana sürtünmeye başladığını fark edene dek. Tehlike sinyali verdi beynim, kaskatı oldu bedenim. "Utku bir dur!" demeye yeltenirken beynimde çakan bir büyük acı ile bağırdım. Ölüyorum zannettim. Yanlış bir şey yaptı ve ölüyorum herhalde düşüncesi beynimde çaktığında duyduğum, onun boşalma sesleri ile hâlâ yaşadığımı ve tek kaybetmemem gerekeni kaybettiğimi anlamıştım. O akşam ben iyice eksildim. Sonrası... Sonrası bu büyük hatamı bertaraf edebilmek ve benimle evlenmekten vazgeçmesin diye onun her istediğini yapmamla geçen seneler. Kızlığımı kaybetmek bana bir mahkûmiyet getirmişti. Henüz on gündür beraber olduğum bir çocuk adamın her isteğine, her kaprisine, her gelgitine kendimi mahkûm ettiğim bir hapishane. Nasıl karşı çıkabilirdim ki onun isteklerine? Ya benimle evlenmezse? Utku... büyük aşkım Utku. Senelerce bir dediğini iki etmediğim Utku. Neredeyse haftada en az üç kez üniversite yerine onun evine gittiğim ve dayanılmaz bıçak darbelerinin acısına rağmen kendimi tekrar tekrar verdiğim Utku. Yeter ki Utku kızmasın, yeter ki beni bırakmasın. Evlenecektik biz. Gözlerimin dolması ile beynim yanmaya başlıyor ve hemen bir sigara yakıyorum. Manyak mısın kızım sen? Ne Utku'su şimdi yine. Boş ver, bak evlendi işte Celal!

Evet, nerden çıktı sahi Utku? Altımın acısından olsa gerek, kafam dumanlı düşünce zincirimi takip edemiyorum çoğu zaman, kayboluyorum. Otelin tuvaletinde olduğumu hatırlıyorum. Gidip üzerine oturarak, acımı dindirmek için soğuk suyu hafifçe açarak bekliyorum. *Buz koymak gibi bir etki yapıyor olsa gerek,* diye düşünürken geçmişe dalıyorum yine. Hiçbiri bilmedi çektiğim acıyı, hiçbiri. Nasıl kendimi zorladığımı. Nasıl o acıya rağmen zevk alıyormuş gibi yapmayı öğrendiğimi. Sevişmek önemliydi çünkü, benim için de çok önemliydi. Utku ile başlayan cinsel yaşamımda bu işin erkekler için ne kadar önemli olduğunu anlamıştım. "Yapmadan duramazlar, akılları fikirleri bir yerlerindedir." Hep böyle derler değil mi? Gerçekmiş, öğrendim ve öğrendiğim zaman da hedeflerime ulaşmak için ne büyük bir silaha sahip olduğumu fark ettim. Erkekler için bu iş bir başarıydı, hepsi yatağa girerken başarıyı, yenmeyi, fethetmeyi yaşamak istiyordu. Ben de onlara bunu sunuyordum işte. Biraz evvel sunduğum gibi. Mecburum, yoksa gerçekte ne yaşadığımı bilirlerse kimse benimle olmak istemez. Hem suçlu onlar değil ki, benim. Diğer kadınlar benim gibi değil ki. Bütün arkadaşlarım nasıl zevk aldıklarını anlatırken senelerce rol yaptım sanki bilirmişim gibi o zevki. Sakatlık bende. Örtbas etmeliydim. Yoksa işler tersine dönüyor, bunu öğrenmiştim. Seks önemli erkekler için. Üstelik hem kendi tatmin olacak hem sen olacaksın ki başarılı hissetsin kendini. Tatmin olmuş gibi yapmak önemli bu yüzden, çok önemli. Her buluştuğumuzda durmadan sevişmek istemesi yetmezmiş gibi kısa bir süre sonra bu sefer de, "Sen neden böylesin, neden orgazm olmuyorsun?" diye tutturmaya başladı. Çok zevk aldığımı ne kadar anlatsam da vazgeçmiyordu, takmıştı: Orgazm da orgazm. Bir gün, "Seni doktora götüreceğim," deyince korktum. O gece hiç uyuyamadım, endişeyle döndüm durdum yatakta. Doktor anlar diye korktum. Dönüp, "Bu kız acıdan başka hiçbir şey hissetmiyor oğlum," der diye korktum. Bırakır gider beni diye korktum. Onunla doktora gidemezdim. Hemen o gece karar verdim. Geri kalanında nasıl zevk alıyormuş gibi yapıyorsam, orgazmı da taklit edebilirdim. Yirmi yaşındaydım. İçinde orgazmın yer aldığı bir sürü film izlemiş, bir sürü kitap okumuştum. Bir kadının orgazm olurken ne hallere girdiğini biliyordum. Hazırlandım ve ertesi gün allem edip kallem edip onu yatağa attım ve korkudan kalbim çıkacak gibi olmasına rağmen ilk denememi yaptım. Oldu! İnandı. Üstelik defalarca öptü beni, "Seni çok seviyorum!" diye. Onun bu taşkın sevgisi karşısında öyle mutlu oldum ki, gözümden yaşlar indi. O günden sonra hiç sektirmeden, her defasında hep orgazm oldum ben.

Kendimi bugüne, bu odaya çekmek için bir sigara daha yakarak içeriye kulak kabartıyorum, maç bitmiş. Şükür neyse ki tuttuğu takım kazandı. Şimdi bir haber programını açtı, onun tekdüze sesi geliyor... Ben ise yan odada geçmişte sürüklenen bir gelinim. O ilk orgazm performansı öncesi korkuyu ve sonrasında yaşadığım mutluluğu düşününce yine gülümsüyorum. Yaşım büyüdükçe çok daha zenginleşti sunduğum tiyatronun içeriği. Senelerce bir mozaik gibi ördüm sahnelerimi. Hiçbir olumlu şey hissetmeyen ben, bir sevişmenin her anında vermem gereken tepkileri, söylemem gereken sözleri, yapmam gerekenleri ve benden çıkması gereken sesleri öğrendim ve kurguladım. Böylece her şey kolaylaştı benim için. Ne korku kaldı ne heyecan. Oyunumun mükemmelliğini biliyordum. Oyunumu sanki gerçekmiş gibi yaşardım. Sahne başladığında sanki bir düğmeye basılmışçasına akıtmaya başlardım yapmam gerekenleri. Gerçekte hiçbir şey hissetmediğimden, kolay olurdu bu sahneleri birbiri ardına tümüyle oynamak. En son orgazmla biterdi. Hiçbiri, bir kere bile anlamadı değil orgazm olmak, içime her girişlerinde beni yaran o bıçak darbeleri dışında tek bir şey bile hissetmediğimi.

Nerede bu kül tablası, hah işte şuradaymış. İçim yandı, şu mini bardan bir şey içsem masraf olur diye kızar mı acaba? Oda hediye, ama ekstraları o ödeyeceğine göre kızabilir. En iyisi su iç su...

Bir bardak su içip, makyajımı temizlemek için tuvalete geçiyorum. Aynada kendimle yüz yüzeyim. *İşte karşınızda büyük oyuncu*, diye espri yapıyorum kendi kendime, ama hemen pişman oluyorum. Hayır gurur duymuyorum, hatta bazen ağlatıyor bile beni bu gerçekle yüzleşmek, tıpkı demin olduğu gibi. Hissedebilmeyi öyle çok isterdim ki. Ama olmuyor. Aynı şimdi olduğu gibi her seferinde yataktan daha defolu hissederek kalkıyorum ben. Onlara verdiğim her başarı beni daha da eksik kılıyor. Kabullendim ama... defolu olduğumu kabullenip, değilmişim gibi rol yapmayı seçtim. Zevk "alıyor-muş" gibi yapmayı. Mecburen...

Eş zamanda...

"Mecburiyet diye bir şey yok, biliyorsun bunu! Her zaman bir seçim var, tekrar tekrar hatırlatmam mı gerekiyor sana? Ne zaman alacaksın artık sorumluluğunu?"

Karşıdan gelen sesin boğukluğundan tekrardan hatırlatması, yeniden anlatması gerektiğini anlıyor. Bir daha, bir daha anlatmak... Bu kendi seçimi işte, tercihi. Herkes kendi seçiminin gereğini yerine getirecek. İşte o da her seferinde bir daha, bir daha, ta ki karşı tarafta gerçek idrak oluşana, yaşamında yansımaya başlayana dek anlatıyor bu yüzden.

"Bak, burada bir seçim var, hatırla. İnsan seçebilen bir varlıktır, öyle değil mi? Kendini öldürme seçimi dahil her şey mümkün insana. Ne mecburiyeti? Her an seçim hakkın var. Amaaaaa, işime gelmiyor desene sen şuna! Şikâyet edip mızmızlanmak; kendime acımak yerine harekete geçip oluşacak sarsıntıları göğüslemek; almam gereken sorumluluklarla baş edebilmek; yalanla onu, bunu, şunu ama en çok da kendimi kandırarak elde edeceğim sözde faydaları bırakmak zor geliyor bana desene! Bi dürüst olsana kendine! Bunlar yemiyor da, ben de pek çokları gibi bu 'mecburen' palavrasına yapışıyorum desene! En azından bununla yüzleşerek dürüst olsana!

Mecburiyetmiş!"

Boğuk da olsa karşıdan, "Haklısın!" ile başlayan duydukları nihayet rahatlatıyor onu. Gerçeğe geri çekebildiğini anlıyor karşısındakini. Telefonun diğer ucundaki bu yirmi sekiz yaşındaki çocuğun yetişkin bir adam haline gelebilmesi, işte böyle adım adım olacak. Sabırla. Hatırlata hatırlata. Tıpkı yol göstermeye çalıştığı her birinde olduğu gibi.

"Hadi şimdi toparla kendini. Ne deneyimlemek istiyorsun onu seç ve palavraları bırakıp ilerle. Bekliyorum haberlerini."

Gülümseyerek telefonunu oturduğu berjer koltuğun yanındaki sehpaya bırakıyor. Bir an camdan gördüğü dışarının alabildiğine ıssızlığına dalıp aklından geçenlere gülümsüyor. "İnsan, ah insan!" diye mırıldanarak hemen yanında duran porselen çay fincanına uzanıyor. Çayından aldığı yudumun getirdiği koku ve lezzet tüm ifadesine yayılıyor bir anda ve hatta ses veriyor: "Mmmm, Earl Grey... bu lezzet bambaşka işte..."

Biraz geçmiş bir zamandan...

"Mecburen kalktım gittim tabii."

"Ne yani, gece yarısı mı? Mina delirdin mi sen? Korkmadın mı?"

"Ya Sırma ne fark eder gece yarısı ya da gündüz ortası, çağırdı gittim. Aramıyor diye yataklara düştüm, can verecektim, kaç gün bekledim sen biliyorsun. Bi de, 'Pardon ama saat uygun değil,' mi diyecektim. Âlemsin ya!"

Şaşkınlık içinde beni dinleyen arkadaşıma o geceyi anlatıyorum, anlatmak istediğim şekliyle. Telefonu kapattığımda, işyerindeki odamda gülümseyerek yazmakta olduğum e-postayı bitiriyorum.

Bir sigara yakıp tekrar düşünüyorum iki gece öncesini. Uykumun ortasında çalan telefonumla uyanışımı. El yordamıyla başucumda bulduğum telefonumun, "Celal" diye yanıp sönen ekranını görünce yatakta sıçrayışımı. Kaç günler ve gecelerce elimde telefon, ekranın tam da böyle yanıp sönmesini hayal ettiğimden, rüya mı görüyorum diye bir süre bakakalıyorum. Hayır, ekran ısrarla yanıp sönüyor ve zil sesi dolduruyor odayı. Heyecanla açıyorum telefonu:

"Alo?"

"Selam Mina, nasılsın?"

"İyiyim Celal, sen? Otomatik cevap devreye giriyor hemen."

"Uyandırmadım inşallah?"

"Yok canım önemli değil, henüz uyumamıştım, kitap okuyordum..." Kalbim öylesine atıyor ki, telefondan duyulacak diye korkuyorum.

"Hazırım, şimdi gelebilirsen başlayalım portrene."

"Şimdi mi?"

Ses gelmiyor karşıdan. Telaşla yanıtlıyorum kendi kendimi.

"Aaa, tabii tabii."

"İyi, adresi atıyorum cep telefonuna birazdan, bulamazsan ara tarif edeyim."

"Tamam, geliyorum Celal."

"Bekliyorum."

Sevinçle yataktan fırlıyorum, uykunun zerresi kalmıyor. Dolabın önünde ne giyeceğim diye çırpınırken, gelen mesaj sesiyle irkiliyorum. Ve evet, konum geliyor.

Hemen giyiniyorum. Fazla süslenmiş gibi olmamalıyım. Öylesine bir kot, bir gömlek giymiş de gelmişim gibi hani. Saçımı da hızla yapıp, belli belirsiz bir makyajı da kondurduktan sonra taksi durağını arıyorum. Ve buz gibi bir kasım gecesinde, mutluluk ve sevinçle kendimi yollara atıyorum.

Uykulu şoför ve heyecandan yerinde duramayan ben, nihayet evi buluyoruz. Gördüğümde biraz hayal kırıklığına uğruyorum. Üç katlı, zevksiz ve sıradan bir apartman. Kuzguncuk deyince ve adam da ressam olunca, zihnimde o eski ahşap binaları yakıştırmışım ona. Heyecanla zile basıyorum. Bir süre sonra kapının açılma sesi geliyor, içeri giriyorum ve merdivenleri çıkmaya başladığımda, nihayet yukarıda onu görüyorum. Dizlerimin bağı çözülüyor sanki. Dimdik duruyor merdiven başında, yüzünde belli belirsiz bir gülümseme. Hırpani bir görüntüde olduğunu, merdivenleri çıkıp ona yaklaştıkça fark ediyorum. Sakalı birkaç günlük, üzerinde kirli bir kot ve eskimiş bir sweatshirt. Evine gece vakti bir hanım davet ediyorsun, insan toparlanmaz mı biraz, ne bileyim? Bu özensizlik rahatsız ediyor beni.

Sanatçı bu, çalışırken böyle kendilerini salarlar kızım, adam çalışıyor.

İçeri girdiğimizde mantomu alıyor ve "Gel" diyor, "atölyeme geçelim." Atölye dediği, evin arkasında nispeten büyük bir oda. Geçerken göz ucuyla yatak odasını da görüyorum ve yakında orada birlikte olacağımızı düşünerek içimden gülümsüyorum. Bir oda daha var, kapısı kapalı. Bir kahve içseydik bari, diye düşünürken atölyem dediği odaya giriyoruz.

Duvarlarda ters çevrilmiş tuvaller. Tam ortada büyük bir şövale. Üzerinde büyük ve bembeyaz bir tuval. Anlaşılan büyük bir portre olacak, diye seviniyorum. İyi... Ne kadar uzun sürerse, o kadar iyi.

"Hemen başlayalım," diyerek bir sandalyeye oturtuyor beni. Biraz bozulsam da belli etmemeye çalışıyorum. Beklentim, çalışma öncesi biraz sohbet etmekti. Ama anlaşılan beyefendiye ilham gelmiş, vakit kaybetmek istemiyor.

Oturduğum zaman, eliyle yüzümü oraya buraya çevirerek bana bakıyor. Parmaklarının dokunduğu her nokta yanıyor yüzümde. Başımın değişen her açısıyla, onun yüzündeki o gülümseyen ifade de değişiyor. Nihayet bir açıda karar kılıp,

"Böyle kal," diyerek şövalenin başına geçtiğinde, hayretle az önce keyifle gülümseyen adamdan eser kalmadığını fark ediyorum. Taş gibi bir yüz ve alev alev yanan gözlerle çalışmaya başlıyor.

"Hep geceleri mi çalışırsın böyle?"

"Sus!"

Susup kalıyorum. Bir endişe kaplıyor içimi, ama tanıdık bir endişe bu. Ne yapacağı, bana ne verip vermeyeceği belli olmayan, bu tür karmaşık ve zor adamların karşısında duyduğum o lezzetli endişe. Beni kamçılayan, karşılaştığımda doğru hedefe kitlendiğime inandıran, isteğimi on kat arttıran endişe.

Zor adamlar... Zor adamları zorla kendine bağlayan Mina. Sonra o zorluklara dolanan Mina. Söz konusunu zorluk, "elde etme" sırasında olmuyordu açıkçası, âşık olduğum adamları etkilemek kolaydı. Ne istediklerini anla, o kadın olduğuna inandır, adam o kadını nihayet bulduğuna inansın ve sana âşık olsun. Olurdum da zaten, tam da istedikleri kadın olurum ben. Ne isterlerse yaparım. Yeter ki sevsinler beni, yeter ki vazgeçilmez olayım, yeter ki o bitmek tükenmek bilmeyen bir açlık ve istekle peşinden koştuğum aşkı, aşkımı nihayet bulayım.

O zaman bitecek. Ne bitecek Mina?

Her adamın istediklerini yapa yapa nihayet, "Seni seviyorum," dedikleri günü hep kazandım, hatta genellikle benimle evlenmek de istediler. Ama onca çabalayıp hedefime ulaştığım o anlarda, adama mutlulukla sarılıp, "Ben de seni çok seviyorum," derken, oyuğun yanmaya başladığını hissettim yine. Neden yanıyor peki o zamanlarda da? Dursun istiyorum. Panikle daha çok yapışıyorum adamlara... daha çok uğraşıyor, daha çok oynuyorum. Neden bilmiyorum, sonra hepsi eziyet etmeye başlayıp kötü davranıyor bana. O kadar iyi, her istediklerini yapan, deli gibi seven, sevgiden başka hiçbir şey istemeyen kadına kötü davranmaya başladılar. Yapmak istemediğim şeyleri daha çok istediler, yapmak istediklerimi ise daha çok engellediler. Sustum, denedim, gerçekten denedim. Ama ben isteklerini oldurmaya çabaladıkça, daha çok öfke saçtılar bana. Biraz daha uğraşırsam düzeleceğine, dengesizliklerinin biteceğine, sakinleşeceklerine ve hayalimdeki yaşamı kurabileceğime inandım. Hem kendim hem onlar için istedim. Hayalimdeki gibi bir ilişki... Ama yanlış hedefmiş onlar. Yanlış adamlarmış. Sonunda bir noktada hep anladım ve öfke içinde ağlaya ağlaya her birinin yaşamından çıkıp gittim. Benim adamlardan yana şansım yok.

Ama Celal başka biliyorum, gör bak.

İçimden onun ismini sayıklaya sayıklaya çalışmasını izliyorum. Arada kenetlenen gözlerimiz dışında hiçbir bağlantı kuramıyorum. Öylece sabırla duruyorum. *Yorulup bir ara verecek elbet*, diye bekliyorum. Bir yandan hayranlıkla onu seyrediyorum. Bu odada onunlayım ya, mutluyum, çok mutluyum. Ne kadar zaman geçtiğini bilmiyorum. Çalışırken yüzünün giderek daha gerginleştiğini fark ediyorum. Giderek gözlerinin bakışı sertleşiyor. Bedenini, yüz ifadelerini inceliyorum doya doya. İçimdeki elde etme isteği ve aşk nefesimi kesiyor sanki.

"Bu akşamlık bu kadar yeter."

İrkilerek kendime geliyorum.

"Bakabilir miyim?"

Hayretle bakıyor yüzüme ve sadece "Hayır!" diyor. Şaşırıyorum. Ama sorun çıkarmamalıyım. Anlayışlı olmalıyım.

Kendimle ne yapacağımı bilemez halde yerimden kalkıp, koridordan salona doğru yürüyorum. Salonda çok az eşya var. Dört sandalyeli bir masa, bir tane çift kişilik koltuk, yerde iki minder ve büyük bir televizyon. Duvarlar boş. Neden? Neden hiç resim yok duvarlarda? Yadırgıyorum. Hem bunu hem dekorasyonun özensizliğini hem sıradanlığını ve hatta olmayışını... Gelişigüzel atılmış eşyalar. Yerlerde bir sürü kitap. Koltuğa ilişiyorum. *Ben geldiğimde bu ev ne hale gelecek acaba?..* İçimden kıs kıs gülüyorum. İçeriden gelen seslerden tuvalete girip çıktığını anlıyorum. Sonra koridorda bana doğru yaklaşan ayak sesleri. İşte şimdi sadede geleceğiz inşallah diye düşünürken, "Sana taksi çağırayım Mina," diyor.

Sinirleniyorum, gerçekten o an kan beynime sıçrıyor hayal kırıklığıyla.

Sakın, sus, belli etme, cool ol.

Hafifçe başımı sallayarak onaylıyorum, sanki iki çift laf etmeden taksi çağırması en doğal şeymiş gibi. Telefonu kapattığında mantomu getiriyor. Bir taraftan benim tepkilerimi ölçtüğünü hissediyorum. Sessizce mantomu giyiyorum ve dönüp gözlerine bakıyorum. Bir an öylece kalıyoruz göz göze... Acaba?

"Taksi gelmiştir." Bir adım atıp kapıyı açıyor.

"Ne zaman geleyim bir daha?" diye bir sonraki görüşmeyi garantiye almaya çalışıyorum. Gitmek istemiyorum. Orada, hatta sonsuza dek orada kalmak istiyorum. "Ben ararım yine," diyor buz gibi bir sesle. Uzanıp bir öpücük konduruyorum yanağına, irkildiğini hissediyorum. Sonra dönüp merdivenlerden aşağı iniyorum çabucak, arkamdan seslenmesini, "Dur Mina!" demesini umut ederek. Ama tek duyduğum kapının biraz da sertçe kapanma sesi oluyor.

Taksiye binip koltuğa çöküyorum. Yine hayal kırıklığı. Tüm gücümü toplayıp "Ulus lütfen," diyebiliyorum şöföre. Bir sigara yakıp saate bakıyorum. Sabahın beşi olmuş, inanamıyorum! O odada saatlerce, su bile içmeden oturmuşum. Sokaklar, ışıklar sıra sıra akarak geçiyor gözlerimin önünden. Bulunduğum noktayı anlamlandıramıyorum. Boş boş bakıyorum, bomboş kalıyorum. Ne oldu şimdi Celal?

Şimdi denen zamanda...

"Ne oldu şimdi yine Mina?"

Gürleyen sesiyle birlikte masaya vuran eli, masadaki tabak ve bardakları zıplatıyor. Artık kendime hâkim olamıyorum. Gözümden bir süredir inmekte olan yaşlar, şimdi korkudan hıçkırıklara dönüşüyor.

"Ne oldu diyorum sana, sabah sabah ne ağlıyorsun ya?"

"Niye böyle yapıyorsun Celal? Neden benimle hiç konuşmuyorsun, karınım ben senin. Ne kötülük yaptım sana, neden benden bu kadar nefret ediyorsun?"

"Öffff, delirtirsin adamı. 'Ne kötülük yaptım sana ühü ühü...' Çalıkuşu ağlıyor. Yeter be! Ne cehennemmiş!"

Hızla kalkıyor sofradan ve kapıyı çarparak çıkıp gidiyor evden. Gitmesi hıçkırıklarımı daha da arttırıyor. Yine gitti. Yine yenilgi. Çaresizim, öfkeliyim. Çalıkuşuymuş! Nefret ediyorum bu laftan. Ne zaman yalvarsam, ne zaman biraz merhamet etmesini isteyip ağlasam, taktığı bu isimle dalga geçiyor benimle. Allah belasını versin! Acımasız herif. Yeter artık, yeter! Bir ay oldu evleneli, dört aydır bu Allah'ın cezası evde ne isterse yapıyorum. Her kuralına uyuyorum. Ne isterse tamam diyorum, ne isterse... Biraz olsun acımaz mı insan ya, acımaz mı? Biraz olsun acıması için daha ne yapabilirim? Hıçkırıklarım o kadar artıyor ki, insan ağlamaktan ölür mü diye bir düşünce beliriyor içimde. Ölürüm belki de. Ölsem ne fark eder sanki, sevinir bile belki, kurtuldum diye. Hırs doluyor içime. Yoksa öldürsem mi onu? Bir manyak eksiltsem bu dünyadan mesela!

Söylene söylene ağlıyorum. Bir süre sonra bitiyor gözyaşlarım, duvara bakakalıyorum salonda. Boş bir duvara. Kızgınlığım yavaş yavaş pişmanlığa dönüşüyor içimde. Arkadaşı Ercüment geliyor gözlerimin önüne. "Çok acı çekmiş Mina," demişti. Benimle buluşmak istemişti o gün. "Celal'i anlaman lazım sen onun tek şansısın," demişti. "Hiçbir kadın senin kadar yaklaşamadı ona," demiş ve koltuklarımı kabartmıştı güya. Celal'in annesi istemediği bir hamilelik yaşayan genç bir figüran oyuncusuymuş. Kendi apartmanında hiç çocuğu olmamış bir kadının, evlat edinme talebi ile üç yaşındaki oğlunu bağırta bağırta o kadına vermiş. Çocuğunu alan kadının bağladığı bir aylıkla kendi sefih yaşamını sürdüren annesine gidememiş Celal. Bir üst katta oturuyormuş oysaki annesi; izin verilmemiş. Büyüdükçe kendisine yaklaşmak isteyen oğlunu daha da çok itelemiş annesi. Üstelik bu yakınlaşma isteği ona analık eden cadalozun kemer darbeleri ile cezalandırıldıkça depreşmiş. Bu iki bencil kadının arasında kendini bulmaya çalışan Celal'in dramı analığının ölümüyle nispeten bitmiş. Kendisine kalan birkaç kuruş ile kendi yaşamını kurabilmek üzere büyüdüğü mahalleden ayrılıp, şehrin diğer yakasında yeni bir hayata başlamış. O gün bugündür de zaten çok mecbur olmadığı sürece Avrupa yakasına ayak basmazmış. Bir yıl sonra girmeyi başardığı Güzel Sanatlar Fakültesi'nde tanıştığı Ercüment Hoca, dünyadaki iki arkadaşından biri olmuş. Diğeri ise Kuzguncuk'ta derme çatma bir restoranın sahibiymiş. Onlardan ve şimdi benden başka kimsesi yokmuş. Böyle bir hikâye anlatmıştı o gün Ercüment, Celal'in savunmasını okur gibi. Anlamıştı demek uzaktan evimizde yaşanan dramı. Sanki af dilemişti onun adına. Bu iki kadının yarattığı manyağı topluma kazandırmak da benim rolümdü bu hikâyede anlaşılan.

Yapabilirsin kızım, biraz dikkatli olsan! Sabah sabah kızdırdın yine adamı, ne vardı ağlayacak şimdi, bak kaç zaman sonra aynı sofraya bile oturmuştu seninle.

Evet, belki de ağlayarak kızdırmasaydım onu, ilk defa bir cumartesi gününü geçirecekti benimle. Kahvaltıya beraber oturmuştu işte, ne vardı hemen konuşmuyor diye sabırsızlanacak... Sessizce oturup zıkkımlansaydım ya kahvaltımı, adım adım ilerliyorduk işte.

Yine bir çuval inciri berbat ettin Mina.

Birden fırlıyorum. Kalkıp hemen kendime çekidüzen vermeliyim. Gelirse düzgün görsün beni. Suçluluk hissiyle çok ağır hissetsem de, koltuktan kalkıp sofrayı toplamaya başlıyorum. Oysa uzun süre, belki de gece yarısına kadar gelmeyeceğini biliyorum. Hapsolup kaldığım bu daracık evde, kafamdaki bu düşüncelerle tıkanıp yokluğa karışıyorum sanki. Belki de bu, hareket ederek yaşadığımı fark etme çabası.

Arkadaşlarıyla buluşmuştur, oturuyorlardır şimdi Kuzguncuk Kahvesi'nde.

Otursun aman ya, gelse ne fark eder? Yine bu evde ben yokmuşum gibi ya atölyesine kapanacak ya da hiç konuşmadan açıp televizyon seyredecek. Ben yine ses çıkarmadan oturmak zorunda kalacağım. Kurallardan biri de bu. Ses çıkarmadan oturmak. O isterse konuşur, sen konuşamazsın. Hem zaten konuşsam da söylediğim üç şeyden biri mutlaka onu sinirlendiriyor ve yine çekip gidiyor. Ya da bana bağırıyor, canımı yakan şeyler söylüyor, aşağılıyor. Susmak öyle zor geliyor ki o zamanlarda. Ama susmam lazım, kalabilmek için susmam lazım.

Tabii, akıllı olacaksın, tırmandırma sakın, ne yapacaksın defol git dese?

Telaşla topluyorum sofrayı. *Belli mi olur? Gelir belki de bugün.* Bazen böyle sürprizler olabiliyor. Evet, kendimi toparlamalıyım. Hemen soğuk bir duşa giriyorum. Hava çok sıcak. Temmuz ayı takvime veda ederken, sanki kavuruculuğunu unutmayalım istiyor. Yeni aldığım uçuk mavi elbiseyi geçiriyorum üstüme. Tiril tiril bir elbise bu, klima da yok ki bu evde. Ne giysem sırtıma yapışıyor. Neyse, pencere kenarında oturur beklerim. Çalan telefona doğru koşarak ilerliyorum, belki Celal'dir diye. Arayan Sırma.

"Çeşme'ye gidiyorum haftaya, hadi gel sen de benimle, biraz kendine gelirsin, sana da ayırtayım mı uçak bileti?"

"Yok Sırma, olur mu? Celal var. Evliyim artık kızım."

"Ya Mina saçmalama ya, söyle kabul eder zaten. İş için filan de gerekirse, valla merak ediyorum seni. Kapandın o eve, değişiklik olur hem. Yüzersin, denize ayağını sokamadın bu sene ya. İş, ev... başka bir şey yok."

"Ben iyiyim Sırmacım, merak etme. Sen güle güle git. Döndüğünde görüşürüz."

Israrlarına devam eden Sırma'yı ikna edip telefonu kapatıyorum. Ne güzel yaşıyor şu Sırma. Başı her zaman dimdik, savurarak sapsarı saçlarını, her istediğini elde ediyor valla. Profesyonel reklam fotoğrafçısı Sırma. Canı istediği kadar çalışır, ihtiyacı da yok zaten çok kazanmaya. Adamları maymun eder elinde çünkü. Hepsi de çok zengin olan sevgililerinin ona sunduğu şahane şartlarda yaşayıp gider neşeyle. Sevgiymiş, aşkmış umuru değil. "Aşk nasıl bir şey Mina, anlatsana bana. Ben hiç âşık olmadım, olacağım da yok zaten," diye kahkahayla gülerek sormuştu bir gün bana. Ben de tuhaf tuhaf bakmıştım suratına. Nasıl aşka ihtiyaç duymaz bir kadın? Aşk olmadan nasıl yaşar insan? Ama yaşıyordu işte. Hem de kraliçe gibi. Annem de böyleydi. Babamın kraliçesi. Kraliçe kadınlar onlar. Her istedikleri önlerine serilir. Ben ise...

Salon camlarını açıyorum ve cam kenarına ilişip beklemeye başlıyorum. Annem ve babamın görüntüsü gelip oturuyor karşıma.

Neden bıraktınız beni? Nasıl bıraktınız?

Kızgınım. Yanımda olsalardı böyle mi olurdu halim? Üniversitedeydim daha. Annemle babam bir dava için Antalya'ya gitmişlerdi. O gece yarısı çalan telefonla, beni sonsuza dek terk ettikleri trafik kazasının haberini almıştım. Ölümün bile ayıramadığı büyük aşk.

Ben fazlaydım size değil mi? Beni burada piç gibi bırakıp gittiniz.

Bir sigara daha yakıyorum ve öfkeyle savuşturmak istiyorum annemle babamın görüntüsünü. Zaten yaşarken de kumrular gibi olduklarından, fazlalıktım ben. Varsa yoksa birbirleri. "Geldin mi aşkım? Gittin mi aşkım?" Babamın anneme bitmek bilmeyen övgüleri, iltifatları. En güzel, en iyi, en şık, en başarılı, en kadın, en avukat... Annemin babamı aşktan çılgına çeviren cilveleri, nazları, göz süzmeleri... Nefret ederdim o hallerinden. Her istediğini yaptırırdı babama. Herkes hayrandı onlara. Hem çok çalışır hem çok gezerlerdi. Konser, seyahat, sinema... Hep ikisi ama. Ben evde dadılarla, kadınlarla. "Anne lütfen, ben de sizinle gelebilir miyim?" Ama hayır, hiçbir zaman gidemedim. Her yere, her zaman ikisi gittiler. Sonunda da temelli gittiler. Ben yine kaldım arkada. Onun bunun elinde yine... Dolan gözlerimden taşıyor aşağıya birkaç yaş. Ağlamak istemiyorum, hayır. Bir şey yapsam? Müzik mi dinlesem mesela? Ama kızıyor Celal evden müzik sesi geldiği zaman. Kitap okuyayım en iyisi. Onun okumam için verdiği kitaplardan.

"Ne saçma sapan kitaplar okuyorsun böyle," demişti bu eve taşındığım ilk günlerden birinde. Okuduğum bir kitabı alıp dudağını küçümseyerek büzmüş, "Sanat öğren kızım biraz, sanat," diyerek resimle ilgili bir sürü kitap hediye etmişti bana. Can sıkıcı kitaplar. Sanki cahil gibi davranmıştı, üniversite mezunu kadına. Herkes meraklı olmak zorunda mı resme? Ama aldım çaresiz kitapları, hoşuma gider diye okumaya da başladım, ama nafile. Hiç ilgimi çekmedi. Belli etmedim. Bir gün iş dönüşü vapurdan indiğimde iskelede karşılamıştı beni, nasıl da sevinmiştim bu beklenmeyen jestine. Ama elimde tuttuğum romanı görünce kararmıştı yine yüzü.

"Yine bu geri zekâlı şeyleri mi okuyorsun Mina? O kadar para verip kitaplar aldım sana."

"Celal onları da okuyorum bunları da, vapurda öyle fazla konsantre olmama gerek kalmayacak bir şeyler okumak istedim de..." diye çırpınarak yaklaşan fırtınayı önlemeye çalıştıysam da, kolumdan tutup iteleyerek susturmuştu beni. Eve kadar hiç konuşmadan gelmiş, sonra da atölyesine kapanmıştı. Çok ağlamıştım o gece de, lanet olsun nereden aldım o kitabı elime diye. Karşılamaya gelmişti beni. Belki bir yemek yiyecektik, belki bir kahve içecektik kim bilir ve ben salaklığım yüzünden kaçırmıştım yine o fırsatı. Öylesine kızıyordum ki bazen kendime. O günden sonra bir daha asla okumak istediğim hiçbir kitabı almadım elime. Vedalaştım kitap okumakla da ister istemez. Oysa ne çok severdim kitapları. Hoş artık kafamı pek bir şeye de veremiyorum ya...

Neyse, önüme açıp koyayım şu sanat zımbırtısı kitaplardan birini de, gelirse onlardan birini okuyorum zannetsin.

Kalkıp bir kitap alıyorum ve rastgele bir bölüm açıp kucağıma koyuyorum kitabı. Bekleme pozu hazır. Şimdi geriye beklemek kalıyor. Kaç saat geçiyor bilmiyorum, ama bu sefer içeri girdiğinde, onu sinirlendirecek hiçbir şey yapmamaya kendi kendime söz vererek bekliyorum.

Biraz geçmiş bir zamandan...

"Evet bekliyorum lütfen," diyerek toplantıyı sonlandırdığımı ifade edecek şekilde defterimi kapatıp, sandalyemi biraz geri iterek kalkıyorum yerimden. Karşımdaki sekiz kişi de kalkıyor hemen. Vedalaşmalardan sonra odama doğru yürümeye devam ederken, sekreterime her zamanki alışkanlığımla, "Arayan var mı Gülcan?" diye soruyorum. Gülcan'ın cevabı ile taş kesiliyorum:

"Celal Evrim Bey diye biri aradı Mina Hanım. Arkadaşınızmış sanırım."

"Ne dedi?" diye hızla Gülcan'a doğru dönüyorum. Suratıma ateş basıyor bir anda.

"Galeriye gelmiştim, müsait olursa arasın Mina Hanım," dedi

"Peki teşekkürler Gülcancım."

Heyecanımı belli etmeden odama doğru ilerleyip kapıyı kapatıyorum. Yeees! Hemen masamda bırakmış olduğum cep telefonuma bakıyorum, iki cevapsız aramadan biri Celal. Demek ki hem cepten hem işyerimden aramış. İşyeri numaramı verdiğimi hatırlamıyorum, ama nerede çalıştığımı bildiğinden zor olmamıştır bulması. Hemen masama oturup birkaç kez derin nefes alıp verdikten sonra arıyorum cebini. Üçüncü çalışta açıyor.

"Celal ben Mina! Selam, notunu aldım."

"Toplantınız amma uzun sürüyor hanımefendi, neredeyse umutsuzluğa kapılıp eve dönecektim artık."

"Öyle, biraz uzun bir toplantıydı gerçekten. Neyse ki bitti. Her zamanki sıradan işler işte. Hayırdır portre zamanı mı?"

"Yok, müsaitsen akşam bir yemek yiyelim diyecektim, uygun musun?"

Esasında değildim. O akşam şirketin yıl sonu müdürler yemeği vardı. Hay aksi! Ne yapsam?

"Aaa, tabii uygunum Celal. Bu akşam bir programım yok. Çok sevinirim."

"İyi o zaman, yedi buçukta Nişantaşı Bariz'de buluşalım mı?"

"Tamam yedi buçukta görüşmek üzere."

Telefonu kapatıp dans etmeye başlıyorum odanın içinde.

"I feel pretty
Oh so pretty
I feel running and dancing for joy
For I'm loved by a pretty wonderful boy!"

Çok sevdiğim *West Side Story* müzikalinin bu enfes şarkısıyla zaferi kutluyorum döne döne odanın içinde. Biliyordum, beklersem olacağını biliyordum. Kaç gün geçmişti o geceden bu yana? Tam sekiz gün... Sabırla bekledim. Aramadım. Hem arasam ne diyecektim? "Pardon, portreye ne zaman devam edeceğiz" mi diyecektim? İşte bak aradı, hem de portre mortre değil, yemeğe çıkalım diye aradı. Oooleeey!

Birden akşamki müdürler yemeğini hatırlayıp hemen masama geçiyorum. Katılacak diğer müdürler ve genel müdür'e yalan mazeretimi bildiren bir e-posta yazıyorum: "*Yakın bir arkadaşım hastaneye kaldırılmış, bu gece refakatçi kalmam lazım, birazdan çıkmam gerekiyor, katılamadığım için üzgünüm,*" filan falan... Gönder tuşuna basıyorum aceleyle. İyi olmadı bu yemeğe katılmamak ama boş ver, Celal yemeğe davet etti ya, kim takar müdürler yemeğini, diye düşünerek çantamı kaptığım gibi ofisten dışarı fırlıyorum.

Birkaç saat sonra Bariz'den biraz önce taksiden inip heyecanımı biraz dindirmek ve sakinleşebilmek için yürüyorum. Kafeye girdiğim zaman dışarıda bir masada, elinde sigara, otururken buluyorum onu.

"Hoş geldin Mina," diye ayağa kalkarak karşılıyor beni. "Bu ne güzellik böyle."

"Yok canım iş çıkışı, ne güzelliği Allah aşkına," diye koca bir yalan daha atıyorum mahcup gülümseyerek. Oysa bir saate yakın didindim ayna karşısında.

Ve sohbete başlıyoruz. O içki içmiyor. Ben bir kadeh şarap eşliğinde konuşuyorum da konuşuyorum. Çocukluğumu, kolej yıllarını ve üniversiteyi anlatıyorum. Önceki evliliğimden bahsetmiyorum. *Erken henüz, erken.*

O ise kendi yaşamını bir hayli sansürle anlatıyor. Kendisini evlat edinen bir kadınla büyüdüğünü annesini ise tanımadığını söylüyor kuru bir sesle.

"Hiçbir şeyim eksik edilmedi sağ olsun iyi kadındı," diye kendi hikâyesini bağlarken konuyu bana çeviriyor: "Ya senin ailen? İstanbul'dalar mı?"

"Yok, vefat ettiler üniversitedeyken ben. Trafik kazası. Antalya'dan dönerken. Ben buradaydım."

Bir sessizlik çöküyor masaya.

"Çok üzüldüm Mina, başın sağ olsun. Kardeşin var mı?"

"Tek çocuğum ben de. Yalnız başınayım anlayacağın. Önemli değil. Kaç sene geçti, alıştım. Yaşam böyle işte, alışıyor yalnızlığa insan. Neyse, güzel şeylerden konuşalım."

Her zaman kullandığım cümleler. Bazı cümleler var ki, otomatik takip ediyor artık birbirini. Yeri geldiğinde bir aktrisin sahnede repliklerini peş peşe söylemesi gibi, otomatik olarak dökülüyorlar ağzımdan. Annemin ve babamın kazasıyla ilgili cümleler de böyle. Ve her seferinde içimden yükselen bu konuyu geçiştirmek isteği... Kimseyle konuşmadım konuşmak da istemiyorum zaten. Unutuyorum bile çoğu zaman. Ne konuşacağım? Gittiler işte, terk ettiler beni, hepsi bu. Hem konuşmaya kalktım da ne oldu o psikologlarla. Anlat anlat anlattırdılar da saatlerce işin içinden çıkamayıp psikiyatristlere yolladılar, onların verebildiği tek çare de o abuk subuk ilaçlar. Uyuşmak istemiyorum ben. Mankafa gibi dolaşmak istemiyorum. Ben sorunlarımın nasıl çözüleceğini biliyorum. Cilveli bir göz süzme ile Celal'e bakıyorum yeniden. Hüzünle süzüyor beni. Şarabın da etkisiyle yüzüm kızarmaya başlıyor iyice.

"Ne oldu?" diye gülümsüyorum mahcup. "Neden öyle bakıyorsun bana?"

"Ne tuhaf bir kadınsın sen Mina?"

"Neden?"

İşte oluyor bebeğim. Gizem gördüler mi tamamdır. Oltaya takıldı demektir, biliyorsun. Çok iyi gidiyoruz çoook.

Cevap vermiyor.

"Bir daha ne zaman sergin olacak?" diye konuyu ona getirmeye çalışıyorum.

Gözlerime bakıyor bir süre. Bakıyor, bakıyor ve "Bu sene olmaz artık, ne zaman bir daha tahammül edebilirsem o maskaralığa, o zaman. Bana kalsa hiç, ama malum satış da yapmak lazım."

"Biraz daha ortada olsan. Yani tanınmak önemli biliyorsun. Resim satın alan kitle belli. Benim işim reklam malum. Kendini tanıtmazsan satış artmaz..."

"Saçmalama lütfen Mina!" diyerek sertçe kesiyor sözümü.

Şaşırıyorum. "Ama yanlış bir şey söylemiyorum ki. Ha, satış artsın diye bir derdin yoksa tamam, ama yardımcı olabilirim diye..." Başı önde, bedeninin giderek gerildiğini fark edip susuyorum.

Boğuk bir ses duyuyorum ardından: "Kalkalım mı yavaş yavaş?"

Kahretsin Mina, yine yaptın yapacağını. Sana ne adamın satışından, seni mi doyuracak ya?

Başımı onaylar şekilde sallıyorum. Bir panik başlıyor içimde. Hesabı ödeyip çıkıyoruz. Havada ciddi bir ayaz var. Yürümeye başlıyoruz Nişantaşı'nda. Bir şeyler söylemek istiyorum, ama cesaret edemiyorum. Bu adam farklı. Ne zaman, neye kızacağını kestiremiyorum.

Yaklaşık yirmi adım yürüdükten sonra nihayet konuşuyor: "Bu hafta içinde ararım seni, portre için yani... Ben biraz çalıştım üstünde, ama yine birkaç kez sana ihtiyacım olacak."

"Tabii tabii, sevinirim. Heyecanla bekliyorum ben de."

Yine beş adım, sessizlik...

"Taksiyle mi döneceksin eve? İstersen seni bırakıp devam edebilirim. Ben de taksiyle döneceğim."

Arabası filan yok anlaşılan.

"Çok sevinirim," diyorum yine. Yaşasın halen umut var!

Birlikte bir taksiye biniyoruz, ama o öne oturarak beni bir kez daha şaşırtıyor. "Ulus'a lütfen," diyorum şoföre. Sessizce ilerliyoruz. Ulus'a yaklaştığımızda, şoföre sokakları tarif ederek oturduğum apartmanın tam önüne gelmesini sağlıyorum taksinin. "Tamam burası, çok teşekkür ederim Celal," diye geldiğimizi belirtiyorum. Taksiden iniyor. Bir umut, cesaretimi toplayıp soruyorum:

"Arzu edersen bir kahve içelim bende."

Bir süre beni süzdükten sonra şaşırtarak, "Peki," diyor. İşte bunu beklemiyordum. Zaten bu adamı hiç kestiremiyorum. Birlikte eve çıkıyoruz. Neyse ki bugün gündelikçi günüydü, ev temiz ve derli toplu.

Salona geçip oturuyor. Alelacele hazırlıyorum filtre kahveleri ve yanına geçip oturuyorum. Kalkıp CD'lere bakmaya başlıyor. İçlerinden bir tane alıp müzik setime yerleştiriyor. Çalmaya başlayan CD'den yayılan buğulu kadın sesinin Norah Jones olduğunu fark ediyorum.

"Come away with me in the night
Come away with me
And I will write you a song..."

Cevap vermeden, sessizce karşımdaki koltuğa oturup gözlerini kapatarak müziğe bırakıyor kendini. Ben ise durumu daha da ilerletmek için ne yapmam gerektiğini düşünüyorum. Beklemek en iyisi.

Şarkı bittiğinde gözlerini açıyor ve kahveyi eline alarak içmeye devam ediyor. Birden orada benim de olduğumu fark etmiş gibi bana bakıyor ve duygusuz bir ifadeyle konuşuyor:

"Evin güzelmiş, güle güle otur."

"Teşekkür ederim."

Beklenti. Bekliyorum. Yanıma gelmesini, saçıma dokunmasını, öpmesini, hatta yatağa gidebilmeyi bekliyorum. Onun ne istediğini söylemesini bekliyorum. Herhangi bir talep, beklediğim... İlerlediğimizi kanıtlayacak o talep. Ama kahvesini içmeye devam ediyor. Sessizlikte, sevdiğim adam ve ben oturuyoruz öylece.

"Geç oldu, senin de yarın işin var. Ben gideyim artık. Kahve için teşekkürler."

Gitmese. İstemiyorum gitmesini. Yine beklemek başlayacak sonrasında. Hadi artık, olup bitsin her şey, benim olsun. Ben onun sevdiği kadın olayım. O zaman her şey değişecek. Ayakta bana bakıyor. İstemeden kalkıyorum yerimden. Kapıya doğru ilerliyoruz.

"Celal..." ağzımdan çıkıveriyor bu kadarı, ama gitme diyemiyorum. *"Kadın dediğin iffetli olmalı. Vakur olmalı!"* Babamın sözleri çınlıyor kulaklarımda.

Kabanını giyerek sarılıyor bana. "Teşekkürler."

Ben de sarılıyorum ona, ama bırakamıyorum. Bir süre öylece kalıyoruz. Umutla bekliyorum, kalbim deli gibi çarparak. Ama o, birden kollarımı tutup açıyor.

"İyi geceler Mina. Taksi çağırmana gerek yok, yürümek istiyorum biraz," diyerek kapıyı açıyor ve hızla asansörü pas geçip merdivenlerden aşağıya iniyor. Onunla beraber sanki içim de sökülüp gidiyor merdivenlerden aşağıya... Geride kalan parçalarımla çaresizce kapıyı kapatıyorum.

"Şimdi" denen zamanda...

Telaşla kapatıyorum alarmı. Üff, inşallah çok çalmamıştır. Nefes bile almadan, hareketsiz bekliyorum bir süre. Yok, uyuyor... Korkulu bir gerginlikle, yeni bir güne daha başlıyorum. Kendimi yatağın kenarından aşağıya doğru sarkıtarak kalkıp, ayaklarımın ucuna basarak banyoya gidiyorum. Saate bakıyorum: 06.33. İyi, rahat rahat yetişecek vaktim var vapura. Giyeceğim kıyafetleri hep bir gece öncesinden banyoya koyduğumdan, giyinmek için ihtiyacım olan her şey banyoda. Celal hep sabaha karşı yattığı için gürültü yapmama çok kızıyor işe giderken. Ben de sessizce banyoya girip orada hazırlanıyorum her sabah. Duşumu da akşamdan alıyorum ses çıkarmamak için. Sabahları ses olmaması lazım, beyimin uyanmaması lazım. Her şeyin tam da Celal'in istediği şekilde olacağı bir yaşamı en ince ayrıntısına kadar algılayıp, anlayıp, dinleyip ona sunmak benim görevim. Sahi, bu mu gerçekten görevim? Bir an duraklıyorum bu soru ile. Şöyle düzeltelim: Bilmiyorum, ama bu evde kalabilmemi sağlayan bu...

Yüzümü yıkarken aynada kendimle karşılaşıyorum yine. Nefes alamayacak gibi oluyorum kendimle yüzleşince. Sebebini bilmiyorum, tek bildiğim kendimi görünce nefesimin tıkanacak gibi olduğu son günlerde. Hızla kaçırıyorum gözlerimi. Kendisi ile neden göz göze gelmemek ister insan? Birisinden neden kaçırırız gözlerimizi? Utançtan olabilir, suçluluk duygusundan olabilir... Peki neden utanıyorum ki ben? Benim utanacağım ne var? O utansın! Bu kadar iyi niyet, bu kadar sabır, bu kadar sevgi, bu kadar anlayış... Tekrar bakıyorum aynada kendime zorlayarak; yine o nefesin kesilme hissi, boğulma hissi... Oradaki her ne ise boğuyor beni. Zavallılığın boyutları öylesine büyümüş ki gözlerimde; bunu temizlemek ve o surata tümüyle hâkim olmuş, gitmemecesine oturmuş çaresizlik ifadesine tahammül edebilmek zor, çok zor... Bakmamak en iyisi. Bu gördüğüm kişi ile ne halt edeceğini, ne halt edilemeyeceğini bilmeden, onu kabul etmek zorunda olduğunu bilmek... Kesiliyor tabii nefes, "Geber!" dercesine. Sebep bu olsa gerek. Ne bileyim... Sahi neden bakamaz insan birinin gözlerine? Acımak olabilir mi? Hani öyle acı içinde bir varlık vardır ki, bakamazsın gözüne, utanırsın kendinden. Bu mu sebep? Peki o zaman kim bu benim acımdan utanan ya da acısına bakmaya katlanamadığım, kim? *Of, sabah sabah ne çok sorgu, sual, düşünce...*

Ayaklarımın ucuna basarak mutfağa gidiyor ve su kaynatıyorum kahve için. Kahvemi elime alıp salona geçiyorum. Bir sigara yakıp annesinin memesinden sütü açlığın verdiği hırsla çeken bir bebek gibi çekiyorum içime dumanı, benim olan bir tek o kalmış sanki. Yapışıyorum onun verdiği tatmine. Peş peşe zift ve duman yığarken içime pencereden dışarı bakarak, tek tük geçen araba ve insanları seyrediyorum. Huzursuzum. Onunla aynı mekânda olmak hep bir tehlike içeriyor... En iyisi gidip iskelede beklemek.

İşyerim Beyoğlu'nda olduğundan, bu eve taşındığımdan bu yana vapurla gidip geliyorum işe. Önce Eminönü, sonra Eminönü'nden taksi ve Beyoğlu. Zor oldu alışmak bu uzun yolculuğa işe gitmek için... Eskiden böyle miydi? Rahat rahat binerdim taksiye, hooop işteyim. Ama geldik işte şehrin bu kör noktasına. Her gün taksiyle gidemiyorum ki; köprü derdi, bir de dünyanın parası Kuzguncuk'tan taaa Taksim'e. *Elâlemin kocası araba alır karısına...* Ne arabası yahu, kendi masraflarımı bile kendim karşılamak zorundayım. Neymiş? *Zaten bu evlilikte onun evinde oturuyormuşum. Market parasını da veriyormuş, daha ne olacakmış ki? Gerisi bana aitmiş.* Market tabii ya, market. Marketi veriyor da, kendime özel bir şey alırsam parasını alıyor benden. Bunu öğrendiğim gün geliyor aklıma. Marketten alışveriş yaparken güneş kremi almıştım da alışveriş fişinde kremi görünce, parasını benden isteyip avucuna saydırmıştı kuruşu kuruşuna. "Bu ev ihtiyacı değil Mina, senin özel ihtiyacın." O sevimsiz hali gözümün önüne geliyor o an. Benim halim ise bir başka trajikomik, zira bu anlarda taş kesiliyorum. Donakalıyorum, çünkü bir süre anlayamıyorum. Şaka mı yapıyor acaba, diye alık alık bekliyorum. Öylesine akıl sınırlarımı zorluyor ki söyledikleri ya da yaptıkları bazen, resmen şaka beklentisine giriyorum. Öylesine normalmiş gibi koyuyor ki önüme bu sahneleri, herhalde şaka yapıyor diyorum. Şaka olmasa, böyle durumlarda çok utanması, sıkılması, öyle konuşması lazım gelir insanın bana göre. Şaka değil ise, ki değil anlıyoruz, hiç utanıp sıkılmadığına göre de "normal mi acaba yaptığı" diye şüpheye düşüyorum bu sefer, kafam karışıyor. Kendimden şüphe ediyorum. Değerlendirme kıstaslarım karıştı burada. İyice değerlendiremez oldum durumları, en çok da kendimi. Kayboluyorum, ne tepki vereceğimi bilemiyorum. Çareyi kayıtsız şartsız itaatte buldum ben de. En iyisi bu, itaat etmek ve sorun çıkarmamaya odaklanmak. Mesela her market dönüşü direkt paranın üstünü fişle beraber veriyorum artık. O, fişi kontrol ederken karşısında duruyorum, suçsuzluğumun kanıtlanmasını beklerken... "*Buyur yine yapıyorum istediğini," diyorum, sen de bana vermelisin benim istediğimi. Anlaşmak böyle değil midir?* Ama bi halt alabildiğim yok işte. Beni deli eden de bu. Her seferinde sert bir yüzle ve sessizce kontrol ediyor fişi, neler almışım diye bakıyor tek tek. "Tamam," diyor sonra... yani genelde öyle der, zira çok dikkat ediyorum artık, özel sayacağı hiçbir harcama yapmıyorum sıçtığımın marketinden. Temize çıkıyorum alışveriş sonrası bir kez daha. Manyak! Sanki onun üç kuruşuna kaldım, söylenecek çok şey var da işte...

Kuzguncuk'tan geriye çekilmeye başlıyor yavaş yavaş vapur. Köpük köpük dalgalanıyor denizin o bölgesi. O muhteşem mavi beyaz tonlara dalıyor gözlerim. Bu görüntünün sunduğu güzellik ve huzur, onca söylendiğim günler adına bir savunma ihtiyacı yaratıyor içimde. Başlangıçta çok söylendim, bu mecbur kaldığım işe gidiş yolu için. Ama şimdi bakınca belki de günlerimin en huzurlu saatleri oldu bu vapur yolculukları. Çekindim tabii başında, canım haklıyım; toplu taşıma araçlarına yabancıyım ne de olsa. "Prensesler gibi büyüdüm ben!" Öyle derler ya, ne demekse. Annemle babamdan sonra da çok değişmedi durumum. Fena bir maaşım yok. Her yere taksiyle gidip geldim bugüne kadar. Bu yüzden zor oldu; kalabalığa karışarak vapura itiş kakış binmek, bir sürü yabancıyla yan yana bir saat gitmek. Bir de yavaş, of çok yavaş, her iskelede yanaş, dur, tekrar uzaklaş... Bunlara hep söylendim başta. İçimden söylendim tabii. Dıştan ise sevdiği adam için zevkle yaşamını değiştiren, uyum sağlayan âşık kadın gitti geldi her gün bu vapurlarla. Hangisi ben? Hangisi rol? Şimdi o evden kurtulup şu çay ve sigarayı içerken denizin ortasında... bilmediğimi fark ediyorum. İyi mi yoksa kötü mü, bu vapurla işe gidiş geliş? Seviyor muyum, şikâyetçi miyim? Bilemiyorum. Her iki kadın da bazen gerçek, bazen rol geliyor. Dedim ya, değerlendirme kabiliyetim tümüyle eridi sanki. Vapur yolculukları iyi diyelim şimdilik, ancak o akşam dönüşleri zor. Her akşam vapur yaklaştıkça Kuzguncuk'a doğru, içimde bir sıkışma başlıyor yeniden. Kasılıyor sanki her yerim, içe doğru büzüşüyor sanki organlarım. Korku ve endişe içte de böyle bir etki yapar mı gerçekten? Kanım çekildi derler ya hani, benim her şeyim çekiliyor. Gittiğim yöne doğru akmamak istiyor sanki bedenim. Zorla taşıyorum o bedeni, o anlarda ileriye doğru. İçimde dönen tek düşünce: *Bu akşam ne olacak?* Olasılıklarım hep olumsuz, hep ne kadar acı var acaba? Güzel bir şey yaşama umudumu kaybedeli... Kavga etmeyelim, bana bağırmasın, kötü şeyler söylemesin, alay etmesin yeter. Tek beklentim bunlar. Susmak zorlaşıyor zira. Şiddeti arttıkça aşağılamalarının ve itip kakmalarının, çok zorlanıyorum başımı öne eğip susmakta. Korkuyorum ağzımdan bir cevap çıkacak diye. Onun ekmeğine bal süreceğim diye... Ses çıkarmadığımda, mecburen ya susuyor ya da çekip gidiyor evden. Ben kazanmış oluyorum o zaman. Çünkü zannediyor ki ben o evden gidersem, onu terk edersem mutlu olacak, rahatlayacak. Buna uğraşıyor, biliyorum. Beni bezdirip gitmemi sağlamaya... Bunu istediğini zannediyor. Değil halbuki, olur mu? Kendi kendine zarar peşinde. Benim ona verebileceğim öyle çok mutluluk var ki. Bunu anlasın istiyorum. O zaman değişecek her şey. Bu yüzden ben de öncelikle burada kalabilmeye devam etmek için çabalıyorum. Elbet anlayacak ona olan sevgimi ve o sevgimle ona neler verebileceğimi. Ne olursa olsun, susmalıyım.

Bir keresinde, "Ne bağırıyorsun ya?" demiştim de, üzerime yürüyüp kolumdan tuttuğu gibi fırlatmıştı beni salona. O gün işte gerçekten saldırmak istedim ona, çok zor tuttum kendimi. Öyle bir öfke kabardı ki içimde, kendimden korktum salonda yerde ağlarken. Düşüncelerimden korktum. Defalarca hunharca saldırdım ona zihnimde, yeniden ve yeniden. O gün anladım; insan neden ve nasıl katil olabilir, evet o gün anladım. Zevk alacaktım, öyle rahatlayacaktım ki o gün onu bıçaklasaydım mesela. Biliyorum ya bunu şimdi, korkarak geliyorum eve akşamları. Eskiden ondan korkardım sadece, şimdi kendimden de korkuyorum. Hem onu hem kendimi idare etmeye çalışıyorum. Bu ilişkiye zarar verdirmemeliyim, devam edebilmeliyiz, devam...

Mutlaka bulacağım bir yolunu.

Vapurdan inip eve doğru yürürken, her akşam her hücrem geri çekiliyor işte. Neyse ki genelde kendi başıma bir şeyler yiyip, sigara üstüne sigara içerek tek başıma geçiriyorum akşamları. İçemiyorum bile. Bu eve alkol girmesi yasak. Nefret ediyor içkiden. Acaba hangisi içiyordu kadınların bilmem. Annesi mi yoksa analığı mı? Tek başıma oturuyorum. Celal ise gece yarılarına kadar gelmiyor. Mahsus gelmiyor biliyorum, bana acı vermek için gelmiyor. Ben yokmuşum gibi yaşıyor hayatını. Beni hiç görmemek üstüne kurguladığı bir yaşamı var mümkün olduğunca. Hafta sonları ama... O kadar kolay kaçamıyor tabii. Uyandığında evde oluyorum mecburen. Çareyi beni gözünün önünden kaldırmakta buldu aklı sıra. "Sabah uyandığımda ben sana bir şey söylemeden sakın benimle konuşma ve ben seni çağırmadan gözükme bana Mina." Böyle demişti, aynen böyle. Şaka gibi, ama şaka olmadığını anladığım bir Celal Bey özlü sözü daha. Konuşmuyorum ben de. Hafta sonları ben daha erken kalktığım için ses çıkarmadan bekliyorum salonda. Uyandığında yatak odasının kapısı açılıp banyoya girdiğinde, hemen sessizce mutfağa geçiyorum. Çayını hazırlıyorum. Salona geçip oturuyor. Sessizce çayını getiriyorum ve sonra içeri gidiyorum hemen.

Pislik! Aklı sıra caydıracak, pes ettirecek beni.

Ben de sanki yaşanan en doğal şeymiş gibi, yatağı filan yapıyorum oyalanmak için... Onun olduğu bölgenin haricinde oyalıyorum kendimi. Hem zaten karşısında olursam dayanamayıp konuşurum, diye korkuyorum. Hatta konuşmama bile gerek yok ya, adam beni görünce sinirleniyor sanki. Madem öyle, görünmez oldum işte ben de. Görünmeyen ve görünmesine izin verildiğinde o ne isterse yapan, iyi, uyumlu, anlayışlı kadını oynuyorum. Oynuyor muyum? Sahi oynuyor muyum, yoksa o muyum gerçekten? Bunu da ayırt edemiyorum, önemli de değil bence. Önemli olan sonuçta ne alacağım. Öylesine açım ki onunla paylaşacağım herhangi bir güzel ana. Sevişmiyor bile benimle artık. Evlendiğimiz geceden beri bir daha hiç dokunmadı bana. Çok ağladım önceleri. Şimdi daha bir azaldı ağlamalarım. İnsan her şeye alışıyor kendi kabul edince, anladım. Hakaret, kötü söz, hor görülme, itilip kakılma sıradanlaşıyor. Her gün ağlatmaz oluyor. Celal gibi manyakların devamlı dozu arttırması bundan olsa gerek. Yaptıklarının bir etkisi olsun istiyor olmalı ve eskisi gibi karşılık alamadığında bu tür sosyopatlar dozajı arttırıyor olmalılar. Çünkü eninde sonunda söz ya da davranışla beni yine un ufak etmeyi başarıyor. Dün akşam da kapıdan içeri girdiğimde Playstation oynar bulmuştum onu. Beni görünce kendi kendine, "Bugün de bitti bu ev öyleyse, hadi bana müsaade," diyerek ceketini alıp çıktı. Daha evin girişindeydim. Kapı ağzında kendimi bir böcek gibi hissederek, karnımın ortasından boğazıma kadar alev alev çıkan öfkem gözyaşı olup fışkırdı yine. Doyasıya ağladım, kapandım yatağa ve yalvardım Tanrı'ya: "Lütfen, lütfen!" diye... "Ne olur, birazcık sevsin beni," diye... "Herkese mutluluk veriyorsun. Ne yaptım ben sana?" Kimse yoktu ki benden ve ondan başka kime bağıracaktım. Tanrı da bırakmış beni herhalde. Sebebini bilmesem de kızgın olmalı bana. Öyle olmasa böyle mi olurdum ben? Bana elini sürmeyi bırak, aynı yerde olmayı bile bana çok gören bir adamla yaşamaya mahkûmum. Sevişmiyor adam ya, elini bile sürmüyor bir aydır. Bir o vardı elimde silah, onun karşısında Mina diye biri olduğunu hissettiğim, bana ihtiyaç duyduğunu bildiğim tek zamanlardı sevişmeler. Ama onu da aldı elimden. Sanki dokunursa pis bir şey bulaşacak benden ona. Koridorda karşılaştığımızda bile sürtünmeden geçmeye çalışıyor ya. Fark etmiyor muyum sanki? O kadar canım yanıyor ki. Yok, başkasına gittiğini zannetmiyorum. Dürüstlük önemlidir onun için. Buz gibi kadın nefreti var onda. Evet, evet Ercüment'ten dinlediklerim sonrasında emin oldum zaten. Hem acı çektirmek istiyor kadınlara hem de kendi acı çekmemek için yaklaşmaya korkuyor sanki. Her gece aradaki sınır yastıklarının iki tarafında iki yabancı gibi yatıyoruz. Yatakta birlikte olduğumuz saatler de çok az gerçi. Ben iş günleri erkenden kalkıyorum. O ise sabaha kadar oturur, çoğu zaman çalışır ve sonra gündüz uyur. Sıfır paylaşım. Bana verdiği ceza bu işte. Bana âşık olmasının cezası herhalde. Ya da her neyin cezası ise... Neden cezalandırılıyorum ben hakikaten? Suçum ne?

"Hanımefendi, Odakule."

İrkilerek inmem gereken yere geldiğimi fark ediyor ve telaşla parayı şoföre uzatıyorum. Ne zaman vapurdan indim, ne zaman taksiye bindim, hatırlamıyorum. Hep böyle oluyor son günlerde. Dalıp gidiyorum bir yerlere ve ne yapmakta olduğumu bilmeden yaşam içinde bambaşka bır yerde buluveriyorum kendimi.

Ayaklarımı sürüye sürüye kafamda çarpışan "ben"lerle odama geçip oturuyorum masama. *Yakında kovarlar zaten beni. Neredeyse hiçbir şey yapmıyorum, yapamıyorum günlerdir. Hep geçiştirmece, idare etme, patlayacak elbet. Aman kovarlarsa kovsunlar, o da fark etmiyor artık, hiçbir şey fark etmiyor. Çok yorgunum zaten, çalışmak da zor geliyor. Fark etmiyor diyorsun, ama Celal mi bakacak sana salak?* Sesler sesler, kafamda birbiriyle itişen sesler. Sahi kaç kişi var konuşan kafamda? Kimler tartışıyor orada sabahtan akşama? Ben hangisiyim bu kavga eden ve çelişen taraflar arasında? Bu seslerden biri "ben" olmalı. Hangisi "ben" bir bilsem, sahip çıkacağım ona. Belki kuvvetleneceğim ve yeneceğim diğerini. Diğeri kim peki? O da mı "ben" yoksa? İki tane mi "ben" var? İşte bu nokta korkutucu... Belki de deli olan benim çünkü. Delilik kendini yitirmekse, ben işte tam bu halde değil miyim? Kim olduklarını bilmediğim farklı yargıları benimsemiş sesler içimde kavgaya tutuşmuş, ben hangisiyim? Kafamdaki bu karmaşayı çözemiyorum. Çözemedikçe dış dünya ile daha da baş edemez duruma geliyorum. Yaşamım gürültülü bir kör kuyunun içinde, bu seslerle her gün daha da derine kaymaktan ibaret.

Masamda yığılı duran işlere rağmen yine neredeyse hiçbir şey yapmıyorum, istesem de seslerin çarpışmasında kaybolmaktan başka bir şey yapamıyorum. Celal bütün yaşamımı yok etti. Ben olan, bana ait olan ne varsa parça parça elimden kayıp gidişini izliyorum. Bir bir boşluğa karışıyor her şey. Ne kadar süre geçti odaya geleli? Hiç bilmeden öylece karşı duvara bakarak durmak tek yapabildiğim. Birden kapının çalınışı ile irkiliyorum. Gelen sekreterim Gülcan. Toplantıya katılmam için beni çağırdıklarını söylüyor. O dışarı çıkarken, beni bekleyen o ortamda yer alabilmek ve benden beklenenleri gerçekleştirebilmek öylesine imkânsız görünüyor ki, birkaç saniye daha duvara baktıktan sonra bir uyurgezer edasıyla paltomu ve çantamı alıp, hiç kimseye hiçbir şey söylemeden ve bir daha dönmemek üzere ofisten çıkıp gidiyorum.

Eş zamanda...

"Onun yüzünden diye bir şey gerçekte yoktur." Dimdik bedeni ile peş peşe adımlarını atarken yanındaki genç kadına bakıyor göz ucuyla. Onun başını salladığını görünce devam ediyor. "Onun yüzünden demek, gerçekte o kim ise kendini yok etmek için o kişiyi kullanma gayretindir. Kendine olan nefretinin sonucunu, kendini sabote edişini ve yok sayışını bir kez daha zafer çığlıkları atarak ortaya koyma çabandır. Onun yüzünden değil... Her zaman senin kendini bu kendilik nefretine kurban etmen yüzünden..."

Yan taraftan gelen seslerden, sözlerinin muhatabının ağlamaya başladığını anlıyor. İyi... Çözülsün, yüzleşsin kendiyle. Kendine ne yaptığı ile.

"Görebiliyorsun artık, değil mi?"

Yanında yürüyen genç kadının burnunu çekerek başını salladığını görüyor. Cebinden çıkardığı kâğıt mendilden bir adet çekip ona uzatırken, kalbi hissettiği şefkatten patlayacak gibi oluyor sanki. Her seferinde biraz daha genişleyen bir kaynak var sanki orada. Kendi sınırlarını hep zorlayan bir aşk genişliyor, genişliyor...

Deniz kenarına ulaşıyorlar. Pazartesi olduğu için sahil boş. Bu boşluğu seviyorum işte, diye bir derin nefes çekip gözyaşları nispeten durulmuş olan genç kadına dönüyor yine.

Kollarını açıp sarılıyor ona. Gerçekle yüzleştiğinden, onun ağırlığı ile bir serçe gibi titreyen bu yüreği sıkı sıkı kollarında tutuyor bir süre. Sonra kollarını açıp onun yüzünü elleri arasına alıyor. "Bırak artık kendine kılıç sallamayı, bırak kılıç olarak başkalarını kullanmayı. Yol bu değil, kurban asla kazanamaz bunu unutma! Kurban olma. Kurban etme yaşamını artık bu aptal kandırmacaya."

Bir kayanın üzerine ilerleyip oturuyor. Göz ucuyla onun da yakına gelip bir kayaya oturmasını izliyor. Şimdi sessizlik vakti. İdrakin ve yüzleşmenin, sessizliğin gücüyle içe sindirilme vakti. Artık söze gerek yok. Söz yerini buldu. O yürekte işliyor etkisi, aça aça yalanın ve sahte olanın karanlık örtülerini.

Yardımcı olmaya, uyandırmaya çalıştığı her bir kişideki, her bir idrak anı kendi içinde de bir genişleme yaratıyor sanki. Derin bir nefes alıyor ve o aldığı nefes dudaklarından dökülen belli belirsiz bir, "Şükürler olsun!" ile tekrar boşluğa geri karışıyor.

Biraz geçmiş bir zamandan...

"Yapamıyorum, anlamıyor musun? Ondan vazgeçemiyorum. Çünkü beni sevdiğini biliyorum Sırma. Kendisi de vazgeçemiyor ki benden, gördün. Ne oldu ilk sevişmemizden sonra? Bunalımlara girdi beyefendi, abuk subuk haller. Bir daha görüşmeyelimler. Ne kadar kahroldum, hatırla. Sonra peki? Kendisi aramadı mı, on gün sonra gecenin bir yarısı?"

"Mina'm, bitanem, ben de onu diyorum ya zaten. Herif hasta ya! Kaçıncı gelgit bu? Herif üç gün evet derse, on gün basıp yok oluyor. Bir gün istiyorum, bir gün istemiyorum diyor. Bir yere varmaz bu iş. Ya sen kim olduğunu hatırlasana biraz! Neyin eksik kızım? Bırak, cehennemin dibine... Sana adam mı yok?"

Kuruçeşme'de, Aşk Kafe'de oturuyoruz. Kar yağmış İstanbul'a. Çok, çok kar. Yollar biraz açıldığında keyfini sürmek için geldik arkadaşımla buraya. Daha doğrusu son üç gündür eve kapandığımdan, Sırma beni normale döndürmek çabasıyla bugün evi basıp sürükledi beni. Ama faydasız, Celal dönmeden olmaz. Hem dönecek. Biliyorum, bensiz yapamaz o. Kaç kere denedi. Susuyorum her seferinde, bekliyorum ama ağlaya ama sabrede. Sonunda kendi geliyor. Bu sefer de gelecek, biliyorum.

"Ben bir lavaboya gidiyorum canım."

Sırma uzaklaşırken, gözlerim karşıya dalıyor. Oralarda bir yerde Celalim işte. Orada bir yerlerde oldu işte, o ilk sevişmemiz... onun evinde. O sıkıcı portre çalışmalarının dördüncüsünün sonunda yine kapıda yolcu etmeye hazırlanırken beni, dayanamayarak öpmüştüm onu. "Yapma Mina," demişti... "Yapma..."

"Neden Celal? Çok seviyorum seni biliyorsun, neden böyle uzak tutuyorsun beni?"

Bir yandan da orasını burasını öpmeye devam ediyordum. Ok yaydan çıkmaya yüz tutmuştu bir kere. Beni kolumdan tutarak kapının dışına itmeye çalışırken, "Mina lütfen, kimseyle ilişki istemiyorum ben, biliyorsun..." diye söyleniyordu çaresizce. İşte o noktada, bu denli isteğimi ve beklentimi ortaya koyduğum, ama karşı taraftan bana bir cevap gelmediği noktalarda bir şey kopuyor içimde. O anda da koptu, o her neyse. Mantığımı, bildiğimi, inandığımı, edebimi yok eden bir göz kararması yaşanıyor. Sanki bir intihar komandosu gibi sonuna kadar zorlama istek ve cesareti ile atılıyorum ortaya. Sonu ne? Belirleyen kim? Bilmiyorum... Ben ne yaptığımın farkında bile olmuyorum. Öylesine bir zincirden boşalma hali ki o anlar, "Ya olacak ya ölüm!" keskinliğinde. İşte o anda da birden elinden kurtulup içeri yatak odasına koştum ve koşarken hızla attım üzerimdeki giysileri bir bir. Çırılçıplak yattım yatağına. "Ya gelir, benle bizi yaşarsın Celal Bey ya da kalırım burada böylece, hiçbir yere gitmem." Bir yandan da gülüyordum, hırsla örülü bir şımarıklıkla. Bakakalmıştı bana.

"Mina hadi giyin de konuşalım biraz." Sinirle karışık tuhaf bir gülümseme vardı kaskatı suratında.

"Hayır, sen de beni istiyorsun biliyorum bunu, hem ne konuşması yeter artık! Neden kaçıyorsun Celal?"

"Minacım, benimle ilişki olmaz. Sen çok düzgün bir kadınsın, lütfen giy şu bluzu üzerine, böyleyken konuşamıyorum, iki dakika dinle beni, lütfen."

"Offff!" diyerek çekip almıştım bluzu elinden. Bir tek onu giymiştim ama. "Tamam hadi dinliyorum," dedim şımarık şımarık. Hâlâ onun yatağının içindeydim. Çaresiz gelip ilişmişti yanıma. Öylesine korkuyordu ki, tuhaf bir güç hissediyordum karşısında.

Tüm kozlar senin. Hadi Mina!

"Minacım sen çok düzgün bir kadınsın, hani derler ya evlenilecek kadın. Ama benim o taraklarda işim yok. Bakma, bir talihsizlik yaşamışsın ama eninde sonunda düzgün bir adam bulursun, çoluk çocuk yaşarsın."

"Ben kimseyi istemiyorum senden başka Celal." Dudaklarım titremeye başlıyor.

"Kızım, ben belki burada bile kalmayacağım. Fransa'ya gitmeyi düşünüyorum, planlarım var işimle ilgili."

"Ben de gelirim Celal, seninle her yere gelirim. Evlilik isteyen kim, seninle olayım yeter..." diye sızlanmaya başlamıştım en masum halimle.

"Minacım..." Öylesine tutuyor ki kendini, öylesine zorluyor ki buna güveniyorum zaten, birazcık daha uğraşırsam olacak biliyorum. *Bir yatsam onunla...*

"Minacım, yine söylüyorum, benimle ilişki olmaz, kimseyle olmadı. Üç gün sonra çok üzülürsün."

"Çünkü onlar değildi beklediğin, bendim. Sen de biliyorsun. Onlar baş edemezler seninle. Ben ederim, ne istersen yaparım, ne istersen... Yeter ki yanında olayım Celal."

Ağlamaya başlamıştım. Ağlamam gerçekti, çünkü o noktadan sonra giyinip eve gitmek zorunda kalmak düşüncesiyle gelen utançla karışık bir korku ağlatıyordu beni. Ne yapıp edip, yatmalıydım onunla. Beni başarıya götürebilecek tek yol buydu. Yatmalı ve onu kendime bağlamalıydım.

"Ağlama ne olur. Kızım şimdi yatsak bile ben yarın olmam, anlıyor musun? Ama sen... sen böyle bir kadın değilsin, toparlan lütfen."

Sarılıp sakinleştirmeye çalıştı beni.

"Olmaz, kabul... Sadece bir kere olayım seninle, bir kere senin olayım Celal... Söz, hiçbir şey istemeyeceğim senden, ilişki filan yok, söz."

Başımı ellerinin arasına alıp bakmıştı bana. "Emin misin Mina? Bak sonra ağlama bana." Ben cevap vermeyip yine öpmeye başlamıştım onu, neresini bulursam yüzünün öpüyordum. Bir yandan da, "Lütfen Celal, lütfen..." diye yalvarmaya devam ediyordum. Ve nihayet kırılmıştı tüm savunması. Çıkarıp atmıştı birden bluzumu üzerimden ve hoyratça yatırıp beni yatağa sevişmeye başlamıştı benimle. İçime girmeye kalktığında çoktan hazırdım beni bekleyen acıya. *Aman çok dikkat, anlamasın.*

Ve ağzımı yutan dudakları oldu ilk hissettiğim ve hemen ardından hızla gelmişti bıçaklar. Başlamıştı oyun. Ben bir yandan acıya dayanmaya çalışırken, bir yandan otomatik oynuyordum rolümü: Aşk ile kendinden geçen kadın. Keşke... Keşke gerçek olsaydı... Keşke bu kadar arzuladığım şeyi bedenimle de yaşıyor olsaydım. Oysa bu ateşli aşk sahnesinin tek amacı, oyunu bir sonraki seviyeye taşımaktı benim için. Bunun için de dayanmalıydım bu bıçaklara. İçimde bu acıyı biraz daha dayanılır kılan ise sürekli dönüp duran aynı kelime olmuştu: Başardım, başardım!" Tutunduğum bu başarı hissi ile devam edebildim. Her şey olup bittiğinde, Celal öylece yatakalmıştı yanımda. Ben ise öylesine mutlu, öylesine zafer coşkusu ile doluydum ki, alt tarafımın yanması bile bozamıyordu keyfimi. O öylece yatıp uykuya geçtiğinde, ben kalkıp bir sigara yakmıştım salonda ve sızım sızım sızlayan amımla birlikte zaferimi kutlamıştım o cuma gecesinde.

"Mina, iyi misin canım?"

Sırma yarı endişeli gözlerle bana bakarak yanıma oturuyor.

"İyiyim Sırmacım, iyi geldi hakikaten burası, teşekkür ederim." Kesinlikle daha iyi hissediyordum o an, ancak iyi gelen o geceyi hatırlamak olmuştu. Yok, bir kez daha fark ediyorum ki biz birbirimiz için yaratılmışız.

Hadi kalk da bitsin bu Sırma'nın vır vırları. İyiyim, haklısın de, sıvış, işimize bakalım.

"Sırmacım, canım, bilirim çok seversin beni, ben de seni. Düşüneceğim söz. Haklısın belki. Hadi kalkalım, gece uyumadım, dinleneyim biraz."

"Peki canım. Ben akşam Paper Moon'da olacağım Avi ile. İstersen sen de gel, yemek yeriz, değişiklik olur, açılırsın."

Sırma'nın bu teklifini kibarca reddederken, onun Cherekoe'sine binip evime doğru ilerliyoruz. Toparlanmaya başlıyorum, kafam açılıyor sanki, çünkü moral kazanıyorum kendi içimde. Arayacak biliyorum, az kaldı. Ne Paper Moon ne de başka bir şey... Onu istiyorum ben ve gelecek biliyorum. Bu tersyüz haller, bir öyle, bir böyleler Celal'dir. O öyledir.

İlk sevişmemizin ardından, o cumartesi sabahında gözlerimi açtığımda onun yatağında olduğumu fark etmiş, sevinçle aşkımı bulmak için kalkmıştım yataktan. Atölyesinde çalışır bulmuştum onu. "Günaydın!" demiştim kendimden emin bir güleçlikle. Ama bana döndüğünde karşılaştığım ifade kemiklerimi dondurmuştu bir anda.

"Akşam gidersin sanmıştım, pek sevmem böyle..."

Fırçasını "böyle" olanı işaret ederken sallayışını bile hatırlıyorum bana doğru. O "böyle" dediği ile neyi ifade etmek istiyorsa, ben onu simgeliyordum o anda. Taş kesilip hayretle, ağzım açık bakakalmıştım. Birden vazgeçmişti cümlesini tamamlamaktan ve bir başkasına geçmişti: "Neyse, ben çalışıyorum Mina, kapıyı arkandan çek olur mu giderken?"

"Günaydın Celal!" Sinirle karışık ders verir bir tonda medeniyete davet etmeye çalışmıştım onu. Derin bir nefes alıp vermişti, sabır arayışı ile çekilen o derin nefeslerden birini. Yüzü de bedeni de yine kaskatı.

"Mina, dün akşam konuşmuştuk... Buralara hiç girmeyelim canım."

Canım kelimesi ne tuhaf çıkmıştı ağzından, ne zorlama... Yoksa bana mı öyle gelmişti? Bir süre donmuş gibi ona bakıp, bu beklemediğim sahne karşısında ne yapacağımı hızla kestirmeye çalışmıştım...

Seni tartıyor adam, hiç problem değilmiş gibi kalk git, gelecek nasıl olsa... Farklı ol, karşı çıkma.

Birden tahta bir mankene can verilmiş gibi hareketlerim geri gelmiş ve "Okey Celal, ben çıkıyorum. Çok teşekkürler, güzel bir geceydi. Sen ararsın beni, hani portre filan, hadi bye!" diyerek yanına gidip bir öpücük kondurmuştum yanağına. Ve şarkı mırıldanarak giyinip, kendinden süper memnun ve tasasız bir kadın hatırası bırakmaya çalışarak çıkmıştım evden. Taksiye binene kadar. Taksiye bindiğimde ne yapacağımı, nereye yönlendireceğimi bilemediğim büyük bir öfkeyle çökmüştüm koltuğa.

Öküz! Sen dedin hiçbir şey istemeyeceğim diye, adam da tartıyor seni işte. Ne var bunda kızacak? Dayan biraz. Dayan ki bu kadın farklı diyebilsin.

Evde duş alırken zaferime odaklanmak daha doğru ve kolay gelmişti.

Celal Evrim'in kadını oldun işte. Daha ne istiyorsun? Ayrıntıları bırak, biz işimize bakalım.

Celal Evrim'in kadını olarak eve koşturmuş, heyecanla beklemeye başlamışım. Artık yatmıştım onunla. Artık onun olmuştum. *Akşama mutlaka bir yemek yeriz, belki bir sinema... Belki de evde oluruz, romantik bir yemek ve sevişme tabii. Bir kez açıldı mı kapı, duramaz bu erkekler. Olsun, daha çok bağlanır böylece bana. Yemek de pişirebilirim ona. Evet, arayınca bunu teklif edeyim, bak.* Celal ile paylaşacağım türlü güzel günler ve gecelerin hayali içimde dönüp dururken, telefon ya elimde ya yanımda, bir sonraki sahnesini bekleyen oyuncu gibi pürdikkat kesilmiştim.

Ama aramamıştı. Ne o gün ne de onu takip eden bir hafta içinde. Üçüncü günün sonunda ise gündüz işyerinde hayalet gibi gezmeye başlamış, akşamları evde boylu boyunca yatıp elimde telefon kâh dua eder, kâh ağlar sersefil bir hale bürünmüştüm. Sekizinci geceydi. Sızdığım salon koltuğunda çalan telefonla uyanmıştım. Celal!

"Mina nasılsın?" Böyle demişti, bu kadar... Çok normalmiş gibi her şey. Ve beni kör bir kuyuya çeken gelgitler başlamıştı böylece. Fırlayarak gitmiştim o gece. O gece yatmadı benimle. Öylece oturup sohbet ettik koltukta. Sonra yine yok oldu. Sonra yine aradı. Sayısız kez böylece tekrar etti bu oyun. Hep şaşırtarak beni, hep beklemediğim şekillerde davranarak. Ben de, yirmi dört saat strateji geliştirir oldum. Yirmi dört saat Celal. Sanki başka hiçbir şey kalmamıştı dünyada. Ne kimseyle görüşüyordum ne de işimi doğru dürüst yapabiliyordum. Her şey idaretendi. Celal'i düşünmek, Celal ile hayalimdeki gibi sürekli olabilmek için strateji geliştirmek dışında her şey.

Yılbaşından bir gün önce de, "Bu sefer kesin bitti!" diye ağlarken arayıp, "Kaçta gelirsin?" diye sormuştu gülerek. Sanki hiçbir şey olmamış, günler önce beni bir kafede öylece bırakıp çekip gitmemiş gibi. Sanki benim başka bir programım olamazmış gibi. Oturup ondan telefon beklediğimi bal gibi biliyormuş gibi. Gittim. Her seferinde gittim, çünkü biliyordum artık o da bana âşıktı. Yoksa neden vazgeçmesin? Birlikte girdik yeni yıla. Ama ne giriş. Ben Kuzguncuk'a varana dek, o telefondaki gülen ses, gergin bir yüze dönüşmüştü yine. Bir şeyler yedik sessizce, konuşmaya çekinmiştim büyü bozulacak diye. Bir kez de sevişti benimle. Yılbaşı sevişmesi. Karneyle alabiliyorduk çünkü beyimden. Sevişme de denebilirse tabii, savaşma demek daha doğruydu. Hep gergin, hep uzak, hep öfke dolu, hoyrat çekmeler, itmeler, yarı öpmeler, yarı... Oysa seks en büyük silahım benim. Bir erkeği orada mutlu edebildin mi... Tedirginlikle benden ne isterse yapıyordum bu yüzden, yeter ki sinirlenmesin, yeter ki beni yine göndermesin. Yatakta uyuyup kalmıştı zaten saat on ikiden hemen biraz sonra. Yine de mutluluk çıkarmaya çalışmıştım bu durumdan, benimle girdi yeni yıla diye. Ertesi gün uyandığında ise hazırladığım kahvaltı sofrasına bakıp, "Ben çalışacağım Mina," diyerek çalışma odasına çekildiğinde, iliklerimde ne varsa çekiliyor gibi hissetmiştim. Boğazımdan bir hırıltı gibi çıkan bir sesin dediğine kendim bile şaşırmıştım: "Bitti. Sakın ama sakın bir daha beni arama. Senin de portrenin de canı cehenneme!"

Çıkıp gittim evden. Daha çıkarken pişman olmuştum bile. *Salaksın, mahvettin her şeyi, asla affetmez şimdi bu yaptığını, salak!*

Korku kapladı her yerimi, suçluluk ile ağlamaya başladım evden içeri girince. Elimde telefon gözyaşlarımın gölgelediği cep telefonu ekranına bakarak aramasını bekledim. Dua ederek bekledim, ama nafile. Günler geçtikçe öfkem de artmıştı. Bitti, diyordum, bitti! Sanki seçim bana ait olabilirmiş gibi. Sanki ben bitirebilirmişim gibi. İşin tuhafı, günler birbiri ardına geçtikçe inandım da bittiğine. Yüzüm hiç gülmüyordu; bittiğini yaşamaya, biten ilişkimin ardından yas tutmaya başlamıştım.

Sonra yine bir gece yarısı telefonu. Bitmiyordu Allahım! Yine anlamsız hal hatır sormalar. Sanki elinde bir toplu iğne ile her gün biraz daha kazıyordu beni. Böyle bir his. Pes etmeye başladım. Bu gelgitler dayanma sınırımı aşmıştı.

"Celal ne istiyorsun benden? Ne ilişki oluyor bu ne de başka bir şey. Ne gelebiliyorum ne gidebiliyorum, tükendim artık." Gücüm zayıflamaya başlamıştı, yalvarır gibi konuşmaya başlamıştım.

"İlişki yok, olmaz benimle demiştim. Ama hayatından çıkarma beni. Dost olalım Mina. Göreyim arada seni. O kadar."

Aşk değilse, ne bu şimdi? Buz gibi âşık, korkudan ne yapacağını bilemiyor, biraz daha sabret Mina.

"Peki Celal, dost olalım."

"Yeni bir seriye başladım. Dört beş resim, seri olacak. Çalışıyorum sürekli. Sen neler yaptın?"

Bu kadar işte. Sonrası sıradan konuşmalar. Sözde dostluk dönemimiz başlamıştı böylece. Ama o da bir ay sürebildi sadece.

"Şimdi" denen zamanda...

Sadece oturuyorum koltukta, tam bir oturuş bile değil, her an tetikteyim çünkü. İşte kapı açıldı, bir gölge gibi mutfağa geçiyorum. Duruyorum orada. Taş gibiyim. Çayı koyuyorum biraz sonra, götürüp veriyorum ve ses çıkarmadan tekrar mutfağa geri. Kimdim ben buraya gelmeden önce? Kimdim ki? O zaman da oyuk, şimdi de. O zaman da bir boşluk, şimdi de. *Değişmiyor, değiştirdiğini zannediyorsun ama olmuyor.* Ne var savaşacak? Zaten mutsuzdum. Zaten bomboştum. Aradım, yıllarca aradım o bende eksik olanı. O neydi tam olarak bilmeden aradım esasında. Hep buldum zannettim farklı yerlerde ve farklı adamlarda... Ne isterlerse yaptım. Olmadı ama.

Sevdiremedin de ondan kendini.

Sevemediler be! Ne sevdiremedini? Daha ne yapsaydım, sevemediler! Sahi neden sevemediler beni? Neden benim istediğim gibi sevemediler? Hep kandırıyorlar, seviyormuş gibi yapıp... Gözümün önüne Ayhan geliyor: Babamın arkadaşı, sosyete mimarı, benim eski kocam Ayhan. Annem ve babamın cenazesinde, ben perişan haldeyken sürekli etrafımda pervane, beni koruyan kollayan... *Her şeyi hallediyor, ne çok yardım ediyor, kim bu adam?* Ayhan. Hemen ertesi akşam, ben evde hayalet gibi içine düştüğüm yeni yetim yaşamımı algılamaya çalışırken, elinde koca bir buketle kapımda beliren Ayhan. Onca yaş farkımıza rağmen o ilk cümlesi ile yaşamımda zelzele yaratan Ayhan: "Ne kadar güzelleşmişsin sen Mina." Bir lord edasıyla beni kavrayıp sözüm ona kendi yaşamına katışı, gezmeler, tozmalar, el üstünde tutulmalar. Başımı hep omuzunda tutup gözyaşlarımı her gün azar azar kurutmalar. Nasıl da dört elle yapışmış, aradığımı bulduğumu zannetmiştim. Çare işte bu sandım, bu defa oldu sandım ama sonra... Evlilikle birlikte değişti her şey. Her gün gittiği ofisinde sadece bilgisayar oyunu oynayan, paralarını tüketmiş, uzun zamandır, "Çalışamıyor artık, geçti onun devri," olarak tanımlandığından çevresinden iş alamayan ve çareyi sevgili avukat arkadaşının birikimini miras alacak kızında görmüş Ayhan. Bir süre sonra foyası ortaya çıkınca ofisinin kirasını bile ödeyemediğinden evden dışarı çıkmamaya başlayan, bir patates çuvalı gibi her gün evde oturup cintonik eşliğinde TV seyreden Ayhan. Ve isteyen Ayhan. Mina'dan her ihtiyacını, "Evli değil miyiz? Kocanın başına bu geldiyse sen bakacaksın tabii," diye karşılamasını kendine hak görmüş Ayhan.

"Mina!"

Mutfakta Ayhan sahtekârı ile yaşadığım günlere dalıp, bilmem kaçıncı sigaramı içerek otururken, çağrıldığımı duyuyorum. Zorla kalkıp ayaklarımı sürüyerek salona ilerliyorum.

"Efendim Celal?"

"Giyin de sahile gidelim biraz, yürüyelim, konuşacaklarım var."

Yanlış mı duyuyorum? Benimle gezmeye mi gitmek istiyor? *Boş ver şimdi Ayhan'ı. Geçti bitti.* İçimde bir kıpırtı dolaşıyor belli belirsiz. Şaşırıyorum hâlâ içimde bir his uyanabilmesine.

"Peki Celal."

Odaya geçip giyinmeye başlıyorum. Kot pantalonumun üzerine pembe bir atlet geçiriyorum. Hava çok sıcak. Aynaya bakıyorum, gözlerim atletin pembesine takılıyor. Bir başka zamandan bir ses duyuyorum sanki:

"Bluzunuzun pembesi yüzünüze vurdu sanki, kızardınız..."

Biraz geçmiş bir zamandan...

"Bluzunuzun pembesi yüzünüze vurdu sanki, kızardınız..."

Kafamı kaldırıp boş boş bakıyorum karşımdaki adama. "Koskoca yüksek mühendis, hem çok başarılı." Böyle demişti Sırma. Israr etmişti. Beni görmüş, beğenmiş. Oysa o günlerde benim aklım fikrim, dostluğumuzun baharını sürdüğümüz Celal'de. *O dostluk desin ne var? İki günün biri görüşür oldunuz bak! İlk defa sohbet muhabbet. Dostluk zırvasına yatıp yanında tutuyor seni, biraz sabır, bak nasıl dökülecek!*

"Minacım, iyi misin?"

Sırma hafifçe dürterek beni ortama geri çekmeye çalışıyor. Nişantaşı'nda bir restorandayız. Sırma bir maestro gibi bir yandan beni bu karşımdaki adamla bağlamaya çalışırken, bir yandan da kendi sevgilisine gülümseyerek onu idare ediyor. Bunalıyorum hepsinden. *Neden buradayız Allah aşkına?* Sırma'nın beni Celal'den kurtarma gayretleri. Âşığım ona, anlatamıyorum. Sadece ve sadece onu istiyorum. Anormalmiş, şöyleymiş, böyleymiş... Bana ne normallerden, şu adama bak karşımdaki! Patlayacağım şimdi. Celal de kızdı zaten biliyorum bu yemeğe gelmeme. Anladı tabii Sırma'nın planlarını. Kıskandı, çok kıskandı hissettim. Sırf bu yüzden kabul ettim ya zaten bu yemeği, baktım ki kıskanıyor...

"Aa, Celal değil mi o?"

Sırma beni dürtüklüyor. Rüya görüyorum, evet çıldırdım herhalde, karşıdan Celal geliyor bana doğru. "Yok artık!" diye tıslayan Sırma'nın sesini duyuyorum. Adamlar ne olduğunu anlamaya çalışırken, masanın yanında duruyor Celal tüm azameti ile. Nefes alamıyorum. Her şey karışıyor, bulanıyor. Elini bana uzattığını görüyorum, "Hanımefendi, sizi almaya geldim, hadi gidelim."

Kızgın çok kızgın, tutuyor kendini biliyorum, artık onu çok iyi tanıyorum. Masada herkes bu adamla ilgili kendi bilgisi kadar, anlamaya ve tartmaya çalışıyor durumu. *Kalksana salak!* İçimden bir haykırış, sanki tüm restoranı dolduruyor ve beni ayağa fırlatıyor bir anda. Elini tutuyorum ve büyülenmiş gibi adım atıyorum onunla, nereye ise oraya doğru.

"Mina, n'apıyorsun? Nereye? Bu ne kabalık..."

Sırma beni kaybetmemek için son bir çabayla durdurmaya çalışıyor.

Hızla dönüyor Celal ve bir elinde benim elim, bir adım atıyor geriye. Herkes taş kesmiş sanki. "Sırma, sen bizim hayatımızdan çık ya, rahat bırak bizi. Evleniyoruz biz... Ve sen kızım, sen yoksun artık Mina'nın hayatında!"

Çekiyor beni ve hızlı adımlarla çıkıyoruz restorandan. Duyduklarımı toparlamaya çalışıyorum. *"Evleniyoruz" mu? Doğru mu duydum? Sırma? Ama Sırma. Boş ver şimdi Sırma'yı mırmayı! Evlenecek adam kızım seninle, sus ve yürü!...* Susuyorum ben de.

Celal sürükleyerek beklettiği taksiye atıyor beni. Öyle tuhaf ki suratı, sesimi bile çıkaramıyorum. Karşıya, evine doğru giderken, el ele oturuyoruz taksinin içinde. Zaman duruyor sanki, el ele akıyoruz zamanın içinde. Taksi durduğunda elimi bırakınca irkiliyorum. Parayı veriyor, beklememi işaret ediyor. Anlamaya çalışırken bir bakıyorum ki kapımı açmış, inmemi bekliyor. Ben iner inmez yine elimi tutuyor ve apartmanın merdivenlerini çıkıyoruz el ele. Kapıyı açtıktan sonra kucağına alıyor beni ve o tok sesinin eşliğinde eşikten geçiyorum:

"Yeni evine hoş geldin Mina!"

Doğruca yatağa atıyor beni ve içime girdiğinde yaşlar akıyor gözümden. Ama acıya, farklı bir keyif eşlik ediyor bu defa. Başarının keyfi. Uzun bir maraton sonrası varış ipini göğüslemenin keyfi. Madalyayı çok yakında alacağını bilmenin keyfi. İşte o anda ve içime saplanan acısı tanıdık bıçaklar arasında, kendi rızamla, onun kucağında, cehennemimin kapısından içeri süzülüyorum o gece.

"Şimdi" denen zamanda...

"Kendi rızamla girdim bu işe biliyorum ve seni suçlamıyorum, ama olmuyor işte Mina, olmuyor."

Oturuyoruz iskeledeki çay bahçesinde. Hemen evin karşısı. *Bir hevesle geldiğim bu derme çatma çay bahçesi. Ben razıyım neresi olsa aslında...*

"Cevap ver, ne olur susma Mina."

Konuşmayı unuttum ben Celal Bey. Konuşamıyorum artık, çok korkuyorum. Ağzımdan çıkacak her kelimeden korkuyorum. Kelimelerin anlamını bilemiyorum artık, öylesine herhangi bir kelime, bir anda öylesine parlatabiliyor ki seni ve... Riske giremem, susacağım. Susmak en güvenlisi. Böyle konuşurum ben, içimden cevap veririm.

"Mina!"

"Celal, ne diyorsun, anlamıyorum?"

Gözlerim doluyor. Nefesim tıkanıyor. Hava çok sıcak. Çok çok sıcak. Giderek boğuluyorum sanki. Söylediğini almak istemiyorum, alamam. Alırsam ben hiç olurum, toptan yok olurum. Tek bir şeye programlıyım. Hiçlikten kurtulmam tek bir şeye bağlı. Bu işi yürütmek! Nasıl bitiririm? Ne demek ki o? Nereye dönerim? Yeniden bir yaşam kurmak, yeniden bir şey olmaya çalışmak... Midem bulanıyor, her şey etrafımda dönüyor.

"Kızım cevap versene, bak sinirlendirme beni ya! Allah kahretsin, nasıl bi yaratıksın bilmiyorum ki?!"

İşte geliyor ateş ateş üzerime kelimeleri. O aşağılayan kelimeleri. Başladı... *Boş ver, sen acındır dur kendini, sus, geçer bu fırtına da.*

"Mina, peki madem öyle söyleyeceğim. Kızım anlamıyor musun, istemiyorum seni! Midem bulanıyor artık, iğreniyorum senden ya!"

İşte yine canım yanıyor. Hep ne kadar alıştım desem de, yeni bulduğu sözler veya yollarla canımı yine ve yeniden yakmayı başarıyor. Yaşlar boşalıyor gözlerimden aşağı, yaşlarla birlikte yalvaran kelimeler: "Celal, niye öyle diyorsun? Ne yaptım ben sana, ne istesen..."

"Sus! Ağlama! Cehennemin dibine ya, defol git hayatımdan!"

Kalkıp gidiyor masadan, yine öylece kalıyorum boşalan yaşlarımla bir başıma. Ağlaya ağlaya yok olmak istiyorum orada, o iskelenin çay bahçesinde. *Salaksın!*

Kaskatı kalakalıyorum. Etrafımdaki sesler giderek uzaklaşıyor. Sanki bir balonun içine soktular beni; her şey, sesler, görüntüler bulanık. Net olan sadece o en duymak istemediğim.

Attı seni sokağa işte...

Nasıl? Neden? Ama istediği her şeyi yaptım ben. Bitti mi yani? Peki, ne olacağım şimdi ben?

Eş zamanda...

"Mesele bir şey olmak değil; mesele sen olmayan her şeyden soyunup, en başta sende 'Ol!' denmiş olanı yaşamaktır..."

Hiç durmadan peş peşe vuruşlarla klavyede hareket eden parmakları birden durdu. Ürperdiğini fark etti. Oda haddinden fazla serinlemişti. Yaz, bitmeye yakın son darbesini vurmuş ve sıcaklık mevsim normallerinin bir hayli üstünde seyrettiğinden çalıştırdığı klimanın odayı bir hayli serinlettiğini ancak fark edebilmişti. İyi mal işte, kaşla göz arasında nasıl da buz gibi yaptı ortamı, diye düşündü uzaktan kumandasıyla klimayı kaparken. *Kalite her zaman kendini ortaya koyduğu işe yansıtır.* Kaliteyi çok severdi evet. İnsana yakışan, olması şart olan bir özellikti çünkü kalite. İnsan çok değerliydi. Değerini bilip, değeri yaşama geri vermeli ve tekrar değer almalıydı böylelikle. İşte bu yüzden herkes olmaya geldiğinin hep daha iyisini olmayı hedefleyip, yapmaya geldiğinin en iyisini yapmaya çalışmalıydı bu dünyada. Her birimiz bunu hedeflemeli, yaşamımızda bunu hedefleyenlere yer vermeliydik. Ancak o zaman yaşanan deneyimler hep daha iyiye gidebilirdi. Yaşam o zaman bir harikalar diyarı olabilirdi. İşte "tek katlı köy evim" diye tanımladığı evinde yer verdiği her bir parçanın kaliteli olması da bu yüzdendi. Az ama öz... Hep olabilecek olanın en iyisi.

Son yazdığı satırları bir kez daha okudu: *"Mesele bir şey olmak değil, mesele sen olmayan her şeyden soyunup, en başta sende 'Ol!' denmiş olanı yaşamaktır..."* Parmaklarını tekrar harekete geçirerek, bir süredir üzerinde çalıştığı yazıyı kendinden memnun tamamladı:

"Yaşamak da zaten budur. Oysa sen sende 'ol' denmiş olan kim, bilmiyorsun. Bir çakma kimlikte her gün ordan oraya savruluyorsun. Anlaman lazım, burada ya kendin olursun ya yok olursun. Kendinden başka bir şey olamaz; ancak ortada sürüklenen, tanımlanamayan

bir yokluk olursun. Sen yok isen, senin bir yaşamın nasıl olur? İşte bak, yoklukta debelenip duruyorsun. Kendine gel! Kendine... Gel!"

"Şimdi" denen zamanda...

Bitti! Kurtuldum. Böyle düşünmek istiyorum. Elimde sadece bir sırt çantası, en acil gerekenleri aldım. Gerisini sonra aldırırım, umurumda da değil. Daha eve girer girmez bağırmaya başlayan o sese dayanabilmek...

"Defoool! Yine mi geldin sen?!"

Krize girdi yine. Biliyorum bu krizlerini. Hasta Celal. Haklıymış başta bana, "Benimle ilişki olmaz!" dediğinde. Hasta çünkü. Böyle sinir nöbetleri var. Bağırıyor, ağlıyor. Sonra pişman oluyor, suçluluk daha da çıldırtıyor onu. Bir gelgitler dünyası.

Ama izin verseydi, iyileşirdi sevgimle.

Buna inandım. İyi olacaktı benimle. Ben de onun bir tanesi olacaktım, değerlisi olacaktım. Olabilirdi, olmadı. Niye olmadı, bilmiyorum.

"Eşyalarımı alıp gidiyorum, bağırma Celal, tamam bitti."

Hızla üzerime doğru geliyor. Vuracak sanıyorum, ama beni geçip atölyesine doğru giderken, "Çıktığımda burada olma, sakın olma!" diyor ve kapıyı çarpıp odasına kapanıyor. İçeriden hıçkırıkları geliyor.

Yapma, git kapısına özür dile, yalvar, hazır ağlıyor bak, suçluluğa girdi, salak mısın, nereye gideceksin?

Yok. Gücüm yok. Bir çabaya daha gücüm yok. Ne olacağı da önemli değil. Midem bulanıyor, çıkıp gitmeliyim hemen. İşte bir son daha. Yine ellerim bomboş. Son noktayı iyi tanırım. Bitti. Ben bittim çünkü. *Ne yapacaksın?* Evime dönmeliyim. Neyse ki bir evim var. Hemen bir sırt çantasına en gerekli birkaç eşyamı, çamaşırlarımı, birkaç parça kıyafeti hızla sokuşturuyorum. Yavaşça ilerliyorum kapıya, korkuyorum dışarı çıkacak diye, korkuyorum daha da fazla canımı yakacak diye. "İğreniyorum senden!" Böyle dedi, bunu da dedi.

İğrenir tabii, şu haline baksana! Ağlak karı sen de, bi adamı elinde tutamadın.

Sessizce kapıyı çekip kapatıyorum arkamdan. Merdivenleri inip sokağa çıkıyorum. Evin çok yakınında bulunan taksi durağına doğru nefesim tutulu bir halde yürüyorum, tutulu mu yoksa tümüyle mi gitti? Nefes de almıyorum artık galiba. Hissedemiyorum. O anda, tam durağın girişinde bir köpek görüyorum. Göz göze geliyoruz onunla. Bembeyaz. Kocaman kara gözleri var, kir içinde. Bir labrador. Köpeklerin azizi denen cins. Peki neden bu kadar pis? Yoksa sokağa mı atılmış? Kim bilir? Öyle bir bakıyor ki bana, hiçbir şey hissedemezken ben, birden sanki kalbimden yanmaya başlıyorum. Öyle bir bakıyor ki, sanki görüyor halimi. Bir tek o görüyor sanki dünyada benden geriye kalanı. Anlamaya çalışıyor sanki bu karşılaştığı garip yaratığı. Bakmaya devam ediyoruz birbirimize. Kıpırdayamıyorum. Bambaşka bir şey görüyorum onun gözlerinde. Sanki tanıdık bir şey. Büyüleyici bir şey. Kaskatı kalmış ona bakıyorum. Yerinden kalkıp bana doğru birkaç adım atıyor. Yanıma gelip tekrar oturuyor ve tekrar gözlerime bakıyor. Ve yalıyor elimi. O anda sanki sesini duyuyorum onun. "Bir, iki, üç. Aç gözlerini!" Ve gözlerimden yağmur gibi yaşlar boşanıyor, hıçkırmaya başlıyorum, yere eğilip sarılıyorum ona. Kontrolsüzce, umarsızca, nefes alamamacasına ağlıyorum. O ise kıpırdamadan kollarımın arasında duruyor. Sanki benim yerime de o nefes alıyor, öylece onun nefesiyle yaşayabiliyorum sanki. Her şeyim oluyor o anda. Güvenim, dayanağım, sevgim, her şeyim...

"Senin miydi abla? Çok şükür buldunuz birbirinizi. Biz de üzülüp duruyorduk, kaç gündür kalakaldı burada, birini bekler gibi. Kaybolmuş belli ki."

Kafamı kaldırıp yaşların arasından bakıyorum taksi şoförüne. Anlamaya çalışıyorum söylediklerini.

"Çok şükür abla, ağlama artık bak kavuştunuz. Yemeğini suyunu eksik etmedik, merak etme. İsmi ne? Biz Pamuk dedik durduk ama..."

Konuşamıyorum. Bir tokat yedim sanki. Her şeyi durduran bir tokat. Uzaklaşmalıyım. Kendimi toplamalıyım. Ama onunla. Taksiciye zar zor gülümsüyorum, hikâyesini onaylar gibi birkaç teşekkür sözcüğü mırıldanıyorum ve oradan uzaklaşıyorum. Yeni dostum da yanımda. Biliyordum zaten ayrılmayacağını. Artık ayrılamayacağımızı. Biliriz bazı şeyleri. Anahtardır onlar. Hatırlamak için, hatırlatmak için bize. O an bilmeyiz anlamını, ama karşılaştığımızda programlanmış gibi bambaşka bir kulvara geçeriz.

Ya sen ne yapıyorsun? Hayatın bitti kızım senin, evden kovdu adam. Nasıl geri döneceğim diye düşüneceğine, bir de köpek!

Umursamıyorum. Yürüyorum. Dostum yanımda. Dost... Evet adı bu. Her şey kayboluyor sanki. Umursamak istemiyorum. Artık bu emirleri, aşağılamaları duymak istemiyorum. Bitse, son olsa... Neyin sonu? Yaşamın mı? İntihara mı gidiyorum? *Salaksın sen.* Yürümeye devam ediyorum. Tek yapabildiğim bu. Çıldırtıyor bu ses beni. Nefret ediyorum kendimden. Öfke kabarıyor içimde. Soluğumu kesen bir öfke. Bir banka oturuyorum. Dost da oturuyor ayak ucuma.

Kendine bakmaktan acizken. Bir köpek eksikti. Yazık değil mi hayvana?

Duymak istemiyorum. Ama kendini nasıl duymaz insan?

Her şeyi mahvedersin zaten. Yeter! Tam başarmışken, yine mahvet her şeyi. Yeter! *Kovacak tabii, kim ne yapsın seni?* Yeter! *Yetmez senin bu ahmaklığınla, yetmez.*

"Yeter! Nefret ediyorum senden nefreeeetttt!"

Haykırarak, sanki karşımdakine saldıracak gibi ayağa fırlıyorum. Ama kalakalıyorum. Karşımda kimse yok ki. Son cümle etrafımda dalga dalga yankılanıyor ve etrafa yayıldıkça her şeyi donduruyor. Dost bana bakıyor. Her şey duruyor, kalakalıyor sanki. Tek hareket eden boşluğa karışan sesimin dalgaları. Kaybolan sesimin ardından tek bir soru asılı kalıyor havada. O an benliğimde hareket eden tek soru:

"Nefret ediyorsam ben, nefret edilen kim peki? Sahi kiminle kavga ediyorum ben?"

Uzun süren bu şok halimden sonra tekrar hareket edebildiğimde, bu derin soruları bir kenara bırakıp, yapmam gerekenin öncelikle Dost ile beraber evime gitmek olduğunu anlayabiliyorum. Sokağa atıldım. Sokaktayız. Hele bir güven altına alayım ikimizi, sonra düşünürüm kim kimden nefret ediyor, nedir!? Belki de üşüttüm düpedüz, ne bileyim. Evet, önce Dost ile eve. Sarılıyorum, minnettarım ona. Bana atacak bir adım verdiği için. Öylesine anlamsız ki varlığım, en azından onu doyurmak, ona bakmak bir amaç veriyor bir an sonrası için bana. Bir yön değilse de, bir yöncük bulabiliyorum yaşamda.

Beş denemeden sonra nihayet bizi alacak hayvansever bir taksiye rastlıyorum. Ve Ulus'a doğru yola çıkıyoruz Dost'la. Köprüden geçerken bir hafiflik kaplıyor içimi. Bir, "Oh!" Bir, "Belki de kurtuldum!" O günden sonra aylarca geçmeyeceğim köprüyü bitirip Ulus'a doğru ilerlerken, hiçbir şey duymadığım ve düşünemediğim o bomboş halde, uzun zamandan beri ilk defa, neye olduğunu bile bilmeden, belli belirsiz gülümsüyorum.

Tam yirmi beş gün oldu. Dost'tan başka konuştuğum, gördüğüm kimse yok. Bütün gün camdan dışarıya bakıyorum ya da Dost ile sokağa çıkıp yürüyorum. Zaten sokağa çıkmamın tek sebebi Dost. Parka gidiyoruz onunla, biraz hava alıyorum böylece; sonra yine aynı koltuk, yine aynı düşünceler. Hayır, Celal yok. Celal bitti. Enteresan ama böyle oluyor. Bir nokta var ki bitiyor. Oysa onsuz nefes alamayacağımı düşünerek yaşarken, bir anda sanki sahne değişiyor... Bugünlerde pek çok şey kafamı karıştırıyor. Eskiden hiç düşünmediğim şeyler. Bütün gün düşünüyorum. Ta ki kafam patlayacak hale gelene dek, sonra peş peşe devirdiğim bira ve şarap karması ile kendimi uyutuyorum. Bütün gün düşünüyorum çünkü belki de ilk defa kendime bakıyorum, kendimi anlamaya çalışıyorum. Hep başkalarını anlamaya çalıştım ben. Onları anlayıp, onlara göre şekil almaya çalıştım. O daha kolaymış. Kendimi anlamak... Kendim dediğim ne? İşte onu bilemiyorum. Hep aynı koltukta boş boş, dönüp duran düşüncelerle günleri geçiriyorum. Eve girdiğimiz ilk andan bu yana böyle.

Eve döndüğüm gün Dost'a petshoptan koca bir paket kuru mama aldırdım, bir köpek şampuanı, bir de tasma. Kapıcıdan rica ettim, kırmadı, koştu aldı geldi. Anladı bende bir tuhaflık olduğunu, ama "Ne oluyor, neden?" demedi. Bir de güzel yıkadım Dost'u küvette. Dost'un acil ihtiyaçları çözümlendi böylece. Kendim ise acıktığımda hazır yemek söylüyorum. Bir gün hamburger, bir gün pide. Yakın mesafedeki yerlerden ne gelirse aklıma işte. Suyum, kolam, içki, cipsler ve sigaram ise bir telefonla bakkaldan. Her gün paket paket sigara, şişelerce bira. Ancak öyle dayanabiliyorum sanki. Yaşamın içine giremiyorum. Sadece yaşamaya devam etmeye çalışıyorum insanlarla minimum kontakla. Sadece yaşamaya devam, o da Dost için. Kendim için bir sebebim yok. İşin içinden çıkamıyorum çünkü. Arayanım soranım da yok. Kim olacak? Zaten işimden ayrıldığımdan ve kim bilir kaç zamandır Celal Bey sinirlenmesin diye kimseyle, hiçbir halt yapamadığımdan herkes gitmiş yaşantımdan. Bir tek Dost. Dost'a bakmak dışında hiçbir vasfım yok, amacım yok. Dost olmasa...

Sebepsiz ağlamalarım var. Birden boşalıyorum. Özellikle de Dost'la göz göze geldiğimde. Nedir onun gözlerinde gördüğüm? Neyi hatırlatıyor ki bana? Hiç köpeğim olmadı benim, çok istesem de aslında hiç istemedim onlardan. İsteseydim de almazlardı çünkü. Annem ve babam da aynıydı. Asla benim istediğimi, istediklerimi vermediler. Hep kendilerinin seçimleri ya da umursamazlıkları, sevgisizlikleri. Piyano istemiştim bir seferinde babamdan, piyano çalmak istiyordum. Bir mandolinle çıkageldi doğum günümde, mandolin! Dalga geçer gibi uzattı bana onu. Aldım ve odada yatağın altına attım. Ve bir daha hiç ama hiç müzik konusunu açmadım. Oysa bütün öğretmenlerim ne kadar güçlü kulağım olduğunu söylediler. Belki de çok başarılı bir piyanist olabilirdim, kim bilir? Bir fırsat verilseydi. Ama kimse vermedi hak ettiklerimi, istediklerimi. Annem ve babam yaşayamadılar bile benim için. "Yaşayamadınız bile!" Bir haykırış kopuyor içimden ve yaşlar boşalıyor yine. Bu hale getirdiniz beni. Nefret ediyorum hepinizden.

Nereden geliyor bu düşünceler? Bin yıl öncesinin işleri.

Bırakıp gittiler işte, toptan gittiler.

Bir Dost var şimdi. Dost yine dikmiş gözlerini bana bakıyor. Bir kadın, sabah sabah, hiçbir şey olmuyorken nasıl ağlamaya başlar diyor belki ya da sadece sokağa çıkmak istediğinden. Park vakti. Tabii ya, ihtiyaç vakti, dışarı çıkmalıyız. Çıkarmalıyım. Çıkarırım tabii. Sizler gibi değilim ben, kıramam sevdiklerimi, istediklerini yaparım.

Sürünerek kalkıyorum koltuktan. Daha sabahın yedisi. Uyuyamıyorum ki. Sızıp ayılmaktn ibaret benimkisi. Buz gibi suyla yüzümü yıkayıp dişlerimi fırçalıyorum. Sokakta yürüyecek kadar ayılabilmek için. Bir eşofman geçirip üzerime, spor ayakkabılarımı giyiyorum. Dost zıplıyor etrafımda, anlıyor onu gezdirmek için giyindiğimi. Tasmayı takıp fırlıyoruz sokağa. Yürüyorum parka doğru. Hava güzel. Güzel bir sonbahar günü. Parka gelince çitlerle çevrili geniş bir alanda açıyorum tasmasını. Burası tam bize göre. O rahatça dolanıp koşarken, ben de oturuyorum bir banka ve sigara yakıyorum yine. En iyisi oturmak, çok çabuk yoruluyorum çünkü. Gücüm yok. Sanki çok yaşlıyım, dizlerim tutmuyor. Öylece bekliyorum. Keşke upuzun bir sigara olsa da hiç bitmese. Yine yaşlar doluyor gözlerime. Acıyorum kendime evet, düştüğüm şu hale. Öyle az şey istemiştim ki oysa… Elimin tersiyle siliyorum yaşlarımı.

Birden bir kadın beliriyor biraz uzağımda. *Kahretsin, bi yalnız kalmak mümkün değil!* Benimkine zıt bir enerjiyle, nispet yapar gibi, çeşitli yogaya benzer hareketler yapıyor karşımdaki çim alanda, hem de her birini mükemmel bir şekilde uygulayarak. Uzun boylu, dinç bir kadın. Kaç yaşında çıkaramıyorum. Uzun, gri beyaz saçları var ama şimdi boyayla da yapıyorlar bu beyaz kafaları. Yaşlılıktan mı bu kadar beyaz, emin olamıyorum. Benden bayağı büyük diyeceğim, ama öyle dinç ki. İçimde hafif bir sızıyla izliyorum hareketlerindeki çevikliği ve esnekliği. Hareketlerini bitirince bana doğru gelip Dost'u seyretmeye başlıyor. Tuhaf bir çekim gücü var sanki, parlıyor sanki, gözlerimi ondan ayıramıyorum. Aynı etkiden Dost da nasibini alıyor. Koşarak yanına geldiğini görüyorum. Kadın seviyor onu, Dost ellerini yalıyor, belli ki çok sevdi onu. Tuhaf bir duruşu var kadının. Hiç bu kadar kendinden emin ve rahat birini görmediğimi düşünüyorum. Dünyanın merkezinde dimdik duran bir kadın.

"Çok güzel, sizin mi?"

Sinir oluyorum o anda ona. Bir anda, öylesine öfkeleniyorum sebepsiz. *Ne dokunuyor köpeğime?*

"Benim evet. Buldum, atmışlar sokağa..."

Ters ters cevap veriyorum, sanki Dost'u sokağa atan oymuş gibi. Bir an gözleri kitleniyor gözlerime. Delici kahve gözler. İçlerinde zıpkın gibi tuhaf bir parıltı. Bembeyaz bir ten. Yüzüne bakıyorum, daha mı yaşlı sanki zannettiğimden? Anlayamıyorum, zira hareketleri benden yirmi yaş daha dinamik sanki ve o gülümsemesi, mutluluğu...

"Şanslısın bak! Böyledir işte, istediğini zannettiğin değilse de ne gerekiyorsa o gelir, buna güven."

Gerçekten şaşkına dönüyorum. *Bu ne cüret? Kim bu ya? Ne diyor bu kadın?*

"Efendim, anlamadım?"

Gülümsüyor bana bakıp, o sinir bozucu güveniyle gülümsüyor.

"Bence anladın," diyor. "Anlarız zaten. Anlamak istemeyiz çoğu zaman. Neyse, sana iyi bir gün diliyorum."

Ve arkasını dönüp gidiyor. Ağzım açık, parktan çıkışını izliyorum. Sanki yere basmadan, havada uçar gibi yürüyor. Rengârenk eşofmanları ve enerjisiyle yaşam saçarak ilerliyor uzaklara. Her adımıyla dalga geçiyor sanki ben dediğim bu enkazla. Onun uzaklaşan görüntüsüne baktıkça sanki içim daha da çok oyuluyor. İşte böyle tanışıyorum Magistra ile.

Gece gözüme uyku girmiyor. Aklım fikrim onda, o kadında. Ne kadar hoş bir kadındı öyle. O ne duruş, o ne bakış. Kim bilir kimin nesi? Öyle olmak için neler var güvendiği kim bilir. Atıp tutuyor, bi halt yok. Anlarmışız da anlamaz gibi yaparmışız. Büyük büyük laflar, havalar. Yok, bana öyle gelmedi. Yani hava filan atmaya çalışmıyor, hatta hava atmasına ne hacet, sanki bütün evren biliyor onu. Evet evet, aynı öyle bir duruştu işte. "Tüm evren beni bilir..." *Kızım sana ne elin kadınından, biz adamlara bakalım, bak kaldın burada bir köpekle.*

Tam bir yerlere varacak gibi oluyorum, bu ses işte böyle karıştırıyor her şeyi. Susturamıyorum. Her ne ise susturamıyorum.

Tekrar kalkıp koltuğuma gidiyorum, uyumak yok yine anlaşıldı. Yarın sabah aynı saatte gitsem parka, acaba yine gelir mi? Görmek istiyorum evet, ne dediğini anlamak istiyorum. *Ya ne diyecek, saçmalıyor işte! Sen bırak onu da, yarın Sırma'yı ara. Ayrıldım de, biraz sızlan. Affeder seni. Çık artık dışarı.* O kadının yarısı kadar olabilseydim, çeyreği hatta. O duruş. O bakışlar. Ve o mutluluğu... Sahi o ne öyle? "Dünyanın en mutlu kadını benim" yürüyüşü. Nasıl anlatılır bilmiyorum, ama isterdim. O zaman bütün erkekler diz çökerdi önümde. İstediğimi alır, istediğimi bırakırdım, hepsi tapardı bana. Sızıyorum bu hayalin peşinde.

Sanki bir şey dürtmüş gibi gözlerimi açıyorum. Koltuktayım. Dost yanımda yatıyor yerde. Uyandığımı hissedip hemen kaldırıyor başını. Bunu da çözemedim. Nasıl ben daha hareket etmeden anlıyor uyandığımı? Gözkapaklarımın açılma sesi mi var acaba? Belki var, biz değil ama köpeklerin duyduğu. Karşı sehpadaki saate bakıyorum: 6.45. Sabah olmuş bile. Kalkıp tuvalete gidiyorum ve o anda aklıma geliyor. Kadın! Evet, parka gitmeliyim hemen ve beklemeliyim. Günlerden bu yana ilk defa bir kıpırtı içimde. Hemen elimi yüzümü yıkayıp giyiniyorum. Dost dönmeye başlıyor etrafımda.

Parka geldiğimizde aynı banka oturuyorum, Dost da aynı kapalı alanda koşturmaya başlıyor mutlu mutlu. Her yerim ağrıyor her yerim, ama bekliyorum. Tam yarım saat öylece, kafamın içinde vırvırlayan sesle birlikte, sigara üzerine sigara içerek oturuyorum. Ağzımın içi zift gibi zaten artık. Bir süre daha bekledikten sonra, tam da yarım saat daha gelmezse giderim, diye düşündüğüm an uzakta görüyorum onu. İleride yine aynı hareketleri yapıyor. Kalbim atmaya başlıyor. Bir yandan da sinirleniyorum yine, niye bilmiyorum ama sinirlendiriyor bu kadının görüntüsü beni. O sinirle kalkıp yürüyorum ona doğru. Beni görebileceği kadar yakınlaşıp duruyorum. Dik dik bakıyorum ona. Ne yapıyorum hiç bilmiyorum, ama öyle geliyor içimden. Bir meydan okuma. Sanki bana, "Ne bu halin?" diyormuş da, ben de, "Ne varmış benim halimde?" diye dayılanıyormuşum ona. Öyle tuhaf bir haldeyim. Oysa kadın bir süre hiç oralı olmuyor, aynı sakinlikte sadece hareketlerini yapıyor. Ben ise aynı noktada kazık gibi duruyorum ona dik dik bakarak. Ve nihayet bitiyor hareketleri, bana doğru dönüp, "Günaydın!" diye sesleniyor gülümseyerek. Gözlerinde ve halinde yine aynı asap bozucu netlik ve neşe. Susuyorum. *Söylesene bi şey, geldin buraya, salak gibi dikilecek misin?* Söyleyemiyorum. O havalı öfkem bile suspus kalıyor. Un ufak oluyorum sanki. Ve daha da fenası, yaşlar boşanacak gözlerimden, hissediyorum. Kaçmam lazım. "Günaydın," diye geveleyerek, arkamı dönüp hızla Dost'a doğru yürüyorum. Neredeyse koşarak Dost'u tasmalıyor ve yine koşar adım başka bir yöne gidiyorum. *Kadın kesin deli dedi söyleyeyim.* Ne derse desin, umurumda değil. Başka bir banka oturuyorum ve bir sigara yakıyorum yine. Ellerim titriyor, sakinleşmeliyim. Ne oluyor bana böyle? Sinir bozukluğu. Evet evet, az mı şey geçirdim? Ondan. Sigara nefeslerini peş peşe çektikçe, biraz rahatlıyorum. Sanki yeniden kendi dünyamı buluyorum. Korkuyorum o dumanlı bölgeden sanki. Orası neresiyse...

"İki tane köpeğim var benim de biliyor musun?"

Zıplıyorum yerimde, yanımda duruyor. Ne zaman geldi anlamıyorum, arkadan gelmiş olmalı. *İn midir, cin midir nedir? Kalk gidelim.*

"Korkma, bir şey yapmam." Kahkaha atıyor. "Biraz sohbet edelim bu güzel sabahta, ne dersin?"

Hem istiyorum hem istemiyorum. Ama susuyorum. Yine susuyorum. Sözlerim yok ki benim, ne diyeceğim?

"İki koca can var evde. Seninki gibi cins değil ama, iki sokak köpeği. Yavruydular buldum onları. Oslo'yu kaybedeli bir yıl olmuştu. Oslo, bir Alman kurduydu, on üç yıl en yakınımdaki candı. Bir daha hiç köpek alamam derken, bir gün bir baktım yağmurun altında iki sıçan. Minnacıklar ıslanmışlar, titriyorlar. Bildim o anda. Kaptım getirdim eve. Üç yıl oldu, her biri başka can."

Ne anlatıyor bu kadın? Çok rahatsızım. Ama bir yandan da konuşsun, otursun yanımda istiyorum. Cevap veremiyorum, istesem de kayıp sesim. Sanki o konuştukça, onu hissettikçe daha çok bitik geliyorum kendime.

Sessizlik. Uzayan bir sessizlik. Ve bir zaman sonra o deliyor sessizliği yine:

"Her şey soluğunu tutmuş seni bekliyor. Fark ettin mi?"

İşte bu ses tonu başka, aynı geçen günkü ses tonu. Zıpkın gibi. Sanki başka bir kanala geçiyor da oradan konuşmaya başlıyor.

"Efendim?"

"Diptesin, en dipte. Belli ki orada, öylece hareketsiz yatıyorsun günlerdir. Dipte olmak fırsattır oysa. Seni bekliyoruz, diyorum. Uyanacak mısın?"

Ne diyor bu kadın ya? Kalk gidelim, kalk. Yorgunum, çok yorgun hissediyorum... Her şeyi anlamaya çalışmak, neden karıştı her şey bu kadar?

Çünkü beni dinlemiyorsun, ondan. Hadi kalk!

"Ben... kusura bakmayın... Anlamıyorum ne söylediğinizi, gitmeliyim."

Hızla kalkıp Dost'u tuttuğum gibi giderken arkamdan sesini duyuyorum:

"Kaçtığın kendinsin, nafile. Her yer sensin. Hepsi senin..."

Hızlanıyorum ve gerisini duymuyorum. Titriyor muyum, baştan aşağı? Sigara yakmalıyım. Parktan çıkıp yürüyorum hızlı hızlı ve biraz ileride bir ara sokağa dalıyorum, kendimce güvenli bir noktada durup bir sigara yakıyorum. Bir, iki, üç nefes çekiyorum sigaradan. Ve evet biraz sakinleşiyorum. Dost suratıma bakıyor tuhaf tuhaf. Gülümsüyorum ona. "Senin de şansına bu deli ana," diyorum. Yetmiyor, eğilip sarılıyorum ve öylece kalıyorum bir süre. Ayağa kalkarken karşı kaldırımda görüyorum onu. Buz kesiyor her yerim. Bir apartmana giriyor. Eski bir apartman, üç katlı. Bula bula da onun evinin sokağını mı bulmuşum offf... Biraz sonra ikinci katın, sol taraftaki dairesinde, balkona çıktığını görüyorum. Bana mı bakıyor? Hemen Dost'u tuttuğum gibi koşar adım uzaklaşıyorum. Eve kadar aynı hızda yürüyorum, sanki koşturan var arkamdan. Eve girip koltuğa oturduğum zaman düşünebiliyorum ancak. *Ne oluyor? Neden kaçıyorum?* Artık gerçekten bilmiyorum. Tek bildiğim, korkuyorum. Neden korktuğumu bile bilmeden, yirmi dört saat, her an, deli gibi korktuğumu fark ediyorum.

Daha da kapandım eve. Artık parka da gidemiyorum. Ters yöne doğru hızlıca yürüyüp dönüyoruz Dost'la. Karşılaşmak istemiyorum onunla. Bir yanım ise öyle çok istiyor ki. Söyledikleri geliyor aklıma: "Uyanacak mısın?" Hiçbir söz bu kadar rahatsız etmedi beni. Onca laf, onca kötü söz işittim; hiçbiri bu şekilde korkuyla beni kitlemedi. Ne uyanması? Neden bahsediyor bilmiyorum. Yoksa biliyor muyum, biliyorum da mı korkuyorum?

Ne bileceksin deli saçması, hadi Sırma'yı ara, biraz gez eğlen, unutursun.

Bazen kafamı koparıp atasım geliyor. Bu ses. Bir düğme olsa da kapatsam ya da çok çok aptal olsam hiç düşünmesem.

Kadını düşüneceğine kendini düşün. İş mi bulacaksın, ne yapacaksın ya? Şu haline bak. Gerçi kim işe alır seni?

Sahi kim işe alır beni? Enkaz oldum iyice. İstemiyorum da zaten, kalkıp nasıl işe gideyim her gün... Şuradan şuraya gidecek, insanlarla iki çift laf edecek isteğim de halim de yok. Hâlâ bankada biraz param var. İşte, yettiği kadar. Ne kadar yeter acaba? Birden öfke yükseliyor yine içimden. Annem ve babam bırakıp gitmeseydi erken yaşta... Herkesin sahip çıkan bir ailesi var. Gerçi onlar hayattayken de... Yine ağlama geliyor. Öyle kızgınım ki onlara. O babam... Hep daha fazlasını istedi, yaranamadım bir türlü. Şu halimi görüyor musun, mutlu musun şimdi? Al işte kızın bir enkaz. Biraz destekleseydin, biraz motive etseydin ya! Gerçi bütün adamlar öyle. Sözde bayılırlar, severler, ama sonra... Çok mu zor beklediklerimi vermek? Bir parça değer verseniz yeterdi! Bir parça değer ya! Ağzıma düşüyorsunuz, sonra...

Nasıl yapacağımı bilmiyorum, buradan çıkmak istiyorum. İsterdim değişmeyi tabii, o kadın gibi olmayı. Başka şartlarım olsaydı. Beni sevmiş, destekleyerek yetiştirmiş bir ailem, güvencem, bana âşık bir koca ya da sevgili, çocuk da yapardım hatta... O zaman ben de bilirdim öyle uçar gibi yürümeyi. Gel de "ben" ol bakalım. Gel de ben ol ya! O zaman öyle havada uçar gibi yürüyebilecek misin bakalım? Büyük büyük laflar edecek misin beni küçümseyerek? Dipteymişim. Nerede olacaktım ya? Sen yaşadın mı dört ay Celal gibi bir manyakla? Ya yaşamadan önce çektiklerim? Sevgi adına verdiklerim? Dipte olmayıp nerede olacağım söylesene? Hepiniz aynısınız, hepiniz, sadece laf!

Ve öfkeli hıçkırıklarla yere kapanıyorum. Deli gibi sürekli içimde birileriyle kavga. Elimde değil, öyle öfkeliyim ki insanlara. Dost'un yanında hıçkıra hıçkıra, yeri yumruklaya yumruklaya katılıyorum. Bir ara eğilip gözyaşlarımı yalıyor Dost, daha da çok ağlıyorum. Yerde sızana kadar, sızıp da sabahı edene kadar...

Sabahın ilk ışıklarıyla gözümü yerde açtığımda biliyorum; ona gideceğim. Devam edemiyorum çünkü. Bir sigara yakıp, bir kahve yapıyorum hızlıca. Oturup ne söyleyeceğimi planlamaya çalışıyorum. Ama nafile. Neyse, o biliyor gibi zaten. Kalkıp ayaklarımı sürüyerek, neredeyse sürünerek giyiniyorum ve Dost ile birlikte çıkıyorum.

Tam 09.30'a kadar parkta bekliyorum ama nafile. Gelmiyor. Bende şans mı var zaten? Ben bir şey isterim de olur mu? Geleceğimi anladın da mahsus mu yapıyorsun yoksa? O an aklıma evini bildiğim geliyor. Dost'u kaptığım gibi yürüyorum parktan dışarı ve onun apartmanının önünde buluyorum kendimi. Kapıcı yazan düğmeye basıyorum, açılıyor neyse ki. Sorgusuz sualsiz. Bir kat yukarı çıkıp, soldaki kapının ziline basarken, kendimi sakinleştirmeye çalışıyorum, açtığında bağırmayayım diye.

Bir adam açıyor kapıyı, şaşırıyorum. Tabii ya, o kadar mutlu bir kadın... Yetmişli yaşlarında bir adam. Kır saçlar ama dinç, o da dinç. İnsanı delen mavi gözler. Uzun boylu. Bana bakıyor gülümseyerek.

"Şey... Ben yanlış mı çaldım acaba? Özür dilerim, ben..."

Adam, Dost'un başını okşuyor. Gülümsüyor.

"Magistra'yı mı aradın?"

"Magistra mı?"

Ve adam gülmeye başlıyor, kahkaha atıyor hatta.

"İsmini de mi bilmiyorsun daha? Âlem bu kadın. Oysa senin gelebileceğini söyledi bana, konuştuk senden. Neyse, Magistra evine döndü. Burada yok ne yazık ki."

Omuzlarım çöküyor. Neden bilmem o an, sanki uzun zaman sonra karanlık odama penceremden sızmayı başarmış bir ışık, tekrar yok oluyor. Yine karanlığa dönüş.

"Dur dur, çökme öyle. Gelirsen diye bir not bıraktı sana. Magistra bu. Hiçbir işi yarım bırakmaz."

İçeri gidiyor ve geliyor bir dakika içinde. Parlayan gözleriyle bir zarf uzatıyor bana, "Ben Alp Konu bu arada" diye kendini de tanıtmaya çalışıyor. Ben ise şaşkınım. Sanki bir filmin içindeyim. "Ben de Mina," diyen bir fısıltı eşliğinde zarfı alıyorum ve belli belirsiz bir teşekkür mırıldanıp merdivenlere yöneliyorum. Basamakları inerken, "İyi şanslar!" diye gülerek kapıyı kapattığını duyuyorum. Ne için?

Sanki arkamdan koşan varmış gibi yine parka dönüyorum. Dost'u her zamanki yerinde özgür bırakıp, bir sigara yakıyorum. Kalbim küt küt atıyor. Zarfı açıyorum. İçinden çıkan şaşırtıyor. Kısacık bir not:

"Kendine gelmek istersen,
samimiyetle, gerçeği bulmak istersen, ara."

Bu kadar. Ve bir telefon numarası. Elimde o kâğıtla orada kalakalıyor, kim bilir kaç saat oturuyorum. Harekete geçemiyorum çünkü sorduğu soruyu cevaplayamıyorum.

Sahi kendime gelmek istiyor muyum ben?

Ama sorun ben değilim ki. Ben kendimdeyim zaten. Ne istediğim ne yaptığım hep belli. Bunun için de ne isterlerse yaptım. Çok şey mi istedim? Aşk istedim, mutlu bir ev, öyle kariyer filan bile değil, o kadara bile gerek yok, hatta çok paraya bile gerek yok. Ben yetinmeyi bilirim, yetinebilirdim, birazcık... Yine başlıyor akmaya gözlerimden aşağı yaşlar. Kahretsin! Etrafıma bakınıyorum, kimse yok etrafta neyse. Kadına bak, ağlattı beni. Kendime gelmek istersemmiş. Benim sanki sorun. Şansım yok ki benim, bir tane düzgün adama rastlayamadım ki. Hem sadece adamlar mı? Kimse, ama kimse yapması gerekeni yaptı mı bana karşı? İnsanlar esas bi kendine gelse de, bana düzgün davransa nasıl olur acaba?! İçimden yükselen isyanla tekrar elimdeki nota bakıyorum. *Gerçeği istersen mi?* Kadın bilmece mübarek. O adam kimdi sonra? *Kızım karıştın tuhaf tiplere, adamın gözler de camgöz gibi parlıyodu, hiç korkmuyor musun ya? Ya çekiverse kolundan içeri. Yaşlı gibi duruyor mu o? Ne yaparız seni içeri kapatsa.* Yok yok, "Bilirsin," demişti ya, biliyorum hakikaten. En derinlerde bir yerde biliyorum, manyak filan değiller. Manyak olan ben bile olabilirim hatta ya da sen olabilirsin, her kimsen kafamda vır vır: "*Ben Sen'im.*"

Ne demek istediğini anlamasam da aramak istiyorum onu, evet arayacağım. Cep telefonum evde, kim bilir kaç gün önce bıraktığım bir yerde. Dost'u alıp eve ilerliyorum. Evde şarja takıyorum telefonumu. Benim gibi bitik. Açılıyor. Pek çok mesaj, pek çok Celal cümlesi peş peşe düşüyor telefonuma. Avukatım aramış onu belli ki, konuşmak istiyor, bunu anlıyorum gözüme çarpan kelimelerden. Ben istemiyorum, zaten avukatımla yaptığım telefon konuşmasında bir tek bunu istedim. "Tek isteğim var sizden, bir daha onu ne göreyim ne de sesini duyayım. Mahkemede bile görmeyeyim, lütfen ayarlayın," dedim. Halledeceğini söyledi, belli ki aramış Celal'i. Açmadan, okumadan siliyorum mesajları bir bir. Daha önceden ne varsa onları da. Tertemiz yapıyorum hafızayı. Hoşuma gidiyor, birbiri ardına silme tuşuna basmak. Keşke kendi kafamı da silebilsem böyle. Hani sil baştan derler ya...

"Biliyorum, çünkü ben görüyorum seni. "

Güldüğünü hissediyorum hattın diğer ucunda. Genelde her gördüğümde gülüyor zaten. Ben hiç gülmediğim için mi bu kadar çok geliyor bilmiyorum, ama sinirimi bozuyor açıkçası.

"Her neyse," diyorum toparlanarak. "Neden bilmiyorum ama görüşmek istiyorum işte sizinle."

"Araban var mı?"

Şaşırıyorum. Arabam yok. Niye ki?

"Hayır yok, neden sordunuz?"

"Bizim köy biraz uzak kalacak sana. Demirciköy'de oturuyorum ben."

"Demirciköy mü?"

Köylü çıktı bak. Kimlerin peşine takılıyorsun, öyle her Ulus Parkı'nda gördüğünü kalite zannedersen...

"Neresi orası? İstanbul'a çok mu uzak?"

Gülüyor yine.

"Dur dur, endişelenme. Köy dediysek, İstanbul dışı değil. Sarıyer'in üstü en nihayetinde. Belli ki gelmemişsin buralara. Yarın sabah kalk ve Levent'ten saat 10.00'da metroya bin. Son durağa kadar git, Hacıosman durağına kadar. Çıkınca beni ara, seni almak için orada olacağım."

Bu kadar. Öylesi böylesi yok bu kadının. Tak tak. Her şey net. "Olur mu, olmaz mı?" bile demedi. Biliyor, "Yok olmaz!" diyecek bir durumumun olmadığını herhalde. Nereden biliyorsa...

Günün geri kalanını onu düşünerek geçiriyorum. Tedirginim, "Köy" diyor, "Ben görüyorum seni," diyor, kimdir nedir anlamadığım tuhaf bir kadınla buluşacağım sonuçta ve hafif tırsıyorum. İpuçları yakalayabilmek için sayısız sigara eşliğinde her bir karşılaşmamızı, tekrar ve tekrar zihnimde yaşıyorum. Nafile. İstediğim gibi bir sonuç çıkaramıyorum. Sonra üstüme yine o his geliyor. Bitsin bugün, hissi. Her gün ne kadar uzun. Geçmiyor saatler, geçmiyor yaşam. Bitirmek istiyorum sanki. Şöyle bir ileri butonu olsa bizim de bir yerimizde. İleri alsam zamanı. Nereye alacağım ama? İlerisi neden bundan farklı olsun?

Olur olur, şöyle seni sevecek kollayacak bir adam bul, bak nasıl olur. Bırak köyü möyü...

Yorgunum bu sesten, çok yorgunum, en iyisi susturmak. Ve bunun için bildiğim tek yolu seçiyorum. Birkaç uyku ilacı alıp, neredeyse cansız diyebileceğim varlığımı ertesi sabaha kadar uykuya bırakıyorum.

Bırakıyorum kendimi, günlerden beri ilk defa bırakıyorum. İstanbul'a bu kadar yakın ama bu kadar farklı bu yemyeşil yolda, Magistra'nın arabasıyla giderken, o koku, o renkler, o yol beni gevşetiyor. Arabada çok konuşmuyoruz, kıvrıla kıvrıla uzayan orman yolunda hızla ilerliyoruz. Belli ki çok iyi biliyor yolu, çok hâkim. İyice deniz kenarına yaklaştığımızda bir yan yola sapıyor. O zaman görüyorum evi. Tek başına, büyük bir bahçenin ortasında duran tek katlı bir ev. Etraf orman. Ev tek kat ama geniş, oldukça geniş bir tabana oturuyor. Araba ile önünde duruyoruz. Etrafta başka bir ev yok. Ağaçlar var, dalları sarmış ve korumak kollamak ister gibi bahçeyi. Arabadan iniyoruz ve bahçenin içinde sevinçle zıplayan iki köpek görüyorum.

"Gel bak seni Karam ve Biber ile tanıştırayım."

Karam gerçekten de kapkara. Biber ise yer yer lekeli beyaz, kahve karışımı. İkisi de oldukça iri köpekler. Onların sevgi gösterileri arasında bahçeye giriyoruz. Hava biraz serin.

"Dışarıda otursak üşür müsün? Evde sigara içemezsin çünkü, benim dumanla işim olmaz." Gülümsüyor sevgiyle.

"Yok üşümem, hem evet sigara içmek istiyorum."

Bahçedeki masaya geçiyorum. Magistra'nın "Şöyle sıcacık, hoş bir bitki çayı," teklifine kafamı sallıyorum. Bir süre sonra geliyor, o gün ilk defa yüzüne bakıyorum dikkatle. Işıl ışıl yine. Bu nasıl bir göz parlamasıdır, çözemiyorum.

"Anlat bakalım..."

"Anlatacak bir şeyim yok. İlgimi çekti söyledikleriniz, hem biraz kaba davrandım size diye düşündüm. Canım sıkkın son günlerde, özür dilemek için geldim. Eviniz zannetmiştim orayı ama, o bey de notunuzu verince işte..."

Bakıyor bana. O parlayan gözlerle içimi delercesine dimdik bakıyor. Ürperiyorum.

"Bak Mina, benimle yürüyeceksen sadece gerçeği konuşacaksın. Bu oyalamaları bırak. Sana bir not yazdım. 'Gerçeği bulmak istiyor musun?' diye sordum ki, burada olduğuna göre cevabın 'Evet!' olmalı. Yok değil ise benim vaktimi boşa harcıyorsun, çünkü ben sadece ve sadece gerçeği bulma peşine düşenlerle ve gerçekten dönüşüm isteyenlerle ilgilenirim. Yani çay sohbetinde değiliz. Açık konuşalım olur mu?"

Tokat!

Ne zannediyor ya bu kadın kendini? Kalk kızım kalk, hoş kalkamayacaksın da. Bu Allah'ın dağından neyle döneceksin şimdi?

"Biraz sert olmadı mı?"

"Ben netimdir Mina, sertlik senin yorumun, dolayısıyla kaynağı sende. Benimle alakası yok."

Anlamıyorum ki, ne diyor?!

"Ben anlayamıyorum, kusura bakmayın."

"Anlayamazsın, çünkü öyle bir hale sokmuşsun ki kendini kafan bulut gibi. Tahminim bunca sigaranın yanında beslenme bozukluğu dolayısıyla gıdasızlık, hareketsizlik, uykusuzluk, bol ilaç ve hatta alkol ile kaplı kafan değil mi?"

Başımı sallıyorum, çünkü gözlerim dolmaya başlıyor. Sinirim bozuluyor kadının bu tavrına. Tak tak en keskin lafları sıralıyor, ama öyle büyük bir sevgi de var ki hissettiğim arka planda, hangisi ne, karar veremiyorum. Beni resmen aşağılıyor sanıyorum bir an, ama sonra gözlerindeki benzersiz şefkati görüyorum. Çözemiyorum. Her zamanki gibi susmak en garantisi. Susmak ve içinden konuşmak.

"Sustuğuna göre onaylıyorsun. Hoş, zaten belli her halinden."

Derin bir sessizlik. Gayet memnun bir ifade ile çay içiyor. Karam ve Biber yatıyor ayaklarımızın dibinde. Çıt yok, ne kadar sessiz bir yer burası. Biz de susunca sanki sessizlikten de büyük oldu yaşanan. Dayanamıyorum.

"Hayat işte, böyle oldu... hep üzüntüler, problemler, çaresizlikler derken. Bir bilseniz..."

"Vah vah..."

"Efendim?"

"Vah vah, dedim. İstediğin bu değil mi? Sana acıyacağım, sen de bir gün daha yırtacaksın. Kendine acımayı ya da birinin sana acımasını başardığın her gün bir kez daha yırtıyorsun değil mi?"

Şaşırıyorum, ben içeri sızmaya çalıştıkça eliyle öteye ittiriyor sanki beni. Ne oluyor? Şöyle bir toparlanıyorum.

"Nereden yırtıyorum?" diyorum sinirime hâkim olmaya çalışarak.

"Sorumluluk almaktan. Yaşamınla, kendinle ilgili sorumluluk almaktan tabii."

"Yanılıyorsunuz, ben her zaman sorumluluklarımı yerine getirdim. Esas getirmeyenler..."

"Bla bla bla, hep başkaları değil mi? Hep başkaları suçlu, dünya suçlu..." Gülüyor. "Ne sıkıcı bir kaset bu, dönüyor da dönüyor yarabbi."

Midem bulanmaya başlıyor. Gitmek istiyorum.

"Gitmek istiyorsan seni şehre götürebilecek bir araba ayarlayabilirim, ne zaman istersen, yani her zaman olduğu gibi, her şey sana bağlı."

Düşüncelerimi mi okuyor bu kadın ya? Evet gitmek istiyorum, sıkıldım bu kadından. Hangi akla hizmet geldiysem? İki çift laf ederiz, anlatıp açılırım diye düşündüm belki, ne bileyim. Enteresan laflar etmişti...

"Evet, ben iyi hissetmiyorum özür dilerim. Midemin bulantısı artıyor. Lavaboyu kullanabilir miyim?"

Eliyle eve doğru işaret ediyor.

"Girince en arkada, karşında göreceğin kapı."

Hızlı adımlarla eve giriyorum ve kalakalıyorum. Huzur. İçeride gördüğüm şey, huzur. Bir şömine, koskocaman krem rengi L şeklinde bir kanape. Pencere kenarına konmuş iki berjer dışarıya bakan ve ortalarında bir sehpa, üzerinde bir lamba, belli ki sohbet köşesi. Boydan boya koskoca bir kütüphane. Yerden tavana kadar yüzlerce kitap. Büyük bir yemek masası. Hepsi bu. Yerler ahşap. Her yer ahşap, ama kasvetli değil. Genel bir dinginlik. Sanki bu dünyanın rengi, hareketi Magistra. Gerisi sanki onu saran huzur. O sırada gözüm, arka kenarda dümdüz hatlı büfeyi ve üzerindeki onlarca fotoğrafı görüyor. Fotoğraflara yaklaşıyorum. Bir sürü genç adam ve kadın fotoğrafları. Kocaman gülen, gözleri ışıl ışıl parlayan kadınlar... Daha çok kadınlar, ama adamlar da var.

"Hepsi çocuklarım benim."

Zıplıyorum. Bu kadının yaklaşmasını hiç duyamıyorum ben. Suratımdaki şaşkınlığı görünce bir kahkaha atıyor yine.

"Canım, öz değil tabii. Ama doğurmasam da elimde yeniden doğduklarından, çocuklarımdır her biri."

Başladık yine, anlaşılmaz cümleler dizisi. Mystical shit![1]

"Senin gibiydiler, her biri bir şekilde senin gibi. Şimdi yaşıyorlar. Gerçekte, gerçekten yaşıyorlar."

Gerçekten yaşamak. Göğsüme bir yumruk gibi iniyor bu

1 Mystical shit : Mistik bok. Mistik palavralar anlamında kullanılan bir deyim.

kelimeler. Sanki bilmem gereken bir şeyi bilmediğimi hissetmiş olmanın çaresizliği. Ağırlaşıyor yumruğun etkisi. Oyuk yanmaya başlıyor cayır cayır.

"Şey ben tuvalete..." diye koşar adımlarla ilerliyorum hızlıca. Bir şey yaklaşıyor çünkü, sanki ağır bir şey. Altında ezilmemek için kaçmak istiyorum.

Ve tuvalete kapanarak nefes almaya çalışıyorum. Boğuluyorum. Ne kadar süre bilmiyorum, ama yaşamak denilen ne ise onun her saniyesinden ne denli nefret ettiğimi hissederek ve bana yaptığı haksızlıkların içine tükürmek istercesine, o fotoğraflardaki parıltıdan ne kadar uzak olduğumu bilmenin öfkesi ile bu nefret ettiğim yaşamdan kurtulmayı seçecek kadar bile cesaretimin olmadığına yanarak, nefes almaya çalışıyorum.

Biraz toparlanabildiğimde mecburen dışarı çıkıyorum, oysa hiç istemiyorum onunla karşılaşmak. Benim hep evimde olmam lazım, sadece Dost ile evet. Kimseyle iki çift laf bile etmeye tahammülüm yok artık, hem istesem de başaramıyorum işte. Neyse, dışarı çıkıp kısa yoldan eve... Geniş salonda yürüyorum, ama kimsecikler yok. Bahçede herhalde, diye düşünerek yürürken gözüm birden üzerinde ismim yazılı bir kâğıda ilişiyor.

Elime alıp çevirdiğimde yine bir sürprizle karşılaşıyorum:

"Mina, hâlâ hazır değilsin. Hâlâ zevk alıyorsun bulunduğun noktadan. Hâlâ aradığın gerçek değil sihir. İşine yarayacak bir sihir. Oysa, sihir geçicidir. Aynı noktaya veya daha kötüsüne dönmen kaçınılmaz olur. Gerçeği bulmayı başaranlar ise sonsuza dek kurtulur. Ama her şey gibi istemen, gerçeği seçmen gerekir. Dilerim bir gün seçersin.

Ben çocuklarla yürüyüşe çıkıyorum, rahat edesin diye. Seni şehre götürecek araba kapıda seni bekliyor.

Magistra."

Oha ya, kovdu bir de, kadına bak. Öfkeleniyorum, gerçekten o kadar çok öfkeleniyorum ki, kâğıdı fırlattığım gibi dışarı çıkıyorum.

Gerçekten dışarıda bir araba ve adam duruyor. Hızla çantamı alıp, başımla selamlayarak biniyorum arabaya.

"Hacıosman'a lütfen," diyorum şoföre ters ters. Sanki adam onunla birmiş gibi haksızca.

"Yok abla, evine bırakacağım. Ulus'taymış galiba, Ma öyle dedi, öyle olacak mecbur," diyerek çalıştırıyor arabayı. Şaşırıyorum. Çöküyorum koltukta, eziliyorum sanki yine.

Ma mı? Yavaş yavaş uzaklaşırken ileride, deniz kenarında görüyorum onu, köpeklerle koşturuyor kumsalda. Öyle çok canım yanıyor ki o anda, o da bıraktı beni, kafamı çeviriyorum, onu görmemi engellemeye çalışarak kendimi koltuğa bırakıyorum.

"Hiçbir şey anlamıyorum!"

Bu lafı söylemekten, kimi zaman öfkeyle, kimi zaman çaresizce, kimi zaman ağlarken, ama son üç gündür sürekli bu lafı söylemekten ölesiye bunaldım. Ama anlamıyorum gerçekten. Sanki içimde bir duvar var, anlaşılmasını ve görebilmemi engelleyen. Düşündüğüm an kalakalıyorum. Söylediklerini, yazdıklarını düşündükçe tam bir ahmak gibi hissediyorum. Ve işin kötüsü, onu arkamda da bırakamıyorum. Sanki onun yanında olmalıyım, onunla konuşmalıyım, ona yapışmalıyım. Böyle tuhaf hisler, derinlerde bir yerlerden gelen. Ne yaptı bu kadın bana? Madem anlamıyorum, neden sormuyorum sanki? Bir afra tafra terk ettim o gün evini. Her şeyi, her yeri eninde sonunda kaçarak terk ettiğim gibi.

Hak ediyorlar çünkü! Güçlüsün sen, basar gidersin, görsünler işte!

Ne görecekler ya, kimse bir şey görmüyor, herkes hayatına devam ediyor. Yalan bunlar! Terk etmek ne getiriyor insana? Galiba sadece koca bir boşluk ve işte yine o boşlukta duruyorum. Oysa o havalı terk edişlerde hep daha büyük bir şey arıyor insan, sanki arkandan bir "Dur!" diyecek kişiyi, gücü veya gittiğin yerde seni alkışlayan gelişmeleri... Nedense öyle bir kahraman gibi hissederek atıyorsun o adımı, oysa sadece boşluk oluyor aldığın, tekrar doldurman gereken koca bir boşluk. Elinde ise her gün daha çok dayanamadığın kendin... Terk etmek sanki her seferinde biraz daha kendinden vazgeçmek. Neden öyle olduğunu anlamasam da... *Filozof oldun sen, arasana şu Sırma'yı.* Yok yok, onu aramak istiyorum ben! Evet evet tek yapmak istediğim bu. Yüksek sesle söylüyorum. Kurtulmak istiyorum bu halimden, sanki o biliyor ne yapmam gerektiğini. O fotoğraftakiler gibi canlı olmak istiyorum. Atılması gereken sadece bir adım, biliyorum... Kafamda bu hiç susmadan konuşan sese rağmen sadece bir adım... Gerçek dediği ne ise onu istiyorum. Bu yaşamı, bu her gün biraz daha oyuğa dönüşen kadını istemiyorum. Derinlerde bir yerlerde biliyorum, böyle olmamalı. Başka bir yol olmalı!

Hemen üzerime bir şeyler geçiriyorum ve fırlayıp çıkıyorum evden. Metroyla Hacıosman'a geldiğim gibi hemen bir taksiye atlayıp Demirciköy'e doğru yola çıkıyorum. Telefon etmek istemedim, belki kabul etmez diye. Ya da belki hemen, "Gel," demez diye. Oysa hemen gitmem lazım. Bu filiz vermiş cesareti kaybetmeden, onun dokunuşu ile harekete geçebilmişken, gitmem lazım. Tekrar kaybolmadan, yok olmadan...

Birkaç denemeden sonra buluyorum yolu ve evinin önünde duruyorum. Hava cesaretimi kırmak istercesine giderek kararıyor, belli ki yağmur boşalacak birazdan. İniyorum taksiden, Karam ve Biber koşarak bahçe kapısına doğru geliyorlar. Tedirgin şekilde giriyorum bahçeden içeri ve onları seviyorum. Kafamı kaldırdığımda evin kapısında bana bakarken görüyorum onu, ne kadar duru bir güzelliği var, ne kadar güçlü bir duruşu. Üzerinde yere kadar inen rengârenk bir elbise. Uzun gri beyaz saçları. Öylesine sadece bakmak istiyor insan, seyretmek. Ona doğru ilerliyorum. *Yapma, felaket olacak sonun, bu kadın normal değil!* Yanına geldiğimde kelimeler dökülüyor ağzımdan:

"Gerçek ne bilmiyorum, bu yüzden istiyorum diyemiyorum sana, ama artık devam edemiyorum. Lütfen yardım et bana."

Her yer, her şey sessiz. Dimdik bakıyor bana, gözleri içimi deliyor sanki, dayanıyorum. Ve birden, "Hoş geldin," diyerek sarılıyor bana. Kollarını sardığı anda boşalıyor yaşlar, sanki bütün bedenim ve ruhum neyim varsa boşalıyor. Öyle bir sarsıntı geçiriyor ki varlığım, beni ne zaman içeri götürdüğünü, salondaki koltuğa ne zaman yatırdığını ve sakinleşen hıçkırıklarımın ardından orada nasıl uyuyakaldığımı hiç bilmiyorum.

Uyandığımda karşımdaki koltukta, kitap okurken buluyorum onu. Üstümdeki örtüyü fark edince, bayağı bir zamandır uyumuş olmalıyım diye düşünüyorum. Hava akşamüzerini göstermekte.

"Çok özür dilerim ben..."

"Özür dileyecek bir şey yok."

"Saat kaç?"

"Beş oldu."

"Dost! Bu kadar geç kalacağımı tahmin etmedim. Dostun yanına gitmeliyim hemen, aç kalmasın..."

Gülümsüyor. Ayağa kalkıp, "Gel bak," diyor ve beni pencereye doğru götürüyor. Pencereye yaklaşınca, ışıklı bahçede gördüklerime inanamıyorum. Dost, Karam ve Biber birlikte oynuyorlar. Öylesine karışıyor ki kafam, büyücü mü bu kadın?

"Çantanda anahtarını bulup Hasan Efendi'den rica ettim, hani seni geçen gün götürmüştü ya evine, kapıp getiriver Dost'u dedim. Bir süre burada kalman gerekecek çünkü. Hasan Efendi benim otuz yıllık adamımdır, merak etme güvenebilirsin. Dost iyi yani, arkadaşları ile oynuyor son bir saattir."

Hayatımda hiç bu kadar şaşırdığımı hatırlamıyorum. Nasıl yapıyor bunu?

"Bir yeşil çay içelim mi?"

Başımı sallıyorum onaylayarak. Hâlâ şaşkınım.

"Nasıl yapıyorsun bunu?"

"Neyi?" diyor gülerek ve mutfağa doğru ilerliyor.

Peşinden gidiyorum, öylesine çok şey var ki sormak istediğim, bekleyemiyorum:

"Her an tam da ne yapılması gerekiyorsa büyük bir zarafet ve netlikle, üstelik şak diye yapmayı? Yani sanki sürekli 1-0 öndesin, herkesten ve her şeyden."

Gülümsüyor.

"Ne söylemek istediğini anlasam da, şu an senin için bir cevabım yok. Zamanla. Ama işte tam da bu sebeple bana güvenmen gerekiyor, tümüyle güvenmen ve senden isteyeceklerimi yerine getirmen, bana uyman."

Bir tedirginlik başlıyor içimde. Ne isteyecek ki benden? İçimdeki ses acımasızca saldırıyor yine. Giderek küçülüyorum koltukta, bir yandan çayımı içerken, bu sesin saldırılarıyla büzüşüyorum korkuyla. *Sağ çıkmayacaksın sen buradan!..*

"Öncelikle benim ismim Magistra. Mihriban'dı bir zamanlar, ama sonra bu ismi aldım. Latince 'eğitmen' demek. İlk çocuklarımdan biri söyledi bir gün, öyle kaldı ismim. Sonra kısaldı tabii. 'Ma' der herkes bana."

Sessizce devam etmesini bekliyorum, ama o yine beni şaşırtıyor tabii ve "Hadi anlat," diyor.

"Neyi?" diye soruyorum şaşkın.

"Neyi bilmemi istiyorsan. Senin kim olduğun, yaşadığın ve seni bu hale getirdiğini iddia ettiklerinle ilgili ne varsa işte, hikâyeni yani."

Onunla göz göze gelip bir an duruyorum ve başlıyorum anlatmaya. Her şeyi anlatıyorum. Çocukluğumdan başlayarak bana kim ne yaptıysa tek tek anlatıyorum, ki anlasın neler geldi başıma, anlasın neden bu haldeyim. Anlasın kimdi bu hainler, vurdumduymazlar, sevgisizler; anlatıyorum, nefes dahi almadan. Hızla çocukluğumdan başlayıp onunla karşılaştığım ana kadar anlatıyorum. Bittiğinde dimdik omuzlarım, çünkü ne kadar haklı olduğumu anlayacak nihayet. Ne kadar iyi, dayanıklı, sabırlı, üstelik haklı olduğumu. "Helal olsun sana, dayanmışsın!" diyecek biliyorum. Bunu bilmenin gururu ile anlatıyorum.

"Bitti mi?"

Şaşırıyorum. Bu beklediğim tepki değil tabii. Bozulduğumu belli etmeden cevap veriyorum:

"Yani arada atladığım daha neler var da işte genel hatları ile bu."

Ayağa kalkıyor. Evin kapısını açıp bahçeye çıkıyor ve eliyle onu takip etmem için işaret ederek evin arkasına doğru dolanıyor. Merakla peşinden gidiyorum. Yağmur durmuş, mis gibi toprak kokusunu fark ediyorum yürürken. Magistra'nın yanına geldiğimde yine şaşkınlıkla kalakalıyorum. Bir köşeye dayanmış koca bir boy aynası var evin arkasında. Karşısında bir sandalye, yanında ferforje küçük bir sehpa. Aynanın tepesindeki lamba, bahçe lambalarının ışıklarına destek vererek etrafı aydınlatıyor.

"Hadi git sigaranı, kül tablasını filan getir. Üşürsün, ceketini de giy. Bir süre burada olacaksın."

Aptal aptal söylediklerini alıp tekrar geliyorum. "Otur," diyor eliyle sandalyeyi işaret ederek. Oturuyorum ve aynada kendi görüntümü görüyorum. Nefesim tıkanıyor bir an, öylesine bir enkaz karşımda. Çok çok uzun zamandır, kim bilir kaç zamandır aynaya bakmamış olduğumu fark ediyorum. Ne hale gelmişim ben...

"Şimdi aynadan gözlerini ayırmadan, bu hikâyeni bir daha anlatmanı istiyorum. Aynen, her ayrıntısıyla... Bu defa kendi gözlerinin içine bakarak. Bittiğinde bir daha, sonra bir daha, ben sana 'Tamam' diyene kadar sürekli tekrar tekrar anlatmanı istiyorum, hiç gözlerini gözlerinden ayırmadan. Hiç durmayacaksın. Bitti mi tekrar başa. Su getireceğim, sigaran burada, hepsi bu. Sormak istediğin bir şey var mı?"

Ağzım açık bakakalıyorum. Şaka herhalde.

"Neden?"

"Mina, çoğu zaman isteklerimin sebebini açıklamayacağım, çünkü anlayamayacaksın. Sadece güven ve söylediklerimi yap lütfen."

Dedim sana manyak diye, buyurun bakalım. Beni dinleyeceksin beni! Çağırsın şu Osman mı ne, al Dostu da çekip gidelim ya, anlatamaz sebebini tabii, delilik bu!

Geriliyorum giderek ve direniyorum. İstemiyorum.

"Ama ben bir şeyi aklımla anlamadan yapamam ki. Anlamam lazım."

"Mina, güldürme beni. Aklınla anlayarak geldiğin nokta bu ise, anlama zaten bence canım. Bırak bu palavraları, hadi başlayacaksan başla ya da baştan vedalaşalım. Seçim senin."

Hareketsiz duruyorum yere bakarak.

"Mina, dönüşüm istiyorsan önce bir yetişkin ol. Büyü artık. İstiyorum mu, istemiyorum mu? Seçim yap hemen şimdi ve birlikte ilerleyeceksek bir daha sakın bana bunu sordurma."

Fırsat bu fırsat, hadi kaç! Yok, vazgeçersem gideceğim yeri biliyorum. Günlerdir oradaydım zaten. Ve orada atacak tek bir adım bulamıyorum ben. Söylenecek her sözü söyledim, yapılacak her şeyi yaptım sanki. Başka ne yapabileceğimi göremiyorum artık. Olmuyor, olmadı, dönmesine dönerim de sonrasında ne yaparım, işte onu bilmiyorum.

"Mina?"

Bir hışımla yanıma koyduğu paketimden bir sigara çekip yakıyorum. Ve kendimle göz göze geliyorum. Başlıyorum anlatmaya. İyi ya, ne var ki bunda. Anlatıyorum ve sona geldiğimde arkamdan sesini duyuyorum:

"Devam, baştan başla hadi, devam hiç durmadan."

Ve anlatıyorum. Bir daha ve bir daha. Ne gözlerimi kaçırabiliyorum kendimden ne de durabiliyorum, hemen uyarı geliyor çünkü. O ise bahçede birtakım işler yapıyor, ama ne kadar uzaklaşsa da gözü, kulağı hep bende. Başlangıçta bana çok etkileyici gelen bu hikâye, giderek sıradanlaşıyor. Onu anlatan kendimi görüyorum. İfadesiz, giderek daha da, daha da ne olduğu ortaya çıkan bir makine konuşuyor karşımda sanki. Boş bakışlı gözlerimi görüyorum. Bir teyp dönüyor ve aynı sözler yeniden yeniden yankılanıyor boşlukta. Oysa anlattığım yaşadıklarım benim, bana yaşatılanlar. Yaşamım… Ben... Ben sandığım bir hikâye, tekrarlanan bir bant yayını mı yani?

Başım dönmeye başlıyor. Bir sigara daha yakıyorum ve anlatıyorum. Kaç sigara oldu bilmiyorum, kaç saat oldu bilmiyorum. Magistra hep arkamda mı, onu da bilmiyorum. Gözlerime kilitlendim, boş gözlerime anlatıyorum. 18, 21, 22...

"Yalvarırım yeter artık, tamam anladım bir teyp bu dönen."

"Devam!"

"Midem bulanıyor ama..."

"Devam!"

Hırsla yeniden başlıyorum. Yaklaşık üç kere daha anlattıktan sonra, bir sonrakinin ortasında büyük bir öğürtü ile aniden kusmaya başlıyorum yere, bir daha, bir daha öğürüyorum, içim dışıma çıkıyor sanki. Hiç ilişmiyor bana. Öğürtülerim bitene dek bekliyor. Nihayet sakinleştiğimde uzattığı peçeteleri alıyorum, ağzımı silerek oturuyorum sandalyede, bitkin. "Devam!" diyecek diye ödüm patlıyor. Bir kelimesine daha tahammülüm yok, düşüncesi bile yeniden öğürmeme sebep oluyor. Susuyorum. Sessizlikte bekliyoruz bir süre. Sonra yanıma geliyor. Dimdik duruyor yanımda, hissediyorum.

"İşte biz de cümleten, tüm sistem, evren, sen ne diyorsan ona, bu hikâyeyi dinleye dinleye bu hale geldik Mina. Öğürüyoruz her duyduğumuzda. Yaşamım dediğin, sistemin öğürtüleri ve sana cevabı aslında. Sen ne koyarsan, onu geri yansıtır yaşam sana. Otuz sekiz senedir aynı hikâyeyi anlatıyorsun, kendin ne anlattığını duymadan. Artık duyduğuna ve bizimle aynı noktaya geldiğine göre bitti, hep birlikte kurtulduk. Hadi gel artık içeri girelim."

Ve ağır adımlarla evin kapısına doğru ilerleyip içeri giriyor. Ben çakılı kalıyorum sandalyeye. En büyük dayanağı elinden alınmış bir çocuk gibiyim. Dediği doğru, anlatmama imkân yok bir daha. Yarattığı kusma isteği bir yana, hikâyem süper anlamsız bir kelimeler dizisinden ibaret oldu. Sanki içi boşaldı her bir kelimenin. Anlamsızlaştıkça yok oldu. Yavaş yavaş kalkıp eve geçiyorum ben de. Bomboşum. Yüzümü yıkayıp salona geliyorum. Magistra tüm ısrarlarıma rağmen dışarıyı kendi temizleyip yanıma geliyor tekrar. Birer sıcak yeşil çay koyuyor ikimize de. Geçip oturuyorum karşısına, hâlâ çok şaşkınım.

O halimi görüp beni biraz daha aydınlatmaya çalışıyor:

"Bugüne kadar, her gün bıkmadan usanmadan aynı rolü oynadın 'yaşamım' dediğin sahnede. O anlattığın hikâyedeki Mina rolünü oynadın. Ama o senin gerçeğin değil, kuşandığın bir rol sadece. Bu hikâye bitti... Bu oyun, bu rol bitti. Yarından itibaren gerçekte ne isen, onu bulman ve o olman için yürüyeceğiz birlikte."

İçimde giderek artan bir korkunun varlığını hissediyorum. Bu kadınla tanıştığım ilk andan beri hiç beklemediğim, öngöremediğim şeyler yaşıyorum. Off, kendimi böyle bir girdaba nasıl soktum? Hayatıma bakıyorum da...

Hayatın mı kaldı senin kızım? Dağ başında bir yerlerde, yüzün gözün perişan ayna karşısında, hayatını anlatıp kusuyorsun ve bundan da bir medet umuyorsun öyle mi? Geri zekâlılığın da bir haddi olur. Bir nefret yükseliyor her şeye karşı o an yine, en çok da kendime... büyük bir öfke birikmeye başlıyor içimde. Bu ses bazen doğru söylüyor bence, geri zekâlıyım tabii! Bir kadın nasıl bu kadar çok imkâna sahip olup, kendini bu kadar hiçbir şey haline, bir acılar yumağı haline getirir. Bu ne yetersizlik, bu ne salaklıktır...

"Öfke fışkırıyor gözlerinden Mina, hayırdır?"

Magistra'nın sesiyle irkiliyorum. Cevap bekleyen gözlerle bana bakıyor.

"Yok bir şey," diyorum.

"Bence artık o olan şeyleri, içindekileri konuşmaya başlasan iyi olur Mina. 'Yok bir şey,' diye diye, kendini nasıl yok ettiğin ortada."

"Nasıl bu hale düştüm, diye düşünüyordum. Nasıl bu denli berbat bir hale geldi hayatım? Bu çaresiz..."

"Bu ayna karşısında anlattığın her şeye inanarak."

Lafımı bir bıçak gibi keskin netlikteki bu cümlesiyle bölüyor. Göz göze geliyorum, gülümsüyor bana.

Ben onu duymamış gibi devam ediyorum:

"... ve bu bitik halimden nasıl kurtulabilirim, diye..."

"Bunların hepsini bırakarak."

"Bu söylediklerinden hiçbir şey anlamıyorum." Sesim öfkeyle yükseliyor. "Anlattıklarım, yaşadıklarım değil mi? Nasıl bırakacağım? Oldu bunlar bir kere, nasıl değiştirebilirim geçmişimi? Ben..."

"Mina! Kendini o çukura sokmuşsun doğru, ama ben oradan nasıl çıkacağını biliyorum. Bana güvendin geldin, vır vırlanmayı bırak ve bana teslim ol. Bırak da sana yolu göstereyim."

Teslim olmak mı? Bu laf içimi ürpertiyor. *Kim bu kadın da teslim olacaksın ya?* Sahi neden geldim ben buraya?

"Senden kırk gün istiyorum Mina. Kırk gün benimle bu evde kalacaksın. Kırk gün söylediklerimi uygulayacak, benimle birlikte olacaksın. Adım adım beraber yürüyeceğiz. Kırk gün sonunda eğer beni dinlersen zaten ikinci basamağa geçebileceksin, yani kendi gerçek yaşamını oluşturmaya."

Kızım kaç kaç, kırk gün diyor kadın. Mıhlanıp kalıyorum sandalyeye, öylesine bir korku sarıyor içimi, gitmek ile kalmak arasında bu yerde.

"Ne oldu?"

Magistra'nın sesiyle kendime geliyorum.

"Korkuyorum."

"Neden sence?"

"Ya bütün dediklerini yaparsam ve işe yaramazsa diye korkuyorum."

"Hayır Mina, güldürme beni, tam tersi. 'Ya işe yararsa,' diye korkuyorsun. Ya işe yarar da, o hikâyeni, oyunlarını, o hiç sorumluluk almadan yaşamanı sağlayan kurban Mina'yı kaybedersen diye korkuyorsun esasında. O zaman gerçek bir yaşam inşa etmek gerekecek çünkü. Hadi bırak bu boş lafları, kalk da sana yatak odanı göstereyim."

Magistra evin arka tarafına doğru yürürken öfkeyle bağırıyorum:

"Nasıl bu kadar eminsin? Ben neredeyim, oradan nasıl çıkacağım? Tüm bunları nasıl bilebilirsin?"

İçeriden duyduğum ses beni gerçekten şaşırtıyor:

"Bir zamanlar, ben de oradaydım."

Yok artık. Buna inanmak zor. Benim şimdi olduğum noktadan Magistra haline gelmek ha! Kesin sallıyor.

"İnan, inan," diyor yanıma doğru gelerek. "Orayı da, burayı da biliyorum Mina. Ama en önemlisi, senin oradan benim buraya nasıl gelinir, onu biliyorum. Hadi, gel de yatağını yap, sallanma, sabah erken kalkacaksın!"

Bazen gerçekten ondan nefret ettiğimi düşünerek, ama yine de kalkıp ayaklarımı sürüyerek, yeni odama, neler olabileceğini, neler yaşayabileceğimi hayal bile edemiyeceğim yeni yaşamıma doğru ilerliyorum.

2
Ben

"Her şey ben böyle olduğum için böyle..."

"Şimdi" denen zamanda...

Yeni odamda açıyorum gözlerimi. Bir yatak odasında ihtiyaç duyabileceğim her şeyin olduğu bir oda. Koca bir yatak. Ahşap zarif bir dolap. Aynı ağaçtan bir yazı masası ve sandalyesi. Başucumda bir komodin. Dost'un bile yeri var. Yerde bir köpek yatağı, üzerinden mahmur gözlerle bakıyor bana Dost'um. Yatak odası, perdeleriyle ve yatak örtüsüyle rengârenk bir oda, tıpkı Ma gibi. Akşam bir duş alıp kendimi uykuya bıraktığım yatağımda, yeni bir güne açıyorum gözlerimi. İçimde biraz huzursuzluk, biraz tedirginlik var. Bugün programa başlayacağız, öyle dedi. "Nefes," dedi, "bir nefes almaya başlayalım önce," mi ne, öyle bir şeyler dedi. Çok yorgundum tam anlayamadım, ama aklımda kalan birkaç kelime: "... gerçekte ne isen..." Sahi neyim ben? "Gerçeği bulmak, gerçeğimi bulmak..." Bunlar açıkçası boş geliyor kulağıma, soyut şeyler ama takılmıyorum, çünkü bir şans vermek zorunda olduğumu biliyorum. Geriye dönüşün olmadığı bir noktadayım. En azından bir yol işte. Hem bana umut veren o fotoğraflar var. O pırıl pırıl gülen gözler. Onlar gibi olmak istiyorum ben de. Ne var onlarda? Tanımlayamıyorum, ama sanki çok uzak bir yerlerden hatırladığım, tanıdık bir şey. Çok güçlü bir şey, çok güzel bir şey...

Geriniyorum yatağımda. Dost ile göz göze geliyoruz, mırıldanıyor. Belli ki dışarı çıkması lazım. Hem acıkmıştır da. Kalkıp evin kapısına yürüyor ve Dost'u dışarı çıkarıyorum, hemen Karam ve Biber'in yanına koşuyor. Bir süre onları seyrediyorum. İyi ki Dost var, gücüm benim, güvenim. Onu seyrederken yaşamımda ilk kez birisinin beni sevdiğini, beni olduğum gibi kabul ettiğine beni inandırıp, bana bunu yaşattığı için ona ne kadar minnettar olduğumu düşünüyorum. Rüzgârın esintisiyle ürperiyorum, dışarısı oldukça serin. Havalar iyice soğumaya başladı demek.

"Günaydın."

Yerimden zıplıyorum. Ma çalışma odasının kapısından bana gülümsüyor. Üzerinde lacivert ve turkuaz, geometrik desenli bir eşofman ve turkuaz dar uzun kollu bir bluz. Ayakları çıplak, her zamanki gibi dimdik ve rahat. "Gel," diyor. Elindeki iki matı salonda yere seriyor ve o sabah bana, o günden sonra ömür boyu her sabah yapacağım o meşhur hareketleri[2] gösteriyor. Şu, parkta kendisini ilk gördüğümde yaptığı hareketler. Bedenin enerjisini düzenlermiş, yaşlanmayı geciktirirmiş, bütün sistemi yenilermiş ve vücudun zinde kalmasını sağlarmış. "Her sabah ilk iş," diyor. "Yakında vazgeçemezsin zaten," diyor. Her birinden sadece üçer tane yapmamı istiyor, "Şimdilik böyle başlayacaksın, sonra arttıracağız," diyor ama o üçer taneyi bile zor yapıyorum ve utanıyorum kendimden. İnsan bu kadar bitik olur mu bu yaşta? Ama deniyorum, söz verdim dün akşam çünkü, "Varım!" dedim, "Dönüşeceğim!" dedim.

Hareketler bittiğinde duşa girip giyiniyorum. Şahane bir kahvaltı sofrası bekliyor beni. Öyle sıcak, yine rengârenk. O kadar uzun zamandır bir kahvaltı sofrasına oturmamışım ki, zeytinleri, peynirleri, bal ve reçelleri izlerken bu bolluk ve sofradan yayılan şefkat, beni tuhaf bir şekilde duygulandırıyor.

"Reçellerim güzeldir, meyve şekeri ile ben yaparım her birini. Bu evde sağlıksız yemek olmaz zaten bilesin."

Ma bir yandan yiyor, bir yandan cep telefonundan maillerini ve mesajlarını okuyor. Bir ara telefonda birisiyle konu-

---

2 *Tibet'in Gençlik Pınarı* adlı kitapta yer alan 5 hareket.

şuyor mutfaktayken, sesini duyuyorum ve o adam olduğunu anlıyorum, Alp Bey, âşık bu kadın hissedebiliyorum. Bu yaşta ama âşık. Yaş ile alakalı değil demek ki. Âşık bir kadını anlarız ya, işte öyle anlıyorum sesinin tonundan ve merak ediyorum:

"Neden ayrı yaşıyorsunuz?" diye soruyorum masaya geri döner dönmez.

"Çünkü yaşamda gerçekleştirmek istediklerimiz henüz bu noktada tutuyor bizi. Gerçi ayrı yaşam senin yorumun. Ayrı değiliz hiçbir anlamda. Onun çoğu zamanı Amerika'da geçer, benim de malum... Şimdilik böyle."

Gözleri dalıyor uzaklara. Acı arıyorum gözlerinde, ama yok. Hep huzur ve dinginlik.

"Ben olsam hep birlikte olmak isterdim sevdiğimle, hiç ayrılmadan. Aynı evde, aynı yastıkta."

"Neden?"

"Ne, neden?"

"Neden öyle olmak istersin?"

"Nedeni var mı? İnsan hep sevdiğiyle olmak ister, birlikte olmak ister, ne kadar çok o kadar iyi. Çok saçma bir soru, kusura bakma."

"Saçma olan senin ileri sürdüğün gerekçeler. Doğru dürüst bir sebep bile söyleyemiyorsun. 'İnsan öyle ister'miş. İnsan niye öyle ister? Neden bu genelleme? Bırak insan diye genellemeyi, kendine bak. Sen niye istiyorsun?"

Cevap veremiyorum, "Sevgimden," diyeceğim ama...

"Ah Mina, zamansız bir konuşma oldu bu. Bedenlerin yan yana olmasıyla değil ki beraberlik. Ya da yanımızda kimse yokken yalnız değiliz ki."

"Ama bir şeyler eksik olmaz mı, o yanında yokken?"

"Hiçbir an, hiçbir şey eksik değil Mina. Her an, her şey tam. Tam da olması gerektiği gibi. Eksik diyen senin zihnin.

Ve aşk kendi tamlığını hissetmeden yaşanamaz. İhtiyaç hissi sevginin bilmediği bir konu. Neyse, şimdi bunlar için erken. Nasıl olsa konuşacağız, çözeceksin bir bir. Şimdi senin evine gidelim ve eşya alalım sana. Dost'u getirdik, ama sana da eşya lazım. Dedim ya, bir süre benimlesin."

Ulus'taki evime girer girmez bir sıkıntı basıyor içimi, hemen valizimi alıyorum ve çamaşır, pijama, kıyafet, ihtiyacım olabilecekleri aceleyle doldurup tekrar aşağıya iniyorum. Burada olmak istemiyorum. Burası, o kasvetli, çaresiz, dengesiz, acıların kadını Mina'nın evi. Ben artık o Mina olmak istemiyorum ve belki de ilk defa bir şeylerin değişebileceğine inanmak istiyorum. Ma'ya her baktığımda, onun gibi olabilmek istiyorum ölesiye. Ona güvenip kendimi ona bırakabilmek istiyorum.

Aşağıya inip, valizi çabucak bagaja koyuyor ve onun yanına atlıyorum. Gülümsüyor.

"Hey, ne bu telaş?"

"Çıkmak istedim, bilmiyorum... gidelim mi?"

"Gidelim tabii," diyerek arabayı çalıştırıyor. Yüzünde yine o kocaman gülümseme.

Evimden kaçma isteği ve yarattığı huzursuzluk Demirciköy'e girdiğimizde bitiyor.

Öğlen yemeğinde birlikte hafif bir salata yedikten sonra, yarım saatlik kısa bir yürüyüş yapıyoruz. Bu yürüyüşte hiç konuşmamamı rica ediyor benden. Öyle yapıyorum. Çok sıkıcı, öyle kafamda dönen binlerce düşünceyi ortaya koyabilmek isterdim, soracaklarım var hem, ben... İçimden konuşa konuşa yürüyorum ben de. Yürüyüşü bitirip tam eve girerken, "Zamanla alışacaksın," diyor.

"Neye?"

"Fark etmeye, sadece fark edebilmeye, olabilmeye."

Susuyorum. Eve giriyoruz. Ma –artık ben de böyle demeye başladım– tuvalete gidip gelmemi, nefes çalışmalarına başlayacağımızı söylüyor.

Geri geldiğimde yere nispeten kalın ve geniş bir mat sermiş olduğunu görüyorum. Arkasından bir yastık koyuyor. Sanki bir yer yatağı yapacakmış gibi. "Önce nefes," diyor. "Bana göre nefes olmadan dönüşüm olmaz. Nefes almak zorundasın. Önce bir toparlayacağız aracı." Araç mı? Ne aracı? Böyle düşünsem de başka sözler dökülüyor ağzımdan:

"Zaten nefes almıyor muyum ben?"

"Aldığını zannediyorsun," diyor gülerek. "Neredeyse her şeyi zannettiğin gibi. Oysa sadece yaşama devam edebilecek kadar alıyorsun. Nefesin tek görevi bu değil ki. Nefes ana enerji kaynağımız. İhtiyaç duyduğumuz enerjinin yüzde yetmiş beşini nefesten almamız gerekiyor. Üstelik nefes ana detoks sistemimiz. Yeterince nefes alamadıkça toksin biriktiriyor sistemin. Ve yetişkinlerde maalesef yüzde yirmilere hatta otuzlara kadar düşüyor alınan nefes miktarı."

"Neden bu kadar az alıyoruz peki? Hem sanki herkes öyleymiş gibi konuşuyorsun."

"Herkes tabii. Çünkü her insan, zihninin elinde bir mahkûm. İşte bu mahkûmiyet nefesin sınırlandırılmasını da içeriyor. Ancak zihninin izin verdiği kadar nefes alabiliyorsun. Zihinden özgürleştiremedikçe nefesini, gerçekten nefes alması mümkün değil insanın."

Nefesi özgürleştirmek mi? Zihin mi? Offf, eftiri püftürü işler...

"Vakit kaybı değil mi bu nefes? Yani benim yaşamımı düzeltmem lazım değil mi?"

"Mina, bi sus olur mu? Bi direnme Allah aşkına, hadi gel yat şuraya."

Bir iç çekerek gidip yatıyorum yerdeki matın üzerine, başım yastıkta.

Seans boyunca ağzımı açık tutmamı istiyor. Nefesi özgürleştirme çalışmaları, ağızdan alınan nefeslerle yapılıyormuş.

"Neden ağızdan nefes? Doğrusu burundan değil mi? Ağzımdan mı nefes alacağım artık?"

"Sadece nefes çalışmalarında ağızdan nefes alıp vereceğiz Mina. Bu, iki sebepten dolayı kullandığımız bir yöntem: Birincisi, öncelikle diyaframının tekrar layığıyla çalışabilmesini hedeflememiz. Pek çok kişide zihnin işleyişi sonucu diyafram kası gerektiği gibi çalışmıyor. Ve diyafram çalışmayınca solunum sistemi de tasarlandığı gibi çalışmıyor. Tıkanmış bir sistemle karşı karşıyayız diyebiliriz. Tıkanmış boruları açıyoruz diyelim. Bunun için de nispeten tazyikli ve bol nefes lazım. Ağızdan alınan nefes bu tazyiği ve bolluğu sağlamak açısından daha avantajlı. Burun nefesi, hele ki kapalı bir sistemde çok daha zayıf kalıyor. Bu, nefesi özgürleştirme çalışmaları için uygun değil. Öte yandan nefes seanslarında baş temizlik malzememiz, nefes. Ne kadar çok nefes alırsak sistemde o denli iyi arınma oluyor. Bu nedenle ağız nefesi ile çalışıyoruz."

"Ma, bak başlamadan önce dedim ya, benim anlamam gerekiyor. Direndiğimden değil inan, sadece neden tüm insanlık olarak nefes alamaz hale geliyoruz, yani ne oluyor da nefesi özgürleştirme dediğin her ne ise ona ihtiyaç duyar hale geliyoruz? Bana saçma geliyor. Yani hepimiz al nefes, ver nefes, yirmi dört saat nefes alıyoruz işte."

"Herkes gibi aldığını zannediyorsun, dedim ya. Bak şöyle anlatmaya çalışayım." Ayağa kalkıp elleri ile bedenini göstererek devam ediyor: "Bak, bu bir zihin/beden makinesi. Bu makinenin işlemesi lazım değil mi? Her makine gibi bir işletim sistemine ihtiyacı var. İşte bu makineye sonsuz, sınırsız bir enerji kaynağından bir işletim sistemi yükleniyor. Yükleniyor ki işleyebilsin. Her bir hücreye ne yapacağı bilgisini ve yetisini veren bir sistem bu. Bu bedenin içte ve dışta nasıl hareket edeceğinin bilgisini veren. Ben 'Can' diyorum bu işletim sistemine. Can gelince, bu makine işlemeye başlıyor ve organlar çalışıyor, kan pompalanıyor vesaire değil mi? Her bir hücre, ne için ve nasıl çalışacağını biliyor. O zaman bu makine 'Canlı Beden' haline geliyor. Ve bu enerji kesildiğinde 'Can-sız Beden' oluyor."

"Kaynak mı? Kaynaktan kastın ne?"

"Sen ne isim vermek istersen ver. Her yeri kaplayan ve her şeyi sarmalayan, sonsuz ve sınırsız potansiyel 'enerji okyanusu' diyelim. Bu can bir yerden geliyor değil mi? Her yerde olan ve her şeyi oluşturan enerji, yaşamın kaynağı. Nitekim, can olmasa beden dediğin etten kemikten işlemeyen bir makine."

Anlamaya çalışarak başımı sallıyorum. Mantıklı geliyor söyledikleri.

"İşte 'can-lanan' bu makine gibi, her makine ana enerji kaynağı ile bağlantıda olmaya devam ederse işler, değil mi? Makineleri bu yüzden elektriğe bağlı tutmamız gerekiyor, değil mi? İşte bizim zihin-beden makinesinde, bu bağlantıyı sağlayan akım da nefes. O bağlantı işliyorsa makine de işliyor. Her nefes alış ve veriş, 'Kaynak'tan 'Can'a enerji sağlayan sürekli bir akım. Ve bu bağlantı sürekli olmalı, gereken güçte olmalı. Tıpkı bebekken nefes aldığımız gibi. Hatırla bebekler nasıl nefes alır?"

Aklıma hemen Sırma'nın arkadaşı Defne'nin bebeği geliyor. Defne bir yerlere gittiğinde baksın diye bebeğini Sırma'ya bırakırdı bazen. Uykusunda onu izlediğim o anların görüntüsü geldi gözümün önüne, o kocaman ve huzurla inip kalkan karnı... Ve hemen cevaplıyorum:

"Evet, onların nefesi süreklidir, devamlı kocaman iner kalkar karınları."

"Evet, işte bu nefes dediğimiz akım sürekli, kendine özgü bir ritimle, dengeli bir akışla gelip gitmeli. Bebeklerdeki gibi. Nasıl ki makinelerin işlemesi için sürekli enerji gerekir, aynen burada da öyle. İşte bu makinenin tam da olması gerektiği şekilde işlemesi, beslenebilmesi ve kendini sürekli toksinlerden arındırabilmesi için özgürce nefes alabilmesi gerekiyor. Yani akım sürekli bir akış şeklinde olacak."

"Ve şimdi fark ediyorum ki, sen konuşurken ben sürekli nefes almıyorum, hatta aralarda bayağı bir duraklıyorum, çok acayip."

Hakikaten o sırada nefesle ilgili hayatımdaki ilk farkındalığımı yaşıyorum. Alma ve verme arasındaki o boşlukları fark ediyorum. Bu kadın beni hep şaşırtıyor. Bambaşka bir âleme giriş yaptığımı hissedip, ürperiyorum.

"Kimse almıyor Mina. Herkesin nefesi durmalı kakmalı, zorlukla işleyen bir akış halinde. Nefesini özgürleştirmeyen ve bu süreçten geçmeyen kimse, olması gerektiği şekilde nefes almıyor. Hep bir dur kalk. Hep beklemeli. Eh, makinelerde voltaj gelip gittiğinde ne olur? Bozulmalar başlar, tıpkı bizde olduğu gibi."

Açıkçası söylediği o kadar iddialı geliyor ki, hâlâ tam anlamadığımı düşünerek sorularıma devam ediyorum:

"Peki neden? Ne oluyor da, bebekken doğruyu yaparken, hepimiz aynı hataya düşüyoruz?"

"Bak şimdi, iki-üç yaş civarı çocuklar bir şeyden emin oluyor: Burada bana çok iyi hissettiren şeyler var, hep yaşamak istediğim şeyler ve bir de çok kötü hissettiren, bir daha hiç yaşamak istemediğim şeyler. İyiler hep olsun, ama acı verenler olmasın. İşte zihnin bu yaşanan deneyimlere anlam yüklemeleri ile dışarıyı, yaşamda olanları kontrol etme ihtiyacı oluşuyor. İyi olanlar kalsın istiyorum, geçip gitmesin ve çok mutlu olduğumda fark etmeden nefesimi tutuyorum. Yaşam akmasın istiyorum, o ne ise aynen kalsın istiyorum, akıp da götürmesin sevdiğim şeyi. Ya da bana kötü hissettiren bir şeyle karşılaştığımda, acıdan kaçmak için yine tutuyorum nefesimi. Yaşamda acı varsa o anda, nefesimi kesip yaşamın dışına çıkmam lazım. Karşılaştığımız her duygu yoğunluğu karşısında, bir alışkanlık başlıyor insanoğlunda, bir kontrolü ele geçirme çabası diyelim. O gelmesin, bu gitmesin. Nefesimizi tutmaya başlıyoruz. Yaşamı kontrol edebilmenin en kolay yolu, yaşamı bize getiren nefesi kontrol etmekle başlıyor zihin için. Her korktuğumuzda, heyecanlandığımızda, istemediğimiz bir şeyle karşılaştığımızda ya da çok mutlu olduğumuzda hep nefesimizi tutuyoruz ve bu duraklamalar zaman içinde nefesimizin bir parçası haline geliyor."

İlgiyle başımı sallıyorum, devamını bekliyorum, Ma devam ediyor:

"Peki bizim kaynakla sürekli bağlantıda olmamızı sağlayan, bize can veren bu akışı her durdurduğumuzda ne oluyor? Süreklilik bitiyor. Dur, kalk, dur, kalk şeklinde tekleyerek akmaya başlıyor. Ve giderek daha az nefes almaya başlıyoruz."

Yine çok mantıklı.

"Dahası var. O nefesi tutmamıza sebep olan durumu kontrol edebiliyor muyuz? Hayır. Oradayız, o olanla karşı karşıyayız. Her nefesi tutup o olana ve o ana direndiğimde, içinden geçilememiş bir deneyim olarak hücre hafızamda yerini alıyor. Geçip gidemiyor o deneyim, bende hapsoluyor. Yani o direndiklerimizin yarattığı duygular, endişe, korku, acı hapsoluyor hücre hafızamda. Ya da çok mutlu olup hiç gitmesin istediğim deneyimler? Mümkün mü kontrol etmek, tutabilmek onları? Hep aynı kalan, geçip gitmeyen ne var şu âlemde? Nefesimizle o deneyimin içinden keyifle yaşayıp gidebilecekken; o kayıp duygusunu, o eksiklik, yokluk, yaşam boyu o boşluğu kapatacak çareleri bulmak isteyen beklentiyi gömüyoruz. Yani iki taraftan da acı geliyor, iki taraftan da öbek öbek yük yükleniyoruz... Ve her gömü, zihin için bir daha karşılaşılmaması gereken bir malzeme."

"Çünkü zihin acı ile karşılaşmak istemiyor, ondan değil mi?"

"Bravo Mina. İşte bu nedenle bu durumlar tanımlanmalı zihne göre: Ne oldu da böyle oldu? Tanımlıyor ve kanunlar oluşturuyor. 'Şöyle olmalı, böyle olmamalı.' İşte her -meli, -malı, kişinin bir şekilde sınırlanmasını içeriyor. Zihin kayıtları ile kişinin yaşamı sınırlandırılıyor, kişi kayıt altına alınıyor sanki. Bunları sonra anlayacaksın. Şimdi nefese dönersek, acıdan kaçmaya çalışan zihin, nefesimizi de yönetmeye başlıyor bu kayıtlarla."

"Zihin neden bu kadar düşman? Benim zihnim değil mi?"

"Zihin düşman değil Mina. Üstelik insan deneyimini yaşayabilmemiz için çok gerekli bir araç, bir motor. Ama görev tanımı saptırılmış diyelim. Zihinden konuştuğumuzda anlayacaksın. Şimdi konuyu dağıtmayalım, nefese dönelim."

"Peki, patron sensin."

Bu takılmamı da es geçiyor. Nedense konuya hep abuk saptırmalarla dahil olduğumun farkına varıyorum, ama içimden geleni durdurabilmek ne mümkün. Ma devam ediyor:

"Tüm yaşamımız gibi nefes alıp verme biçimimiz de, zihnin elinde bu duygulardan kaçma, olanları kontrol etme, korkulanlara göre kendini savunma ve yaşamı kendine göre oldurma arzusuyla giderek daha da çarpılıyor. Endişeler, korkular ve kontrol ihtiyacı ile kastıkça kendisi de bir kas olan diyafram layıkıyla çalışmıyor, beden o farkı kapatmak için başka kasları devreye sokuyor, tuhaf hareketlenmeler ekliyor ve bedende bir nevi yeni bir solunum sistemi akışı oluşuyor. Ancak ne yaparsa yapsın gerçek işleyişin yerini tutabilir mi? Kısıtlı oluyor tabii. O zaman da nefesimiz ne fiziksel ne de duygusal bedenimiz için yeterli oluyor. Eksik kalıyor. Giderek daha enerjisiz, daha çok toksin biriktiren bir sistem haline geliyoruz... Yetişkin çağımıza geldiğimizde, neredeyse sadece 'yaşamaya devam' fonksiyonunu gerçekleştirebiliyor nefesimiz. Ve tabii gelsin hastalıklar, sinir sistemi bozuklukları."

"İyi de bunların benimle ne alakası var?"

"Ne alakası mı var? Güldürme beni, neredeyse hiç nefes almıyorsun Mina."

"Yok canım, o kadar da değildir."

"Kendin deneyimleyeceksin zaten canım. Soruna gelince... 'Neden nefes?' Çünkü benimle gerçeğine yürüyerek gerçekleştireceğin dönüşümü gerçekten nefes almadan, benim dönüşümden anladığım şekliyle yaşayamazsın. Ne yaparsan yap, sisteminin gerçekten nefes almasını sağlamadan layıkıyla dönüşüm olmaz. Nefes benzersiz bir dönüşüm aracıdır ve aynı zamanda özgür, doğal bir nefes akışı dönüşümün göstergesidir. Nefes gerçeğin ta kendisidir ve gerçekten nefes almadan, her an gerçeğin nefesini alıp vermeden, gerçekle tam bir buluşma ve birleşme imkânın da yok. Senin zihnin nefes alıyor sende her an. Bu yüzden tıkanık, limitli ve tereddütlü. Kaynakla bağlantını yeniden tam ve kesintisiz yapmadan, kendini ve gerçeğini bilip yaşaman çok zor, bana göre imkânsız."

"Gerçekten nefes almadan dönüşüm dediğin neyse olmuyor yani? Hem sahi dönüşüm dediğin ne? Ma kafam karıştı çok ya."

Gülümsüyor. Ve sabırla anlatmaya devam ediyor:

"Benim dönüşüm dediğim; senin gerçeğine dönmen ve onu yaşaman diyelim. Gerçek Mina'yı yaşayabilmen. Mina olmayı deneyimleyebilmen. Şu an ondan fersah fersah uzaksın. Bu yüzden bu kadar kayıp, bu kadar bitik, bu kadar can-sızsın. Hani hatırla can ile kaynağı birbirine bağlayan, enerji devamlılığını yani can-lı kalmayı sağlayan nefesti değil mi? İşte nefes yoksa, bu dünyada gerçeğini nasıl yaşatıp deneyimleyeceksin? Burası form dünyası Mina. Burada bedenin ve onun işleyişi olmadan hiçbir halt olmaz."

"Bedenin olmaya devam edebilmesi için de nefes lazım, anladım tamam."

"Mina'nın olmaya devam edebilmesi için diyelim. Bu yüzden önce nefes. Önce sana nefes aldırıp seni biraz toparlamam lazım. Aracın beslenecek, temizlenecek ve enerjin güçlenecek ki, gerçeğine geri dönüş yolculuğunu başlatabilelim."

"Yine bir soru: Az önce 'gerçeğe ulaşmak, dönüşüm' filan derken, şimdi yine 'aracın beslenmesi, temizlenmesi' diyorsun. Bunların hangisi için nefes? Kafam karıştı."

"Haklısın canım. Çünkü hepsi için, ama sırayla."

"Sırayla mı?"

"Evet bu yüzünden dönüşüm diyorum. Dönüş-üm. Senin adım adım gerçeğine dönme yolculuğundur bu. Bu bir süreçtir, devam eder ve hepsini kapsar. İnşallah her bir safhayı birebir yaşayacağın, mükemmel bir mantıkta akar üstelik bu yol. İlk adım, bu dünyaya inebilmektir. 'Burada gerçekten varım!' diyebilmektir. Bunun için solunum sisteminin olması gerektiği gibi çalışıp, kişinin bebeklik nefesine yani karın bölgesinde başlayan, diyafram nefesine dönmesi gerekir. Bu dönüş, o çok korktuğun, kontrol etmeye çalıştığın, kaçtığın dünyaya geri inmektir. Ona direnmeyi bırakıp, onunla yeniden birleşebilmektir. 'Ben Mina'yım, buradayım,' diyebilmektir. Ben bunu, 'Önce enkazı ayağa kaldırıp, dünyaya getirmemiz lazım,' diyerek açıklıyorum. Nefes almayan her kişi, zamanla bir enkaza dönüşüyor çünkü. Gidemeyen, tekleyen, paslanan, çürüyen ve işlemeyen bir araç ile ne yapabilirsin ki?.."

"Sonra?"

"Sonrası... Şu noktada nasıl anlatsam sana? Ancak Mina olarak var olabilmeye başladığında, bu defa kalp bölgesi nefes alabilmeye başlar, çünkü kalp bölgesi nefes alabildikçe dönüşüm başlar. Mina yaşama sunabilir kendini, Mina kendini yaşama sunabildikçe kalp daha da açılır. Mina bir çıçek gibi her gün daha da fazla, kendi özgünlüğünü sunar yaşama. Gerçekten yaşamak budur benim kitabımda. İşte Mina, Mina olabildikçe ve kendi benzersizliğini bu yaşama sunabildikçe de, her şeyin ardındaki gerçek çıkar ortaya ve öz kendini gösterir. Özün ifadesi kendini göstermeye başlar Mina'dan. Gırtlak bölgesi nefes almaya, nefes aldıkça da 'özden gerçekleştirme' sunmaya başlar Mina. Bu da gerçekte yaşamaya başlamaktır. Sonrası ise 'Bir' Mina'm. Plan hep aynıdır. Hangi yoldan gidersen git hep aynı. Nefes de bu planın en etkili araçlarındandır. Hepsini yürüyeceğiz hayırlısıyla."

Plan mı? Anlattıkları benim bu karışık kafama bilimkurgu filmi etkisi yapıyor. Bu kadınla nasıl bambaşka bir âlemde yolculuğa çıkacağımı o anlarda halen hiç bilmiyorum. Ben yine soruları soruyorum da... o gelen cevapları anlamak...

"Karışık gelmesi normal..."

Yine düşüncelerimi okudu.

"Çünkü zihnin arapsaçı gibi dolaşık. Netlikten çok uzaksın, gerçekten. Şimdilik bırak bu anlattıklarımı, şuna odaklan: Ne kadar nefes, o kadar yaşam. Biz ilk seviyeye odaklanalım şimdi. Sistemin geçmiş dediğin toksin çöp yığını ile dolu. Hal böyleyken zihninin seni geçmişin üzerinden yönetmesinden, tekrar tekrar aynı yerlerde döndürmesinden kurtulamazsın. 'Şimdi'ye gelemezsin."

Ukalaca atlıyorum:

"Ha, yine mi şu meşhur 'Şimdide ol!' durumu karşımda? Hastayım bu lafa, herkes ezberlemiş aynı lafı söylüyor: 'Şimdide ol! Şimdide ol!' Olamıyorum işte, nasıl olayım? Vır vır vır durmuyo kafam. Demesi kolay!"

"Olamazsın tabii... Hayal âlemindesin! Neyse, bak bunları konuşacağız. Şimdi işimize bakalım. Sadece şunu bil: Nefesle, gerçekten 'şimdiye kadar olan yaşamım' dediğin bu labirentten kurtulmanın kapısını açacaksın. Hep söylerim, nefes fabrika ayarlarına geri döndürür insanı."

"Her şey nefes desene."

Somurtuyorum. Bu sürekli nefes lakırdısı sıkmaya başlıyor beni. Çözmek istediğim şeyleri konuşsak ya.

"Kesinlikle! Her şey önce nefesle başlar."

Abarttığını düşündüm açıkçası. O kadar bitik ve baştan aşağı değişmem gerektiğini düşündüğüm bir haldeydim ki, nefesin bunu ne kadar çözeceğiyle ilgili derin kuşkularım vardı. Yani ne kadar almıyor olabilirdim ki? Ne kadar çarpık olabilirdi? Yaşıyordum işte. Muhtemelen enerjimi arttırır, o da iyi hissettirir herhalde diyerek çok uzatmamaya karar verdim. Söz vermiştim, program neyse uyacağıma söz vermiştim.

"Hadi başlayalım," diyerek ağzımı açarak bekliyorum.

"Dur önce, nefesinin durumuna bakacağım. Dizlerini kır."

Elini karnımın üzerine hafifçe koyuyor ve "Şimdi nefes al, ver," diyerek kendi de yüksek sesle nefes alıp vermeye başlıyor. Anlıyorum ki bana örnek olması için demo gibi bir şey yaptığı. Ve ben de yattığım yerde ağzım açık, kendimi son derece abuk hissederek onun gibi peş peşe nefes alıp veriyorum. Magistra'nın dikkatle bedenimi, özellikle de karın bölgemi izlediğini hissediyorum. Bir şeyi kontrol edercesine elini birkaç defa karnımın alt bölgesine hafifçe bastırıp çekiyor. Birkaç saniye nefesimi izledikten sonra durmamı işaret ediyor.

"Tahmin ettiğim gibi hiç karın nefesin yok Mina, yani diyaframın baygın," diyor gülerek. "Öncelikle nefesi aşağı indireceğiz, karın bölgesine ki bu zaten inanılmaz farklılıkların hemen yaşamına yansıması demek. Karın nefesi, bu dünya ve buradaki yaşam ile ilgilidir, köklenme ile ilgilidir. Tahmin ettiğim gibi dedim, çünkü kendini başarısız ve beceriksiz hissetmen, eleştirmen, yargılaman, özgüven eksikliğin, değersizliği yansıtan oluşun, bana bunun sinyallerini vermişti. İçsel bir şavaşın var, kendinle çatışıyorsun sürekli. Senin gibiler bir yaprak gibi oradan oraya savrulur, ayaklarını sağlam yere basamıyor gibidirler. İlişkilerin süreklilik göstermez, başladığın projeleri devam ettiremezsin, kararsızlığın da cabası."

Gülmeye başlıyorum, sinirim bozuluyor çünkü.

"Bütün bunları şu üç beş nefesten çıkardın öyle mi yani?"

"Doğru değil mi söylediklerim?"

"Evet, ama bu kadar basit olabilir mi?"

"Göreceksin neyin ne kadar basit olduğunu. Dur, çarpık nefesinle ilgili söyleyeceklerim bitmedi. Bir de nefesi vermeden önce bekliyorsun. Bırakmayı erteliyorsun. Yaşamında işi bitmiş olduğunu bilsen de ilişkileri bırakmayı erteledin hep, değil mi? Son noktaya kadar yapıştın. Aynı nefesin gibi bırakman gerektiğini bildiğin halde beklettin, erteledin. Yaşadığın ayrılıklar hep bu yüzden gecikmişti. Sonrasında hep 'Çoktan ayrılmalıydım,' dersin değil mi? Ama herhangi bir şeyi bırakma öncesinde yoğun bir düşünce döngüsüne girer, erteler de ertelersin. Hatta giymediğin kıyafetlerini bile veremiyorsun değil mi? Dur, belki lazım olur, belki bir gün giyerim... Sonra hep engeller çıkar karşına. Akmaz yaşamın. Yarına güvenmezsin. Ve tabii bağımlılıklar. İnsanlara bağımlılık, şu aşırı sigaran..."

"Tamam, pes ettim. Evet, bunların hepsi doğru. Nefesten fal mı bakıyorsun sen?"

Açıkçası o an bayağı kıl oluyorum ona. Gülüyor Magistra.

"Falcılık gibi değil mi? Oysa hepsi nefesinin verdiği bilgiler inan. Her insanı nefesine bakarak anlamak mümkün."

"Ve nefesle bunlar değişecek diyorsun..."

"Nefes benim kullandığım muhteşem bir destek, bir araç Mina. Esas dönüşüm zihinde olur ve yaşama yansır. Her şey gibi dönüşümün de kaynağı, yani esas çalışılacak alan zihindir. Ancak nefes alabilmeye başladığında sağladığın enerji ve arınma, hem sistemini toparlayıp güçlendirecek hem de dönüşümü gerçekleştirmek ve yürütmek için gereken zemini sağlayacak diyelim. Ben böyle görüyorum bu işi. Şu an çalışılamaz haldesin, enkazsın, nefes açıldıkça toparlanacaksın, toparlandıkça zihninle de çalışabileceğiz ve işte gerçek dönüşüm ancak o zaman gerçekleşecek. Gerçekten nefes almaya başlamak, makinenin yeniden başlat tuşuna basmak gibidir. Bütün devreler doğru şekilde işlemeye başlar yeniden. Bağlantılar sağlanır."

Kocaman gülümsüyorum. Hoşuma gidiyor bu benzetme. Yeniden başlatacak hatun beni.

"Bak, nefes alabildikçe kandaki oksijen miktarı artacak, bağışıklık sistemin güçlenecek, enerjin kat kat yükselecek. Daha önce dediğim gibi hücre hafızandan geçmiş yükünün temizlenmesi zihin çalışmalarımıza destek olacak. İnanması zor geliyor biliyorum, ama bastırılmış duygularından hatta fobilerinden bile arınabiliyorsun. Çünkü nefesin özgürleşmesi sürecinde bilinçaltı da temizlikten nasibini alıyor. Hem yaşama kökleneceksin hem de yaşamla bağlantın güçlendiğinden farkındalığın artacak. Tıpkı bir ağaç gibi insanın gerçek gelişimi de böyle canım. Önce sağlam bir şekilde kökleneceğiz ki dallarımızı yukarıya, en yukarılara çıkarabilelim. Birlikte yapacağımız zihin çalışmaları ile desteklendiğinde, şu an anlatsam da inanamayacağın kadar büyük bir zihin dönüşümü geçireceksin. Benim planım bu. Ve bugüne kadar çalıştığım, benimle bu yolu yürüyen herkeste işledi, her biri ile gerçekten yaşamaya başladık ve gerçekte buluştuk yeniden..."

O fotoğraflardaki yüzler gözümün önüne geliyor, o gülen gözler. Keşke ben de...

"Şimdi hazırsan başlayalım mı?"

Huysuzlanıyorum. Bu kadar şey yaşamışım, bu haldeyim, bir nefes alacağım ve...

"Yani nefesi değiştirdik mi yaşam da değişiyor, oh ne kolay şahane!"

"Hayır yaşamı değiştiren nefes değil, geçici bir süre öyle gibi hissedilse de değil. Ama nefesini özgürleştirdiğinde, bu açılış seni dönüşüm zeminine taşır. Dönüşüm için ise mutlaka ama mutlaka zihinden özgürleşmek gerekir. Bu yüzden ben bu iki seviyede birden çalışırım dönüşüm için."

Diyorum ya bilimkurgu. Dur bakalım, bindik bir alamete gidiyor muyuz kıyamete bilemem. Ama buraya kadar gelmişim, geri dönecek halim yok.

"Tamam, başlayalım. Biraz korkuyorum açıkçası. O kadar büyük şeylerden bahsediyorsun ki, ne yapacaksın da bu büyük sıçrayış olacak ve benden istediklerini becerebilecek miyim?"

"Becerecek bir şey yok, sadece gözlerini kapat, kendini rahat bırak ve nefes alıp ver. Sen sadece nefes al ver, gerisi benim işim. Ben nefesinin olması gereken şekle gelmesi için sana taktikler vereceğim. Şöyle yap, böyle yap diye. Güzel bir müzik de çalacağım."

"Tamam. Ne kadar nefes alacağım?"

"Bugün otuz dakika."

Mecbur yapacağız.

"Merak etme, sadece nefes alıp vereceğiz, başka bir şey yok," diyor benimle eğlenerek.

Bir şey söylemiyorum.

"Haydi başlıyoruz!"

Gözlerimi kapatıyorum ve nefes alıp vermeye başlıyorum. Magistra'nın eli karın bölgeme hafif baskılar yaparken bir yandan, "Buraya!" diyor. Nefes al, nefes ver. Zor geliyor, çok zor. "Hadi!" diyen sesini duyuyorum. "Hadi nefes çek, al, bırak, al, bırak..." Yorulmaya başlıyorum. "Hadi, al ve bırak, al ve bırak..." Giderek yoruluyorum, giderek zorlaşıyor. Otuz dakika mümkün olamayacak biliyorum.

"Hadi Mina, nefes!"

Gayret ediyorum, birkaç kez daha belki, başım dönüyor, ellerim ayaklarım uyuşuyor, *yapamayacağım*.

"Devam, devam, devam, buraya gönder nefesi, hadi..."

Öylesine zorlanıyor ki bedenim, öylesine zorlanıyorum ki... İstediğinin sadece nefes almak olduğuna inanmak zor.

Ne zormuş nefes almak. Alamamak, evet alamıyorum. Ben nefes alamıyorum.

"Hadi Mina, nefes!"

Bir gayret daha devam etmeye çalışırken, birden hayatımın geri kalanında asla unutmayacağım bir şey oluyor. Sanki bir şeyin ağzını tıkayan bir tıpa fırlıyor göğsümün altından ve bir hıçkırık ile beraber deli gözyaşları boşalmaya başlıyor. Kontrolsüzce ağlamaya başlıyorum. Sanki o tıpa tüm ağlayamadıklarımı tutuyormuş da şimdi fırlamış gitmiş gibi katılarak ağlıyorum. Magistra, "Hadi nefes, nefes al!" diyor sürekli, duyuyorum. Görmüyor mu ağladığımı, tutamıyorum ki.

"Nefes al, ver hadi."

Katılıyorum, ölene kadar ağlayacağımı zannediyorum, sanki içim boşalıyor. Beni kucağına aldığını hissediyorum, kollarımı sarıyor kendine. Bir eli karın bölgemde, bir noktaya baskı yaparak nefes alıp veriyor sürekli, hiç durmadan. Ve ben ağlıyorum, ağlıyorum, ağlıyorum. O nefes aldıkça, benim için alıyor sanki. O hiç durmayan, bir içeri bir dışarı sürekli akan o nefesinin sesi, belki de yaşamımda o ana dek bana en güven veren ses. Ağlamak değil yaşadığım, bambaşka... İçimden bir zehir boşalıyor sanki. Tümüyle kendimi o akışa bırakıyorum ve ne kadar sonra bilmiyorum ama, tekrar onun nefesine uyarak nefes almaya, hafifçe de olsa nefes almaya başladığımı fark ediyorum. Onun nefesiyle bir oluyorum. Onunla birlikte, onunla bir, azıcık da olsa nefes almaya başlıyorum. Giderek bırakıyorum sanki tutunduğum bir şeyleri, hafifliyorum. "Bırak," dediğini duyuyorum ve kendimi tümüyle bırakıyorum. Nc kadar süre öyle nefes aldık bilmiyorum. Kendime geldiğimde yerde mat üzerinde yattığımı fark ediyorum. Gözlerimi açtığımda, onun o ışıl ışıl gözleri ile karşılaşıyorum. "Ah, çocuk, neler yapmışssın sen kendine böyle?" diye mırıldandığını duyuyorum. Ne oldu bana bilmiyorum. İçimde tuhaf bir huzur, sanki kilolarca bir yük boşalmış içimden. Hiç bilmediğim bir haldeyim. O an sadece, yaşamımda böyle bir şey değil yaşamak, kenarından bile geçmediğimi biliyorum.

"İyi misin canım?"

Başımı sallıyorum. Aslında ona sarılmak istiyorum, kalkıp sıkı sıkı sarılmak. Ama yapamıyorum. Sadece büyük bir huzurla gülümsüyorum ona. Bu nefes ne ise, ben onun hakkında hiçbir şey bilmediğimi ve nasıl büyük bir güç ile karşı karşıya olduğumu hayretle fark ediyorum. Ma, daha sonra herkesin ilk nefes çalışması deneyiminin ve hatta ardından yapacağı her nefes çalışmasının farklı, kişiye özel deneyimler olduğunu söyleyecekti. Ben de, gerçekten nefes almaya işte böyle adım atıyorum.

On gündür Ma ile birlikteyim. Günlerim son derece düzenli bir programla geçiyor. Sabah erkenden kalkıp beden hareketlerimi yapıyorum. Kahvaltı sonrası yürüyüş yapıyoruz. Kafamdaki o sesin isyanları devam etse de, Ma'nın tarafını tutarak ilerliyorum. Zira tek bir şeyden eminim, bugüne kadar hep o sese kulak verdim ve geldiğim nokta belli. Belki onun yerine Ma'yı dinlersem dedim... Kendimle ne yapacağımı bilememenin çaresizliği o denli büyük ki, her ne kadar hiç anlayamasam veya tanımlayamasam da görünen bu tek yeni yola tutunmaya çalışıyorum. Akıl kârı olmasa da, yani böyle hiç tanımadığın ve tuhaf çarpıcılıkta bir kadınla, bir dağ başında yaşamaya başlamak... Yine de kafamdaki isyanı dinlememeye çalışıyorum.

Açıkçası giderek biraz daha toparlanıyorum. Öncelikle düzgün beslenip yeterince uyuyor olmanın yarattığı fark var tabii. Ma'nın evinde, mecburen onun gibi besleniyorum. Genelde balık ve bol sebze, salata, meyve. Ekmek, hatta genelde un ve şekeri giderek azaltmamı istedi, o bunları hiç yemiyor ve zamanla bu noktaya benim de geleceğimi belirtti. Şimdi kendi ritmimde azaltmamı önerdi. Söylediğine göre beden sağlık kazandıkça ve "Ben" uyandıkça zaten kendiliğinden beslenmem değişecekmiş. "Önemli olan doğru başlangıçları yapıp kendi ritminde ilerlemek," diyor ve anladığım kadarıyla bu her konuda onun için geçerli bir cümle. Hiçbir konuda bir aşırılığını, çabasını, zorlamasını, gerilmesini göremiyorum. Onu izlemek en sevdiğim şeylerden biri oldu. Çünkü farklı, gerçekten baştan aşağı farklı ve ben hep bu farkları izleyip tespit ediyorum, bu değişik kadını anlamaya çalışıyorum.

Onun gibi bir saat olmasa da, ben de biraz daha uzun süre ritmik şekilde yürüyebilmeye başladım. Bu yürüyüşlere Dost, Karam ve Biber de katılıyor tabii. Ardından nefes çalışmasını yapıyoruz. Artık öylesine rahat nefes almaya başladım ki, nefes çalışmaları günün en sevdiğim saatleri olmaya başladı.

Nefesim giderek özgürleştiği için artık bu çalışmaları kendi başıma da yapabiliyorum. Hatta çoğu zaman Ma ile birlikte, yan yana iki matta birlikte nefes çalışması yapıyoruz. Bu çalışmalarda uçuyorum sanki. Oyuk, her seans sonrası sanki daha bir kapanıyor. Sanki gerçekten de ait olduğum yere –orası neresi, nasıl bir yer, hiç bilmesem de– kesinlikle ait olduğum yere daha bir bağlanıyorum, yeniden birleşiyorum ve bu birleşme, o senelerce beni kovalayan boşluk hissini, bir oyuğun giderek büyüyerek beni yok etmesi hissini ortadan kaldırıyor.

Sanki tekrardan bacaklarım var, yere sapasağlam basan. Her bir nefesle kaybolmuşluğumdan yavaş yavaş kendime geri dönüyorum sanki.

Öğle yemeği sonralarında ise onun işlerine yardım ediyorum, o gün bana ne iş verirse. En daraldığım bölüm bu, çünkü yapmama hakkım yok. Bir gün fasulye ayıklıyorum, bir gün yazdığı notları temize çekiyorum. Bir iki kez bu konuda şikâyet etmeye kalkıştım; yani ben sonuçta yaşamımı değiştirmek istiyorum, bambaşka bir hale geçmek istiyorum, ki zaten Magistra'nın bahsettiği şeylerden anladığım da bu bambaşka biri olma hali hedefimiz zaten ve bunun fasulye ayıklamayla ne alakası olduğunu gerçekten anlamıyorum. Kafam bozuluyor.

İşte öyle anlardan birinde bir gün, elimde olmadan söylendim.

"Fasulye ayıklayarak yeni bir yaşam nasıl olacaksa..."

Bir süre sesini çıkarmadı. Duymadı mı acaba diye düşünürken, "Bak," dedi, "yaşamında bir şeylerin değişmesini istiyorsan, öncelikle şikâyet etmekten vazgeçeceksin. Tümüyle... Şikâyet insanın başvurduğu en alçaltıcı yöntemlerden biri."

"Sana katılmıyorum. Ne yani? Bir durum hoşuma gitmiyorsa, ama mecbur tutulduysam, şikâyet edeceğim tabii."

"Şikâyet kendi oluşturduğun tatsız gerçekliğe, bir başkası ya da başkalarının sebep olduğu palavrasına dayanmak, bu sebeple kendine acımak ve kendin yetmiyormuş gibi, bu ne kadar kurban olduğun masalına karşındakini de inandırma çabasından başka bir şey değildir ve bence insanın muhteşemliği göz önüne alınırsa çok üzücü."

"Benim oluşturduğum mu? Sensin bana fasulye ayıklatan, ben mi istedim de şikâyet ediyorum?"

"Senin şu an yaşadığın gerçeklik, "Fasulye ayıklıyorum," olsaydı, ki benim senden isteğim buydu, sorun olmayacaktı ki. Oysa senin yazdığın ve yaşadığın gerçeklik şu: 'Of, pof yine istemediğim şeyler yaptırıyor bu kadın, fasulye ayıklamak çok sıkıcı, zorluyor beni, vah bana, zavallı ben vesaire...' Yani zihninin o an olanla ilgili yorumu ki, bu bir hikâye. Sen bu hikâyeye bir de beni inandırıp, kendine daha da çok acımaya çalışıyorsun."

"Ne yapayım, öyle düşünüyorum ama."

"Öncelikle yaşamın getirdiğini kabul edeceksin. Durum ne ise kabul. Kabul etmek demek 'Aman ne güzel,' demek değil, o an önündeki ne ise onunla barış içinde olmandır. Direnmemektir. Reddetmemektir. Vır vır vır şikâyet etmekle geçirdiğin o günlerin sonu geldi. Yaşamın boyunca neredeyse her an direniş içindeydin. Her an sadece ve sadece kim olmak istediğin değil, ne yapmak istemediğinle ilgilendin. Bu olmasaydı, bunu yapmasaydım, bu gelmeseydi, bu gitmeseydi falan filan... Bu düşüncelerin içinde kaybolup gidiyorsun. Benim yanımda öncelikle bunu yaşamayı bırakacaksın. Burada olacaksın, BURADA!"

Yükseliyor evet, ancak öylesine netlik içeren bir keskinlik ki ortaya koyduğu, sadece başımı sallıyorum. Her hücrem hazır ola geçiyor sanki. O ise anında geçtiği daha ılımlı bir perdeden devam ediyor:

"Şu an zihnini biraz izlemeni sağlamaya çalışıyorum. Zihnin her an olanla ilgili yorumlar yapıyor da yapıyor. Ve yaptığı bu yorumların içeriğine karşı da direnişte, farkında mısın? Ve sen onun elindeki direnişçi olarak, yirmi dört saat ona hizmet ediyor, bir de bunu dünyaya saydırıyorsun. Ama sözlerinle, ama hareketlerinle ve yeri geldiğinde hareketsizliğinle. Hep, 'Böyle olmamalı, ben oynamıyorum!' hali. Küçük bir çocuk işte, mız mız mız... Gör kendini!"

Tepem atıyor. *Ne istiyor bu kadın benden, neden hep ben suçluyum*? Bazen gerçekten darlanıyorum.

"Ne yapayım yani? Koyun gibi her önüme gelen sevimsizliğe, haksızlığa kafa mı sallayayım? Can sıkıntısından patlarken, 'Aman ne güzel,' mi diyeyim?"

"Demesen ne oluyor Mina? Ne oldu? Demedin de yaşamında ne değişti? Hesapta akıllı kadınsın, insan demez mi? 'Ya hep aynı şeyi yapıyorum olmuyor, belki farklı bir şey yapmak lazımdır, belki ben anlamadım bu dünyanın düzenini,' demez mi?"

"Demedim mi sanki? Neden buradayım sanıyorsun? Neden seninle yaşıyorum bu dağ başında günlerdir? Ama bu koyun gibi her önüne gelene boyun eğme halini anlamıyorum."

"İşte mesele bu yorumların Mina. Zihninin bu yorumları. Bak şimdi, seni alıştırmaya çalıştığım şu: Her anı, her yönüyle kabul ile yaşamaya başlaman. Şimdi, burada ne var? Yaşam sana bu an ne getirmiş? Fasulye ayıklamak. Gelmiş artık, burada. Onunla birleşeceksin. Ha, 'Bu ne işe yarayacak?' dersen, dönüşüm için öncelikle neredeysen orada olmayı, yaşamla birleşmeyi öğrenmen gerekiyor. Birleşmediğin bir şeyi yönlendiremezsin. Birleşmediğin bir şeyin akışını dönüştüremezsin. Hem bedeninle hem de bilincinle ve her ne yapmakta isen, o an sana ne getiriyorsa onu yap. Birinci kural bu. Eğer o an ne getirdiyse orada olmayı beceremezsen, kabul ile o anın içine giremezsen, gerçekten içinde olmak istediğin anları kendine çekmene imkân yok."

"Anın içine girmek mi?"

"Evet. Yaşam anlardan oluşur, anlarda yaşanır. Ya o an ile bir, onun içinde yerini almış, onu yaşayan ve deneyimleyen bilinçsin ya da ona direnen, karşı koyan, ayrı olmaya çalışansın. O zaman yaşamda olamazsın. İçinde olmadığın bir şeyi yaşayamazsın. Var olamazsın. Yoksun Mina. Direndiğin her an yoksun yaşamda. Fasulye ayıklarken bile, gerçeğinle o fasulyeyi ayıklarsan çok başka bir alanda olduğunu ve gerçekten keyfi, neşeyi, sevgiyi yani yaşamı deneyimlediğini keşfedeceksin. İşte bunu keşfetmeni istiyorum öncelikle."

"Bu yüzden mi sen ne yaparsan yap, ağzın kulaklarında?"

Bir kahkaha atıyor.

"Tabii, her an öyle mükemmel ki sadece keyfini sürüyorum. Var olmanın keyfi. O an fasulye ayıklamak gerekiyorsa, odur. Mesele hiçbir zaman ne yaptığın değildir, nasıl yaptığın, kim olduğundur. Ve ancak anda, yaşamda gerçeğin olabilirsin."

Sustum. Her isyanımda haklı olduğumu düşünsem de, onun cevapları karşısında susuyorum. Her öne sürdüğümü dağıtıyor sanki ve ben ortada kaldığım için mecburen ona tutunup devam ediyorum. Bu konuda da böyle oldu. Çok kolay olmasa da, o günden sonra mümkün olduğunca her gün ne getiriyorsa olduğu gibi kabul etmeyi ve ne yapmam gerekiyorsa ona odaklanmayı seçtim. Kafamdaki ses şikâyet etti tabii ve çok zorlandım onu dinlememekte. Bence çok da haklı olduğu yönler vardı, ama ne zaman zihnime hak verecek gibi olsam, Ma'nın sesi kulaklarımda çınlıyor ve artık kafama kazınan o sözcüklerini duyuyorum: "Buraya gel!" Bu duyduğum, ya kendi beni yakalamış olduğu için gerçekten onun sesi oluyor ya da çok defalar bunu yaşadığımız için kendiliğinden içimde kendim onun sesini duyar gibi oluyordum. "Buraya gel!" Ve hemen o ana dönüyordum. O düşüncelerin peşinden kayıp gitmemek, kendini ana getirmek için bir yöntem bu. Dön fasulyeye, onu yaşa. Ya da o an ne ise yaptığım, sadece onu.

İtiraf etmeliyim, Ma haklı, bunu çok kez yaşadım. Çok kez, gerçekten o keyif, sevgi ve neşe haline geçebildiğimi gördüm. Zaten bunu ilk kez yaşadığımda, bir gün bulaşıkları yıkarken öylesine gerçekten bulaşıkları yıkıyordum ki, tarifsiz bir "budur" hissi kapladı içimi. O an her şey tamdı. İhtiyaç duyduğum, eksikliğini çektiğim ya da hatalı olduğu için karşı geleceğim hiçbir şey yoktu. Fark ettim ki, gülümseyerek bulaşıkları yıkıyorum. "Şu an bu." Tarif edilemeyecek bir neşe en derinlerden kendini hissettirdi. İşte o günden sonra neden bahsettiğini çok daha iyi anlayıp, söylenmekten ve şikâyet etmekten vazgeçmeye daha çok gayret ettim. Ma buna, "Gerçeğe gelmek," diyor. Gerçek, anda yaşanıyor ya da başka bir deyişle o an tek gerçek var: Bulaşıkları yıkıyorum. Bunun üzerine düşündüğüm an, yani "Neden yıkıyorum, yıkamasam, iyi mi yıkıyorum, annem de böyle yıkatırdı nefret ederdim vs" gibi daldığım her düşünce, zihnimin o an olanın üzerinden bana başka bir şey yaşatmasına ve genelde yaşamı istediği gibi ilerlemeyen o kurban Mina'ya geri dönmeme sebep oluyor.

"Bulaşıkları yıkıyorum." Gerçek bu, o an olan bu ve sorun yok.

"Neden yıkıyorum, yıkamasam?" Gerçekten uzaklaşma ve sıkıntı ve acı.

Giderek daha çok fark ediyorum bunu hayretle. En iyi yaşanarak anlaşılıyor çünkü ve Ma'nın öğretme yolu da böyle. Yaşayarak çözmemi sağlıyor. Yaşarken sorgulatıyor ve anlatıyor ve tekrar yaşadıkça deneyimliyorsun, jeton düşüyor. Bu konuda da öyle oldu.

Bir gün ben yine yürüyüşte tam, "Of, bugün canım hiç yürümek istemiyor," diye sızlanmaya başladığımda, Ma bana döndü ve "Sadece tane tane ve hissederek 'Şu an yürüyorum, şu an yürüyorum,' diyerek devam et," dedi. Artık neden diye sormamaya alışıyordum ve dediğini yaptım. "Şu an yürüyorum, şu an yürüyorum..." Ve bir süre sonra gerçekten o yürüyüşü yapmaya, attığım her bir adımı fark etmeye başladım. Biraz evvel içime basmış olan sıkıntı dağılıp gitti ve hatta nefis kış güneşinin kemiklerimi ısıtma keyfini de çıkarıyordum. Tuhaf bir neşe, en derinlerden kendini belli etmeye başladı. Ma yanımda sessizce yürüyordu ve fark ettiğimi o da anladı tabii. Bendeki her değişimi anında anladığını biliyordum artık.

"Nasıl? Yürümek nefis değil mi?" diye sordu gülerek.

"Bana bir gün demiştin ki; sen sihir istiyorsun, gerçeği değil. Esas bu sihir gibi değil mi? Bir anda bütün havam değişti, nasıl oldu bu?"

Bir kahkaha atıyor Ma.

"Âlemsin Mina. Sihir değil bu hayır, aksine gerçeğe gelmek bu. Ve sihirden çook daha iyi. Senin gerçeğin şu an ne? Yürüyorsun. Ve zihninin saçma sapan orada burada dolaşmaları, yorumları seni sadece bu gerçekten ve gerçeğin tadını, keyfini deneyimlemekten uzaklaştırıyor. Yürüyorum dediğinde, oralardan geriye gerçeğine geldin ve birkaç kez tekrarlaman da orada kalmanı, bu deneyimin gerçeğini ve dolayısıyla keyfini yaşamaya başlamanı sağladı. Çünkü her an ne yaparsak yapalım, o anın içinde var olmanın keyfini yaşayabiliriz. Zira bu keyif ve bu sevinç yaptığın şeyden dolayı değil, var olmaktan dolayı. Adı üstünde yaşama sevinci... Yaşıyorsun o an. Yaşama sevinci denen neşe, yaşamda yani anda orada olabilirsen var. Yeter ki zihnin yorumlarında nafile dolanmak yerine, gerçekte kalalım."

"Yani keyif ve neşe için papağan gibi hep ne yaptığımı mı tekrarlayacağım?" diye hemen zevzekçe çıkışıyorum. Bu çıkışlarım elimde olmadan oluyor. Özellikle de böyle büyük idrak anlarında içimden bir şey yine de karşı çıkmak, o idrakin peşinden gitmemi engellemeye çalışmak istiyor sanki.

"Bu sorunun anlamsızlığını sen de biliyorsun, ama gerçeğe yaklaşma korkun böyle direnç doğuruyor işte. Hayır Mina. Ben böyle mi yaşıyorum sence?"

"Anlamaya çalışıyorum ne yapayım?" diye toparlamaya çalışıyorum, çünkü söylediğimin gerçekten çok saçma olduğunun farkındayım. Ama çıkıveriyor işte ağzımdan bu yorumlar.

Bir beş dakika daha sessizce yürümeye devam ediyoruz. Ben yine aynı güzel alana giriyorum. "Yürüyorum, bir adım, bir adım daha..." diye, yine o derinden gelen neşenin içinde ilerlemeye başlıyorum. Yürüyüşüme odaklandığımda, o düşünceler gelemiyor, fark ediyorum. Birden Ma'nın sesini duyuyorum yanımda:

"Bak şöyle açıklamaya çalışayım: Zaman diye bir şeye inanıyorsun ya. Oradan başlayalım. Ne var? Geçmiş, şimdi ve gelecek değil mi? İşte zihninde geçmiş ve gelecekle meşgulsen, hayaldesin. Yani o anda düşüncelerin geçmiş ya da gelecekle ilgiliyse, gerçekte değilsin. Diyelim ki yürürken, 'Dün yediğim kuru fasulye ne güzeldi? Keşke yanında bir de pilav olsaydı,' diye düşünüyorsun. Neredesin o anda? Dün diye tanımladığın o yerde; kuru fasulye ile beraber, pilavın hasretini çekmektesin. Ve orası bir hayal, yani zihninde peş peşe resimlerden ibaret değil mi? O oda, kuru fasulye, yemek masası, pilavı isteyen sen... burada mı onlar?"

"Hayır," diyorum ilgiyle dinleyerek.

"Ya da diyelim ki yürüyorsun ve 'İnşallah şu Ma yarın şehre iner de, ben de evde yalnız kalırım, o zaman şunu bunu yaparım evde vesaire,' diye düşünüyorsun. Neredesin o zaman? Gelecekte. Çünkü zihninde evin salonunda benim olmadığım ortamda neyi yapmayı düşünüyorsan, orada onları yaparken görüyorsun kendini değil mi?"

Başımı sallıyorum, giderek daha çok anlamaya başlıyorum. Düşüncelerim beni nereye götürürse, bana orayı yaşatıyor hesapta. Oysa o zaman dilimi sadece bir hayal yaşadığım zihnimde.

"Yani geçmiş ve gelecek bir hayal, zihnimde peş peşe sıralanan resimler sadece."

"Evet ve ne kadar düşünürsen düşün, şu an onu gerçek kılma, yani gerçekten yaşama ve gerçekten deneyimleme imkânın yok. Neden?"

"Neden sahi?"

"Cevabı sen bulacaksın."

"..."

"Bir başka soruyla yardımcı olayım: 'Yürüyorum,' dediğinde neyi yaşıyorsun?"

"Gerçekten yürüdüğümü."

"Nasıl? Neler fark ettin? Deneyimledin?"

"Nasıl mı? İşte bacaklarım hareket ediyor, yeri hissediyorum, sonra etraftaki kuş sesleri dikkatimi çekti, havanın esintisini fark ettim, güneşin içimi ısıtması, ilerledikçe farklı ağaçları gördüm."

"Bütün bunları ne sayesinde yapabiliyorsun? Burada ne var da zihninde geçmiş ya da gelecek adlı hayallere daldığında orada yok?"

"..."

"O kuru fasulyeye dokunabiliyor musun? Ya da salonda bensiz oturabiliyor musun, popon o koltukta mı?"

"Bedenim!" diye bağırıyorum. "Geçmişte ya da gelecekte o anı yaşayan bedenim yok."

"Bravo, nihayet!" diye gülüyor. "Deneyim beş duyu ile bedenimizle geliyor değil mi? Bu gerçeklik seviyesinde bedenin yoksa yaşayabiliyor musun?"

"Hayır."

"Ha, o hayallerde yaşadığın duygularla bedeninde bazı etkilere sebep olabilirsin. Zihin bedeni direkt etkiler. Mesela geçmişle ilgili karamsar bir tabloyu düşünürken miden yanmaya başlayabilir. Ama bu zihninin bedene dayattığına bir tepkidir, cevaptır. Beden burada, zihnin gittiği yerden dayattığına tepki verir. Ancak gerçekte o anda değildir. O geçmiş ya da gelecek anını yaşayamazsın."

"Vaaaay, anlamaya başlıyorum."

"Yani Minam, 'Gerçeklikte bedenim dediğin araçla yol alabiliyorsun,' desek doğru gelir mi sana? Duymak, görmek, koklamak, dokunmak, tat almak hep onunla değil mi?"

Heyecanla onaylıyorum, galiba bu kadını anlamaya başlıyorum.

"O zaman sadece bilincin buraya geldiğinde, bilinç ve beden aynı yerde yani aynı zamanda olduğunda gerçekten yaşayabilirsin o anı. 'An'ın farkındalığı budur işte. Şimdide, beden denilen araç vasıtasıyla deneyimleri gerçekten yaşayabiliyoruz değil mi? Şimdi ne oluyorsa onu deneyimlemekten bahsediyorum. Yani ancak o zaman gerçekten yürüdüğümüzü yaşayabilir, deneyimleyebiliriz. O zaman odağım gerçekten o anı yaşamakta olan bedenimle birleşir. Ve yaşarım, o her ne ise gerçekten yaşarım, çünkü bu anın verilerini deşifre eden bir araca sahibim. O araç sayesinde yürümeyi, yürürken etraftaki güzellikleri görmeyi, kokuları duymayı, kuşları dinlemeyi, beş duyu ile alınabilecek ne varsa harmanlayıp yaşarım. Burayı, şimdi bedenimle yaşarım. Ne muhteşem bir birleşme. İçimde bir neşe dolaşır. Yaşama sevinci de bu işte canım ve sadece anda sen varsan var. Şimdi de sen varsan var. O hissettiğin neşe, o hoş ve en derinden tatmin eden duygu bu. Ve ne yaparsan yap, yerleri süpürürken, fasulye ayıklarken ya da sevişirken gerçekten anda isen o yaşama sevinci seninledir. Ve o yirmi dört saat seninle olabilir."

"Evet, az evvel derinlerden bir keyif yaşadım gerçekten. Ben de tanımlamaya çalışıyordum."

"İşte o keyfi iyi tanı. O senin her anda yaşaman gereken, bu seviyedeki gerçeğin. O yoksa bil ki, ya geçmişte ya da gelecekte dolaşmaktasın, hayalde ve zihninde. Bu anda, bedeninin de yer aldığı bu anda değilsin. Yoksun. 'Evde kimse yok!' diyorum ben bu hale."

Gülüyoruz.

"İnsanlara bak, genelde durum bu: Evde kimse yok. Bedeni burada, bilinci derin bir uykuda, zihnin elinde geçmişte ya da gelecek düşüncelerinde kayıp. Ve işte insan vaktini ne kadar çok oralarda, geçmiş ya da gelecekte geçirirse; o kadar yok, o kadar yaşamıyor, o kadar boşlukta yuvarlanıyor."

"Yani diyorsun ki Mina bu. Mina şu an yürüyor değil mi? Ben bedenim miyim yani?"

Bir süre cevap vermeden ilerliyor. Ne söyleyeceğini toparlamaya çalışıyor, hissediyorum. Nihayet cevap gelene dek kaç dakika geçiyor bilmiyorum. Birden dikkatimi çekmek istercesine kolumu tutuyor ve anlatmaya başlıyor yine:

"Mina 'ben' kelimesi öyle katmanları ve her katmanda farklı içeriği olan bir kelime ki, bu soruna cevap vermem birkaç aşamalı olacak. 'Ben' her katmanda ayrı ayrı ne demek, zamanla anlayacaksın. Şimdi seninle en alt seviyeden çözmeye başladık ve bu seviyede 'ben' dediğin yani Mina bir 'tasarım' diyelim. Bu tasarımın yol almak için yaşamda bir yol aracı var ki, o da bedenin evet. Beden olmazsa, senin de dediğin gibi burada olamazsın."

"Yani?"

"Yani sen bedenin misin? Hayır, ama burada ancak bedeninle varsın. Ancak bedeninle Mina'sın. Hatırla bir makine var, bir işletim sistemi olan makine demiştim ya?"

"Evet, can."

"Hah işte o işletim sistemi ile beden aracı oluşturuyor. Bir yolculuk örneği üzerinden verirsek; yolculuğu gerçekleştiren, seyir halindeki araç bu diyelim. Mina yani. İşte bir de o aracın içinde bu yolculuğu deneyimleyen var ki, o da bir başka katmanda 'ben'. Yani o yolculuğu yaşayan, deneyimleyen bilinç. Ama işte deneyimleyebilmesi için gerçekten burada, tasarımla bir olması gerekiyor."

"Ya Ma, vallahi bilimkurgu gibisin, çok karışıyorum."

"Karışacak bir şey yok. 'Ben diyen kim Mina? Ben bedenim miyim?' dedin ya demin. Kim soruyor bu soruyu? Bilinç. Sen bilinçsin. Sen, o 'ben' diyen farkındalıksın."

"Ben bilincim!" diye tekrarlıyorum. O an henüz hiç özdeşleşemediğim bir kimlik bu.

"Her şey çok basit, her birini yavaş yavaş anlayacaksın. Özetle burada isen, o anı yaşayan bedeninle birlikte gerçekten yaşıyorsun, varsın. Var oluyorsun. Hayalde isen, ki buna geçmiş ya da gelecek diyoruz, o zaman yoksun. Orada yaşam yok çünkü. 'Mina'nın yaşamı' adlı yolculuk burada bir tanem, bu anda. Buradaysan yaşıyorsun onu. İnsanlık genelde yok anlayacağın," diyerek gülümsüyor."Desene, ben neredeyse hiç gerçekten yaşamadım o zaman," diye mırıldanarak bahçe kapısından içeri giriyorum Ma'nın peşinden. Yürüyüşümüz orada sona eriyor, ama o gün bende bir şeyler farklılaşıyor, dönüşüyor. Yeni bir hedef ediniyorum, bir seçim kendi adıma: Gerçekten yaşamayı seçmek. Artık mümkün olduğunca gerçekte yaşamaya çalışmaya ve bunun için ne gerekiyorsa yapmaya karar veriyorum. Çünkü hiçbir şey bu yeni keşfettiğim yaşama sevinci kadar muhteşem değil ve ben mümkün olduğunca, kaybettiğim senelerin acısını çıkartırcasına hep onu yaşamak istiyorum. Bunun için de kendi kendime bir oyun geliştiriyorum: Ne zaman geçmiş ya da geleceğe kaydığımı fark etsem, o düşünceler beni ne zaman daraltmaya başlasa, hemen kendime soruyorum: "Mina şu an ne yapıyorsun?" Ve hemen cevap veriyorum, tam da şu an olduğu gibi:

"Şu an duş alıyorum." Kıkırdayarak tekrarlıyorum. "Ben şu an duş alıyorum."

Ve kendimi başımdan ayaklarıma kadar, bedenimin her noktasını arındırarak akan suyun getirdiklerini yaşamaya bırakıyorum.

Çoğunlukla öğleden sonraları nefes çalışması yapıyoruz ve ardından biraz iş güç ve güzel bir sohbet. Genelde pek çok sorum oluyor, çünkü her nefes çalışmasında yaşadığım farkındalıklar beraberinde pek çok soruyu getiriyor. Nefeste yaşadıklarım her gün farklı, hiçbir çalışma gerçekten de bir diğerine benzemiyor. Ardından gelen çay saatimizdeki sohbetlerde, Magistra benim durumuma göre bana bazı bilgiler aktarıyor. Söylediğine göre daha ancak yeni yeni başlıyormuşuz, çünkü öncelikle nefesimin özgürleşmesini beklemiş.

Dördüncü nefes çalışmasından sonra gerçekten bambaşka bir hal almaya başladığımı ben de çok net hissetmeye başladım. Bir kere sabahları çok daha olumlu hislerle uyanmaya başladım. Enerjim çok arttı ve sanki gözümün önünden bir perde kalktı. Karamsarlık perdesi. Her şeyi başka bir ışıkta görmek mümkünmüş. Uzun zamandır kaybettiğim umut geri geldi. Magistra'ya gerçekten inanmaya başladım. Yeni bir yaşamın mümkün olabileceğini gerçekten hissediyorum. Yüzüm, ifadem değişmeye başladı. Aynaya baktığımda artık gözleri parlayan, yüzü ve saçları ışıldamaya başlamış biri ile karşılaşıyorum. Hatta aynaya daha çok bakar oldum. O fotoğraftakilere benzeyebileceğime inanıyorum giderek. Gözleri gülen insanlar.

Ve otuzuncu gün, dönüşümümde kendime göre bir sıçrayış geçirdim diyebilirim. Elimden düşürmediğim, onsuz yaşayamayacağıma emin olduğum sigarayı bıraktım! Günde iki buçuk paket sigara içen ben Mina, bu koyu bağımlılığın sigara yüzünden değil, her zaman ne olmayı, kim olmayı seçiyor olduğumdan kaynaklı ve bundan ibaret olduğunu anladığım an duman altında yaşamaktan kolaylıkla kurtuldum.

Kurtuluşum yağmurlu bir pazar günü gerçekleşti. Ma'nın çocuklarım diye tanımladığı gruptan birkaçı ziyarete gelmişti. Yani fotoğraftakilerden bazıları ile tanıştığım ilk gün oldu: Kerem, Naz ve Reyhan. Reyhan pilates ve tabii nefes eğitmeni. O da Zekeriyaköy'de oturuyormuş ve evinde bir bölümü stüdyo olarak düzenlemiş. Derslerini orada veriyormuş. Nazlı ve Kerem ise İstanbul'da yaşıyorlar. Kerem bir beyin cerrahı ve esprili bir adam, hatta bu kadar neşeli bir adam hayatımda görmedim diyebilirim. Uzun boylu, siyah gür kıvırcık saçlı, pırıl pırıl simsiyah gözleri ile dimdik bakan ve son derece kendinden emin bir adam. Gerçi o duruş, o bakış bunların hepsinde var. Onlar kadar emin durabilmek ve bakabilmek için sabırsızlanıyorum. Naz mimarmış. Hepsi bir arada Ma ile sıkı bir sohbetteydiler. Sohbetlerinin bazı yerlerini anlıyor, bazılarını anlayamıyordum. Sanıyorum bazı bilgiler benim sonradan anlayabileceğim konulardı. Ben onları takip etmeye çabalarken, yağmur giderek şiddetleniyordu ve ben sık sık sigara içmek istediğimden günün neredeyse çoğunu, dışarıda saçaklar altında, üşüyerek geçiriyordum. Sohbetlerini kaçırdığım için de canım sıkılıyordu, sinirleniyordum. Dışarı çıkıp girerken abartılı davranışlarımla bana yapılan işkenceye dikkat çekmeye çalışıyordum. Hani birisi fark etsin ve "Bu havada çıkma, otur iç şurada canım," filan desin diye. Ama kimse oralı olmadı. Bu da beni içten içe giderek öfkelendirdi. Sanki ne olurdu, Ma evde içmeme izin verseydi o gün şu sigarayı? Camın birini açıp hemen kenarında içebilirdim. Çok kızıyordum. Hava soğuktu ve ben bir yandan her sigara içişte donuyor, bir yandan da içeride kaçırdığım sohbet yüzünden asabileşiyordum. Hele içeriden ara ara kahkahalar patlayınca da iyice deliriyordum, dışarıda kaldığım ve konuşulanları kaçırdığım için. Oysa izin verse, hem onlarla çok daha rahat sohbet edecektim hem de bu havada donmayacaktım. Sigara içebildiğimde çok daha fazla keyif alıyordum sohbetten, ayrıca daha rahat ve keyifli konuşabiliyordum. Üstelik ötekiler de oralı olmamıştı. Onlara da bir hayli takılmıştım. Yine dışarıda, buz gibi havada, elimde sigara böyle düşünceler içindeyken kapının açıldığını duydum.

Kerem gidiyordu ve kapıdan uğurlanıyordu. Elinde şemsiyesi bahçenin dışına doğru giderken bana da seslendi:

"Hey! görüşmek üzere, bir dahaki sefere daha çok bizimle olabilirsin umarım!"

Hemen savunmaya geçerek ben de seslendim:

"Ne yapayım? Baksana beni dışarı atıyor."

Kerem durdu, bir an olduğu yerde kaldı, sonra bana doğru birkaç adım attı ve tam karşıma gelip gözlerimin içine bakarak, "Bir bağımlı olarak kendini dışarı atan sensin Mina. Biz hep içerideydik, birlikte ilerledik, özgürce. Umarım sen de yakında özgürleşirsin," dedi.

Onun bu sözleri beni bir anda delirtti:

"Ya ben niye kendimi dışarı atayım? Kadın içeride sigara içmeme izin vermiyor işte, ben ne yapayım?"

Aslında ağzımdan öfkeyle çıkan bu lafları hiç sevmemiştim. Bu tarz, bu hava sanki benden artık ayrılmaya başlayan bir şeye aitti, ama işte birden gelip yapışabiliyordu üzerime hâlâ.

Kerem sakinliğini hiç bozmadan, gözlerini dikip bana baktı. Yağmur şemsiyesinin her yanından aşağıya boşalıyordu. Duruşunda ve bakışlarında öylesine bir netlik ve güç vardı ki. Tüm savunma kalkanlarım ayaktaydı, çünkü öfkeleneceğini düşünmüştüm, Magistra hepsi için çok önemliydi çünkü. Oysa o gülümseyerek, sanki gözlerimin içinde bir şey arar gibi bana bir süre daha baktı. Tanıdığı bir şeyi. Sonra sesinde bir erkekte daha önce hiç duymadığım bir şefkatle, "Kadın izin vermiyor öyle mi? Karşındaki de bir kadın, başkası yok Mina. Her şeyi kendine yapan, yaşatan sensin. Neyse yakında anlarsın zaten, haydi görüşmek üzere," diyerek arkasını dönüp arabasına binmek üzere bahçeden çıktı.

Her an sanki daha da küçüldüğümü hissederek, arabasına binişini ve gidişini izledim.

Nasıl tipler bunlar ya? Ne demek bu şimdi?

İnanılmaz huzursuzlandım. Keşke bana bağırsaydı, kavga etseydik, çok daha iyiydi. O anki hislerim bana yerlerde sürünmeyi çağrıştırmıştı. Bir sürüngen olmuştum sanki. Kahretsin. Sinirle eve girdim. Neşeyle sohbet eden kadınların yanından hızla geçerek, odama geçip kapıyı biraz da gürültüyle kapatıp yatağa attım kendimi. O kadar kötü hissediyordum ki ağlamamak için dişlerimi sıkıyordum. "Neden hep eksik kaldığımı hissetmek zorundayım ben? Bağımlı dedi bana. Bağımlıymış, sanki eroinmanmışım gibi!" Ve ağlamaya başladım. Uzun zaman sonra ilk defa gözlerimden yine yaşlar boşaldı. Sesim duyulmasın diye yüzümü yastığa gömmüştüm. Hıçkırıklar birbiri ardına geldi. Ne kadar vakit geçti bilmiyorum, bir süre sonra sakinleştim, ama dışarı çıkmak istemedim. Odamda tavana bakarak öylece yattım. Sigarayı düşündüm. O anda öylesine çok sigara içmek istiyordum ki. Ama şiş gözlerimle dışarı çıkmak istemiyordum. O tanıdık sigarasız kalma gerginliği ve paniği sarmaya başlıyordu beni.

Evet, sigarasız yapamıyorum. Ne var, alışkanlık bu, tiryakilik. Yoksa istemez miyim bırakmayı, ama sigarasız kafam çalışmıyor ki. Sabahları sigara içmeden ne giyeceğimi bile bulamıyorum, bu yüzden uyanır uyanmaz bir sigara yakmam lazım. Sigara içmediğim zaman sohbetten keyif alamam, ağzım düzgün laf bile yapamaz. Odaklanamıyorum...

Yine kafamdaki ses hiç durmadan konuşuyordu ve bence yine haklıydı. Hem ayrıca denedim bırakmayı, denemez miyim ama başaramadım. Bir titremeler geliyor akşamları, sinirlerim bozuluyor, çıldıracak gibi oluyorum. Sigarasız ben ben olmuyorum, ya bunu anlamak bu kadar zor mu? Ahkâm kesmesi kolay, "Bırak!" diye, hem...

Birden odanın kapısı açıldı. Ma kapıda durmuş bana bakıyordu.

"Hayırdır Mina?"

Suratına bakmadan, tavana bakmaya devam ederek cevap verdim:

"Yok bir şey, canım sıkıldı biraz."

"Neye canın sıkıldı?"

Kerem dallamasına, demek istedim ama tuttum kendimi.

"Kerem'e. O Kerem biraz öküz galiba Ma..."

Neler çıkıyordu ağzımdan yine? Bir şey tamamen sallıyordu bu lafları, bir yerden dışarı atar gibi ve ben bir şey yapamıyordum. Yine aynı his.

Magistra gülümseyerek cevapladı:

"Ben öyle yorumlamazdım. Çok nettir evet ve zihnin bu netliğe bu yorumu yapmış olabilir. Ne oldu bakayım aranızda?"

Anlattım.

"Bak Mina, Kerem doğru söylemiş. Hani hep sana söylediğim gibi mesele anda kim olmayı seçtiğin."

Yatağa gelip yanıma oturdu.

"Bak şimdi, şöyle bir bakalım: Bu yıllarda sigara çok dışlanmış bir şey oldu artık. Sigara içenler giderek azalıyor ve insanlar yaşamlarından sigarayı ve onun etkilerini uzak tutmak istiyor. Her gün sigara içenlerin ortak yaşamı etkilememesi için pek çok karar alınıyor. Bugün hiçbir kapalı hatta pek çok açık alanda dahi sigara içilmesine izin yok. Bu yıllarda ve görünen o ki gelecekte, sigara içenler giderek daha da dışlanmış insanlar olacak. O maddeye ihtiyaç duyduğu için toplumda hep dışarıda kalması gereken ya da kendini içeride kalmaya zorladığında huzursuz, keyifsiz olan kişiler olacaklar. Öncelikle bunu düşünmeni istiyorum. Bu devirde sigara içen bir insan olmak; dışlanan, kabul görmeyen, itilen... Bu devirde sigara içmeyi seçerek bunu kendine yaşatan sensin canım. Bugün de böyle oldu, bunu fark et lütfen. Yaşam seçimler ve seçimlerinin sonuçlarını deneyimlemektir."

Susuyorum.

"Şimdi gelelim bağımlılık meselesine. Bir düşün: Neden yağmur altında dışarıda durmak zorunda kalıyorsun? Çünkü 'Bağımlıyım,' diyorsun, bağımlı olduğuna inanıyorsun. Bir bağımlı, bağımlı olduğu şeyi belirli aralık ve dozlarda almak zorundadır. Kendisine zarar bile verse almak zorundadır. Ben sana herhangi bir başka şeye izin vermesem, mesela desem ki 'Mina, ben yanımda sakız çiğnenmesini istemiyorum,' belki yine canın sakız çiğnemek ister, ama yanımızdan ayrılmak zorunda kalmazsın. Sohbeti tercih ediyorsan, o an orada kalabilirsin. Tercih kullanabileceğini bilirsin. Ama bağımlı olduğuna inandığın için, o an sohbeti dinlemeye devam etmek istesen bile sigara için dışarı çıkmak zorundasın. Bir bağımlının tercihi yoktur ve öyle davranırsın. Yani senin isteğine karşı, ondan daha baskın bir şey var. 'İç!' diyor, çünkü o dozu belli aralıklarla almak zorundasın. Ve evet bununla yüzleş, içmeden duramamanın, başka şansın olmadığına inanmanın ismi bağımlılık. Eroin ya da sigara, mesele değişmiyor. Özetle Kerem net bir şekilde seni gerçekle yüzleştirmek istemiş. Bu senin seçimin, senin inancın. Bu devirde sigara bağımlısı olmanın sonuçları dışlanmak, soğuk havalarda bir saçak altında donarak bir doz çekmeye çalışmak. Neredeyse her yerde eksiklik hissi, hep nerede içebilirim arayışı ile yaşamak. Gerçek bu ve bu senin seçimin demiş."

"Nasıl benim seçimim ya? Kolay mı sanki? Konuşması kolay. Sigara içemediğimde kafam çalışmıyor, konuşamıyorum bile. Hem sonra keyif de alıyorum içmekten, mutsuz mu olayım?"

"Bunların hepsi hikâye Mina. Hepsi sigaraya yüklediğin anlamlar. Her zamanki gibi zihin bir hikâye yazıyor ve sen de inanıyorsun. İnandığın şeyi yaşarsın, bunu giderek daha çok anlayacaksın. Sigarasız kafanın çalışmayacağına inanıyorsan, çalışmaz. Bitti. Keyfe gelince... İnsanın içine duman, zift çekip de keyif alması mümkün mü? İlk sigaranı hatırla, keyif almış mıydın?"

Şaşırarak ilk sigara içişimi hatırlıyorum. 17 yaşında, bir yaz günü Kumburgaz'da, aşağı katın tuvaletinde içtiğim o ilk sigarayı. Korkunçtu.

"Hayır tabii, öksürükten boğulmuştum, iğrenç bir tattı," diyorum hafifçe yumuşayarak.

"Tabii ki. İşte o sağlıklı bir bedenin sigara denen illete verdiği cevap. Şimdi keyif dediğin ise bir bağımlının, yoksunluk çeken sistemine ihtiyaç duyduğu dozu vermesi sonucu hissettiği rahatlık. Gerçek bu, yüzleş."

"Tamam madem bağımlıyım, bırakamıyorum işte. Bağımlılığın bir özelliği değil mi bu?"

"Bağımlı bırakamaz, doğru. Bak buraya çok dikkat et. Önemli nokta burası. Bağımlı biriyken bırakamazsın. O haldeyken bağımlı biri olmayı seçmenin her sonucunu yaşarsın. Çünkü gerçekte sen bağımlı olduğuna, o sigaraya muhtaç olduğuna inanıyorsun zaten. Bak, Kerem sana başka bir şeyin ipucunu vermiş ki ben tamamlayayım: Bağımlı Mina olarak sigarayı bırakmaya çalışma. Bunun sonucu hep yenilgi olur. Bağımlı biri sigarayı bırakmaya çalıştığında ne olur? Canı sigara ister, sinirleri bozulur, sürekli iç/içme arasında bir savaş halindedir. Mücadele, mutsuzluk ve çoğu zaman başarısızlık. Başarabilse bile hep hasret çeker, hep o istekle savaş halindedir, hep bir eksiklik kalır ve pek çok örneğinden biliyoruz ki seneler bile geçse rüyasında hasretten sigara içenler var."

"Evet, işte bak kendin söylüyorsun, kolay mı?"

"Dinle beni, dinle. Biz sana başka bir şey söylüyoruz. Bütün farkı ortaya koyacak bir şey. Sigarayı bırakmaya çalışan bir bağımlı olma. Şu an karar ver ve sen, sigara içmeyen biri OL! Bunu seç. Sigaraya bağımlı olmayan biri OL! O zaman bırakacak bir şey yok, anlayabiliyor musun? O bir an 'Ben artık sigara içmeyen biriyim,' dediğinde, o olmayı seçtiğinde, o kişinin zaten sigara ile bir bağlantısı yok ki. Sigara içmeyen biri zaten sigaraya elini uzatmaz ki. Özlemez, aramaz, hasret çekmez, hatta göreceksin kokusundan bile tiksinir. Sigara dumanı ve kokusu öyle beter bir şeydir onun için."

"Bağımlılık ise nasıl bağımlı olmayan biri olacağım? Kafam karıştı Ma."

"Bak canım, bedenin o maddeyi arayışı 72 saat. Madde bağımlılığı 72 saat içmediğinde biter. Gerisi hikâye. Gerisi ben bir sigara bağımlısıyım hikâyesi. Sigarasız yaşayamam hikâyesi. Başka bir seçim yap: Sigara içmeyen biri olmayı seç, 72 saat içme. 72 saat. Hepsi bu kadar."

"Hepsi bu kadar demesi kolay. Denemedim mi sanıyorsun. İlk başta hep 'Kesin bırakacağım,' diye başlıyorum. Sonra bir kriz geliyor. Aklım fikrim bedenimin her hücresi istiyor sanki. Nasıl bir rahatsızlık, nasıl bir istek, başka hiçbir şey düşünemiyorum ve yapamıyorum. Bu krizlerle baş edebilmek için 72 saat çok uzun bir süre. Hep dayanamayıp içiyorum."

"Baş etmeye çalıştığın için."

"Nasıl yani?"

"Bak şimdi geçmişi bırak ve beni iyi dinle. Zira geçmişte hep sigarayı bırakmaya çalışan bir bağımlı oldun. Şimdi o 72 saatte sigara içmeyen Mina olmaya geçiş yapacaksın. Nasıl mı? O kriz dediğin anlar geldiğinde, onlara direnmeyeceksin, bırakacaksın gelsin. Gelip sözde seni ele geçirdiğinde, hiçbir şey yapmadan, o fırtınayı merkezinde kalarak izleyeceksin ve 'Ben sigara içmeyen biri olmayı seçiyorum,' diyeceksin."

"Böyle durumlarda içmezsem öleceğim, dayanamayacağım gibi gelmiyor mu insana? Her hücrenle savaşmak istiyorsun tabii..."

"Mina, burada, bu dünyada geçici olmayan hiçbir şey yok. Her şey değişiyor, şekil değiştiriyor ya da gidiyor. Bunu bilerek izle. 'Bu da geçecek, eli mahkûm,' de. Yaşam sana her an ne getirirse, onu yaşarsın, geçip gider. Bir deneyim daha kazanırsın, yaşarsın. Anın getirdiği ile savaşırsan, direnirsen ve olmasın, gelmesin ya da olduğunda, 'Ben bunu istemiyorum, bunu kaldıramam, buna dayanamam,' diye direnirsen gelmesine izin vermiyorsun demektir. Ki bu da geçip gitmesine olanak vermez. Sen direnir durursun, direndikçe yapışır kalır sana ve seni dize getirir. Mutlaka ama mutlaka o geçip gidemeyen enerji seni içten içe bir şekilde tüketir."

"Ne yapacağım?"

"O krizler geldiğinde sadece merkezinde ol ve izle. Savaşma, direnme, bırak gelsin. Seni ele geçiren, kriz dediğin o fırtına bir süre sonra senden geçecek. 72 saat sonra ise her şey çok kolaylaşacak."

O an beynimde bir ışık çakıyor. Yaşamım boyunca en büyük yardımcılarımdan biri olacak bir motto çıkıyor:

"Direnme, bırak gelsin. İzle, geçip gitsin."

"Aynen öyle Mina. Nahoşluktan başlayıp yükselerek, acıya gelene dek olumsuz diye adlandıracağın her deneyim göreceksin ki geçecek. Ve sen biraz daha güçlenmiş olarak ilerleyeceksin. Seçim farklı unutma: 'Ben sigara içmeyen biri olmayı seçiyorum, özgürleşiyorum.' O fırtınayı atlatırken hep bunu tekrarla. Düşün bir üzerinde bu konunun istersen."

Ma dışarı çıkıyor. Ben öylece kalakalıyorum. Söylediklerinde öyle bir nokta var ki, kavradığımda dünyam sallanıyor sanki. Sigara içmeyen biri olmak. Düşünüyorum. Gerçekten özgürlük. Sigara içmeyen Mina'yı düşünüyorum. Nasıl biri olurdum? Başım daha dik. İhtiyaç duymayan, ona buna bir sigara içebilir miyim diye yalvarmayan, istediği mevsim istediği yerde olabilen, her an herkesle özgürce sohbet edebilen, dışlanmayan, leş gibi kokmayan Mina. Sürekli acaba sigaram kaldı mı diye korkmayan Mina. Öksürmeyen, hırıldamayan, nefesi tıkanmayan Mina. Kendini her an öldürmeyi seçmeyen Mina. Evet bu kadın çok daha güvenli, başı dik, daha mutlu, daha canlı. Bu kadın güçlü ve güçlü olduğundan gelecek birkaç sigara krizine dayanır ve atlatır. İşte ben o an kuvvetle, o Mina olmayı istiyorum. Gerçekten doya doya yaşamak, nefes almak istiyorum. Öyle çok istiyorum ki, kalktığım gibi paketi alıp parçalayarak çöpe atıyorum mutfakta. İçeri gidiyorum ve salonda oturan Magistra'nın karşısına geçip: "Ben sigara içmeyen Mina olmayı seçtim," diyorum.

Bana bakıyor ve gözlerinin içi gülerek, "O zaman tam vaktidir, hadi gel bir nefes seansı yapalım," diyor. İçeri geçiyoruz. O gün unutulmaz nefes seanslarımdan birini yaşıyorum. Müthiş bir hafiflik duygusuyla bitiyor seans.

Ve o günden sonra bir daha hiç sigara içmiyorum...

"Yaşasın en sevdiğim yere gidiyoruz." Ellerimi çırpıp arabaya doğru ilerliyorum. İnanması zor, ama artık ben de ara ara neşeyle böyle sıçrayabilen biri olmaya başladım. Ma, gülerek arkamdan geliyor ve "Bir şey soracağım," diyen sesini duyunca duruyorum ve gülerek ona bakıyorum.

"Bu neşen neden sence?"

"Neden olacak pazara gidiyoruz da ondan. Bugün pazartesi, yani pazarımın günü, en sevdiğim."

"Ondan mı gerçekten? Çok sevdiğin pazara gidiyor olmandan mı?" diyor arabaya binerken. "Yoksa pazara gitmeyi çok sevdiğini düşünmenden mi?"

Arabanın içinde bana bakıyor, ben de bön bön ona bakıyorum. Anlamadım. Cevap beklediğini görünce kaçmaya çalışıyorum:

"Ma, lütfen bu tuhaf sorularınla keyfimi kaçırmasan da pazarın keyfini çıkarsam?"

Arabayı çalıştırırken benimle eğlenir bir tonda konuşmaya devam ediyor:

"Keyfini kaçıran benim soru sormam mı? Yoksa anlamadığını ve cevaplayamayacağını düşünmen mi?"

"..."

"Neyse, şimdi pazar işimizi halledelim, bir sonraki uyanışa sonra geçeriz," diyor gülerek.

Arabayı pazarın girişine park ediyoruz. Anlıyorum, yakında yine büyük bir sıçrayış için beni heder edecek. Ama o an Ma'nın tuhaf sorularını geride bırakıyor ve pazara dalıyorum. Her pazartesi Demirciköy'de pazar var. Rengârenk sebzeler, meyveler, yemişler seriliyor tezgâhlara. İster yağmur, ister kar her pazartesi gelip haftalık alışverişimizi yapıyoruz. Ben pazar nedir bilmezdim, şimdi ise müdavimi oldum diyebilirim. Buranın renkleri, neşesi, enerjisi beni bir başka büyülüyor. Marketlerin sebze meyve reyonları sanki cansız artık benim için. Burası ufak bir köy pazarı. İki sıra karşılıklı toplam on, on iki tezgâh duruyor. Sadece yiyecek var tezgâhlarda. Kalabalık da olmuyor hiç, sadece köy halkı ve Demirciköy'ün lüks sitelerinde oturanların kullandığı bir alan olduğu için karmaşa yok. Ama burası başka bir âlem işte. Burada bir başka sanki domates, biber, ıspanak. Bir başka portakalın kokusu. Belki her pazar böyle, nereden bileyim... Benim bir tek pazarım oldu, bir tek pazarı bildim: İşte burası! O renklerin daveti... Burası sağlık depom. Çünkü artık beslenmem genelde buradan aldığımız sebze, meyve ve çiğ kuruyemişlerden oluşuyor. Beslenmemi bu yönde değiştirdikçe, sanki onların o canlılığı bana da geçiyor. Marketlerdeki sebzeler ise aynı hissi vermiyor bana, floresan lambalarının altında, baygın yatıyorlar sanki. Burası ise capcanlı. Bu fark artık tanıdık hale gelen pazarcıların neşesinden mi, satmaya can atar hallerinden ve sürekli gırgır şamata laf yetiştirmeye çalışmalarından mı, yoksa gerçekten bu sebze meyveler daha mı taze, daha mı lezzetli, daha mı kokuları yoğun? Bilemiyorum...

Tezgâhların karşısında durup bakıyorum. "Ben bu hafta en çok neler yemek istiyorum?" Bu Ma'nın öğrettiği bir yöntem. Can hep söylüyor bana, o anda 'Can'ım ne çekiyorsa, o günlerde bedenimin yemek istedikleri onlar, biliyorum.

Ma'ya bakıyorum, ne çok şey öğretiyor bu kadın gece gündüz demeden. Sadece bana özellikle anlattığı derslerimizle değil, her hareketiyle ve yaşayış tarzı ile. İşte yine her tezgâhtan bir şeyler alıyor. Hep böyle yapar. Bunu bir süre sonra fark ettim. Pek çok tezgâhta aynı mallar var ama o, kabağı birinden alıyorsa patlıcanı da ondan almıyor. Bir yandakinden alıyor. Tuhaf gelmişti bu bana başta. Pazara üçüncü gelişimde, bu tuhaflığa dayanamayıp, "Sıra sıra neden geziyorsun? Alsana patlıcanı da buradan," demiştim fısıldayarak. Gözlerindeki o değişmez canlılıkla cevap vermişti: "Bereket hepsine gelsin Mina, madem ki bolluğa kaynak oluyoruz, madem ki bizden bir para kazanılacak, herkese gitsin, hepsi kazansın."

Anlamıştım. Bu kadını hep anlamaya çalışıyor, her anladığımda biraz daha seviyordum. Üstelik sadece ben değildim bu sevgiyi yaşayan. Mesela Ma pazara girdi mi, pazarcıların, "Hoş geldin Abla!" sesleri ortalığı çınlatıyordu. Ben de onun KDV'si gibi yanında, bu sevgi saygı selinden payıma düşeni alıyordum.

Torbalarımızı doldurup eve doğru yola çıktığımızda, sorusunu hatırlamaya çalıştım. Neydi sahi?

"Ma sen bana ne sormuştun pazara giderken?"

"Bu neşen pazara gittiğin için mi, yoksa en sevdiğin yere gidiyor olduğunu düşünmenden mi?"

Çözmeye çalışıyorum. Aradaki farkı çok anlayabildiğimi sanmıyorum. Mutfağı yerleştirmemiz bittikten sonra, birer Türk kahvesi yapıp cam kenarındaki köşemize geçiyoruz.

"Korkarım ben aradaki farkı çözemedim Ma. Kafam karışıyor. Yani pazara gittiğim için tabii neşeleniyorum ve pazara gitmeyi ne çok seviyorum diye düşünüyorum o neşemi görünce..."

"Dur dur dur... Öncelikle olan ile düşünceyi ayırmayı öğrenmen gerekiyor. Bak şimdi, herhangi bir anda hep 'olan' bir şey var. O an olan şey. Bu bir hareket içerir ve bazen de bir söz olur. Bu örnek üzerinden ilerlersek, olan ne? Pazara gidiyorsun. Tamam mı?"

"Evet?"

"Peki sen pazara giderken, 'Yaşasın, pazara gidiyorum!' diye düşünüyorsun ve neşeleniyorsun doğru mu?"

"Evet?"

"Peki ya pazara giderken 'Of yine pazartesi, yine pazar, git şimdi al bi dolu şey, taşı, yerleştir, ne sıkıcı,' diye düşünseydin ne hissederdin?"

İçimde bu cümleleri çevirerek bakıyorum, sıkıntı geliyor.

"Sıkıntı," diyorum.

"Ama yine pazara gidiyorsun. Neşen pazara gitmek yüzünden olsaydı, ne düşünürsen düşün yine neşelenmez miydin?"

"..."

"Bak, iki halde de pazara gidiyorsun. Yani olan aynı. Ama ilkinde 'Yaşasın!' ile başlayan düşünceler ile giden Mina var, diğerinde ise 'Oofff!' ile başlayan düşünceler ile giden Mina var. Ve bunların biri neşeli gidiyor pazara, biri sıkıntılı. O zaman seni neşelendiren pazara gitmen mi yoksa düşündüğün düşünce mi?"

"..."

İçimde hafif hafif midemin bulanmaya başladığını hissediyorum. Bir şeyler sallanmaya başlıyor; bir zelzelenin ilk saniyeleri sanki, midemi de sallıyor. Ma devam ediyor:

"Söyle bakalım, bu durumda duygu mu önce geliyor düşünce mi?"

"Düşünce," diyorum. "Bu açık, düşüncenin sebep olduğu duyguya giriyoruz, anlıyorum. Ama olan ile alakasının olmaması. Nasıl yani? Yani? Yani ne olursa olsun benim yaşadığımın onunla alakası yok mu diyorsun?" Midemin bulantısı giderek artıyor.

"Yok Mina. Gerçek şu ki, olan oluyor ve bizler sadece olan ile ilgili düşüncelerimiz sonucu oluşan duyguyu yaşıyor ve bu duyguların oluşturduğu hale giriyoruz. Bak mesela, sabah uyanıyorsun ve yağmur yağıyor diyelim. Fark ettiğin anda, zihninden diyelim ki 'Ne romantik bir hava,' düşüncesi geçiyor. Hafif bir gülümsemeyle yataktan kalkıyorsun. Şimdi gel filmi geri saralım. Uyandın yağmur yağdığını fark ettin ve zihninden 'Oofff yine ne berbat hava,' düşüncesi geçiyor. İç sıkıntısıyla yataktan kalkarsın değil mi? Yine iki farklı duygu yaşanıyor, iki farklı hal var girilen, iki farklı kişi kalkıyor o yataktan. Oysa iki örnekte de olan aynı: Yağmur yağıyor. O halde sıkılmam ya da gülümsemem yağmurdan mı, yoksa yağmurla ilgili düşüncemden mi?"

"Yağmurla ilgili düşüncenden," diye mırıldanıyorum zorlukla yerdeki bir noktaya bakarak, sessizce gözlerim çakılı kalmış o noktaya bakıyorum.

"Eee, o zaman? Yaşadıkların, o anlarda olanlardan mı yoksa o anlardaki düşüncelerinden mi?" diyen sesini duyuyorum Ma'nın.

Boş fincanları alıp mutfağa götürüyor. Zelzele büyüyor içimde bir yerlerde. Ben tutmaya çalışıyorum sanki, dökülüp saçılma çok olmasın, ne olur hepsi birden bir anda yıkılmasın diye. Ama dünyam parçalanıyor, ben aydıkça parçalanıyor ve paldır küldür çöküşü izliyorum. Sanki hiçbir şey kalmıyor geriye düşüncelerden başka. Bir dünyam var sanmışım, yokmuş! Ayağa kalkıp hızla tuvalete gidiyor ve öğürmeye başlıyorum, öğürüyorum, öğürüyorum. Öğürdükçe daha çok uyanıyorum, koyu bir uykuyu kusup atıyorum sanki. Uyanıyorum: Sadece düşünceler var burada, sadece düşüncelerim var, onları yaşıyorum ben. Ne yaşıyorsam olan bitenden zannettim senelerce, kahretsin! Üzüntümü, kahırlarımı, acılarımı, onca acıyı, gözyaşını, korkuyu, daralmayı, o boktan yılları hep yaşam bana verdi zannettim. Hep başkalarının yaptıkları sandım, olan biten sandım. Hepsi düşüncelerimin seyrettirdiği hayallermiş. Her yaşadığım ve inandığım, düşüncelerimin sonucu girdiğim hallermiş. Ma yanıma geliyor ve beni yukarı kaldırıyor. Bana sarılıyor, titriyorum, başımı okşuyor, sıkı sıkı sarılarak titrememi durdurmaya çalıştığını hissedebiliyorum. Ben ise sürekli aynı şeyi tekrarlıyorum:

"Hepsi düşüncelerimmiş, hepsi benim düşüncelerimmiş... Hepsi..."

Gözlerimin kenarlarından usul usul süzülen yaşlarla sanki bir çamur akıyor içimden. Ben içerideyim. Gözlerim kapalı, nefes seansının dinlenme bölümünde yatıyorum. Yaşlar her bir hücremi temizliyor sanki.

Yaklaşık bir saat önceki zelzeleden sonra yaşadığım idraki içselleştirmeme yardımcı olsun ve hem de dengeleneyim diye hemen nefes çalışmasına aldı Ma beni. Şimdi kaynağımla daha da bir olmuş, gerçeğimi soya soya ortaya çıkarmak isteyen, genişlemiş nefesimle birlikte yavaş yavaş tekrar dışarıya çıkmaya hazırlanıyorum. Ma'nın, elimi tuttuğunu hissediyorum.

"İyi misin?" O net, keskin ama bir o kadar sevgi dolu ses. Bir kadın nasıl bu kadar dik, bu kadar kendine yetebilen, ama bir o kadar da sevgi olabilir?

Başımı evet anlamında sallıyorum hafifçe.

"Dinlen, ne zaman istersen o zaman kalk, acelemiz yok. Ben içeride biraz çalışıyor olacağım canım."

Ve kapının yavaşça kapanma sesini duyuyorum. Düşünceler, demek düşüncelermiş yaşadığım her deneyimin kaynağı. Oysa hep onlar zannetmiştim ben. Pek çok soru üşüşüyor kafama. Ma ile konuşmam lazım. Ama önce, o nefesin verdiği hafiflik hissi ile sanki havada uçar gibi hisseden bedenimle biraz daha kalmak istiyorum. Kendimi yeniden boşluğa, huzura bırakıyorum.

Sıçrayarak uyanıyorum. Nefes seansı sonrasında uyuyakalmışım. Yıllarca gözüne uyku giremeyen, uyumak için her tür çareye başvurmuş olan ben, son zamanlarda böyle sık sık uyuyakalıyorum, özellikle de nefes sonrası. Sistemimi öylesine germiş ve harap etmişim ki. Nefes alabildikçe rahatlıyor bedenim ve kendine bu ekstra uyku aralıklarıyla iyileşme için daha çok zaman ayırıyor. Uyku da ne kıymetliymiş. Ne önemliymiş. Ma ile yaşadığım şu birkaç haftada beni en şaşırtan gerçeklerden biri bedenimi, onun sağlığını, yıllarca ne denli yok saymış olduğumu fark etmek oldu. Bedenimin sağlığı ve iyiliği ile ilgili konuları nasıl da fütursuzca göz ardı etmiş olduğumu. Uyku, beslenme, nefes, hareket. Her biri olmazsa olmaz bu alanlarda dipleri zorlamışım. Sonra da yaşamımdan olumlu beklentilere girmişim. Oysa beden yoksa yaşam yok bu dünyada. Bedenimle buradayım ve yaşamı deneyimliyorum. Nasıl bu denli ters yaşadım? İnsanım ben, bu beden taştan değil ki? Ma'nın "Yapmalısın," dediği şeylerin, tersini yapmışım senelerce. Nasıl da uykudan mahrum ettim bu kadar kendimi, upuzun gecelerde düşün düşün, yatağa bile gidemeden kim bilir saat kaça kadar orada burada sürünen ve sonra bir yerlerde sızan ben. Ne kadar kötü yiyecek varsa, bol yağ, bol şeker ve bol unla örülü bir beslenme. Alelacele, açlık hissini ve tabii o lanet oyuğu bastırma çabaları. Tıkabasa yemeler. Ya da doğru dürüst hiçbir şey yemeyip günlerce sadece sigara içmeler... Sigara tabii bir de, şu lanet olası sigara, her gün paketlerce duman, zehir, pislik. Alkol. Utanıyorum bedenime yaptığım zulümden. Ve sıfır hareket. Patates çuvalı gibi kendimi oradan oraya atmalar... Ayağa kalkarken derin bir nefes alıp bırakıyorum, "Hepsi bitti..." diye geçiriyorum içimden.

Nefes odasını toparlayıp, içeride yazı masasında çalışan Ma'nın yanına gidiyorum, gözünde gözlükleri dalmış yazıyor yine. Hep yazıyor. Bir gazete ve iki dergiye yazı yazıyor. Sonra öğrencileri var benim gibi, onlara yazıyor. Sürekli yeni yaşamlarındaki deneyimlerini, gelişimlerini paylaşıyorlar ve sorularını soruyorlar anladığım kadarıyla. Gelen telefonlardan da anlıyorum. Ve sabırla cevap veriyor hepsine. Hiç durmadan gece gündüz anlatıyor, yazıyor.

Geldiğimi fark edip gözlüklerinin üzerinden gülümseyerek bana bakıyor ve "Yürümek ister misin biraz? Pek çok soru var kafanda biliyorum, hem yürüyelim hem sohbet edelim bence. Sıkı giyin ama, bakma güneşin olduğuna, artık aralık ayı biliyorsun..."

Hemen ritmik bir yürüyüş için uygun bir siyah tayt, siyah bluz ve mavi yağmur geçirmez kapüşonlu montumu giyiyorum. Spor ayakkabılarımı da ayağıma geçirip, hevesle bahçe kapısında beni bekleyen Ma'ya yetişiyorum. Yine ona doğru yürürken ne kadar hoş olduğunu düşünüyorum. Bu yaşta hâlâ ne kadar hoş. Kırmızılı siyahlı taytı, kırmızı montu içinde dimdik ve zımba gibi bir beden. Ayağında kırmızı koşu ayakkabıları. Başında kırmızı beresi. Bayılıyor renklere. O gri upuzun saçlarını arkadan toplamış, gözünde siyah güneş gözlükleri. Nasıl ayrı durabiliyor bu adam, bu kadından bilmem. "Hadi," diyerek Karam, Biber ve Dost'u bahçe kapısından dışarıya alıyor. Tasmasız yürüyorlar yanımızda, buraların rahatlığı işte.

Denize doğru ilerlerken heyecanla konuya giriyorum:

"Peki, her şey düşüncelerimden.... yani ne düşünürsem onu yaşıyorum. Ama bunu bilmek neye yarar ki? Benim düşüncem, benim düşüncem işte, onu değiştiremem ki? Yani pazara gitmeyi seviyorsam seviyorum, sevmiyorsam sevmiyorum. Sonuçta bir konuda ben ne düşünüyorsam, onu düşünürüm."

"Sen mi düşünüyorsun gerçekten? Senin düşüncelerin mi onlar?"

İşte yine başladık, böyle şeyler söylediği zaman gerçekten bir daraltı basıyor içime.

"Tabii benim düşüncelerim Ma, kimin düşüncesi olacak Süleyman'ın mı?"

Süleyman, Ma'nın bahçe işleri ve diğer her türlü tamirat, evde kimse olmadığı zaman köpeklerin bakımı gibi işlere koşturan bir Demirciköylü.

"Tipik zihin insanı tepkileri bunlar Mina. Sıkıştığını hissettiğin her an, senden hemen yersiz bir terslik veya alaycılıkla, dahası kibirle bir sıçrama geliyor, fark ettin mi?"

"Ama ne yapayım, söylediklerin çok saçma geliyor bazen Ma."

"Fark et kendini. Bi dur. Saçma geliyor, çünkü zihnin anlamıyor. Anlamayınca bunu tehdit gibi algılıyor, sen de hemen böyle zevzekçe tepki veriyorsun. Bi dur. Ne çıkacak benim ağzımdan, diye bi dur çıkarmadan evvel. Bir bak. Tepki makinesi olmakla, gerçek bir insan olabilmek arasında fark var Mina."

Gerçek insan mı? O ne yahu? Tam soracağım susuyorum, bir anlamsızlık denizinden diğerine koşmak istemiyorum. Devrelerimi yakıyor bu kadın. Önce düşünceleri çözebilirsem... .

"Tamam, dikkat edeceğim söz, devam edelim mi lütfen?"

"Neyse en baştan başlayalım. Benim düşüncelerim, diyorsun. Bir şeyin kaynağı ben isem, benden ise, onun içeriği, ortaya çıkışı ve ne zaman duracağının benim kontrolümde olması gerekir değil mi? Mesela kolumun hareketi. Ben istersem kolum hareket eder. Nasıl istersem öyle hareket eder değil mi? Ve ne zaman istersem hareketi durur." Koluyla bir sürü hareket yapıp duruyor birden ve bana bakıyor. "Eee, evet?" diye sabırsızca cevap veriyorum.

"Peki, benim düşüncelerim diyorsun, sana birkaç soru soracağım."

Tempo ile yanında yürüyerek bekliyorum sorularını. Dost yanıma bir gelip bir gidiyor. Her yürüyüşte böyle, biraz arkadaşları ile koşturur, biraz gelip bana bakar. Her iki tarafa da Dost işte.

"Bir sonraki düşünceni biliyor musun? Şimdi birazdan ne düşüneceğini. Yoksa birden mi belirecek, o ne hakkındaysa?"

Beklemediğim bir soru bu. Şöyle bir değerlendirdikten sonra cevap veriyorum:

"Hayır, bilmiyorum."

"Pekii... İstediğini mi düşünüyorsun? Mesela biri hakkında bazı düşünceler geliyor, istediğin düşünceler mi onlar? Ya da o insanı düşünmek bile istemiyor muyuz bazen? 'Nereden çıktı bu şimdi, ben bu adamı düşünmek istemiyorum,' gibi gibi."

"Hayır, çoğu zaman içeriği benim istediğim gibi olmuyor," diye mırıldanıyorum. Yine bozulmaya başlıyorum.

"Bir şey hakkında düşünürken, o düşüncelerden kurtulmak istediğinde onları durdurabiliyor musun?"

"Yine hayır. Nerede? Keşke yapabilsem, keşke kafamdaki şu sesi, vır vır vır konuşan sesi yani düşüncelerimi durdurabilsem."

Celal ile ilgili ikide bir aklıma gelen düşünceleri hatırladığımdan hiddetle çıkıyor sözlerim.

"O kafandan geçenler nasıl senin düşüncelerin o zaman Mina? Onlara nasıl sen kaynak olabilirsin? Ne ne zaman neyin geleceğini biliyorsun, ne geleni durdurabiliyorsun. Nasıl senin veya senden olabilir onlar?"

Yine aynı sarsılma hissi. Çok sağlam zannettiğim duvarların hafif hafif sallanmaya başladığını hissetme hali. Sahi, neyin duvarları bunlar? Ma, sorusunu yineleyerek acımasızca sallantı yaratmaya devam ediyor:

"Olabilir mi?"

"Tamam mantıken olamaz ama..."

"Zaten bu kâinatta mantık dışı bir şey yok Mina. Aklını yitirmiş olan insan var sadece. O mantığı, bu muhteşem sistemi anbean mükemmel şekilde işleten matematiği her safhada görebilme meselesi bu yolculuk. Neyse, olamaz tabii, gördüğün gibi o düşüncelerin kaynağı sen değilsin. Zihninin işleyişinin, sıkı dur, yüzde doksan beşi böyle, sana sunulan düşünceler. Her an bir nevi senin adına düşünce üretiliyor ve sen onları satın alıyorsun, 'Benim düşüncelerim,' diyerek."

"Kim üretiyor yahu? Uzaylılar mı?"

Kıkırdayarak birkaç adım atıyorum. Kış güneşini hissediyorum yüzümde.

"Zihin. Zihnin."

"Zihnim... Beynim mi yani?"

"Benim zihinden kastım canım, düşüncelerin üretildiği alan diyelim."

Duruyor. Birkaç adım attıktan sonra devam ediyor:

"Şöyle anlatayım: Her insanın bir düşünce üretme motoru ve kayıt deposu var ve buna 'zihin' diyorum ben. Şu kafanın içinde vır vır ses çıktığını söylediğin alan. O 'ses' dediğin, peş peşe üretilen düşünceler. İşte zihin, sürekli kendi kriterlerine, önceliğine ve amacına uygun olarak otomatik düşünceler üretip sana sunuyor, sen de onlara inanıyorsun. Çünkü kendi düşüncelerin zannediyorsun onları ve onların duygusuna giriyorsun. Bak mesela şimdi ben sana desem ki, 'Mina, son günlerde amma çok kilo aldın,' sen şöyle bir bakarsın kendine değil mi? Bu yorumumu bir sorgularsın satın almadan önce."

"Evet."

"Ama kafanın içindeki ses, 'Çok kilo aldım,' dediğinde direkt inanıyorsun, moralin bozuluyor hemen."

"Ay ne sinir evet ya, hiç sorgulamıyoruz!"

"Ne sorgulayacaksın, kendin söylüyorsun sanıyorsun. Oysa zihnin veriyor sana."

"Dur, dur, dur Ma. Bunu anlamıyorum. Kendi söylediğini çürütmüyor musun o zaman? Benim zihnimse neden kontrolü bende değil o zaman, benim düşünce üretme motorum ise benim kullanmam gerekmez mi? Kolum gibi? Kim kullanıyor o zaman?"

"Evde kimse varsa senin," diyor gülerek. "Bilinç evde ise senin, buradaysa. Mesela şimdi, 'Buradan Sarıyer'e en hızlı nasıl giderim?' desen, bu soruyu soran bilince cevap verecek olan zihnin. Yani aklın olacak o zaman. Aklın bilincin, yani patronunun sorularına cevap bulmak için çalışır, düşünce üretir. Bu bilinçli düşünmedir. Ben buna 'zihnin akıl olma özelliği' diyorum. Ki bu dünyada insanlar tarafından gerçekleştirilmiş her şey zihnin bu özelliği kullanılarak yapılmış ve yapılıyor. Düşünsene uzayda cirit atıyor insanlık."

"Tamam işte, zihnimiz sonunda iyi bir şey, onu kullanmadan nasıl olur? İnsan onu kullanıyor işte."

"Bu oran çok düşük Mina. İnsan zamanının çoğunda bilinçsiz çünkü. Burada değil. Evde kimse yoksa, bilinç dışı hareket ediyorsun demektir. Ve işte bilinçsizliğimiz çok küçük yaşlarda başladığı için, senin kullanman gereken düşünce motorun, seni kullanır hale geliyor. O kendi tercihi ve amacı doğrultusunda düşünce üretip sana veriyor. İnsanlığın en büyük dramı ve çektiği tüm acıların sebebi bu. İnsan bilinçsiz yaşıyor. Ve dolayısıyla biliyorsun ki yaşamıyor."

"Ama neden?"

"Nedeni öylesine komik bir karışıklık sadece. Bilincin kendisini zihin zannetmesi, diye özetliyorum ben."

Yürümeye devam ediyor.

Bilincin kendini zihin zannetmesi mi?

İçim bir huysuzluk dalgasıyla karışıyor ve kelimeler dökülüyor yine:

"Hiçbir şey anlamadım Ma, kusura bakma."

Suratımı asarak ilerliyorum. Bir kahkaha patlatıyor.

"Dur ayol, daha anlatmaya başlamadım. En kolay nasıl anlatırım derdindeyim şu an. Okey, öncelikle hatalı işleyişi anlayabilmek için, doğrusu neydi, ne olmalıydı oradan başlayalım. İnsan gerçekte ne? Zihin ne? Ve insan neden zihni tarafından yönetilmeye başladı?"

"Dinliyorum," dedim heyecanla.

"Bak, insanda olan her şeyin bir sebebi var değil mi? Kol, bacak, kalp, ciğer vs. İşte zihin dediğim bu düşünce motorunun da var, ki insanın konuşabilmesi de onun sayesinde. Sonuçta konuştuğumuz cümleler önce düşünce olarak oluşuyor ve sesle ifade ediliyor ya da edilmiyor değil mi?"

"Hiç düşünmemiştim, ama evet öyle. Açıkçası beyin, zihin filan ilgilenmedim öyle şeylerle Ma."

"Tamam, fark etmez. Adım adım gidiyorum, bunları anlamak için bilim insanı olmaya gerek yok. Bu düşünce motoru neden insanda var ve üstelik bir tek de insanda var? Zihin neden var? Önce ona bir bakalım: İnsanlar düşünce üretebilsin diye. Akıl! Bilinç, formda, 'Ol!' deyip olabilsin diye. Deneyimini seçebilsin, oluştursun diye. Doğada bu kabiliyet insanda var sadece. Düşünce üretme ve konuşma kabiliyeti, gerçekleştirme kabiliyeti."

"İnsan dışında düşünebilen yok diyorsun ve..."

"Tabii. Bak mesela bu canlara..." O sırada önümüzde koşuşturan Karam, Biber ve Dost'u işaret ediyor. "Onların yaşayışı içgüdüsel. Her an ne ise, ona içgüdüsel olarak tepki veriyorlar. Bugün de hava çok soğuk, denize girmesek mi acaba, filan yok." Biz bir yandan denize atlayan Dost'u izlerken, "İçgüdüsel olarak girmek isterse giriyor," diye anlatmaya devam ediyor. Dost bir labrador olduğundan yaz kış deniz gördü mü atlıyor, ama diğerleri bu sevdasına eşlik etmiyor. Bugün de, Karam ve Biber yanımızda ve etrafı koklayarak oyalanmaya devam ediyor.

"Bak Dost'un programı buna izin veriyor, o bir labrador ve yaz kış atlayıveriyor denize. Diğerleri ise atlamıyor. Ama yine düşündüklerinden değil, içlerinden gelmiyor. Denize girip çıkmakla ilgili ya da başka bir şeyle ilgili bir düşünce yok onlarda. İçgüdü var, her an yaşam önlerine geliyor ve onlar içgüdüsel olarak cevap veriyorlar ona, öğrenmeleri de şartlanmayla oluyor değil mi?"

"Evet?"

"Ama insan düşünüyor, düşünebiliyor ve konuşabiliyor. Çünkü düşünebilmeli ve konuşabilmeli. Bu varlığın amacı farklı."

Kuvvetli bir ıslık çalıyor Ma. Karam, Biber ve Dost geriye dönme zamanının geldiğini anlıyorlar hemen. Geriye doğru yürümeye başlıyoruz. Hava iyice esmeye başlıyor. Tüm dikkatimi vermiş, umutlu bir bekleyişle ilerliyorum. Bazen anlatacakları beni çok aşacak gibi görünse de, sonunda öylesine basitleştirebiliyor ki, hep benim anlamamı sağlıyor. Dolayısıyla sabırla ve umutla dinlemeye devam ediyorum. Ma devam ediyor:

"Bak, senin de sabah fark ettiğin gibi, herhangi bir anda bir şey deneyimleyebilmek için yani bir şey 'olabilmek' için öncelikle bir düşünceye ihtiyaç var. Mutlu olmak istiyorsam, 'Yaşasın pazara gidiyorum!' diye veya benzeri, içeriği bana mutluluk hissettirecek bir düşüncem olmalı önce değil mi?"

"Evet sabah fark ettim bunu, yaşadığım duyguyu oluşturan bir düşünce var."

"Mutluluk hissediyorsun, mutlu OLuyorsun. İşte insan, OLAN'dır. Ne olmak istiyorsa, OLABİLENDİR. Oluşu deneyimleyebilmek için, bir şey olmayı deneyimleyebilmek için tasarlanmıştır."

"Ne istersen yaratırsın filan diyorlar, oraya mı geliyoruz?.. ben..."

"Yok, aman aman!" diye keskin bir şekilde kesiyor sözümü. "O saçmalığa girmeyelim, unut onları, sen beni takip et. Bak şimdi, olmak demek yani oluş, insanın halleridir. Mutlu olmak, çaresiz olmak, telaşlı olmak gibi gibi. Ki bu da deneyimlerini yaratır. Sen şimdi bu yürüyüşte mutsuz olsan, nasıl bir deneyim olacak düşün ve bir de 'Ben mutluyum,' diyerek bu yürüyüşü yaptığını düşün. Her iki durumda da aynı kişiyle aynı yolu yürüyor olsan da, yaşanan tamamen farklı olacak değil mi? Yani deneyimlediğin."

İç geçirip başımla onaylayarak yürümeye devam ediyorum. Konu ağır gerçekten.

"İşte insan deneyim için tasarlanmıştır. Bir şey olabilmeyi deneyimlemek üzere. Bu yüzden iki parçadan ibarettir. Bir insan tarafı vardır ve bir de 'olan' tarafı. Tasarım ve bilinç. Bak, İngilizcede ne güzel ikisini de kapsar insan kelimesi: *Human being*, yani İnsan Oluş. 'Human' yani insan tarafına tasarım diyorum ben. 'Being' tarafı ise o tasarımı kullanacak olan bilinç. 'Şuurlu varlık' diyoruz değil mi? İşte bu ikisi birlikte insan deneyimini oluşturuyor. İnsan: Her an bir şey olan. Her an 'Ben ...'im' der insan. Ve o an kendini ne ile tanımlıyorsa, onu deneyimler."

"Mesela?"

"Mesela 'Çaresizim,' dediği zaman aslında, 'Ben çaresiz olmayı deneyimleyenim,' diyendir ve onu deneyimlemektedir o an."

"Okey anladım."

"İşte insanda deneyimden deneyime geçebilme, istediği her şey olabilme yetisi var. Mutlu olur, mutsuz olur, zengin olur, çaresiz olur, sıkıntılı olur, güzel olur. İnsan her an, 'Ben şu an neyim, kim oluyorum?' sorusuna cevap verendir. Farkında olsa da olmasa da. Maalesef çoğunlukla farkında olmadan. 'Ben ...'im' der insan. İsteksiz-im. Kurban-ım. Fakir-im. Yalnız-ım. Heyecanlı-yım. Her an oluşunu ortaya koyar. Hiçbir canlıda olmayan, dilediğini olabilme ve onu yaşayabilme yani bu seçim hakkı vardır onda."

"Vaay, dur anlamaya başlıyorum. Hakikaten mesela Dost, ben şimdi çaresizim filan olmuyor," diyorum gülerek. "An ne getirirse yaşıyor."

"Evet yaşam ne sunarsa onu yaşayıp, geçiyor. İnsan başka! İnsan o anı nasıl deneyimleyebileceğini seçebilir. Özgür iradeye sahip, diyoruz ya."

"Özgür irade deneyimi seçmek yani, haa bu yüzden karışıyor. Ben de dellendim durdum bunca yıl, 'Nasıl özgür irade bu, hiçbir istediğim olmuyor,' diye."

"Çünkü aklını kullanmıyorsun Mina. Kullanamıyorsun, çünkü bilinçsiz savruluyorsun. Özgür iradenin anlamı, istediğinin olması olabilir mi? De ki sen A takımısın, B takımı ile maç yapıyorsun. İki taraf da maçı kazanmak istiyor. Hadi bakalım, basalım özgür irademizi ne olacak? Kim kazanacak?

Benim her an istediğim tüm kâinatı işletebilir mi? Bu ne saçmalık? Milyarlarca yıldır dünya oluyor, yaşam her an oluyor. Mina kim? Mina kim de isteyecek de onun iradesine göre yaşam olacak?"

"Tamam Ma, kızma, anlamaya çalışıyorum."

"Bak, yaşam anda olandır Mina."

Ma, hemen sakinleşmiş ses tonuyla devam ediyor. Onun bu halinin anında değişebilmesi de beni bayağı şaşırtan konulardan biri. Yine dikkat kesiliyorum:

"Anda olan olur. Yaşam her an senin önüne gelen andır. Artık önündedir ve bunda bir seçim hakkın olamaz. O an olan olur. Ancaaak... Yaşamım dediğim şey başka bir şeydir. Yaşamım benim o anla nasıl birleştiğimle oluşur. İşte senin özgür iraden o olanla sen ne yaşarsın, bu noktadadır. Anladın mı? Yaşam oluyor, o yaşam anında sen, o anda ne, kim olacaksın? O an ile sen nasıl birleşecek, ona sen ne katacaksın? Anda ne verecek, ne alacak ve sonuçta ne deneyimleyeceksin?"

Başımı sallayarak yürümeye devam ediyorum. Bu gerçekten sersemletici. Yaşam 'istiyorum' ve 'istemiyorum'dan ibaret değilmiş yani. Yaşamı hep böyle yaşamadım mı ben? Bir şey oluyor ve ben o olana tepki veriyorum, savaşıyorum, kontrol etmeye ya da değiştirmeye çalışıyorum. Yeni olacaklardan korkuyorum. Hep benim istediklerim olsun istiyorum. İstemediklerim olduğunda hüzün, sıkıntı. İstediklerimin olmasını istemek de beklemek de yine sıkıntı, acı. Her türlü hep canım yanmadı mı? Yaşamayı beceremiyorum diye düşünmedim mi? Oysa Ma'nın anlattığı yaşam ve insan başka bir ilişki modeli. Sanki büyüyorum ve eskiden hiç fark etmediğim alanları fark edebilmeye başlıyorum. O an henüz çok net seçemesem de, genişlediğimi hissediyorum. Ma'nın sesiyle irkilerek dikkatimi yine ona veriyorum:

"Peki insan deneyimini nasıl seçecek? Yaşamım dediği şeyi nasıl tam da tercih ettiği gibi oluşturacak?"

"Nasıl?" diye heyecanla atlıyorum.

"Oluşun sorumluluğunu alarak." Ben boş boş bakınca Ma gülerek devam ediyor:

"Bak, bir hale ya da bir oluşa nasıl giriyorduk? İnandığın düşünceyle değil mi? Yani bir hale girmek, bir şey olmak için önce bir düşünce lazım."

"Evet inandığın düşünceyi yaşıyorsun. Onu anladım artık."

"İşte bu yüzden insanda bir düşünce motoruna ihtiyaç var. Düşünce üretsin diye. İnsan 'Ol!' deyip olmak için burada. Bilinçle düşünce üretmek, 'ol-mak' istediğini olmak ve o deneyimi yaşamak için Mina. Ama insan insanlığını kaybetmiştir maalesef. İnsan kim olduğunu unutmuştur."

"..."

Evin girişindeki su hortumu ile Karam, Dost ve Biber'in ayaklarını yıkayıp kuruladıktan sonra hep birlikte eve giriyoruz. Çalışma odasına doğru ilerleyen Ma'ya sesleniyorum:

"Ma, lütfen bitirelim de öyle işine dön. Kafam allak bullak oldu..."

"Yok yok bitireceğim. Çalışma odasının penceresi aralıktı, kapatayım da. Sen de bir çay koyuver hadi."

Tekrar salonda bir araya geldiğimizde, çayından bir yudum alıp kaldığı yerden devam ediyor:

"Ne diyordum? İnsan, evet. Bilinç, insan denen tasarım ile, bir şey olmayı seçebilmek ve o bir şey olmayı deneyimlemek imkânına kavuşur. İnsanın amacı budur. 'Ol der ve Olur'un buradaki yansıması. Yani özetle bilinç, insan denen programlı bu araç ile bu form dünyasını deneyimler. Halden hale girebilir insan olarak. Bu oluş konusunda sonra konuşacağız zaten. Buraya kadar okey miyiz?"

Başımı sallıyorum.

"Bir avatar yani."

"Avatar de, araç de, tasarım de. Nasıl dilersen. Bindik bir alamete gidiyoruz kıyamete demişler işte." Ma gülmeye başlıyor. Ben gülemiyorum, zira neye güldüğünü anlamıyorum. Hemen kendi kaldığım noktaya geri döndürmek için sabırsızca atlıyorum:

"Buraya kadar tamam, ancak bilinç dedik, araç dedik, zihin nerede peki?"

"İşte, oraya geliyorum. Zihnin görevi bilincin, yani bu araç ile seyahat edecek farkındalığın seçtiği oluş halini yeni düşüncelerle desteklemek ve deneyimi sürekli kılmaktır."

"Hı? Örnek istesem?"

"Tabiii, hemen! Demin dedim ya, köpeklerimiz kendi içgüdüsel tepkilerini verdiler deniz kenarında. Onu yaşadılar. Bir seçim yok. Bize gelince... diyelim ki sen orada sıkılmak istersen, 'Ben sıkılıyorum,' dersen, bu ne demek? Ben sıkılanım. Buna ol diyorsun, bu durumda. O zaman düşüncelerin şöyle gelişir: 'Hava soğuk. Kimse yok. Restoran bile kapalı, ne yapacağız burada?..' Hooop, bak ne oldu? Zihninin senin talep ettiğin deneyim için ürettiği bu düşüncelerle daha da sıkılan, darlanan oldun işte. İstediğin deneyimi yaşayabilmen için düşünce üretti zihnin ve üretir. Ne zamana kadar? İkinci bir şeçim yapana kadar. Mesela, 'Keyifliyim,' dersen, bu ne demek? Ben keyifli olanım. Düşüncelerin bu defa şöyle gelişir: 'Ne güzel yüzüyor çocuklar, kimsecikler de yok, bütün koy bizim ooh...' Keyiflenme artacak. Bak, bilinç seçiyor, zihin ise ürettiği düşüncelerle bu seçimin yaşanmasını destekliyor. Bilinç evde ise, o anı yaşıyorsa, 'Ben ...'im' diye seçebilir. Seçtiğini de deneyimleyebilir. İnsanın varoluş amacı bu, bilince bir şey olmayı deneyimletme. Her an."

"Özetle, bilinç ne olmayı seçerse, zihni ona göre düşünce üretiyor. Bilinç de tasarımı ile o an, o olmayı deneyimliyor. Ve her birimiz o yüzden aynı anda farklı deneyim yaşayabiliriz."

"Bravo. Aynen öyle. Buyurun özgür irade."

"Şimdi buraya kadar anladığımı tekrarlıyorum Ma: Öncelikle bu tasarım ve bilinç eşittir insan konusu çok güzel açıklığa kavuştu içimde. Bir Mina var tasarım ve bir de bilinç var o tasarımı kullanan değil mi? O tasarımın yolcusu. Bilinç, tasarım ile bir ise, yani şimdide ve buradaysa, evdeyiz diyoruz hani."

"Aynen öyle. Yolcu diye tanımlaman çok iyi oturdu bak."

"Ve yine örneğinden anladığım kadarıyla insanın, gerçekten insan gibi yaşaması, yani istediğini olması ve böylelikle istediğini olmayı deneyimleyebilmesi için düşünce üretebilmeye ve dolayısıyla bir düşünce motoruna ihtiyacı vardır. Bu da işte zihin değil mi?"

"Bravo Mina. Evet, çünkü her deneyim için önce düşünceye ihtiyaç var."

"O halde zihnin görevi, bilincin deneyim seçimine göre düşünce üretmek değil mi?"

"Aynen. Bu bir özelliği. Olmak için bir araç. Bir de oldurmak için araç biliyorsun, hani anda akıl olmak."

Başımı sallıyorum. Aslında insan ne muhteşem bir varlık. Yeni anlıyorum. Dilediğini olabilme, her anda dilediği deneyimi yaşayabilme ve dilediğini gerçekleştirebilme imkânına sahip tek varlık. Hiç böyle düşünmemiştim insanı.

Ma elinde çaylarımızla geliyor. Çayları sehpaya bırakırken, "Buraya kadar tamam mıyız?" diye soruyor.

"Tamamız. Zihin, bilincin hizmetinde bir araç, yani gerçekten insan olmak için olmazsa olmaz bir araç. Bunu anladım. Peki neden böyle işlemiyoruz? Neden ben hep istemediğim deneyimler yaşıyorum? Hep mutsuz isem, mutsuz olmayı seçmedim ki, manyak mıyım seçeyim?"

"İşte şimdi başladığımız noktaya geldik. Çünkü sen yani bilinç seçmiyor canım. Sen sabah fark ettiğin gibi, sana hooop diye gelen, sana dayatılan düşünceleri satın alıyor ve onların sonucunu yaşıyorsun?"

"Ama neden?"

"İşte esas konu bu. İnsanın düşüşü bu Mina."

"..."

"Bugünlük burada kesmek durumundayım, zira okuma yazma kursuma gitmeliyim canım."

Doğru ya bugün pazartesi, diye kendime geliyorum. Ma her pazartesi ve perşembe saat 16.00'da köy muhtarlığında kadınlara okuma yazma dersi veriyor. Bunu ilk duyduğumda çok şaşırmıştım. İstanbul'da halen okuma yazma bilmeyen insan mı kaldı? Varmış. Hem de pek çok varmış. Bu insanların yaşı okul yaşının çok üstünde olduğu için de, ancak devlet ya da Ma gibi kendine bunu görev olarak seçecek insanlar sayesinde ücretsiz olarak öğrenebilmek için bir şansları olabiliyor. Köyümüzün muhtarı bir kadın. Ma ile ikisi el ele verip bu okuma yazma kursunu açmışlar. Üstelik sadece Demirciköy'den değil, Rumeli Feneri'nden dahi gelen var kursa.

Ma çıkmadan önce bana dönüp o günün dersinin kapanışını yapıyor:

"Buraya kadar anlattığım, olması gerekendi Mina. Gerçek insanın yaşamı. Tabii ki olması gereken gibi yaşamıyor insan, uyanana kadar yaşayamaz. Şimdi senden ricam, bu konunun devamına dönene dek biraz zihnini izle. Hangi düşünceler geliyor? Zihninin sen olmadığını, senin o düşünceleri izleyen olduğunu fark et. 'Ben bilincim!' de. Hem düşünceleri hem duyguları hem de bedeninde olanları, mesela bir ağrı, sadece izleyen olduğunu fark et. Bu düşüncelerle ilgili hiçbir şey yapma. İzle. O düşüncelerden birine inandığında oluşan duyguyu izle. Sen o duygu da değilsin. Sen bilinçsin. O duygu seni kim yapıyor izle. O senin o anki oluşun işte. Kim olduğun. Yaşama kendini kim olarak sunduğun. Önce bir kim olduğumuzu, kendi gerçeğimizi iyice fark edelim. Sonra devam edeceğiz."

Onun bahçeden geçerek köye doğru uzaklaşmasını izliyorum. Benim o günün geri kalanında ne yapacağım zaten belli. Bir duş alıp, Ma'nın o gün için bana verdiği birkaç yazısını okuma ve İngilizceye çevirme işime koyuluyorum.

Sıçrayarak uyanıyorum. Beni böyle sıçratan ise gördüğüm rüya. Rüyayı hatırlamaya çalıştığımda, beni böylesine sıçratanın ne olduğunu anlayamıyorum. Kan ter içindeyim. Kalbim ağzımdan çıkacak gibi atıyor. Bardağıma yanı başımdaki komodinde duran sürahiden bir bardak su doldurup içiyorum. Sakinleşmek için birkaç nefes alıp veriyorum. Tuhaf... Tuhaf bir rüya... Bir evdeyim, güya benim evimmiş, büyük bir salon, mutfak ve yatak odasını aynı anda görüyorum. Sanki kendimi ve o evde olanları dışarıdan izliyorum. Benim doğum günümmüş ve büyük bir ziyafet verilecek. Evin salonunda bir sürü adam var. Oturuyorlar. O adamların arasında babam da var. Mevlütlerde insanların yan yana koltuk ve sandalyelerde dizilmesi gibi dizilmişler, bekliyorlar. Herkes sessiz ama. Babam da sessiz. Önüne bakıyor. Bir şey bekliyorlar sanki. Diğer yanda eskiden, ben küçükken bizim evde çalışan Havva'yı görüyorum. İki kadınla mutfakta harıl harıl çalışıyor. O kadınlar kim, bilmiyorum. Tabak tabak yemekler çıkıyor ve Havva onları sofraya getiriyor. O sırada kendimi görüyorum. Ben yatak odasında yani orası benim yatak odammış, telaşla sürekli çekmeceleri açıp, içlerine bakıp kapıyorum. Çekmecelerin içinde bir şey arıyorum. Bir şey kaybetmişim onu bulmaya çalışıyorum. İç çamaşırı ve çarşaf çekmecelerinin içine elimi sokup çıkararak bir şey arıyorum, ama bulamıyorum. Bulamadıkça daha sıkılıyorum. Sıkıntı öyle büyüyor ki, sıçrayarak uyandım.

Sabaha kadar tekrar uyuyamıyorum. Düşüncelerimi izliyorum ben de. Genelde zihnimin getirdiği düşünceler hep aynı içerikte: *Buradan gitmeliyim. Sosyal yaşama açılmalıyım. Bir adam bulmalıyım. Ama beni kim ne yapsın? Ben şöyleyim, ben böyleyim.* Ya da diğer kanal: *Kimse bana vermesi gerekenleri vermedi.* Ve yaşamıma girmiş herkesi suçlayan düşünceler. Ya da kendimle ilgili yetersizlik düşünceleri. Ben onu yapamam, bunu edememler. Bir tane olumlu düşünce bulmak ne zor. Satın almış olduğum düşünceler bunlarsa, ki bunlardı, yaşamımın bu hale nasıl geldiğini anlamak hiç zor değil.

"Oluş," diyor ya Ma, Mina'nın bu eve gelene kadarki oluşuna bakalım diyorum, oluşlarına. Gördüğüm filmdeki bu karakter içimi acıtıyor. Hep kendine acıyan, ağlak, kendini değersiz ve kusurlu bulan, herkesten sevgi ve ilgi almak isteyen ama alamayan, öfkeli ama yine de yalvaran bir... Çalıkuşu... Birden Celal geliyor gözümün önüne. Benimle "Çalıkuşu!" diye dalga geçişini görüyorum. Nasıl çıldırırdım. Tuhaf bir şekilde onun bunu söylemekte ne kadar haklı olduğunu fark ediyorum o an. Her gün adamın karşısında gördüğü kadın bu, ne diyecekti ki? Kraliçe Elizabeth mi? Bu idrak beni sıçratıyor. Anlıyorum, gerçekten de her an birisi oluyoruz. Yaşama her an bir halini sunuyorsun ve dünya işte o sunduğun kişiyi yaşıyor. Celal de bu ağlak, yalvaran, isteyen, dileyen, çaresiz ve alamıyorum diye sızlanan, ne derse desin, ne kadar hakaret ederse etsin hiçbir tepki vermeyen, veremeyecek kadar aciz olduğuna inanan bu zavallıyı yaşadı. Çalıkuşu, tabii ya. Panikle hep ondan bir şeyler almak için çabalayan ve ne olduğunu hiç bilmediği o oyuğu doldurmak için ondan ne alabileceğini bulmaya çalışan...

Bir anda kalakalıyorum. Çünkü o arayışı, o çok iyi bildiğim arayışı biraz önce de yaşadığımı fark ediyorum. Rüyamda o çekmeceleri açıp kapatırken aynı telaşla, mutlaka bulmalıyım arayışı vardı her hücremde. Peki bu aradığım ne? Bir dalgalanma yaşıyorum içimde. Önemli bir şeyler dönerek yüzeye çıkmaya çalışıyor sanki, ama ne kadar düşünsem de buradan bir adım öteye gidemiyorum. Sabahın ilk ışıkları kendini göstermeye başladığında Celal'i ilk defa farklı bir gözle görebileceğimi, bunun mümkün olduğunu fark ediyorum: Mina'nın kurbanı! İlk kez o an benim de ona neler yaşatmış olabileceğim gerçeği ile yüz yüze geliyorum. Tanıştığımız ilk günden bu yana o aradığım lanet olasıca şey ne ise onu ondan alabilmek için ona yaptığım duygusal baskı, oyunlar, taktikler, sahtekârlıklar ve yalanlar. Bunların hepsini toparlayıp, "sevgi" sözcüğünün arkasına saklamalar. Arkası yalan dolu o sevgiyi, büyük bir lütufmuş gibi karşısındakine sunan yüce ve âşık kadın rolü. Midem bulanıyor şimdi. Sevdim mi? Ben hiç sevdim mi gerçekten? Sırma geliyor gözümün önüne birden. "Aşk nedir Mina?" diye soruşu... En azından o bir nebze daha dürüstmüş. O anda çok büyük bir gerçeği fark ediyorum. Sırma, âşık olmadığını ve sevmediğini bilerek yaşıyordu ilişkilerini en azından. Ben ise hem kendimi hem de karşımdakini aksine inandırmaya çalışarak... Bu uğurda elimden ne gelirse ardıma koymayarak. Mina'yı dahi sonuna dek harcamayı, un ufak etmeyi göze alarak. Neden? İşte sadece o aradığım neyse, sadece onu bulmak adına. Onu almak adına. Bir dilenci gibi karşısındakine kendi perişanlığını sunup, elindeki kabı doldurabilmek için dilenerek.

O sabah, ilk kez kanımı donduran bu idrakle, karanlık tarafım ile yüzleşiyor ve onu iyice tanımaya çalışarak güne başlıyorum.

Hava gerçekten buz gibi. Atkı, bere ne varsa takıp öyle çıktık yürüyüşümüze. Kar bekleniyor, ama İstanbul'un klasik soğuk kış hikâyesidir bu. Büyük olaydır ya bizde, havalar soğudu mu kar ha geldi, ha gelecek, bekler dururuz. Bir "Kar yağacakmış!" hikâycsi başlar ve herkeste sanki afet bekleniyormuş gibi haller. Elâlem aylarca kar altında kalır, yaşamları hiç aksamaz; biz İstanbulluların, karın daha iki damla beklentisi ile yaşamları sarsılır ve sonrası ise malum. Bir İstanbullu olarak benim de zihnim doğal olarak, "Acaba kar mı geliyor?" sorusuna takılınca, kendi kendime savuşturuyorum. *Yağsa ne olacak, işe mi gidiyorsun, bir hayatın mı var?* Biraz huysuzum bugün. Bu karanlık taraf ile yüzleşmek ağır geldi bana.

"Hayırdır Mina, çok sessizsin bugün. Biraz da huysuzluk mu var ne?"

"Var Ma var. Bir saptamam oldu, sen 'Zihnini izle' demiştin ya; yaşama sunmuş olduğun oluşları, yaşadığın halleri, onları izlerken işte..."

"Dinliyorum canım."

Ve anlatıyorum ona. Hiç kesmeden dikkatle dinliyor beni. Sonuna geldiğimde sarılıyor bana. Şaşırıyorum.

"Bravo Mina. İşte kendi gölgenle, o çakma kimliğin ve onun ortaya koyduğu hallerle yüzleşmek ancak bu kadar net yapılabilirdi. Şimdi on kat hızlı ilerlersin canım."

"Tamam ama anlayamıyorum Ma. Neden ben böyle oldum? Neden bu negatif, tuhaf düşünceler sarmış beni ve neden onların etkisinde saçmalayan bir kukla olmuşum? Bu gördüğüm hem kendime hem etrafıma zarar bir insan. Kimseye faydası yok. Yaşamım boyunca kendime üzüldüm ben, şimdi... bir de etrafıma yaptıklarıma üzüleceğim. Olay katlandı yahu. Anlayamıyorum neden böyle olmuş, oluyor?"

"Anlatacağım canım, tam da orada kalmıştık zaten. Bilinç evde olmadığından, bu zihnin elinde kayıp halimizden."

"Peki, neden evde olmuyoruz hep yahu?"

"Çünkü bilinç çok önce kim olduğunu, yani patronluğunu unuttuğundan. Kendini zihnin girdaplarında kaybettiğinden. Dur anlatacağım, sabret. Dur bakayım, senin için nasıl kolaylaştıracağımı bir düşüneyim..."

Adımlarını yavaşlatıyor nispeten. Ben de ona uygun şekilde yavaşlıyorum. Tümüyle, her hücremle, bana bu sabah gördüğüm tuhaf yaratığı kabullenmemi sağlayacak bilgiye açıyorum kendimi umutla.

"Bak, bilinç dünyaya geldiğimizde, gözlerin ilk açılmasıyla izlemeye başlıyor etrafı. Neredeyim? Bilinç, farkındalık; işte o 'ben' diyen farkındalık. Bedenden bağımsız o. Beden Mina denen insan tasarımın bir parçası. Mina tasarımı ile bu yaşamı deneyimleyen ise bilinç. Okey miyiz?"

Başımı sallıyorum onaylayarak.

"Şimdi bebeğe dönelim. Bilinç etrafı izliyor, izliyor. Öncelikle kendi sınırlarını keşfediyor. Bedenle bir olduğunu, dünyanın kendisinden ayrı olduğunu o zamanlar fark ediyor. 'Ben bu bedenle sınırlıyım' diyor ve bunu anlıyor. Hani eline bakar ya bebekler, bu ne böyle diye."

Elini kaldırıp gözleri kocaman, yüzünün önünde çevirerek bakıyor ve anlıyorum ki anlattıklarını desteklerken bebek taklidi yapıyor. Sonra devam ediyor:

"Doğar doğmaz bu dünyayı deneyimleme başlıyor. Çünkü yaşam sürekli etrafında oluyor. Her an bir şeyler oluyor, bir şeyler deneyimliyor bilinç. Bir an ve getirdikleri. Her şey bir deneyim. İyi ya da kötü yok esasında. Her deneyim nötr. Sadece bir deneyim."

"Olur mu Ma? Nasıl yok, basbayağı kötü..."

"Dur bak bekle. Deneyimler gerçekte artı ya da eksi yüklü değiller. Onlara bu tanımı bilinç veriyor. Nasıl? İlk o deneyimi yaşadığı anda veriyor."

"Örnek vermezsen kaybolabilirim burada."

"Tabii. Bak şimdi üç yaşında bir çocuk düşün. Yanına bir köpek geliyor ve annesi başını sevmesini söylüyor ve seviyor. Köpek onu yalıyor, o an beş duyu ile algıladıkları sıcacık bir sevgi paylaşımı. Yani bu deneyim çok olumlu hissettiriyor çocuğa ve diyor ki, 'Bu çok güzel, sevdim.' Kaydedildi zihnine. Tamam mı? Aynı çocuk bir başka gün bahçede yanına kedi geldiğinde ve o kedi hafifçe tırmıkladığında kolu çizilecek, canı yanacak ve hemen ağlayacak. O deneyim 'sevmedim' olarak, istenmeyen olarak kaydedilecek. Esasında kediyle de köpekle de yaşanan sadece bir deneyim, sadece o ana ait bir deneyim. Ama bilinç kedi deneyimi ve köpek deneyimine 'sevdim' ve 'sevmedim' diyerek artı ya da eksi değer veriyor. Görebiliyor musun?"

"Şimdi anladım, 'Her deneyim aslında nötr,' demeni. Bir şeye iyi ya da kötü diyen..."

"Evet, bak işte 'tercih' ve 'direnç' denilen iki bela yaşamımıza böyle giriyor. Normalde bilinç sadece o deneyimi yaşasa ve içinden geçip gidebilse, bir deneyim olarak bıraksa zenginleşecek. Hayır, kayıtlıyor: 'Kedi istemiyorum. Köpek istiyorum.' Neden? Çünkü üç yaş civarına geldiğimizde fark ediyoruz; burası güvenli bir yer değil, burada her şey değişiyor, burada acı var. Korkuyoruz. Acıdan kaçma odaklı oluyoruz. Her an geleni anlamaya ve tanımlamaya çalışıyoruz ki, daha çok güvende hissedelim. Bu iyi, bu kötü."

"Ama tecrübe değil mi bu?"

"Değil canım. Bu anlam yüklemek, bir anlamla birleştirmek ve limitlemek. Hem tecrübe ne? Kedilerden kaçmak lazım, doğru bir bilgi mi?"

"Değil tabii ama..."

"Aması yok Mina, tecrübe dediğin bir tanımlama. 'Bu, budur!' diyorsun. O deneyimi bırakamamak... Bir genelleme. Zihne o tanımla hapsediyoruz. Olumlu da olsa, olumsuz da olsa genelliyoruz ve kapatıyoruz. Ben bunu istiyorum da, istemiyorum da, o şeyi bir tanım vererek kayıt altına almak. Görebiliyor musun? Her yeni deneyimi yaşayıp içinden geçmek yerine, zihinde dosyalar oluşmaya başlıyor."

"İstediklerim ve istemediklerim dosyası değil mi?"

"Evet ve sadece o değil. Bak ne oluyor? Kendime ait bir dünya kuruyorum, görebiliyor musun? Kendi zihin dünyamı."

"Zihin dünyam mı?"

"Evet bak, böyle her deneyimi tanımladıkça 'Bu, budur!' diye kendime özel bir dünya yaratmış olmuyor muyum? Güvende hissetmek için geldiğimiz bu dünyayı keşfettikçe anlamaya çalışıyor çocuk. Bu ne? O ne? Çocuklar hep sorar ya. 'Bu ne?' ya da 'Niye ki?' diye sorar. Hep anlamaya çalışır. 'Bu ne?' yani 'Ne nedir?' diye kayıtlıyor. 'Niye ki?' yani 'Ne, neden yapılmalı ya da yapılmamalı?' Kayıtlıyor. Zihin cevaplanan her soruyu, yaşanan her deneyimi, edinilen her bilgiyi sürekli yorumlayıp anlam yükler, bir sekreter gibi her an sürekli kayıt alır. Diyelim ki bir gün, çok öfkeli bir halde ağlayan annesinin, arkadaşına 'Biliyordum zaten, sarışın işte, güvenilmez bunlara,' dediğini duymuş olsun. O an zihin kendi dünyasında, 'Sarışınlara güvenilmez!' diye kayıt alabilir, sarışınlara böyle bir anlam yükleyebilir. Ancak bu sadece onun dünyasında var. Bir başkası mesela sana söylese, belki 'Yoo, ne alakası var, benim çok sevdiğim kaç yıllık sarışın bir dostum var' diyebilirsin."

Birden Sırma geliyor gözümün önüne. Herhalde tesadüf, bu kadın her şeyimi görmüyor ya..

"Okey Ma anladım, biz anlam yükledikçe her deneyime..."

"Sadece deneyim de değil canım; eşyalara, insanlara hatta kendine bile. Yani o dünyada Mina diye bir karakter var ve onunla ilgili de tanımlar koyuyor ya da ona da anlamlar yükleniyor, değil mi? Zihin kimlik kayıtları... çok önemli prangalar onlar, hele üç–yedi yaş arası alınanlar."

"Zihin kimlik kayıtları mı? Pranga mı?"

Başını sallıyarak onaylıyor.

"Bak şimdi, diyelim ki küçükken bir gün bir arkadaşınla resim yapıyordun ve o kadar güzel bir resim yaptın ki, yaptığın resme bayıldın ve 'Ne güzel bir resim yaptım' diye düşündün. O an kimsin? Çok güzel resim yapan birisin. Değil mi? O kişi olmayı deneyimliyorsun. Ve işte tam o anı yaşarken arkadaşın birden, 'Benden güzel resim yapamazsın' gibi bir şey söyleyerek, saçlarını çekip sana vuruyor. İşte o şok ve acıyla nefesini tutup içinden yükselen karmaşayla anlamaya çalışıyorsun: 'Ne oldu şimdi?' Tabii zihin düşünce üretecek cevap olarak. Zihin yazar, boşlukları doldurmak için hikâye yazar. Çünkü tanımlamak ve anlamak lazım, yoksa panikteyiz değil mi? Bunu tekrar yaşamak istemiyoruz değil mi? Mesela diyor ki, 'Hımm. Çok güzel yapan oldun, ondan bu başına gelen.' Zihin de kimlik kayıdı alıyor: 'Demek ki bundan sonra, burada çok güzel bir şey yapmayacaksın, tehlikeli...' Hemen zihin bu konuda yeni kimliği oluşturuyor: 'Ben çok güzel yapamayanım.' O günden sonra hep ortalama işler ortaya koyarsın. Zira sen güzel 'yapamayansın'dır. Bu tanım senin kimliğinin bir parçasıdır. Öyle bilirsin kendini, öyle olduğuna inanırsın. Biraz öne çıkan bir şey yapma yoluna girdiğinde zihnin, 'Hoop bakalım!' der, korku salar düşüncelerle. İnan bir daha belki resim bile yapmazsın."

"Anlıyorum. Sözde güvenli yaşama kayıtları, diyebiliriz bunlara yani."

"Bravo. Her yeni an dışarıdan alınan verileri, kendi içeriğine göre dosyalamaya devam ediyor zihin. Dünyayı artık bu tanımlarla biliyor çocuk. Bu tanımlarla yaşıyor. Dahası var. Her karşılaştığı yeni olayı, her yeni gelen bilgiyi de bu tanımlara göre yorumluyor zihin her an. Neden?"

"Kendi dünyasında hangi dosyaya koyacağını bilmek ve deneyimi kontrol etmek için."

"Bravo. Görebiliyor musun nasıl oluşuyor zihin dünyası? Artık kendi dünyamda yaşıyorum. Bana göre resim, bana göre güzel, bana göre kedi, bana göre sarışın vs."

Anlamaya başlıyordum. Ancak anladığım pek hoşa gidecek bir durum değildi. Fark ediyordum ki, bu yüklenen anlamlar dünyası anlamsızlaştırıyordu dünyayı.

"Yani herkesin kendi zihin dünyası var o zaman, değil mi? Bana göre süt güzel bir şey, ama sana göre kötü olabilir."

"Kesinlikle. Her zihin, deneyime ve yaşananın yorumlanmasına göre kendi anlamını yüklüyor. O anlamlardan bir dünya yaratıyor. 'Zihin dünyası' dediğim bu, tamam mı şimdi? Çocuk artık orada yaşıyor, dünyayı o tanımlarla biliyor."

"Tamam. Ama o zaman..."

Aklıma gelen tuhaf soruları kovuşturuyorum ve esas merak ettiğim konuya dönmeye çalışıyorum:

"Neyse hâlâ daha zihin beni nasıl yönetmeye başlıyor, açıkçası anlamadım."

"Dur bekle, daha düşüş gerçekleşmedi," diyor keyifle bahçe kapısından içeri girerken.

"Hadi, duş alıp kahveleri koyalım da öyle devam edelim. En heyecanlı yere geldik, insanın düşüşü."

Söylenerek banyoya ilerliyorum. Israr etsem de, kahvelerle oturana dek hiçbir şey anlatmaz biliyorum. En iyisi, bir an önce hazırlanıp kahveleri yapmak. Banyoya girdiğimde gözüm bir köşede, özel yapılmış bir sehpanın üzerinde duran kocaman yuvarlak cam kâsedeki neon renkli balıklara takılıyor. İlk geldiğim günden beri içimi sıkıyor bu küçük akvaryum. Yine sıkıntıyla, "Ma bilmiyor mu, bu balıkların evde uğursuzluk demek olduğunu. Söylesem mi, belki de ondan kavuşamıyor bu adamla..." diye düşünürken birden duruyorum. Balıklar uğursuz mu? Evet öyle, hep böyle bildim ben. O an fark ediyorum, belki de değil. Ama benim dünyamda öyle olduğu kesin.

Neden? Nereden geldi bu bilgi?

Ben altı yaşındayken, annem düşük yaptığı gün, iki gün önce aldığımız akvaryumdaki balıkları, babamın haykırarak denize döküşünü izlemiş ve ağlama komasına girmiştim. Benim ağlamam karşısında babamın bağırışını hatırlıyorum: "Uğursuz onlar kızım ağlama,evde balık olmaz, bak uğursuzluk getirdi bize, annen hasta oldu." Düşük olduğunu çok sonra öğrendim, ama şimdi anlıyorum ki sorun balıklarda değil benim zihnimde. O gün "uğursuz" olarak tanımlanmalarında. Belki de değil, evet. Belli, değil ki kadın almış koymuş işte buraya. Benim dünyam ha? İşte bu tam örnek oldu. Gerçekten çok ilginç, çok sarsıcı. Devamını dinlemek için hemen giyinip kahve yapmaya gidiyorum.

Kahveleri getirirken ona balıklarla ilgili keşfimi anlatıyorum.

"Tabii ya," diye gülüyor. "Niye uğursuz olsun Allah'ın balıkları." Kahvesinden bir yudum aldıktan sonra bana dönüyor ve muzipçe soruyor:

"Eveet, nerede kalmıştık?"

"İnsanın düşüşü," diye atlıyorum.

"Şimdi bak, çocuğun kendine ait dünyası kuruldu. O çocuk bir gün, bir ara diyor ki, 'Peki ben kimim?'"

"Ben kimim mi?"

"Evet. Bu defa bilinç kendini tanımlamak istiyor. İnsanda, 'ben...' diyen kim? Soruları soran kim?"

"Bilinç."

"Peki, ben kimim dediğinde cevap nereden geliyor?"

"..."

"Zihinden tabii Mina. Düşünce varsa her zaman zihin konuşuyor: 'Ben Mina'yım. Köpekleri severim. Kedileri sevmem vs.' Ya da biri soruyor çocuğa: 'Resim yapalım mı?' Cevap olarak, 'Ben resim yapmayı sevmem,' diyor çocuk. Fark ettin mi zihindeki bilgilerle, tanımlarla, kayıtlarla zihin dünyasının bir de başrol oyuncusu oluşmuş durumda. Orada Mina diye tanımlı bir kimlik var artık, fark ettin mi?"

O an anlıyorum; o her bir şeye, kişiye, deneyime anlam yüklenerek oluşturulmuş zihin dünyasında bir de oluşturulmuş "çakma Mina" var. Göz göze geliyoruz. Donuyor her şey o an. Kalbim sıkışıyor sanki. Boğazım düğümleniyor. Sonra kalbim çarpıyor. Bakışmaya devam ediyoruz. Gözlerimi ayıramıyorum ondan. Ayıramıyorum, çünkü geldiğim bu idrakte onu bırakırsam yuvarlanacağım yerden korkuyorum. Sözcükler dökülüyor ağzımdan:

"Yani bugüne kadar ben zannettiğim kişi, ben değilim o zaman."

"Aynen öyle canım."

"Ve ben zannettiğim bir avuç kayıt mı yani?"

"Evet... Maalesef kendinle ilgili o tanımları senin gerçeğin sanıyorsun. Oysa o sahte bir kişilik. Senin gerçeğin, yani gerçek Mina mesela resim yapmayı çok seviyordu esasında."

"Korumaya çalışırken kendimi... çakma bir kişilik yaratıp..."

"Aynen öyle. Ama korunmuyoruz, yaşamdan kopuyoruz. Mina olmanın sınırsız deneyim olasılığını yaşayabilecekken, şimdi sınırlı yaşayacak bir kimlik oluyorsun. Çakma bir Mina, dediğin gibi. İşte bak, şimdi zihin yönetimi nasıl ele alıyor mecburen. Hazır mısın?"

Başımı sallayarak onaylıyorum.

"Bilinç kendini bu çakma kişilik ile tanımladığında, yani çakma Mina ile özdeşleştiğinde 'Ben çakma Mina'yım' demiş oluyor değil mi?"

"Evet?"

"Peki bu oluşu seçiyorsam, zihin neyin devamlılığı için düşünce üretecek? Patron diyor ki, ben buyum. Bu kişiyim."

"O kişinin devamlılığı için tabii."

Hayretle gözlerimi kocaman açıyorum. Çünkü Ma, bana bakıp gülmeye başlıyor. Ayağa kalkıyorum. Bir şey yapmış olmak adına. Bir hareket. Bir dev jeton düşüyor, o jetonun altında kalmamak adına. Ben, o çakma Mina olduğumu zannediyorum ve zihnim de sadece bu kişi ve içinde yaşadığı çakma Mina dünyasını sürekli kılmak için çalışıyor.

"Zihin sadece bunun için düşünce üretiyor yani öyle mi?"

"Eh, bir seçim yapan kaldı mı? Seçim yapıldı ve bitti özdeşleştiğinde: 'Ben çakma Mina'yım ve bu da benim dünyam.'"

Cevap veremiyorum. Kendimi bir hayli kötü hissetmeye başlıyorum. Sanki başım dönüyor, tekrar oturuyorum. Bir öfke yükselmek istiyor en derinden. Ma devam ediyor:

"Ben buyum dedin ve kitledin mevzuyu. İşte o andan itibaren zihnin tek amacı, o güne kadar oluşturduğu zihin dünyasının ve onun başrol karakterinin devamlılığını sağlamak oluyor. Sadece bunun için düşünce üretiyor. O dünyaya yeni bir tanım eklenecekse, bu mutlaka içerisi ile uyumlu olursa kabul oluyor. Ve insanın kaderi de bu inançların, bu kayıtların tekrar tekrar deneyimlenmesi oluyor."

"Vay be. Zihin insanı dediğin buydu değil mi?"

"Evet, zihninin yorumları ve idaresi ile ortada bir makine gibi yaşayan insan. Her yaşta hep aynı olan insan. Hani diyoruz ya yedisinde neyse yetmişinde o. 'Arkadaş neden düşünmüyoruz, neden o? Manyak mıyız, aciz miyiz biz? Neden her yaşta aynı kişi oluyoruz? Hiç mi gelişemiyoruz?' diye soran yok."

"..."

"Oluşunu ve deneyimini seçebilme hakkını bir motora kaptırmış. Her an neyi seçecek, neyi isteyecek ve istemeyecek zaten belli. Düşmüş insan, zihin insanı. Zihin kendi içeriğine göre, orada ne yazıyorsa ona göre idare ediyor onu."

"..."

İçimden öfke yükselmeye başlıyor. Gözlerim doluyor. Konuşamıyorum, ağlamaktan korkuyorum. Ma devam ediyor:

"İşte çakma Mina, zihin dünyasına uygun davranışlar sergilemek, o zihnin oluşturduğu dünyanın sürekliliğine hizmet etmek için var. Yaşamlarımız, bir çakma kimliği yaşatmak için harcanıyor Mina. Artık orada ne yazıyorsa. Beceriksiz misin? Hayat boyu beceriksiz bileceksin kendini. 'Annem beni sevmiyor,' mu dedin? Yaşamın boyunca kendini annesi tarafından sevilmeyen Mina olarak bileceksin. İnsanın haline bak. Sanki gerçek Mina bir kılıfın içine hapsedildi ve o kılıf yani çakma Mina ortada. Zihin ürettiği düşüncelerle bu çakma Mina'yı idare ediyor. Kendi zihin dünyasının baş oyuncusunu işte böyle yaratıyor. Bak örneğimizde çakma Ayşe resim yapmaktan hoşlanmayan, kaçınan biri. Halbuki Ayşe tasarımının gerçeği öyle değildi."

Tüylerim ürperiyor. Bu kadar basit bir yanılsama ve zihin ile özdeşleşme insanı bu denli gerçeğinden nasıl koparsın? Sesim çıkıyor birden. Yani duyduğum benim sesim olmalı:

"Mina'nın yaşamı, zihin dünyasının içeriğini tekrar tekrar yaşayan bir makinenin yaşamı haline geliyor."

"Aynen öyle canım. Aynı kayıtların, inançların ve onların ardındaki düşünce sisteminin sonuçları, sana tekrar tekrar aynı deneyimleri yaşatıyor. Olaylar ve insanlar değişse de, deneyimler hep aynı oluyor. Bir kimlik oluşturuyor zihin, bu içeriğe hizmet edecek. Resim yapmayan biri oluyor işte. Bu gerçeği mi onun? Hayır. Ama bilmiyor. Onu yaşayan oluyor.

Böyle türlü kişilik özellikleri var hep zihninin dayandığı içeriği besleyecek, destekleyecek ve yansıtacak şekilde oluşturulmuş. Yeni bir Mina yapıyor zihin. Ne için? Bu kayıtları koruyan ve onlara göre yaşayan bir yapay zekâ olsun diye."

"Hep aynı şeyleri tekrarlayan bir makine," diyorum fısıldayarak, gerçekten robot gibi. Bu gelince bunu yap, şu gelince şu, öyle işlemez mi robotlar? Önceden programlı... Yaşamımdan çeşitli sahneler gelip geçiyor önümden.

"Evet, ana odak hep acıdan kaçmak. İster bedensel olsun, ister duygusal bir acı içeren deneyim hemen kayıtlanıyor. Oysa her 'olan', adı üzerinde 'bir olan biten.' Geçip gidebilmeli ve her anı aynı açıklıkla karşılayabilmeliyiz. Bilinçle seçmeliyiz oluşumuzu, yaşam hep bir yeni olasılıklar cenneti olmalı. Zihin de 'an'da akıl olmalı insana, bu olasılıkların içinde neyi deneyimlemek istiyorsa, o olarak yol almalı. Ah, o kadar muhteşem olabiliyor ki yaşam o zaman," diyor ve gözlerini kapatıp gülümseyerek derin bir nefes alıp veriyor.

Ben hâlâ peş peşe gelen idraklerimi yerleştirmeye çalışıyorum.

"Çakma Mina kim ise zihin onun devamlılığını sağlıyor dedin ya? Bu doğrultuda düşünce üreterek değil mi?"

"Evet ve yaşamda her an o içeriği doğrular kanıtlar bularak."

"Nasıl yani?"

"Zihin böyle işler Mina. Dış dünya ile kendi dünyasını böyle birler. Kendi içeriğinde ne varsa dışarıda hep onu görür, algıda seçicilik derler ya. Ve düşüncelerle, hikâyeleriyle destekler. Annen seninle konuşurken televizyonu açar ve zihin der ki, 'Bak gördün mü, seni dinlemiyor bile.' Çünkü sen annesi tarafından sevilmeyen Mina'sın. Her anını geçmişte yazdıklarınla destekler ve delillere çevirmeye çalışır ki, kayıtlarda devamlılık sağlansın."

Gözümün önüne annem geliyor. Onu suçlamalarım. Beni sevmiyor, diye onun suratına bakmayışlarım. O kadar emindim ki! Oysa şimdi...

"Yani her an, ne neye benziyor diye tarıyor ve sonra benzerlik bulup, 'Bak işte böyle,' diye altını çiziyor ki devamlılık sağlansın."

"Aynen öyle güzelim. Ha bu arada en önemli bölümü atlamayayım. Bu çakma Mina ile ilgili inançlar da devam ettirilecek tabii. Bak, mesela kendinle ilgili inanmış olduğun, hep tekrar tekrar yaşadığın bir şeyi söyle bana."

"Kendimle ilgili inandığım mı?" Vakit kazanmaya çalışıyorum, annemle ilgili keşfimi ortaya dökmek istemiyorum. Daha da emin olduğum bir şey bulmalıyım.

"Evet, yani hep kendinle ilgili anlattığın ve sence seninle ilgili inandığın bir şey."

"Buldum! Herkes terk eder beni, bende bir bozukluk var."

"Yani kimsin sen bu inanca göre? Ben..?"

"Ben terk edilenim."

"İşte çakma kimliğinden bir tanım. Bu inanç artık ne zaman oluştuysa. Doğru mu bu peki, neden inandın buna?"

"Eee doğru tabii, hep terk edildim ben Ma. Arada bir ben insanları bıraktım gibi görünse de, aslında o durumlar terk edileceğimi fark edip önden kendim gittiğim durumlar. Çünkü nefret ediyorum terk edilmekten. Bari ben kendim yapayım diyorum. Bir yamukluk var herhalde bende, kimse sürekli istemiyor beni. Baksana annem babam bile çekti gitti, tek başıma bıraktılar beni burada işte!"

"İşte, bak konuşuyor zihnin, anlatıyor da anlatıyor hikâyesini. Zihin dünyanda sen terk edilensin çünkü. Tabii ki olan biteni kullanarak, 'Herkes beni terk eder' düşüncesini haklı çıkara çıkara, işte böyle 'Ben terk edilecek biriyim!' inancını hikâyelerle canlı tutacak ve besleyecek."

"..."

"Uyan Mina, bak demin zihnin kendini iki defa ele verdi. Birincisinde 'Ben terk edileceğimi fark ettiğimde,' dedin. Nasıl fark ediyorsun? O günlerde olup bitenlerle ilgili zihninin yaptığı yorumlarla tabii. Atıyorum, zihin diyor ki, 'Adam çok geç gelmeye başladı, kesin terk edecek seni.'"

"Evet aynen öyle oluyor, işaretleri görüyorum hep..."

"Hayır canım." Sert bir tonla kesiyor sözümü. "İşaretleri görmüyorsun! Tam tersi! Gördüklerini, zihnin birer terk edilme işareti olarak yorumluyor. 'Bu, buna benziyor,' diyor! İşaret görmüyorsun, zihnin sana gördüklerini işaret olarak sunuyor. UYAN! Tıpkı anne ve babacığının ölümlerini de bir terk edilme olarak yorumladığı gibi."

"..."

Duruyor ve gözlerimin içine dimdik bakarak, "Minacım, annen ve baban seni terk etmediler. Bir trafik kazasında öldüler," diyor.

Göz göze kalıyoruz bir süre. Kafama bir yumruk yiyorum sanki, o kadar sersemletici bir hal. Ma gözlerime bakarak devam ediyor:

"Ölüm bir olandır. Terk edilmek, bu olana bakarak zihninin yaptığı yorumdur. 'Beni terk ettiler,' diyorsun, hayır öldüler. Ne yani, annenle baban, 'Şu Mina'yı bir terk edelim, çünkü o terk edilecek bir kız,' mı dediler? Anlıyor musun? Sadece öldüler. Bu kadar."

"..."

Donakalmış bir halde bakıyorum. Bir süre sessiz kalıyoruz. Ne kadar bilmiyorum. Sanki kafam bir koca balonun içinde uğulduyor. Sonra yine Ma'nın sesini duyuyorum:

"Yani uzun lafın kısası her anda, bir olan var, her an yaşamda bir şey oluyor. Bir de o olanla ilgili, zihninin yorumları sonucu senin algıladığın var. Algıladığını yaşıyorsun. Algın sana ait değil, zihninin olanla ilgili hikâyesi. Her an zihnin yazıyor, sen yaşıyorsun. Hatırla, Kerem o gün buna dikkatini çekmeye çalışmıştı işte. 'Beni dışarı atıyorlar,' diye yorumlamıştın ya, kim atıyor? Sadece benim evimde sigara içilmiyor ve olan şu ki o gün birkaç arkadaş orada toplanmış sohbet ediyorduk. Sen kendi bağımlı halin sebebiyle dışarı çıkmayı seçiyorsun ve zihnin bunu 'Beni attılar,' diye yorumluyor. Sen de bize diş bileyip kendini üzüyorsun, öfkeleniyorsun filan. Özetle zihnin ne görmeni isterse onu görüyor, sen de onu yaşıyorsun her zaman. Zihin dünyana, çakma Mina'ya uyanana kadar durum bu. Zihin veriyor sufleyi, oyuncu oynuyor ve yaşıyor ve hep aynı kişi oluyor."

Balyoz yemiş gibiyim.

"Neye göre ama? Dayandığı bir gerçek olmalı değil mi? Zihnim nasıl yapıyor bu yorumları? Nasıl yani?.."

O kadar sarsılmış durumdayım ki sormak istediğimi bile düzgün soramıyorum, neyse ki Ma anlıyor.

"Çok iyi bir soru Mina. Dayandığı gerçeklik, o güne kadar oluşturulmuş olan dünyası. Hazır mısın, bir bombaya daha uyanacağız böylece?"

Cevap veremiyorum, başım önümde duruyorum sadece. Neye hazır olduğumu biliyor muyum? Neyi biliyorum? Artık ben kimim, onu bile bilmiyorum. Ma kolunu uzatarak başımı okşuyor neşeyle, "Merak etme, oturacak her şey," diyor ve birkaç adım attıktan sonra devam ediyor:

"Zihin dediğimiz ne Mina? O dünya ne? Senin geçmişin, öyle değil mi? Zihin her an geçmişte yazmış olduğuna yeni bir karşılık buluyor yeni olanda. Yeniden ve yeniden. Kendinle ilgili inanmış olduğun ne varsa yaşamla ilgili, kısacası kendi dünyanla ilgili, her seferinde daha da destekleniyor. Daha da kuvvetleniyor: 'Bak yine terk edildin.'"

"Ama o düşünceler bana doğru geliyor!"

"Doğru, gelir tabii. Kendi düşüncelerin sanıyorsun. Hiç sorguladın mı? Hep satın aldın, hep inandın balık gibi, sen yoksun ki ortada! 'Ben terk edilecek biriyim.' Yok yahu? Kim demiş? Neden?"

"Hep terk edilmedim mi? O yorumlar her seferinde haklı çıkıyor."

Gözlerimden yaşlar sicim gibi boşanıyor artık. Kabulenmek öylesine zor geliyor ki, bu terk edilen Mina hikâyesini bırakmak istemiyorum.

"Tabii ki haklı çıkacak kızım uyan! Her an önümde olan biteni, geçmişimle eşleyip yorumlarsam, her an aynı geçmişi yaşamaz mıyım zaten? 'Şu an olan bu güzelim,' diyor zihnin ve o da eşittir geçmişte olan. Anneciğin ve babacığın bir kazada yaşamlarını kaybediyor, zihnin hemen, 'Bak yine terk edildin,' diyor. Sen de bunu yaşıyorsun. Eh, ondan sonra da, 'Neden hep aynı şeyleri yaşıyorum?' diyor insanlar. Ayol, temcit pilavı gibi aynı filmi seyrettirip duruyor zihin. Batı cephesinde çocukluktan beri yeni bir şey yok yani."

Ayağa kalkıp gözyaşlarım için bana bir kâğıt peçete getiriyor. Mendili alıp tutuyorum elimde. Olabilir mi? Koskoca insanlık bu denli büyük bir uykuda kıvranıyor olabilir mi? Ben ne yaşadım yıllardır? Büyük bir öfke yükseliyor içimden, ama kime öfkeleneceğim? Kime? Birden aklıma gelen bir düşünceyle daha da çok ağlamaya başlıyorum. Sonra gülme krizine dönüşüyor âdeta, peş peşe geliyor kahkahalar. Konuşabilsem söyleyeceğim Ma'ya. Diyeceğim ki, "Geçen akşam yatakta ben de artık gitsem buradan, kadın sıkılacak benden, bir bahane bulup bırakacak beni, ne yapsam da o git demeden çıkabilsem," diye dertlendim durdum. Ama gülüyorum, söyleyemiyorum. İdrak geliyor o an. Zihnimin her fırsatta nasıl da beni "terk edilecek kadın" diye tekrar tekrar önüme sürdüğü o an dankılıyor bana. Ve beni nasıl Ma'yı terk etmeye de zorladığını, çünkü artık Ma'nın benden sıkıldığına inandırdığını.

"Neden gülüyorsun diye sormayacağım," diyor o da gülümseyerek. "Tahminim çözdün mevzuyu, haklısın biraz asap bozucudur ilk uyandığında."

Kahkaha krizim bitiyor. Ama öylesine bir şok içindeyim ki kulaklarım uğulduyor. Bir öfke dalgası gelecek gibi oluyor yine bir an, hemen ardından hüzün ve hemen onun yerine geçen pişmanlık... Bir duygular denizindeyim. Karmakarışık bir hal. Kafamın bulutlu hali devam ediyor.

"Yaa, işte böyle Mina. Artık 'ben' diye başladığın cümlelere dikkat et. Ben, kim? O konuşan, kim? Hepsini çözeceksin. Hadi şimdi biraz dinlen. Bir saate akşam yemeğini yeriz. Konuşa konuşa akşamı etmişiz baksana. Bu akşam öylece bırak kendini."

"Kafam koca bir balonun içinde gibi son bir saattir. Düzelir mi bu?"

"Zihne uyanış vurur insana, sallar, anlayış göster kendine. Fazlasını çözmeye çalışma, bırak kendiliğinden çözülecek ve adım adım ilerleyeceğiz nasıl olsa."

Başımı sallıyorum. Odama doğru ilerlerken birden duruyorum. Öyle keskin ki Ma, "Ne oldu?" diyor. Dönüp bakıyorum ona:

"Nefesimiz de bu yüzden kısılıyor değil mi?"

Gözleri parlıyor. Gülümseyerek cevaplıyor:

"Tabii ki. Limitli ve kısıtlı Mina'nın nefesi de o kadar olacak. Kim olarak kayıtlandın ise, nefesin de o kadar. İşte o yüzden gerçeğini o limitli dünyadan kurtarırken nefesini de kurtarmalıydık."

Anlıyorum. O an belki de ilk defa Ma'yı da, yapmak istediklerini de, beni yürütmek istediği yolu da anlıyorum. Dikkatle bakıyorum ona, bu acayip kadına. Bana kendimi, yaşamımı, her şeyi geri verecek olduğunu artık iyice anlamaya başladığım kadına. Ona doğru ilerleyip, sarılıyorum. O da bana sarılıyor. Öylece kalıyoruz bir süre. Sessiz bir koca teşekkür bu içimden yükselen. Anlıyor o. Kelimeler gerekmiyor. O akşam aramızda artık kelimeler yer almıyor. İkimiz de geceyi sessizce kendi dünyalarımızda geçiriyoruz. O gece uyumadan önce gerçeğime uyanıyorum.

Ve karar okunuyor. Boşandık. Bitti. O an tuhaf bir şeyi fark ediyorum; ortada biz diye bir şey yok, hiç olmamış. Bu evliliği zorlaya zorlaya olduran da, o evli kaldığım birkaç ayı o evde zamanın yüzde doksan beşinde yapayalnız geçiren de ve boşanma davasında bile ortada sadece ben. Celal gelmedi, avukatım vasıtasıyla ilk dava açtığımda ben öyle istemiştim. Avukat bu isteğimi bir şekilde halletti. Bir arkadaşı gelmiş vekil olarak. Hâkimin sorduğu sorulara arkadaşı bir şeyler mırıldandı, dinlemedim. Celal'den maddi ya da manevi bir şey talep etmediğim için, tek celselik bir mini tiyatro oynanıyor. Ben de etrafı izledim sadece. Bu yeni yaşayış biçimim zaten. Her saniye öfke ve yargı saçan bir tepki makinesi olmaktan vazgeçebilmek adına, sadece izliyorum ve zihnimden gelen yorumları fark ediyorum, o anda oluyorum. İşte şu anda da bu ana uzaktan baktığımda fark ediyorum: Kendi başıma yazdığım koca bir masal nihayet bitti.

"Hadi çıkalım mı tatlım?"

Ma'nın sesiyle irkiliyorum. Bana sarılıyor ve çıkıyoruz. Kadıköy'de bir yerlere, Ma'nın arabasını bıraktığımız otoparka doğru yürümeye başlıyoruz. Yalnız göndermek istemedi beni. Haklıydı da, avukat arayıp duruşma tarihini söylediğinde zangır zangır titremeye başlamıştım.

"Şöyle güzel bir yemek yiyelim ne dersin? Ben bayağı acıktım."

"Ma, çok teşekkürler benimle geldiğin için..."

"Tabii ki geleceğim, daha yolun başındasın Mina, kaymanı göze alamam. Ama yakın bir gelecekte seni cehennemin ortasına bile gözüm kapalı gönderebileceğim bir halde olacaksın, onu da biliyorum. Olacak."

Gülüyor.

"Nasıl bir kadınsın sen? Nasıl ödeyeceğim hakkını?.."

"Bak bu Türk filmi ağızlarını bırak Mina, ben dramalara gelemem biliyorsun," diyor gülerek. "Her şeyden önce dostumsun, canımsın artık benim, tabii ki geleceğim. Ve ödenecek bir borç yok. Benden gerçeği talep ettin, ben de kendi çözdüğüm ve açtığım yol ile ona ulaşmayı gösteriyorum sana. Farklı milyarlarca yol olsa da, ben sadece bunu gösterebilirim sana. Sadece kendi yürüdüğüm yolda yol arkadaşı alabilirim değil mi? Tek borcun kendine; ona tutunup, gerçekte kalmaya devam etmek için. Uyanık kalmak için."

"Ama neden yapıyorsun bunu? Para almıyorsun, üstelik bu kadar emek?"

"Bu benim yolum Mina. Ben uyandığımda, yaşamım boyunca bana izin ve fırsat veren her insana gerçeği anlatmayı seçtim. Bana bundan daha çok keyif veren bir şey yok. Bu yolda çalıştım, uğraştım, anlattım, ama sözle ama yazıyla yıllarca anlattım ve anlatıyorum, son nefesime kadar da anlatmak istiyorum."

"Sen nasıl uyandın peki?"

Derin bir sessizlik oluyor.

"Benim hikâyem şimdilik kalsın Mina. Zamanı gelince, gelirse konuşuruz. Şimdi odağımız sensin, bak bugün bu saçma drama sonlandı, keyifle bir yemek yiyelim."

Oraya girmek istemediğini görüyorum. Ancak bu girmek istemeyiş, kendisi için değil de benim için sanki. Beni o an, o hikâyeden korumak adına sanki. Yanağına bir öpücük konduruyorum. "Peki, ama yine de senin için keyiften fazla bir getirisi olmalı bu kadar emeğin, sabrın, paylaşımın. Anlat anlat aynı şeyleri kim bilir kaç kişiye, kaç defa...""Her defasında kendime de anlatmış oluyorum Mina. Belli ki tekrar ve tekrar ve tekrar duymam lazım benim de. Sizleri uyandırdıkça kendim de uyanık kalıyorum desem, seni tatmin edebilir miyim acaba?"

"Peki peki üstelemeyeceğim. Ne yemek istiyorsun?" diye soruyorum gülerek. "Sen de hiçbir şey yemiyorsun ki Ma? Un yok, şeker yok, kola yok, o yok, bu yok," diye gülerek takılıyorum ona.

"Ama bazı günler et var. Hadi gel güzel bir et yiyelim ne dersin?"

Arabaya binince biraz daha rahatlıyorum. Oluk oluk insan. Uzun zaman olmuş, sanki yıllar geçmiş şehre inmeyeli. Çok kalabalık geldi, çok yorucu. Sanki o baskı, o gürültü arabanın içinde biraz daha azalıyor.

"Olur et yiyelim," diyerek kendimi koltuğun rahatlığına bırakıyorum.

Nihayet geçiyoruz karşıya, sevemedim gitti bu Asya yakasını şehrin. Celal geliyor aklıma. Ne yapıyordur? O da rahatlamıştır şimdi haber gidince. "Oh be, kurtuldum," demiştir belki. Dese de haklıdır açıkçası, tamam adam bir tuhaftı ama, o ayları geçirdiği kadına bakıyorum da şimdi. O da az tuhaf değil hani. Sadece ağlayıp sızlanan ve yalvaran bir tip. "Ne olur sev beni Celal!" diye mız mız mız, oooff... Şu bir ay sonunda durduğum noktadan baktığımda bile, o kadının pek çok şeyi öyle anlamsız geliyor ki.

"Kendime de adama da neler yaşattım yahu," diyorum. "Düşünsene Ma, adam peşin peşin söylemişti, 'Kızım benden eş olmaz, canını yakarım,' demişti de ben yine tutturmuştum. Anlaşılır gibi değil. Kendini nasıl bu kadar çöp yaparsın..."

"Çöp yapmıyorsun ki. Zaten çöp olduğuna inandığından çöpü oynamaya devam ediyorsun."

"Vaay yine Ma vuruşunu yaptın konuya," diyorum gülerek.

"Tabii ki. Biliyorsun zihin oluşturduğu sahte kimlikle ilgili her inancı canlı tutmalı. Zihnine göre o kadının çöp kadar değeri yok ise, bu kadar değersiz ise, öyle davranması lazım değil mi?"

"Yani çöp kadar değerimin olmadığına inanıyorum, 'Ben değersizim,' diyorum ve bu yüzden değersiz bir kadın nasıl davranırsa öyle davranıyorum."

"Tabii zihnin bu yönde düşünceler sunuyor sana. Şimdi bu da bizi oluş konusuna getiriyor ki, şu an buna girmeyeceğim, çünkü uygun zaman değil. Şimdi rahatlayalım, güzel bir yemek yiyip evimize dönelim, sonra bu konu için hangi zaman uygun olur bakalım. Bilemeyiz, bakarız, akıştayıızz," diyor gülerek göz kırparken.

Akıştayız! Bu Ma'nın sık sık söylediği bir laf. Bana takılmak istediğinde böyle altını çizerek söyler. Akıştayız lafı, "yaşam nereye götürürse" anlamında. "Yaşamla bir ilerliyoruz, onun akışındayız, onun dediğine uyarız" anlamında. Ben daha idrakte oralara gelemediğimden kaç kez isyan ettim bu lafa, sinir oluyorum, o yüzden bu kelimeyi kullanarak benimle eğlenmeyi seviyor.

Reşitpaşa'da Bysteak adlı bir küçük restorana giriyoruz. Reşitpaşa'da böyle bir yer olacağını düşünmezdim. Bir adam fırlayıp, bir leydinin elinin öpüleceği şekilde Ma'nın elini öpüyor. Komik bir adam. Toplasan beş altı masa var. Ma'yı ilk kez et yerken görüyorum ve bunu da söylüyorum.

"Ben et yerim Mina. Ama nadir yerim, zira bedenim nadir istiyor. Genelde de burada yerim, zira güvendiğim yerde yemek isterim. Yemediğim hiçbir şey bedenime rağmen değil. Göreceksin bu yolda ilerledikçe öyle hafifleşiyor ki her şey, beden de hafiflemek istiyor. Artan titreşimi taşıyabilmek için olsa gerek. Yaydığın titreşim güçlendikçe beden de değişiyor, istedikleri farklılaşıyor. O hiç yemediklerim zaman içinde öyle oldu. Onları yemediği zaman, bedenim daha rahat oldu, teker teker bıraktı. Un bitti, şeker bitti. Yoksa öyle zorla olmaz bu işler. Zorla, 'Onu yemem, bunu yemem,' dersen, hazır olmadan kesersen sistemi strese sokarsın, bu defa korumaya almak ister kendini ve bir vakit sonra üç misli yersin. Bir de böyle ara ara istedikleri var. Bazı şeyleri az da olsa bazen istiyor, ama o kadar. Et de bunlardan biri. Biliyorsun kahve de öyle benim için. Çoğu zaman istemez, bazen ister. Burası onun alanı malum," diyor etrafı göstererek, "dünya onun alanı. Eee ben de burasıyla ilgili konularda bedenime uyarım her zaman. Tercih değişimleri kendiliğinden olur, sana da olacak. Bak sigara gitti bile."

"Haklısın."

Telefonu çalıyor. Arayan adam, yani Alp Bey. Konuşmalardan yakında geleceğini anlıyorum. Seviniyorum Ma adına.

"Gözün aydın diyeyim mi?"

Gülümsüyor. O kadar. Kendi hakkında konuşmayı pek sevmiyor. Bunu fark ettim. Kendini anlatmayı sevmiyor. Varsa yoksa benimle uğraşıyor kadın. Nitekim soru geliyor:

"Nasıl gidiyor zihnini izlemek?"

"Zihnim mi? Tam da diyordu ki, bu kadın kendinden konuşmayı hiç sevmiyor."

Bir kahkaha atıyor Ma ve soruyor:

"Peki bu sende bir olumsuz duygu yarattı mı?"

"Yok seni böyle kabul ettim," diyorum şımarıkça, şakalaşarak.

Giderek rahatlıyorum. Bu sabah çok uzakta kalmış bir hikâyenin içine geri düşmüş gibi hissetmiştim, şimdi uzaklaşıyor yine benden. Her hücrem giderek rahatlıyor.

"Ah canım benim sağ olasın," diye o da alaycı bir tavırla karşılık veriyor. Kıkırdıyoruz. "İyi o zaman, mesele yok, değil mi? Mesele ne zaman var?"

"Olumsuz duygu oluştuğunda," diyorum. "Olumsuz bir duygu varsa, o zaman mesele var."

Bu bir motto oldu artık benim için. Hani "Mesele nedir?" deriz ya. Ama orada, gerçekte bir mesele olduğuna inanırız. İşte Ma ile bu "Mesele nedir?" sorusunun anlamı başka. Anlamı, "Şu anda inandığın hikâye ne?" İşte bu meseleleri fark edebilmek için kaynak duygularımız. İnsanın her an düşüncelerini takip edebilmesi zor, öyle hızla çalışıyor ki motor. Ama duygularına önem vermeye, onları takibe meraklıyız ve yatkınlık geliştirmişiz. Önemsiyoruz. Oldum olası ben de, "Şimdi şöyle hissediyorum şimdi böyle," duygularıma odaklandım durdum. Ancak şimdi fark, bana duygularımın başka bir bilgi sunması. Benim bugünlerde tek konum ve ödevim bu: "Duygularımı fark etmek." Duygular olumsuzluğa doğru kaydı mı Can diyor ki, "Hooop bakalım, zihnin yine gerçekle uyuşmayan bir düşünce yutturdu sana." Ma'nın anlatımı tekrar akıyor zihnimin kaydedilmiş bilgi odalarından: "Olumsuz duygular Can'ının uyarısıdır sana. 'Gerçekten saptın, burada değilsin, benimle değilsin' der âdeta bilince. Evde olduğunda, merkezindesin, Can evindesin, oradayken her şey hep yolunda."

Böyle anlatmıştı ve ben bu anlatıma bayıldım. "Can evimde olmak..." Bütün mesele bu, anladım. Kolay değil ama. Senelerin koşullanması, inançları var. Yine de ne kadar zor olursa olsun tek önceliğim bu. Ben bu yaşamı dönüştüreceğim.

"Ne tuhaf değil mi Ma? Giderek daha çok fark etmeye başladım. Her şey böyle normalken, insanın içi bir anda burkuluveriyor, bir düşünceyle savruluveriyorsun, kayıp gidiyorsun Can evinden. Sonra gelsin o kaymayı destekleyen ilk düşünceler, asabın iyice bozuluyor. İşin en vurucu tarafı, bugüne dek bunların hepsinin gerçek olduğunu zannetmem, bu hikâyelerle oradan oraya savrulmam. Şimdi yakaladığım anda, sorgulamaya başlıyorum. Hangi düşünceyi sattı bana ve bu düşünce doğru mu? Sonra bana öğrettiğin şekilde üzerinde çalışıyorum."

"Böyle yürünüyor bu yol işte Mina. Gerçeklikten koparan her bir düşünce ve inanç, sorgulanmalı ve temizlenmeli. Temizlenmeli ki, zihin de o veriden özgürleşsin. Tekrar tekrar getirmesin sana."

"Evet. Hatta bazen bayağı eğlenceli bile oluyor. Bazen de bu farkındalıklar ağır geliyor. O gördüğün, karanlık tarafın. Ben o ezik kurbanı oynuyordum ya, esas ben insanlara ne çok eziyet yapıyormuşum. Herkesi kendi yazdığın hikâyelere uygun davrandırmak için o ne duygu sömürüsü, ne baskı. Ne kadar acımasızca."

Ma bir an duruyor. Bakıyor bana.

"Aynen öyle canım. İnsanlar fedakârlık, sevgi, aşk safsataları içinde nasıl da acımasızca birbirlerini kullanmaya çalışıyor: Ben istiyorum olacak, benim istediğim gibi olacak, bunun için sana her türlü baskıyı yaparım. Kendimi öyle acındırırım ki... Duygularınla öyle oynarım ki ezilirsin, bana istediğimi verirsin. Vermezsen daha, daha, daha. Kendimi kurban gösteririm tüm yaşama üstelik. Daha da suçlu yaparım seni. Off ne oyun ama!"

"Çünkü iyi hissetmem için benim zihnime göre olması gereken neyse, onu vermeli karşımdaki."

"Peki mümkün mü? Ya karşındakinin zihnindekiler? Nasıl uyduracağız? Kiminki olacak? Sen mi, ben mi? İşte ilişkiler böyle tükeniyor."

"Senin dünyan mı, benim dünyam mı yani."

"Aynen ve işin acı tarafı; o iki dünya da hayal. Gerçek dışı, geçmişten manzaralar balonu. Sevgi sadece gerçekte olabilir. Gerçeğindeysen yaşanabilir. Gerisi bir pazarlıklar zinciri. Neyse, hadi kalkalım, gözlerin kapanacak neredeyse. Gevşedin tabii."

"Bir de şarap içtim ya..."

Dönüş yolunda Ma'nın bugünün şerefine bana izin verdiği bir bardak kırmızı şarap sayesinde, uyuyakalıyorum. Gözlerimi açtığımda arabanın penceresine burnunu dayamış kuyruk sallayan Dost ile göz göze geliyorum. Arabadan inip sarılıyorum ona. "Özgürüz bir tanem!" diyorum. "Karabasan bitti, yeni yaşamımız başlıyor." Üzerimden koca bir yük kalkmış gibi hissediyorum, yeni yaşamım gerçekten de başlamış gibi hissediyorum. En önemlisi ilk defa dışarıdan bir şey beklemiyorum. Artık anlıyorum ki, ben Can evimde olabildikçe yeni yaşamım şekillenecek. Eski cumhurbaşkanlarımızdan Süleyman Demirel'in lafı geliyor yine aklıma. Ma söylemişti de ne gülmüştüm geçen gün. Dost ile eve yürürken neşeyle mırıldanıyorum: "Meseleleri mesele etmezsen, mesele kalmaz."

"Ne yapmayı düşünüyorsun?"

"Her düşüncemi okumak zorunda mısın?"

Gülümsüyor ve kıpkırmızı parlayan bir süsü daha salondaki kocaman çam ağacına takıyor. Âlem bu kadın. Geçenlerde ağzımdan kaçıverdi, "Noel ağaçlarını çok severim, ama senelerdir yapmıyorum," deyiverdim. Hemen o an karar verdi ve Hasan Efendi'ye talimat verildi. "Tez Noel ağacı kurulsun!" Hiç üşenmiyor, hiçbir kez "Offff!" dediğini duymadım yahu! Bu nasıl bir canlılıktır, enerjidir, yaşama sevincidir. Süleyman Efendi de Ma isteyince abartmış tabii, devasa bir çam ağacı var şimdi salonumuzda. Bu sabah Zekeriyaköy'den bir dolu süs aldık, ağacı süslüyoruz. Yalan değil, çok mutlu oldum.

"Sevdiğin şeyleri yapacaksın Mina. Ertelemeyeceksin, boş vermeyeceksin, her an keyif, neşe ve sevgi hissetmek Can'a sorumluluğundur."

Benim onu engelleme girişimlerimi böyle açıklamıştı. İşte şimdi ağacı süslerken de gerçekten bu ay sonunda değil kırk gün, neredeyse iki aya yakın zamandır burada olmuş olacağımı hatırladım yine. İlk kırk gün sonunda hazır değildim, ama yavaş yavaş kendi yaşamımı kurma vaktimin geldiğini hissedebiliyorum. Nasıl döneceğim şehre? Ulus'taki ev karabasan gibi geliyor, diye düşünüyordum ki yakalandım yine.

"Mesele ne güzelim?" diyor göz kırparak.

"Yeni yaşamımı düşünüyordum. Ulus'a dönmek istemiyorum ben."

"Ne geliyor içinden?"

"Buralarda kalmak istiyorum. Şehir ağır geliyor. Hem her gün dışarılarda rahat koşmaya Dost da alıştı, bu yaşamı sevdim ben ve sanırım bunu istiyorum."

"Eee sen de o zaman burada yaşa, burada kur yeni yaşamını."

"Ama nasıl? Ev Ulus'ta. Şu an bir işim yok. Hazırdaki param çok idare etmez. Bunları bir şekilde çözümlemem lazım."

"Bak sana ne diyeceğim. Alp bana bir sürpriz hazırlamış, yılbaşı için yurtdışına gideceğiz. Seni burada bırakacağım mecburen, senin için sorun olur mu? Şehirde olmak istersen Süleyman bakar bizimkilere ama..."

Bir an durup düşünüyorum, seçimim çok net. Can'ım burada olmak istiyor.

"Yok Ma, ağacım da burada, ben yeni yıla burada girmek istiyorum."

"Bence de onca sene kendinden kaçtıktan sonra, kendinle baş başa yepyeni bir yıla başlamak çok hoş bir deneyim olabilir. Biliyorsun severim ben böyle anlam yüklemeleri. Bu yılbaşı, senin yeni yaşamının başlangıcı olsun. Hem de böylelikle kendini dinle biraz. Bırak kendini. Bol bol hissetmeye çalış. Ne yapmak istiyorsun? Neler çekiyor seni? Nasıl bir yaşam? 15 Ocak gibi döneceğim zaten."

"Ooo, desene uzun bir program, harika."

Göz kırpıyor. Adam evli mi acaba, diye düşünmedim değil, ama yılbaşında birlikte olduklarına göre...

"Hayır evli değil," diyor.

"Eee, pes artık. Düşünce mi okuyorsun yaa?"

Ma kahkahayı basıyor.

"Mina, o kadar uzun zamandır içindeki bu soru, almamam imkânsız. Gel bir yeşil çay içelim de seni rahatlatayım. Öncelikle düşündüğün şey, yani evli bir adamla ilişki, oluşunun tam sorumluluğunu almış bir insan için imkânsız. Sorumlulukla yaşayan kişi, suçluluk hissedebileceği hiçbir eyleme izin vermez, veremez. Ama bu konuya girmedik henüz, ilerlediğimizde anlayacaksın."

Ve sonra adamla hikâyesini anlatıyor. Senelerce aklının fikrinin sadece yazıları, çalışmaları, ilgilendiği kişiler, nefes, zihinle ilgili çözümlemelerinde olduğu bir yaşamda mutluyken on bir sene önce Alp Bey ile tanışıyor. Ve ilişki konusu yaşamında yepyeni bir alan olarak yeniden açılıyor.

"O nasıl değiştirdi bu akışı?"

"Kendine yaşamımda yer açmayı başararak. O da kendi yaşamında en az benim kadar yoğun. Karısını kanserden seneler önce kaybetmiş ve yıllarca işine gücüne vermiş kendini. Şimdi tüm dünyası; Amerika'da yaşayan biri akademisyen, biri işadamı olan ikiz erkek çocukları. Benim çözdüğüm pek çok şeyi kendi başına çözmüş. Görür görmez tanıdık birbirimizi. Anladık. Bu yüzden şimdiye kadar benim dilediğim ilişki biçimi ona da uygun oldu. Her şeyimiz hep eş oldu, denk oldu. Amerika-Türkiye arası gidip geliyor işte. Ben kendi yaşamımı seviyorum Mina. O da oradaki yaşamını. Birbirimizin yaşamında çok önemliyiz. Aşk hep var. Bir araya gelebildiğimizde, yaşamlarımız elverdiğinde fiziken de birlikteyiz. Şimdilik böyleyiz."

"Peki, hep böyle ayrı mı kalacaksın Ma?"

"Ben ayrılık gibi yaşamıyorum bir tanem, bu da bir yorum. Ama yaşam biçimimiz hep böyle mi olacak, bilmem. Sonra ne olur, bilemem. Kimse bilemez. Biliyorsun plan yapmıyorum ki ben. Planı yapacak olan kim? Zihin. Zihnim nereden bilsin? Ancak yorum yapar kerata. Şu an böyle uyuyor bize. Hatta mükemmel işliyor, bak on seneyi devirdik. Şu an ne ben ne de o, kendi yaşamlarımızı değiştirecek farklı bir adım atmak istemedik, belki de hiç istemeyeceğiz, kim bilir. Tabii sen ilişkilere çok anlam yüklemişsin, yüklüyorsun. Kendinle bir ilişkin olmamış ki hiç, bu yüzden. Dışarıdan alacaklarınla doyurmaya çalışmışsın o açlığı. Ama olamaz Mina, kendinle bir olacaksın önce. Yaşamında gerçek bir ilişkiden o zaman bahsedilebilir ancak. Gerisi alışveriştir. Biliyorsun. Bu yüzden sana bir süre ilişkilerle vedalaş diye şart koştum. Kendinle ilişkini oturtmadan, kendinle aşk yaşamaya başlamadan olmaz, olmayacak."

"Evet, sanıyorum anlıyorum. Zaten hiç olmadı ki, her biri bir öncekinden daha beter ilişkiler yaşadım. Hatta bir ilişki bile yaşamadım ya neyse."

"Ama artık neden olduğunu anlamaya başlıyorsun."

"Evet, çünkü kendimde olmayanı dışarıda göremem. Kendimle ilişkim olmadan, dışarıda ilişki yaşayamam. Kendimi sevmeden, kimseyi sevemem."

"Aferin çocuğum," diyor alaycı bir şekilde. "Bak ne diyeceğim? Bu yılbaşı döneminde iyice bak içine, dinle. Yeni yaşamını nasıl şekillendireceğini döndüğümde konuşuruz. Hadi şimdi süslemeye devam, biliyorsun partiye az kaldı."

Parti evet! Bir hafta sonra cuma akşamı Ma yılbaşı yemeği düzenliyor. Şu meşhur "Ma'nın çocukları" gelecek. Ben de artık onlardan biri sayılırım, diye gururlanmıyor değilim. Menüyü tasarladık, beraber hazırlayacağız her şeyi. Heyecanlanıyorum açıkçası, benim için yılbaşı sanki o gece. Heyecanla başımı sallıyorum.

"Ve hâlâ ne giyeceğime karar veremedim Ma."

"Kaç kere söyleyeceğim, karar vermek diye bir şey yok Mina. Seçim yapacaksın, ki o da anda olur. Doğru an geldiğinde canın bilir ne giymek istediğini, şu an bilmiyorsa bırak. Bırakmazsan ne oluyor? Endişe. Neden? Çünkü zihin bilemeyeceği bir şeyi bilmeye çalışıyor."

Eliyle baştan aşağı beni göstererek devam ediyor:

"Sen araya zihni karıştırmazsan, bu mükemmel tasarım her zaman neyin en doğru seçim olduğunu sana gösterir. Seçimin yapılması gereken vakit geldiğinde, doğru zamanda seçimini yapar. Ondan önce karar vermeye çalışan ise zihindir ve zihin..."

"Bilmez. Bilemez, o sadece geçmişi tekrarlar," diyerek cümlesini tamamlıyorum.

"Bravoo!" diye alkışlıyor Ma abartılı şekilde.

"İyi tamam, o akşam dolabı açacağım ve bileceğim herhalde."

Ma kahkahayı basıyor.

"Kırmızı kurdele takacağım sana," diyor. "Şaka bir tarafa, demek ki canın hâlâ ne giymek istediğini bilmiyor, bilir elbet bekle. Yine, yeni yaşamınla ilgili de akış yolları sunacak sana teker teker. Can söyleyecek hangilerini seçeceğini. Bekle. Sen şimdi Can evinde kalıp bana yardım et de bitirelim şu işi. Bugün yürümedik, bak yağmur durdu, çıkıp yürüyelim biraz."

Şakalaşmalarla ağacı süslemeye devam ediyoruz. Birden bir şey fark ediyorum. Mutluyum. O an her şey çok güzel. Tam. Ben mutluyum. Bunu hissetmeyeli ne kadar olmuş bilmiyorum, şaşırıyorum.

"Ma, ben gerçekten mutluyum şu an."

Biraz şaşkınlıkla dökülüyor dudaklarımdan kelimeler.

"Can evindeyken, şimdi ve burada hep öyleyiz Minacım. Merkezinde kaldıkça, onunla bir, hep de öyle olacaksın. Zamanla giderek hep daha fazla öyle olacaksın."

"Yaşasın o zaman!"

Partiden tam bir gece önce, tam da uyumadan evvel ne giymek istediğimi buldum. Yıllar yıllar evvel aldığım ve hiç giymediğim kırmızı bir elbisem vardı. Bisiklet yakalı, dar, uzun kollu, bele kadar oturan ve belden aşağısı uzun ve geniş volanlarla dökülen nar çiçeği bir elbise. Çok sadedir ama rengi de öyle güzeldir ki, başka bir ek istemez. Kendimi onun içinde gördüm partide ve evet gerçekten onu giymek istediğimi fark ettim. İşin tuhafı elbise Ulus'taydı. Senelerdir bir dolapta, nereden çıktı da Can bunu istedi, enteresan geldi. Zihnime kalsa burada, Demirciköy'de olan kıyafetlerimin ne kadar yetersiz olduğunu, yeni bir şeyler almam gerektiğini ama bu parasızlıkla da, "Hahaha düzgün ne alabilirsin ki, güldürme beni, giy bir kot bir kazak en azından iddiam yok diye takılırsın," benzeri düşünce zincirlerinde gidip gelirdi. Yani nar çiçeğinin o kaynaktan gelmesine imkân yoktu. Nitekim hemen itiraz: "Kızım elbise Ulus'ta, bin yıllık elbise için o kadar iş arasında yarın Ulus'a mı gideceksin?"

Tıpkı Ma'nın öğrettiği gibi, "Dur bakalım," diyorum ve yatıyorum. "Ben şimdi canımın ne giymek istediğini biliyorum ve ona nasıl ulaşacağımı da yarın bilirim, bir kolayı bulunur elbet," diye merkezimde bir düşünce seçimiyle konuyu bitiriyorum. Kendimi nar çiçeği elbisem içinde, o güzel gülen insanların arasında, onlardan biri olarak görüyorum. O hayali kuruyorum ve gülümseyerek uykuya dalıyorum.

Sabaha karşı yine kan ter içinde uyanıyorum. Yine aynı rüya. Yine aynı adamlarla dolu ev, yine aynı doğum günü ziyafeti için hazırlanmalar ve yine çekmecelere dalıp çıkıp aranan ben. Üçüncü defadır aynı rüyayı görüyorum. Kalkıp yüzümü yıkıyorum. O sırada Demirciköy Camisinde ezan okunuyor. Üçüncü kez olunca, Ma'ya danışsam mı, diye düşünsem de içime dolan bir sıkıntıyla vazgeçiyorum. Hem rüya bu canım. Kadın da rüya yorumcusu değil ya. Belki tersler bile. "İşimiz rüyalara mı kaldı Mina?" diye bir kaşını kaldırıp kızarsa hiç şaşmam. Kafamı dağıtmak için Ma'nın verdiği kitaplardan birini biraz okuduktan sonra çayı koymak için içeri geçiyorum. Kahvaltı sofrasını kurarken Ma bir gece önceki sorunumu, kırmızı elbiseme ulaşma konusunu hallediveriyor:

"Tatlım, benim bir Ulus'a geçmem lazım, Alp evden bazı şeyler istedi gidip almalıyım. Ertesi gün gidiyoruz ya, vakit olmaz malum. Birazdan geçeceğim, senin programın ne? Gelmek ister misin?"

Ağzım kulaklarımda gülüyorum ve sadece dudaklarımdan, "Acayip ya, gerçekten çok acayip," kelimeleri dökülüyor. O an başka bir şey söyleyemiyorum. Sanki büyülü bir oyunun içindeyim. Sonra Ma'nın cevap beklediğini hatırlayarak ona bakıyorum ve yaşadığım anın önemini açıklıyorum. "Çok normal," diyor, "işte deneyimlemeye başladın bile. Ne kadar çok merkezinde kalırsan, o kadar çok yaşamla birsin ve her şey o kadar önüne dökülür. Bu âlemde her şey senin için, yeter ki biz kendi yolumuzda gidelim. O halde kahvaltıdan sonra koyulalım yola, seni de kırmızı elbisenle buluşturalım."

Yol boyunca neşeli şarkılar dinleyerek uçuyoruz sanki İstanbul'a doğru. Çok hızlı gittiğimizden değil, hatta Ma oldukça normal bir hızda gidiyor diyebilirim. Ama bu arabanın içinde, şimdi, öyle özgür hissediyorum ki, bir kuş gibi kanatlanacağım sanki.

"Gitmişken saçlarımı da bir kestirsem mi Ma? Bir de şu acayip rengi bıraksam, kendi doğal rengime dönmek istiyorum. Kestane yapsam ne dersin? Aynada bu kırmızı kafayı gördükçe... Ne bileyim, bu ben değilim gibi bir his."

"Çok doğal Mina. Gerçeğine döndükçe için, doğal olmayan ne varsa bırakmak ister. Destekliyorum bu seçimini."

"Seni bekletir miyim?"

"Yok tatlım, saat ikide buluşalım. Nasıl olsa her şeyimiz hazır. Eve dönüp hazırlanır, duşumuzu yapar giyiniriz ne var. Can istiyorsa *go ahead*!"

"Yaşasın!"

Evden çabucak elbiseyi, uygun çorap ve altın renkli babetlerimi alıp çıkıyorum. Yok, kesinlikle biliyorum, artık ben bu evde oturmak istemiyorum. Hatta içeride beş dakika bile fazla kalmak istemiyorum. Ben gitmişim bu evden. Ya da burası ben zannettiğim kadının eviymiş. Elinde elbise, hoplaya zıplaya neşeyle kuaföre koşan kadın ile bir bağlantısı yok bu mekânın.

"Ama şimdi konumuz bu değil, şimdi konumuz kuaföre uçmak!" diye kendi kendime kıkırdayarak iniyorum merdivenleri.

Yaşamın ilk defa benimle dost olmaya başladığını, aramızda ilk defa bir iletişim olduğunu hissetmeye başlıyorum sanki. Bu bana bir başka neşe veriyor. Ma'nın "yaşama sevinci" dediği bu olsa gerek. Kuaförden içeri girdiğimde bana tuhaf tuhaf bakan bir ekiple karşılaşıyorum. Her biri neden sonra tanıyor beni, konuşmaya başladığımda ve her biri aynı hayretle, "Ama siz ne kadar değişmişsiniz!" diye kendini affettirmeye çalışıyor. "Ne yaptınız böyle? Ne yaptıysanız yapmaya devam edin. Vallahi harika!" nidaları eşliğinde, kendimi bir prenses gibi hissederek hayretle beni izleyen Mehmet Bey'in saçlarımı kesmesini izliyorum. Değişimimden aldığı motivasyon ile olsa gerek Mehmet Bey hiç olmadığı kadar hoş bir kısa saç kesiyor bana. Kestaneye dönen saçlarım ışıl ışıl parlıyor. İşte bu Mina, diyorum içimden. Üstelik belki ben öyle görüyorum bilmiyorum ama, hakikaten kendime baktığımda aynada gencecik, gözleri parlamaya başlamış başka bir kadın görüyorum. İşin tuhafı, evet başka ama, bu kadının gülen gözlerine baktığımda en tanıdık olanın da o olduğunu fark ediyorum. Özlemişim onu, hissediyorum ve daha da ortaya çıkması için ne gerekirse yapmaya bir kere daha söz veriyorum.

Alp Bey'in apartmanının önünde buluşuyoruz. Ma bayılıyor saçlarıma.

"Sen kesinlikle bir kısa saç kadınısın Mina," diyor, "bu kadar mı yakışabilir? Ve bu renk, evet o 'Beni görün!' sahteliği gitti senden çok şükür. Güle güle kullan canım."

Ağzım kulaklarımda yola koyuluyoruz. Gülümseyerek camdan izliyorum yaşamı, Demirciköy'e gidiyor olmak iyi geliyor. Ama birden gelen bir düşünce bir anda bulandırıyor beni. *Her şey bu kadar iyi gitmez, saldın iyice. Böyle lay lay lom, iş yok, güç yok, bu kadınla yaşamakla olmuyor, kalacaksın ortada...* Sanki bir anda yaşamı seyrettiğim pencereye kara bir boya atılıyor. Onunla uğraşmıyorum, cevap vermiyorum, kavga etmiyorum, silmeye çalışmıyorum. Yani bu düşünceye inanıp ona kapılmak ya da ona herhangi bir tepki vermek yerine izliyorum, o kara boyanın sahipsiz kalınca pencereden aşağı yavaş yavaş süzülüp gitmesini izliyorum. Aydınlandıkça pencerem de içim de ferahlıyor yeniden. Bu deneyimimi Ma ile paylaşıyorum.

"Bak şimdi zihnim dedi ki, 'İyice saldın, bir şey yapmıyorsun. Devamlı keyif, gülmeler başına bir iş gelecek.' Birden üzerime bir kâbus salındı sanki."

Ma gülümseyerek cevaplıyor ve takip eden dakikalarda, birlikte yaptığımız bu yolculuğun, yaşam boyu unutmayacağım bir başka kapısından geçirmeye hazırlanıyor beni.

"Peki ne oldu?"

"Hiç... İzledim, topa girmedim ve merkezimde durup izledikçe silindi gitti."

"Harikasın Mina. İşte bunu yapabildiğin an gerçeğindesin, bilinçsin, Can evindesin, gerçekten yaşıyorsun demektir. Bak şimdi tam bu noktada iyice bir fark edelim: Bir düşünce akışı var değil mi? Sürekli an ile ilgili yorum yapan, seni geçmişe ya da geleceğe götürmeye çalışan bir düşünceler zinciri. Bu seviyeye 'yaşam filmi' diyelim. Sen eskiden bu düşüncelere inandığından ve kendini orada zannettiğinden, bu seviyede sürekli anlatılan bu filmin kahramanını 'kendin', filmi de 'yaşamın' zannediyordun. Zihin ile yani zihnin ürettikleri ile özdeşleşme bu işte. Şimdi ise uyandın. Ve o film seviyesinin üstüne çıktın ki, kendi gerçeğinin orada olduğunu fark ettin ve gerçeğini yaşama yolculuğunu başlattın. İşte o üst seviyede, o düşünceleri izleyebilen başka bir ben var. 'Bak şimdi geldi, ben izledim, sonra gitti,' diyen bir ben, doğru mu?"

Heyecanla başımı sallıyorum.

"İşte orada kalıp, anda o yorumlar içeren düşünce akışının üzerine çıkıp, o düşünceleri seyreden olduğunda, o ana tam da olduğu gibi izin verebildiğinde, anla ilgili hiçbir yoruma yapışmadığında, sonuç çıkarmadığında ve 'sadece olmasına izin verdiğinde'; sen de o anda gerçekten var OL'ursun. Düşünce hep filme tekrar çekmek için seni. Ama sen neredesin? Mühim olan bu, biliyorsun artık. İşte biraz evvel yapabildiğin, bunun mükemmel bir örneği. Ve ne oldu? Düşünce seni ele geçiremedi, filme çekemedi. Sen seyrettin sadece. Seyreden oldun. Seni etkisi altına alamadan geçti gitti."

"Haklısın Ma, çok iyi dank etti artık. Seyreden olarak kalabildiğimde, o zihin yorumlarının gerçekten hiçbir etkisi olmuyor. Bir duyguya sokmuyor beni."

"Evet, insanoğlu düşüncelerin verdiği korku, endişe, suçluluk ve acıdan kaçmak için hep tam ters yöne gitmeyi seçiyor oysa."

"Nasıl yani? Ters yön ne?"

"Film katının bir altı canım. Filmde yaşayanın, kendini iyice uyuşturduğu alan. Yani tümüyle şuursuzluk hali. Sarhoşluk hali. Ne yaptığımı bilmiyorum hali. Alkol, uyuşturucu, haplar, her türlü bağımlılık vs biliyorsun. Ben bunu şöyle özetliyorum: İnsan bilinçte yukarı çıkamadığı ve zihniyle özdeşleşme ıstırabına dayanamadığı için daha da bilinçsizleşmeyi seçiyor, daha çok uyumayı ve bunun için herhangi bir yolla kendini uyuşturmayı. Ama maalesef, bu her seferinde her şeyi daha da acı yapıyor."

"Vay Ma! Çok haklısın."

"Kurtulmak için sarhoşluğu, uyuşmayı değil; üzerine, filmde yaşama seviyesinin üzerine çıkmayı hedeflemeliyiz. Bilincin yükselişi de bu yönde zaten. Anda bilinçli düşünelim, ama filmi oluşturan düşüncelere esir olmayalım. İşte o zaman zihin, akıl olarak hizmet ediyor varlığa."

"İnsanlar bilinçte yukarı çıkabileceklerini bilmedikleri, yani zihinden özgürleşemedikleri için de yaşadıkları ıstıraptan kurtulmak adına sarhoşluğa ve uyuşmaya yönleniyorlar, çok iyi anladım."

"Bak, oldu mu şimdi üç seviye? Bilinç, zihinle özdeşleşme ve tümüyle bilinçsiz olma hali. Bana göre her zaman bu üç yerden birindesin. Mühim olan neredesin? Var olmak ve gerçeğine sahip çıkmak hep 'BEN BİLİNCİM!' seviyesinde kalmakla oluyor."

"Kolay değil her an ama."

"Kolaylaşıyor Mina. Sahiplenirsen, ki bence insanın daha önemli bir işi yok, çok kolaylaşıyor."

Bir süre trafikte ilerlemeye çalışıyoruz. Şehrin trafiği yılbaşına doğru iyice çıldırıyor, köyde unutmuşum bu trafik olayını.

Güzel seyredelim de, ben de onu diyorum seyret seyret, toslayacaksın, bi bok yaptığın yok ya!

İzliyorum.

Atacak seni üç gün sonra ne yapacaksın? Her gün yürüyüş, lak lak nefes, süper valla, paralar suyunu çekiyor, biliyorsun ama hâlâ parti marti...

Ağır bastırmaya başlıyor. Tabii, bir şey yapmıyorsun suçlaması beni zorluyor. Zorlayınca içimde endişe tohumları oluşuyor. Bu gibi durumlarda, yani yenik düştüğümü hissettiğimde Ma'ya konuyu aktarmak çok işe yarıyor, onun bilgeliğini devreye sokmak hep çözüm oluyor ve yine öyle yapıyorum:

"Ok, ama konuştukça konuşuyor. İşte şu, 'Bir şey yapmıyorsun, kalacaksın ortada' korkularını salarak üzerime."

Ma gülerek başını sallıyor.

"Bir şey yapmak, değil mi? Zihnin, yaşam ve yaşamda ilerlemek konusundaki çözüm anlayışı işte bu. Hep yapmam lazım, yapmam lazım, daha fazla yapmam lazım. Oysa bilinç buraya bir şeyler yapmak için gelmedi Mina. Bilinç, olmaya geldi; kim olduğunu deneyimlemeye geldi. Oluşunu seçip, o seçtiğini olmayı deneyimleyebileceği olasılıkları çekebildikçe kendine, o deneyimde kendi ifadesini yaşamaya geldi..."

"Yani?"

"Yanisi şu: O kocaman, her an olan ve adına yaşam denen resim içinde sen Mina aracını kullanan olmak, yaşama Mina'nın ifadesini katmak ve Mina olmayı deneyimlemek üzerinden uyanmak için varsın. Sen Mina olmak, Mina'yı gerçekten yaşamak için varsın. Her birimizin en önemli varoluş sebebi, olmaya geldiğimizi olmak ve yaşama o özgün ifademizi sunmak. 'Ne yapacağım,' diye çözmeye çalışmak ile değil, 'Kim olmayı deneyimlemek istiyorum'u belirleyerek ilerlemek için buradayız. Her seçimle kendimizin bir üst versiyonunu yaşama sunmak için. Hepimiz potansiyel yetilerle yüklü araçlarda, o yetileri ifade ederek yaşamda var olmak için buradayız."

"Yani 'Nereye gideceğim değil, bu araç ile kim olmayı deneyimleyeceğim?' öyle mi doğru soru?"

"Evet! Oh yahu! Nihayet doğru formülü gördün. Araç Mina olmayı biliyor zaten, programlı. Tanımlanmış. Bu yaşama sunabileceği özellikler ve onların üzerinden yaşanabilecek hep bir üst potansiyel belli. Ne olacağı belli. Sen o aracı nasıl bir yolcu olarak kullanacaksın ve onun üzerinden ne deneyimleyeceksin, işte o sana bağlı."

"Bi örnek rica etsem? Karıştım biraz bu ne ve nasıl konusunda."

"Hmmm... Hah! Bak mesela, Mina bir lider olma potansiyeli ile tasarlandıysa, bir liderde olması gereken tüm özellikler o araçta vardır. Lider olmaya gelmiş bir araçtır. Tanımlanmıştır. O araca bindiğinde yaşamın kurgusu seni lider olabileceğin ortamlara götürür. Senin liderlik özelliklerini fark edecek insanlarla karşılaşırsın. Buraya kadar okey miyiz?"

"Evet."

"Peki, bindin araca ve lider olmaya doğru ilerliyorsun, liderlik yapabileceğin olaylar sana gelecek ama nasıl bir lider olacaksın? Gandhi de bir lider, Hitler de bir lider. Fark ne? İkisinin bilincinin işleyişi."

"Vay be! O aracı nasıl kullanacağımı ben seçebiliyorum."

"Ve seçtiğini deneyimliyorsun. Sistem sana bunu yaşatmak üzere kurulmuş. Ol diyorsun ve oluyorsun. Sorumluluk senin. Aracın amacı, bilince Mina olmayı yaşatmak. Artık nasıl bir Mina olmayı seçerse. Bu yüzden ben nereye gideceğim, ne yapacağım ile değil; kim olacağım ile ilgilenmeliyim. Bırakabilsek araca... ama bırakamıyoruz tabii, şaşmışız kendimizi, kaybetmişiz ve zihin yazdığı hikâyeler dizisi ile bizi oradan oraya savuruyor. Yaşamı kendi sınırlı tanımlarına göre kontrol etmeye çalışıyor. Araç ilerleyemiyor ki rahat zihnin elinde. Bu sefer oluşan tıkanıklığı çözebilmek için hep daha fazla çabala, daha fazla yap, daha fazla sahip ol... Ancak o zaman bla bla bla. Bir şeyleri gelecekte daha fazla yapmaya, sahip olmaya çalışarak degil, sadece anda kendinin ortaya çıkıp mozaikte yerini bulmasına izin vererek gerçekten yaşayabilirsin. Sen Mina ol, her tasarımın bir amacı var, bırak yaşam seni nasıl kullanacaksa kullansın. Lider mi olarak kullanacak? Sen nasıl bir lider olmayı seçiyorsun, seç ve deneyimle. Ha ne kadar üst seviyeden işlersen, yani ne kadar 'Ben bilincim,' seviyesinden işlersen; o kadar sevgi, tatmin, huzur, neşeyi tadabilirsin."

"Anlıyorum ama ne bileyim, 'Yaşamınla ilgili bir şeyler yap,' filan denir ya hani?"

"Yaşamınla ilgili bir şey yapacaksın tabii ama yaşam neydi, hatırla. Yaşam dediğin, her bir an Mina. Bunu idrak etmen, bunun dank etmesi çok önemli. Her bir nefes ile oluşan an. Her an seçim yapacaksın tabii yaşamınla ilgili. Neyi seçeceksin? Her an kim olacağını seçeceksin. Yaşam zaten her an oluyor. Peki sen kim oluyorsun?

Deminki örnek üzerinden gideyim. Bir lider olarak diyelim ki önüne yönlendirebileceğin bir grup insan getirmiş. Onlarla konuşurken nefret tohumları mı ekiyorsun, yoksa barışa yönlendirmek adına mı konuşuyorsun? Senin yaşamını bu oluşturuyor. Bu! Sen buna bakacaksın.

Oysa zihin ne yapıyor? Zihin seni her an, bir endişe masalına çekiyor. 'Ne yapabilirim? Eyvah, yapmazsam ne olur,' filan. Güya yaşamınla ilgileniyorsun, onu sahipleniyorsun değil mi? Onunla ilgili düşünüyorsun filan. Palavra! Bak yaşamda yoksun. Gittin, film izliyorsun. Bir yaşamın yok o an!"

"Ma galiba anlıyorum dediğini. Diyorsun ki, yaşamınla ilgili bir şey yap diye yaşamdan koparıyor ve sahte bir gerçeklikte dolandırıyor."

"Evet, hayal dünyasında. Ben diyorum ki, bir şey yapabileceğin tek an burada! Tek yer burası! Sen ancak içinde bulunduğun anda varsın. İşte o an sen kimsin? Ancak bunu anladığında, yaşamının sorumluluğunu alabilirsin. Yaşam seçimlerdir Mina. Ama seçimler anda olur. Ve sen anda değilsen, goodbye! Yaşamıyorsun, savrul dur. Sen şimdi ne yapmayı seçiyorsun? Kim olmayı seçiyorsun? Yaşamın burada, BU!.."

"Tamam, ama mesela şimdi iş aramaya başlayabilirim yani."

"Eğer seçimin buysa tabii ki başlayabilirsin. Ama iş aramak için şu an harekete geçmek başka, 'İş bulmalıyım' diye dövünmek, 'Bulmazsam fena olacak,' diye titreyerek tırnaklarını kemirmek başka. Zihnin seni ikinci seçenekte yaşatıyor. İş aramak başka, iş aramalıyım diye endişelenmek başka. İş aramaksa seçimin, başla aramaya."

"Ama şu an iş aramaktan başka yapmak istediklerim var. Önceliğim ne yapmak istiyorum, onu bilmek."

"Tamam işte, demek ki bu an iş arayacağın an değil. Bu an benimle olmayı, yeni bulmaya başladığın gerçeğini biraz daha keşfedebilmeyi seçiyorsun, doğru mu? Bak şu an bile bu konuda konuşuyoruz ve beni dinliyorsun."

"Evet."

"İşte seçim ve bu gerçek. İş bulmak için ayağa kalktığında kalkacaksın zaten, o an sana onu getirecek. Şu an iş arayacağın zaman olmadığını nasıl biliyorsan, o an geldiğinde iş aramak için harekete geçmen gereken anda olduğunu da bileceksin inan."

"Hımm."

"Olmayan bir şeyi, kendin de burada olmayarak oluşturamazsın."

"Hı? Nasıl yani?"

"Bak, gelecek zaten yok. Şu an var ve sen şu anda da olmayarak –yani film seyrederek– hesapta istediğin geleceği yaratmaya çalışıyorsun. İnsanlar saçmalıyor, yaratıyorum filan lafları ile… neden bahsettiklerini bilmiyorlar."

"Yani ben bir şey yaratamam."

"Tatlım..."

Derin bir nefes alıyor ve veriyor.

"Ma, kusura bakma anlamaya çalışıyorum."

"Kusura bakmıyorum. Anda sana daha iyi açıklayabilmek için ne yapabilirim, diye bakıyorum. Nasıl daha iyi anlatabilirim diye. Madem yaratmak kelimesine takıldın, oradan cevap vereyim. Senin yaratabileceğin bir şey yok. Bu sistemde her olasılık, yani sonsuz sayıda olasılık yaratılmış durumda zaten. Bir olasılık olarak bekliyor hepsi. Neyi bekliyor peki? Mina hangi deneyimi seçecek diye bekliyor. Neye 'Ol!' diyecek ve neyi deneyimlemeyi seçiyor bakalım, diye bekliyor. Sistem sana bakıyor, ama ne yapacaksın diye değil; neyi deneyimlemeyi seçeceksin ve neye 'Ol!' diyeceksin diye. Sen 'Ol!' dedikten sonra onu oldurmak ise sistemin görevi. O sistem ile aracın arasında bir çekimle halloluyor zaten. O olasılık sana ulaşıyor. Bunların tamamı fizik Mina. Bildiğin buz gibi fizik.

"…"

"Peki sen nerede isen 'Ol!' diyebilirsin? Burada. Filmdeyken diyebilir misin? Hayır. O zaman neyi, nerede yaratmaktan bahsediyorsun a canım? Boşluk. Gelecek dediğin ne? Boşluk. Bir gelecek var mı? Boşluk, üzerinde hayal kurarak zihninde yaşadığın bir boşluk. Yaşamın burada. Sen buradasın. Senin etki edeceğin, etki olabileceğin yani var olabileceğin tek alan burası. Ve sen gelecek ya da geçmişinle uğraşırken, boşluğa zihninin yansıttığı resimleri seyrederek, yaşamını oluşturamıyorsun ve yaşamını yaşayamadan geçiriyorsun. Sonra, 'Neden bunalımdayım?' oluyor. Çünkü yaşamda yoksun. Çünkü yaşamıyor insan!"

"Bir dakika, bir dakika. Galiba anlamaya başlıyorum şu, 'Geçmiş yok, gelecek yok,' lafını. Bak heyecanlandım şimdi. Açıkçası dillere pelesenk olmuş, herkesin yerli yersiz kullandığı bir laf olarak gördüğümden çok sallamamışım, ama şimdi sen 'boşluğa atılmış zihin görüntüleri' deyince... Ne olur hızlanma, burada kalalım biraz. Şunun üzerinde bir duralım, şu senin 'zaman yok' lakırdını da çözmeme yarayacak sanki bu."

"Tabii ki canım benim. Bak, zaman dediğin şey o zihin dünyasının devamlılığı için gerekli bir kurgu. Çünkü çakma Mina olman için bir hikâye lazım. Hikâye için de zaman lazım. Bir geçmiş, bir gelecek lazım. 'Böyleydim, şimdi buyum ve böyle olacağım' lazım. İşte orada, zihninin ördüğü dünyada, zihnin sana sürekli diyor ki, 'Mina sen böyle böyle seyler yaşadın ve dolayısıyla sen busun ama bunu bunu olman lazım, bu yüzden bunu bunu yapman lazım.' Bak hep bu kurguda bir hikâye dönüyor. Her konuda hem de. Zihninin oluşturduğu çakma Mina'nın varmış gibi gösterilmesi, varlığını sürdürebilmesi için bu hikâyeler gerekli. O Mina'nın bir geçmişi olmalı, geleceği olmalı. Sürekli bunlar hatırlatılmalı. Ki aynı Mina yaşatılsın. Her an kim olacağını seçerek yaşarsan, nasıl korunacak o çakma Mina? İşte bu yüzden zihin her an uygun bir hikâye ile devam ettirecek ki senaryoyu, Mina aynı çakma Mina olarak tepki verebilsin. Yani zihin her an diyecek ki, 'Şimdi bu oldu, hatırlıyor musun, daha önce de bu olmuştu ve bu durumda gelecekte ne olur biliyor musun?' Ve sen sadece bu önüne konulan film karelerine cevap yani tepki veriyorsun. Nasıl? Aynen çakma Mina'ya uygun şekilde. Çünkü o anın gerçeğini görmüyorsun. Orada yoksun. Bir film izliyorsun. Filmin içeriğine tepkiler veriyorsun. Şimdi buraya dikkat et, çok dikkat et. Yaşam anda demiştik, değil mi?"

Heyecanla başımı sallıyorum.

"Peki, şu an olan ile ilgili zihin bir yorum yaptığında, o anı bir film karesi gibi alıyor, donduruyor sanki ve yorum yapıyor. Sen de o kare ile uğraşıyorsun o an, değil mi?"

"Evet."

"Peki, yaşam bekliyor mu seni? Anbean akmakta hâlâ yaşam. Sen zihninle o bir kare üzerinde uğraşırken ohooooo, yaşam olmakta bir yandan. Ama sen içinde yoksun. Ve düşün işte böyle bir an kaçtı, iki an kaçtı, üç an kaçtı derken... bütün yaşam kaçıyor, anlıyor musun? Sen yaşıyorum zannediyorsun, ama 'an'da olan' olarak tanımlayacağım yaşamın içinde yoksun. Gerçek Mina'yı o an ile yani yaşamla birleştiremiyorsun. VAR OLAMIYORSUN! Sadece olanların üzerinden yazılmış hikâyeler dizisine tepki veriyorsun. Zihninin yazdığı bir dizide sana verdiği rolü başrol oyuncusu olarak hem oynuyorsun hem de o oynadığın filmi seyredip dövünüyorsun."

Taş kestim. Daha açık anlatılamazdı ki kaçayım ya da anlamadım diye numara yapayım ya da bu üzerime çöken gerçeği sahiplenmemek için direneyim.

"Yani bizim geçmiş ve gelecek dediğimiz, bu zihnim tarafından yazılan dizinin bölümleri değil mi?"

Ma bir kahkaha atıyor ve gülmesini zorlukla kontrol etmeye çalışarak devam etti:

"Aynen evet bak! Ve her iyi yazan-yöneten gibi sürekli 'azz sonra fragmanları' göstererek gelecek kurgularında ya da 'bu dizide daha önce ne oldu' fragmanları ile geçmişi hatırlatarak ilgini canlı tutuyor. Tutuyor ki diziden kopama, aman sakın gerçeğe ve şimdiye dönme! Burada kal, çakma Mina'yı oyna."

"İyi ama neden?"

"Nedenini biliyorsun Minacım. Çünkü o çok küçük yaşlarda zavallı zihninle özdeşleştiğinde, kendin olduğunu zannettiğin çakma Mina'yı ve onun dünyasını korumayı ve yaşatmayı görevi bildiğinden."

"..."

"Şoktayım. 'Peki nasıl kurtulacağız?"

"Kurtuluş bunu fark etmekle başlıyor ancak. Zihninin aynı diziyi devam ettirmeye programlı bir motor olduğunu, ama senin bir seçim hakkın olduğunu görebilmekle. Ve seçim yapman gerekiyor işte o an: 'Ben bu düşüncelere inanmaya ve dolayısıyla onların yaptığı çakma Mina olmaya devam mı edeceğim, yoksa onlardan özgürleşip gerçeğimi mi yaşayacağım?' Sorumluluk senin.Dönüşümü gerçekleştirebilecek olan ancak sorumluluk sahibi olandır. Onun yerine kimse yapamaz. Ki dönüştürmeye de başladın. Şimdi esas konumuza dönelim. Anladın mı, neden yaşam anda ve gerçekten bir tek anda yaşıyorsun? Neden zaman dediğin koca bir palavra? Gerçek sadece an ve gerçekten yaşamak istiyorsan, orada olmalısın. Gerisi kurgu ve çakma Mina dizisi, okey miyiz?"

"Çok net."

Hâlâ Maslak'tayız. İnanılmaz bir trafik var bugün, İstanbul'un anlamsızca bazen aşırı abaran trafiği.

"Ne çok trafik yahu..."

"Eee, daha hâlâ soracakların var ya, eve gidene kadar lafı bitirelim diye," diyor gülümseyerek. "Gelelim ilk soruna. Onu da halledelim de. Benim olmayacağım günlerde takılı kalma oraya, kendi içinde ilerleyebil. Yalnız kalacağın bu ilk dönem önemli çünkü."

"Dur beni germe."

"Gerilecek ne var Mina? Gerçeği söylüyorum. Dönüşümüne başladığından bu yana benimlesin. İlk defa ben ensende boza pişirmeden geçecek günlerin olacak. Evet, neydi soru?

'Gelecek ile ilgili plan yapmak."

Yine kıkırdıyor.

"Ha evet, yani kastım şu, geleceği daha iyi yaratmak adına diyecektim, hani insan şu an düşünerek, odaklanarak, ne bileyim zihin gücü filan, daha iyi bir gelecek yaratabileceğine inanıyor ya, ama gelecek diye bir şey diyemiyorum şu an, dağıttın gittin."

"Mina gel o dağılmayı iyice bir netleştirelim. Senin geleceğinle ilgili bir şey yapabileceğin tek an burası. Öncelikle seçim yaparsın. Seçimin ne? Yeni bir yaşam kuracağım. Bu senin hedefin.

Hedef belirlersin tabii, ancak hedef ne zaman ve nerede belirlenir? Şimdi, burada değil mi? Belirlerken şimdidesin. O hedefle ilgili şu an yapılabilecek ne varsa şu an yapabilir misin? Evet, bak hâlâ şimdidesin, yapıyorsun. Yeni bir anda, yine o an yapabileceklerini yapacaksın ve bu böyle devam ederken bir bakacaksın ki, hedef zaten bir şimdide gerçekleşmiş."

"Ha anladım! Hedef belirle ve her an yaşamın sana getirdiklerine göre yapman gerekenleri yapıp hedefe doğru ilerle."

"Hah işte şimdi en önemli noktaya geldik. Hedefinle ilgili yaşamın sana getirdiklerine göre dedin ya..."

"Evet?"

"Yaşam sana getireceklerini neye göre getiriyor peki? Onun bir seçim hakkı mı var? Kafasına göre mi ya da? Rastgele mi?"

"..."

"Seçen her zaman sensin. Ol diyen sensin Mina! Olasılıklar hep senden kaynaklı."

"Nasıl?"

"Oluşuna göre olasılıklar geliyor Minam. Sen ol diyorsun, kim olduğuna dair inancınla. Bu yüzden o hedefine ulaşacağına inanırsan ve adım adım önüne geleni takip edersen ulaşırsın. Ama acabalar, tereddütler olursa; ben tereddüt edenim oluşu ile tıkanıklıklarda debelenirsin. Şunu çok net anla: Yaşam sana hep kim olduğunu söylüyorsa, onu yaşatacak olasılıklar getirir."

"Şimdi anlıyorum ne demek istediğini. Yani kafayı nasıl yapacağına takma, sen onu zaten yapacağına inan, o kişi ol diyorsun."

"Aynen! Tutup da hedefinle ilgili film seyretme. O zaman göreceksin ki, zaten sen o hedefi gerçekleştireceğine inanırsan ve netsen, hem isteğinde hem de onu gerçekleştireceğine olan inancında, o zaman yaşam zaten o doğrultuda akacak ve sen her an önüne gelenlere cevap vererek hedefine ulaşacaksın. Çünkü kimsin? O hedefi gerçekleştirensin. Oluşun bu. Sistem sana her fırsatı sunar. Buna ol diyorsun. Bu süreçte film izlemek yok hiç. Endişe yok. Kendini gerçekleştiren insan var."

"Vay bee! Nasıl olacağı ya da planlama bizim işimiz değil yani. O yaşamın işi. Benim üzerime düşen o hedefi gerçekleştirecek kişi olmak."

"Aynen öyle. Bravo! Senin dar zihnin nasıl o hedefe ulaşacağını ne bilsin? Oysa sonsuz olasılık var o hedefe seni götürebilecek. Sen oluşunla o hedefi gerçekleştiren kişi olursan, yani buna inanırsan ve üzerine düşen ne varsa her an sorumluluk alıp yaparsan, seni o hedefe götürecek en üst olasılıklar yaşam tarafından sana sunulur. Ama 'Ay istiyorum ama nasıl olacak, öyle mi olacak böyle mi olacak,' diye sözüm ona gelecek ile ilgili düşünme palavrasına yuvarlanırsan kim oluyorsun? O isteğinin gerçekleşmesinden şüphe eden oluyorsun. O zaman bir endişe filminde yuvarlanırsın. Bi halt da gerçekleşmez."

"Yani ben neyi seçiyorsam, kim olmayı seçiyorsam şu anda o!"

"Evet, tabii ki bu. Süper adil sistem. Bana kim olduğunu söyle, sana onu yaşatayım."

"Şimdi anlıyorum neden bütün bilgelerin 'Kendini bil!' öğüdünü verdiğini."

"Yaaaaa, çünkü kendini bilirsen yaşamının nasıl olacağını da görebilirsin. Beğenmiyorsan, oluşunu değiştirip yaşamını dönüştürebilirsin. Ki biz seninle onu yapıyoruz işte. Dönüşüm yolculuğu. Ancak böyle olur. Planlama adı altında yapıştığın endişelerle bi halt olmaz."

"Evet. 'Endişe, zihnin bilemeyeceği bir şeyi bilmeye çalışması ya da kontrol edemeyeceği bir şeyi yani geleceği kontrol etmeye çalışması hali,' demiştin."

"Aynen, boşa kürek. Neymiş? Bir şey yapıyormuş. Hadi canım! Sadece yaşamdan, andan, gerçeğini yaşamaktan kopuyorsun ve tabii ki kötü hissediyorsun. Bu anın sorumluluğunu al, burada ol. Burada yapman gerekeni yap."

"Ne kadar öğrendiklerimize, bildiğimizi sandıklarımıza ters..."

Arabayı evin önüne park ederken, şımarıkça zevzeklik yapıyorum:

"Yine kafam on ton oldu Ma."

"Ne yapalım gerçek ağırdır güzelim," diyerek elinde paketlerle eve doğru ilerliyor Ma.

Ne çok önemli şey anlattı yine, ne kadarını gerçekten kavrayabildim acaba? Artık bu kavrama işini de çok önemsemiyorum. O da zihnin üzerime saldığı bir endişe. Şunu biliyorum ki, o anda kavrayabileceğimi kavrayacağım zaten. Gerisi de gelir. Ve zaten Ma'nın bütün anlatmaya çalıştığı da sanırım buydu. Alacağını al, gerisini bırak. Şu an bu. Şu an bu kadar! Ve birden hatırlıyorum: Şu an parti için hazırlıklara başlama zamanı.

O akşam bu muhteşem sofranın, Ma'nın geleneksel yeni yıl sofrası olduğunu öğreniyorum. Her yıl yılbaşından önceki hafta kurarmış sofrasını. "Sofra açmanın bereketine inanırım Mina. Her yeni yıla hepimiz bolluk, bereket sunarak girelim ve bereket kaynağı olalım ki, yaşam da bize onu getirsin. Neyin kaynağı olmayı seçersen, yaşam sana onu sunar; o kaynak kurumasın, kaynak olmaya hep devam edebilsin diye."

İşte böyle anlattı bana soframızı düzenlerken. Kocaman bir sofra kurduk. Özel yılbaşı motifli kırmızı yeşil ve beyazlı bir masa örtüsü, üzerine hazırladığımız yemekler. Meğer herkes de bir şeyler getirirmiş, az çok seçtiği bir şeyi eklermiş bu bereket sofrasına. Bayıldım bu fikre. Sofra da ilerleyen saatlerde gerçekten bereket saçan bir sofra oldu. Heyecanlıydım, çok heyecanlı. Giyindiğim zaman kendimi beğendim, ne doğru bir kararmış bu elbise. Ma'ya elbisemi gösterirken, eteklerimi sallaya sallaya döne döne dans ettim salonda, bayıldı o da. "Gerçek Mina ortaya çıkmaya başladı," diyerek gülümsememin daha da büyümesini sağladı. Sonra misafirlerimiz gelene dek mutfak ile salon arasında mekik dokudum. Karanlık çökünce yılbaşı ağacımızın ışıklarını yaktık. Mumlarımızı da. Karam, Biber ve Dost da biz İstanbul'dayken yılbaşı banyosu yapmış, Hasan Efendi yıkamaya götürüp getirmiş onları. Pırıl pırıl, pofuduk pofuduk dolanıyorlar ortada. Öyle mutluyum ki sürekli üçünden birini yakalayıp öpüyorum; hayvanlara fenalık gelir mi acaba, diye kendi kendime kıkırdıyorum. Yaşamımda hiçbir davete ya da partiye böyle keyifle başlamadığımı fark ediyorum. Hep bir hesap, kitap, hedef, hep içerikte bir adam konusu, off. Günler geçtikçe ve bu eski hatıralardaki Mina'yı izlediğimde, o halleri gerçekten çok üzücü geliyor. Kendime çektirdiklerim, üstelik daha da acısı etrafın bana çektirdikleri olarak tanımladıklarım ve bunun sonucu da etrafa, yaşama öfke içinde direnerek saldırışlarım, hiçbir şeyden keyif alamayışım... Hep o korku, hep o tedirginlik, hep o değersizlik. Bunları düşünerek hazırlanıyorum geceye. "Hepsi çoktan bitti," diye aynada son bir kez inceliyorum kendimi. Ne yazık ki o anda, bu yolda "Bu iş tamam!" demenin nasıl büyük bir tuzağa adım adım ilerleyiş olduğunun ve kendinden bu denli eminken, zihnin insanı nasıl tef çala çala kendi istediği yola sürükleyebildiğinin henüz farkında değilim.

Ma giyinmiş yanıma geliyor. Sanki gümüşten bir peri! Gümüş rengi parlak bir kumaştan dizin altına dek bütün bedenini sararak inen daracık elbisesi, incecik gümüş bir bant ile arkaya attığı ve açık bıraktığı o güzelim gümüş rengi saçları, ayağında gümüş babetleri ve her zaman ortama enerji saçan varlığı ile gerçekten başka bir boyuttan gelen bir melek gibi görünüyor gözüme. Boynuna hafif bol atarak sardığı ince ipek kırmızı kocaman eşarbı da bir alev gibi çevreliyor onu sanki. Kıyafetlerinde bu koca eşarpları hep kullanıyor, belki de boynundaki kırışıklıkları saklamak için. Bana öyle demişti bir gün, hatırlıyorum:

"Eninde sonunda kabul etmeliyiz yaş almayı Mina, barış sağlamalıyız. Bak ben ne kadar senin deyiminle bedenimi taş gibi tutarsam tutayım, ne kadar genç gösterdiğimi iddia edersek edelim, boyun ve eller yaşı ele veriyor."

"Ne yaşı yahu," diye düşünüyorum onu seyrederken, hem yaş olsa ne olur? Yaş ile güzellik alakasız iki konuymuş. Bunu bu kadın sayesinde her geçen gün daha çok anlıyorum. Bir kadın, bu yaşta bu kadar güzel olabilir mi? Olur. O zaman demek ki konunun yaş ile alakası yoktur.

"Ma yıkılıyorsun yine," diye laf atıyorum ona.

"Hadi güzel bir şey çal," diyor. "Neşeyi daha da çoğaltalım, konuklarımızı daha da yüksek titreşimli bir ortama buyur edelim."

"Bu şarkı sana geliyor Ma," diyerek, Mariah Carey'nin, *All I Want From Christmas is You* şarkısını başlatıyorum. Beklediğim coşku sarıyor Ma'yı. Bir yandan servis tabaklarını taşırken, bir yandan şarkıyı söyleyerek dans ediyor. Ben de avaz avaz, hem çok sevdiğim bu şarkıya hem de hazırlıkların tamamlanmasına eşlik ediyorum. Ma'yı bu denli çoşkulu görmek beni de iyice yükseltiyor. Tabii Alp Bey'in de son anda sürpriz yaparak partiye katılacağını bildirmesinin, bu coşkuda payı çok büyük bence. Esasında tam sürpriz yapacakmış da zannettiğimizden daha erken bir uçakla geldiğini dayanamayıp söylemiş. Alp Bey'i merak ediyorum. Gerçi bir kez görmüştüm Ulus'ta Ma'yı ararken, bana kapıda mektubu o vermişti ama öylesine derbederdim ki adamın yüzünü hiç hatırlamıyorum desem yeridir. Bunu Ma'ya söylediğimde gülüyor:

"Birazdan görürsün canım, benim mavi gözlü devimi." Ve kocaman bir gülümseme ile hazırlıklara devam ediyor.

Partinin hâlâ kendimde olduğum ilk bir saati de böyle keyifle geçmeye devam etti. Oradaydım, ne kadar keyifliydim. Ma'nın çocukları yavaş yavaş geliyordu ve Alp Bey de geldi tabii. Herkes o denli bir aileydi ki, sarılmalar, kahkahalar. Hatırlıyorum, bir bayram çocuğu gibi seyrediyordum önce. Ancak bir süre sonra o sinsi, yapışkan, yıllardır oturduğu yerini çok sevmiş, o kendini bulunduğu her ortamdan ayıran hal üzerimi kaplamaya başladı. Nasıl oluyor, ne oluyor bilmiyorum... Farkına varabilseydim mutlaka kendimi çekip çıkarabilirdim ya da belki bu denli yuvarlanmazdım, ama o an fark edemiyorum. Öylesine size ait olmuştur ki bazı düşünceler ve o düşüncelerin o çakma kimliğinize yama yama yamaladığı oluş halleri, öyle tanıdıktır ki işte onların tekrar sahneye çıkışını hissetmek, gerçekten ileri seviyede farkındalık ve bu yolda çok ciddi disiplin ister.

Bunlara Ma'nın, "madenlerimiz" adını verdiğini sonradan öğrenecektim ve ben de üzerime yavaş yavaş örtülen o çakma Mina haline geçişimi; o korkulu, kendini ayrık ve değersiz hisseden kız masalının kahramanı haline geri dönüşümü hiç fark etmedim. Çok güzel başlayan akşam, bir süre sonra bir kâbusa dönüşmeye başladı. Ayrı olma hali. Hatırlayabildiğim en yoğun his bu. Ancak bu ayrılık, eksik hissetme ve eksik olmaya dayanan bir ayrılık. Öyle bir hal ki, eksik olanı fazla olana karşı öfkelendirip ve aynı zamanda karşı olma haline sokup savunma ihtiyacını da beraberinde getiriyor. Bu nedenle zihnimin yağdırmaya başladığı acımasız kıyaslamalar ile, çok ait olarak, hatta ev sahibi gibi diyebileceğim hislerle başladığım akşamda, onlardan kendimi giderek ayrı hissetmeye başladım.

Sen onlar gibi değilsin.

Herkes o kadar rahat, yiyor içiyor konuşuyor ki, üzerime dolanmaya başlayan bu tedirginlik ve eksiklik hissi onlardan farklı olduğum masalını destekliyor. Çünkü ben giderek daha çok ne yapacağımı, kime gideceğimi, ne diyeceğimi bilemiyorum. *Hepsi ne kadar iç içe birbiriyle, Ma bile sevgilisiyle meşgul, sen kimin ipindesin ki?* Bir kaçma ve saklanma isteği geliyor yavaştan üzerime. Yabancı kalmış gibiyim, kendimi iyice ayrık otu gibi görmeye başlıyorum.

Ortadan kaybolsan kim fark eder?

Kendime bakıyorum, bir kenara çekilmiş elimdeki şarabı hızla bitirmekten başka bir halt ettiğim yok. İşin kötüsü kimse de pek içmiyor, alkol tüketen insanlar değil bunlar. Laf olsun diye bir kadeh ya içiyor, ya içmiyorlar. Ne yapacağım şimdi. Eskiden içki vardı, sigara vardı, bir hedef belirleyip peşinden koşmak vardı, ben ne yapacağım şimdi?

"Mina nasılsın? Ne kadar hoşsun bu akşam ya da gerçek hoşluğun iyice ortaya çıkmış mı demeliyim? Saçların çok yakışmış."

Kerem. Siyah takım elbisesi içinde, şakakları hafif kırlaşmış o simsiyah kısa kıvırcık saçları, uzun boyu ve fit bedeni ile Bond filmlerinden fırlamış gibi. Düşüncemi okumuş gibi hemen atlıyor:

"Baksana her yıl ben de böyle iki dirhem bir çekirdek giyiniyorum Ma'nın şerefine, benim için esas yılbaşı bu akşam zaten."

Hepsi mi düşünce okuyor bunların?

Belli belirsiz gülümsüyorum galiba. Bilmiyorum. Ne yapmam gerektiğini bilmiyorum. Yaşamım boyunca böyle bir ortamda bir erkek ile karşılaştığımda iki olasılık vardı: Ya hiç ilgilenmeyeceğim bir tiptir, "İşim olmaz," der uzar giderdim ya da kolları sıvar, afiyetle tavlamak için ne mümkünse o anda...

Bence yine yapalım, çünkü adam geldi bak! Hem Ma'nın en sevgili çocuklarından, grupta yer edinirsin kendine.

Olmaz! Bir ilişki ya da ilişki olasılığı ikinci bir emre kadar yok. Söz verdim Ma'ya. Ancak sorun da burada ya, ne yapacağım ben bu benimle konuşmaya çalışan adamla? Arkadaşlık mı? O ne?

Sürekli içkime bakıyorum. Mümkün olsa bardağın içine girip yok olmak istiyorum.

"Mina, iyi misin?"

"Eee, evet Kerem pardon, içki biraz dokundu galiba. Müsaadenle bir lavaboya gideyim."

"Yardım edebileceğim bir şey?.."

"Yok yok, dert yok, rahatına bak."

Yalnız söyleyeyim adam yıkılıyor, çok hoş yahu, bırak kaçmayı da...

Kendimi banyoya kapatıp kapıyı kilitliyorum. Bunu yapar yapmaz kendimi daha da kötü hissetmeye başlıyorum.

Hastasın kızım sen, bir de iyileştim mi zannettin! Birkaç yürüyüş ve özlü sözle oluyor mu bu iş? Üzerime yağan bu düşünceler beni sersem ediyor. Kalakalıyorum. *Tabii kalakalırsın, çünkü o içerideki adamların ve kadınların hepsinin bir yaşamı var, hepsi biri, bir şey. Ya sen?* İzlemeye geçmem lazım. Nefes, evet nefes... Hemen nefesime odaklanıyorum. Nefes alıyorum, veriyorum, alıyorum, veriyorum. Bir süre hep nefesimde kalıyorum. Biraz sakinleşiyorum. Evet, çıkmaya hazırım. Kapıyı açıp dışarı süzülüyorum, hangi köşeye koysam kendimi acaba? İnsanların arasına karışmak istiyorum, ama hepsi maşallah kendisiyle meşgul. Ma bile...

Tabii Alp Bey de geldi ya, başka dünyada. Kimsenin seni salladığı yok.

Kerem ile göz göze geliyoruz. Uzaktan bana doğru elini yumruk yapıp baş parmağı havaya kaldırarak, "Okey miyiz?" anlamında tutuyor elini ve cevap bekleyerek bakıyor bana. *Hıyara bak. İnsan gelir yanına da konuşur. Uzaktan bi hareketler.* Evet anlamında başımı sallıyorum. Yine kıl oluyorum. Sonra birden onu görüyorum, Dost evet Dost, bir köşede Dost'u görüyorum. Hemen yanına gidiyorum, ona sarılıyorum ve yanına oturuyorum. Onunla olmak güç veriyor bir anda, oradan partiyi izlemeye devam ediyorum. Birkaç kişi arada, bence laf olsun diye bana bir "Nasılsın?" filan diyor, ama biliyorum nezaketen yapıyorlar. Yoksa kimsenin umurunda değilim, ben de o yüzden onlara da iyilik olsun diye kısa kesiyorum. Bir ara Ma geliyor yanıma, o an fena oluyorum işte.

"Hayırdır Mina?" diye soruyor.

"Yok bir şey içki dokundu sanırım."

"İçki mi? Seyrettiğin dizi mi?"

Gözlerim dolmaya başlıyor. Kafamı eğip Dost'u sever gibi yapıyorum.

"Hadi gel, bak Alp kahve istedi, ona kahve yapacağım istersen seninle mutfakta sohbet edelim biraz."

"Yok Ma, iyiyim ben. Zaten yatarım birazdan. Yorulmuşum sanırım. Bu kalabalık da yordu beni."

Bir süre izliyor beni. Tam bir şey söyleyecekken imdadıma Alp Bey yetişiyor. Birden salonun içinde bir köşeden Frank Sinatra tadında bir ses yükseliyor:

"It had to be youu,

It had to be you,

I wondered around and finally found somebody whoo..." diye Ma'nın olduğu yöne doğru yürüyerek şarkısını söylemeye başlıyor. Herkes açılıyor tabii. Ma gülümseyerek uzattığı elini tutuyor ve şarkısını dinliyor gözlerinde aşk ile. Adamın da gözlerinde aynı aşk var. Ve adamın ne güzel sesi varmış, hayretle dinliyorum. Bitirdiğinde herkes coşkuyla alkışlıyor ve Ma da kocaman bir öpücükle karşılık veriyor ona. Neyse ki ben de bu birden ortaya çıkan şarkılı ilanı aşk olayı sayesinde yırtıyorum Ma'nın dikkatine hedef olmaktan. Onun mutlulukla sevdiği adamın kollarında dans edişini izliyorum.

Oluş moluş palavra, şans kızım bu! Bir tane bulamadık ki böyle bir adam. Kadın bulmuş keyfi yerinde, konuşup duruyor tabii, sen de inanıyorsun.

"Nasıl oldun Mina?" Önümdeki ayakkabılardan gelenin Kerem olduğunu anlıyorum. Onun ayakkabıları. Hep ayakkabıları ezberlerim ben. Nedense... Başımı kaldırıp onunla göz göze geliyorum. "İyiyim Kerem, teşekkürler."

Yanıma oturuyor, o da bağdaş kuruyor. İrkiliyorum. *Neden geldi şimdi bu adam? Aklı sıra merhamet mi, yalandan bu ilgi halleri nedir? Çirkin ördeğe merhamet olsa gerek.* Düşüncelerimin saçmalığını ara ara fark etsem de, öyle cazip geliyorlar ki koparamıyorum kendimi ya da onları dinlemek acaba daha mı kolay geliyor o anda?

"Ne güzel sesi var değil mi Alp'in? Bayılıyorum bu adama, bu yaşta sürpriz ve yaşam dolu. Ama tabii kimin aşkı değil mi? İki insan ancak bu kadar yakışır birbirine."

Ne anlatıyor bu ya? "Sigarayı bırakmana çok sevindim Mina. Çok canlanmış gördüm seni."

"Teşekkürler Kerem."

Sessizlik.

"Ma, uzun zaman sonra ilk kez burada yalnız kalacağını söyledi, heyecanlı mısın bakalım?"

"Evet, ne bileyim değişik olacak."

Susuyorum yine.

Konuşsana geri zekâlı, adam geldi konuşuyor işte, tavlasana...

Yok yok, ben buraları biliyorum, buraya girmeyeceğim. Buraya girersem ne olur onu da biliyorum. O kadar da değil, o kadar da geri gitmeyeceğim. Kerem'e fark ettirmeden nefes alıyorum, nefes veriyorum.

"Dans edelim mi?"

Taş kesiliyorum. Sanki her şey donuyor. Eğer kabul edersem, bu dengesiz halim ile ne olur bilmiyorum. Şu an ben ben olmadığımı biliyorum. O kadar fark ettim, şükür. Dengede değilim ve kim olursa olsun bir erkek ile bu denli dengesiz haldeyken özel bir diyaloğa, yakınlaşmaya girmek...

"Kerem çok yorgunum ya sağ ol. Başka bir sefer inşallah."

"Peki, o zaman ben başka bir dans arkadaşı bulayım kendime," diyerek ayağa kalkıyor.

Tabii ya, dans arkadaşı... yoksa ne zannettin? Böyle taş gibi beyin cerrahı sana mı ilgi gösterecek?

İzliyorum düşünceleri, izlemede kalmaya çalışıyorum. Bir yandan da Kerem ile İrem adındaki bir kızın dansını izliyorum. İrem'in rahat tavırlarını, Kerem'in o benzersiz güveni ile ağzı kulaklarında o andan keyif alışını. Mesele bu değil mi işte? Ben başaramıyorum. Başaramadığım için de o anda her birinden ölesiye nefret ediyorum. Kalakaldım burada, Dost da olmasa...

Bir süre daha takılıp, sessizce odama doğru ilerlemeye yeltenmişken hatırlıyorum: Ma bu akşam gidecek. Ona veda etmeden yatmak olmaz. Kahretsin, kaçamayacağım. Sessizce yanına gidip kulağına fısıldıyorum:

"Ma ben yatacağım, çok iyi hissetmiyorum."

Bir süre gözlerimin içine bakıyor ve sonra önüme geçip odama doğru ilerliyor, ben de iç geçirerek arkasından ilerliyorum. Odaya girdiğimde başımı önüme eğip, suçlu bir çocuk gibi itiraf ediyorum:

"Başaramadım Ma, çok özür dilerim. Ben sizin dünyanıza ait değilim belki de, gerçekten..." Ağlayacağımı hissediyorum.

Hiç beklemediğim büyük bir şefkatle bana sarılıp aynı şefkatle cevaplıyor:

"Güzel kızım hadi şimdi yat, sabah çözümlersin bu karmaşayı. Öylesine güzel yürüdün ki, bunun içinden çıkacak donanıma sahipsin. Belli ki bir madenine denk geldin. Bir ana, bir hikâyeye rastladın ve dengeni kaybettin. Bunlar olacak. Bunlar olsun da zaten. Bunlar oldukça anlayacağız; nerede yuvarlanıyoruz, nerede temizlememiz gereken bir maden var..."

Gözlerim dolu dolu sadece başımı sallıyorum. Konuşmaya başlarsam ağlayacağım, ağlarsam kadıncağız benimle uğraşmak zorunda kalacak, istemiyorum. Ama o konuşmamı beklediğinden yine de birkaç kelimeyi döküveriyorum dudaklarımdan:

"Yarın bakacağım Ma, söz veriyorum. Sen güzel güzel eğlen, dinlen ve buraya dön."

Daha önce olmayacağı bu iki hafta ile ilgili her detayı konuştuğumuz için sarılıp vedalaşması kalıyor geriye. Yine kocaman sarılıyor bana. Öyle iyi geliyor ki bir süre öyle kalakalıyorum.

"Ben seni ararım ara sıra, hadi şimdi güzelce dinlen bakalım. Uyku titreşimini dengeler. Geceyi bu halde sürdürmenin anlamı yok. Sabah ola hayrola," diyerek yanağımdan bir makas alıyor ve dışarı çıkıp kapıyı kapatıyor.

Kapıyı kilitliyorum. Kimse gelmesin. Soyunup yatağa giriyorum ve sessizce gözümden süzülen yaşlara izin veriyorum. İçimde derin bir hayal kırıklığı var, büyük hayal kırıklığı. Ne güzel bir gece olacaktı ama bir karabasana dönüştü, ne oldu?

Neden bir şey yapamadım, neden kimse bir şey yapmadı, neden böyle oldu diye dönen düşünceler arasında, ne kadar zaman sonra bilmem kendimi uykuya teslim ediyorum.

Sabahın ilk ışıkları ile gözlerimi açıyorum. Hemen dün gecenin ne kadar felaket olduğu ile ilgili düşünceler üşüşüyor üzerime. İlk kural: İzlemede kalmalıyım! Bu düşünceler bana ait değil. Motorun bana saldığı düşünceler. Oysa uykudan uyanış halini iyi değerlendirmek lazım. Oluşumuz uyku öncesinde ne denli düşük olursa olsun, uyku ile dengeleniyor. Ma, "Her sabah sana yeni bir fırsat," demişti. Ancak işte bu yüzden zihin de boş durmaz, ilk uyandığında o düşünceleri peş peşe sıralar, hikâyesini bıraktığı yerden devam ettirebilmek için.

Ma'nın son öğrencisi olarak tam bir fiyasko sergiledin dün akşam. Kimse ilgilenmedi seninle... Var olacakmış da, hani nerede? Görmezden gelmek istediler herhalde, Ma'ya ayıp olmasın diye de birkaç kelime edip...

İzlemeye geçtiğim an etkilerini yitiriyorlar. Zihin-Motor görevini yapıyor. Ben de kendi oluşumun sorumluluğunu almalı ve o kuyuya tekrar düşmemeliyim. Dün akşam ne olduğu önemli değil. Şimdi ben kim oluyorum? En önemli soru budur demişti Ma: "Şu an ben kim oluyorum?" Günün bu ilk anlarında, uykunun dengelediği halimle hemen sorumluluğu alıyorum: "Her ne olduysa, ben sorumluyum."

Şimdi merkezime iyice gelebilmek ve yola devam edebilmek için Ma'ya güvenerek onun bana öğrettiği gibi ilerlemeli ve bu karabasandan çıkmalıyım. Zihnimin kakafonisini daha da etkisiz hale getirebilmek için öğrendiklerimi sesli biçimde tekrarlıyorum:

"Merkezimizden ya da bir başka deyişle gerçeğimizden kaydığımız zaman başvurulacak yol haritası:

1) Zihni izlemeye geç. Gerçeğin ve zihnin ayrılsın.

Ok, bunu yaptık ve yapıyoruz.

2) Sorumluluk al. Gerçeğe odaklan: Ben sorumluyum. Ben bana hayırlı olmayan düşüncelere inandım. Ben sorumluyum.

Bu bölüm çok önemli. Sorumluluk alıp gerçeğe gelmezsen, hemen bayrağı ele geçirmezsen, zihin toksin düşünceleri salmaya aynen bıraktığı yerden devam ediyor. Ve sen de kazanmış olduğun avantajı kaybedip, o düşüncelerin etkisinde dengeni kaybediyorsun. Tek yapman gereken öncelikle gerçeğe gelmek. Sorumluluk aldığında zaten gerçektesin. Çünkü gerçekte, neyi deneyimlemiş olursan ol, sorumlu sadece sensin."

Kızım bırak bunları, akşam bi çuval incir berbat oldu, kadın dönmeden uzayalım buradan hadi, kimsenin de vaktini harcama. Bir iş bul filan da, bir daha böyle gruplarla karşılaşabilirsen, konuşacak iki kelamın olsun.

Bu düşüncelerin geçişini izleyerek yüzümü yıkıyorum, dişlerimi fırçalıyorum.

Bir hayatın kalmadı yahu, doğru değil mi, söyle? Tabii ki kalırsın kenarda, kimsin sen? Hiçbir şey. İşin doğrusu bu.

Derin bir nefes alıp veriyorum ve öğrendiklerimi hatırlayarak sesli biçimde devam ediyorum: "Ma der ki, doğru veya yanlış düşünce diye bir şey yoktur. Kime göre doğru olacak? Tabii ki ona inanan zihne göre. Bu nedenle değil mi 'budur' denilen her düşüncenin tam tersi düşünceye de mutlaka o kuvvetle inanılmakta dünyada. Ve hatta benim düşüncem doğru adına ne cinayetler, ne savaşlar ortaya çıkmakta. Hiçbir düşünce doğru değil, uyanalım!"

Ma'nın gözlerini açıp yükselen sesi ile bu cümleleri bana söylediği an canlanıyor gözümde birden. O an onu çok özlediğimi fark ediyorum, şimdiden çok özlediğimi. Giyinirken yüksek sesle öğrendiklerimi tekrarlamaya devam ediyorum: "Hayırlı ve hayırsız düşünceler var. Bir düşünce, o düşünceye inanmayı seçtiğimde oluşumu yükseltiyorsa; yani huzurlu, neşeli, doygun, sevgi dolu hissetmemi, kısaca can evimde olmamı destekliyorsa, o bir hayırlı düşüncedir. Beni negatif duygulara sürükleyen ve dolayısıyla halimi yani oluşumu olumsuz etkileyen her düşünce ise hayırsız bir düşüncedir. Düşünceleri ayrıştırırken bu değerlendirmeyi kullan, yoksa doğruymuş yanlışmış, boş işler bunlar. Bir düşünce bana ne yapıyor? Bu mühim!" demişti Ma, hatırlıyorum.

Tamam, belli ki dün hayırsız düşüncelere inanmışım ve şu anda da yine bir dolusu önüme seriliyor. Yani gerçekte ne oldu akşam? Ben hayırsız bir dizi düşünceye dalıp yuvarlandım gittim, hepsi bu. Hoş, sorun hep aynı zaten, yani her yuvarlandığımızda olmuş olan hep bu zaten. Şimdi bir sonraki adıma geçmeliyim, kendi kendime bir nevi bir oyuna dönüştürdüğümden yine yüksek sesle tekrarlıyorum: "Düşüncelerde kalma, 'şimdi'de hareket et. Yani bir sonraki uygun şeyi yap! Kayıp gittiğinde dengeni tekrar bulmaya çalışırken, zihin de maçı bırakmayacağından rüzgârda savrulan yaprak gibi bir o yana bir bu yana sallanır insanın düşünceleri ve dolayısıyla oluşu. Yıllardır inandıklarını satın almak, tekrar oraya kaymak çok kolay. Bu yüzden hemen düşünce boyutunda hâkimiyeti ele geçirmek için didinmek yerine, eve gelmek lazım. En kolay yolu bedenle bir olmak ve ilerlemek. Nasıl? O gün, o anda yaşam menünde uygun, işe yarar, gerekli iş olarak ne varsa hemen onu yapmaya girişmek. Ona odaklanmak. 'Önüne bak, önüne!' Yoksa kendine yapacak böyle hayırlı bir iş bulmak lazım. Zihninde ne oldu, ne olacak karabasanında çırpınmak yerine, şimdiye, yaşama gelip, aracınla yaşamda ilerlemek lazım. 'Temizlik yap mesela. Masanı temizle, evi temizle.'"

Böyle demişti Ma. Şimdi kendime aynı şeyi söylüyorum. Bir sonraki uygun şeyi yap. Kalkıp çocuklara mama vermeliyim! Evde kimse yok biliyorum. Ma akşam Alp Bey ile Ulus'a gitti, bugün de Avrupa'ya uçacaklar. Dost, Karam ve Biber kapımın önünde bekliyor zaten. Hoplayıp zıplamaya başlıyorlar. Mamalarını veriyorum ve bahçeye çıksınlar diye sokak kapısını açık bırakıyorum.

Bir sonraki uygun şeyi yap! Şimdi sabah egzersizlerimi yapmalıyım tabii ki. Sabah beden hareketlerimi ve üç dört dakikalık nefes çalışmamı da yaptıktan sonra, kendimi biraz daha dengede hissetmeye başlıyorum. Bu bana moral veriyor. Ben bu işi başaracağım. Kendi gerçeğimi yaşayabilmeye başlayacağım, biliyorum. Ne olmuş dün gece dengem şaştı ise, o an gelemediysem merkeze, şimdi gelebilirim. "Ne zaman uyandıysan o an!" Böyle demişti Ma, "Pişmanlıkla geçirdiğin her an filmdesin unutma!" Evet, artık ben de nasıl merkeze geleceğimi biliyorum. Kendimi daha iyi hissederek ve hep izlemede kalarak, adım adım ilerlemeye özen göstererek yatak odamı toparlıyorum. Evde bir akşam önce böyle bir parti olduğunu anlamaya imkân yok. Her şey geceden temizlenmiş. Beni düşünmüşler, kıymet vermişler. Bir şekilde bir anlam ifade etmişim işte. Tabii ki edeceğim, Ma herkese anlatmıyor mu ne kadar güzel yürüdüğümü? İçimde daha önce hiç varlığını hissetmediğim bir sevgi uyanıyor sanki. O an bunun kendime olan sevgim olduğunu fark ediyorum. Ben yavaş yavaş kendimi bilmeye başlıyorum. Korkmama gerek yok. Ben bir süre önce bir yerlerde yakaladım kendimi. O an bütün hücrelerime bir güven doluyor. Ben ne olursa olsun kendi elimden tutabilirim. Tümüyle terk etmem artık kendimi. En fazla şaşarım dün akşamki gibi, o zaman da ne yapar yapar gerçeğe gelirim yine.

Kendime söz veriyorum bir kere daha. Söz, bırakmayacağım elimi. Bu, yaşamım boyunca hiçbir kaynaktan alamadığım bir sevgi, bir şefkat ve güven hissi yaşatıyor bana. Keyfim biraz daha yerine geldiğinden Ma'yı taklit ederek kendimi bir sonraki adıma yönlendiriyorum: "Haydi, şimdi gel neler oldu bir bakalım o zaman."

Bir çay ve hemen tavada çevirdiğim iki yumurtalı omlet, bir dilim kızarmış çavdar ekmeği ve biraz peynirle birlikte salondaki berjer koltuğa geçiyorum. Pencereden dışarıda oynayan Dost ve arkadaşlarını izleyerek kahvaltımı ederken kendimi daha dengede, hazır hissediyorum. Kahvaltım bittiğinde Ma'nın deyimiyle madene inmeye hazırım. Bayılıyorum bu kadının tanımlarına. Akılda kalmalarını sağlıyor tanımlarının tuhaflıkları. Madene inmek demek, gerçekte bu kaymaya neyin sebep olduğunu bulup temizlemek işi. Gözlerimi kapayıp dün akşama gidiyorum, Ma'nın öğrettiği gibi soru cevap formatında incelememi başlatıyorum:

"Ne oldu? Olan ne?" *Partide bir kenarda kalakaldım.*

"Ne hissettim?" *Yine o eski öksüzlük, terk edilmişlik, eksiklik, değersizlik hali.*

"Neden?" *Neden olacak, piç gibi kaldın akşam. Gerçekten onlardan biri olacağına inandın mı? Kimse iplemedi bile seni ya. O Kerem'in sahte yanaşmalarına da aldanma, iki dakikada kalkıp gidiyordu yanından. Kesin Ma'ya yaranmak için yalandan geliyordur...*

İzliyorum ve fark ediyorum. Mesele bu demek: Kimse sana ilgi göstermedi, kimse seni iplemedi filan. Ok şimdi alalım bu cümleyi koyalım kenara:

"Kimse bana ilgi göstermedi, dışlandım."

Öncelikle bu düşünceyi satın almış olan ben nasıl biriydim dün akşam? "Her şey oluştur," diye anlatmıştı Ma. Her an kim isen, kalp bölgesinden yayarsın bunu kâinata. Bu evrende her şey bir titreşim yayar. "Ben buyum!" der ve kaçınılmaz olarak kendine eş deneyimi yaşarsın. Deneyim, 'an'da kim olduğunla belirlenir. An ve beraberindeki her şey, oluşun ne ise o olarak algılar seni ve onunla karşılaşır, ona cevap verir. Oluşun deneyimini belirler, çünkü insan ana ve yaşama her an oluş denilen bu titreşim ile katılır. Yaşamın lisanı oluştur. Onu konuşur. Kişi ne kadar yüksek oluş hallerindeyse, anda deneyim o denli yüksek olur. Ma bunu anlatırken ne kadar heyecanlanmıştım hatırlıyorum. Deneyim konulu sohbetimizde bu cümlelerle açıklamıştı. "Her şey oluştur," demişti ve yine vurucu bir son cümle ile bitirmişti dersi: "Ama işte halini bilmez insanoğlu, hiçbir anda kendini bilmez, sonra da deneyimlediklerinin başka bir güç tarafından seçilip yollanan içerikler olduğuna inanır. İnsan, insan olmaz. Oysa bütün mesele olmak ya da olmamaktır, uyanmış bir insan olan Shakespeare'in önemle belirttiği gibi."

Ma'nın bu dersi bana aktarırkenki görüntüsü bir kez daha gözlerimin önünde sanki. Zihnimden şimdiye geliyorum ve kendimin dün akşamki hallerine bakıyorum: Korkak, ürkek ürkek etrafına bakan, elleri ile ne yapacağını bilemeyen –sigara da yok– sürekli kendini öbür kadınlarla kıyaslayan, değil insanlarla konuşmak, göz göze gelmekten bile kaçınan... Evet görüyorum o anda: O elbisesi ile neşeyle döne döne partiye hazırlanan kadın nerede, bu seyrettiğim nerede? Bir iki saat içinde ne hale dönüşmüşüm. Zaten neredeyse kimsenin benimle bağlantı kurmasına imkân yok ki. Hemen gözlerimin önüne, zavallı Kerem'in karşısında öküz gibi duran tuhaf bakışlı halim de geliyor tabii. Ben bu haldeyken, dün akşam yaşadıklarımdan farklı bir deneyim nasıl yaşayabilirdim ki? Ne der hep Ma? "Kim oluyorsun? O an yaşama kimi sunuyorsun?"

Vay, vay, vay! Her şey nasıl da oluş gerçekten. Deneyimi nasıl da oluşun belirliyor. Şimdi iyice uyanıyorum. Ben kim olmuşum dün akşam? Korkak, göz göze gelmekten kaçınan, kendini eksik ve yetersiz gören, bana ilgi gösterenlerin bile bir tür görev hissi ile yanına geldiğine inanan ve sevimsiz, ilgisiz karşılıklar veren, tepkisiz, dışarda kalan... Vay vay vay...

Kimse bana ilgi göstermedi ha? Buna inandım ha? Tam tersi! Ben kendimi dışarıda tutmak için ne mümkünse yapmışım yahu, Uzaylı Zekiye gibi. Hey Allahım! Az önce zihnimde dün geceki halime bakarken, nasıl da bir buz kalıbı gibi ortada gezindiğimi fark ettim. Kimse ile diyaloğa girmek veya bir şeyler paylaşmak için bir adım atmadım ki. Ya da gruplara yaklaşıp onları dinleme yolu ile konuya ve gruba dahil olmaya da çalışmadım ki. Tek başıma dolanmayı, uzaktan bakmayı seçtim o tedirgin halimle. Hatta yanıma gelip benimle iletişim kurmak için elinden geleni yapan Kerem'i bile uzaklaştırmak için ne mümkünse yaptım. Bunu çok net görebiliyorum, ne olduysa benim halimin yansıması tabii ki.

Peki, ben onlardan biriyken –evet ben de Ma'nın çocuklarındanım artık, yolun başında olabilirim ama öyleyim– ve onlarla kaynaşmayı bu kadar isterken, bu geceye bu kadar heyecanla hazırlanmışken, onların hepsi ile kolaylıkla temas edip, dostluğumu geliştirebileceğim bir ortam bu kadar önüme dökülmüşken, neden bu hale girdim? Manyak mıyım ben? Çift ruhlu muyum neyim? Kim bu duvar diplerine yapışan kişi? Nereden çıktı yine sahneye? Neden böyle davrandım ben? Neden sürekli ilgi alıyor muyum, almıyor muyum derdindeyim? Onlarda ne var, bende yok? Kim bana ne verir, ne vermez?..

Birden her şey duruyor. Bir titreşim geçiyor sanki tüm bedenimden. Ah bir anda uyanıyorum! Bir anda biliyorum kimin çıktığını sahneye dün gece! Bir anda tümüyle uyanıyorum. Tabii ki ya! İşte zihin fırsatını bulunca beni çakma Mina'ya düşürmüş. Birkaç inancın kaşınması ve birkaç yem düşünce ile avlanıp çakma Mina oluvermişim. O inançların etkisinde kendimi ilgi alamaz hale sokmak için, herkesin dışında kalmak için ne gerekiyorsa yapmışım. Ben yapmışım ben!

Neden peki? Neden kendimi böyle sabote ettim? Cevap çok basit: Çünkü bu dizi filmin ana kahramanı olan Mina'nın yaşamı böyledir. Kimse ona vermesi gerekeni tam olarak vermez. Yeterince ilgi göstermez mesela. Hatta sadece ilgi mi? Sevgi, şefkat, dostluk, para, işine yarayacak ne varsa esirger; verdikleri ancak yetineceği kadardır. Kahretsin, tabii ya! Dostları yeterince vakit ayırmaz, işverenler yeterince para vermez... Ben bu hikâyeye inanmışım ya, tabii ki dün sahneye yine çakma Mina çıkarsa, tam da bu rolü oynayacak. O bundan başka kim olabilir ki? Yıllardır kendimi bildiğim kişi bu! Uygun ortamda, yani değersizlik ve yetersizlik gibi madenlerimin ortaya çıkabileceği uygun bir ortamda, zihnimin yem olarak attığı birkaç düşünce ile, o çakma Mina'ya dönüşüvermişim işte.

Fırlayarak spor ayakkabılarımı giyiyor, üstüme montumu geçiriyorum. Yün bere ve eldivenlerimi giyip, tasmaları da alıp, "Haydi!" diye sesleniyorum çocuklara. Sevinçle bahçe kapısına doğru koşuyorlar. İç dünyamda öylesine bir enerji boşalımı oluyor ki, hareketsiz kalmam imkânsız. Yürümeliyim. Yürümeli ve bu gerçeğin ortaya çıkmasına, koca bir hikâyenin daha hükmünü yitirmesine izin vermeliyim.

Hava oldukça soğuk. Kar mı gelecek ne? Bir adım, bir adım daha deniz kenarına doğru yürümeye başlıyorum. Sanki uzun yıllardır süren bir aldatmaca önümde tuzla buz oluyor. Hem yürüyorum hem kâh konuşuyor, kâh gülüyorum kendi kendime. "Kimse bana bir şey vermek zorunda değil ki!" Oysa ben nedense yıllarca dünya ile bunun mücadelesini yapmışım. Üstelik hem oluşumla insanların bana bir şeyler verebilme ihtimalini azaltıp, sonra da aldığımı yeterli bulmamışım. "Daha çok yapmalıydı! Daha çok vermeliydi!" Nedense hep daha çok almam gerektiğini düşünmüşüm. Dünyaya böylesine bir bakış, dünyadan böylesi bir beklenti olabilir mi? Bugün neler yok? Bugün neleri alamadım? Bana sen sen sen ne vereceksin? Ne verebilirsin?

Ve almak, güya daha fazlasını alabilmek için kendimi soktuğum haller... Sokmak zorunda olduğuma inandığım haller. Saçma sapan beklentilerin karşılanışı. "Ben uyandığımda gözüme gözükme Mina!" diye haykıran Celal geliyor gözümün önüne. Gözükmezdim ya ben de. Alabilmek için ya onların anlamlı anlamsız isteklerini yap ya da vur duygulara, mecbur et suçluluk hissiyle sana istediğini sunmalarına. Hepsi geçiyor gözümün önünden. Kendimi acındırmak için, kendimin de inandığı saçmalıkları anlatışım. "Ama ben seni çok seviyorum"lar, "Senden başka beni kim düşünür ki" diye baskı kurmalar, "Eksiğim ben görün beni, azım, eksik kaldım" diyen her halimle haykırmalar, yakınlaşmalar, uzaklaşmalar, ne halt ettiğini bilmeden alınan sert kararlar, "Bundan sonra..." ile başlayan tehdit dolu cümleler kurup, sözde yeni başlangıçlara kendini savurmalar...

Hepsini görüyorum şimdi, hepsini. "Bana vermelisiniz. Ve vermeniz için elimden ne geliyorsa yaparım. Çünkü ben yeterince alamayanım!" Celal'i de işte bu yüzden ne yapıp edip nikâh masasına oturttum. Duymamışım ki adamı. Nasıl bir felakete yuvarlandığıma bu yüzden uyanmadım. "Ben istiyorum, verecek arkadaş! İstediğimi verecek!" Herkes borçlu sanki, bütün dünya. İçimde küçük bir kız haykırıyor: "Borçlusunuz!" diye, duyuyorum "Vermediniz bana!" Ah be kızım, her şey zaten var. Uyanıyorum, var. Almamı engelleyen sadece kendimiz. Tek yapmamız gereken izin vermek, tıpkı nefesi artık almaya izin verdiğimiz gibi.

İşte beni mahveden bir inancı daha buldum, bir madenimi: "Ben yeterince alamayanım."

Çok çok küçük yaşlarda inanmış olduğum bir palavra. Zihnimde gidebildiğim kadar geri gidiyorum, o küçük kıza en eski ne zaman söylemiştik bunu diye soruyorum ve tabii ki hemen sunuyor ilk ana sebebi, zihinde hepsi kayıtlı: Annem ve babamdan almadım! Birer avukat olan ve çok çalışan annemden ve babamdan uzak kaldığım zamanlarda hep dadılar elinde ihtiyacımın istediğim şekilde karşılanmadığını düşünmem sonucu onlara yönelttiğim öfkem ve inandığım sonuç. Annem ve babam beni yeterince sevmedi, ilgi göstermedi. Doğru mu bu? Doğru, neye ve kime göre belirleniyor? Belli ki benim zihnime göre ve kabul ede ede inanç haline gelen bu düşünce beni ne hallere sokmuş, şimdi görebiliyorum. Annem ve babam sevgi, ilgi vermedi çünkü belli ki ben hak etmiyordum. Bende bozuk, kırık bir şey olmalıydı. İçimdeki küçük kız utançla öne eğdiği başını onaylamak için sallıyor. Anlıyorum, böyle inanmışım. Acı vermiş. Eksik hissettirmiş, değersiz, fark edilmeyen, es geçilen, hep yetinmek zorunda kalan Mina olmuşum. Neden peki? Onu bulamıyorum. Ama o oyuk işte buradan kaynaklanıyor, onu küçük kızın halinden anlıyorum.

Evet, işte bu kimliğin devam edebilmesi için hep yetinmek zorunda kalmışım, yani kendimi o halde bırakmışım. Çünkü hikâye bu. Ve çakma Mina hikâyesi bugüne dek nasıl bu olduysa, şimdi de zihnim, *"The show must go on!"* diyor tabii. Koruyacak aynı kimliği. Vay be! Ma'nın anlatmaya çalıştıkları şimdi iyice oturuyor. Nasıl bir yanlış anlaşma, uykuya düşmedir bu. Bu çözümleme nasıl da açıklıyor her şeyi: çakma Mina yeterince alamayan biri ise –inanç bu ise– onun varlığının devamlılığını sağlamak için zihin iki şeyi sürekli yaşatmalı bana: Öncelikle sürekli neyin eksik olduğunu, neyin yeterince olmadığını fark ettirmeli bana. Hakikaten de zihnim hayatım boyunca her an sürekli şu yok, bu yok, bu bitiyor, bu az kaldı, bu yetmiyor, bu kişi şunu vermiyor düşünceleri ile etrafı kolaçan etti ve bunları tespit edip önüme serdi. Hep bir eksiklik, her an her şeyde. Tıpkı dün akşam yaptığı gibi. Bir işim yok, bir sevgilim yok, yılbaşı programım yok, gece boyunca zihnimin tespitlerinden birkaç örnek. Planın ikinci basamağı, "yetinmek zorunda kalan Mina" olmaya devam edebilmek için yokluğu tespit edilen bu şeylere odaklanma ve bunları kimlerden alabilirim, kimler vermek zorunda, daha çok nasıl ve nereden almalıyım düşüncelerini birbiri ardına sıralama. Gerisi kolay; bu oluş ve paralelindeki davranışlarla tabii ki, "ama bak, nasıl alamıyorum ve alamadım"ı döndüre döndüre yaşatmak bana. İçim yine bulanmaya başladı. Bu nasıl bir dönme dolap, insanın kendini içine hapsettiği. O kadar net ki, nasıl daha önce göremediğime hayret ediyorum.

HİKÂYE: YETERİNCE ALAMAYAN, HAK ETMEYEN, DEĞERSİZ MİNA'NIN YAŞAMI.

"Bende yeterince yok."

"Almalıyım, bana vermeliler."

"Yine yeterince alamadım ve alamıyorum."

"Bende yeterince yok."

Birkaç düşünce içinde döne döne beslenen ve kuvvetlenen aynı inanç. Birkaç düşünce etrafında kendimi heder ettiğim bir yaşam. O çocuk olarak, o şimdi yanımda ağlayan küçük kız çocuğunun kafası ile örülmeye çalışılan bir yaşam. Bunun için "çocuk insan" diyor Ma. "Herkes uyanana kadar çocuk insandır, yaşamının sorumluluğunu almaz. 3-7 yaş arası yazdığı ana hikâyeyi oynar durur zihninin elinde." Çakma Mina dediği şey de bu zaten, zihninde düşüncelerle üretilmiş olan bir benlik. Bu yüzden dönüşüm öncelikle bu hikâyelerin kahramanı olan çakma kimlikten kendine, gerçeğine doğru özgürleşmekle, bu hikâyelere inanmayı bitirebilmekle olabiliyor ancak.

Şimdi her şey nasıl da oturdu. Dün akşam şahane bir örnek oldu bana. İşin en acı tarafı, bu kafada olunca sana verilmek istenenleri bile almıyorsun, alamıyorsun, bir sekilde uzaklaştırıyorsun. Çünkü eğer alırsan, ah alırsan, hikâye çökecek. Aldırır mı sana zihin? Dün akşam da bu yüzden o hale girdim işte. Her şey o kadar yolundaydı ki... Partide nefes almaya ve var olmaya başlamıştım. Gerçek Mina'yı yaşayabilirdim, yaşayacaktım. Ama olur mu? "Yeterince alamayan Mina"nın varlığı tehlikede. Tedavülden kalkmak üzere. Hemen bir çaresine bakmalı! Zihin bunu nasıl yapıyor peki? Tabii ki önce en zayıf noktalarına yumruklar atan, kendinden şüphe ettiren, değersizlik ve yetersizlik inancını kaşıyan, sorgulamalar içeren düşüncelerle seni sersemletiyor. *Kıyafetim iyi mi? Nasıl konuşsam onlarla? Saçım çok mu kısa oldu yoksa? Konuşsam sinir olurlar mı? Ma da beni bu kadar yalnız bırakmamalıydı. Ben kimseyi doğru dürüst tanımıyorum ki. Ma'ya yapışma kızım, sevgilisi geldi seninle mi uğraşacak?* Bunun gibi elimi ayağıma dolandıran düşüncelerle önce yetersiz çakma Mina'ya geçiş ve ardından gösteri başlasın:

"Kimse bana ilgi göstermiyor!"

Hoop! Role girdik işte. "Yeterince alamıyorum!" hikâyesine devam... Böylece sahnede yerimi alıp, yine aynı çakma kimliği sergilemeye başlıyorum.

Uyandıkça içimde zincirler boşalıyor sanki, beni hapseden bir hikâye daha zincirlerinden boşalarak benden ayrıştığından olsa gerek.

Deniz kenarına geldiğimi fark edip bir kayanın üzerine oturuyorum, benimle beraber küçük kız da oturuyor. Karam, Dost ve Biber oynuyorlar sahilde. Nefes verişime odaklanıyorum. Çünkü bu idrak ara ara içimde öfke yükselmesine sebep oluyor. Bu nasıl bir rezalet yahu? İnsanlık buna uyanmalı! Bir çakma karakter var, henüz küçücük bir çocukken onun özellikleri ne olarak yazıldı ise, haydi bakalım motor yaşam boyunca her an, her yerde aynı özellikleri sergilemeni sağlamak için çalışıyor. Hiç sorgulamıyoruz ki? Hep aynı boktan düşünceleri satın alıyoruz ve aynı boktan sahneleri yeniden yaşıyoruz. Yeterince alamayan Mina imiş, peh!

Bitti artık arkadaş, saçmalık bu! Mina'nın gerçeği bu değil. Ben de herkes gibi alabilirim. Tek yapmam gereken buna izin vermek. Bu saçma düşüncelere inanmamak, avlanmamak. Kendimi alabilme olasılıklarına açmak. Evet, dimdik bir kararlılık yükseliyor içimde. Korkan, ezik, çaresiz bu küçük kızı sarmalayacağım. O içine hapsolduğumuz daracık kutudan çıkacağız, her konuda oluşumuzun sorumluluğunu alacağız, büyüyeceğiz, gerçek bir yetişkin olacağız.

O denli net görüyorum ki! Madem ki o daracık alanda aynı düşüncelere inanarak kalmışım, şimdi oranın duvarlarını kırıp çıkma zamanı. Ma da bunu sağlıyor zaten. O daracık alandan çıkıp nefes almanı, kendi gerçeğini bulmanı, onu yaşamanı sağlayan yolu gösteriyor. Madem ki sadece düşüncelere inanarak girdik o kutuya, yeni düşüncelerle kıracağız duvarlarını. O zaman yeni düşünceler lazım bana. Bilinçli düşünceler...

Zihnimdeki bu dönme dolaptan iniyorum artık ben. Yeni dünyamı kurgulayacağım orada. Neyi deneyimlemek istiyorsam, ben düşüncelerimi ona göre bilinçle seçeceğim. Zihnime çalışması gereken yönü, düşünce üretmesi gereken yeni yönleri ben vereceğim. Zihnime de iyilik edeceğim hem. Onu, her Allah'ın günü aynı dönme dolabı çevirmeye çalışma paniğinden özgürleştireceğim. Ben bilincim. Mina'yı deneyimlemeye geldim buraya. Olan oldu. Şimdi ben Mina olarak neyi deneyimlemek istiyorum? Sevgi, ilgi, dostluk, aşk, bereket, o yeterince alamadığımı hissettiğim ne varsa hepsini alabildiğim, Mina'nın en üst olasılıklarını deneyimleyeceğim bir yaşamı istiyorum tabii. O zaman buyurun gerçek Mina'ya ait olacak bir düşünce seçelim hemen:

"BEN ALABİLECEĞİMİ FARK EDİYORUM."

O kayanın üzerinde, yüzüme vuran buz gibi rüzgâra aldırmadan hemen kocaman, bağlantılı nefesler alıp vermeye başlıyorum. Nefesimle bir, tümüyle merkezimde kalarak, yeni bir inancın ilk tohumlarını ekiyorum: "Ben alabileceğimi fark ediyorum." Nefes alıyorum. Ve bırak. Aynı düşünce ile tekrar nefes alıyorum. "Ben alabileceğimi fark ediyorum." Nefesimi her alışta daha fazlasına izin verdiğimi, kendimi tümüyle açtığımı duyumsuyorum. Daha fazla alabileceğimi fark ediyorum. Ben yaşamdan almaya izin veriyorum.

O an, o kayanın üzerinde, her an nasıl da yaşamdan almaya başladığımı fark edeceğim, deneyimleyeceğim bir yaşama niyet ediyorum. Böyle bir yaşamın olasılıklarına açıyorum kendimi. Ben bilincim, yeniden seçebilirim ve seçiyorum.

İşte Mina'nın gerçek yaşamını, o kayanın üzerinde, o anda başlatıyorum.

Yılbaşına kadar olan günlerde her gün aşağı yukarı aynı programı uyguluyorum. Sabah egzersizleri ve nefes ile güne başlama. Ardından Karam, Biber ve Dost ile bir saatlik yürüyüş. Bu yürüyüş sonrası evde yapılması gerekenleri yapıyorum, ki kendim için yemek pişirmeye de başladım. Bu içinde büyümeye başladığım yeni bir alan. Eskiden kendi başıma olduğumda ya dışardan genelde fast food tarzı yemek söylerdim ya da evde ne varsa ekmek, peynir veya kuruyemiş, hızlıca açlığımı alsın diye atıştırırdım. Kim uğraşacak Mina için? Zaten genelde sigarayı yiyordum ya neyse. Oysa bu yeni başlayan gerçek yaşamımda, tam da Ma'nın öğrettiği gibi o gün canım ne yemek istiyorsa, kendime onu pişiriyorum. Artık Mina'nın canı çok kıymetli. Boş kaldığım zamanlarda da gerçeğimi keşfetme çalışmalarına devam ediyorum. Kimim ben? Sürekli yazmaya başladım bu yüzden:

Her geçen gün ortaya çıkan bu kadını tanımaya çalışıyorum. Ne ister? Ne sever? Onun yaşamı nasıl olmalı? O kadar bağlantımı kaybetmişim ki kendimle, bu aymış kafamla, huzur, dinginlik ve hatta neşe hissederek kendimle vakit geçirmek büyük bir yenilik benim için. Yepyeni ve çok sağlam bir dost edindiğimi fark ediyorum. Birlikte vakit geçirmekten giderek daha çok hoşlandığım bir dost, ne yaparsak yapalım birlikte keyif aldığım bir dost. Yalnızlık kavramı ne denli palavra bir dram malzemesiymiş yine zihinde yaratılan. Yalnız olamaz ki insan... Hep kendi ile bir, kendi ile birlikte. Büyük bir farkındalık bu benim için. Sistem herkes için, herkesin 'ol' dediğini oldurmak için işliyor zaten. Kendine veremeyeceğin hiçbir şey yok bu yaşamda. Oysa hep dışarıda arıyoruz, dışarıdan bekliyoruz ve malesef öylesine zannettiğimizin tam tersine bir düzen ki bu, kendimizde olmadığına inandığımız bir şeyi, kendimizde bulamadığımız bir şeyi dışarıdan mümkün değil alamıyoruz ve başkasına da veremiyoruz. Nasıl verebilirim ki bende olmadığına inanıyorsam? Bu tespitim, benim neden hiçbir gerçek ilişkim olamadığını da çok güzel açıklıyor. Kendimle en ufak bir ilişkim yoktu ki. Aksine bir dakika bile yüzleşmek, kendimle birlikte vakit geçirmek istemediğim biriydim. Kendimden ölesiye bir kaçış. "Yalnızım," dediğim zamanları bu denli bir korku filmi gibi yaşamam, hep dışarıya bakıp bir kurtarıcı beklemem, kendimden hemen kaçmak için yer yer içki, bol duman, lüzumsuz ortamlar, lüzumsuz ilişkiler ya da lüzumundan fazla çalışmak gibi çözümlere can havliyle sarılmam hep bundanmış. Benim en büyük korkum, kendimmiş. Oysa kendinden kaçabilir mi insan? Hele zihni bir yandan, o kendi zannettiği korkuluğu her an parlatmak için çalışıyorsa. Bütün bir insanlık kaçmaya çalışıyor oysa... haplar, uyuşturucular, bilgisayar oyunları, alışveriş neler neler. Hayretle fark ediyorum. Ben de kaçtım ölesiye. Hep dışarıdan yardım bekledim kurtulabilmek için bu korku filminden, hep dışarıya bel bağladım. Kimse tabii ki kurtaramadıkça beni benden, giderek her anımı etrafı suçlama ya da istediklerimi onlara yaptırabilmek için türlü numaralar kurgulamak ile geçirdim. Öylesine bir kendilik nefreti ki bu kendini görmemek, kendinle olmamak için her fırsatın değerlendirildiği bir kendinden kaçıştan ibaret yapıyor günleri, geceleri.

O an Ma'nın ne yaptığı da çok netleşiyor. Kolumdan tuttuğu gibi beni, yönümü tam tersine çevirdi. Gözlerimin ta içine bakmamı sağladı. Orada gerçeğimi görebilmeye başladıktan sonra zaten o korktuğumun bir balon olduğunu görebilmeye başladım. O zaman "gerçeğim" diye adlandırdığım bu zengin, verimli, muhteşem olasılıklar barındıran tarlaya girebilmeye, oraya buraya dikilmiş korkulukları temizlemeye ve bu varoluşun özelliklerini keşfedebilmeye başladım. Şimdi ise onunla neler yetiştirebileceğimi, kendime ve etrafa neler sunabileceğimi bulma ve deneyimleme sürecine yaklaşıyorum ve bundan da geçeceğim biliyorum. O gün deniz kenarında, o kayanın üzerinde, kendime özgürleşme sorumluluğunu aldım ben. Yaşam yönümü eskinin tam tersine çevirerek ölesiye kaçtığım bu kadının gerçeğini görebilmeye, onu anlamaya ve kendisi olmayı deneyimlemesine izin vermeye çalışıyorum. Bilincin tasarım ile uyumlu hale gelmesi dedikleri olsa gerek bu. Öyle ya, bilinç Mina olmaya geldiği bu yaşamda zihinle özdeşleşme yanılgısına düştüğünde ortada bir Mina kalmıyor ki. Kim olduğu tanımlanamayan bir çakma kimlik dolaşıyor ortada. Hep aynı şeyleri döne döne yaşayan bir hayalet. Nasıl aynıyı yaşamasın ki? İnanılan düşünceler aynı ise, oluş aynı ve dolayısıyla olasılıklar evreninden çekilen deneyimler aynı. Ne kadar uğraşsan da sözde, gelinen nokta hep aynı. Kendilik nefreti de her başarısızlıkla, her aynı noktaya dönüşle, her kendini bağlayan görünmez zincirlerden kurtulamayıp acı ile kıvranışla daha da çok artıyor.

Kendini bilebilmek öylesine düşük bir ihtimal ki bu tuzağa düşmüş insanoğlu için... Kendini bil! Böyle denmiş, önerilmiş asırlar önce. Tabii ya! Hangi seviyeden bakarsak bakalım, kendini bilmek-

ten öyle uzak yaşıyor ki insan. İnsan olmak ne demek? Hiç bunu sorguluyor muyuz? Ne benzersiz insan tarafımızla ve tasarım özelliklerimizle bu yaşama katacaklarımızı sunabiliyor ne de oluşumuzla deneyimleyebiliyoruz seçtiğimiz bu muhteşem yolculuğu bilinç olarak. "İnsanoğlu" denmiş dilimizde, ama ben bunu "insan oluş" diye düzeltmek isterdim. Her insan demek istediğimizde, insan olabilmek gerektiğini hatırlayalım diye. Bu konu giderek netleşiyor içimde. Bugünlerde ben kendimi keşfediyorum. Bilincimle tasarımımın birlikteliğini yakalamaya, insan olmaya başlamaya gayret ediyorum.

Kendimle baş başa geçen bugünlerin ardından yılbaşı akşamını da kendimle geçirmeyi seçiyorum. Kendi yılbaşı programlarına dahil olmam için Naz ve Reyhan aradılar ama teşekkür edip, durumu açıklayarak onları geri çevirdim. Anladılar tabii, onlar da aynı yolu yürüyorlar. Yıllarca her yılbaşını da tabii ki hiç de istemediğim şekilde geçirdim, hiç istediğim gibi bir yılbaşı programının olmadığına inandım. Tabii ki yine onu da alamıyordum. Yılbaşı nefreti oluşmuştu bende. Hani "Yılbaşında ne yapıyorsun?" derler ya, nefret bir soruydu benim için. Herkes yılbaşı programlarını önüne sererken... İşte bu yüzden bu yılbaşı başka olacak, güzel olacak, tam da istediğim gibi neşe, sevgi, bolluk, huzur duyguları ile gireceğim yeni yıla. Çünkü en sevgili dostumla geçirmeye hazırlanıyorum yılbaşımı. Mina'yla. Tabii Karam, Biber ve Dost da eşlik edecek bize.

Yılbaşı günü kendim için özel bir alışverişe çıktım, kendi soframı için. Çok sevdiğim birkaç mezeyi yaptım kendime. Bu keyfe bir kadeh şarap ile eşlik etmek için en sevdiğim şaraptan aldım. Artık pek içebildiğim bir şey değil içki, buraya geldiğimden bu yana boşanma günü ve parti gecesi hariç hiç içmedim. İlk günler canımın çektiği olmadı değil, ama sonraları unuttum gitti. Akşam o bir kadehi içerken de, böyle kırk yılda bir canım isterse, bir kadeh olacak belli ki, diye düşündüm. Hani olsa da olur olmasa da. Belki böyle keyfimi vurgulamak istediğim anlarda, kim bilir? Keyifle hazırladığım soframda en yakın dostumla yemeğimi yedim. Bu yeni yıldan beklediğimiz çok şeyler var. Yeni bir ev, yeni dostluklar, yeni bir iş... kim bilir? Tek bildiğim eskiye ait hiçbir şeyin artık bana bir anlam ifade etmediği.

Yemek sonrasında kâh müzik dinleyerek yeni yaşamımda neler yapabileceğimi düşledim, kâh notlar aldım Ma ile çözdüklerimi paylaşabilmek için… İçgörülerimi, idraklerimi ve keşiflerimi atlamamak için yazılar yazdım. Zaman yeni yıla geçerken ben de Karam, Biber ve Dost ile sarmaş dolaş yepyeni bir döneme adım attığımı biliyordum. Ardından hemen yeni yıl o gece ilk sürprizini getirdi bana.

Saat 00.30 civarı bahçe kapısına bir arabanın yanaştığını, özellikle de köpeklerin bağırmasından fark ettim. Dışarı çıkabilmeleri için kapıyı açtım, gittiler ve hemen sesleri kesildi, belli ki tanıdıkları biriydi. Hemen bahçenin ışıklarını yaktım ve aynı anda sesini duydum: "Mina, kahveye misafir kabul eder misin, yoksa çok mu geç kaldım?"

Kerem bahçe kapısından el sallayarak sesleniyordu bana. Şaşırmıştım, ama sevinmiştim de. Açıkçası ara ara partide yapmış olduğum kazmalığı nasıl affettireceğimi de düşünüyordum, ki bu iyi bir fırsat olabilirdi.

"Yok buyur Kerem," diye seslendim ben de.

Paçalarında sevinçle dört dönen Biber, Karam ve Dost'a rağmen seri adımlarla bana doğru geliyor. Elinde bir buket çiçek. "İyi seneler Mina!" diyerek bana uzatıyor. Hoşuma gidiyor. Hem nasıl hoşuma gidiyor bu. Çiçek almaya pek alışkın olmayan ben, kıkırdıyorum kendi kendime evden içeri girerken... Yeni yaşamım bu işte: "Ben alabilen Mina'yım ya artık," diyorum içimden.

Kahveyi yaparken Kerem'i dinliyorum bir yandan.

"Biliyorsun bazılarımız Reyhan'da buluştuk. Reyhan, senin kendinle ilk yılbaşı planını anlattı, çok hoşuma gitti doğrusu ve şehre dönmeden bir uğramak, bu yeni yılda şu ana dek pek beceremediğimiz iletişimi belki kurarız diye..."

"Ya Kerem, o benim hanzoluğum kusura bakma."

Kahvesini verip kendi kahvemle karşısına otururken heyecanla savunmama devam ediyorum:

"Senin bir kabahatin yok ki. Hem benden çok ileridesiniz ve ben bazı konuştuklarınızı tersten düzden anlıyorum hem de partide bayağı bir dengem şaştı benim, iyice saçmaladım, ben de senden özür dileyecektim za..."

Bir elini yukarı kaldırarak sözümü kesiyor.

"Minacım özür yok. Eğer birbirimizi anlayamaz isek ve böyle bozulmalar, takılmalar filan yaşayacaksak, gerçeği görememişiz demektir. O gece neler yaşamış olduğunu hepimiz biliyoruz. Üç aşağı beş yukarı hepimiz aynı deneyimlerden geçtik ve yol ilerledikçe farklı seviyelerde geçmeye de devam ediyoruz. Ne der Ma? 'Arada sallanacağız, arada düşeceğiz ve bu olduğunda şükredeceğiz. Yaşam bizi bir hikâyemizle daha yüzleştirdiği için, o her ne ise onunla göz göze gelip, temizleyip biraz daha gerçekte yaşayabilme fırsatını yakaladığımız için şükredeceğiz.'"

"Ben bunu duymamıştım ama şimdi duymak iyi geldi. Onu çok özledim, biliyor musun? Günlerdir ara ara sesi hep kulaklarımda."

"Kulaklarından o ses zor gider artık zaten," diye gülüyor. Ben de gülüyorum onunla.

"İyi miydi partiniz?"

"Evet, biliyorsun işte, bir süre sonra bir konu açılıyor sohbet muhabbet, ama güzel yemekleri kaçırdım. Reyhan ve eşi döktürmüş öyle diyorlar. Ben önce hastaneden birkaç cerrah arkadaşımla şehirde yemekteydim. Reyhanlara saat on bir gibi geldim. Yeni yıla kendi ailemle girmek istedim. Yılbaşı böyle evde dostlarla güzel Mina. Bana göre tabii."

"Haklısın."

Bayağı sohbet ediyoruz güzel güzel. Ben ve bir erkek doğal bir dost sohbetinde. Bir ajandam yok, bir planım yok. *Kızım gecenin bir yarısı niye gelsin, kesin gözü var sende.* Zihnim ne kadar araya girmeye çalışsa da, o düşüncelerin geçip gitmesine izin veriyorum. Artık hikâyelerle, varsayımlarla, gelecek tahminleri ile işim yok. Görevim, olmamasına gayret göstermek. Ben merkezimde, bu anı yaşıyorum. Bu an bana yeni bir dost getirmiş, ne güzel. Ma ile nasıl tanıştığımı soruyor, anlatıyorum. O parkta ilk karşılaşmamızdan, bu eve gelene kadarki dönemi. Ne halde olduğumu.

"Biliyorum seni ilk gördüğümde de çok farklı değildin. Valla neydi o? Kâbus gibi bir suratla, beş dakikada bir sigara. 'Al işte, bir acıların kadını daha!' demiştim içimden."

"Ya Kerem çok kötüsün, o nasıl laf?"

"Öyleydin ama... Her halin tavrın 'Bakın bana neler yaptılar, acıyın bana, devamlı puf puf puf içtiğim sigara ile ancak dayanabiliyorum bu acıya...'"

Kerem eline aldığı bir kalemle bir yandan taklidimi yapıyor. Öyle komik ki ister istemez gülüyorum. Üstelik haklı da, biliyorum.

"Şimdi ne saçma geliyordur değil mi? İnsan kendini nasıl da yok ediyor... Ama bu akşam seni çok çok iyi gördüm Mina. Partiden farklı olacağını biliyordum, zira o denli sarsılma sonrası yürüyorsan ciddi bir sıçrama yaptın demektir. Ama bu kadar iyi göreceğimi tahmin etmiyordum."

"Teşekkür ederim," diyorum yüzüm kızararak. "Peki ya sen?" diye soruyorum sonra.

"Ben ne?"

"Sen nasıl tanıştın Ma ile?"

"Haa," diyor gülerek. Bir an duruyor, bir yerlere gidiyor sanki gözleri. Tekrar bana geldiğinde, her birimizin hikâyesinde olduğu gibi, "Tam zamanında yaşamımda belirdi," diyor. "Başarılı Kerem'in çöküşünü yaşadık beraber."

"Başarılı Kerem mi?"

"Evet benim çakma Kerem'in en baş özelliklerinden biri de oydu işte. Çakma Kerem kimdi dersen? Annesinin altın çocuğu. Her şeyi en iyi yapan. Okul iyi, bir yandan piyano, ama ne çalmak konserler filan, bir yandan spor. Basket oynardım. Tabii ki okul takımında. Her alanda Kerem ve yüksek başarı ile Kerem. Çünkü o annesinin başarılı oğlu. O yüzden de ne yaparsa yapsın başarılı olmalı. İlkokul sonrası yüksek derece ile Robert Koleje giriş, okulu birincilikle bitiriş, ama bir yandan sosyal yaşamda da bir yıldız, sanma ki öyle sadece ders. Olur mu? Hiçbir alan boş kalmayacak. Kendimi bildim bileli, annem hep 'Benim başarılı oğlum,' diye severdi beni. Zihin yapışmış bu kimliğe işte. Nitekim tıp fakültesi, ardından Amerika'da yüksek lisans ve Amerika'daki genç ışık saçan Türk beyin cerrahı. Giyimde başarılı, görünüş başarılı, ilişkiler hep kontrollü..." Bir süre gülüyor. "Düşünüyorum da o ilişkileri şimdi, nasıl sahte yarabbi? Oynadığım hep aynı karakter, her alanda başarılı. Neyse, anladın işte. Derken bir gün Türkiye'den kötü haber geldi. Anneme pankreas kanseri teşhisi konmuş. Hemen döndüm annemi Amerika'ya getirmek için tabii, ama istemedi. 'Sen geldin ya oğlum, zaten kurtarırsın beni,' dedi. 'Başarılı oğlum benim.'" Gözleri dalıyor bir süre.

Susuyorum ben de, izin veriyorum o anın olmasına. Dinlemeyi, gerçekten dinlemeyi de öğreniyorum bu ara. Sonra kendine gelerek devam ediyor:

"Ve yapacağıma da gerçekten inanmıştım Mina. Ben istersem başarırdım. İstanbul'a taşındım. Bütün özel hastaneler peşime düştü tabii, en fazla fırsatı sunan şimdi çalıştığım yere girdim işte. Muayenehanemi kurdum şıkır şıkır. Tedaviye başladık. Tüm vaktimi annemin tedavisi ve İstanbul'da devam ettiğim başarılı mesleğimle, ayrıca İstanbul'un yeni gözde bekârı olarak boy gösterdiğim sosyal yaşamımla dolduruyordum. İşte o sahte, çakma karaktere ilk büyük darbe annemin ölümü ile geldi. Hikâyemden tahmin ettin herhalde, ben anneme çok düşkündüm Mina. Tek başına büyüttü beni, acayip bir kadındı; güçlü, dimdik, o kadın kanser olsun... O kadın bir yıl içinde gitsin..."

Yine gözleri dalıyor. Yine birlikte susuyoruz. Yaşadığım öylesine gerçek bir sohbet ki, öylesine içten, hesapsız. Birisi ile hem dinlemeyi hem konuşmayı hem de susmayı deneyimliyorum.

"Ve en önemlisi, o kadının başarılı oğlu annesini kurtarmayı nasıl başaramaz? Başaramadığım ilk şey, bu yaşamda en çok istemiş olduğum şey oldu. Nasıl savruldum anlatamam. Öyle böyle değil. İşte bu büyük sarsıntıdan birkaç ay sonra bir gün Ma ile tanıştım. Elinde on yaşında bir kız çocuğu, sevgili Ayşecik, randevu ile bana geldiler."

"Ayşecik kim?"

"Demirciköy'den bir yavrucak. Beyin tümörü varmış. Teşhis konulduğunda 'Açmaya gerek yok, kurtaramayız,' denmiş. Bütün köy halkı üzgün tabii, Ma'nın kulağına gitmiş. O da sıvamış kolları, İstanbul'da kim var en iyi, en başarılı beyin cerrahı?"

"Ha anladım."

"Benim için büyük fırsattı. İşte darbeyi yemiş kabuğumu yeniden sağlamlaştırmak için bir fırsat vermişti yaşam. Başarılı Kerem çıkacaktı sahneye ve iyi edecekti Ayşe'yi. Çok zayıf bir ihtimaldi Mina, ama işte o 'Başarılı Kerem' hikâyeme öyle inanmışım ki. Üstelik hikâye darbe almış, o hikâye nasıl çöker, zihnim izin verir mi? Elinden ne gelirse yapacak, yaptı da. Tabii ki, 'Sen başarırsın!' dedi. 'İşte fırsat, göster kendini!' Bir su daha alabilir miyim?"

"Tabii," diyerek fırlıyorum. Getirdiğim suyu içiyor ve devam ediyor:

"Ma bütün hastane masraflarını karşılıyordu tabii. Özel hastane, buradan kimin gücü yeter? Hikâyeyi öğrenince, ben de kendi ücretimi almamaya karar verdim. Dostluğumuz o günlerde başladı işte. Ne kadar farklı bir kadın, diye düşünmüştüm hep. Ama gerçek farkını tam da anlayamamıştım yani uyanmışlığını... Herkes gibi kendimle, kendi çakma kimliğimi sürdürmeye çalışmakla o kadar meşguldüm ki."

Neredeyse nefesimi tutmuş dinliyordum. Meğer ne ağır bir hikâye varmış ardında. Ölümler, tümörler... Hay Mina, dedim kendi kendime. Buldun yılbaşı gecesini... Ama bir kere sordum işte, geriye dönüş yok. Hem de gerçekten bilmek istiyordum.

"Ya Keremcim, anılarla seni üzdüysem..."

"Yok be güzelim, çoğu hikâye biliyorsun. O zaman ki inançlarımdan anlatıyorum sana malum. Neyse, ben kahraman gibi ameliyata girdim, neredeyse bütün köy halkı orada. Düşünsene kimse kabul etmemiş ameliyatı, bir ben. Ve öylesine emindim kendimden ya da kim bilir annemi kaybetme darbesinden sonra emin olmak istiyordum. Uzun lafın kısası ameliyattan çıktık, ama o gece Ayşe'yi kaybettik."

"Çok üzüldüm."

"Sonra ben de kendimi kaybettim işte. İşi bıraktım. Eve kapandım. İçmeye başladım."

"Hadi canım..."

"Kendime acıyarak, kimseyle görüşmeyerek. Üç ayı böyle geçirdim. Ne yapacağımı bilmiyordum Mina. Tüm hayatımı yatırdığım bir kimlik bir anda çöktü. Öyle büyük bir panik, öyle büyük bir kaybolmuşluk ki anlatamam. Tabii ki bedenim de tepki verdi. Ağır migren nöbetleri ve mide ağrıları ile sarsılmaya başladım. Sürekli ilaç alıyordum. Psikiyatr arkadaşlarım da antidepresanları dayadılar tabii. Üç ay içinde tanınmayacak hale gelmiştim bile. İşte Ma, ameliyattan sonra bir gün ziyarete geliyor, izinli olduğumu söylüyorlar. Anlıyor bir tuhaflık var, zira haftalarca cep numaramdan ulaşamıyor bana. Aramaya soruşturmaya devam ediyor ve geçen zaman üç aya dayanınca, konuyu ele almaya karar veriyor. Sor soruştur, hastanede psikiyatr arkadaşımla görüştürüyorlar ve anlıyor. Sonrası dayandı kapıma. 'Yürü,' dedi 'benimle geliyorsun.'"

"Hadi ya?" Heyecanla koltukta öne gelerek gözlerimi dört açıyorum.

"Tabii ki karşı çıktım, ama onun demir gibi iradesini biliyorsun. 'Sen gelmezsen, ben buraya yerleşirim, sen bilirsin,' dedi. Özetle senin şu an kaldığın odada ben de bayağı bir zaman geçirdim." Bunları söylerken gözlerinin içi gülüyor.

"Vay be, sende de ne hikâye varmış."

"Beni almasaydı zaten biterdim. İlaç ve alkolün de bir sınırı var, biliyorsun benim işimde eller her şey, titreme safhasına girseydim..."

"Senin bu anlattığın adamla bir bağlantın olduğuna gerçekten inanamıyorum."

"Bekle, bir süre sonra seninle de hikâyeni birleştiremeyecek kimse, görürsün."

"Ama ilk bölümü ile de kuramadım. Böyle makine gibi birini anlattın ya, buz kalıbı gibi biri canlandı gözümde; baştan aşağı mükemmel, hep başarılı."

Gülüyor ve başını sallayarak onaylıyor.

"Yani o adamla da bağdaştıramadım seni. Hele bir de dağıtmış Kerem ve şimdi nasıl bir dönüşüm bu?"

"Bu kadın acayip Mina, nerelerden nerelere getirdi her birimizi. Çünkü gerçeği koyar ortaya, gerçek dışında da her şeyi keser atar. Benim de gerçeğim, işte bu karşında oturan adammış. Kimi zaman başarılı kimi zaman da başarısız olabilen, olmaya herkes gibi hakkı olan bir insanoğlu."

"İnsanoğlu lafı yerine yeni bir önerim var, biliyor musun?"

"Nedir?"

"İnsan oluşu, '*human being*'den Türkçeye direkt aktarım."

Yine gülüyor, ne güzel gülüyor bu adam.

"Evet, insanın gerçeğini gerçekten ne güzel ifade ediyor, değil mi? İnsan tarafımız ve bilinç tarafımız. Nasıl da uykuda geçiriyoruz oysa? Ama nasıl uyanacaksın? Düşünsene zihin senin sürekli bir şey ya da bir şeyler olduğunu ispatlamaya çalışıyor. Benim hikâyemde başarılı olduğumu. Tek odak bu; her alanda başarılı ol başarılı ol, nasıl uyanacaksın Allah aşkına? Motorun elinde koştur, uğraş dur. İşte bu yüzden bu çöküşler, dibe vurmalar. Hepsi bir uyanış fırsatı aslında. Biz şanslıymışız Mina."

"Haklısın."

"Ama bu insan oluşu tanımın hoşuma gitti. Her birimiz bir insan oluşuyuz, evet. Hem yatayda hem dikeyde ilerleyen iki parçalı bir bulmaca. Uyumu bu iki parçalı bulmacayı çözdükçe, çözebildikçe yaşayan."

Çözmek deyince benim son çözdüğüm madenim geliyor aklıma ve ben de paylaşmak istiyorum. Birisine anlatırsam, o hikâyeye karşı daha da güçleneceğim. Ve parti sonrası günü anlatıyorum. İlgiyle dinliyor, onaylıyor ve bitirdiğimde yine o koca gülümsemesi.

"Çok iyi çözmüşsün Mina, Ma haklıymış."

"Hangi konuda?"

"Bize senin o ilk günlerinde, 'Bu kız yürürse en azılılarınızdan biri olacak,' demişti, haklı çıkaracak sanırım."

"Aa, öyle mi dedi?"

Birden nasıl da içimde kelebekler... Ma'dan aldığım bu onay çok mutlu ediyor beni.

"Evet, ama 'yürürse' dedi. O yüzden şımarmak yok, biliyorsun her daim yola devam. Neyse ben müsaade isteyeceğim artık, yakında sabah olacak," diyor gülerek.

"Abartma hadi, saat üç sadece," diye kapıya doğru ilerliyorum onunla. Tam dışarı çıkarken bu yeni dosta karşı içim birden minnetle doluyor. Kendimce onunla çok büyük bir deneyim yaşadığımı fark ediyorum.

"Kerem," diye sesleniyorum.

Dönüp bakıyor. Sadece iki adım uzağımda. Evet söyleyeceğim, ben artık kendimi ifade edeceğim.

"Çok teşekkür ederim. Benim ilk defa bir erkek 'arkadaşım' oldu, bir erkekle ilk defa böyle gerçek bir sohbet ettim."

"Canım Mina, her zaman," diyor. "Ben buradayım, ama sen de ol olur mu? Bizden uzak kalma artık, bu yolda hepimizin birbirimize desteği oluyor."

"Elimden geleni yapacağım Kerem, söz."

Arkasını dönüp arabasına gidişini ve arabası ile uzaklaşmasını izliyorum. İçimde başka türlü bir sevinç, başka türlü bir doygunluk hali. Tam dişlerimi fırçalarken zihnimden geçen düşünce bir an beni dalgalandırıyor: *Zaten belliydi, bunun gibi bir adam senin peşinden koşacak değil ya; belli ki Ma istemiş, seni kontrole geldi.* Derinlerdeki bir yaraya bir bıçak saplanacak gibi oluyor bir an sanki, ama bu düşüncenin geçip gitmesini izleyerek dişimi fırçalamaya devam ediyorum. Bu motorun beni eskiye çekmek için salladığı bir düşünce sadece, hepsi bu. Ağzımı çalkaladıktan sonra, aynada gözlerimin içine bakıp o an seçtiğim bir düşünceyi tekrarlıyorum, böylelikle de kendi yaşadığım bu deneyime kendim bilinçle bir anlam yüklüyorum:

"Her geçen gün yeni dostlar ediniyorum. Ben Kerem gibi bir dostu hak ediyorum."

Kerem'e verdiğim sözü tutuyorum ve yılbaşından yaklaşık on gün sonra hafta sonu Naz beni arayıp, altı yedi dost hep birlikte yemeğe gideceklerini söylediğinde, bu daveti kabul ediyorum. Yemek şehirde bir balıkçıda olacak. Ma şehre inmek istersem arabasını kullanabileceğimi söylemişti, bu nedenle yol sorunum da yok.

Benim için yemek gerçekten de çok güzel geçiyor. Naz ve erkek arkadaşı Mete, bir ressam olan Selma, Naz gibi bir mimar olan Cenk, perakende sektöründe üst düzey yönetici olan Elif ve Kerem. Naz'ın erkek arkadaşı Mete dışında hepsini daha önce zaten tanıdığımdan, benim ilk defa kendimi dahil etmemle gece çok güzel akıyor zaten. Bu akşam bu insanların arasında daha rahatım. Sohbet de güzel tabii. Bu sofrada dramlar, şikâyetler, sıkıntılar yok; yaşamın keyfini yaşama var. Herkes kendi gibi oluyor. Sadece oluyor. Ma dışındaki örnekleri ile de vakit geçirip izledikçe, gerçekten yaşamak ve gerçekte yaşamak konusunda pek çok noktayı daha iyi çözüyorum. Kerem birden dikkatleri üzerime topluyor:

"Arkadaşlar, Mina Türkçede türümüze insanoğlu yerine 'insan oluş' demeye karar vermiş. Humanbeing'den transfer."

"Bence çok yerinde," diyor Naz.

"Türk Dil Kurumuna teklif edelim," diye neşeyle destekliyor Elif.

"Yok canım, o kadar da uzun boylu değil, adamları rahat bırakalım," diyorum neşeyle. "Ama lafı açılmışken Kerem, sen o akşam insana yatay ve dikeyde ilerleyen iki parçalı bulmaca demiştin ya, kafama takıldı, biraz açıklayabilir misin?"

"Aaa, Kerem ve hem yatayda hem dikeyde yolculuk konusu çok önemlidir, vakit gelmiş bir daha dinleyelim," diye neşeyle takılıyor Selma.

"Arkadaşlar kaç kere dinledi bunu, ben sana anlatayım canım sonra..."

"Yok yahu," diyor Reyhan, "konuşulan gerçek ise yüz kere dinleriz Keremim biliyorsun."

"Benim için de destek dostum," diye atılıyor Mete. "Naz'ı daha iyi anlayabilmek için desteklerinizi bekliyorum. Zor abicim sizden kız almak."

Herkes gülmeye başlıyor. Naz dönüp dudaklarına bir öpücük konduruyor Mete'nin. O akşam bu işin ciddi olduğunu da anlıyorum böylece.

"İnsan oluş," diye lafa giriyor Kerem. "Bu isim bence de çok yerinde, çünkü insan deneyiminin olması için, insan malum bu form dünyasında iki parçadan oluşuyor. Bir tanesi tasarımı, insan tarafı. Belirli bir amaçla tasarlanmış, bütün tasarım bu amaca göre oluşturulmuş, bir başlangıcı var 'doğum' denen ve bir de sonu var 'ölüm' diye bahsedilen. İsmine 'Kerem tasarımı' diyelim. Bu başlangıç ve son arasında Kerem tasarımı yol alacak. Tasarlanma amacı ne ise onu gerçekleştirmek üzere programlı bir işletim sistemi var, ona yüklenmiş. 'Can' diyoruz malum. Tasarımın her an kendi yolunda gitmesi, en hayırlı ihtimallere götürecek seçimlerle ilerlemesini sağlayacak bilgi ile donatılmış olan Can. Yolu bilen, aracı bu yolda en iyi nasıl idare edeceğini bilen Can. Yaradılış bilgisine sahip Can. İşte bu araç + işletim sisteminden oluşan tasarım, dünyada yani yatay eksende yolculuk ile ilerliyor diyelim. 'Kerem'in yaşamı' denen yolculuk. Bu form dünyasında, bir zaman dilimi içinde ilerliyor. 'Uzun ince bir yoldayım, gidiyorum gündüz gece' misali. 'İki kapılı bir handa,' demiş, ne güzel ifade etmiş Âşık Veysel."

"Kerem'den, tasarımdan başka ne var ki dostum?" diye atlıyor Mete.

"Bilinç!" diye atlıyorum. "En önemlisi!" diyerek kadehimi kaldırıyorum: "Bilince!"

"Bilinç alkolle bulanıyor yalnız, biliyorsun," diye takılıyor Cenk kadehini benimkine tokuşturarak.

"Sizin bilinçlere bi şey olmaz abicim, kimse sizin kadar az içmiyor. İnan bu akşam en ayık balıkçı dönüşüm olacak," deyip gülüyor Mete.

"Yahu durun, konuyu dağıtmayın," diyor Naz.

"Evet evet," diye Kerem'e dönüyorum merakla.

"Evet, gelelim insan oluşunun oluş tarafına. 'Ol!' deyip olabilen bilinç tarafına. 'Ol der ve olur.' Ol deyip olabilen tasarım değil, bilinçtir. İnsan tarafı yani tasarımı, avatarı, yolculuk aracı... artık nasıl isimlendirmek isterseniz. İşte o araçla Kerem olma deneyimini yaşayacak olan bilinç. Oluşlarını seçe seçe, Kerem'in hep farklı oluş ihtimallerini deneyimleyecek olan bilinç. Kerem olma yolculuğunu deneyimlemek için gelip araca oturan yolcu bir nevi."

"Bilinç dediğiniz, bu zihin dediğiniz mi abi?" diye soruyor Mete.

"Ya Mete olur mu? Ben sana kaç kere anlattım, zihin motor diye, ne alakası var!" diyor Naz.

"Ne bileyim yavrum? Bilinç lafı ilk kez çıktı piyasaya."

"Adama kızma Naz, biliyorsun bizim konular yüklü, anca açılacak," diye destek veriyor Elif, Mete'ye.

"Devam ediyorum," diyor Kerem. "Ama sorunu da cevaplamak lazım tabii Mete."

"Sağ ol abi."

"Zihin dediğimiz, düşüncelerin üretildiği bir alan diyelim. Tasarımda bir düşünce motoru ve kayıt makinesi var. Biz buna zihin diyoruz. Zihin neden var? Bilinç, insan olma deneyimini yaşayabilsin diye."

"Abi boş ver, ben havlu atıyorum, beni pas geçin," diyor Mete.

Ben gerçekten de hızla ilerliyorum. Kerem'in her söylediği dan dan oturuyor, devam etmesini istediğimden heyecanla soruyorum:

"Yatay gidiş tamam, dikeyde giden de bilinç mi?"

"Bravo Mina! Ancak gidebilmesi için uyanmalı. Zira bilinç kendini çok küçük yaşlarda çakma Kerem ile özdeşleştirince artık Kerem'i yaşayamıyor ki. Onun yerine, derin uykusu ile bu yolu şaşmış tasarımda, o çakma kimliğin yaşamını deneyimliyor. Devamlı çakma Kerem oluyor yani. Seçim hakkı olduğunu farkedemeden aynı yerde, aynı oluşlar sergileyerek, aynı deneyimleri yaşamak. Yaşam bundan ibaret oluyor malum. Kerem, Kerem olamıyor. Bilinç, Kerem'i deneyimleyemiyor. İşte her şeyin yerli yerine oturabilmesi için ikinci eksenin ortaya çıkışı, bilincin kendi gerçeğine uyanışı lazım. Bilinç kim olduğuna uyanacak. Tasarımdan ayrı bir 'ben' olduğuna uyanacak. O tasarımı kullanan farkındalık olduğuna uyanacak."

"Yani kendini tasarımdan ayrı tutacak," diye onay arıyorum.

"Ayrılık çok sevdiğimiz bir kelime değil," diye diğerlerine doğru göz kırpıyor Kerem. Hepsi gülüyorlar. Ben espriyi anlamıyorum, ama odağımı kaybetmemek için ses çıkarmıyorum. Kerem devam ediyor:

"Farkındalık diyelim. Farkına varacak, o araçta yolculuk eden olduğuna uyanacak. Zira insan deneyimi için birlikte işlemek lazım."

"Nasıl?"

"Bilinç önce Kerem'in Kerem olmasına izin verecek. Zihin kenara alınacak, kendi görevi çerçevesinde akıl olarak işlemesi sağlanacak. Böylelikle tasarım yatayda yani burada, yaşamda kendi yörüngesine oturacak ve Kerem olmaya, yaşamda yerini bulmaya başlayacak."

"Yaşamda yerini bulmak derken?"

Heyecanla atlıyorum, zira bu ifade son günlerde en çok odaklandığım konuyu çağrıştırıyor.

"Yaşamda yerini bulmaktan kastım, tasarımın kendi amacını gerçekleştirebilmesi."

"Nasıl? Nereden anlayacağım?"

"Sen bir şey yapmayacaksın Mina. Sen Mina olmaya başladığında, yaşam seni kullanacak, zaten Mina yaşam tarafından o amaçla kullanılmak üzere tasarlandı. Bırak, araç yaşamda yönünü kolaylıkla bulur, göreceksin."

"Evet haklısın, Ma da anlatmıştı bunu geçenlerde. Ancak oturacak. Peki anladığım tasarımın amacına uygun ilerleyişine yatay gidiş diyorsun. Peki ya dikey?"

"İşte o, bilincin uyanışı ve yükselişi Mina."

Bu yeterli gelmiyor. Soran gözlerle ona bakmaya devam ediyorum.

"Bilinç uyanıp Kerem'i Kerem olabilmeye bıraktığında, onun üzerinden deneyimleyecek yaşamı. Deneyimleyebildikçe tamlığı, mükemmelliği görecek. Kendini bilecek. Bilinç böylece kendi gerçeğine uyanacak adım adım. Eee, yükselme deyince de dikey ilerleme işte. O da bilincin diğer yandan ilerlediği yol diyelim. Ben böyle oturttum kafada."

Herkesin bana baktığını fark ediyorum merakla. Gülümsüyorum.

"Olacak merak etmeyin, büyük bir jeton yerine yerleşiyor," diyorum gülerek.

"Eee, o zaman haydi düşürelim onu," diye devam ediyor Kerem. "Yani bak hepsini birleştirip bulmacayı çözersek, bilinç kendi gerçeğine uyanacak ve seçen olarak yolcu koltuğuna geçecek. Zihnin her an sunduğu içeriğe mahkûm olmadığını, her an oluşunu belirleme imkânına sahip olduğunu fark edecek. Artık seçen ve seçtiği oluşlar üzerinden tasarımı deneyimleyen olacak. Bunun için zihni, kendisine sunulmuş bu muhteşem aracı doğru şekilde 'anda' kullanacak. Zihnin, tasarımı yönetme yanılgısına son verecek. Zihin yapamaz, zihin tasarımı yönetemez. Tasarımın yönetimini kendi şoförüne bırakacak. Yani Kerem'in kendi yaradılışına bırakacak işleyişi. Her anda yaşam ile Kerem karşılaşmasını, nasıl 'OL'mak isterse öyle deneyimleyecek. Tasarım tasarımlığını, bilinç bilinçliğini yaşayacak. Kerem Kerem oldukça bilinç kendi tamlığını, mükemmelliğini, birliğini Kerem'de keşfedecek. Kendi gerçeğini bilecek yeniden. Her iki parça da kendi amacını gerçekleştirecekleri uyumlu bir beraberlikle akıp gidecekler. Sonuç tatmin, başarı, huzur, sürprizlerle dolu bir yaşam. Artık amaç o tasarım için ne ise. İşte insan oluş dediğimiz varlığın bütünlüğünü yaşayarak yol alması ancak böyle oluyor. İnsanın insan olması, oluş ilmini sergileyerek yaşayabilmek ile oluyor. Yani bilinç kendine, seçim gücüne uyanmadan olmuyor."

"O zaman aydınlanan bilinç!" diye heyecanla atlıyorum ben.

"Yine bravo Mina, hep bu noktada bir kere daha uykuya batıyor insan çünkü. Kerem aydınlanacak sanıyorlar. Türlü yöntemlere para ve zaman akıtılıyor, aydınlanma uğruna yıllar harcanıyor, hep o çakma kimlikleri 'uyanmış kişi' yapacağız diye. Ne o çakma kimlikler ne de tasarım uyanır. Uyanamaz. O bir tasarım, kendine ait bir amacı, yolu var. Gerçeğini yaşamasına fırsat verilirse yaşayacak, yaşama kendini sunacak ve sonlanacak. Uyanacak olan bilinç. Önce 'Ben bu beden değilim; bu zihin, bu kafadaki ses, bu duygular ben değilim,' diyerek 'Ben bunları fark edenim. Deneyimleyebilenim.' Ve 'Ben kimim?' sorusu bir kere daha sorulup, zamanla ve giderek daha çok gerçek cevabına kavuşacak: Ben her şeyim. Ve tabii hiçbir şey değilim."

"Arkadaşım sana bir kere daha şapka çıkarıyorum, helal valla, bu kadar net!" diye atlıyor Selma.

"Kerem müteşekkirim, nasıl düştü jeton. Süpersin çok iyi anladım... Her şey tam tamına oturdu. Bilinç uykuda, tasarımın üzerine bir çakma kılıf giydirilmiş, zihin tarafından zorla yürütülmeye çalışılıyor."

"Ha ha ha! Aynen öyle. Yürümez halbuki zihnin elinde, kendi şöförü lazım. Can bilir onun her an nereye yönlenmesi gerektiğini. Bilinç ise deneyimleyecek, keyfini sürecek, amaçladığı gibi bu Kerem tasarımını kullanarak, kendi gerçeğinin idrakine daha da yükselecek. İyi çok sevindim," diyor, su kadehini içkiymiş gibi bana doğru kaldırarak.

"Bir tek bu son cümleni anlamadım, her şeyim ve hiçim..."

"O diğer dostlarım için ukalaca eklediğim bir cümleydi, zamanı gelince Ma ile gelirsin o bölüme, bana güven. Ben de papara yemeyeyim şimdi Ma'dan," diyor gülerek ve diğerleri de başlarını sallıyor.

"Olması gerektiği zaman olur canım," diyor Elif. "Bırak olsun."

"Evet, bırak olsun!" diye hep bir ağızdan destekliyorlar.

Gece daha gündelik sohbetlerle sonlanıyor. Taşınılan yeni evler, işlerde alınan yeni kararlar, ilerlemeler, Reyhan'ın hamilelik haberi arasında kahvelerimizi de bitiriyoruz. Arabamın yanına geldiğimde Hasan Efendi'yi karşımda görünce şaşırıyorum.

"Hayırdır Hasan Efendi?"

"Hayırdır hayır Mina Hanım, korkmayın. Kerem Bey gece yalnız dönmenizi istemedi, rica etti geldim, birlikte döneriz köye."

"Hay Allah," diyorum şaşkınlıkla. "Seni de yorduk yahu."

"Ne yorulması? Ne var? Boğaz havası aldım işte," diyor Hasan Efendi.

Sonra Kerem'in onu taksiyle buraya kadar getirttiğini öğreniyorum. Gece içki de içildiği için tek başıma dönmemi istememiş. Artık ne kadar az içebildiğimi bilmiyor tabii. Ama olsun, hoşuma gidiyor. Kerem'e teşekkür için telefon ettikten sonra huzurla arabanın arka koltuğuna bırakıyorum kendimi. Aklıma yolcu geliyor. Bilinç de böyle olmalı diye düşünüyorum. Araba gidiyor, araba nereye gideceğini biliyor, ben ise bu mükemmel gecede bu yolculuğu deneyimliyorum. Huzurluyum, umutluyum, etrafımdaki gece ışık içinde sanki. Öylesine bir aydınlık var içimde. "Ben bilincim, seçebilirim." Yaşam da böyle yaşanmalı. Şimdi Kerem'in bu jestini fırsat bilip bilinçli bir düşünce seçmeliyim, diye düşünüyorum: "Her geçen gün ne kadar değerli olduğumu fark ediyorum." Ağzım kulaklarımda kendimi yola, yolculuğa, geceye bırakıyorum.

Ve nihayet geldi. Hasan Efendi'nin arabası evin bahçe kapısının önünde durunca sevinçle dışarı fırlıyorum. Arabadan indiğinde sarılıyoruz, ne çok özlemişim.

Beni şöyle bir kendinden uzaklaştırıp bakıyor ve teşhisi koyuyor:

"Aferin Mina, çok iyi gördüm seni, yola devam!" diyor gülerek.

O gün her fırsatta ara kapatıyoruz. Ne çok şey biriktirmişim; neler yaptığım, neler keşfettiğim, nasıl yaşadığım hepsini bir bir sıralıyorum. Özellikle de diğerleri ile dostluk kurmama çok seviniyor. "Birbirinize sıkı sarılın, birbiriniz için çok kıymetlisiniz bu yolda," diye yeni dostlarımın öneminin altını çiziyor. Gün boyunca, her çay kahve molamızda bana gezdiği yerleri anlatıyor, fotoğraflara bakıyoruz. Öyle güzel pozları var ki Alp Bey ile... Pek çok fotoğrafa bakarken, "Dilerim yaşamlarının sonuna kadar böyle mutlulukla birlikte olsunlar," diye içimden koca bir niyet yükseliyor onun adına. Akşam yemeği sonrası kahvemizi içerken beklenen konuya geliyor:

"Yeni yaşamın ile ilgili gelişmeler var mı içinde bakalım?"

"Evet Ma, seninle paylaşmak istediğim görüşlerim var."

"Ok o zaman, yarın paylaşıp ilerleyelim ne dersin? Ben şöyle iyice bir dinleneyim, gezme yorgunu yaptı bu adam beni. Oraya da gidelim buraya da derken," diye gülümseyen bir söylenmeyle yatak odasına ilerliyor.

Ben de bir süre daha oturup, paylaşacaklarımı bir kez daha gözden geçirdikten sonra odama ilerliyorum.

Sabah uyandığımda evde yaşam çoktan başlamış. Nasıl olduysa uyuyakalmışım. Ma gelince herhalde rahatladım iyice, diye düşünüyorum. Yüzümü yıkarken içeriden haftada iki gün evi temizlemeye gelen Sündüz Hanım ile Ma'nın sesleri geliyor. Sündüz bir Demirciköylü. Herkesin Ma ile bir hikâyesi var ya, o da on yıl önce Ma'ya ilk geldiğinde; otuzlu yaşlarında, hiç gülmeyen, asabi, bekâr bir kadınmış. Ma da durur mu tutturmuş, "Bak nefes almıyorsun, gel nefesini düzeltelim, bak çok daha huzurlu olacaksın," diye Sündüz'ün başının etini yemeye. Sündüz dayanamayıp kabul etmiş sonunda. Başlamışlar nefes çalışmaya. Bu çalışmaların hemen ardından bizim Sündüz bir ay içinde evlenince, mahallede ne kadar bekâr varsa Ma'nın kapısına dayanmış: "Abla sen bir şey yapıyormuşşun, kısmet açılıyormuş diye..." Ne gülmüştüm bu hikâyeye.

"Gel de anlat," diye açıklamıştı Ma. "Nefes çalışmalarına başlamadan önce, 'Nefes aldıktan sonra yaşamında pek çok şey değişir; daha rahat, mutlu, sağlıklı, neşeli olursun,' diye nefesin faydalarından bahsetmiştim. Kızcağızım da koca istermiş meğer. Benim 'yaşamın dönüşür' konuşmalarımı 'koca bulabilirim' diye yorumlamış ve inanmış. İnanmasa nafile... Biliyorsun inanç dünyası burası, neye inanırsan o. Olmuş işte. Ama herkes beni büyücü yerine koydu mu? Anlatamadım da, 'Nasıl böyle bir söz veririm ayol, onun zaten kısmeti gelmiş,' deyip zor döndürdüm kızları," diye güle güle anlatmıştı. Kapıda kızlarla Ma'nin halini görmek isterdim doğrusu. Nasıl sevmez böyle üfürük işleri, inançları. Her şey bilimsel olmalı ona göre, desteklenmeli. Hiç sevmez boş beklentileri, dramları, hikâyeleri. Şimdi de bir başka komedi yaşanıyor içeride aynı ikili ile. Mutfakta kahvaltımı hazırlarken eğlenerek dinliyorum:

"Sündüzcüğüm ne oldu yani şimdi? Ağlıyorsun da olan ne?"

"Ne olacak anacım? Söyledim ya geldiğimde. Arabanın altında kalıyordum dün, ölüyordum, yine aklıma geldi işte," diye ağlıyor Sündüz.

"Ne zaman oldu bu?"

"Dün öğlen."

"Hay Allahım, kızım onu diyorum ya işte! Olalı bak ne kadar olmuş ve yaşıyorsun, neden hâlâ ağlıyorsun ayol? Sabah geldiğinde de ağlıyordun, o zaman da dedim ya, geçmiş bitmiş, bir gün geçmiş aradan yahu."

"Ma Ana, anlamıyor musun ölüyordum diyorum, çok korktum."

"Geçmiş olsun canım, anlıyorum, ama ben de sana şunu anlatmaya çalışıyorum. Olan oldu değil mi? Bir kaza tehlikesi atlattın. Şimdi bu olayın ertesinde 'Az daha ölüyordum,' diye kafanda çevirip çevirip, ikide bir ağlayacağına, neden 'Çok şükür yaşıyorum,' diye mutlu olmuyorsun. Bak çok şükür yaşıyorsun yahu, hadi bayramımız olsun!"

"..."

"Yani bak öyle düşününce ağlıyorsun, böyle düşününce gülüyorsun. O zaman böyle düşünelim değil mi kızım? Akıllı ol biraz..."

Elimde olmadan kıkırdıyorum ben de. Bu kadının her an, her yerde herkese bir şeyler aktarmaya çalışması, bu insanı uyandırma aşkı beni benden alıyor.

"Günaydın," diye lafa girip Sündüz'ün imdadına yetişiyorum. "Geçmiş olsun Sündüzüm," diyorum. Ama Ma bırakır mı?

"Şükür diyor, şükür. Hiçbir şeyi hatırlamazsanız bile bunu hatırlayın. Ne olursa olsun şükredin. Neden? Çünkü şükrettiğin an, var olana odaklanıyorsun demektir, yoksunluk yok demektir, hooop merkezdesin, evdesin demektir. O zaman otomatikman yaşam dengede, hayrına akar. Çok önemlidir şükretmek!"

Sündüz lafın gidişatını kaldıramadığından kalkıp işe koyuluyor. Kahvaltıdan sonra Ma biraz çalışmak istiyor, ben de ona vermek için yazılarımı toparlıyorum ve biraz da yemek yapıyorum. Nihayet yürüyüş zamanımız geliyor, onunla yürüyüşleri çok özlediğimden heyecanla bekliyorum bahçe kapısının önünde.

Yürüyüşe geçmemizden kısa bir süre sonra, "Eee anlat bakalım," diyor.

Heyecanlıyım, mümkün olduğunca merkezimde kalarak içimdekileri döküyorum:

"Ma, ben İstanbul'da yaşamak istemiyorum bu çok net. Burada gözümü açtığımdan mıdır, gerçekten burada nefes aldığımdan mıdır nedir bilmem, ama Demirciköy'ü tarifsiz seviyorum. Hep bunu düşünüyorum, Ulus'ta yaşamak istemiyorum. Bir de iş konusu var tabii kafamı kurcalayan, ben artık eski işimi de yapmak istemiyorum. İşte bu noktaya da gelince tıkanıyorum, malum çok bir param yok, iyice suyunu çekti."

"Tıkanacak bir şey yok Mina. Ne yapmak istiyorsun peki, hiç o tarafa baktın mı?"

"Baktım esasında. Sen hep dersin ya, 'İnsanı işi tatmin etmeli,' diye... 'Çalıştıkça iyi hissetmelisin yaptığın işte, sabahları keyifle uyanıp işine başlamalısın, hatta aşk yaşamalısın. Ne kadar yüksek hissedersen o kadar iyi, o kadar doğru işliyorsun demektir,' diye... İşte hep buradan baktım konuya ve bir tek şey bu tanıma uyuyor ama o da ortada olmayan bir şey ve..."

"Mina uzatmasan, biliyorsun sevmem uzayan mevzuları..."

"Tamam tamam bak, seninle ilk tanıştığım günden bu yana her yeni idrakimde kimi zaman öfkeyle, kimi zaman büyük bir istekle hep aynı şeyi söylediğimi fark ettim. Sen yokken o gün o kayada da aynı laf döküldü dudaklarımdan: 'Herkese bunları anlatmak lazım. Herkesin bu aldatmacadan, bu acı veren dönme dolaptan kurtulmasına destek olmak lazım.' Bunu ne zaman düşünsem büyük bir istek oluyor içimde. Nasıl herkese anlatılmaz bu, nasıl insanlık bu kadar bilinçsiz yaşar, diye filan. Sonra fark ettim ki, ben bunu yapmak istiyorum Ma. Yani bunları anlatmak, aktarmak istiyorum."

"Nasıl yapmayı düşünüyorsun bunu?"

"Esas konu zihinden özgürleşme malum. Nasıl yapmalıyım diye düşündüm. Böyle senin yaptığın gibi bir insanı al, her şeyiyle bu kadar uğraş olamaz tabii. O zaman benim istediğim gibi, çok kişiye anlatamayız. Benim düşündüğüm şu: Bu yoldaki en önemli adımları ve kilometre taşlarını anlatan, nasıl yürüneceği ile ilgili her zaman kullanabilecekleri teknikleri sunan, senin tüm verdiklerinle benim kendi bu yolda deneyimlediklerimi belirli bir yapıya oturtan bir program hazırlasam diyorum. Bir akış kurgulasam, nefesle harmanlasam ve bir plan haline getirsem. Olabildiğince basit. Hani hap haline getirsem. Acayip heyecanlandırıyor bu beni Ma. Olur mu bilmem, ama bana olabilir gibi geliyor. Tabii senin de desteğinle. Bunu bir program haline getirsem ve insanlara nefesle birlikte bu programı aktarsam, ne dersin? İkisi bir arada olursa çok daha etkili bir dönüşüm çünkü."

"Bence harika bir plan."

Sevinçten kalbim duracak. O onaylıyorsa umut var demek, saçmalık olsa, olmayacak olsa söylerdi...

"Heyoo, bu görüşüne çok sevindim Ma," diye yerimde zıplıyorum birkaç kez.

"Dur, dur. Öncelikle bir hazırlık döneminden geçmen lazım. Şu an kendin ele gelmeye başladın evet. Ama şimdi, öncelikle yaşamın içine dönmen lazım. Bir yandan kendi gerçeğinle yaşamda yürürken, bir yandan bunları aktarmak için kendini geliştirmen ve bunun en önemli kısmı olacak şekilde kendinle çok çok ve hatta acımasızca çalışman lazım Mina. Başkalarına gerçeği aktarmak için, onların hikâyelerini kesip atmak, onların yaratıp içinde boğuldukları dramlara karşı tepkisiz kalıp, onların elinden tutup gerçeğe çıkarmak için, kendinde sahte olan ne varsa bir bir bırakman lazım. Bu da yaşam içinde bir vakit."

"Tabii ki hazır olduğum zaman. Önce hazırlık dönemi, kurgulama... Ama o arada nefes işini çözerim zaten. Nefes çalıştığım kişilerle de ufak ufak zihin tarafını pratik ederim diye düşünüyorum, sonra zaten akış nereye derse Ma."

"Bunları düşündüğünde ne hissediyorsun?"

"Öyle heyecanlanıyorum ki, yerimde duramıyorum."

"O zaman tamamdır. Çok sevindim açıkçası. Ve yine açıkçası hiç şaşırmadım Mina. Daha ilk günden bir şekilde senin bana böyle bir desteğin olacağını hissettim sanki. Yürürse demiştim, ah bir yürürse benimle... Bak ben de artık yetmiş oldum, kaç kişiyle böyle birebir ilgilen filan. Bunların daha çok kişiye aktarılması en büyük dileğim olur."

"Ma, sen hayat kurtarıyorsun. Senin gibi..."

"Daha da iyisini yapacaksın Mina. Öyle basit bir forma sokacaksın ki önce onlarca, sonra yüzlerce insana ulaşacak bak görürsün. Çok sevindim."

İçimden yıldırımlar geçiyor sanki, anladı beni, öyle bir heyecan dalgası. "Acaba ne zaman olur?" diye gelen bir düşünceyle, bilinçsizce sözler dökülüyor ağzımdan:

"İşte bakalım, henüz o noktadan çok uzağım ama. Daha ne evim ne barkım belli. Sonra para kazanmak lazım..."

"Bak Mina, şimdi beni çok iyi dinle: Bütün mesele ne tarafa odaklandığındır. Çünkü odaklandığın ne ise, o olursun. Bir durum istediğin gibi değilse, iki seçenek vardır: Ya problem diye isimlendireceğin alana odaklanırsın ya da çözüm alanına. Bu iki alan birbirinden tamamen ayrı alanlardır. Tamamen ayrı dünyalardır, çünkü titreşimleri tamamen farklıdır. Tamam mıyız buraya kadar?"

Başımı onaylamak için sallayarak yürümeye devam ediyorum. Yanlış konuştuğumu fark ettim. Ma'yı yükseltmeden, aktardıklarını alabilmek derdine düşüyorum. Ma devam ediyor:

"Bütün mesele şudur: Odaklandığın ne ise onunla bir olursun, o olursun. Bu âlemde kim olmayı seçiyorsan, deneyimlemen için yaşam sana onu misli ile sunar. Ol diyorsun ya. 'Ben'im' demek 'Ol!' demektir Mina, biliyorsun. Probleme odaklanırsan, bu ne demek? 'Ben problem-im!' demek. O zaman tek deneyimleyeceğin problemler olur."

"Nasıl odaklanıyorum ben?"

Elini kaldırıp kesiyor beni. Tam gaz devam ediyor:

"'Ay param yok, ay evim yok, bunu yapmak istiyorum, ama durumum müsait değil,' diye konuşuyorsun ya içinde ya da dışında az önce olduğu gibi, işte bunlar probleme odaklanmaktır ve sana tek getireceği, düşünden daha da uzaklaşmanı sağlayacak oluşlardır. Her an yaşamda daha çok imkânsızlık görür, onu yaşarsın."

"Yani onu mu yaratıyorum?"

"Yaratmak değil, kendi adına gerçekleştirmek. Zihin neye inanıyorsa onu görür Mina, onu deneyimletir sana. Bilinçsiz insanın seçim hakkı var mı? Ben çok şanssızım, diye inanıp ne kadar şanslı olduğunu deneyimleyen bir insan olabilir mi ha? Sen de o yok, bu yok dersen hep yapmış olduğun gibi sadece yokluk görür, onu yaşarsın."

"Yok böyle olmasın. Gerçekten çok istiyorum bu yeni yaşamı Ma, laf olsun diye konuşmuyorum."

"O zaman konuştuğun, düşündüğün, odaklandığın orası olmayacak Mina! Odağını çözüm alanına çevireceksin. Bilinçli olarak seçim yapacaksın."

"Nasıl?"

"Tek bir soru, niyet yeterli: 'Ben şimdi ne yapabilirim?' Bu soru öylesine büyük bir güç içerir ki, her şeyi değiştirir Mina. Çünkü seni problem alanından alır, çözüm alanına odaklar. Zihin, zevzeklikle uğraşacağına, anda akıl olarak çözüm için çalışmaya başlar ve odaklanma arttıkça hooop gelsin olasılıklar. Deneyelim mi? Sor bakalım kendine bu soruyu, odaklan çözüm tarafına, neler olacak, neler çıkacak? Paylaşalım sonra olur mu?"

Başımı sallıyorum yine onaylayarak. Hakikaten de hep nelerin yok olduğuna odaklanıp durmuş olduğumu fark ediyorum. Yok yok hikâyem girmiş yine devreye. Hep öyle yapmıyor muyuz? Bunu yapabilmem için önce şu, şu, şu olsun öyle. Bu bu hallolursa, o zaman tamam. Ama dehşetle fark ediyorum ki o "şu, şu, şu"lar lazım ya da "bu, bu, bu"lar eksik lakırdıları, problemler, engeller. Odaklandığımız hep onlar olmuyor mu? "Ev yok, para yok, istiyorum da nasıl yapacağım, nasıl çözsem?" diye diye içimden güya hedefe ulaşmak için düşünüyorum. Ama anlıyorum ki bu düşünceler sadece beni hedefimden uzaklaştırmak oluyor esasında, kendi bacağıma kurşun sıkmak oluyor bir nevi. Sadece problem ve eksik görüyorum. Onları yaşıyorum. Hay Allah! Nasıl da farkında olmadan yiyoruz golleri, nasıl da pisi pisine kayıp gidiyor yaşam.

"Ma, çok haklısın. Ne dediğini görebiliyorum." Bak işte yine o ateş basıyor içime, hakikaten bunları anlatmam lazım diye heyecanla zıplıyorum yanında.

"O zaman doğru yöne odaklan. Gerçekleştiremediklerimiz hep kendimiz çözmemiz, yapmamız, bulmamız lazım diye düşünmemizden. Bir kez daha söylüyorum. Biz buraya deneyimlemeye geldik, çözmeye değil! Problemleri çözmek, cevapları bulmak için burada değiliz. Bulunacak, çözülecek bir şey yok. Sen insansın. Cevaba, çözüme 'Ol!' diyecek olansın. Neyi deneyimlemek istiyorsan, onun sorumluluğunu alacaksın demektir bu. Nasıl alınacak sorumluluk? Buraya çok dikkat et: O deneyimi yaşayacak kişi olmayı seçerek!"

"Yani?"

"Yani mi? Sence sen benim param yok, evim yok diye odaklandığında, o programı yazan kişi mi oluyorsun? O kişi böyle mızmızlanan biri mi?"

Nereye geldiğimizi anlıyorum. Ne kadar haklı, ne kadar. Bu şekilde bakıldığında, ben o olmak istediğim kişiden çok uzağım. Sadece o kişiyi olmak isteyen, ama o kişi ile aramdaki engelleri ve eksikleri "gören"im. Bu düşüncelerimi paylaşıyorum Ma ile.

"Aynen işte Mina. Burada bir deneyimi yaşaman için önce olman gerekir. Gerçekleştirme formülü: 'Seç - Ol - Yap ve Sahip Ol!' şeklindedir. Bütün sistem bu formül üzerine çalışır. Uykudaki insan ise tam tersine işler ve dolayısıyla işleyemez."

"Peki ama kızmazsan bir şey soracağım. Olmadığım bir şeyi şu an nasıl olabilirim?"

"Düşleyerek tabii. Düşleme sanatı ile."

"Ya Ma, sonra kızıyorsun ama hayal kurma diye."

"Hayal ve düş farklı şeylerdir Mina. Hayal masalda isen olur. Gelecekte bir şeyi hayal edersin. Gelecek diye bir şey yoktur. Gerçek sadece bu andır ve düşlemek bu anda olur. Bunu nasıl yapıyoruz? Çok basit, soracaksın..."

"Soracak mıyım?"

"Evet, bu programı yazıp uygulayan olmak nasıl olurdu? Sor bakalım bunu"

İçimden bu soruyu tekrarlıyorum. Hemen ağzım kulaklarıma yayılıyor. Zihnim düşünceler getiriyor, ancak bu defa o kadının nasıl olduğu, neler yaptığı ile ilgili. İşte bunlar ağzımı kulaklarıma vardırıyor zaten.

"Bak gülümsüyorsun ya şimdi, şu anda o kadın oluyorsun o yüzden, onu yaşıyorsun fark ettin mi? "

Başımla onaylıyorum. Beni nereye getirdiğini anlamaya başlıyorum. Gerçekten de ben o kadını düşündükçe onu yaşıyorum, o oluyorum.

"Tatlım odaklandığımız şey olmuyor muyduk burada? Sen sorunca, zihnin oraya odaklanıp o düşünceleri getiriyor sana."

"Bu işi yapan olmak nasıl olurdu?"

"Evet, buna odaklanacaksın ve onun getirdiği duyguları yaşayacaksın. Bu heyecanın var ya, her gün bu heyecanı duyacağım bir işim olması nasıl olurdu? Bunları sor. Bunları yaşa, bunlara odaklan. O kişi ile aranda kopukluk yaşamanı sağlayacak, çakma kimliğine ait oluşlara kaymayı bırak. Tekrar tekrar o kadın olmayı seç. O zaman, giderek daha fazla o olmaya başlayacaksın. Hah işte o zaman ikinci adım başlıyor. Sen o kişi oldukça cevaplar önüne serilmeye başlayacak ve o yönde atman gereken adımları atabileceksin. Sonra da son adım, sahip olmak istediğin deneyime sahip olacaksın, onu yaşayacaksın."

"Vay, vay, vay! İnanamıyorum, nasıl bir tersten yaşamak bizimkisi? Ve aslında nasıl bir büyülü sistemin içindeyiz, her şey bize hizmet ediyor."

"Her şey bilince hizmet ediyor, Mina'ya değil. Orayı düzeltelim. Ama evet, sonuçta yaşadığın bu. Sana hizmet ediyor."

"'Nasıl olur?' diye soruyorsun ve sana yaşatılıyor yani."

"Aynen öyle canım. Hiç başına gelmedi mi? 'Bir insan bunu nasıl yapar?' diye birini yargılarsın ve hooop kendini aynısını yaparken bulursun." Gülüyor. "Bilmiyoruz buranın nasıl işlediğini, avlanıyoruz böyle işte."

"Nasıl olur, nasıl yapar, kısaca nasıl ile başlayan sorular..."

"Bak, *'Ask and it is given!'* demişler değil mi? 'İste ve verilir,' diye tercüme edilmiş, saçma! İstemek ne demek? 'Bende yok, dışarıdan isteyeyim.' Gücü yine bir başkasına, dış bir güce teslim ediyorum yani. Bir başkası varmış gibi. Verirse harika, vermezse boynumuz bükük. Ben yine sonucum, yine kurbanım. Olur mu yahu?"

"Ma işte kimse bilmiyor ama..." diye kendim dahil tüm insanlığı savunma çabası sergiliyorum.

"Kimse sorumluluk almak istemiyor Mina! İnsan kendine gelmeli, bu yaşam niye yürümüyor diye sorgulamalı! Neyse konumuza dönelim, hep söylerim yanlış tercüme ediliyor bu. 'Ask' iste anlamıyla kullanılmıyor burada, *ask and it is given*: 'Sor ve verilir!' demek! Soracaksın, yani cevap talep edeceksin, 'Nasıl olunur?' diyeceksin, o zaman verilir. Yeni bir deneyim bu, önce onu olman lazım. İnsan deneyim için gelmiştir, deneyim talep edebilir. İnsansın sen, insan olmanın sorumluluğunu alarak yürüyeceksin. İnsan sorduğu her sorunun cevabını alır da, farkında değildir işte. İmkânsızlıklar içinde zanneder kendini; dilenme, yalvarma, daha büyük bir güçten talep etme çerçevesinde istemek gerektiğini zanneder. Ne uzağız kendi gerçeğimize, ah ne uzak!.."

"Oldurmak peki? Hani ekmeğe ol demek, ekmek yaratmak?"

"Sen ekmeğe ol diyemezsin Mina, yaratamazsın. Kaç kere söyleyeceğim? Her şey zaten potansiyel alanda vardır. Her şeyin gerçekleşme olasılığı vardır. Her şey zaten yaratılmıştır.

Amaç, deneyimdir burada. Şeyler, kişiler, bir deneyim için araçlardır sadece. Sen yani bilinç, ekmeğe değil, ancak o ekmeği yiyebilen olmaya ol diyebilirsin: 'Ben ekmek yiyebilenim, yiyenim.' Deneyim ekmeği yemektir, ekmek değil.. Bilinç deneyime 'ol' der. Yani her şey oluş ile başlar."

"Nasıl olacağım peki?"

"İnandıklarınla, odaklandıklarınla. Neye inanıyorsun? Ekmeği yiyebilen olduğuna inanmış isen okey, 'Ekmeği yiyecek olanım.' Sen bu olmuşsundur. Ama şu ya da bu eksikler, engeller vesaire var, kafasında isen üzgünüm yiyebilmene imkân yok. Çünkü o zaman, 'Ben engellere sahip olanım,' diyorsun anladın mı? 'Ekmeği yiyemeyecek olanım.' Bak bunu çok iyi anla! Sır bu! Önce olacaksın, olabilmek için doğru inanç gerek ve zihninde bu inanca engel olan ne varsa onları bırakabilmen için temizlik gerek. Şimdi söyle bana. Yazmak istediğin bu programı yazan ve aktaran, insanlara duyuran Mina mısın? Sen o kadın mısın? Eğer değilsen, kendinle ilgili hangi inançlar buna engel oluyor, hemen onları çıkar ortaya. O programı yazacak kadın ol. Nasıl olacağını düşle! Yeni yaşamın için çalışmak budur. Gerisi palavra, ev yokmuş da, para yokmuş da bla bla bla..."

Ma böyle dellendi mi, susmak en iyisidir. Üstelik çok haklı. Hem ne çok haklı! Nasıl iki ayrı dünya var. Nasıl birinde bilinçle yol alabilen muhteşem varlık insan olmayı deneyimleyebiliyorken, diğerinde ise bir zavallı kurban olabiliyorsun. Bu dehşet bir durum. Yine aynı his geliyor: Bunu herkese anlatmalıyım. Yürüyüşün sonuna dek susuyorum ve "Hayalimdeki işi yapan Mina olmak nasıl olurdu? Hedefime götürecek çözümleri bulmak nasıl olurdu? Şu an ben kimim ve ne yapabilirim?" gibi sorulara odaklanmayı seçiyorum.

Kucağından yavaşça indirip yastığa yatırıyor beni Ma, hissediyorum. Ben ise gözlerimden boşalan yaşların durulmasını bekliyorum. Neyse ki çırpınmam bitti, geçtim içinden, artık sadece son demleri yaşıyorum. Bu yüzden dinlenmeye geçiyoruz. Bir film şeridi gibi hatırlıyorum son iki saatte olanları. Aynı doğum günü rüyasını bir gece önce tekrar gördüğümden, artık konuyu Ma'ya açmaya karar vermiş ve öğlen yemeğinde açmıştım. Ma beni dikkatle dinledikten sonra bir süre izledi. Sanki bir yandan değerlendirme yaparken, bir yandan bir şey okumaya çalışıyordu gözlerimde. Sonra bana birden nefes seansı yapmayı teklif ettiğinde şaşırdım, çünkü yemek sonrasında başka bir işini halletmemi planlamıştık.

"Mina, nefes çalışmaları bastırılmış pek çok şeyi yüzeye çıkarıyor," diye açıklamaya girişmişti yine sanki düşüncelerimi duymuş gibi. "Hücre hafızanda ya da bilinçaltında gömülü pek çok şey yüzeye çıkıyor ve bu da rüyalarını etkiliyor olabilir. Tekrarladığına göre aynı rüya, böyle olmalı. Bir niyet edelim bakalım, nefesle biraz daha destek verelim açılsın bu sır, rahatla sen de. Gelsin ne gelecekse, gelmek istiyor belli ki. Zaten çözeceğiz hepsini bir bir."

Ve seansa geçtik. Bu bilinmek için saklandığı yerin sınırlarını zorlayan ne ise bilmeyi seçtim ve diledim nefes seansı öncesinde. Her şey diğer normal seanslar gibi başladı önce. Ama nefesim ritmik bir şekilde bağlantılı olarak akmaya başladığında, ne kadar süre sonra bilmeden, kendimi bir anda Utku ile yaşadığım o beklenmedik ilişki anının, ilk içime girilme deneyiminin korkusunda buldum kendimi, bağırdım. Ne oldu? Yanlış bir şey yaptı, ölüyorum ben, ACI! Çok acı. Tüm bedenim kaskatı, Ma'nın sesini duyuyorum, onun burada ne işi var, 'nefes al, nefes al' deyişini duyuyorum. Bedenim zangır zangır titriyor Oradayım. Bozuldum ben, bozuğum ben. Koruyamadım kendimi, kırıldım ben. Tam ortadan saplanan bir bıçakla parça parça oldum ben. Babam öldürür. Çok korkuyorum, çok çok korkuyorum. Bütün bedenimin zangırdadığını hissediyor, ama durduramıyordum. Ma'nın sesini duyuyordum çok uzak bir yerlerden, "Nefes al Mina, hadi devam et nefes..." Ve Utku çıkıyor içimden, acı devam ediyor, 'Benimsin artık, merak etme zaten evleneceğiz seninle.' Ama kızlığım gitti işte, kırıldım, bozuldum ve onun ellerine kaldım, ona mecbur, onun malıyım artık, sahibim o, ama niye, her istediğini yapmam lazım, ama niye, ağlıyorum, mahkûmum ben artık, neden mahkûmum, ben istemedim ki, ben tamam demedim ki, katıla katıla ağlıyorum Ellerim yüzümü kapladı, ben ölene dek o ellerimi kimse açmasın istiyorum. Ma açmaya çalışıyor ellerimi. "Aç Mina, hadi nefes al." Öylesine bir öfke ki bu, nasıl açarım? Bırakın beni ben böyle kalacağım. Bırakın kendi içimde kaybolayım. Titremeler sarsıntılara dönüştü. 'Ben tamam demedim ki, ben izin vermedim ki''O sarsıntıların getirdiği bir gözyaşı ve haykırış denizinde oradan oraya savruluyorum. Kendime geldiğimde Ma'nın kucağında onunla birlikte nefes aldığımı fark ediyorum. Ellerim yüzümde değildi artık, açılmıştı. Yattığım yerde nefesimin ve bedenimin iyice sakinleşmesini izliyorum şimdi. Geçirdiğim yorucu nefes çalışmasından ötürü sanki üzerimden bir tır geçmiş kadar yorgun ve bitkin hissetsem de diğer yandan hiç bilmediğim bir hafiflik hissi sarıyor her hücremi. Hiçbir şey düşünemeden kendimi o hafifliğe bırakıyorum.

Gözlerimi açabildiğimde, onu yanımda şefkatle beni izlerken buluyorum. Bana bir bardak su uzatırken hiç acele etmememi, ne zaman istersem anlatabileceğimi söylüyor bana. "Hatta ben bir çay koyayım iyi gelir bize," diyor. Başımla onaylıyorum. O iyi olduğumdan emin olduktan sonra içeri gidiyor. Yüzümü yıkayıp ben de salondaki berjerlerden birinde yerimi alıyorum. Bir süre sonra çaylarımızı yudumlarken, şimdi bir sicim gibi gözlerimden akan sessiz yaşlar eşliğinde gördüklerimi Ma'ya anlatıyorum.

"İşte seni yöneten koca bir hikâye de çıktı piyasaya," diyor gülerek. "Geçmiş olsun. Şimdi anladın mı nereden geliyor o 'Ben alamam', 'Ben alamayacak olanım' o değersizlik ile örülü hikâyelerin... ve nereden geliyor o bıçakların acısı".

Anlamaya çalışıyorum. Her geçen dakika, gördüğüm ve yaşadığım görüntünün parçaları yaşamımdan kesitler ile birleştikçe daha da iyi anlıyorum.

"Bütün bir yaşam, aptal bir bozuk olma/kırık olma hikâyesine dayanmış bir kimlikle harcanmış durmuş. Sırf ona inandığın için."

Bu noktada isyan ettim işte.

"Bu mu yani? Utku'nun suçu yok mu? Başıma gelmiş olana baksana! Daha on gün olmuştu ya, daha on gündür onunlaydım, oha!"

"Hiçbir zaman mesele olan değildir Mina. Olan bir anda olur ve biter. Mesele senin zihninde o olanla ilgili yazılan hikâyeden kaynaklanır her zaman.Sonrasında yaşadığın hep hikâyendir. 'Ben bozuk olanım' kimliğini o andan itibaren kuşanmış olan sensin. O hikâyeyi yazan sensin. O hikâye ister yüzeyde olsun ister bilinçaltında; sana tekrar ve tekrar ve tekrar kendini yaşatır. Olan bir kere olur, hikâye her gün yaşanır tekrar ve tekrar. Ve bil bakalım her gün kim sana onu yaşatır? Kendin tabii.

"Evlenemedik de zaten" diye söyleniyorum öfkeyle.

"Evlenemezdin zaten onunla."

Şaşırıyorum. "Neden?" diye diklenerek soruyorum.

"O çocukla evlenseydin 'ben bozuk olanım' hikâyen nasıl devam edecekti Mina? Bak bu işi yapmak, bu gerçekleri anlatmak istiyorsun, o zaman uyan artık! Ne diyorum sana? Bir kimlik tanımın var ise, onu seçtin demektir zihin için ve zihnin sadece onu yaşatmaya çalışır sana. Evlendirir mi seni onunla? Kim bilir ne abuk sabukluklarla sallandı durdu o ilişki. Sen bozuk olansın kızım, bozuk olan bozuk kalmalı o çakma dünyada. Anladın mı? Ve ne olacak? Sen o bozukluğu gidermek için yüzük peşinde koşacaksın, rüyanda arayıp durduğun da yüzüktü herhalde, zira devamlı evlenmeye çalışıp bir adamın senin bozukluğunu gidermesini sağlamak için debelendin yaşamın boyunca öyle değil mi? Ama tabii ki asla o değeri elde edemedin. Yaşamın adamların arasında bu gelgitler olmuş işte. İşin matematiğini gör. O çakma kimliğin nasıl yeniden ve yeniden 'ben bozuk olanım'dan sözde kurtulmaya çalışıp yine aynı noktaya dönmüş bunu gör. Çünkü uyuyorsun. Çünkü gerçekten bozuk olduğuna inanıyorsun. Ve burda Minacım, bu sistemde inandığını yaşarsın, artık biliyorsun."

Gerçekten taş kesmiş bedenimde tek hareket gözümden inen yaşlardı. Bir film şeridi gibi geçiyordu sahneler gözümün önünden. Utku ile seneler süren gelgitler, ipe sapa gelmeyen kavgalar, bir barışıp bir ayrılmalar, bir türlü huzur bulamamalar, kendini paralamalar. Sonrasında olasılık sergileyen her adama yapışmalar yeter ki adam bir ilgi göstersin. Her bir adam ile evlenmek için şekilden şekile, halden hale savrulmalar. Evlenirsem değerli olacağım öyle her yaşadığımda tekrar yollara düşmeler. Şimdi anlıyorum olamazdım ki. 'Ben bozuk olanım' diyen, buna inanan nasıl değerli olabilirdi? Sadece bana daha fazla değersizliği yaşatacak adamlarla harcadım günlerimi. Sözde değer almaya çalışma için beni her gün bir başka çözüme taşıyan zihnim, aslında sadece aynı kimliği korumamı sağlıyordu. Ta ki tümüyle tükenene kadar. Ma ile karşılaşmasaydım...

"Ya işte böyle dönme dolaplardan ibaret yaşanıyor hayat".

"İyi ama böyle bir şey yaşamayanlar da var, olmasaydı o olay..." diyorum hâlâ kendime biraz acıma payesi çıkartarak.

"Yanılıyorsun Mina. Herkesin böyle hikâyeleri var. Yüzeyde olanlar hatırlanır. Bastırılmış olanlar hatırlanmayabilir.

Gerçi bu önemsiz, zira olanı bilmesek bile sonucu öyle ortada ki. Herkes kendi dönüşümünü yaşamayı seçip, ana hikâyelerinin sonuçlarını yaşamında o çakma kimliğin özelliklerinde görüp onlardan özgürleşebilir. Herkes kendi cehennemini kendi yaratır ancak sistem cehennemden çıkışın anahtarını da sana vermiştir. Pek çok tecavüz kurbanı ile çalıştım..."

"Aman aman Ma çok rica edeceğim. Artık o kadar da değil. Tamam ben o gün fingirdiyordum onunla sonuçta, kendim için konuşmuyorum ama tecavüz kurbanı olmak? Ne yani, 'Tecavüze uğramış kadın hikâyeni bırak' mı diyeceksin o kadınlara? Kusura bakma ama bir yerde çizgiyi çekmek gerekmiyor mu?" Her şey de insanın suçu olamaz ya ya! Huysuzlanmaya başladığımı fark ediyor, ama kendimi durduramıyordum. Öfkeleniyordum ona evet, çünkü küçük görüyordu ve sanki önemsizleştiriyordu insan acısını..."

"Çizgi mizgi yok Mina! Gerçek gerçektir ve istisnası olmaz. Öncelikle şunu düzeltelim o saçmalayan kafanda. Fingirdiyordum da ne demek? Sen izin vermiş miydin bu ilişkiye? Hayır! Senin kabul etmediğin bir ilişki dayatıldı sana. Bitti! Kadınlar olarak buna uyanmamız lazım. Sen evet demediğin sürece evet değildir. Ne olursa olsun. Anladın mı? Biraz bedenimize sahip çıkalım ya! Ama sorun şu ki biz kadınlar bunu normalize ediyoruz. Sevgilinse, kocansa ve istiyorsa veya fingirdiyorsan veya mini giydiysen falan normal adam yapacak öyle mi? Adam isterse verilecek mecbur öyle mi? Biz kadınlar olarak tecavüz kelimesini doğru tanımlamadığımız sürece, daha çok yanarız. Neyse şimdi bu konuya dalmayalım sana anlatmak istediğim başka. Gerçeğin istisnası olmaz dedim ve gerçek şu ki, insan ne yaşarsa yaşasın o anda olur biter. İnsanı mahveden, insanı bir travma kurbanı haline getiren o yaşadığından çıkardığı hikâyedir, sonuçtur. Kimliktir ve o sonuca tutundukça, her gün o yaşananın etkisi artarak tekrar eder. Senin yaşadıkların da o gün yaşanandan değil, ben bozuğum hikâyenden kaynaklandı. O gün öyle bir sonuç çıkarmasaydın...."

Öyle bir ağırlık veriyor ki bana konuşmaları, sanki eziliyorum o yükle, ses vermek istiyor veremiyorum.

"Anlıyor musun beni? O gün ben bozuğum artık demeseydin... Farkında olsan da olmasan da bir tanem, bozuk olmayı deneyimlemeyi sen seçtin ve 'ol' dediğin bu olduğu için de hep bunu deneyimledin."

"Yine döndü top bana geldi yani. Sorumlu hep benim."

"Olandan sorumlu sen değilsin ama olan sebebi ile kendine yaşattığından sen sorumlusun Mina. Hepimiz gibi. Çünkü burası senin dünyan. Sen bilinçsin ve neyi seçiyorsan burda onu deneyimleyeceksin. Sana rağmen sana yaşatılabilecek bir şey yok burda. Tek etki sensin yaşamında. Sen neyi seçersen, kim olmayı seçersen onu deneyimlersin. Ha ne seçtiğini bilmiyordun işte biz ona uyuyan zihin insanı diyoruz. Çok şükür uyandın. Şimdi yeniden seçebilirsin. Söyle kim olmayı seçiyorsun? Bitirelim mi artık bu ben bozuğum hikâyesini, ne dersin?"

Bitirmeyi seçtim seçmesine tabii ama ondan sonraki birkaç günü oldukça berbat geçirdim. Hatta bu eve geldiğimden beri yaşadığım en zor günlerdi diyebilirim.

Muazzam bir öfke kavuruyordu beni. Üstelik artık uyandığımdan bu öfkeyi ancak gerçek muhatabına yönlendirebilirdim: Kendime. İşte bu çok ağır geliyordu. Onca sene kendime ne yapmış olduğum çok ağır geliyordu. Onca sene bedenime ne yapmış olduğum vardı bir de ki o daha da ağır geliyordu. O ilk cinsellik deneyimini beklenmeyen büyük bir acı olarak yaşayan bedenim karşı koymak için kendini kastıkça daha çok acı yaşamış ve böyle kodlanmıştı. Ondan sonrakilerde artık cinsel birleşme demek acıya karşı savunma dürtüsü ile kitlenmekti bedenim için. Böyle anlatmıştı Ma bedenin hiç açılamamış, izin verememiş o acı korkusuyla diye. Ama işte burada beni çıldırtacak bir öfkeye sevk eden hal böyle iken bedenime dayattığım ilişkiler. Tekrar tekrar acıdan öle bayıla zorlanan sözde birleşmeler. Utku bir kez yapmıştı evet, peki ya ben? Değer almak adına, bu aptal hikâyeyi yaşamak uğruna kaç kez zorlamıştım kendimi? Açılmayan, ben bu işte yokum diyen, HAYIR diyen bedenimi ben kaç kez yok saymıştım? İşte bununla yüzleşmek zordu çok ama çok zordu. Anladım ki başkalarını suçlamak çok kolay, yaşadıklarımın sorumluluğu bindikçe omuzlarıma kafamı duvarlara vurmak, kaybolan yıllarım için kendime saldırmak istiyordum. Sonra bir an gerçeği hatırlayıp anlamaya çalışıyordum kendimi. O korkan, bozukluğundan ödü kopmuş olan Mina'yı. İnsan neye inanıyorsa o doğrultuda davranır, bunun kaçarı yok ki, biliyordum artık, insan her şeyi yapabilir yeter ki inansın, insan inançlarının elinde piyon olmuş bir zavallıdır uykuda iken. Ben de öyleydim, ben de uyuyordum aptal inançların kölesi olmuş güya yaşıyordum. Bağışlamalıyım kendimi. İnsanı bağışlamalıyız. İnsanı cezalandırmakla değil, bağışlamakla kurtulacağız diye kendime hatrlatarak biraz su yüzüne çıkabiliyordum ta ki bir sonraki öfke nöbetine kadar. Ama dayandım. Kimseyle konuşmadım beş gün. Artık en iyi dostum olmaya başlamış olan Kerem'in bile telefonlarına çıkmadım. Kendi içimde kendi cehennemimin alevlerinde debelendim, her kendimi bağışlayabildiğimde alevleri biraz daha azalttım. Ta ki bir suç olmadığını tümüyle idrak edene dek. Suç yoktu, sadece inanç vardı. Gerçek ise tüm bunlardan ayrı ve bambaşkaydı. Gerçek inanmayı gerektirmiyordu, gerçek apaçık her an ortadaydı. Kendi kurguladığı gerçekliği oluşturan inançlarından kurtulan adım adım gerçeğe ulaşıyordu zaten.

Altıncı gün beni o günlerde tümüyle rahat bırakan Ma ile tekrar ilişki kurmaya başladım. O sabah uyandığımda yeniden bir seçim yapabildim ve bu hikâyeden özgürleşmiş olarak yaşamayı seçtim. Yüzümü yıkayıp giyindikten sonra demlediğim çaydan bir bardak Ma'ya verirken günler sonra ilk kez 'Günaydın' dedim.

"Günaydın Minacım."

Ben tekrar konuşana dek ne kadar süre geçtiğini bilmiyorum, sessizlikte kaç çay içtik bilmiyorum, kaç zaman sonra nihayet söze girebiliyorum:

"Kusuruma bakma Ma, ama çok ağır geldi. Yüzleşmek...bu yaptığımla kendime..."

"Ağır gelir haklısın. Ama içinden geçmeden olmaz. O pisliği kendin temizlemeden olmaz. Suçlu sorumlu değildir Mina. Artık anladın. Suçlu olanı gerçekleştirendir. Yaşadığın hikâyeyi temizleme, ondan özgürleşme sorumluluğu sana aittir. Senin dünyanda tek etki sensin."

"Kurban diye bir şey yok değil mi Ma?"

"Yok Mina'm yok! Kurbanlık bir yorumdur çünkü. Gerçekte olan vardır. Olan anda olur biter malum. Hikâye ise bendir. Benim yazdığımdır ve dolayısıyla yaşadığım hep BENİM BEN."

Gözleri uzaklara dalıyor. Derinlere, çok derinlere. Gözlerine o ana dek hiç görmediğim bir bakış yerleşiyor. Tanıyamadığım bir bakış.

"Ma iyi misin?"

Dönüp bana bakıyor. Gülümsüyor.

"İyiyim canım, artık hep iyiyim çok şükür, uyandım. Ama ben de tam on yedi sene ağır bir uykuda, bir cehennemde yaşadım. Bir olanı, darağacımın ipi yaptım, her gün yeniden boğdum kendimi. Hem de ölemeden her seferinde, tekrar tekrar boğmak ama ölememek..."

Şaşkın bakakalıyorum. Kendinden hiç bahsetmeyen...

"Bana bir bardak su getirebilir misin Mina?"

Hemen fırlıyorum, birazdan odaya düşecek olan göktaşından habersiz bir su alıp Ma'ya getiriyorum. Suyu içtikten sonra anlatmaya başlıyor:

"Bak Minam, en önemli sırlardan birini çözdün kurban yok evet, kurban kimliğini kuşanmak var ki o yaşayana ait. Olanı yaşatanın sana giydirebileceği bir kostüm değil o, kendi ellerinle geçirirsin onu kafana. İyi haber şu ki kendin giyindiğin için seçtiğin anda kendin soyunabilirsin ondan. Kendi kendini soyabilirsin kurbanlığından. Olan hiç fark etmez, meselenin içerik değil, giyindiğimiz kostüm olduğunu iyice anlaman için hikâyemi anlatacağım sana, gör bakalım olan mıymış önemli olan? Olan mıymış insanı mahkûm eden? Bunu idrak ettiğim gün uyandım ben."

"Mihriban, bir ağa kızıydı Mina. Rizeli bir ağa kızı. Milletvekili olmuş, pek çok köyün ondan sorulduğu bir ağanın kızı. Akıllıydı, güzeldi, babasının kimselere layık göremediği bir tanesiydi. 'İran şahının oğlu gelse vermem prensesimi,' diye severdi babası onu... beni. Annemi bilmiyorum. Yani biliyorum ama, o zaman bilmiyorum zira ben küçükken babamı bırakıp gitmiş. Âşık olmuş başkasına. Babam da beni vermemiş. Neyse. On yedi yaşımın yazında, tam liseden mezun oluşumun bir buçuk ay sonrası. Temmuzun son günlerinden biri. Fındık hasadı yaklaşıyordu memleketimde. Çok sevgili atım Dilara ile dolanıyordum arazide. Yorulduğumda bir ağaca bağlayıp Dilara'yı yerde yatmış kitap okumaya başlamıştım galiba. Sonra... bir beş dakika sonrasında her şey yok oldu Mina. Mihriban'ın yaşamı bitti. Olan şuydu ki, kimliğini bilmediğim üç adam saldırıp tecavüz etti bana, her biri sırayla. Önden, arkadan olabilecek her şekilde... paramparça bıraktılar beni ortada. Öldüm sandılar herhalde. Ölmeyi çoktan seçmiştim çoktan kabul etmiş, yaşamaya devam etmektense onu çoktan umutla beklemiştim. Ama ölmemiştim. Ölememiştim. Kendime geldiğimde şehirde hastanedeydim. Felaket henüz başladığında kendi ahırına doğru kaçan Dilara'yı gören seyisimiz bir terslik olduğunu anlamış, hemen Dilara'ya atladığı gibi, kâhyamız Güldayı'yı da yanına katarak beni aramaya çıkmış. Sonrası bizim ev için ateş. Cehennem ateşi. Benim için ölemediğim ölüm. Hastanede bedenimi güya iyileştirdiler, ama çıktığım andan itibaren yanıma kimse yanaşamadı. İlk birkaç yılı evde, odamda geçirdim. Tuvalet ile odam arasında. Kendimi öldürmeyeyim diye 7/24 beni izlettiriyordu beni babam. Tek yapabildikleri buydu ilk yıllarda, uzaktan izlemek. Yanıma yaklaşmaya kalkan olursa vahşi bir hayvan gibi krize giriyordum. Pek çok doktor geldi gitti, eminim pek çoğu psikiyatristtir de aynı zamanda, ama babam beni hastaneye kapatmayı kabul etmediği için ve uzaktan da bir şey yapamadıkları için hepsi yetersiz kaldılar.

Sonra üçüncü yılda, ben yirmi yaşındayken, benimle birlikte o gün canlı cenazeye dönen ve ancak ben yaşama dönersem tekrar belki yaşayabilecek olan canım babam, müthiş bir fikir buldu beni odadan çıkartmak için. Odanın kapısında bir gün elinde bir silahla belirdi. Benim için bir silah aldığını ve istersem kullanmayı öğretebileceğini söyledi. 'Odadan çıkabilirsin o zaman,' dedi. 'İstediğini yapabilirsin, yine Dilara'ya binebilirsin, ne istersen kızım. Silahın hep yanında olur, kimse sana yaklaşamaz ki.' Pek çok kişi onu eleştirdi, silahı kendimi öldürmem için verdiğini bile söyleyenler oldu. İnsan zihni işte, herkesten bir yorum tabii. Ama ben babamı gördüm o an, onu duydum. Dışarı çıkmak, bu dünyada sadece kendi başıma da olsa dolaşmak, açık havada nefes almak istiyordum. Ata binmek evet, gözlerim dolmuştu özlemle. Kabul ettim. Babamın bizzat verdiği kısa bir eğitimden sonra bizim oraların en iyi nişancısı oldum diyebilirim. Neyse. Ondan sonraki yaşam, bir öncekinin biraz daha havadar hali. Yanıma iki can, yani atım Dilara ve bir rottweiler olan köpeğim Conan'dan başka kimseyi yaklaştırmadığım bir yaşam. Babamı uzak tutmam ise güvenmediğimden değil, onun gözlerindeki acıya katlanamadığımdandı."

"O adi pezevenklere ne oldu peki?" Her bir hücrem titriyordu sanki, şoktayım.

Olduğu o günlerden bana, anlamak ister gibi sorumu, yavaşça geliyor sanki. Bakıyor yüzüme.

"Adamlar diyorum, o puştlar... Sana.." Tecavüz kelimesini çıkartamıyorum ağzımdan. Öylesine midem bulanmaya başlıyor ki, kusmamak için dikkati biraz başka tarafa almak ve o adamların başına gelen bir felaket varsa, onu duymak istiyorum. Duyarsam rahatlayacağım, bu Allah'ın belası dünyada bir adalet...

"Tabii babamın o bölgede milletvekili olduğu için genelde nüfuzu çok, olayın ardından seferberlik ilan edilmiş olmalı ki buldular. Yabancılarmış. Ağustos ayı başında başlayan fındık hasadı için çalışmaya gelmiş birileriymiş sanıyorum. Yakalandılar ve kısa bir süre sonra onları hapishanede hücrelerinde kendilerini asmış buldular. Hesapta tabii. Babamın oda kapımın ağzından gururlu bir telaşla bana bu haberi verişini hatırlıyorum da... ne yapsın o da..."

"Oh inşallah onları da becermişlerdir asmadan önce..." İçimden çıkan öfke ve kelimeler beni bile titretiyor.

"Mina sus! 'Göze göz inancı bütün dünyayı kör bırakır,' demiş Hz. İsa. Bu mu çözüm yani? Hepimiz kör mü olalım? Bu cümlenle tecavüzü hak görmüyor musun kendi zihninin sınırlarına göre şimdi sen de?"

"..."

Onu anlayamıyorum o anda. Neden hata yaptığımı bilemiyorum. Ne söylüyor, anlamıyorum. Herhalde çok boş gözlerle bakmışım ki yüzü yumuşayarak bana açıklama veriyor:

"Yavrum, bir insanın bir insana ya da hayvana ya da inan herhangi bir şeye zarar verme ihtiyacını, bu ihtiyaca sebep olan korkuyu, öfkeyi, sapmayı çözemediğimiz sürece, bunu dönüştüremediğimiz sürece dünya bize beklediğimiz adaleti, beklediğimiz güzel görüntüleri sunamaz. Mesele o adam sen, ben değil, gerçeğine uyanması gereken bilinçtir."

"Neyse Ma, hadi anlat lütfen. Kestim, özür dilerim." O an hikâye daha cazip geliyor. Ders dinleyecek havamda değilim. Merak ediyorum sonrasını.

"İşte ben de öfke dolu o karanlıkta, insanlarla saldırı, savunma ve şiddetten başka bir iletişimi kavrayamayan kafamla otuz üç yaşıma kadar bir yarı deli gibi yaşadım. Tam on altı sene. Sonra bir gün bir mucize oldu."

"Mucize mi?" Ma'nın ilk defa böyle bir kelime kullandığını duyuyorum ve "mucize" kelimesinin anlamlarını onunla pek birleştiremediğimden farkında olmadan hayretle çıkıyor ağzımdan bu soru.

"Mucize tabii. Mucize, algıda dönüşümdür Mina. Ve mucize ancak böyle olur. O gün odamda yine düşüncelere dalmış dünyayla hesabımı görüyordum. O olay olmasaydı, yaşamasaydım, ne güzel bir yaşamım vardı ve olacaktı. Ağlıyordum galiba ve birden bir ses duydum, bir kadın sesi: 'Sen hâlâ orada mısın?' Kalakaldığımı hatırlıyorum, hemen ikinci kez geldi ses : 'Sen hâlâ orda mısın diyorum?' Sıçrayarak kendime geldiğimde bu sesin televizyonda o sırada oynamakta olan bir Meksika dizisinden geldiğini anlıyorum. Ama... işte o an mucize oluyor Mina, peş peşe inen bir idrak yağmuru ile uyanıyorum. Yaşamda olmadığımı, o gün bugündür hâlâ orada olduğumu fark ediyorum. Ve en önemlisi nerede olacağımı seçebileceğime uyanıyorum. Büyük uyanış. O anı takip eden anlarda biliyorum ki, o adamlar bana sadece o bir saat içinde, orada tecavüz etmişti. On altı sene önce o anda, o olan bitmişti. Ama ben hâlâ orada olduğumdan, tam on altı sene boyunca her gün kendime yeniden tekrar tekrar tecavüz eden ise ben olmuştum."

"..."

"Tıpkı elindeki iyilik ve güzellikleri kendinden koparıp almak ve yaşamdan alabileceğin hayırlı ne varsa almamanı sağlamak üzere çalışan sen gibi. Zihninin ördüğü çakma kimliğe hizmet adına yaşamını harcayan, gerçeğine uyanmayan her bir kişi gibi, benmişim."

Sessizlik. Gerçek bütün hücrelerimi titretiyor. İçimde sadece iki cümle canlanıyor ve dans ederek kendini tekrar ediyor: "Ben bilincim. Yeniden seçebilirim. Her an yeniden seçebilirim."

Her şey bizim seçimimizle değil mi? Dibine kadar değil mi? İstisnasız. Beş kuruş kurbanlık yok değil mi? Bu çok ağır Ma. Bu nasıl bir sorumluluk insana verilmiş olan, bu nasıl bir ağır yük! O an sanki tüm yaşamış olduklarım tekrar çöküyor üzerime. Ma'nın ağzından dökülen kelimeleri duyuyorum belli belirsiz, çok uzaklardan duyar gibi.

"Biz o emaneti göklere, yere ve dağlara arz ettik; onlar onu yüklenmeye yanaşmadılar, ondan korktular da onu insan yüklendi."[3] Yerinden kalkıp içeri gidişini fark ediyorum. Başım önümde, üzerime çökmüş geçmişimin ve bundan sonra yaşamım diyeceğim her anın sorumluluğu ile oturuyorum. Ona söylemek istediğim çok şey olmasına rağmen, o an sadece orada o idrakle kalakalıyorum.

3 Ahzâb Suresi 72. Ayet

O akşam Ma ile Kilyos'ta balık yemeğe gidiyoruz. Birer kadeh rakı eşliğinde –rakıyı öyle az koyduruyoruz ki rakı denebilirse tabii– hikâyenin devamını dinliyorum ondan. Güzel tarafını. Dönüşüm tarafını. Yeni idrakleri ile bir süre kendi kendini topladıktan sonra, dünyanın en güvenli şehri diye anılan Kopenhag'a gitmeye ve orada okumaya karar verişi. Orada bir yandan travma mağdurlarına hizmet veren bir klinikte psikolojik destek alışı ve bir yandan da üniversiteye gidişi. Önce İngilizce ve Danca öğrenip, daha sonra da psikoloji eğitimini tamamlayışını...

"Bir seçim yapmıştım. Lisan eğitimlerimi bitirdiğim günlerde yaşamımda ne yapmak istediğimi biliyordum. Farketmiştim ki bir kayıp söz konusu ise, ister bir sevdiğini ister kendini kaybet, bunu tek şifalandıracak reçete o yokluğunu hissettiğin şeye kaynak olmak dünyada. Ben senelerce kendimi kaybetmiştim. Kendimi bulabilmek için kendimde olanı sunmak istedim. Gördüm ki en büyük yardım imkânını içinden geçtiğim hikâye ve onun sayesinde kazandığım ve kazanmakta olduğum uyanışlar, gerçeği kavrayışlarım, onu yaşamıma oturtuşlarım veriyor bana. Bu imkânı, bu alanda çalışma imkânını bana verecek olan eğitimi seçtim ben de. Ben bilincin şifalanmasına nasıl yardım edebilirim? Bu soruyu sordum ve otuz dokuz yaşımda psikolog olup çalışmaya başladım bir hastanede. Kendi tedavi sürecimde nefes terapilerimi aldığım İngrid'den de nefes eğitimi aldım. Terapilerime nefesi de entegre ederek çalıştım. İnsanlara yardım edebildikçe kendimi buldum, hâlâ da öyle."

Bu inanılmaz hikâyeyi, Kilyos'un bu kış gecesi köpüren dev dalgaları eşliğinde dinlemek bana bir filmdeymişim hissini veriyor. Denizde öylesine vahşi bir görüntü var ki, İstanbul'da balık yediğine inanamıyor insan. Bunu paylaştığımda Ma sımsıcak gülüyor.

"İstanbul diyorsun ama burası Karadeniz Mina. Böyledir benim Karadenizim. Ben memleketimi tekrar burada buldum işte, Demirciköy'de. İyisin değil mi canım? Ağır bir gün oldu bugün de..."

Hem de çok iyiyim. Çok hafif. Çok daha gerçekte. Bugünün bana bir başka getirisi de, kendi hikâyemin ve kendi sözde acılarımın ucuzlaması oldu. Öyle şeyler olabiliyor ki bu dünyada ve insan öyle şeyleri aşabiliyor ki, benimki ne ki diyerek haddini bilmek istiyor insan, en azından ben istiyorum o günden itibaren. Bir de şu karşımda oturan kadının nelerden geçmiş olduğunu ve burada böyle dimdik oturabildiğini, olan ne olursa olsun bu denli aşılabileceğini görmek, yapmayı istediğim işle ilgili de daha çok şevklendiriyor beni. "Herkese anlatmalıyım, anlatabilmeliyim," diyorum tekrar tekrar. Hikâyenin aşk bölümünü tatlı kaçamağımızı yaparken paylaşıyor Ma.

Kırk yaşında âşık oldum ilk kez. Olabildim. Çok yakışıklı, idealist bir lise matematik öğretmeniydi. Bir müzede tanıştık. Erik. Aşkım Erik. Beni tüm sabrıyla, sevgisiyle destekledi. Benden, yirmi yaş büyüktü. On yıl boyunca onunla oldum, on yıl boyunca adım adım, küçücük adımlarla da olsa kadınlığımı bana yaşatmak isteyen bu harika adama ve kendime fırsat verdim. Nasıl dersen, sana öğrettiklerimle işte. Olduğu gibi zihnimin içeriğini değiştirerek. O değişen inançlarımla bedenimi yeniden sahiplenip, canlandırarak. On yılın sonunda... ölümü bile güzelleştirerek geçti öte tarafa. Onda bile beni düşündü.

Tiden er inde, skat. Jeg skal til nye eventyr... Vakit geldi canım. Ben yeni maceralara gidiyorum.' Bu sözleri hiç gitmez kulağımdan. Son sözleriydi çünkü. Böyle dedi ve gitti düşünebiliyor musun? Böyle güzel bir adamdı. Şimdi ne zaman onu hatırlasam, kim bilir hangi maceranın peşinde diye düşünüyorum."

"Ma ne hikâye varmış sende yahu?"

"Her insanın var Mina. Mühim olan onların esiri olmamakta. Onlar hikâyemiz olsun. Biz gerçekte yaşayalım."

"Eee, sonra?"

"Sonrası, buraya geldim. Karadeniz'in öbür ucuna. Babam ben İsveç'e gittikten yedi yıl sonra öldü. Memlekete dönmek istemedim. Memleketimin havasını burada yaşamayı seçtim, ta öbür ucunda. Burada var etmek için kendimi, emekli olana dek burada çalıştım. Sonra da şimdiki gibi işte... nerede bana ihtiyaç varsa, orada olmak."

"Alp Bey?"

"O son aşkım. Filmin devamının kahramanı," diyor gülerek.

Aşktan bahsediyoruz biraz. "Önce kendine âşık olacaksın," diyor Ma. "Bu da ancak kendini gerçekleştirebilmekle mümkün. Gerçeğini dünyaya sunabilmekle. Kendine âşık olacaksın ki, nasıl bir değeri ortaya koyduğunu bilecek ve o değeri ona vereni seçebileceksin. Seni sen gibi sevenle birleşecek, ona benzersiz seni sunacaksın. İşte böyle kendini olduğu gibi tümüyle kabul edip sevebildiğinde, karşındakinin de olmasına izin vereceksin. Kendini gerçekleştirmesine. Nasıl olmak isterse. Aşk ancak böyle yaşanabilir. Bundan gayrısı ancak eksiklik, ihtiyaç ve yoksunluk dolu bir trajedi olabilir canım."

Daha vaktim var biliyorum. Bir gün böyle bir ilişki yaşayabilmek için önce kendimle bunu yaşamam gerektiğini, karşımdaki kadının gözlerinden yansıyan ışıkta artık çok net görebiliyorum. O akşam Kilyos'un dev dalgalarına hikâyemi ve onun yaşamdan alamayan çakma Mina'sını, o karton karakteri bıraktığımı düşleyip, gerçeğimle yola devam etmeyi seçiyorum.

Yeni evimin penceresinden bahçede dolaşan Dost'u seyrederken, "Her şey ne kadar da kolay ve yolunda ilerledi, inanılır gibi değil," diye düşünüyorum.

Haziran ayının başlarındayız, bu yaza yeni evimde giriyorum. Evim, Demirciköy'de denize yakın bir sitede, tam da bana göre. Zemini çok da geniş olmayan bir alana oturan, üç katlı küçük müstakil bir ev. Alt katta bir mutfak ve salon. Orta katta yatak odası ve çalışma odası olarak kullandığım iki odası ve bir banyo var. Bir de çatı katı var ki, orayı da zamanla misafir odası yaparım diye düşünüyorum.

Cam kenarındaki tek bir berjer koltuk, önünde ayaklarımı uzatmak istersem diye beni bekleyen puf ve yuvarlak bir sehpadan ibaret olan okuma köşeme keyifle oturup hakikaten de rüzgâr gibi geçen bu beş ayı düşünüyorum. Ma'nın öğrettiklerini uyguladığımda, nasıl da her şeyin tıkır tıkır çözüldüğünü yeniden hayretle gözden geçiriyorum. Bu deneyimlerime tekrar dönüp dönüp onları gözden geçirmek, oluşturmak istediğim program için önemli veriler sunuyor bana. Ne yaptım, ne yapmadım, ne işe yaradı ne, nasıl en akılda kalıcı şekilde aktarılabilir gibi gibi. Bir gün insanlara aktarmak istediklerimi birebir deneyimlemiş, ilerleyişini adım adım inceleyebildiğim bir örnek var elimde: Kendim.

İşte "Ben ne yapabilirim?" sorusuna odaklandığım o günden itibaren öncelikle ev konusunu çözmem gerektiğini gördüm. Ulus'taki evimi satışa çıkardım, en uygun zamanda satılacağına güvencim tam. Bu arada kendime Demirciköy'de kiralık bir ev aramaya başladım. Halen birkaç ay kiramı verebilecek durumum vardı. Sonrası? Sonrasının zaten çözüleceğine emindim, hiç şüphe duymadım. Odağım sonrası değil, tam da istediğim gibi bir ev bulmak oldu. "Tam da istediğim gibi bir evde yaşamak nasıl olurdu?" Demirciköy'de sitelerdeki evler genelde çok büyük villalar olduğu için bana uygun değildi, daha bana göre bir ev olmalıydı. "Böyle bir ev nasıl olur ve nasıl bulabilirim?" gibi sorularla hem oluşumun sorumluluğunu alarak çözüme odaklanıyor hem de çözüm alanında kaldığım için cevabı taşıyan olasılıklara kendimi açmış oluyordum. Kendini gerçekleştirmenin sırrı bu, yavaş yavaş öğreniyorum. Düşüncelerimin izlediği akışın farkına varıp hemen artık hep yanı başımda olan defterimi açıp programım için yeni notlar almaya başlıyorum:

Öncelikle evde olacaksın. Bilinç merkezinde olacak, deneyimi talep eden olacak. Örnek: "Böyle bir evi nasıl bulabilirim?" Seçilen deneyim ne: Tam da istediğim özelliklerde bir evde yaşamak! Ve düşle! Nasıl bir ev o? Hangi özellikler? Kapa gözünü yaşa o evde, akıl olmuş zihnin, o özellikleri bir bir sayacak ve o anda o evde yaşatacak seni. Kimsin sen o anda? Tam da istediği gibi bir evde yaşayansın. İşte oluş. Gelelim ikinci ayağa: Yaşama yüzde yüz güvendiğinde, sistemin nasıl işlediğini bildiğinde en uygun olasılığın geleceğine olan inancın kalpte tatlı bir heyecan duygusu, gizli bir coşku yaratıyor. Bu da oluşunun bu doğrultuda şekillenmesini sağlıyor. Kimsin o anda? Güvenensin, heyecan ve coşku duyansın. İşte oluş. Veee işte burası çok önemli: Oluş demek, tasarımın Can evinden, yani kalp bölgesinden yayılan titreşim demek. Yaydığın titreşim sevgi, coşku, heyecan gibi yüksek duygularsa yüksek olasılıklara taşır seni. Can hep kendi benzerini, eşini çeker. Bu oluşunun karşılığını çekeceksin tabii. En uygun ev olasılığı sana ulaşacak ve o evde yaşayan olacaksın. Ol der ve olur! İnsanın ol deyişi oluşudur, yaşama kattığı her an. Kimi verirsen yaşama, yaşam da onu yaşatır sana. Kendini bil!.. Kim oluyorsun o anda? İşleyiş bu. Formül bu.

Birden aklıma gelen bir fikir ile kendi kendime gülmeye başlıyorum. "Canın ne çekiyor?" deriz ya hani... İşte bütün mesele bu yahu! Bu sorunun cevabının farkında olduğumuzda uyanmış, kendimizi "gerçekleştiren insan" oluyoruz. *Canın ne çekiyor?* Çok komik, hoşuma gidiyor bu buluşum. Çünkü biz farkında olsak da olmasak da kalbimizden yayılan titreşim, eş titreşime sahip olasılıkları çekiyor. Bunun bilimsel açıklamaları çoktan yapılmış, Ma programıma koyabilmem için benimle paylaştı her birini. Kuantum fizik ile çözümlenmiş tüm sistemin işleyişi. Ve işleyişi etkileyen en önemli faktör de bulunmuş: İnsanın bilinci.

"Canın ne çekiyor farkında mısın? Farkında ol."

Evet insan gerçekten de her an her haliyle yani oluşuyla "Ol!" diyor ve oluyor. Kim olduğundan ve dünyaya sunduğun halinden habersiz isen, o zaman sana gelen olasılıkların seninle bağlantısız olduğunu ve başına geldiğini zannediyorsun tabii. Tıpkı benim de bir zamanlar zannettiğim gibi. Bahtsız Mina. Şanssız Mina. Hadi oradan! Sürekli kendine acıyan; sürekli ondan, bundan, şundan alamıyorum diye ağlayan, haksızlığa uğradığına inanan, terk edilen, vesaire vesaire Mina. Bir tane hayırlı bir oluş var mı bunların arasında? Eh, belli yaşamım niye öyle karabasan olmuş. Her şeyin merkezi olan Can, sadece kendine çekebilen Can... İnsanda kalp bölgesinde mevcut. İşte sen bilinçle, "Ben şimdi ne yapabilirim?" dediğinde ve çözüme odaklandığında, "Ben çözümüm!" oluşu ile bu titreşiminin dengi çözümü de çekebiliyorsun. Ma'nın, "Buz gibi fizik Mina," deyişi geliyor gözümün önüne. Her şey fizik, matematik yasaları ile işliyor bu âlemde. Tıkır tıkır. Sen oluşunu bildiğinde, oluşunu seçebildiğinde, deneyimlerini de seçebiliyorsun. Tasarım yolunu buluyor, bilince deneyimlemesi kalıyor. İşte o zaman Mina aracını kullanarak Mina olmayı deneyimleyen oluyorum. O zaman gerçekten o olmayı yaşıyor ve hep Mina'nın bir üst ihtmalini deneyimleyebileceğim muhteşem bir yolculuk oluyor yaşamım.

İşte ev konusunun çözümü, bu deneyimin oluşması konusunu adım adım çözmeye başladığım günlerden birinde bana ulaştı. Bir gün Ma ile markette kasa kuyruğundayken, arkamda konuşan bir kadının sözlerinde cevap belirdi. Kadın, karşısındaki emlakçı olduğunu anladığımız kişiye telefonda, "Buradakilerden ufak bir ev ama..." diyordu ve "ağabeyim kendi için yaptığından tek bir kişinin yaşayabileceği gibi tasarlandı içi, hadi bilemediniz genç bir çift olsun. Kiralık evet. Tabii yarın sabah gösterebilirim size, Zekeriyaköy'de hangi emlak ofisi sizinki? Tarif eder misiniz?" diye devam etmişti. Konuşma bu şekilde randevulaşmaları ile son buldu, ancak tabii ki o randevu hiç gerçekleşmedi. Ma ile hemen market çıkışında kadını rica minnet tavlayarak eve bakmaya gittik.

Ben eve girer girmez âşık oldum. Sanki benim için yapılmıştı. İçinde bulunduğu sitedeki evlere göre nispeten daha ufak birkaç evden biriydi. Üstelik bir heykeltraş olan sahibi de içini kendi başına yaşayacağını düşünerek yeniden yaptırmış, ancak işleri yüzünden İngiltere'ye yerleşmiş. Evini de kiraya vermeye karar vermiş. İnternet üzerinden tanışıp konuştuğumuzda, "Şimdilik satmayı da düşünmüyorum, istediğiniz kadar oturun," dedi. Kontratı da vekalet verdiği kız kardeşi ile yapıverdik. Böylelikle ev konusu kolaylıkla ve tam da istediğim gibi halloldu.

Hayalimdeki iş konusuna gelince... Onu yapabilmek için de beni oraya taşıyacak hazırlık süresini geçirirken, bir başka koldan bana para kazandıracak bir çözüme ihtiyaç olduğu çok netti. "O anın gerçeğine bakalım ve bilinçle hareket etmeyi seçelim, düşlemek ve saçmalamak arasındaki farkı bilmek lazım," der hep Ma. Ben de saçmalamadan, boş hayallerle vakit kaybetmeden dengeli bir biçimde ilerlemeye çalışıyordum. Benim istediğim alanda bana para kazandıracak hale gelebilmek için bir hazırlık dönemine ihtiyacım vardı. Bir de bu hazırlık döneminde beni destekleyecek bir gelire. Peki bu kaynak ne olabilirdi? Ben son işime dek hep reklam alanında müşteri yönetiminde çalışmış, o alanda tecrübe kazanmıştım. Bu yüzden bana "Hemen, hadi!" deyince para kazandıracak meslek de buydu. Ancak o koca koca ajansların dünyasına geri dönmek, hem ortam hem de zaman açısından bana uygun değildi. Oralar insanı zaman ve enerji açısından yutar, gece gündüz çalışma talep eden tuhaf bir sektördür reklam. Bana ise vakit lazımdı. Ben bir yandan yeni iş alanımda kendimi geliştirmek, diğer yandan uygulamalarımı yapmaya başlayabileceğim bir serbestlik arıyordum. "Peki bu sektörde nasıl böyle çalışabilirim?" Bu sorunun cevabı işte bana nefes aracılığıyla geldi.

Vakit kaybetmemek için, Ma ile yönümü netleştirdiğim o günün hemen ertesi haftasında Reyhan'dan nefes çalışması uygulama eğitimi almaya başladım. Ma bana bu nefes eğitiminin yeni mesleğimin önemli bir anahtarı olacağı için, bedelini ödeyip almam gerektiğini, bereketinin bu şekilde olacağını söyledi ve beni Reyhan'a yönlendirdi. Haklıydı da. Berekete katkı yapmadan bereket beklemek, uyuyan insana has boş hayallerden bir başkasıydı. Reyhan bu alanda oldukça uzmanlaşmıştı. Reyhan ile on gün süren birebir yaptığımız nefes koçluğu eğitimi yaşamımın en keyifli, en heyecanlı günlerindendi diyebilirim. O günlerde doğru yolda olduğumdan daha da emin oldum zaten. Bir insanın nefesine tekrar kavuşmasına aracı olmak tarifsiz bir tatmin duygusu ile dolduruyordu beni.

Reyhan beni mezun ettiğinde, ilk bir ay boyunca kendimi bu hizmet için bedel istemeye hazır hissedene dek, ücretsiz nefes çalışmaları yapmamı önerdi. İşte staj dönemim olarak nitelediğim o günlerde ücretsiz nefes çalışması yapacağım bu kişileri bulmak için ben de eskiden tanıdığım iş arkadaşlarıma, tanıdıklarıma haber saldım. Pek çoğu hem tekrar piyasaya çıkmamdan hem de yeni görünüşüm ve halimden ötürü bir hayli şaşkındı. Bu kişiler nefes, zihin, gerçek yaşam ve benzeri söylemlerimden de oldukça rahatsız oldular. Anladım ki insan kendi seçmeden kurtulamazdı. Çünkü başkalarını suçlamayıp yaşamının neden böyle olduğu ile ilgili kendinle yüzleşmek tercih edilen bir şey değildi. Kurbanı oynamak daha kolaydı. Zaten çoğu da bunu açık açık belirtti. Başkalarının onayı artık ihtiyaç duyduğum bir konu olmadığından ve olumsuz görüşlerinin de sadece onların zihin dünyalarına ait, benimle alakası olmayan yorumlar olduğunu bildiğimden, onlarla gereksiz inatlaşma ya da tartışmalara girmeyip, anlayışla teşekkür ederek sadece yola devam ettim. Artık uyanıncaya dek herkesin kendi zihin dünyasında, kendi zihninin yorumlarına mahkûm yaşadığını biliyordum. Tartışmak ve savunmak bu anlamda çok boş bir enerji israfı olacaktı. Zaten çok şükür ki, eski tanıdıklarımdan ve dostlarımdan bazıları benimle nefes çalışması yapmayı ya da ilgi duyacağını düşündükleri yakınlarını bana yönlendirmeyi kabul etti. 'Gelmesi gereken gelir o senin işin değil akışın işi, sen önüne gelene hizmetini en iyi şekilde vermekle yükümlüsün' demişti Ma ve ben de hep bunu hatırlatıyordum kendime. İşte böylelikle yeni mesleğimin ilk günlerini de yaşamaya başladım. Kimileri ile evlerinde, gelebilenler ile de Reyhan'ın Zekeriyaköy'deki stüdyosunda çalışıyordum. İşte tam da istediğim gibi bir iş de o günlerde bu yolla bana geldi.

Bu nefes çalışmalarından birinin öncesinde eski bir iş arkadaşım olan metin yazarı Neşe ile sohbet ederken, art direktör olan nişanlısı Semih ile bir reklam ajansı açmaya karar verdikleri konusunda bana açıldı. "Müşterilerimiz bile hazır, tek eksiğimiz bu işi iyi bilen, müşteri ilişkilerini götürebilecek senin gibi bir müşteri direktörü," demesin mi? O an hayretten güleyim mi ağlayayım mı bilemediğim anlardan biriydi. Öyle iyi ve büyük ajanslarda bu işi yapmıştım ki, o da benim bu işle ilgileneceğimi düşünmemiş, konuyu bana birini önermem için açmıştı. "Bu kişi ben olayım mı ne dersin?" diye sorduğumda sevinçten boynuma sarıldı. Böylelikle iki hafta sonra yeni kurdukları Ajans Limon'da işe başladım. Sadece üçümüz ve bir de grafiker arkadaştan oluşuyor ekibimiz. Üç tane de müşterimiz var. Biri bir gazoz firması, biri bir yatak üreticisi, diğeri ise bir hastane zinciri. Müşterilerin taleplerini kolaylıkla cevaplayabileceğim bir iş yüküm var. Akşamlarım ve hafta sonlarım bana ait, ki reklam sektöründe bu belki de sahip olunabilecek en büyük lüks. Zaten patronlarımın hayali de bu lüksü yaşayabilecekleri bir çalışma yaşamı olduğu için kendi ajanslarını kurmak istemişler. Aldığım maaş tabii ki büyük ajanslarda alacağım kadar değilse de, kiramı ve gündelik masraflarımı karşılamaya yeterli. Bu çözüm, gerçekten de her anlamda beklediğimi önüme serdi.

İşte böylece yeni Mina'nın yaşamı başlamış oldu. Yeni Mina çok daha olumlu, net, merkezinde biri olduğundan, iş yaşamım oldukça sorunsuz akıp gidiyor. Vesveseler, dramlar, tripler yok yaşamımda. İşimi her an layıkıyla yapmaya gayret ediyorum. Yaşamda neredeyim, nereye gitmek istiyorum biliyorum. Her an sorumlulukla bu doğrultuda seçimlerimi yapıyorum.

Mart ortasından beri, akşam iş çıkışlarında ve cumartesi günleri kendi nefes çalışmalarımı birebir uygulama işine de başladım. Memnun kalan bir diğerine tavsiye ediyor ve genişliyorum. Henüz "Kendine Özgürleşme" adını verdiğim programım hazır olmasa da, kendi çalışmalarıma da yön verecek deneyimleri yaşayabilmek adına, gelenlerle nefes çalışmalarından önce düşüncelerin yapısını anlatan ve düşüncelerle çalıştığımız zaman yaşamda nasıl farklar olabileceğini gösteren çalışmalar yapıyorum. Nefes ile birleştiğinde, bu kadarı bile karşı tarafta oldukça fark yaratıyor. Zihin konusunu iyi anlamış olmak –şu an karşıya tam olarak aktaracak bir programım henüz olmasa da– benim onlara rehberlik etmemi çok kolaylaştırıyor. Yaşamlarında fark olduğunu ifade eden müşterilerim bir bir artıyor ve her gelen beni bir başka kişiye tavsiye etmeye başladı bile. Yeni mesleğimin ilk günleri işte böyle gelişiyor. Eski Mina'nın çevresi, yeni Mina'nın tam da istediği gibi bir yaşama doğru yol almasına kaynak oluyor.

Ancak entersan bir şey vardı; eski yaşamımda gerçekten yakın olduğum Sırma ve birkaç dostum, yeni yaşamıma transfer olamamışlardı. Ma ile geçirdiğim aylarda onlara, bir aile dostumuzun yanında kalacağımı, biraz kendimi toparlamak istediğimi, bu nedenle cep telefonumu dahi kapatacağımı söylemiştim. Yılın ilk aylarında hepsi beni gördüklerinde önce bir şok yaşadılar. Gerçekten de görüntümün çok değiştiğini kabul ediyorum. Çok kilo verdim, her gün yaptığım hareketler ve yürüyüş, dengeli beslenme tabii ki beni çok fit hale getirdi. Nerede o eski patates çuvalı ve duman altı Mina, nerede şimdiki ben? Eski yaşamımdan rastladığım pek çok kişi hissettikleri farklılığı, "Dikleşmişsin, canlanmışsın, parlıyorsun!" gibi yorumlarla ifade etmeye çalıştılar. İnsanın oluşunun değişmesi her şeyi değiştiriyor tabii. Yere güvenle basıyorsun, omurgan güvenle destekliyor seni. Her halinle "Buradayım!" diyorsun. Yaşama güvenle bakıyorsun, çünkü zihinde giderek çözdükçe, geriye korkacak bir şey kalmıyor. Çok daha enerjik oluyorsun, yüksek bir enerji ile cevap veriyorsun yaşama; bu da hem sana gelen olasılıkların içeriğini hem de her şeyi yapış biçimini değiştiriyor. Yaşam senin elinde, neyi deneyimlemek istediğin sana kalmış. Bunlar gerçeğe döküldüğünde, bambaşka bir varoluşu ortaya koyuyor. "Ben varım!" diyen bir varoluşu. Bu tümüyle başka bir yerden hem seyretmek hem de deneyimlemek yaşamı. Dolayısıyla eski yerler, öğeler, insanlarla bir araya geldiğinde de hiçbir şey eskisi gibi olmuyor. İşte bu yeni versiyonun hatta doğru tanımlamam gerekirse orijinalin ise herkese uygun olmuyor. Herkes hazetmiyor. Dolayısıyla birileri gidiyor evet yaşamdan ama işte birileri de geliyor. Yaşam boşlukları sevmez hemen doldurur demişti Ma. Yaşam bana da yeni dostlar getirdi tabii ve bunlardan bir tanesi özellikle can'ım oldu diyebilirim: Kerem. Kerem bana hiç kimse ile yaşamadığım bir yakınlığı yaşatan dostum oldu. Yakınlık dediğimiz nedir? Gerçek yakınlık nedir? Kişinin kendini tüm dürüstlüğü ile sansürsüz olarak ortaya koymasıymış anladım. Eğer birisinin yanında en karanlık taraflarını dahi apaçık edebilecek samimiyetle yer alabiliyorsan ve onun da en karanlık taraflarını dahi paylaşabilmesi için gereken şeffaflığı sunabiliyorsan gerçek bir yakınlıktan bahsedilebilirmiş anladım. Kerem ile o yılbaşı gecesi başlayan dostluğumuzun işte böylesi bir samimiyeti barındıran bir yapısı var ve benim için yeni yaşamımın en kıymetli öğelerinden biri bu yüzden. İkimizin de yaşamı sıkışık programlarla yürüdüğü halde mutlaka haftada bir buluşarak kâh yemek yiyoruz kâh bir kahve eşliğinde ara kapatıyoruz. Kimi zaman diğer dostlarla sinema ya da bir tiyatroya da kaçıyoruz veya onlarla da yemeklere gidiyoruz ama kendi özel sohbet vakitlerimizi mutlaka ayrı tutuyoruz. Yaşamımda oluşan her bir yenilik, değişiklik, adım, herbir keşif önce Kerem ile paylaşılmalı. Onun yaşamı uzun ameliyatları barındırdığından bazen gece yarıları telefonlarla ara kapatsak da mutlaka birbirimize rapor geçiyoruz. Programıma yeni bir bölüm ekliyorsam mutlaka Kerem duymalı. Onun hastanesinde olup bitenleri de ben dinlemeliyim. Yaşamda olan biten ne varsa işte anlatılmalı ve gerçek üzerinden analiz edilmeli. Birimiz biraz uyuyorsa diğeri hemen onu dürtmeli. Böyle saatler süren sohbetler. Kerem'in de şu an yaşamında özel bir ilişkisi yok. Erklek adam tabii vardır ufak tefek durumları mutlaka ama bize yansıyan bir ilişki yok. O da benim gibi belli ki bu anlamda kendisi ile ilişkisini güçlendirmek derdinde. Bilmiyorum zira bu konuyu hiç açmadım. Artık yaşamın bana sunduğu artı değerleri kurcalamıyorum, olduğu gibi, hakettiğimi bilerek kucaklıyorum ve yaşıyorum. Kerem de işte en kıymetli hazinelerimden. Anladım ki sen dönüştükçe kaçınılmaz olarak yaşamını oluşturan tüm öğeler de dönüşüyor. Samimiyetsiz arkadaşlıkların yerini gerçek can dostlar alıyor.

Bu durum, ileride planımda kullanacağımı düşündüğüm bir görüntü oluşturdu gözümde: Yaşam sonsuzluğa doğru uzanan bir gökdelen sanki. Bilincin hangi seviyede ise yaşamını o belirliyor, çünkü herkes bu gökdelende bilinç seviyesine karşılık gelen katta yaşıyor. O katın yaşamını yaşıyor. O katın olasılıklarını. O katın ilişki, sağlık, iş ne varsa her konuda sunabileceklerini. İşte bu örnekten yola çıktığımda, Sırma ve birkaç arkadaşımla artık farklı katlarda olduğumuzu görebiliyorum. Ne kadar belli etmek istemesek de, nefes ve Mina'ya ne olduğu ne kadar çok ilgilerini çekti gibi görünse de, onlar vasıtasıyla pek çok kişi bana geldiyse de kendi özelimizde dostluğumuz havaya karıştı sanki. Özellikle bir zamanlar en yakın dostum diye tanımlayabileceğim Sırma ile eski yakınlığımızı artık kuramadık. Yaşamım tamamen eski Mina ve yeni Mina diye ikiye ayrıldı. Bu gökdelen benzetmesi anlamamı ve kabul etmemi sağladı. Bu kasıtlı yapılan bir durum değil. Bu fizik. Herkes kendi oluşunun titreşimi ile eş deneyimleri çekebiliyor. Herkes kendi katındakiler ile deneyim olasılıklarını yaşayabiliyor ve siz bazı kişilerle ne olduğunu bile fark etmeden uzaklaşıyorsunuz. Bir acı olmuyor, hüzün olmuyor, sadece kendiliğinden eskiden olan ilişki olmuyor. Yaşam herkes için devam ediyor ama kendi katında, kendi olasılıklarıyla. Bütün yaşam farkını, huzurunu, neşeni, tatminini yaratan da bu işte: Hangi kattasın? Bilinç seviyen ne? Bütün yaşam buna göre gelişiyor. Çakma kimliğinin kabuklarını kırıp özgürleştikçe, gerçeğinden yol aldıkça, daha üst katlara çıkıyorsun ve her katta güneş daha da parlıyor daha da coşkulu oluyor yaşam, tüm dileklerin önüne daha da kolaylıkla seriliyor. Bilinç seviyen seni ne kadar üst katlara çıkartırsa, oluşunu o kadar sorumlulukla kucaklıyorsun, o kadar gerçekten ve gerçekte yaşıyorsun.

İşte benim yeni sevdam bunu anlatmak; bunun nedenlerini ve daha üst katlara çıkmanın nasıllarını aktarmak. Şu anda kendimi bütün enerjimle bu konudaki en uygun çözümlemeleri bulmaya, geliştirdiğim dönüşüm planıma verdim ve her fırsatta üzerinde çalışıyorum. Biraz daha tecrübe kazanınca ve planım da netleşince, uygulamalarımı yapmak için İstanbul'da bir ofis açmayı planlıyorum, ama şimdilik hazırlık aşamasındayım. Her gün bir yandan bu doğrultuda çalışıyor, bir yandan Ma ile yoluma devam ediyorum. Hâlâ sorguladığım ve cevap aradığım pek çok şey var ve kendi içimde bu alanda tümüyle net olmadan ortaya çıkmak istemiyorum. "Akış doğru zamanda, doğru yerde başlamanı sağlayacak zaten," demişti Ma. "Sen sadece yaşamının yani oluşunun sorumluluğunu al ve hedefine doğru yürümeye devam et, yaşam seni destekler." Buna güveniyorum. Şimdi tam da istediğim gibi olan evimin penceresinden büyük bir keyifle güneşte serilmiş uyuyan Dost'u seyrederken, "Demek ki nihayet yaşamda var olmaya başladım," diye huzurla bir iç çekiyorum.

Varolmak. Var-olmak. Mutlaka idrak edilmesi gereken kavram. Hep "Var mısın?" diye sorardı Ma, "Varım," derdim, hazırım anlamında. Ama esas başka bir içerik varmış bu sorunun ardında. Bu içeriğin gerçeği de, onunla All Sport's Café'nin ağaçlarının gölgesinde yediğimiz öğlen yemeklerinden birinde önüme serildi. Bu küçük ama benzersiz lezzet ve keyif durağının Ma ile ortak bir favori yerimiz olduğunu keşfetmiştik o günlerden birinde. Ma'nın İstanbul'a indiği bir gün, benim öğle tatilimde burada buluşmaya karar vermiştik. Güzel bir bahar günüydü, en uçtaki en sevdiğim masaya otururken yıllardır hiç değişmeyen ekibinden Asım da artık duymaya çok alıştığım şekilde zihninin yorumunu paylaştı benimle:

"Hoş geldiniz Mina Hanım. Ne güzel yüzünüz böyle gülüyor artık."

"Eskiden gülmüyor muydu Asım, aşkolsun. Ne zaman surat astım sana?" diye takıldım gülerek. "Ben de çok daha iyi hissediyorum kendimi, teşekkürler. Ma geliyor, ikimiz olacağız," diye devam ediyorum.

Adamın yüzünün aydınlanışını izlerken, tam da o anda yine rengârenk bir ışık saçarak girdi içeri Ma. Turuncu, beyaz, kırmızılı rahat elbisesi, ayağında kırmızı düz espadrilleri ve tabii boynundaki olmazsa olmaz tül gibi kırmızı eşarbı ile yine ortama renk getirdi. O gün, All Sports'un önündeki ağacın bahçeye vuran gölgesinde yediğimiz yemekte söyledikleri, sonsuza dek bilince kayıt düştüğüm bilgilerdendi.

Ben neşeyle ajansta olan biteni anlatıyordum. Diğer yandan artık sayıları oldukça artmaya başlamış olan zihin-nefes müşterilerimi. Neredeyse her akşam ajans sonrası birileri ile çalışıyordum. Hafta sonları da tabii. Bu çalışmaların bana nasıl iyi geldiğini, her çalıştığım kişi ile nasıl kendimin de sanki bir kat daha gerçeğe yaklaştığımı ve şifalandığımı hissettiğimi aktarıyordum ki lafa girdi birden:

"Sistem hiçbir zaman tek taraflı değildir Mina. Sen veren olarak orada olduğunu zannedersin, ama aslında almaktasındır da. Her an. Yaşam asla tek taraflı değildir. İşte bu yüzden de kendimize sormamız gereken en önemli soru..."

Birden durdu ve gözlerimin içine keskin bir bakışla delecek gibi bakarak sordu:

"Var mısın?"

Bir an kalakaldım. Sonra bu keskin bakışların verdiği telaşla hemen atladım:

"Varım tabii Ma, bu kadar yolu nasıl yürüdük beraber?"

Onun istifini hiç bozmadan bana bakmaya devam edişi, cevabın bu olmadığını ve sorunun hâlâ geçerliliğini koruduğunu gösteriyordu. Sessizlik.

"Var olmak, bir yerde bulunmak anlamında mı soruyorsun?"

"Bulunmak mı Mina? İyi düşün. Sadece yer alarak mı?"

"Yok kendin olarak, tabii kendin olacaksın. Sen olarak var olacaksın. Yani kendin olarak orada olacaksın değil mi?"

Gözleri yumuşuyor. Buradan doğru bir yerlerde gezindiğimi anlıyorum çok şükür.

"Bunu iyi anla ve iyi anlat Mina. İnsan var olmadan, gerçekten yaşamış olmaktan bahsedemez. Yaşama sanatını icra edemez. Takılır kalır yaşamda. Kapılar hep suratına kapanır. Çünkü çakma kimliğindedir, ilerleyemez, yol alamaz. Her birimiz benzersiz bir tasarımla kendimiz olmak için buradayız. Yaşam bizden çakma bir versiyonumuzu değil, gerçeğimizi ortaya koymamızı bekliyor."

Susuyorum ve bekliyorum. Devamı gelecek, biliyorum. Bu bakışı, bu duruşu artık iyi tanıyorum. Birazdan döküleceklerin çok önemli olacağını da. Nitekim geliyor:

"Yaşamdan alabilmek için önce yaşama kendini sunacaksın. Sahneye çıkıp kendi gerçeğini oynayacaksın ki alkış alasın. Yoksa yok isen, 'Ben oynamıyorum, ben kendimi yaşama sunmuyorum,' diyerek öyle kazık gibi yer işgal ediyorsun demektir. Bu durumda sen tekrar eden ayrılıkçı, hayırsız, korku kaynaklı düşünceler ve dolayısıyla bunları yansıtan oluşunla, sadece ortamı bulandırıyorsun demektir ki, o bulantı senin yaşamında da işte kendini gösterir. Bir bulantı girdabında döner durur hep daha dibe inersin."

Sessizlik. O sessizliğin içinde kendi bulantı girdabımı hatırlıyorum, peş peşe kareler geçiyor gözümden, ürperiyorum.

"Önce 'Ben varım!' diyecek insan. Nasıl? Gerçeğin hammaddesi sevgidir, aşktır Mina. Ancak sevgi frekansından yaşamla kendi gerçeğinde yol alabilirsin. Bunun için de dönüşüm önce kendini kabul ve o kabulün doğal getirisi olarak, kendini sevmek ile başlar. Tasarımını yani bu seviyede kim olmaya geldiğini bileceksin, tanıyacaksın kendini, anlayacaksın, sahipleneceksin. Sen buraya onu deneyimlemeye geldin. Bu seviyedeki seni anlayıp sevmeden, hiçsin. Vereceğin bir şey yok. Sevgiyle işleyen bir sistemde öz sevgisiz ilerleyemezsin. Sevgiyle kendini kucaklayıp, 'Varım!' diyeceksin ve sana ait tüm o özellikleri, gerçek sen olarak bütünün hayrına sunacaksın. Yaşam seni soluyacak, her nefesi ile seni alacak ve sana verecek. O zaman varoluş amacını gerçekleştireceksin. Yaşam denen mozaiğin bir parçasısın, içinde yerini alacaksın. Böylelikle işleyeceksin. O zaman göreceksin ki, bu dünyada neyin kaynağı olmayı seçiyorsan, yaşam sana onun daha fazlasını getirir hep. Herkesin kendi gerçeği, kaynak olmaya geldiklerini barındırır, sevgide yol aldığımızda da bunlar sürekli bizden yaşama yayılır. Hep sevgide, şefkatte kal. Kucakla kendini 'Ne verebilirim?' de. Göreceksin öyle adildir ki düzen, vermeyi seçtiklerin ne ise, seni onlarda bollukta tutar."

"Bu yüzden sen bu kadar çok seviliyorsun değil mi? Seni tanıyan herkes, kadın, erkek âşık sana."

"Benim tek bildiğim Minam, ben kime baksam beni görüyorum, aşkımı. Ve sadece aşk neyi gerektiriyorsa, karşılaştığım, 'Ben geldim,' diyen her anda yer alana, bunu sunuyorum."

Bu son söylediği, "Kime baksam beni görüyorum," mevzusu biraz havada kalsa da daha önce söylediklerini, anlatmam konusunda altını çizdiği bilgiyi anlamıştım. Neden yaşamımın bu denli değişmeye başladığını da. Eski Mina'nın yaşamda kaynak olduğu tek şey öfke, yokluk inancı, şüphe, kendine acıma, suçlama gibi hallerdi. Kurban Mina ve dünyanın geri kalanı diye iki ayrı kutup olduğu inancına dayalı oluşlardan ibaretti yaşamı. Oysa Ma ile yol aldıkça, gerçekten de kendimle ilişkimi başlatıp yeni yaşamımda gerçeğimle yasama katıldığım ilk günlerden bu yana, içimde hep verebilmek isteği var.

"Nasıl anlatabilirim, nasıl en kolay uyandırabilirim?" Yaşam da bunun adına destekliyor beni. Yapmak istediklerime götüren yolu adım adım seriyor önüme, her işim rast gidiyor bu yönde. "Kim oluyorsun?" sorusunun alt açılımı esasında şu: "Yaşamda neye kaynak oluyorsun?" Zira oluşun her neye kaynak oluyorsa, o sana misli ile akıyor. Sen yeter ki kendi gerçeğini sunmak iste yaşama. Sen sadece gerçeğin OL!.. Bunu yapmak için de tek gereken, sen olmanı engelleyen, örten her hikâyeden özgürleşmek. Sen olmayanlardan kurtuldukça, hep o çamurdan örtülerin altında kalmış olan gerçeğin kendiliğinden ortaya çıkıyor zaten. Biliyorsun ne yöne gideceğini. Yaşam da kendi gerçeğinin en üst ihtimallerini deneyimlemen için gereken ne varsa sunuyor sana.

Oysa bu gerçeğin farkında olmadan, fütursuzca yamuk, yumuk, eksik, çaresiz, yitik oluşlarımızı saçıyoruz yaşama. Zihnin elinde bir tepki makinesi gibi, her an olana direncimizle tepkilerimizi saça saça ilerlemeye çalışıyoruz. Her olana verdiğimiz tepki, yani yaşamın o anda sana sunduğuna verdiğin tepki, seni bir sonraki olana taşıyor ve yeni deneyimine. Bu yüzden hep ayna örneği verilmiş ya işte, yaşam sana her an kim olduğunu gösteriyor. Suçlayan mısın? Daha çok suçlayacağın malzeme sana akıyor. Daha çok suçlayan olabilesin diye. Çaresiz mi olduğuna inanıyorsun? Daha çok çaresizlik yaşaman için geliyor deneyimler. Kim olmayı seçiyorsan, o alanda destekleniyorsun. Gerçekten bu gerçeği anlamadan yaşıyor olmamız, insan adına trajikomik ve içler acısı. Sistemde hiç hata yok. Biz sistemi anlamadığımız, kullanmayı bilmediğimiz için kâbuslar içinde dört dönüyoruz. Her an bir daha, bir daha gitmek istediğimiz yerden bizi uzaklaştıran tepkiler verip sonra da, "Bu ne adaletsiz dünya!" diye göklere haykırıyoruz. Hep dışarıdan bekliyoruz. Hiç sorumluluk almadan... Oluşumuzun sorumluluğunu almadan. Artık yaşamımda bu anlamda bir günü bile harcamak istemiyorum. Yaşamım diye adlandırmış olduğum her anda, aslında gerçeğin üzerine zihnimin yapıştırdığı bir yorumu yaşamış olduğumu biliyorum. Onu görmüşüm orada. Hiç o anı yaşamamışım, ki hep bir geçmiş hatıraya ya da gelecek beklentisi görseline bakmışım önümdekini yaşadığımı sanarak. Zihin bir "çakma Mina" gözlüğü vermiş bana, her anı o gözlüğün camlarının gösterdiği gibi görmüşüm. Evet, aynen olan bu. O anın gerçeğini hiç görmemişim. İşte o gözlüklerin ardından gördüklerimizi sorgulamadıkça, aynı şeyleri görmeye ve tabii yaşamaya devam ediyoruz. Her an yaşamı olduğu gibi görmek, deneyimlemek yerine bir hatıraya ya da beklentiye bakan, onu gören insan. Onları gördüğüne inanan ve yaşayan insan. Oysa sorguladığımızda her birinin bir zihin resmi olduğuna uyanıp, seni bırakmalarına izin veriyorsun. Ne hazin... Yaşamlarımız, çakma bir kimliğin devamlılığını sağlamak için kullanılıyor. Zihin tarafından termostat ayarları yapılmış bir yumurtanın içinde sıkışıp kalıyorsun. Onun dışına çıkamıyorsun, hep aynı noktaya, dereceye getiriyor seni. O yumurta içinde kalıyorsun. Dönüşüm için işte bu yumurtanın dışına çıkmak şart. Yaşamında hep yapmaya devam ettiklerini değiştirebilmek için bu çakma kimliği bırakabilmek gerekiyor, bunun olabilmesi için de çakma kimliğin dayandığı çocuk kafamızı bırakıp, gerçek bir yetişkin olmamız gerekiyor. Yetişkin olmak, her an olanın olmuş olduğunu kabul edip, memnun isen bu deneyimden onunla çoğalıp, o yönde ilerlemeyi; değil isen bırakıp yeniden seçebilmeyi, bu yolla kendi potansiyellerini gerçekleştirebilmeyi ve sınırsızca genişlemeyi içeriyor. Tasarımının hep bir üst halini deneyimleyerek bu yaşama kendini sunabilmeyi. Bu nedenle artık cevabım evet. Varım. Yaşamımın sorumluluğunu alarak ilerlemeye çalışıyorum. Dönüşmesini arzu ettiğim her alanda bana engel olan eski düşünce kalıplarımı ortaya çıkarıp sorguluyorum. Sorgulanan zihnim, kendi geçersizliğini gördüğü düşünceleri bir bir bırakıyor, temizleniyor, o kaskatı halinden özgürleşiyor. Zihnimde bu alanlarda yeni ve hayırlı inançlar oluşturabilmek için bilinçli düşünceler oluşturuyorum. Olanı olduğu gibi kabul edip, eğer farklı bir seçimim varsa bilinçle gerçekleştiriyorum. Kendimi bilinçle ifade ediyorum. İletişimimde net, açık ve dürüst olmayı seçiyorum. Ben artık yaşama her gün kendimin en yüksek oluşunu sunmaya gayret ediyorum. Ben aşkla, ilk "Varım" dediğim gün, gerçeğe kaynak olmayı seçtim ve her gün yeniden, yine bunu seçiyorum.

Her şey yolunda yaşayıp gittiğim, belki de en mutlu olduğum diyebileceğim bir yazın ardından bir olay dengemi sarsıyor. Bütün yazı kâh ajansta kâh müşterilerimle nefeste ya da zihin çözümlemelerinde çalışarak geçirirken oldukça yorulsam da, çalıştığım kişilerden aldığım olumlu geri dönüşler, onların yönlendirdikleri kişilerin aldıkları randevular beni öylesine bir başarı hissi ile dolduruyordu ki, sanki her sabah yeniden şarj oluyordum. Bu akışın içinde hiç ihmal etmediğim ikinci konu ise artık ilk iki bölümü oldukça ortaya çıkmaya başlamış olan dönüşüm programımdı. Programımı iki bölüm olarak planlamıştım. İlk bölüm sorunu tanımlayacak. Diğer bölüm ise oluş ilmini ve sorumlulukla yaşamanın yollarını aktaracaktı. Benim programım bireyin dönüşümünü hedefleyecekti. Bu nedenle yüzde yüz gerçeğe dayanan ve gerçekten işleyen bir yapıda adım adım ilerlemek durumundaydım. Gerçek olmayanın süreklilik gösteremeyeceğini biliyordum. İnsanlara önce değişim ile dönüşüm arasındaki farkı anlatabilmeliydim. Değişim, pek çoğumuzun yaşamda örneğini pek çok kez gördüğü gibi kalıcı değildir. Çünkü yapışta farklılaşmayı içerir. Zihnin bir çözümüdür hesapta. "Ben değiştim artık, böyle böyle yapacağım," gibi söylemlerle destekleyerek bir şeylerin farklı olacağını zannetmemizi sağlar. Bir süre öyle gözükse bile kendimizi başlangıçtakine benzer bir noktada buluveririz. Dönüşüm ise oluşta bir farklılaşmayı içerir. İnsanın çakma kimliğini kırarak, oluşu üzerinde çalışması ile gerçekleşir ve kalıcıdır. İşte bu yüzden programım üzerinde çalışırken, "Oluş" ilminin inceliklerini özellikle de kendi deneyimlerimden süzerek, en basit haliyle nasıl anlatabileceğimin planlarını yapıyordum.

Günlerim ajans, zihin-nefes çalışmaları ve dönüşüm programımı hazırlamak işleri arasında bölünürken, mutlaka arada bir dostlarla bir araya geliyordum. Gözlerinin içi gülen dostlarımla. İçlerinden özellikle Kerem, Reyhan, Reyhan'ın eşi ve Naz ile daha bir sıkı görüşür olmuştuk. Naz'ın Mete ile ilişkisi fazla uzun soluklu olmadı. Mete gökdelende bizim kata çıkmaya çalıştı da, buralarda pek rahat edemedi anladığım kadarıyla. Sorunsuz bir ayrılıkla konu kapandı. Naz ara sıra buluşmalarımıza başka kişileri getirse de, sürekli bir ilişki olmadığından genelde bu beşli ile ilerliyoruz şimdilik. İlişki konusu kendi adıma da ara ara aklıma geldiğinde derin hayretlere sürüklenmeme rağmen, yeni yaşamımda henüz hiç öncelik kazanmadı. Öylesine yoğun bir program ile oradan oraya hoplayarak akıyorum ki yaşamda, sebebi bu yoğunluk mu bilmiyorum. Ama bir zamanlar en önemli konum olan bir erkek ve ilişki konusu gündemimde hiç yok. O kadar yok ki, bir gün Ma bu konuyu açtığında bile şaşırıp bir süre bakakalmıştım yüzüne.

Bir cumartesi sabahı yürüyüşümüzde bu konuyu önüme koca bir kaya gibi bıraktı. Artık çalıştığım için onunla cumartesi ve pazar sabahları yürüyebiliyorum sadece ve bunlar inanılmaz kıymetli dakikalar benim için. Bütün haftanın üzerinden geçiyoruz, ara kapatıyoruz. Birlikte neredeyse anbean yaşadığımız o ayların paylaşım bolluğundan sonra, şu an elimizde olan neredeyse sadece bu yürüyüşler olduğundan, benim için gerçekten paha biçilmezler. İşte yine böyle bir cumartesi sabahı "dan" diye, "Minacım artık bence kendini ikili ilişkilere de güvenle açabilirsin. Şimdiki oluşunla, eskisi gibi sonuçlara mahkûm olacağını hiç sanmıyorum. Artık güzel deneyimler yaşayabilirsin, ne dersin?" diye soruyor.

Bir tokat atıyor bana sanki. Önce bir panik hissediyorum içimde, ama niye olsun ki? Çok saçma. Rahatsızlık, evet rahatsızlık var.

"İlişki mi? Nereden çıkardın Ma?"

"Ben çıkarmadım ki," diye gülüyor. "Yaşamda bu konu da zaten var, biliyorsun değil mi? Geçen gün benden bir yeşil ışık bekliyorsan diye aklıma düştü, son zamanlarda hiç konuşmadık dedim ve fikrimi belirtmek istedim. Ben en başta bu konuyu kapatalım ikinci bir emre kadar demiştim ya hani, belki benim açmamı bekliyorsundur diye düşünerek."

"Haaa, ok ama yok hayır Ma, bir şey yok. Yani aklıma bile gelmedi desem?"

Kendim bile o an aklıma ne kadar gelmemiş olduğuna hayret etmekteydim.

"Şimdi geldi. Ne hissediyorsun bu konuda?"

Susuyorum ve içime dönüyorum yine, hafif bir tedirginlik olduğu kesin.

"Yani açıkçası biraz tedirginlik var, 'Ne alaka?' gibi bir tepkim ve beraberinde gelen bir huzursuzluk var."

Bu yaptığımız bilinçli yaşamanın en önemli yolu. Olan olduğunda hemen izleyici koltuğuna yani bilincin koltuğuna geçip, dış dünyada olanın iç dünyada nasıl bir durum yarattığını izlemek. Gözlemime sakinlikle cevap veriyor.

"Minacım bak, bu konu seni zamanında en çok yere çalan konu olduğu için, ayrıca kendini sabote etmeyi hep bu konu üzerinden yürütmüş olduğun için, dengede kalabilmek adına bu defa da bu konudan tamamen kaçarak yaşamaya çalışma eğilimi gösterebilirsin. Kendini bu defa da tam ters açıdan sabote etme. Bu doğrultuda da kendini gözlemle. İlişkiler, hele ki bu yolda çok kıymetlidir. Onlar en büyük, en net aynalarımızdır. Burnumuza sokarlar kim olduğumuzu, kaçışın yoktur," diye gülümseyerek anlatıyor.

Kaçıyor muyum? Zannetmiyorum. Benim yaşadığım daha çok...

"Ma inan kaçtığımdan filan değil. Böyle bir mevzu yok sanki. Nasıl anlatsam... yani gerçekten aklıma bile gelmedi. Şimdi düşününce haklısın tuhaf ama... aşk, ilişki filan nasıl anlatsam gündemimde hiç yer almadı. Endişe etmeli miyim sence? O kadar uzağım ki konudan, bak şimdi sen söyleyince..."

"Durum bu ise sorun yok. Ve endişe edecek bir şey de yok Mina. Senelerce kendini o kadar ilişkiler üzerinden tanımladın ki, şimdi nihayet öncelikle gerçek ilişkiyi yaşıyorsun. Kendinle ilişki kurmaya başladın ve bunu güçlendiriyorsun. Bu da en doyurucu ilişkidir. Şu an tüm varlığınla onu yaşıyorsun. Hatırla, bu anlamda ilk uyandığımda ben de benzer bir süreçten geçmiştim. Kendinle tanıştın, ilişki kurdun, tanıdıkça sevdin, daha çok sevdin, ona vermeye başladın ve ondan almaya, aşk ile gelişmeye başladın. Ki biliyorsun, ben buna en 'gerçek ilişki' derim. İşte taşmaya başladığında vermeye başlarsın dünyaya. Sen de 'Nasıl anlatabilirim?' diye insanlarla hem birebir çalışıyorsun hem de programını hazırlıyorsun ya, bu da işin bir başka yönü. Göreceksin bu da aşk ile oluyor. Ha, bir gün bu aşk denizinde ayrıca özel birisi ile hem beden hem bilinç seviyesinde birleşip paylaşma olasılığı da çıkarsa, ne güzel. Keyfini sür derim şimdiden."

Rahatlamıştım. Yürüyüş sonrası duşa girdiğimde, suyun üzerimde akışının etkisi bedenimle ilk ilişki kurmaya başladığım günlere götürdü beni. Gerçekten de ne çok yol katettim o günden beri. Kendisi de adım adım kendini bu yoldan geçirdiğinden, benim gibi bedeni ile ilişkisini tamamen koparmış, hissizleşmiş, bedenini öyle ya da böyle sabote eden kadınlara verebileceği çoktu tabii Ma'nın. İlk başta saçma gelse de bazı söyledikleri, sonra zaman içinde bendeki etkisini görmeye başlamıştı.

Mesela bu her gün mutlaka duş alma zorunluluğu ve hangi bölgeyi yıkıyorsam onun isminin öncesine "benim..." kelimesini ekleyerek yüksek sesle söylemek. İlk haftalarda sürekli "benim kolum, benim bacağım, benim boynum, benim amım..." diye diye yıkanıyordum ve üstelik de hiç acele etmemem gerekiyordu. Her bir parçayı hissederek yıkanmak. Sonra bir gün farkettim ki, ben yıkanırken zihnim nereyi yıkasam aynı şeyi söylüyor. Bu egzersizin nasıl bütünleşme sağladığını o zaman anladım. Artık dünyamda benim de bir kolum, bacağım, bir bedenim olmuştu. Banyo sonrası yine hiç acele etmeden kremlenmem gerekiyordu. Böylece tüm bedenimi her gün iki kez iyilik ile sahiplenmiş oluyordum. Pek çok kadın gibi kendilik nefretimi yaşamak adına öylesine hor kullanmışım, öylesine harcamışım, öylesine uzakmışım ki bedenime. Şimdi düşünüyorum da şu "Amım" demek bile ne zor gelmişti. Kol, bacak gibi bedenimin bir parçasının ismiyken, söyleyemez olmuşuz. Küfür olmuş. Gerçek ismini bile söyleyemediğimiz bir parçamız var ve biz kadınlar sağlıklı cinsellik mi bekliyoruz? En ağır küfürlerde bir nefret ve öfke ortaya koyma yolu olarak ona koyulmasına(!) izin veriyoruz ve sağlıklı cinsellik mi bekliyoruz? Peki ya kadınların bizzat bu kelimelerle küfür etmesi? Bedenimize biz sahip çıkmadıktan sonra, erkeklerden nasıl ve ne bekliyoruz? Bir kadın olarak bunlar hep kendimize sormamız gereken sorular. En azından kadın olmak adına küfür literatürüne kendi bedenimizi malzeme etmekten ve yanımızda ettirmekten vazgeçmeliyiz.

İşte bütün bunları görebilmek ve bedenimle yaşamaya başladığım bu yeni ilişki, kendi bütünlüğümü yakalamamı da kolaylaştırmıştı ve her geçen gün biraz daha keşfetmeye başladığım bu Mina'yı çok ama çok sevmeye başlamıştım. Tek odağım ise Mina'yı gerçekleştirmek oldu. Böyle olunca da şu an yaşamım o kadar tam istediğim gibi ilerliyor ve her anı o kadar dolu ki, ilişki adına bir aday çıksa bile ona yaşamımın neresinde yer verebileceğimi bilmiyorum. Belli ki vakit o vakit değil. Daha benmerkezci bir haldeyim. Yaşamımın öyle bir yerindeyim ki, her şey, hiçbir değişiklik olmadan, tam da böyle ilerlesin istiyorum.

Ancak yaşam bize "Değişiklik ister misin?" diye sormuyor. Nasıl olacaksa oluyor. Bu âlemde değişmeden kalabilen tek bir şey yok hatta. Yaşamın doğası, her yüzünün hep en üst ihtimaline doğru ilerleyişi üzerine olduğundan hep dönüşümü tetikleyecek farklılıklar, yenilikler, gelenler, gidenler seriyor önümüze. Benim için sarsıcı diyebileceğim bir değişikliğin haberi, Ma dahil yaklaşık on kişilik bir grup, benim evimde yemek sonrası kahve sohbetinde olduğumuz bir akşam düştü önüme. Ma'nın öğrencisiyim ya, ben de evimde sofra açmak istemiştim. Bu dostlar sofrası ile birlikte evime bereket gelsin diye niyet ettim. Her gelen de eli boş gelmeyince gerçekten de inanılmaz bereketli bu sofradan kalkmış, kahvelerimizi yudumlamaktaydık ki, Kerem bir bıçağı elindeki bardağa birkaç kez vurarak herkesin dikkatini kendine topladı.

"Dostlarım, birkaç dakikanızı rica ediyorum. Benim için çok sevindirici bir haberi paylaşmak istiyorum sizlerle."

Hemen bakışlarım şaşkınlıkla Ma'ya kayıyor. Yüzünde memnun bir gülümseme görüyorum. Bu her ne ise, o biliyor.

"Hayırdır Kerem?" diye soruyor Reyhan heyecanla.

"Hayır canım, hayır."

Kerem herkesin dikkatini topladığından emin olduğunda söze giriyor:

"Biliyorsunuz işimin gidişatından memnunum, ancak bir süredir bir üst ihtimalimi nasıl yaşayabilirim diye bir kıpırdanma yaşamaya başlamıştım. Malum hepimizde hep biraz daha fazla Bir'e sunma isteği, bu kadının sayesinde ve..."

Ma'yı işaret ediyor ve sonra da birdenbire parmağını bana çeviriyor ve tabii bütün gözler de bana dönüyor:

"Bi de bu kadın var. Açıkçası Mina'nın büyük bir aşkla üzerinde çalıştığı programı da beni çok etkiledi. Daha fazla kişiye gerçeği nasıl aktarabilirim diye aşkla hazırladığı programı."

İçim sıcacık oluyor... Canım Kerem, herkesin gözünde bu nasıl bir onurlandırmak beni. Herkesin bakışlarında da aynı onayı görüyorum, yolum her birinde böylesi bir etki yaratmış demek ki. Ma hep der ya, "Bağlıyız."

"İşte ben de sordum: 'Mesleğimde daha çok nasıl verebilirim?' diye. Biliyorsunuz niyet üst iradeden olunca, cevap daha da hızlı geliyor. Bir hafta önce Dubai'deki Gulf Medical University'den eğitmenlik teklifi aldım. Bu eğitmenlik sıradan akademik programda yer alan çizgide değil de, daha çok işin pratiği ile ilgili olacak. Özellikle ameliyatlarımda edindiğim tecrübelerden yola çıkarak genç cerrahlara özel bir program sunmak istemişler. Bu anlamda dünyada ilgilerini çeken birkaç cerrahtan biriymişim."

Hepimiz onu alkışlamaya başlıyoruz. Ben biraz içim buruk alkışlıyorum, zira yoldaki haberin pek hoşuma gitmeyeceğini sezinliyorum. Nitekim devamı geliyor:

"Uzatmayayım malum Ma sevmez, bu teklifin tam da istediğim gibi bir şey olduğunu sevinçle gördüm. Bu özel bölümde dünyadan gelen birkaç beyin cerrahı birlikte görev yapacağız. Deneyimsel Paylaşım Eğitimi diyorlar. Orada hem cerrahlığımı sürdüreceğim hem de bu eğitim ekibinde görev alacağım. Açıkçası çok cezbetti, çok farklı bir deneyim. *If not now, when?* diye düşünerek ve tabii Ma'nın da değerli onayı sonrası teklifi kabul ettim dostlar. Bir sonraki ihtimalimde, alanımda eğitmenlik de yaparak genişlemek istiyorum. Bunu deneyeceğim."

Yine alkışlar. Sarılmalar. "Ama seni özleyeceğiz"ler. "Canım arada gelirim, siz de gelirsiniz"ler. Herkes mutlulukla destekliyor Kerem'i. Ben ise şoktayım. Nasıl bana söylemedi? İçimde tuhaf bir karmaşa yaşıyorum. Onun böyle mutlu olması hoşuma gitse de, Kerem hiç ama hiç kaybetmeyi düşünmediğim bir dost. Gerçekten altüst oluyorum. Bedenimdeki her hücre tersyüz oluyor sanki. Ne yani şimdi Kerem ile sohbetlerimiz olmayacak mı? Ne yani ben şimdi keşfettiklerimi gece yarısı bile olsa arayıp ona anlatmayacak mıyım? Ne yani birbirimizle konuşmadan iki gün geçirmezken ayrı ülkelerde mi olacağız? Ne yani en yakın dostumu mu kaybediyorum ben?

"Mina? Kızım?"

Kendime geldiğimde herkesin bana baktığını fark ediyorum.

"Hı? Efendim?"

Kerem gözlerinde yine o büyük şefkatle, "Ma şampanya getirmiş canım. Kutlama için. Uygun bardak var mıdır?"

"Şarap bardakları ile ikram edebilirim," diye mutfağa koşuyorum.

Sonrası flu bende. Şampanya açılıyor. Paylaşılıyor, kutlanıyor ve gece Kerem'in yeni yaşantısı ile ilgili ek bilgilerle akıp gidiyor. Şimdilik sadece iki yıllık kontratmış. Ağustos'ta eğitim yılı başlayacağından iki hafta sonra uçacakmış. Mış, mış, mış... İçimde giderek büyüyen koca hüznü dışarıya belli etmemeye çalışarak geceyi tamamlıyorum. Kerem'i kapıdan uğurlarken kocaman sarılıyor bana, öyle sımsıkı kucaklamış haldeyken, "Sağ ol varol Minam, ışık oldun bana," diyor.

"Rica ederim," diye gülümsüyorum. "Ama bir yarım saat bozulmadım değil Kerem, nasıl söylemedin bana? Neden söylemedin bana?" Gülümsemeye çalışıyorum ama içim buruk bu sorgulama sebebi ile. "Seninle konuşsaydım belkide yapamayacağımı düşünemiyor musun?" Böyle diyerek bırakıyor beni ve diğerlerine dönüyor ve "Şimdilik hoşça kalın dostlarım" diyerek abartılı bir el kol sallama hareketi ile güldürüyor herkesi. Gerçek şu ki, gözlerinin içi bir başka parlıyor. Belli ki bu gelişme onu gerçekten heyecanlandırmış.

"Umarım tam da istediğin gibi olur Keremim," diyerek ben de ona kocaman el sallıyorum.

Herkes gittikten sonra salondaki ikili koltuğa atıyorum kendimi. Kerem'in açıklamasından bu yana sırasını bekleyen yaşlar, nihayet boşalmaya başlıyor gözlerimden, belli ki bir süredir orada zorla tutuluyorlar. Gerçekten de kendim bile hayret ediyorum, ama hiç durmadan süzülen yaşlarla ağlıyorum. Biraz evvelki neşeli ortam ile benim bu halimi bağlayamayan Dost hemen koltukta yanıma sokuluyor. Gözyaşlarımı yalamaya başlayınca, ben daha da katılarak ağlamaya başlıyorum ona sarılarak. Bir süre sonra kendime gelip halimi fark ettiğimde ise "Ne bu saçmalık şimdi Mina?" diyerek gülmeye başlıyorum. Hemen duruyorum ve soruyorum: "Ne oldu Mina?"

Konunun nereye bağlanacağını biliyorum tabii. Hemen nereden avlandığımı. Yerimden kalkıp, makyajımı silip, geceliğimi giymek üzere yukarı kata çıkarken kendi kendime tekrarlıyorum:

"Kerem beni terk etmiyor. Sadece kendi yolunda yeni bir adım atıyor, üstelik tutkuyla istediği bir adım. Ben gelişiyorum, dostlarım gelişiyor."

Daha bir dengeleniyorum. Darbeyi yediğim noktayı bulunca çıkış kolay oluyor. Tabii ki özleyeceğim, ama Kerem beni terk etmiyor, olan bu değil. Olan sadece kendinin daha bir üst ihtimaline doğru yönelmesi. O yine benim Keremim.

Tam o sırada telefonum çalıyor. Arayan Ma. Açar açmaz lafa giriyor her zamanki gibi:

"Toparlanasın diye bir süre vereyim," dedim.

"Toparlandım," diye gülümsüyorum. "Neden bana söylemedin Ma?"

"Kerem herkese kendi söylemek istedi. Gerçekten onun için önemli bir adım bu. Pek çok açıdan."

"Evet görebiliyorum."

"Mina, bu âlemde esasında bütün sistem beklemeye dayanır. Sorarız ve bize cevabın gelmesini bekleriz. Ya da olması gerekenin olmasını bekleriz. Herkes. İsteklerimiz için uygun fırsatların, kapıların, davetlerin bize ulaşmasını bekleriz. Beklediklerimizle ilgili cevaplar, fırsatlar geldiğinde yaşama cevap vererek ilerlersek daha çok kendimiz olarak yaşamda hep daha fazla vererek ve alarak ilerleyebiliriz. Ama eğer kapına gelmeden, yani vakti gelmeden harekete geçerse insan, ben olduracağım derse ki zihin sayesinde bu hata hep yapılıyor, o zaman suratımızda patlar konular. Zihin hep hızlandırabileceğini zanneder; çözebileceğini, zorlayarak başarabileceğini falan filan. Hep diyorum ya, çözülecek bir şey yok. Soracaksın ve bekleyeceksin gelecek önüne, o zaman harekete geçeceksin. Yaşam sana getirecek. Bizler bir cevap verme makinesiyiz. Yaşama her birimiz kendi özgünlüğümüzle cevap vererek işleriz. Geldiğinde uygun ise senin için cevap vereceksin o kapıya, davete. Henüz gelmiyorsa dilediğin, istediğin, beklemeyi bileceksin. İşte o zaman konu ne olursa olsun, cana can katarak ilerlersin. Bilgeler hep sabır demişler bu yüzden. Sabır bize bu âlemde en gerekli erdem. Sabır çünkü herkes için işler sistem. Sen ben için işlemez. Bir için işler. Zihin hep sabrın önüne geçer. Sabredeceksin, vakti zamanı gelecek, öylece zaten her şey kendiliğinden yürüyecek. İzin vereceksin bu mükemmel zamanlamaya, her an kendi yolunda sorumlulukla yürüyerek."

Ma ne anlatıyordu böyle? Yani anlattığını anlıyordum da, konuyla bağlayamamıştım hep. Kerem bekledi ve oldu gibi mi? Bilmiyorum, belki de bilmek istemiyorum.

"Ma açıkçası çok bağlayamadım konu ile... ama bu söylediklerini yine de kayda alıyorum. Bir sabırsızlığım var mı, diye de bakacağım. Zihne yenilmem var mı, diye de."

Ma'nın gülüşünü duyuyorum karşı taraftan.

"Tatlım biliyorsun, ben bazen söylerim, sonra zamanı gelince jeton düşer. Şimdi de henüz belki kendinin fark etmediğinle ilgili bir şeyler söylemek istedim işte. Zamanı gelince hatırlarsın. Haydi iyi geceler," diyerek konuşmasını sonlandırıyor.

Yatağıma uzanıyorum. Ma'nın bu bilmecelerini o an çözmeye çalışmanın boş olduğunu biliyorum. Hem çözmeye çalışan kim? Şu an belli ki idrak noktasında değilim. Şu an sadece kendimi toparlamalı ve Kerem'e yolunda destek vermeliyim. Onun benden hiç esirgemediği desteğinin önemini düşünerek hatta, bu desteği ben de çok ama çok önemsemeliyim.

Her şeyi veriyorum. Mobilyalar, kıyafetler, cam, çerçeve ne varsa. Hal böyle olunca da evi boşaltmak çok kolaylaşıyor. İçinde bulunduğum kavurucu ağustos ayının en güzel haberi de evin satılışı. Bir tanıdık aracılığı ile bir nakliyeci buldum ve "Buyurun hepsini nereye isterseniz götürün," dedim. Yeni evimi açarken buradan gerekli bir kaç eşyayı –özellikle mutfak eşyaları, annemin bir bileziği, bir çift küpesi ve birtakım giyim kuşam gibi– zaten taşımıştım. Ama hepsi o kadar. Yatak çarşaflarına kadar yeni baştan kurdum yeni Mina'nın evini.

Yavaş yavaş, hâlâ daha kuruyorum ama gerçekten de Mina'nın evi oldu yaşadığım ev. Adamlar kalan eşyaları taşırken ben de geçmişimle bir kez daha vedalaşıyorum. Her şey tamamlandıktan sonra, anahtarı ev sahibine veriyorum ve yıllarca evim olmuş olan bu mekânla temelli vedalaşıyorum. Mekânların da enerjisi olduğu kesin. Bu ev, hep bir kasvetti zaten, hoş ben de kasvettim ama... Neyse ne, geçmiş bitmiş, önümüze bakalım.

Evden gelen paranın bir bölümü ile kendime küçük bir 4x4 araba aldım. Demirciköy'ün yazı kışı demeden rahatça gider gelirim. Havalar bozmadan bu araba işinin çözülmesi iyi oldu. Böylelikle işe geliş gidişlerim de kolaylaşacak. Paranın geri kalanını ise bankaya koyuyorum tabii, artık daha da rahat ilerleyebilirim yeni işimde. Ofisimi açarken, işimi kurarken ve sonrasında da belirli bir süre iyi bir destek olacak bu para bana.

Kerem'in gidişi ve evin satış haberi aynı günlere denk geldi. Reyhan, Naz, Ma hep birlikte uğurluyoruz onu Yeşilköy'den. İçim inanılmaz derecede hüzünle dolsa da, o ana da teslim oluyorum. O hüznün içinden geçiyorum. Her şey geçici bu âlemde. Acı da, hüzün de ve bunlar gibi istemediğimiz her duygu da. İçinden geçebilirsek, onu getiren anlarla birlikte geçip gidiyor, er ya da geç. Ama direnirsek acı ve ıstıraba, hüzün koyu bir karanlığa dönüşerek yapışıyor varoluşumuza. Bu nedenle cesaretle kendimizi açmak gerekiyor yaşamın her an getirdiği farklı deneyimlerde oluşan duygulara. Zaten hemen ertesi gün gelen evin satılma haberi ile yaşam bir kez daha "Hadi ilerleyelim!" dedi sanki bana. Evin boşaltılması filan derken, o hüznü de geride bırakıyorum. Kerem ile ara ara konuşup mesajlaşıyoruz, ancak onun oradaki yaşamı hızlanınca bu haberleşmelerin arası da açılıyor tabii.

Havalar öyle sıcak ve ağustos ayı öylesine durgun bir şehir yaşamı sunuyor ki, hem ajans hem de nefes çalışmalarım biraz yavaşlıyor ister istemez. Bu da bana programım üzerinde tam gaz çalışarak ilerleme fırsatı veriyor. Sürekli yazıyorum. Zihnimde programa katılanlara anlatıyorum bu yazılarda. Yazıyorum, duruyorum, siliyorum tekrar yazıyorum. Yazdıklarımı okudukça, kendimi daha da iyi hissediyorum. Bu işi kesinlikle toparlayacağımı biliyorum. Ben sanki bunları anlatmaya gelmişim dünyaya. Artık bunu içimde o kadar net hissediyorum ki, her fırsatta yazmaktan kendimi alamıyorum. Her bir cümle ile bir başka coşuyorum. Günün büyük bölümünde neyi nasıl anlatacağım ile ilgili çözümlemelerle meşgul oluyorum. Bu anlamda ağustos ayının bu durgunluğu, oldukça işime yarayan bir süre oluyor.

Eylül geldiğinde yaşamın şehirde yeniden canlanması ile birlikte ben de yeni yaşamımda yepyeni bir deneyimin içinden geçiyorum. Ben, Mina, belki de yaşamımda ilk kez gerçekten bir erkek ile paylaşabildiğim bir cinsellik yaşıyorum. Evet yaşıyorum, zira yıllarca hiçbir şey hissetmeyen, her ilişkide içime saplanan bıçakların acısına rağmen sadece karşısındakinden istediğini almak adına onun istediğini vermek kafası ile yatağa giren Mina, hiçbir yatakta da olmamış esasında. Bunu fark etmek ne kadar trajikomikse de, Ma ile bu yeni yaşadığım deneyimi paylaşabildiğimde insanın herhangi bir anda var olması ve yok olması ile ilgili daha da derin bir anlayışa sahip oldum.

Her şey müşterimiz olan gazoz firmasının bir televizyon reklamı çekmeye karar vermesi ile oldu. Bu bizim gibi küçük bir ajans için inanılmaz heyecan verici bir haberdi. Zamanında pek çok ajansta reklam filmi prodüksiyonu deneyimim olmuş olduğundan, varlığımın patronlarımı bu anlamda rahatlattığını da biliyordum. Açıkçası her ne kadar yaşam planımda artık reklamcılığın çok uzun bir süre yer almayacağını biliyor olsam da, Limon Ajans'ta bambaşka bir deneyimi de yaşıyordum. Bu ajansta ilk kez gerçekten sorumlulukla işini yapmanın nasıl her şeyi farklılaştırdığını görüyordum. Buradayken gerçekten burada olduğumdan ve üzerime düşen ne varsa bu yeni oluşumla ortaya koyduğumdan, tabii ki ajansın da işleri her geçen gün gelişiyordu. İnsanın sorumlulukla yaşaması, yaşadığı her anın sorumluluğunu alarak kendini o ana sunması nerede olursa olsun bütün deneyimi başkalaştırıyordu. İşte şimdi de bir reklam filmi bizi bekliyordu.

Yapılan tüm araştırma ve bütçe çalışmaları sonucunda film çekimi için yabancı yönetmenlerle çalışan bir prodüksiyon firması ile ilerlenmesine karar verildi. Yönetmen alternatifleri arasında Portekizli bir yönetmen olan Miguel, daha önce yapmış olduğu işlerle gerek ajans olarak bizi, gerekse müşterimizi en çok etkileyen yönetmen olmuştu. Açıkçası Miguel ile yaptığım ilk toplantıda, kendisinin yakışıklılığı da beni bir hayli vurdu. Uzun boyu, yapılı bedeni ve son derece karakteristik bir yüzü vardı. Bir hayli çekik ela gözleri ise tuhaf bir etki yaratıyordu. Sonradan bu gözlerin sırrının Japon olan annesi olduğunu öğrenecektim. Miguel kırk yaşlarındaydı, havalıydı, yetenekliydi, yaratıcıydı. İlgim ön görüşmeler için geldiği iki gün boyunca giderek artmıştı. İçimde kabaran bu ilgi artık karşı koyamayacağım bir hale geldiğinde konuya bir bakmaya karar verdim. Zihnimin yirmili yaşlarımdan bu yana her olası aday karşısında ortaya koyduğu, "İşte bu hayatımızın erkeği olabilir," masalı yine önüme koyuldu tabii, ancak ben artık eski Mina değildim. Ben artık zihnimin sunduğu materyali sorgulayabilecek sorumlulukla yaşamayı seçmiştim. O akşam da dürüstlükle konuya baktığımda, Miguel ile asla bir ilişki derdinde olmadığımı fark ettim. Açıkçası bu adamın bende yarattığı etkinin tümüyle cinsel kaynaklı olduğunu biliyordum. Esasında konu Miguel bile değildi, konu Mina'ydı. Miguel önüme çıkan uygun bir aday olarak hikâyeye girmişti.

Kendimle özgürleştikçe yaşamımda her konu öylesine adım adım yoluna giriyordu ki, bedenimle kurduğum yeni ilişki de giderek meyvelerini veriyordu tabii. Bedenimin görüntüsü, duruşum, yürüyüşüm, oturuşum kalkışım her şey değişmişti. Ben artık bedenimi seviyordum, o buradaki aracımdı, bu dünyayı deneyimlemek için olmazsa olmaz ihtiyacımdı ve çok ama çok kıymetlimdi. Artık kesinlikle görebiliyordum ki, insan emek verdiği şeyi bir başka seviyordu. Ben de Ma ile çalışmaya başladığımdan bu yana, bir zamanlar acımasızca her anlamda harcadığım bedenim ile yeniden bir ilişki kurabilmiştim. Onunla ilgili her konudaki seçimlerimi de yenilemiştim. Önce sigarayı bırakma, ardından sağlıklı bir beslenme biçimine geçiş, tabii ki en önemlisi nefes, nefes, nefes ve her gün yaptığımız yürüyüşler bedenimi inanılmaz derecede sağlıklı hale getirdi. Bu süreçte bedenime olan saygı ve sevgimi de geri kazandım. Bedenimi sabote etme yöntemlerinin en başında gelen, istemeden yapılan seks ise bu süreçte zaten uzak kaldığım bir konu oldu.

Aylar böyle birbirini kovalarken son günlerde her alanda yeni yaşamımı başlatan ben, bu bambaşka beden ve daha da önemlisi beden farkındalığı ile cinsellikte nasıl bir deneyim yaşayacağımı da merak etmeye başlamıştım. Bu alanda da var olabilmek, gerçekten bir erkekle sevişebilmek deneyimi içten içe filiz vermeye başlayan bir istek olmaya başlamıştı. Uzun vadeli bir ilişkiye çok açık değildim, zira halen daha yürüdüğüm yolda ortaya çıkarmak istediğim hedeflerim vardı. Halen Mina'yı ortaya çıkarıyordum bana göre ve dikkatimi, enerjimi, vaktimi paylaşmamı gerektirecek ve büyük dalgalanmalar getireceğini bildiğim bu alana girmeye henüz hazır değildim. Ma her zaman ilişkilerin en büyük ayna olduğunu söylediğinden ve artık her konuda olduğu gibi bir ilişkiye girersem tümüyle sorumluluğunu alarak ilerleyeceğimden, bu alana henüz geçmek istemiyordum. Artık bilinçsiz, gelişigüzel, çocukça tepkiler ortaya koyduğum ya da abuk beklentiler odaklı ilişkilere benim yaşamımda yer olamazdı. Özetle bu konu aklıma geldiğinde, "Henüz değil," diyordum. Ama cinsellik, gerçekten bunu yaşamak nasıl bir deneyim? İşte bunu merak ediyordum, bunu yaşamak istediğimi biliyordum...

İşte Miguel bu anlamda son derece uygun bir aday olarak karşıma çıktı. Adam hayatımda üç gün olacak, sonra da memleketine dönecekti. Hiçbir zaman yaşamımda böyle cinsellik amaçlı bir ilişkiye girmediğimden konuyu Ma ile paylaşmaya karar verdim. Beni dinledikten sonra, tahmin ettiğim gibi konuyu sorumluluğa bağlayarak kucağıma aynen geri bıraktı:

"Mina, isteğini anlıyorum, ancak bir konuda da seni uyarmam lazım. Bu varoluşun ve candan ilerleyen bedeninle çok farklı bir deneyim yaşayacağına inanıyorum ve işte bu farklı deneyim sonucunda adama farklı hisler geliştirebilirsin. Zira hiç yaşamadığın bu deneyime zihnin gereğinden fazla, ortada olmayan anlamlar yükleyebilir. Bir ilişki isteği içinde doğabilir. Peki, nedir bu adam? Nasıldır, böyle bir isteğe o cevap verir mi? Uzun lafın kısası, uzun vadede sende hüsran yaratabilir. Bunları seni engellemek için söylemiyorum, olasılıkları önüne seriyorum. Bir kadın, hele ki bir erkek ile gerçekten doyurucu bir deneyim yaşarsa, arkasını dönüp gitmekte bir hayli zorluk yaşayabilir. Tabiat böyle, kadın ve erkek yapısı farklı, program böyle. Bu risk var. Eğer bu durumun sorumluluğunu alabiliyorsan, 'Sonrasında hiçbir şey olmayacaksa da ben bu adamla yatacağım, sonra da bu konuyu kapatıp unutacağım,' diyorsan buyur."

"Anlıyorum, bu yönde beni cesaretlendirmeyeceksin," diye takılıyorum.

"Konu ben değilim ki, yaşam senin, seçimler senin... Ben sadece doğacak olasılıklara dikkatini çekiyorum. Çekiyorum ki seçimini daha bilinçle yap."

"Sonra bana gelip ağlama diyorsun yani."

"Aynen öyle diyorum Minacım. Saçma olur çünkü."

"Neyse, adam gelsin de, çekimler süresince ne olacak bakarız," diyerek konuyu kapatıyorum. Bu kadının dediklerinin hep olduğunu bildiğim için, hafif bir tedirginlikle konuyu tekrar değerlendirmek üzere çekimlere kadar kenara alıyorum.

Ama adam başka türlü bir şey. Çekimler başladığında zihnimin reklam kampanyası da başlıyor tabii. Çekimler Kapadokya'da yapılıyor, ki bu da ortamı daha da egzotik kılıyor ve tabii daha da uygun. Zira tüm ekip aynı otelde kalıyoruz. İki gün içimde konuyu gelgitler halinde değerlendirdikten sonra, "Yeni Mina'nın cinsellik deneyimi nasıl olur?" sorusunu cevaplamak, bu deneyimi yaşamak içimde ağır basıyor ve bu riski almaya karar veriyorum.

Çekimlerin bittiği günün akşamı hep birlikte yemeğe çıkılıyor. Herkesin keyfi yerinde, içkiler içiliyor. Ben sadece bir kadeh şarap içiyorum, zira gecenin sonrası ile ilgili yaptığım planları düşününce ayık olmayı tercih ediyorum. Kendi kendime oldukça heyecanlı ve eğlenceli saatleri yaşarken, bir yandan da Miguel ile etrafın değil ama onun anlayacağı bir şekilde yakınlaşmamı artırıyorum.

Gece sona ererken tabii ki beraber odalara ilerlerken, kapı ağzında yaşanan tereddüt, bakışma ve kadın ile erkeğin verdiği kaçınılmaz kararla benim odama dalıyoruz. Günlerdir yükselen tansiyon öylesine bir hız katıyor ki her şeye, ne bir konuşma, ne bir ön sevişme, onun direk bedenime girişini hissediyorum. Bir ses yükseliyor sanki içimden "Bırak..." Ve kendimi bırakıyorum. Yaşamımda ilk defa bedenimi keyif almaya bırakıyorum. Cinselliğe açıyorum, almaya açıyorum. Bedenim de artık benimle bir olduğundan açılıyor ilk kez. Kadınlığın ne demek olduğunu yaşıyorum. Kadının doğası olan alabilmeyi ve aldıkça verebilmeyi yaşıyorum. Kendimi orada yaşadığım her an, hazzım daha da artıyor ve karşı tarafa da giderek çok daha fazla haz verdiğimi hissediyorum. Bedenim var orada, bedenim götürüyor haz dalgaları içinde beni ileriye, onun alanı burası. Yaşıyor bedenim, onunla beraber ben yaşıyorum. Sanki her dalga bir diğerini doğuruyor ve tüm benliğimle o dalgaların sürüklediği bir yere doğru yavaş yavaş, ama her adımda biraz daha eriyerek çıkıyorum, çıkıyorum, çıkıyorum ve artık bu çıktığım yüksekliğin basıncı öyle bir zirveye ulaşıyor ki ben büyük bir patlama oluyorum. Önce hiç oluyorum ama sonra binbir parça oluyorum, o zirveden aşağıya salınarak inen. Hiç olan, nasıl bu kadar çok, milyarlarca farklı şey olup dağılabiliyor, şaşıyorum. Mina olarak tekrar kendimi bulduğumda, yanımda baygın yatan adama hiç belli etmediğim yaşlarımın arasından gülümseyerek tavana bakıyorum. Ben o gece ilk kez, gerçek bir kadın gibi orgazm oluyorum.

Ertesi gün öylesine büyük bir enerji dalgası var ki içimde, yerimde duramıyorum sanki. Set toplanıyor, herkes iş ile ilgili son paylaşımlarını yapıyor. Ben ise ağzım kulaklarımda, bir enerji balonu gibi dolaşıyorum ortada. Miguel ile çok konuşmuyoruz. Genelde işi ile ilgili görüşmelerde birkaç cümle paylaşılıyor ve aksi yöne doğru hızla uzaklaşıyor. Belki de zihnim öyle yorumluyor. Odamdan son derece kibar bir veda öpücüğü ile ayrıldıktan sonra, onu bu sabah kahvaltıda göreceğimi düşünmüştüm ancak gelmedi. Sonrasında elinde bir kahve setin toparlanışını izlerken son derece doğal, ne yapması gerekiyorsa onları yapar haldeydi ve bana yönelik en ufak bir farklı tavır sergilemiyordu. Yani bir gün önce ne ise o. Belki biraz daha uzak. Bu uzaklık saptamasını zihnim yorumlarla abartıyor olabilir. "Bu kadar diyor işte adam sana, sallayacağını mı sandın?" Merkezimde kalmaya odaklanıyorum, kendime zaten birkaç saat sonra vedalaşacağımı hatırlatarak yapmam gerekenlere odaklanıyorum.

O akşam Demirciköy'e ulaştığımda biraz daha buruk bir havadaydım. Bu durumu yorgunluğuma versem de, ertesi sabah daha da yoğun bir buruklukla uyandım. Bir şeyler uyanmıştı içimde ve bedenim talep ediyordu sanki, hesap soruyordu. Uzun zamandır hissetmediğim bir yoksunluk hissi. *Hani nerede?* Zihnim, bedenimin bu isteğini fırsat bilip Miguel konusunda beni beklentilere sürüklüyordu. Bu kadarını izleyebiliyordum. Henüz, halen dengede ilerleyebiliyordum. Derken ilk emir geldi:

Belki arar, bekle birkaç gün, olmadı biz ararız.

Aramayacağını biliyordum. Bilmek, eski madenlerin açılmasını ve zihnin orada kanayan yaralara çomak sokarak, korktuklarımı üzerime üzerime yağdırmasını engellemedi. Ve ikinci günün akşamı beklediğim darbeler gelmeye başladı.

Aramıyor işte! Sallamadı bile seni, bir şeyler yapsana. Hadi bir şeyler yap, kaçırıyorsun, kaybediyorsun, ne güzel şeyler yaşadın, ilk kez yaşadın, kaçıyor, gidiyor, hadi ara, ara, yap bi şeyler hadii, vs, vs, vs...

Bu düşüncelerden daha korkuncu ise, bu düşünceler sayesinde gelen duygular fırtınasıydı. Çok öncelerden, öldü bitti denilen zamanlardan nasıl olduysa hortlayıp gelmiş bir kara örtü gibi üzerime seriliyordu. Öylesine yoğun bir değersizlik ve yoksunluk ve eziklik ve korku dolu bir duygu bulutu üzerime doğru geliyordu ki, altında kıvranarak boğulmamak için zihnin verdiği komutları yerine getirmek gerekiyordu, kaçınılmazdı sanki. Biliyorum zira geçmişte hep böyle oldu.

Yapılmaması gereken telefon konuşmaları, atılmaması gereken mesajlar, yazılmaması gereken e-postalar, kapılara dayanmalar, yalvarmalar, saldırmalar… Sonradan geriye dönüp baktığımda, "Keşke yapmasaydım, keşke söylemeseydim daha beter oldu her şey," dediğim her söz ve davranış hep bu duygu karabasanından kaçmak için olmuştu.

İşte Kapadokya'dan döndüğüm ikinci günün akşamı da her şey giderek ve iyice karardı. Kapıdaydı işte korku, kapıdaydı acı, kapıdaydı yokluk, kapıdaydı yine değersiz Mina. Kaçmak lazımdı, kurtulabilmek için bir şeyler yapmak lazımdı. Altında kalmamak için karabasanın, fırlayarak ileri saldırmak lazımdı… Uzanmak, zorlamak, yakalamak için çabalamak lazımdı. Bu yüzden de kapıdaydı mantıksız, insanı sonradan hep pişmanlıkla dolduran girişim fikirleri: *Ara adamı, yok hatta atlayalım uçağa gidelim, sürpriz yap adama.* Sinsi sinsi yaklaşan ve seni ele geçirmeye başlayan, o can yakan duyguların korkusu, o boş beklentilerin vaat ettiği mutluluk hayalleri…

Bir severse beni…

İçine düşüp bu korkulara ve beklentilere yenik düşecekken uyanıyorum. Ben bu filmi kaç kez gördüm? Evet korkuyorum, ama fark ettim ki neden korktuğumu bilmiyorum. Korktuğum o karabasana yakalanmak, ama ne olacak yakalanırsam ne? O karabasanın gözlerinin içine hiç bakamadım o güne dek. Bilmiyorum ki ne kadar yanacağım? Hep kaçabilmek, sözde isteklerimi almak için korkuyla zihnimin buyurduğu şekilde saldırdım. Ölmemek için öldürdüm olasılıkları. Yanmamak için kaç kez harekete geçip yaktım ortalığı. Artık seyretmek istemiyorum sonunu çok iyi bildiğim bu filmi. Üstelik bunca zamandır, adım adım yürüttüğüm Mina'yı da bu korku yüzünden harcamak istemiyorum. O derin rahatsızlık her hücremi giderek sararken birden hatırlıyorum: Ben bilincim! Ben yeniden seçebilirim!

O sırada aklıma sigara içmeyen Mina'nın ilk günleri geliyor. Tabii ya! Aynı şey. Bedenim hatırlıyor bu yoksunluk duygusunu, onun yarattığı korkuyu, çünkü aynı şey! O zaman, aynı şekilde aşabilirim bugünleri de. Tek yaptığım o fırtınanın, o karabasanın içinden geçip gidebilmekti. Şimdi de, bu konuda yaşamımda ilk defa, korkunun gözlerinin içine bakıp bırakmalıydım, teslim olmalıydım, yakacağı kadar yakıp ardından geçip gitmesine hazır öylece kalmalıydım. Hiçbir adım atmadan öylece bırakmalıydım kendimi ki geçip gitsin. Gerçek şu ki, ortada ne bir ilişki ne de bir olasılık vardı. Üstelik Miguel ile gerçekte bir ilişki hiç düşünmemiş olduğumu, böyle gerçek bir isteğimin olmadığını da görebiliyordum. Karabasan üzerime serilirken, "Gerçek şu ki..." diye, bu oyuna bunu baştan bilerek girdiğimi, üstelik adama da bildiğimi çok net ifade ettiğimi, adamın da bu beklentisizlik tablosu karşısında bu denli rahat ilerlediğini anbean ilgili anılarda gezinerek kendime hatırlattım. Madem ki böyle bir tablo sergilemiştim, sorumluluk almalıydım, oyunbozanlık yapamazdım.

O akşam zorlandım. Çok zorlandım. Ama zihnimin, Miguel'in peşi sıra koşturmamı emreden haykırışlarına yenik düşmedim. Üzerime yoksunluk dalgaları geldikçe hep aynı şeyi tekrarladım: "Tek yapmam gereken elimi telefona uzatmamak, geçecek... Her şey gibi bu dünyada, bu da geçecek, korkma." Bir yandan da bir kere daha gördüm. Kendimizi ilişkilerde nasıl ortaya koyuyorsak, o ilişkide o an kim oluyorsak, bunun bir sorumluluk getirdiğini ve karşı tarafın da bu oluşa cevap verdiğini gördüm. Benim sergilediğim tavırların, o akşam sonrası için en ufak bir beklenti arayışında olmadığını ve dolayısıyla şu noktada karşı tarafa serzenişte bulunulacak bir durum olmadığını da kabullendim. Oyunbozanlık ve sorumluluk almamak, her zaman olduğu gibi sadece acı getirebilirdi. Fark ettim ki, geçmişte hep bu yoksunluk ateşi ile yakan duygu karabasanından kurtulmak adına, karşımdaki kişilere yapışmak, bile bile gerçekte benimle alakası olmayan rollere bürünmek, sonra da o kişileri kazandıktan sonra oyunbozanlık etmek gibi yollar seçmiş, en çok da kendimi darbelemişim. Oysa anlıyordum ki oyunları nasıl kuruyorsak, ilişkileri oluştururken kim olmayı seçiyor ve kabul ediyorsak, bitişinde aynı anlayışla vedalaşmalıydık.

Miguel, bana kendi varoluş tarihimde inanılmaz bir hediye verdi. Ben kadın olabilmenin ne demek olduğunu, kadın olmanın hazzını, o hazzın büyüyerek insanı nasıl bir deneyime taşıyacağını ilk kez Miguel ile paylaştığım o anlarda yaşadım. "Buradayım!" diyen bilincin, bu bedende, sebebini henüz anlayamadığım yüksek dozda bir haz ile bir anda hiç olmanın keyfini nasıl yaşayabileceğini ve sonra yavaş yavaş eskisinden daha çoğalmış olarak sanki nasıl kendini bir araya toplayabileceğini ilk kez orada deneyimledim. Bu bana verilmiş büyük bir hediyeydi yaşam tarafından ve şimdi de, bu kısa süreli ilişkinin kurallarına ve o adamın benimle anlaştığı yapıya sadık kalarak bu hediyeyi onurlandırmalıydım.

O akşam, evimin salonunda, yaşadığım bu birkaç saatlik ama benim için anlamı sonsuza dek büyük olacak gecenin ardından sorumluluğumu alıp, biraz buruk, biraz hüzünle de olsa bu deneyimin de içinden geçerek geride bıraktım. Takip eden günlerde, yoksunluk dalgaları ve beraberinde zihnimin baskısı giderek zayıfladı ve ben her geçen gün bir başka güçlenmiş buldum kendimi, bir başka sevdim yeni yaşam seçimlerimi. Miguel ise, her zaman derin bir teşekkür ile hatırlayacağım koca bir gülümseme olarak, geçmiş denen zihin dosyalarında kendine bir yer buldu ve güncel olan bölümden uzaklaştı…

Mina olmak... En önemli işim bu. Bunun olabilmesi için de her an, hep merkezimde olup, iyi hissetme halimi korumaya çalışıyorum. Bu yaşamda birincil görevim bu. Bana sorsalar, "Şu yaşamda tek bir şey söyle, ne yapalım da iyi yaşayalım?" deseler, "İyi hissetmeye bakın," derim ve diyeceğim. Zira Ma'nın aylardır üzerinde çalıştığımız her şeyi dertop edip önüme koyduğu o günün sonunda gelen büyük idrakten çıkardığım sonuç bu oldu.

Geçenlerde Ma ile yaptığımız, yaşamımın bir diğer dönüm noktasını belirleyen bir sohbet sonrası, artık bunun önemini çok daha iyi anlıyorum.

Onun evinde, bahçede yayıldığımız bir akşam saatiydi. Havalar öyle sıcak ve nem o denli yüksekti ki, ancak saat 18.00 sonrası bahçeye çıkmak en iyisiydi. Akşamın bu ilk saatlerinde bir kahve molası için uğradım Ma'ya. Açıkçası programımda sevgili Kerem'in şu yatay-dikey ilerleme anlatımında, karakterleri tam da oturtmaya çalıştığım bir noktadaydım. Tasarım, can, zihin ve bilinç. Her biri ile ilgili bazı sorular geliyordu aklıma. Ma'ya takıldığım yerleri, bu doğrultuda ilerlediğimde havada kaldığını düşündüğüm noktaları aktardım. Sessizce dinledikten sonra bir süre odaklandı ve nihayet o parlayan gözleri ile yine bana dönerek anlatmaya başladı:

"Baştan başlayıp adım adım gidelim: Bir insan oluşu olarak –senin isimlendirmenle söylüyorum– Mina'da barınan iki amaç var esasında. Biri tasarımın amacı. Bu burada Mina'nın başlangıç A noktasından yani doğumun, son nefesine B noktasına kadar yapacağı yolculuğa konu olan amaç. Burada sergileyeceği ana tema. Bir başka deyişle, kendini yaşama kim olarak sunacağı. O tasarımın büyük resim içindeki yeri. Biliyorsun tasarımı zihin değil de Can yürüttüğü zaman, yani tasarım kendi yaradılışı doğrultusunda ilerlediği zaman zaten bu son derece kolaylaşıyor. Çünkü zaten tasarlanmış, belli ne olduğu, ne için olduğu. Kendi sistemine bırakınca gidişi, sorun yok. Zaten onu sergiliyor, yaşam seni o olarak kullanıyor."

"Sanırım işte burada biraz daha açıklamaya ihtiyaç var Ma. Nasıl bırakacağız? Zihinden değil de tasarımdan yaşamayı nasıl başaracağımız konusunu anlatabilmek için düşündüğümde..."

"Öncelikle her an gerçeği seçerek Mina. Bu, merkezinde kalmayı, her an film yerine burada olmayı gerektiriyor. Yapılacak bir şey yok. Olunarak. Burada olunarak. Şöyle düşün, zihne kontrolü verdiğin her an, araç, her bir an en hayırlı seçimleri yapacak bilgiye sahip olan şoförünün elinden alınıyor ve ne yaptığı ile ilgili beş kuruş fikri olmayan zihne veriliyor. Bu neye sebep oluyor? Film izlemene. Ve dolayısıyla aracın düzgün gitmemesine, kendi yaradılışına uygun ilerleyememesine, direnç ile karşılaşmasına, aynı nahoş deneyimlerin tekrarlanmasına."

"Bu seçimi yapan, yani zihin yerine Can'ı seçecek olan da bilinç değil mi?"

"Evet, zaten bilincin yolculuk açısından tek seçimi var. Tek bir seçimi var, bi zahmet sergileyeceği: Can'a bırakmak. Yaşamın akışında bu araç için her an en hayırlı yolu ve seçimleri aracın şöförü ayırt edebiliyor. Bilinç yolcu Mina, arka koltukta bu yolculuğu yapan yolcu. Sen burdan uçakla bir yere giderken uçağı sen mi kullanıyorsun? Hayır. Sen arkada o yolculuğu deneyimliyorsun. Kaptan pilot ve otomatik pilot birlikteliği –ki buna işletim sistemi olan Can diyelim– her an en hayırlı kararlarla yolculuğu gerçekleştiriyor. Aracı sürüyor. Yolcular olarak biz teslim oluyoruz onlara bu anlamda değil mi? En doğru şekilde bizi götüreceklerinden eminiz. İşte bilincin de bu konuda başka hiçbir işi yok. Bilincin bu alandaki tek işi, uçağın yönetimini her an zihne değil, Can'a bırakmak. Yaradılışa teslim olmak. Mina'nın yaradılışına teslim olmak. Şu teslimiyet konusu..."

"Dur, dur hızlı gitme!"

"Okey bak, Mina'nın Mina olarak kendini gerçekleştirmesi için en önemli iki konu var: Birincisi yön, hangi yöne gideceğiz? İlerleme biçimi ve zamanlaması. Ne zaman sapacağız? Ne zaman adım atıp, ne zaman duracağız? İkincisi: Seçim anlarında yani alternatif yönler olduğunda, en doğru kararları nasıl alabiliriz? Nereye doğru ilerleyeceğiz? Sağ mı, sol mu, orta mı gibi... İşte tüm bu soruların doğru cevapları yaradılışına yani programına ait. Mina olarak ilerlediğinde yaşamda her şey yolunda. Doğru zamanda doğru yöne ilerlersin, kendini gerçekleştireceğin kaynaklara erişebilirsin. Bu yüzden direksiyonu Can'a teslim etmemiz gerekiyor. Zihin asla bu cevapları bilemez."

"Hımm. Oysa bu soruların cevaplarını hep düşünerek bulmaya çalışıyoruz. Bu, bilinen ve inanılan her şeyin tam tersi yahu..."

"Bu yüzden de dünyanın hali bu işte. İnsanlık denen bu denli akıllı, her yönden gelişmiş varlık topluluğu, açlık, barışı sağlama gibi üç beş ana meselesini bile bu yüzden çözememiş yüzyıllardır."

Gözümün önüne birden Afrika'da açlık çeken çocukların görüntüleri geliyor. Gerçekten yüzyıllardır insanlık aynı problemleri çözmeye çalışıyor ve hiçbir yere varamıyor.

"Hakikaten her yüzyılda açlığa, savaşa hayır diyoruz. Ama her yüzyılda bunların yaşanması devam ediyor," diye mırıldanıyorum.

"Sorun da bu işte. Bu çıldırtan tekrar. Hem bireysel olarak her insanın yaşamında tekrar eden senaryolar ve bir yere varamama hem de kolektif olarak aynı kader. Bir dönme dolapta dönüyor insanlık, yol alamıyor. Oysa bu araçlar yol alacak ki, bilinç o yolculuğa çıkmaktaki kendi amacına ulaşacak."

"Gerçekten bir dönme dolap. Hep çözüm adına düşündüğümüzü zannedip, bu düşünceler sonucu varılan 'onu, bunu yapmam lazım,' sonuçları ile yola çıkıp yine başa dönmece."

"Aynen! Neden? Çünkü zihnin 'Yapılması Gerekenler' başlığı altında sunduğu çözüm düşüncelerinin tamamını sadece elindeki tek kaynak olan 'geçmiş' üzerinden oluşturuyor. Başka şansı yok. Bir avuç olasılık içinde dönüp durmamız, hep aynı şeyleri yaşamamız, bir adım ilerleyemeden sürekli aynı yerde patinaj yaparak içten içe her gün biraz daha kendi pisliğimize dolanmamız bu yüzden. Zihin ne anlar senin sonsuz olasılıklarınla dolu potansiyel alanından? Hep geçmiş, varsa yoksa geçmiş... Hep geçmişi önüne koyar durur. Düşünsen ne olur? Hep aynı kaynak, hep aynı düşünceler ve sonucunda aynı deneyimler. Başa sar dur..."

"Peki ama gelecek üzerine düşündüğümüz zaman..."

"Mina çok rica ederim uyan!"

Yerimde zıplıyorum. Gözlerine baktığımda kızgınlık değil, sadece keskin bir netlik görüyorum. Uykuda olduğunu düşündüğü Mina'nın bilincine o an keskin bir darbe indirerek idraki sağlamak isteyen bir netlik. Bir süre gözlerime baktıktan sonra devam ediyor:

"Geleceği düşünmek dediğin ne? Geleceği düşünmek diye bir şey yok, palavra bu!!! Uyan! Geleceği düşünmek, öyle mi? Nasıl oluyor o? Yine adına geçmiş denen o kaynaktan almıyor mu içeriğini? Aynı çukurdan seçtiği sözüm ona yeni düşüncelerle, geleceği tahmin etmeye, oldurmaya çalışmak. Geçmiş verilere dayanarak, korku içinde, istediğin bir geleceği kontrol etmek için çırpınmak. Geleceği düşünmekmiş! İyi de yine geçmiştesin, düşüncelerinde... Aloo! İşte insan zihindeyse tam bir labirentin içinde."

"..."

"Aynı malzemeyi kullanarak ha geçmiş için düşünce üretmişsin ha gelecek için... İçerik hep aynı, her şey hep aynı. Yaptığın yemek, yani ortaya çıkan deneyim hep aynı olacak. Aynı yalan dünyanda, tekrar, tekrar, tekrarlayacağın deneyimler."

Anlıyorum. Anladıkça ruhum daralıyor. Bu ne saçmalıktır insanın yaşadığı, yazık insana.

"Yazık insana yahu. Zihinde isek, yani bilinç evde değilse sadece geçmişi görüp, seyredip yeniden onu yaşamaktan başka şansı yok insanın, ki zaten yaşamlar da böyle yitip gidiyor."

"Yaaa, sonra 'Nasılsın?' diye sorduğunda biri, 'Ne olacak işte hep aynı,' der ya insan, içi geçmiş bir halde..."

"Tamam tamam anladım," diye gülüyorum. Bu hafif dellenme hallerine bayılıyorum.

"Anlıyorum Ma. Yönü aracın seçmesi lazım, çünkü benim için en hayırlı seçimleri o yapabilir, program bilgisi onda mevcut. Zihin bilmez."

"Evet, sen o senin için en hayırlı olan yeni noktada kim olacaksın? Her an kim olmayı seçiyorsun? Şimdini de geleceğini de etkileyebilecek tek konu bu. Peki nasıl seçiyor araç? Aracın seçtiğini nerden anlıyorum?"

"Bekle birazdan bağlayacağım."

"Peki ya zamanlama dediğin?"

"O da en az o kadar önemli. 'Ne zaman?' sorusuna doğru cevap ne? Zihin bunu da bilemez. Çünkü onun için hep 'Hemen şimdi!' yani oldurma çabası ya da hep 'Şimdi değil!' yani erteleme. Hep korku içinde çünkü. Tek derdi kontrol ile yaşamı kendi istediği yönde yürütmece. Oysa yaşamın bir akışı, kendi zamanlaması var. Bir sonraki adımını hazırlayacak, en doğru anda senin önüne getirecek ve sen de o zaman harekete geçeceksin ki seçtiğin deneyimi yaşayabilesin. Yoksa 'Hemen şimdi yapalım, zorlayalım,' diyen zihninle kendini oraya buraya attığında ya da hareket etmen gereken zamanda korkuların yüzünden 'Bugün olmaz, belki yarın'lara kaldığında, Mina olarak yaşam akışında doğru zamanda yerini alamazsın.

İlerleyemezsin. Labirentinde tükenirsin. Bunun adına da yaşam dersin. Zihinden yaşam ise bundan başka bir sonuç ortaya koyamaz. Doğru zamanlama çok önemli. İşte yine bu yüzden bilgeler asırlardır 'Sabır, sabır,' demişler. Yaşam her an getiriyor zaten senin için o an en uygun olanı, o an ne yapacağını. Şu an olmuyorsa, şu an vakti değildir ya da o senin değildir. İki durumda da endişelenecek ve kötü hissedecek bir durum yok ki. Senin olmayan seninle işlemez zaten. Vakti değilse de, olması için gerekli bir sonraki adımı sana en uygun hali ile, olgunlaştırarak, en doğru zamanda getiriyor demektir zaten, güven. Sen şimdide ne oluyorsun ve neyi deneyimliyorsun, ona bak. Yaşamın bu, burası, şimdi. O zaman yaşıyorsun. Bırak endişeyi, ne gelecek ne gidecek vesveselerini. Sen yaşamına bak, araç her an nereye gideceğini zaten biliyor."

Evet Kerem'i gitme kararını açıkladığın akşam da böyle bir şeyler söylemiştin bana ama çok bağlayamamıştım o akşam.

Bağlarsın, bağlarsın endişe etme diye gülüyor tatlı tatlı.

"Endişeler bir tane değil ki Ma. İnsan baştan aşağı endişe yumağı, öyle çok konu var ki..."

"Hayır, yanılıyorsun. Hepi topu sadece iki endişe var."

"İki mi?" diye hayretle soruyorum.

"Tabii ki. Bak, insanın her endişesi şu iki seçenekten biri: Ya istediğim olmazsa? Ya istemediğim olursa? Her endişene bak, bu ikisinden biri."

Gülmeye başlıyorum. Birkaç endişe örneği geçiriyorum kafamdan, gerçekten de öyle. Endişe yaşamın akışından korkan zihne ait bir mesele.

"Ma, bu durumda endişe, zihnin yaşamı kendi ajandasına göre yönetme sevdasından doğuyor değil mi?"

"Aynen! Zihin kendine göre bir yol haritası belirliyor, ondan sonra da tüm yaşam onun her adımına uysun derdine düşüyor. Uyamaz. Uyamadığını da biliyoruz zaten. Ne kadar başaramadığımızı bin kere yaşıyoruz çünkü, bu yüzden endişe balonuyuz. Halbuki aracın her an nasıl ilerlemesi gerektiği belli. Yaşam her an önümüze her birimiz için en uygun şekilde serilecek zaten ve tek yapman gereken ilerlemek. Çözecek bir şey yok. Yaşam her an ve yaşamda yapacağın önünde zaten. Teslim ol, o anla birleş, yaşa, geçip gitsin. Deneyim tamamlansın."

"O zaman en önemli konu şu: İşleyişi araca bırakmak. Peki her an araca bırakıp bırakmadığımı nereden bileceğim? Ne yapayım da araca bırakayım? Bunu nasıl basitleştiririz derdindeyim. Nereden bileceğim ki?.."

"Var var, oraya geliyorum, hem de çok basit bir yolu var. Bak şimdi beni iyi dinle," diyor heyecanla.

Tabii ki dikkat kesilmiş haldeyim.

"Minacım bu araçta navigasyon sistemimiz olan Can, esasında her an yolcu ile iletişim halinde. Yolcu ne zaman yine yanılıp direksiyonu zihne bıraksa, Can hemen sinyali gönderiyor."

"Gerçekten mi? Nasıl?"

"Her şey yolunda, hissinin kaybı ile. Bak, araç Can'dan ilerliyorsa, ana tema 'her şey yolunda'dır. Genel bir iyilik hali hissedersin. Yaşamın getirdiklerine yaradılışınla teslim olmuşsundur. Ne getiriyorsa, o anı kabul edip onunla birleşirsin. Alacağını alır, gerisinin içinden geçer gidersin. Zihne düştüğümüzde ise bu his ortadan kalkar. Bedeninde olumsuz hissetmeye başlarsın. Bak dikkat et bedeninde diyorum, aracında yani. Bir burkulma, bir iç daralması, karnında bir sıkışma, bir hazımsızlık hissi, kalbinde bir sıkışma, içine oturan bir yumruk gibi gibi. Herkes farklı yaşayabiliyor. Neden bu? Çünkü zihnin aracı kendi istediği şekilde yönetecek diye, sürekli 'Sorun var, eksik var, şunu yapmalıyız, bunu etmeliyiz' kafası üzerinden düşünceler salıyor da salıyor. İşte zihnin verdiği bu düşüncelere inandığında, gerçekte değilsindir artık ve filme gidersin. İşte bedenin de bir nevi 'Yanlış yerdesin ey yolcu, beni de yolumdan çıkartıyorsun ve ben buna razı değilim!' demekte. Dolayısıyla bedeninde olumsuz bir şeyler hissedersin."

"Vay bee!" İçimden aynen bu geçiyor. Tüm lambalar sanki aynı anda yanıyor.

"Ah Ma, harikasın, konuyu böyle ortaya koyduğumuzda çok kolay bir formül oluşuyor kendiliğinden: Ne zaman ki bedeninde kötü hissetmeye başladın, huzursuzluk var, hoop bil ki Can sana, 'Benimle değilsin,' diyor. 'Gerçekten koptun.' Bil ki o zaman zihne düştün. Yine zihin sana bir şeyleri sattı, filmin içine çekti seni. Ama iyi hissediyorsan, dengedeysen, huzurluysan, bil ki merkezindesin; teslimsin, Can götürmekte aracı. Bilinç için tek odak kalıyor bu durumda: Bedenimdeki his ne?"

"Aynen böyle Mina. Ki o da kendini, oluşunu izlemek dediğimiz işte. Hep yaptığımız."

"Tabii ya!" Ellerimi çırparak, bir yandan hızla not alıyorum.

"İnsan zihindeyken hep dışarıyı izliyor ya. Ne gelecek, nasıl gelecek, nasıl kontrol ederim, nasıl değiştirebilirim, nasıl karşı koyarım vesaire? Endişe de endişe."

"Evet, şu boş denemeler. Zira yaşam her an olur. Sen onu, yani içinde olduğun anı değiştiremezsin."

"Aslında doğru yolda ilerleyebilmek için yapılması gereken her an iç gözlemdir. Her şey yolunda mı, değil mi? Can sana hislerle söyler. Yolcuya kalan yaşamı izlemektir, bu araç ile deneyimlemektir."

"Vay canına! Bu gerçekten çok bomba Ma. Bedeninde iyi hissediyorsan yola devam!"

Ma o sırada elini yukarı kaldırarak dikkatimi ona daha da yoğunlaştırmamı bekliyor. Odaklanıyorum yine ve çok önemli bir noktanın altını daha çiziyor:

"Ancak dikkat! İyi hissetmekten kasıt, zihne ait haz hali değil. O bir kandırmacası daha zihnin. Haz ile kandırarak genelde sorumluluğunu alamayacağın işlere kalkıştırır. 'Ama çok iyi hissedeceğim bunu yaparsam.' Böyle der zihin. Hikâyeler yazar. Hazda denge yoktur Mina. Hızla bir çıkış ve sonrasında bir iniş vardır. Hızla o hazza çıkar, ama sonrasında mutlaka düşersin. Filme aittir. Ve genelde bir döngüye sokar seni. Sorumluluk almamaya dayalı olduğu için bir şekilde pişmanlık ve akabinde büyük bir açlık yaşanır çünkü. O pişmanlığı unutmak için oluşan açlığı yatıştırmak için tekrar haz peşine! Al sana zihnin haz-acı döngüsü. İçler acısı."

"Ben Miguel'de böyle tongaya düşebilirdim işte."

"Tabii ki, bak bu güzel örnek. Sana zihnin diyordu ki, 'Ama bir kere daha beraber olsan çok iyi hissedeceksin.' Bir an olsan evet, peki ya sonra? Tekrar düşüş. Üstelik bu düşüşte esasında yapmaman gereken bir şeyi yapmış olduğundan pişmanlık da arttığı için çok daha yoğun kara duygular gelecek. Bundan kurtulmak için tekrar adamın peşine düşme. İşte böyle dibe vurmuyor mu sözüm ona aşk yüzünden insanlar? Ne alakası var aşk ile bunun?"

Gerçekten de öyle. Geçen günler içinde Miguel'in esasen evli de olduğunu öğrenmiştim. Bu sarmala düşseydim, halimin ne olacağı ne kadar da açık. Bir kâbus ilişki daha ve Ma'nın dediği gibi bir haz-acı döngüsünde biraz daha yok oluş. *What's love got to do with it?*[4] Harbiden.

"Haklısın bu aşk olamaz."

"İşte iyi hissetmekten kastımız, bu haz sıçramaları değil. Burada anlatmaya çalıştığım, o hepimizin, hakikaten 'Her şey yolunda' diye tanımlayabileceğimiz, bedeninde, en derininde o doğal keyfi, doğal huzuru yaşayarak geçirdiğin anlardır. Ne

---

4 Aynı adlı Tina Turner şarkısına gönderme.

yapıyorsan onu yapmaktasındır, kendi yaşamındasındır ama içinde bir iyilik hali, huzur, yüzünde hafif bir gülümseme vardır. İşte o zaman 'Nasılsın?' diyene, 'İyiyim ya, çok şükür, her şey yolunda,' dersin. Bazen düşünüyorum da bu laf esasında araç yolunda demek işte..."

"Her şey yolunda, evet!" diye neşeyle lafa giriyorum. Bak bak Ma, her şey yolunda, yani benim parçalar yerli yerinde. Araç yolunda seyir ediyor, bilinç koltuğunda seyrediyor yaşamı, yani bu yolculuğu deneyimliyor.

Bir an kalakalıyorum. Fark ediyorum: Yaşam, bir seyir esasında. Peki, seyir eden misin, seyreden mi? İnsan, her ikisi de! Bu boyutta seyir edebilen bir araca, tasarıma sahibim. Bu araç ile bir yandan seyir ediyorum yaşamda ve bir yandan da olanı seyrederek dilediğim gibi bir deneyime dönüştürebiliyorum. Ben kimim? Ben bilincim. Muhteşem insan oluşunun yapısı işte bu.

Hemen bu çözümlemememeyi Ma ile paylaşıyorum. Ma, bir an duruyor ve birden elini açarak bana doğru uzatıyor. Neşeyle, "Çak Mina! Bu harika bir özet oldu, tebrik ederim yavrum," diyor.

Ben bir elimi onun eline vurup bu harekete cevap verdikten sonra, Ma konuyu toparlıyor:

"O zaman ilk soruna cevap olarak özetle, oluşumuzun sorumluluğunu almak, her an iyi hissetmeyi hedeflemekle olur diyeceğiz. Yani peşinde olduğumuz oluş hali bu olmalı. Kendini bileceksin, halinin farkında olacaksın. İnsan olmak, insan olarak yaşamak, esas bu."

"Çok oturdu bu. Sadece iç dünyamıza odaklanmamız yeterli. Evet, bilinçli bir yaşam için ana amaç, en ufak bir şekilde kötü hissettiğinde toparlanıp, 'Hooop, ben hangi gerçek dışı, hayırsız düşünceyi satın aldım'ın çaresine bakmak olacak. Hemen ne yapıp edip merkeze gelmek olacak."

Ma geldiğimiz noktadan memnun, susuyor. Biliyor idrak gerçekleşti. Gülümseyerek gözlerini kapatıp kendini akşam güneşinin hafiflemeye başlamış ışığına bırakıyor. İşte "her şey yolunda" hali. Yapması gerekeni yaptı. Ma oldu. İşledi.

"Vaaaay," diye ben de arkama yaslanarak kendi kendime mırıldanıyorum: "Bedeninde iyi hisset, her şey yolunda! İşte bu kadar. Hissetmiyor musun? Gerçekten koptun, burada değilsin, hatta yaşamıyorsun arkadaş! Dön bak, topla kendini kaydığın o yerden, gel merkeze. Harika bu!" Fırladığım gibi yanağına kocaman bir öpücük konduruyorum.

"Deli kız, dur bak ne diyeceğim; işte bütün bilgeler tarafından asırlardır teslimiyet yolunun tek kurtuluş yolu olarak önerilmesi bu yüzden. Araca yani yaradılışına teslim ol ve senin için en uygun olanları yaşa."

"Teslimiyet... teslim olmak deyince biraz kalakalıyorum, zira bilinç seçim yapandır, özgür iradesi var diyoruz ya..."

"Eveeet ? Var tabii. Hadi söyle neyi seçiyordu bilinç?"

"Oluşunu. Yani kim olacağını. Araç gidecek, Mina Mina olacak, yolcu ise nasıl bir Mina olacağını deneyimleyecek, yaşama kimi sunduğunu ve onu deneyimleyecek."

Ma alkışlıyor. O an içimde öylesine bir başarı hissi var ki, hani Birleşmiş Milletler'e çıkıp anlatabilirim. Bu nasıl bir keyiftir, bu nasıl bir tatmindir... Her insan kendini gerçekleştirmeli, diye diliyorum. Bir kez daha bu uğurda çalışmayı ve araç olmayı seçiyorum aşkla.

Ma ile göz göze geliyoruz. Gözlerimdeki o parıltıyı tanıyor. Aynı kattan dünyaya bakıyoruz. O an ikimiz de kendimiz olmayı dibine kadar yaşıyoruz. Gülümsüyor. Farklı bir gülümseyiş bu. Sanki biraz mistik, biraz kışkırtma içeren bir gülümseme. Bekliyorum. Bir süre daha gözlerimin içine gülümseyerek baktıktan sonra konuşmaya başlıyor:

"İşte bu basit denklemi doğru işletmezsek yaşam filan yok tabii. Bu durumda yaşam denilen, her an sadece aynı dizinin tekrarlarını izlemekten ibarettir. Tatsızdır, heyecansızdır, zaten bildiğin şeylerle sürekli anlamsızca, bütüne katkısızca, tekrar tekrar bir araya gelmektir. İnsan olmak, sonsuz sınırsız bir potansiyel denizini deneyimlemek iken, kendi en üst ihtimaline bir yolculukta her an 'OL!' deyip olmak iken, bu uyku ile yaşanan, olsa olsa sorumsuzlukla sürdürülen bir sefalettir!"

Gözümün önünde kullanılmadan çöplüğe giden tasarımlar beliriyor. İnsan kendini gerçekleştiremeden öldüğünde...

"Peki böyle boşa gidince yolculuk, ölüm olunca?.." diye soruyorum heyecanla.

"Ölüm denen şey sadece bu yolculuğun sonudur Mina... Sonlanan sadece tasarımdır, yani o tasarımla deneyimlenebilecek olasılıkların en sonuncusudur. Bilinç iner bu araçtan; Mina olmayı deneyimleyemeden, yaşayamadan, tatsız deneyimlerle örülü bu yolculuktan ve bir sonraki seçimine ilerler. Bilinç sonsuzdur. Ölüm tüm diğer deneyimler gibi burada deneyimlenebilecek bir deneyim alternatifidir. Denenecek. Ben ölenim deneyimi. Deneyim o da uyan, gerçek değil. Her canlı ölümü tadacaktır denmiş bak, yaşayacaktır denmemiş neden? Çünkü gerçeğimiz için ölüm diye bir şey yoktur. Bilinç her an olur. Yolcu yolun sonunda araçtan iner ve kendi yoluna devam eder. Zaten kâinatın tamamında tezahür eden sayısız veçhesi ile her an, her saniye yolculuğuna devam etmektedir. Kurt olur, taş olur, kuş olur, Mina olur, koca bir kâinat olur ama bunların hepsi, bireysellik rüyasını yaşamak içindir. Ben şuyum. Ben buyum. Bu farklı 'bir şey olma' deneyleri ile her parçada yeniden kendi muhteşemliğini deneyimlemek içindir. Bunu deneyimledikçe, o muhteşemliğin her şeye ait olduğunu ve kendi gerçeğinin bu HER ŞEY olduğunu idrak içindir. Kâinatta var olan her bir şey, her araca inen binen yolcu, ne varsa her şey bilinçtir. Bu anlamda bütün kâinat bilince hizmet eder, ama bütün kâinat dediğin de bilinçten başka bir şey değildir be yavrum. Hep kendinden kendinedir akış. Özetle her şey...."

"Bir'dir..." diye bir mırıltı dökülüyor dudaklarımdan. İşte o anda, kafamın içindeki bilgi uğultusunu yaratan onlarca sinek sanki birleşiyor ve bir koca perde olup sanki birden gözlerimin önünden yukarı kalkıyor. Sanki ilk defa gözlerim açılıyor, bir ışık saçılıyor etrafa ve ben, asırlar sonra yeniden, sanki ilk kez gerçekten görmeye başlıyorum...

3
Bir

"Her şey Bir."

"Şimdi" denen zamanda...

Dışarıdan bakıldığında, neredeyse sadece çalışıyorum. Bana sorsanız yıllar yıllar sonra ilk kez yaşıyorum. Gerçekten yaşıyorum. Çalışabilmek için yaşıyor, yaşayabilmek için çalışıyorum. Her hücremde öylesine derin bir sevda başladı ki, karşılaştığım her insana gerçeği anlatabilmek istiyorum. Ajansta, bunu yapabilmek için çalışıyorum; akşamları ve hafta sonları ise direkt bunu yaparak çalışıyorum. Çalıştığım her insan biraz nefes aldığında, ben nefes alıyorum; biraz uyandığında, ben biraz daha uyanıyorum. Nasıl nefessiz bırakırım kendimi? Nasıl uykuda kâbus görürken bırakırım orada? Bu duygularla biraz daha, biraz daha... Ayrılık yok ki. Sen, ben yok ki. Ne zaman yorulsam, ne zaman duracak gibi olsam bir başka çalan telefonla, bir başka mesaj ile yeniden koşmak istiyorum. Bana sorarsanız ben ilk defa var oluyorum. Varoluş amacım ise her anda gerçeğe hizmet etmek, gerçeği içime çekmek, gerçeğe yeniden gerçeği sunmak. Yaşam da beni istediği an, istediği yönde kullanıyor. Ne zaman, nerede işe yarayacağımı bilmiyorum. Ben teslimim, yaşam biliyor, önüme getiriyor, gelen karşısında kim olacağımı seçiyor ve her an biraz daha işliyorum. Mina gerçekten Mina oluyor, deneyimliyorum.

Bugün de uyandım, güzel bir kasım günü, üstelik pazar olduğu için uzun bir tatil günü var önümde. Sabahın erken saatleri. Dost ile yürüyüşe çıkıyorum. Henüz herkes sabah uykusunda, kimsecikler ortada yok, diye düşünürken; ileride Uzunya'ya doğru inen yokuşta, biraz ilerimde yürüyen birini fark ediyorum. Biraz daha odaklandığımda bunun Selim olduğunu görüyorum. Beden dilinden biraz gergin olduğu anlaşılıyor. Bir taşı ayağı ile vurarak havalandırıyor. Belli ki bir şeyleri çözmek, çözebilmek ya da avazı çıktığı kadar bağırabilmek ya da tekme tokat bir şeylere geçirmemek için atmış kendini sokağa. Öylesine karışabiliyor ki insan bazen bu yolda.

Selim, Ma'nın yeni çocuklarından, yirmi yaşında genç bir adam. Ma'nın çocuklarından pek çoğunun bir dönem yaşadığı eski odamın bugünlerdeki sahibi. Oldukça da zor bir süreçten geçiyor. Zira kokain, alkol, sigara, antidepresan, uyarıcılar diye sıralayabileceğim, sıralarken bile içimin çekildiği pek çok maddeyi kullanarak kendini itina ile yok ettiği bir süreçte tanışmış Ma ile. Tanışmış ve tabii yönü değişmiş. Bir süre Ma'nın kaynakları ile ayarlanan tıbbi desteklerle geçen yoksunluk dönemi ve sonrasını kapsayan ilk dönemi atlattıktan sonra, üç aydır Ma'nın evinde gerçeğe doğru yürümeye başladı. Selim'in en büyük aşkı kemanı. Hep öyle olmuş. En büyük arzusu konservatuara girmek ve sonrasında da yurtdışında eğitimine devam edip, dünya çapında bir keman virtüözü olmakmış. Tüm yaşıtları oyunlarla büyürken, o hep kemanı ile yatmış, kalkmış, çalmış, çalışmış. Okul da, sosyal yaşamın tüm diğer getirileri de hep keman çalışmalarının ardında kalmış. Zira öğretmen bir karı koca olan ailesi de, varını yoğunu Selim'in bu hayalini gerçekleştirmek için seferber etmiş. Selim de "onlar benim için neredeyse yaşamadı" baskısı ile sadece keman olmuş. Ancak lise son sınıftayken bir konserinde tanıştığı bir kız, kemanı tek aşk olmaktan çıkarmış. Yaşamı bu defa keman ile bu kız arasında gidip gelmeye başlamış. Kızın peşinden yeni arkadaşlar, yeni yaşam biçimleri, eğlence biçimleri de girmiş yaşamına. Üniversite sınavlarının olduğu, konservatuara girmesi ama mutlaka girmesi baskısını en yoğun hissettiği bu dönemde, bir de başa gelen bu yeni aşk ile dengesi kaymaya başlamış. Yıllarca zamanı tek bir odağa göre ayarlayabilen

Selim, iki aşk arasında kaldığı bu yoğun baskılı günlerde oldukça karışmış ve bunalmış. Üstelik kız arkadaşının peşinden girdiği yeni çevre, onların o yaşlarda kazandıkları özgürlükleri ile iyice daldıkları gece yaşamı da onu iyice yörüngesinden çıkartmış. İdare etmeye çalışsa da ailesi ile çatışmalar, senelerdir hayalini kurduğu ve o uğurda çalıştığı bir geleceğe ulaşıp ulaşamayacağına karar verecek sınavların, elemelerin baskısı, pek çok rahatlama, gevşeme ve kendinden kaçış yolunu barındıran bu dünyaya iyice çekmiş onu. Ama son darbe, kendisi gibi ertesi gün sınava girecek kız arkadaşının evinde rahatlamak için bir araya geldikleri o akşamüstü gelmiş. Kızın "Hadi bir kadeh, rahatlayalım ya biraz," kelimeleri ile başlayan teklifini kabul etmesi, zincirleme bir çöküşe çekmiş onu. İlerleyen saatlerde ortaya çıkan kokain, kızın ısrarı, cinsel dürtüleri fazlasıyla uyanmış bir erkeklik kafası ve kız karşısında zayıf kalmak istemeyen bir çocuğun karışımında, sızana kadar içmiş. Böyle olduğunu zannediyoruz. Tahmin ediyoruz. Zira yaşamda öyle büyük yol ayrımları, öyle şok edici keskin dönüşler, nereden geldiği belli olmayan bir kasırgada bir diğer tarafa savruluşlar vardır ki, ne kadar geriye sarıp "Ama neden, nasıl?" diye baksak da, tam olarak ne olmuş olduğunu anlayamayız. Selim de anlayamamış. Ertesi gün kendine geldiğinde ve sınavı çoktan kaçırdığını fark ettiğinde, gerçekten aklını oynatacağını hissetmiş. Ne yapacağını bilemeyerek acı içinde koştuğu evinde ise gece boyunca oğlunu aramış, korku ile çıldırmış bir babanın saldırısı ve aşağılaması karşılamış onu. Kendisini öfke ile evden kovan babasının sözlerini o kendilik nefreti ile ciddiye alan Selim, o günden sonra bir daha eve dönmemiş, dönememiş. Zaten yaşama da dönmek istememiş. Yaşamak için bir sebep bulamamış. O güne dek yaşadığı her günün işaret ettiği yön artık kendisine kapandığında, o yönde artık ilerleyemediğinde kendisi ile, üstelik de artık ölümüne nefret ettiği kendisi ile ne yapacağını bilememiş. Ondan sonrası tümüyle sefalet, orada burada bir yaşam. Oradan buradan temin edilen maddelerle tümüyle bir kayboluş. Bu gidiş Ma ile rastlaşma noktasına gelene dek hep aynı yönde olmuş. Ma ile karşılaşmaları ise bir metro durağında gerçekleşmiş. İlk karşılaştıkları gün metroya giren Ma, trene doğru ilerlerken duyduğu keman sesi ile donakalmış. Durup dinlerken bir yandan da keskin gözleri ile izliyormuş Selim'i. Bu denli büyük bir yeteneğin, bu denli zor bir parçayı, bu haldeyken, bu mükemmellikte çalıyor oluşu öylesine şaşırtmış ki, "O an onun hikâyesine dalmaktan başka şansım yoktu," diye anlatmıştı bize. Yerde oturmuş, önünde bir ceket, ceketin üzerinde bir tas, keman çalarak, biraz karın doyurmak biraz da yine kendini uyuşturmak için para toplamaya çalışan Selim'i dinlemiş, Selim durana dek... Ne kadar sonra bilinmez, parça bittiğinde tasa para atmış Ma. Yüzüne bile bakmadan gelen bir teşekkür fısıltısı duymuş. İşte ondan sonra aralarında geçen o birkaç cümle ise her şeyin başlangıcı olmuş.

"Neden teşekkür ediyorsun?"

Başını kaldırıp ilk defa Ma'ya bakmış Selim. O gözlerdeki acı ve tükenmişlik ile o an ilk karşılaşmasında, Ma yeni çocuğunu gördüğünü bilmiş.

"Efendim?"

"Teşekkür dedin ya, neden teşekkür ettin?"

"Para verdiniz ya işte," diye uyuşuk ve sıkkın bir cevap gelmiş Selim'den.

"Keşke para verdiğim için değil, gerçekte o çalanın kim olduğunu görebildiğim için teşekkür etseydin."

"Ne?"

"Önümüze sen diye attığın bu saçmalık yerine diyorum, gerçeğini gördüğüm için teşekkür etseydin. Çünkü görüyorum. Senin artık göremediğini ben görüyorum."

"..."

"Duydun mu beni? Seni görüyorum diyorum."

"Duydum," demiş dişlerinin arasından tıslayarak.

"Sana da göstermemi ister misin onu peki? Var mısın?"

Bu konuşma ve ardından gelen uzun çekişmeler, Selim'in sokaklardan çıkıp Demirciköy'e uzanan iyileşme sürecini başlatıyor. Onunla ara ara ben de sohbet ediyorum. İlk geldiğinde kendine olan büyük öfkesi ve nefreti, bana benim buradaki ilk günlerimi hatırlatmıştı. Selim ile bir kez daha anladım ki, hikâyeler fark etmiyor aslında. Hikâyeler farklı olsa da yaşanan hep aynı. Kendinden ters yöne hızla yol almak ve bir daha geriye dönüş yolunu bulamamak. Bulabilmek için çırpındıkça daha çok kaybolmak. Nasıl bu denli kaybolmayı başardığını ve neden bir türlü dönüşü bulamadığını anlayamadığın için de giderek büyüyen, artan, giriftleşen kurbanlık hikâyelerinin içinde nefessiz kalıp boğulmak. Çare diye ilişkilere, maddelere, işe, yemeye, alışverişe, paraya, estetiklere, kısaca yapışılacak, iyi hissetmek adına medet umulacak ne varsa yapışmak. Çünkü bilinçsiz insan için, bu dünyada bir kurban olan kendisi dışındaki her şey iki gruba ayrılır: Kurban edenler ve çare olabilecekler. Oysa bu dünyada ne seni kurban eden ne de çare olabilecek bir sey yoktur kendinden başka.

Kurban olan yoktur ki bu sistemde, kurban eden nasıl olsun? Seçim vardır, ama bilinçli, ama bilinçsiz. Bilinçsiz seçimleri ile yeniden ve yeniden ıstırap yaşatır kendine insan. Çareye gelince... Bu dünyada çare olarak yapışacağın her şey, er ya da geç geçiciliğini ve dolayısıyla ıstırabına çare olamayacağını sana gösterecektir. Aslında giderek anlıyorum ki, buranın tek anlamlı işlevi de bu gerçeği bize gösterebilmesidir. Gerçekte tek çare, buranın ve kendinin gerçeğine uyanmak ve bilinçli olarak kendini yaşamaya başlayabilmektir. Neşe, huzur ve varoluş sevinci ancak o zaman deneyimlenir. Şimdi önümde, sıkkın bir oluşla yürüyen Selim'i izlerken, şu an bana bu denli net gelen bu gerçeği, çok değil bir sene önce ne denli kuvvetle "deli saçması" olarak tanımlamış olan zihin durumumu hatırlıyorum.

Selim de aradığı çarelerle giderek aşağı yuvarlanan ve en dibi bulanlardan biri. Ben işte. Yine ben, yine ben. Nereye baksam ben. Bunu idrak ettiğimden bu yana, bu dur durak bilmeden anlatma aşkı da her geçen gün büyüyor içimde. Anlayamazdım Ma'yı eskiden. İnsan nasıl kendi özelini ve yaşamını yok edercesine başkalarına verir kendini bu kadar derdim. Şimdi biliyorum artık. Onun için başkası diye bir şey olmadığını biliyorum. Her şey 'Bir.' Gerçek 'Bir.' Bu dünya, dünyada karşılaştığım her şey benim bilincimin bir yansıması ise gördüğüm her şey de 'Ben'im işte. Gördüğüm dünyanın kurbanı değil, bilakis onu oluşturanım. Ben bilincim. İşte bilinci her uyku katmanından biraz temizleyebildiğimde de, yaşam bunun yansıması olarak biraz daha aydınlanıyor.

"Heey!" diye sesleniyorum. Selim duruyor ve arkasını döndüğünde beni görüyor. İfadesinde olumlu bir gelişme yok. Hızla yanına koşuyorum tüm neşemle, Dost da hızlanıyor benimle ve Selim'e sevgisini hoplamalarla gösteriyor hemen.

"N'aber adamım?" diye sarılmak için bir hamle yapıyorum, ancak omuz silkerek yola devam ediyor.

"Beraber yürüyelim mi? Yalnız mı devam etmek istersin?"

"Fark etmez."

"Ma nerede?" diyerek, elleri montunun ceplerinde, kafası önüne eğik, bana içinde bir alev topu yanıyormuş hissini veren Selim'in yanında yürümeye başlıyorum.

"Evde. 'Git kendini topla, öyle gel,' dedi. Selim uymadı mı isteklerine, kapı dışarı ederler zaten."

Söyleniyor. Ben sorduğum için bile değil esasında. Zihnindeki söylenmeyi ben sorunca dışarı doğru seslendiriyor sadece.

"Dur, dur dur. Şu an hikâye yazıyorsun, hatta ağır romana bağlamışsın dostum, biliyorsun ve hatırlatırım," diye gülerek onu biraz daha gerçeğe çekmeye çalışıyorum.

"Ne hikâyesi ya? 'Git,' dedi işte."

"Ya Selim, sana evden mi git dedi? 'Git kafayı topla,' demiş kadın. Neresinden anlıyorsun, neresinden bakıyorsun Allah aşkına? Hem ne oldu anlatsana sen bana? Niye kızdırdın Ma'yı?"

Sessizlik. Yürümeye devam ediyoruz. Sahile gelip tekrar yukarı çıkıyoruz. Eve dönmek istemediği için köy meydanına geldiğimizde tekrar sahile doğru dönüyor. Ben de. Belli ki konu ağır. Susuyorum ve Dost ile ben de nereye yürürse onunla yürüyoruz. Akışın zamanlaması en doğru zamandır. Sabırla bekliyorum. Yaklaşık kırk dakika sonra yol arkadaşımdan bir ses çıkıyor yine:

"O beni kızdırdı, hatta delirtti asıl," diye kırk dakika evvel sorduğum soruya cevap vermeye başlıyor. "Babamlarla buluşma ayarlıyor, düşünebiliyor musun? Buraya davet edecekmiş. Konuşmuşlar. Daha doğrusu beni ilk bulduğunda konuşmuş, o zamandan beri ara ara bilgi veriyormuş düşünebiliyor musun ya? 'Artık buluşma vakti,' dedi. 'Görüşmen lazım,' dedi."

Birden bağırıyor:

"Ben onları sildim, anlıyor musun?"

"Öncelikle sakinleş. Ve hemen merkezine gel. Silmiş olan çakma Selim'di. İnandığın bir hikâye sonucu. Şu an orada değilsin Selim. Zihnin seni aynı hikâyeye çekmeye çalışsa da, sen onu seçmeyebilirsin. O gün, o Selim çoktan bitti."

"O gün filan değil Mina. Selim bitti, neden kabul edip bırakmıyor anlamıyorum."

"Selim gerçekten sohbet edecek miyiz, yoksa kendine acımaya devam mı edeceksin? Çünkü ben sana acıyamayacağım. Kendine acıman bitince konuşuruz istersen."

"Mina elimde değil, o günleri düşündükçe öfkeden çıldıracak gibi oluyorum..."

"Hey, şimdi buradasın. Bırak o günleri. Buraya gel. Hem biliyorsun ki öfke korkudan kaynaklanır. Gel gerçeğe bakalım. Neden korkuyorsun? Sen bana onu söyle."

Ve ağlamaya başlıyor. Ona sarılıyorum. Katıla katıla ağlıyor. Öfkenin çözülerek gerçeğe doğru yola çıkışı... Yalana sıkı sıkı tutunmaktan gelen gerginliğin zincirlerden boşanırcasına dağılışı. Bekliyorum. Nispeten sakinleştiğinde sahile doğru yürüyüp deniz kenarında bir kayanın üzerine oturuyoruz. Dost denize atlıyor hemen. Nasıl da salına salına yüzüyor, bir de kafasına bone taksak, 60'lı yılların hanımlarından biri yüzüyor zannedilebilir, onu uzaktan seyrederken. Yaz kış suyu gördü mü atlıyor Dost'um.

"Korkuyorum... çünkü babamın ve annemin ne söyleyeceğini, ne yapacağını bilmiyorum. Daha da korkuncu ne yapacağımı ve ne söyleyeceğimi ben de bilmiyorum Mina."

"Neden bilmen gerektiğini düşünüyorsun ki? Bilemiyorum diyen kim şu an? Zihnin. Zihin bilemez. Bırakacaksın, o anda gelecek zaten. Önceden planlayabileceğini zanneder zihin, olmaz. Bilemez. Bırak."

"Bunca zaman sonra? Nasıl bırakayım, ödüm şeyime karışıyor ya. Nasıl bakacağım onlara? Ne söyleyeceğim? Ya ters bir şey söylerse yine babam? Kaldıramayacağım bir şey?"

"Şu an sadece acıdan kaçmaya çalışıyorsun. Zihninin elinde kaçabileceğini zannederek. Oysa acıdan kaçmak, sadece acıyı ıstıraba dönüştürür Selim. Üstelik sen bunu yaşadın. Bizim yolumuz bu değil, biliyorsun."

"Ne yapacağım peki?"

Çare bekleyen korku dolu çocuk gözleri ile bakışlarla bana bakıyor. Bu noktaya geldik ya gerisi kolay, biraz daha rahatlayarak konuşuyorum:

"Yaşayacaksın Selim. O an ne getirecekse yaşayacaksın. Var olabilmek için yaşamın içinden geçip gidebilmeliyiz, yaşamın getirdiği her anın. Nefesi tutmamalıyız artık, nefes alıp vermeye devam ederek önümüze gelen ne ise yaşamalıyız. Zihin tabii ki izin vermek istemeyecek. Tabii ki seni eski hikâyede tutmak isteyecek. O, onun devam etmesi gerektiğine inanıyor, biliyorsun. Ama sen o hikâye değilsin. Sen o düşünceler ve o düşüncelerin yarattığı duygular değilsin. Sen şimdi burada olansın. Şimdi bu Selim var. O buluşma anında da, o anda olan Selim, ailesi ile olacak ve o anın sorumluluğunu alarak deneyimleyecek."

"Eskisi gibi devam etmemesi gerektiğine ben de inanıyorum, ama işte... Beni nerede bulabileceklerini söylemek bile istemiyorum. Kaybolmak istedim hep. Nasıl düşmeyeceğim buna? Nasıl ayrı kalabileceğim bu düşüncelerimden?"

"Korktuğundan inanmak istiyorsun sadece. İzleyen ol, o gelen sözde koruyucu düşünceleri, hikâyeleri, bırak geçip gitsinler. Seninle birleşemesinler. Sen önünde ne varsa anda, burada ne varsa ona odaklan. Bak şu an seninle bu konuşmayı getirdi yaşam bize. Her an neredesin, sen ona bak. O gün de kendini o ana bırak, ne yapacağını kendini o anda, ancak o ana bırakırsan bilir ve yaparsın. Yaşarsın. Hepsi bu. Böylelikle her seferinde biraz daha özgürleşir, yeni olasılıkları deneyimleyebilirsin. Acıdan kaçma odaklı yaşamak, çıkmaz bir sokaktır. Böyle yaşamanın nasıl olduğunu biliyorsun ve bu sabah da güya acıdan kaçabilmek adına zihninin elinde geçmişe yuvarlandın."

"..."

"Bak Selim, ben neyi çok net gördüm biliyor musun? Zihnimiz bizi koruyamaz. Tam tersi, o acının kaynağı olan değersizlik madenini daha da genişletmeye, derinleştirmeye yarar. Değersizlik hissinden kaçmak isterken, kendimizi algılayışımızı, yani değersizliğimizi tekrar tekrar yaşarız. Acı gelir, acıdan kaçmaya çalışır ve yine başa döneriz. Dünya ne zaman isteklerimize uymasa, acı kendini göstermeye başlar ve zihnimiz de dengeyi sağlamak için hemen hikâyelerini atar ortaya. Bu an ile yüzleşmeyelim diye yazar da yazar. Ma'nın dediği gibi Andersen'den Masallar."

"Acı mı çekelim yani?"

"Hayır. Acı çekmek ile acıdan kaçmayı bırakmak aynı şey değildir. Seçimimiz, acıdan kaçmaya çalışmayı bırakmak olmalı. Ama bu zannettiğin gibi acıyı değil, gerçekten yaşayabilmeyi sunar bize. Her anı cesaretle, onunla bir olarak olduğu gibi yaşamayı getirir. Olanlara direnmeyi bırak, kontrol etmeye çalışmayı, onlarda gördüklerine göre şekil alma çabalarını. Kendin olarak tam gözünün içine bak o anın, kendi gerçeğini sun ona ve yaşama, 'Ben de varım!' de."

"Bütün bunlar oldu ve şimdi buradayım," de diyorsun.

"Evet ve hatta 'Şimdi ne yapabilirim?' de. Etki ol. Yeni bir başlangıç için etki ol. Tepki vererek eski hikâyeyi doğrulamak ve tekrarlamak yerine, her sorumluluk alıp, yeni bir olasılık için etki olmayı seçtiğimizde, çakma benliğin kabuğuna bir darbe indirir ve onu çatlatırız. Kabuğa vurduğumuz her bir çekiç darbesinde, kabuğun o bölümü kırılıp dağılırken, o yanmayı duyacaksın belki evet, ama korkmayıp içinden sıyrılabildikçe, bu yanmalar seni korkutmayacak. Aksine birazdan, biraz daha gerçeğini yaşayabileceğini ve özgürleşeceğini müjdeleyen haberciler olarak tanımlayacaksın onları."

"Yani o korkunun üzerine gideyim, görüşeyim öyle mi?"

"Üzerine filan gitmene gerek yok. Sadece o anın getirdiklerinin içinden geç. Bırak ne getiriyorsa getirsin, senin gerçeğinle o anda birleşsin. Deneyimle alacağını al ve geçip gitsin. Yaşamak bu. Evet görüş ki ıstırabın bitsin. Kaçma artık, geç içinden. Olan oldu. 'Ben şimdi ne yapabilirim?' diyen ol. Başlangıç ol. Onlarla yepyeni bir ilişkinin başlangıcı ol. Sonrasında o an ne getirirse oraya doğru ilerlersin, ama bilirsin ki ilerleyen gerçeğindir."

Beni onayladığını ifade etmek için başını sallıyor. Gözleri doluyor sonra, başını eğerken mırıldanmasını duyuyorum:

"Çok özledim onları Mina. Bir kere daha istemezlerse beni..."

Ona sarılıyorum. Tutuyor kendini biliyorum, ağlamamak için tutuyor. Bir süre birbirimize sarılı kalıyoruz. Ona öylece sarılı dururken, ona mı bana mı ikimize de mi bilmediğim sözler dökülüyor dudaklarımdan:

"Sen artık kendini istemeye, sen kendine sahip çıkmaya başladın. Mühim olan bu, inan bana gerisi gelecektir. Sen kendini bırakma yeter."

Ma'nın evine döndüğümüzde Selim kapıdan girer girmez Ma'ya sarıldı ve koşarak duşa gitti. Ma uzun uzun beni süzdükten sonra, "Gördüğüm kadarı ile vakit gelmiş Mina," diye yine üç bilinmeyenli denklem tadında cümlelerinden birini attı ortaya.

"Neyin vakti Ma?" diye soruyorum Dost, Biber ve Karam ile oynaşırken.

"En üst ihtimalini yaşama vakti. 'Bir'e dönüş başlamış canım, görebiliyorum, çok şükür."

"Bir'e dönüş mü?"

"Bir'e uyanış, Bir'e dönüştür bilinçte Mina. Yolculuğun en güzel bölümü başlamış," diye keyifle gülümsüyor.Nereden anladığını bilmiyorum, ama gerçekten de o şu an içeride duş alan çocuğun rahatlaması ile bir o kadar kendimin rahatladığını, ayrılık diye bir şey olmadığını giderek daha çok deneyimliyorum. O gün eve doğru yürürken de milyarlarca ayrı parça olduğunu zanneden bilinci, Ben'i düşünüyorum. Milyarlarca parça ile ayrı ayrı özdeşlemiş bilinci. Bu ayrılık rüyasından uyanış için, her bir parçanın, her birimizin, bu her bir insan tasarımının, bilinç yoksa boş bir kılıftan ibaret olduğunu, bilincin tek gerçek olduğunu anlama yolculuğundan geçmesi gerekiyor. Bu yüzden uyanış bireysel. Plan bu. Her bir sözde parça kendini kılıf ile özdeşleştirmeyi bıraktıkça, daha daha bütünlüğüne kavuşacak bilinç. Her bir parça kendini deneyimlerken, ayrılık var zannettiği için uyanış bireysel. Buradan başlamalı. Neye inanıyorsam gerçeğimi o zannederim ve yürümeye de oradan başlamam gerekir. Kendimi ayrı bir zihin/beden zannettiğim bu deneyimde, Bir'liğime doğru yolculuğa yine bu tasarımım üzerinden başlamam gerekir. Önce Mina olacağım. Yani zihni kenara alıp, bilinçli şekilde Mina olacağım. Mina'nın yaradılışına teslim... O gerçekleşebildikçe, daha çok daha çok "O" olmayı deneyimleyeceğim. İşte orada uyandıkça tamlığıma, mükemmelliğime, ihtiyaçsızlığıma, gücüme, özgürlüğüme, bileceğim: Dışardan hiçbir şey beni daha fazla ben yapamaz. Bana bir şey katamaz. Eksiklik yok. İhtiyaç yok. Tamım. Ben, ben olduğum müddetçe her şey yolunda. İşte o zaman Ben'in tamlığını, mükemmelliğini bu tasarımda deneyimlemeye başlarım. Gerçeğimi hatırlamaya başlarım. Gerçekten nefes almaya başlar, gerçekte aldığım her nefesle daha çok soluyabildiğim aşkı içte hisseder, yaşarım. Sonra o aşkın kendinden kendine olduğunu, çünkü her sözde parçanın gerçeğinin de aynı olduğunu idrak ederim. Diğerini görürüm ilk defa, diğerini keşfederim. Diğerinin de "Ben" olduğunu, aynı ve "Bir" olduğumu keşfederim. Ayrılık yok, idrak ederim. İşte o zaman başlar tasarımın en üst ihtimali, ben o zaman Mina'yı "Aşk" için, "Bir" için, "Ben" için hizmette var ederim. Her bir sözde parça böyle uyandığında... İşte Mesih gelir mi dünyaya? Mesih'in gelmesi dedikleri, bilincin tamamının uyanması demek midir acaba?

Bu idrak bir coşku veriyor ki, bütün bedenim titriyor sanki. Yatağa kendimi bırakıp, o titreşimin bedenimdeki etkisini izleyerek tavana bakarken Dost yanıma atlıyor. Öpüyorum onu, sarmaş dolaş yatıyoruz Dost'umla beraber. Anlıyor yine bir şeyler çözüldü içimde, yine birtakım prangalar açıldı, biraz daha ilerledim ışığa. O da yanaşıyor bana, nasipleniyoruz birlikte. Coşku, şükran sarıyor her hücremi sanki. Şükürler olsun. Öyle net ki planın basamakları, öyle net ki. Her şey "Ben" ise, en üst ihtimalin yaşanması her güne aynı soru ile, aynı aşk ile başlamayı getiriyor: Mina ile bugün yine kendime, Ben'e, Bir'e ne veriyorum? Neye kaynak oluyorum? Özetle: Ben kim oluyorum?

Buz gibi havaya aldırmadan camlar açık, arabamda gaza basmış gidiyorum. Amacım, varlığı beni boğacakmış gibi her an genişleyen yanımdaki genç kadını metro istasyonuna bir an önce ulaştırıp, kendi yalnızlığıma kavuşmak. Arabadaki sessizlik giderek büyüyor. Sessizlik ne kadar tuhaf olsa da, konuşmak ve içimde büyüyen öfkemin dışa dökülmesine yol açmak istemiyorum. O an tek istediğim dengemin sarsılmaya başladığının bilinci ile Özge ile arama mesafe koymak.

"Kızdın değil mi bana?"

Bu soru içimdeki öfkenin daha da artmasına sebep oluyor. Zira kızmamam lazım.

"Mesele benim kızıp kızmamam değil Özge. Bu senin yaşamın. Seninle bir yol yürüdük, çok da güzel yürüdün, şimdi tam ters yöne gitmeyi seçmene bir anlam veremesem de..."

"Tam ters değil inan, sen çok yardımcı oldun tabii, sadece aşk bu Mina. Çok seviyorum. Hem sadece o mu? Hastane, arkadaşlarım, ne bileyim... Biliyorum çok şikâyet ettiğim zamanlar oldu ama..."

Aşkmış. Aşkın bu zihin palavralarının bahanesi olarak kullanılması... Nihayet kendi cehennemi olan hapishanenin kapısını açtığında, tam da yürümeye başlayabilecekken, korkudan bir adım atamayacak hale gelip, "Ya esasında çok âşığım ondan,", "Ya esasında o kadar da kötü değil," diye diye palavralarla, insanın gerisin geri koşarak hücresine girmesi, tekrar kapıyı çekip kilitlemesi. Sonra da bunu yalanlarla mazur göstermeye çalışması. Anlaşılabilir mi bu? Midem bulanmaya başlıyor. Anlamak istemiyorum. Hatta o an onun beynine inmek istiyorum. "Geri zekâlı, ne yapıyorsun farkında mısın?" diye haykırarak onu tepelemek istiyorum. İşte bu yüzden, bu hale geldiğim için daha da sinirleniyorum.

"Neyse Özgecim, sen seçimini yapmışsın madem, ben susuyorum. Hadi görüşürüz."

Arabayı metro istasyonunun önüne çekip inmesini bekliyorum. Zekeriyaköy'de, Reyhan'ın stüdyosundaki çalışmamız sonrası hava çok soğuk olduğu için onu metroya bırakacağıma söz vermiştim. Gerçi bir çalışma da olamadı ya...

"Görüşürüz Minacım. Her şey için çok teşekkürler. Kerem Abi ile konuşursan da selam söylersin."

Başımı sallıyorum. Arabadan iner inmez yine camlar açık ve hırsımdan gözlerim dolarak Demirciköy'e doğru hızla ilerliyorum. Özge, Kerem'in İstanbul'dayken çalıştığı hastanede çalışan bir hemşire. Henüz yirmi beş yaşında. Aynı hastaneye bağlı çalışan ve kendisinden yirmi beş yaş büyük ve evli bir kalp cerrahı ile üç yıldır ilişki yaşıyor. Bu ilişki başladığında, onun hastane içinde pek çok açıdan avantajlı yani "torpilli" hale gelmesini sağlamış tabii. Bu başta pek havalı bir durumken, adamın "Ben gel deyince ve sadece ben isteyince geleceksin" özetli ilişki anlayışı, zaman geçtikçe Özge'yi üzmeye başlamış. Saf Özge'nin, bu ilişki şekline dayanmaya devam etmesi tabii ki bir zaman sonra Cerrah'ın eşinden boşanıp kendisi ile evleneceği, ünlü ve başarılı bu kalp cerrahının karısı olacağı hayalleri sayesinde olabilmiş. Ancak üçüncü yılın sonunda Özge çöken sinir sistemi ile bu adama olan bağımlılığına ek olarak bir bağımlılık daha geliştirmiş. Her geçen gün umutsuzluğuna ve işinin doğası gereği içinde bulunduğu stresli ortama sözde çare olabilmesi adına hastane ortamında ve yine sevgilisinin yardımı ile kolayca ulaşabildiği antidepresanlara, ağrı kesicilere yönelmiş. Yöneldikçe daha, daha, daha... Yaşamı, adama yalvarmalar ve beklediğini alamadıkça haplara yine gidiş ile geçen bir sarmala dönüşmüş. Üstelik bu haplara ulaşım için de maalesef aynı adamın yardımına muhtaç oluşu, Özge'nin tüm yaşamını bu adamın elinde yok oluşa doğru sürüklenmeye daha da kitlemiş. Kerem bu konuyu bana açtığında öylesine üzülmüştüm ki, Kerem'den bir yolunu bulup Özge'yi benimle tanıştırmasını rica etmiştim. Kerem'i hastanede ziyaret eden arkadaşı pozunda bir gün Özge ile tanışmış, o gün sohbet muhabbet ile nefes çalışmaları almaya ikna etmiştim onu. Bir süre sonra Kerem'in de Özge'ye desteği ile birlikte çalışmaya başlamıştık. Aylardır süren zihin çalışmaları, nefes çalışmalarının da yardımı Özge'nin önce haplardan, sonra da bu adamdan kurtuluşuna kapı açmış, onun yeni bir yaşama başlamasına imkân vermişti. Özge haplara olan bağımlılığından kurtuldu, zihin çalışmaları ile desteklediğimiz buluşmalarımızda öylesine güzel ilerledik ki, en son başka bir özel hastanede iş dahi bulmuştu. Yıllardır çalışmış olduğu hastanede son günlerini yaşadığı günlerdeydik işte. Bugün de yine çalışmalarımıza devam etmek için hevesle buluşmuşken karşımda bambaşka birini görmek beni şoke etti. Ne olduysa olmuş, Özge görüşmediğimiz iki haftada tümüyle terse giderek adam ile ilişkisine geri dönmüştü. "O da beni çok özlemiş Mina. Aklı başına gelmiş. Boşanacak söz verdi. Hem arkadaşlarımdan ayrılmak da üzüyordu beni..." diye devam eden açıklamalarını dinlerken sanki peş peşe tokat yiyordum. Böyle bir şey nasıl olabilirdi? İnsan bu denli gerçeğe uyanmışken, ilerleyebilmişken kendi gerçeğine, içinden çıktığı kuyuya kendi isteği ile güle oynaya nasıl dönebilirdi? Kendine yine aynı yalanları nasıl söyleyebilirdi?

"Aaaaaaaaaaaaaaa!"

Arabanın içinde haykırıyorum. O sırada telefonum çalıyor. Arayan Ma.

"Neredesin Minacım?"

"Köye dönüyorum Ma."

"Dur, dur, o ses ne öyle?"

"Kafam çok bozuk. Biliyorum dengelenmem lazım, şu arabadan ineyim kendimle ilgileneceğim evde Ma. Sinirlendim, saçma sapan..."

"Bak ne diyeceğim? Canım balık istedi, hadi gel Kilyos'ta bir balık yiyelim seninle, hem de konuşuruz."

Ma bana kesinlikle iyi gelecekti. En azından "Anlayamıyorum!" çığlıklarıma çare olabilirdi.

"Ok, on dakikaya kapındayım Ma."

Restorana gidene dek yol boyunca olan biteni anlatıyorum ona. Çalıştığım kişilerle ilgili onun görüşüne de hep başvurduğumdan, karakterleri de biliyor zaten. Yemeğe oturduğumuzda benim isyanlarımı gülümseyerek dinledikten sonra nihayet ilk sorusunu sorarak konuya giriyor:

"Minacım anladım. Kız adama geri dönmüş. Bunda anlaşılmayacak bir şey yok zaten. Bence burada çok daha önemli olan sen neden bu haldesin?"

"Biz bu kadar ilerlemişken nasıl olmam Ma?"

"Güzelim, bak bir şeyi iyi anla. Bu yolculuğu kim ile ne kadar uzun süre yapmış olursan ol, ne kadar harika sonuçlarını görmüş olursan ol, sen bir araçsın. Elinde fener çalıştığın kişilere yolu gösterirsin. O kişi yürür ya da yürümez, o onların seçimi..."

"Ama yürümüştü Ma, yürümüştü, yürüyordu..."

"Yol bitti mi Mina? Bitmez. Yolun bu noktasında bitirmeyi, hatta tümüyle başa dönmeyi o tercih etti. 'Neden?' diyorsun. Nedenini tabii ki biliyorsun. Bilmiyor musun?"

"Korkuyor tabii. Korktu."

"Biliyorsun işte. Özgürlüğün bilinmezliği, içerisini zaten bildiğin hapishaneden, cehennemden daha korkunç gelebilir bazen insana. Zihin tanıdık olanı sever Mina. Korktu mu, o korkusunu kullanıp kolaylıkla en başa döndürüverir kişiyi. Bunda anlaşılmayacak bir şey yok. Bu yolda ileriye doğru her hamlede, zihin önüne yepyeni korkular bulup serer. Onları dinleyip, inanırsan geriye dönüş kaçınılmaz olur. Bu nedenle ilerlemenin tek yolu 'hep ileri' komutu ile hareket etmektir. Durduğun an bitersin. Allah yardımcısı olsun. Zira tekrar uyanmadıkça her başa dönüş, daha beter sonuçlara vardırır kişiyi. Ancak buna alış Mina, bu işi yapacaksan bu da bunun bir parçası. İnsan uyandığı halde yenik düşüp geri dönebilir. Kimi yürür, kimi başlamaz bile, kimi yarı yoldan döner..."

Gözleri dalıyor uzaklara. O an anlıyorum ki birilerini hatırlıyor, birilerini merak ediyor, şaşırıyorum.

"Sen de yaşadın mı böyle gerçekten?"

"Yaşamaz olur muyum? Kaç kişi gerisin geri gitti de, hatta bana düşman bile oldu. Alış buna."

"Düşman mı?"

"Tabii ki. Bak şimdi kişi geri döner, ama içte artık uyanmıştır bir kere. Gerçeği görmüştür bir kere, sadece bir adım daha atmak öyle korkutmuştur ki geriye dönmek daha cazip, daha kolay gelir. Ancak bu geri adımı atarken suçluluk da hisseder. O suçluluğu taşımak ister mi? Tabii ki hayır. O zaman ne yapacak? Hooop, onu öfke olarak sana yansıtır. Sen yanlış olursun, sen eksik olursun, sen katı olursun, sen manyak olursun, sen deli olursun... Ne bileyim, zihni sana ne giydirerek rahat ederse o olursun. Mühim olan çamuru sana atıp rahatça cehennemine dalsın."

"Peki, bu seni çıldırtmıyor mu?"

"Hah işte esas mesele bu. Dedim ya sen neden bu haldesin?"

"Çünkü delirdim Ma! Geri zekâlı gibi gitti adama. Evlenecekmiş! Bok evlenir o adam onunla, hem evlense ne olacak ya, pis herifin teki."

"Dur, dur, dur kızım dur. Bak şimdi beni iyi dinle. Mesele bu değil. Biliyorsun. Biliyorsun da Özge madenine çomak soktuğu için unuttun. Senin öfkelendiğin ne? Gerçekten Özge'ye neden kızdın?"

Adama geri döndü diye görünüyor, ancak bu olan... Neden kızıyorum? Çünkü...

Bir süre içime dönüyorum. Nihayet gerçek dökülüyor:

"Kendini mahvediyor Ma. Aşk palavraları ardına gizlenerek kendini mahvediyor."

"Kim gibi?"

"..."

"Kim gibi, kim?"

"Çakma Mina gibi..." Gerçek, bir fısıltı halinde dökülüyor ortaya. "Tıpkı Mina'nın bir zamanlar yaptığı gibi. Haklısın burada kendime öfkemi yansıtıyorum."

"Bak gördün mü? Mina'yı hâlâ affetmediğin, kendinde hâlâ temizlemediğin yerler şükür ki hep işte böyle çıkıyor karşımıza. Ben çok kişinin geriye gidişini hüzünle deneyimledim. Ama tepki vermem, o an döner ve ilerlerim. Çünkü bende bir karşılığı yok. İnsan geri dönebilir. Bunu bilirim ve kabullenirim. Her an ben yeniden ilerlemeyi seçerim. Ben kendimden sorumluyum."

"Kaybettiğim yıllara çok kızıyorum Ma, haklısın. Karşıma Özge gibiler geldikçe hâlâ 'keşke' diyorum. 'Nasıl öyle olabilmişim?' diyorum."

"Onlar gelmeye hep devam edecekler Mina. Çünkü hep kendimizi görüyoruz. Karşımda kendimden başka ne görebilirim ki? İç dünyanda barış varsa, kabul varsa geldiklerinde onlara yine de kabulünü, sevgini sunabilirsin. Anlarsın ve kabul edersin. Ama içte öfke, kendini ve geçmişini hor görme, aşağılama varsa, sana o geçmişini hatırlatana öfkelenirsin, tepki verirsin. Aslında kendine olan öfkeni dışarıya aynen yansıtırsın."

"...."

Bir süre sessizce balıklarımızı yiyoruz. Denize dalıyor gözlerim. Karadeniz koca koca dalgalar olmuş, patlıyor da patlıyor peş peşe. Kendi içime benzetiyorum onu o anda.

"İçim şu deniz gibi kaynıyor, haklısın."

"Söyle bana, Mina'da neyi kabul edemiyorsun bu kadar?"

Gözlerim dalıyor yeniden. Gözlerim doluyor.

"O zayıflığını. Aşk, aşk diye o denli kendini yok saymasını. Bir nebze sevgi için dilenmesini, kendini paspas etmesini... biliyorsun işte. Ne kadar palavra olduğunu gördükçe şimdi..."

"Peki sana bir soru: O Mina'nın başka bir seçeneği var mıydı? Yani o Mina'nın o zamanki inançları, o inançlara dayalı korkuları ile başka türlü davranmasına, senin şu an tercih edeceğin gibi davranmasına imkân var mıydı?"

Derin bir nefes alıp o günlerdeki Mina'ya bakıyorum. Yoktu tabii.

"Yoktu Ma. O, o kadardı, o masallara inanıyordu. Zihninin yazdığı senaryolara, kâbuslara, o kâbuslardan kaçış için sözde kurtuluş yollarına. O doğrultuda da hareket etti hep."

"Bir insanın inançları doğrultusunda davranmaktan başka seçeneği var mı Mina?"

"Yok. Haklısın, ben de onlara inanıyordum. Gerçekten o, bu, şu adamın çare olacağına, bana değer katacağına, mutlu olabileceğime..."

"O zaman, o günlerdeki Mina'ya kızılacak bir durum var mı?"

"Evet, ama yine de dilerdim ki..."

"Bak sana ne diyeceğim. Bırak bu 'dilerdim ki' lakırdıları ile o Mina'ya üstten bakmayı. O da sensin, sen! Bu Mina kim ki ona üstten bakıyor, küçümsüyor ha? Tam tersine ona müteşekkir olmalısın."

Sesi öylesine keskinleşmişti ki, yine ben de ister istemez yerimde dikleştim, takip etmeye çabalar buldum kendimi.

"Müteşekkir olmak mı?"

"Tabii ki. O zavallı, o korkudan büzülmüş, bir damla sevgi için kendini paramparça etmeye hazır, değersizlikten kendini görünmez hale getirmiş, kendilik nefreti içinde boğulan Mina, nefes bile alamıyorken, sürüne sürüne de olsa seni gerçeğin kapısına getirdi. Daha ne yapsaydı? Gelinebilecek en muhteşem yere getirdi seni, uyan! O halde bile buldu kapıyı. Sadece buldu mu? Hayır kapıdan içeri ilk adımı atmayı bile göze aldı. İşte ona müteşekkir olmalısın hanımefendi. Bugün buradaysan, onun bu cesareti sayesindedir. Sen kim oluyorsun da küçümsüyorsun? En büyük adımı atan o günlerdeki Mina'dır."

Başım önüme eğik kalakalıyorum. Hatırlıyorum. Ma ile ilk karşılaşmaları, o korkuları, bir adım bile atacak halim kalmamışken bilinmezliğe atılan o titrek adımları. Yeniden o Mina'yı hissediyorum, onu alıyorum içime. Bir başka görüyorum onu. Şimdi bu şekilde bakınca, gidebileceği milyonlarca saçma yön varken, o halde iken bile gerçeği seçebilmesi, içimi şükranla dolduruyor. Sanki o an içimde yer yer kalmış oyuk parçalar da dolmaya başlıyor.

"Sürekli çalışmam lazım değil mi? Yüzleşemediklerimle, kabul edemediklerimle, suç saydıklarımla, hata dediklerimle, hepsiyle çalışıp temizlemem lazım ki, bu işi yapabileyim."

"Aynen öyle canım. Bu yolda 'Mina' dediğin o yaşam hikâyenden kaçtığın kadar tökezlersin. Bak, herkes şimdinin gücü lafını ezberlemiş tekrarlayıp duruyor ancak şimdide olabilmek için önce çok daha güçlü bir alanla yüzleşmek gerek. İnsanın üzerinde etkili en büyük güç, geçmişin gücüdür. Zihnin seni onunla yönetir. Önce oraya gideceksin ve zihninin oradan beslenerek başına ördüğü çorapları çıkarıp atacaksın. Nasıl mı? Zihnindeki geçmişinle yüzleşerek. Bakıp, kabul edip, temizleyip ilerleyerek. Onların merkezine cesaretle bakacaksın: Almaza yattıkların, yoktan saydıkların, inançların, zihninin işine geldiği gibi üretilmiş yorumların, hikâyelerinin, hikâyelerinin... ve işte bu safsata içinden gerçeğini çıkarıp ortaya koyacaksın. Zihnin, üretilmiş bir geçmiş yorumunun gardiyanıdır. Ve ancak bu hapisten çıkabilirsen 'Şimdi'de kendini yaşayabilme şansın olur. Gerçek özgürlüğün, zihinden özgürleşmenin tanımı da budur."

"Evet, gözünün içine bakamadığım konuyu kullanarak zihin geldi bugün devirdi beni işte. Ben hâlâ kendimi kabullenmiyorum demek ki."

"Oysa kabullenilmeyecek nesi var? O günleri o inançlarla yaşarken, başka çaresi var mıydı? Yoktu. Ama kendini sürüne sürüne tek çözüme getirmeyi de bildi. O günlerdeki seni hatırlıyorum da, büyük soru işaretiydin açıkçası. 'Yapabilecek mi bakalım?' demiştim. Çok hasarlıydın, çünkü çok palavra idi zihnin. Ama başardın ve bak hâlâ yürüyorsun. Üstelik o günlerin, şimdi beğenmediğin o hallerin yeni seçtiğin bu işinde seni öyle avantajlı yapacak ki."

"Haklısın, kendim de aynı yollardan geçtiğim için karşı tarafta neler oluyor bitiyor hemen anlıyorum."

"Gördün mü işte bak. Kabullen ve o zenginliği kullan. Karşında gördükçe ve kabullendikçe insanı, işte böyle çileden çıkmazsın. 'Olabilir,' dersin. 'İnsan bu,' dersin. İşte Özge de insan. Sadece korktu yavrucak, bir adım daha atamayacak kadar korktu. Zihni ne dediyse, içinde neler olduysa öyle çok korktu ki, aslında şimdi o ne kadar kendini kandırmaya çalışsa da, yine ne bulacağını çok iyi bildiği cehennemine geri dönmeyi tercih etti. Allah yardımcısı olsun. Başka ne söylenebilir? Sana gelince, çalışmalarında böyle dengeni şaşırtan bir şey her olduğunda hemen kendine bak. Biliyorsun, dışarıda denge bozulduysa ne olursa olsun kaynak sensin."

"Yani kızmakta bu kadar haklı olsam da Özge'ye..."

Ağzımdan çıkanı kulağım duyduğunda pişman oluyorum. Haklı olmak gerçekte asla geçerli bir konu değil. Hemen düzeltiyorum:

"Pardon pardon, haklı olmakla ne alakası var tabii."

"Evet, öfkenin haklılığı diye bir şey yoktur."

"Ama hiç mi öfkelenmeyeceğiz Ma?"

"Canım Mina, biliyorsun amaç, olan olduğunda senin kim olmayı seçtiğindir. Haklı olmak da ne? Bir bakalım ne demek? Öfke demek, tepki vermek demek. 'Bu böyle olmamalı,' demek. Yani bir şeyler oluyor, sen kim isen, yani kâinatın üzerinde nasıl bir bilir kişi isen, diyorsun ki "Bu böyle olmamalı,' ve üstelik bu yargında haklı olduğuna da karar veriyorsun."

"Sen böyle söyleyince komik oluyor tabii."

"Komik tabii ya insanın hali! Koca kâinat dönüyor, her an işlemekte. Ve sen buradan bir noktaya bakıp yok arkadaş bu böyle olmamalıydı, ben haklıyım filan. Sana mı soracak dünya? Oldu diyor, çoktan oldu, n'aber?"

Gülmeye başlıyorum. Sinirim zaten bozuk, böyle dalga da geçince Ma daha fazla devam etmesin diye araya giriyorum:

"Tamam tamam, anladım mevzuyu uzatma Ma."

"Peki şimdi, daha önemli tarafına gelelim. Sen kim oluyorsun o zaman? Olana direnensin. Tepki verensin. Sen tepki veriyorsan, o ana zihninin çamurunu akıtıyorsun sadece. Oysa sen gerçeği seçtin Mina Hanım. Üstelik gerçeğe hizmet etmeyi seçtin. Bu ne demek biliyor musun? Olan karşısında her an, o anı yükseltmeyi seçmelisin. Bunda geri kaldığında hemen kendine dönüp, kendinle çalışmalı biraz daha çamurunu temizlemelisin. Temizlendikçe vereceğin tepkiler de azalacak, hem yaşama hem çalıştığın kişilere karşı daha şeffaf olabileceksin. Bu da başarını artıracak."

"Anı yükseltmek mi? Bu yeni işte. Kastın ne?"

"Yeni değil aslında. Teslimiyetle yaşamak için başka bir tanım sadece. Her an, yani yaşamın sana geldiği her an ya ona tepki vererek, çamurunu atarak onu kirletirsin. Ya da onu kabul ederek, ona kendi gerçeğinle hizmet etmeyi seçerek, o anda kendin olmayı seçip o anla birleşerek onu yükseltebilirsin. O an, o olan sana geldiyse, seninle birleşmek için geldi demektir. Her an bir potansiyel taşır yükselmek için. Her anın bir yüksek olasılığı vardır potansiyel olarak bekleyen. Ama sen 'Ben yokum,' diyerek tepki verirsen, senin zihin dünyanda her şey bir o kadar daha düşecektir."

"Bir örnek istesem? Mesela ben, Özge'nin karşısında onu kabul ederek mi yükseltirdim anı?"

"Aynen, olanı kabul ederek. Bu birinci adım. Ardından Mina'yı ona sunarak. Mina, Özge'nin yaşamında gerçeğin kapısı ise, gerçeğin kapısı kapanmaz Mina. O kapıyı ona açık bırakacaksın. Öfkelendiğinde ve yargıladığında tepki vermiş olursun, uzağa atarsın. Oysa o anda, 'Seçimine katılmıyorum. Ancak senin seçimin. Dilerim her şey gönlünce olur. Ne zaman istersen ben yine buradayım,' gibi gibi bir oluşla durabilirsen, onun gerçeğe dönebilme olasılığına hizmet ederek anı yükseltirsin. O anda Mina'nın gerçeği olursun. İşlersin."

"Yine aklımı uçurdun. Tüylerim diken diken oldu. Ne kadar haklısın Ma. Ben bugün bu anlamda korkarım sınıfta kaldım."

"Hepimiz, her an yürüyoruz bir tanem. Sınıfta filan kalmak yok. Ayağın kaydı, düştün. Şimdi kalkıp yine yürüyeceksin. Unutma, hep ileri."

"O zaman her an seçimimiz anı yükseltmek olmalı."

"Neden anı yükseltmek diyoruz? Çünkü an yaşam demek, yaşamı yükseltiyoruz. Sen önüne gelen her anda, çamurunu saçmak yerine gerçeğini ortaya koyarsan, 'ben' bir o kadar daha yükselir. Yani 'bilinç' bir o kadar daha yükselir. Yaşam da bilincin yansıması ya..."

Yanına gidip sarılıyorum ona. Yanaklarını öpüyorum. Restorandakiler dönüp bakıyor. Umurumda değil. Sarılırken gözlerim doluyor.

"Hadi otur, bırak zevzekliği. Tatlı yiyelim mi, sen onu söyle. Bir kaçamak yapalım mı?"

Başımı sallayarak yerime geçiyorum. Yemeğin geri kalanında bana neşeyle Alp Bey'in Datça'da bir ev aldığını ve birkaç seneye kadar buraya temelli gelmeye karar verdiğini anlatıyor. Anlaşılan Datça'ya yerleşme olasılığı doğmuş durumda. Kavuşacaklar nihayet. Çok sevindiriyor bu haber beni.

O akşam eve geldiğimde öncelikle eski Mina diye tanımladığım geçmişimle iyice bir barışıyorum. Suçlu yok hiçbir zaman. Sadece inanılmış olanlar sonucu yapılmış bilinçsiz seçimler var. En yargıladığımız insanın dahi inandıklarına bir an olsun inansak, aynen onun gibi davranırız. İnançlarımız ne ise oyuz çünkü. Mesele şu ki, zihnin elinde neye inandığımızdan habersiz savrulup duruyoruz. Ben de eski Mina'nın tukaka, yeni Mina'nın süper olduğuna inandıkça, eski Mina'yı hatırlatan her şeye büyük öfke ile tepki veriyorum tabii. Oysa eski ve yeni Mina diye bir şey yok. Hepsi bilincin farklı yansımaları işte. O zaman inandıklarımla ortaya koyduklarım o hallerdi, şimdi bu haller. O Mina'dan yürüdüm ben buraya. O Mina buldu yolu. Ben yolumu buldum. Çok şükür. Suç yok, günah yok; sadece hikâyeler, korku dolu masallar ve bunlara inanan bilinç var. Mina, bilinç olduğuna uyandı bir gün ve yeniden seçti. Her gün de yeniden ilerlemeyi seçiyor. Özge'ye gelince.

Konu ile ilgili zihin çalışmalarımı yaptıktan sonra bu konuya tekrar baktığımda, içim hüzün ama bir o kadar şefkatle doluyor. Onu anlayabiliyorum. Ben o korkuyu, ben o ölümüne sevgi ihtiyacını biliyorum. O an tüm kalbimle Özge'nin de bir gün Mina gibi kurtulmasını, gerçekten kurtulabilmeyi seçmesini niyet ediyorum.

"Düşünsene Kerem, o kadar aydınlanma peşinde insan, bedeni yok sayıyor, tukaka diyor, ruhsallık iyi diyor. Arkadaş sen burada bedeninlesin. O da bir parça, kaldı ki o yoksa zaten yoksun. Ha, o burada ama sen onunla değilsen, yine yoksun. Aloo!"

Kerem karşımdaki ekranda kahkaha atarak gülüyor. İstanbul-Dubai arası vakit buldukça böyle Skype üzerinden konuşuyoruz. Onu çok özlüyorum. Sohbetlerimizi özlüyorum. Ara ara böyle buluşuyoruz.

"Mina bayılıyorum bu haline," diyor kahkahalarının arasından.

"Ya Kerem dalga geçme, benim bunları anlatmam lazım. Daha çok insana anlatmalıyız. Yaşam işleyebilir Kerem. Bak bana, ne haldeydim, şimdi her şey nasıl dönüştü..."

"Canım benim, dalga geçer miyim? Sadece bu coşkun, heyecanın bana çok neşe veriyor. Anlatacaksın hiç merak etme. Sen de bunu yapacaksın işte."

"Sen nasılsın?"

"İyiyim Mina. Burada her şey ışıl ışıl zenginlik biliyorsun. Öğretmek çok güzel geldi. Hem de çok. Buradan dönünce öğretebilmeyi Türkiye'de de nasıl yaşamımın bir parçası yapabilirim, diye düşünüyorum. Galiba yaşam boyu devam etmek istediğim bir deneyim, neyse bakalım. Günler genelde hep okul, ev ve hastane arasında geçiyor. Her şey iyi de, sizleri özlüyorum."

"Ha, geleceksin yani. Oralarda kalma da."

"Yok be güzelim. Ne yapacağım Arap ellerinde. Ama şimdilik bu. Şimdi burası. Sonra bakacağız biliyorsun. Araç nereye sürerse," diyor ve göz kırpıyor bana.

"Senin diğer iş nasıl? Reklam yani?"

"Valla Kerem giderek uzaklaştığımı hissediyorum. Bazı sabahlar gitmeyi unutacağım neredeyse."

Kerem yine gülüyor.

"Aman sakın uzaklaşmaya çalışan sen olma, 'istemiyorum burayı' modlarına girmeyesin. Ben hatırlatayım da, daha çok yapışır sana o taraf biliyorsun."

"Biliyorum, biliyorum. Yaklaşmalar, uzaklaşmalar."

"Dur iki dakika bekle, ben de biraz uzaklaşıyorum hemen geri geleceğim."

Kerem'i beklerken, uyarısının bana işaret ettiği konuyu düşünüyorum. Yaklaşmalar ve uzaklaşmalar. Burada tek yönlü çekim var. Herhangi bir şey sana ancak olduğundan daha yakınlaşabilir, senden aksi yöne doğru gidip senden kopamaz. Zira her şey zaten Bir. Zaten seninle. Belirli ölçüde sana yaklaşabilir veya uzaklaşabilir. Ama senden gidemez. Çekim tek yönlü. Her şeyi sadece çekebilirsin. İşte bu yüzden, "İstemiyorum, bu benden uzak olsun, gitsin, bitsin," diye düşünce olarak odaklandığın şeye odaklanır, daha çok çekersin. Boşuna "İstemediğin ot burnunda biter," dememiş büyükler. Amma da çok şeyi demiş o büyükler de biz ya ne demek istediklerini anlamamış ya da "Neden?" diyerek sorgulamamışız. Bunu konuştuğumuz gün Ma'ya "Peki ne yapacağız ya?" diye haykırmıştım isyanla. O halim gözümün önüne geliyor. Gülümsüyorum. Ma ise yine sabırla anlatmıştı. Burada her şeyi sadece çekebileceğimizi, ama her an seçimle neyi çekeceğimizi seçebileceğimizi oluşumuzla. "Neye odaklanırsan onu çektiğine göre neyi istemediğine değil, neyi istediğine odaklan." Sen onu çekersin ve sen böyle başka şeylere yakınlaştıkça, odağın değiştikçe, artık tercih etmediğin deneyimde daha uzak kalır sana. Burada her şey Bir. Gerçekte ayrılamazsın. Sadece yaklaşmalar, uzaklaşmalar vardır. "Sen neyi deneyimlemek istiyorsan onu yaklaştır kendine, yaşamının sorumluluğunu al." Böyle demişti. İşte ben de öylesine yeni dünyama, yazmaya çalıştığım programa, nefes ve zihin çalışmalarıma odaklıyım ki, ajans gerçekten giderek uzaklaşıyor benden. Sanki daha flu hale geliyor. Zamanını bekliyor, zamanı geldiğinde tümüyle diğer yöne geçeceğim ben.

"Orası çok soğudu mu?" Kerem yine karşımda yerini alıyor. Bir de ekranda olmasaydı, ah keşke şimdi gerçekten karşımda olsaydı...

"Valla bayağı soğudu. Eh neredeyse yılbaşı. Ya Kerem niye gelmiyorsun? Nasıl kaçırırsın yemeğimizi? İnanamıyorum. Bak Selim'in ailesi bile gelecek belki."

"Selim'le buluşmaları çok iyi geçmiş değil mi?"

"Evet, hiç de Selim'in korktuğu gibi olmamış tabii. Onu böyle iyi görünce... düşünsene onların da senelerdir çektiğini. Ma biliyor tabii ne yaşanacağını, zamanı gelmese bu işi yapar mı?"

"Gerçekten acayip bir hikâye oldu bu. Ben de çok sevindim."

"Ama konuyu değiştirmene izin veremem, gerçekten lütfen gel, hem çok özledik seni hem de sensiz olsun istemiyoruz bu sofra."

"Minam zor. Sen de üsteleyip üzme beni," diyor. Susuyorum çaresiz. Bu sene yılbaşı soframız eksik kalacak sanki. Böyle olmamalı sanki. İçim buruk susuyorum.

"Hadi canım, ben kapatıyorum artık. En kısa sürede görüşmek üzere."

"Oki görüşürüz Keremim."

Kalkıp pencereden dışarıyı seyrediyorum. Hava iyice puslu bir hale giriyor sanki. Acaba bu yıl da kar gelir mi? Aklım geçen yılbaşına gidiyor. Ne çok şey değişti, ne çok. Henüz bilmiyorum ki bu yolda hep öyle oluyor. Araç yolunda gittiğinde, hep daha üst ihtimallerini sıra sıra deneyimlemen için önüne seriyor. Pencerede bir sonraki yılın neleri getirip, neleri götüreceğinden habersiz bahçeyi seyrederken birden telefonum çalıyor. Arayan Ma.

"Müsaitsen hadi gel," diyor. "Sana bir şey göstereceğim."

Şaşırıyorum açıkçası, ne olabilir? Aklıma pek bir şey de gelmiyor, ama çabucak ve sıkıca giyinip Ma'nın evine doğru yürümeye başlıyorum. Yürürken yaklaşmalar ve uzaklaşmalar konusunu düşünüyorum. Her şeyi kendine çeken tek yönlü bir çekim. Ayrılık yok ki. İstemiyorum dediğin her şey de sensin, nasıl iteceksin? Kendinin bir bölümünü nasıl uzaklaştıracaksın kendinden? Sen bir şeyi itemezsin, yanılgıdır bu. İtmeye kalkarsan sana doğru daha fazlası gelir, zira gerçek o itmeye çalıştığını kabule zorlar. Her şey Bir'den gelip Bir'e dönmeye çalışmaktadır bu âlemde.

Bu düşüncelerle kapıya gelip zili çalıyorum. Kapı açıldığında önce bir çığlık yükseliyor benden, aşırı hayretten doğan bir çığlık! "Aklımı mı oynatıyorum?" korkusuyla çıkmış tuhaf bir ses ve ellerimi yüzüme kapatıyorum. Yaşlar akmaya başlıyor, çok saçma ama durduramıyorum. Kerem'in sesini duyuyorum:

"Dur be yavrum yapma! Aaa Mina sürpriz yapalım dedik, bak üzme beni ama." Sarılıyorum ona. Ne kadar çok istemiştim gelmesini, ne kadar çok istemişim bu yeni yıla yine onunla girmeyi.

"Donduk hadi kapatın şu kapıyı," diyen sesini duyuyorum Ma'nın.

Kerem'in omuzunun üzerinden ona bakıyorum, muzip muzip gülüyor. Gidip ona da sarılıyorum. O an öyle mutluyum ki, bütün dünyaya sarılabilirim. Meğer bir saatir benimle Dubai'den konuşur gibi buradan konuşuyormuş Kerem. "Tevekkeli ne söylesem devamlı gülüp duruyordun," diyorum. İyice sürpriz olsun diye böyle planlamışlar Ma ile. Kendime gelmem yarım saatimi aldı. İlk gördüğümde hayal görüyorum sandım çünkü. Zaten Ma ile tanıştığımdan beri her şey çok acayip, bir roller coaster'a[5] binmiş gibi çılgın bir aşağı yukarı harekete geçti günler. Demin Dubai'de zannedip konuştuğumu birden karşımda görünce...

"İşte zan dünyası diyor," Ma. "Zannettiğimize göre yaşıyoruz. Yalan dünya diyorum ya."

"Bir de orada havalar soğudu mu, filan diyor ya," diyerek koltuğun yastıklarından birini atıyorum Kerem'e.

Şakalaşırken sokak kapısından içeri Selim giriyor. Kerem ile tanışmışlar. Kerem sabah gelmiş.

"Ma ile konuşacaklarım vardı," diyor Kerem. Göz kırpıyor Ma'ya. Belli ki konuşma iyi geçmiş.

"Sıra bize anca geldi yani diyorum."

"Eee, Skype'tan aradım ya," deyince ikinci yastığı da yiyor, hem de kafaya.

"Rahat durun yahu, Selim ne oldu görüştün mü çocuğum?"

Hepimiz Selim'e bakıyoruz. Haber önemli. Selim keman kariyerine devam kararı aldı. Ailesi ile de kavuşma olduktan

5 Eğlence parklarındaki hızla inip çıkan vagonlardan oluşan tren.

sonra Ma ile birlikte Türkiye'de olamasa da farklı olasılıklar üzerinden giderek kemanda yüksek bir eğitim olasılıkları araştırılmaya başlandı. Şimdilik en çok Moskova hedefleniyor, zira Selim bu daldaki birkaç Rus müzisyenden çok etkilenmiş. "O zaman Moskova'ya kitlenelim," demişti Ma. Hedef belirlendi. "Şimdi ne yapabilirim?" diye bilinçli seçimimizi yaptığımız anda öncelikle arada kaybedilen birkaç senelik arayı kapatmak adına Selim'in özel ders alarak ilerlemesine karar verildi. Akış bu ya, Ma'nın çocuklarından biri olan Enes, inanılmaz yetenekli ve dünya çapında bir piyanist olma yolunda ilerleyen Selma Lir ile evlenmiş üç yıl önce. Ben Enes'i geçen yıl yılbaşı yemeğinde tanımıştım ve hatta eşi yurtdışında konserde olduğu için katılamamıştı yemeğe. Hemen Selma ile görüşüldü ve yine akış bu ya Selma, Moskova Çaykovski Konservatuarı mezunu ve şu an profesyonel müzik yaşamına özel eğitmenliği de katmış olan Ercan Sevgen diye bir meslekdaşından bahsetti. Bütün bu gelişmeler tabii ki hepimizi çok heyecanlandırdı. İşte bugün Selim, Ercan Sevgen ile görüşmeye gidecekti. Bu nedenle hepimiz heyecanla bakışlarımızı ona çevirdik. Selim her birimize bir baktıktan sonra elindeki keman kutusunu kenara koydu ve haykırarak zıplamaya başladı:

"Kabul ettii, kabul ettii, ettii, çalışmaya başlayacağız!"

Bunu duyunca hepimiz yerimizden fırladık, bir anda ortalık sevgi seline döndü. Sakinleştiğimizde Selim, Ercan Bey'in kendisini Moskova Çaykovski Konservatuarı başlıca hedef olmak kaydıyla, seçilecek birkaç başka okulun da giriş sınavları için çalıştırmayı kabul ettiğini anladık. Selim'in o gün gözlerinde gördüğüm canlılık ve umudu, yaşamım boyunca unutmayacağımı biliyordum. Gerçekten de yaşam oluşunun sorumluluğunu aldığında ve gerçeğinin yol almasına izin verdiğinde, nasıl da hemen dönüşmeye başlıyor. Bütün mesele "an" denilen kavramı anlayabilmekteydi. An olan tek zaman, an yaşam ve gerçekten yaşamak her an önüne kendini seren ve senin de parçası olduğun yaşamdan ayrı mı, yoksa onunla bir olmayı mı seçtiğine bağlıydı sadece.

Ma şömineyi yakıyordu. Ben de bu düşünceler içinde sahleplerimizi hazırlıyordum mutfakta. O an aklıma geçenlerde gözümün önüne gelen nefes alan tek ağız görüntüsü geldi ve hemen paylaşmak istedim.

"Buyurun sahlepleri bakalım."

"Ohooo, böyle keyif üstüne keyif ben nasıl döneceğim Dubai'ye?"

"O da senin sorunun canım," diye gülüyorum. "Bakın, bakın bir şey gözümün önüne geldi geçen gün, bir anlatım gelişti sizinle de paylaşmak istedim şimdi."

"Seni dinliyoruz," diyor Ma hemen.

"Okey. Sağ olun. Şimdi bakın tüm kâinat Bir ya, bu Bir de nefes ritmi ile hareket ediyor esasında. Hani derler ya, tüm kâinat her an bir geriliyor ve bir genişliyor, sürekli bir hareket var diye. İşte ben bunu nefes ile birleştirdim kafamda. Kâinatı oluşturan her birim, bu her nefes hareketi olan An'da, kendini olduğu gibi ortaya koyuyor. O ortaya koyduğu oluş, tekrar içe çekilen nefes olarak alınıp bir sonraki verişte ortaya koymuş olduğun oluşa denk gelen bir sonraki An içeriğini getiriyor. Yani her an ortaya koyduğun, bütüne kattığın oluşun alınıp sana bir sonraki an olan karşılığını getiriyor. Sonra ona cevap veriyorsun oluşunla ve yenisi geliyor. Yaşama kattığın ne ise her an onun karşılığı olan bir olasılık önüne geliyor. Oluşun belirliyor. Yaşamın her anını bütünün, Bir'in oluşu belirliyor. Yaşam her an oluyor. Bir kocaman nefes alıp veren ağız sanki."

"Vay vay vay!" diyor Ma. "Harika Mina, bu anlatımların çok kıymetli. Yani doğru takip edebildiysem, Ben her An'da nasıl var oluyorsam, yani her an kim oluyorsam, bir sonraki an için o olduğum kişiye yönelik bir olasılık oluşturuyorum."

"Evet ama burada dikkate alınacak nokta şu: Ben. Her An, her şeye yani Bir'e cevap veriyor. Her an, her şeyin yani Bir'in önüne kendini sunuyor. Dev bir yansıma işte. Kâinat dediğimiz Bir'in yansıması, her an olan. Ol der ve olur diyoruz ya, esasında makro düzeyde bakarsan Bir her an 'Ol!' diyor ve oluyor. Her nefesle tüm kâinat her an yeniden oluyor."

"Her an bir zar atılıyor sanki," diyor Selim. "Sana düşen de..."

"Evet Selim, bu zar konusunu ben de düşündüm. Ama zar atılması şans faktörünü içeriyor. Bu yüzden tercih etmedim. Çünkü gerçekte rastgele bir şey yok. Etki, tepki, etki, tepki... Ama işte sırayı yanlış almamak lazım. Her an etki olan biziz gerçekte. Bir sonraki An'da önümüze gelen, yaşam dediğimiz, Bir'in yeni oluşu yani yeni An. Sen de o Bir'in içinde nasıl etki olduysan onu alıyorsun."

"An kelimesini 'Bir'in yeni oluşu' diye bütünlemeni çok sevdim Mina, bravo. Çünkü An'da kim oluyorsun diyoruz, ama gerçekte 'Tek Bir' olduğundan bunların tamamının oluşudur An. Harika, bayıldım."

"Sağ ol Ma. Mikro düzeyde baktığımızda her an kim olmayı seçiyorsun? Oysa zihnin elindeyken her şeyi tersten anlıyoruz. Sanki yaşam bir şey getiriyor. Ben ve o, yani benden ayrı bir şey olan yaşamın getirdiğini beğenmeyip tepki veriyorum. Böyle zannediyoruz işleyişi."

"Ya da kontrol etmeye çalışıyorum, düzeltmeye çalışıyorum. Kabul etmeyerek direniyorum, benim istediğim gibi olacak diye direterek."

Göz göze geliyorum onunla, Kerem, her zamanki gibi beni hooop diye anlayan ve üzerine koyan Kerem.

"Evet, bunların hepsi benden ayrı zannettiğim bir şeye verilen tepki. Oysa ben zannettiğim de o An'ın, o andaki yaşamın bir parçası. Tepki verdikçe bilinçsiz kalıyor, seçmiyor ve tepki verdiğimin benzer karşılıklarını çekmeye devam ediyorum. Yani sevmediğim şeyi katlayarak yine veriyorum içeri. Eee, daha çok oluyor ondan o zaman. Her nefes bana tepki verdiklerimden daha çok getiriyor."

"Geri koyduğum bir sonra alacağımı etkiliyor yani değil mi?" diye atlıyor Selim.

"Aynen! Beğenmediğimize tepki vermek yerine, yeniden seçmeliyiz. Ben neyi deneyimlemek istiyorsam o olduğumda, yaşama onu sunduğumda, bir sonraki anda yaşam da daha çok o olacak. Bir adım, bir adım daha derken, tam da isteğim gibi bir yaşam beni kucaklayacak. Çünkü yaşamımdaki tek etki benim. Her an yeni bir an ve ben sorumluluk alıp etki olmayı seçebilirim. İşte bak sen de yaşamaya başladın Selim. Tren kaçtı diye kendine acımak yerine, etki olmayı seçip, ben ne yapabilirim dediğinde önüne serilenlere bak."

Selim kafasını sallıyor. Olayların akışına kendisi de şaşkın hâlâ biliyorum. Ama bu bizler yani gerçeğe uyananlar arasında hiç bitmeyen bir hal. Hızla her şey o denli yolunda gitmeye ve yaşam öylesine tam da istediğimiz yönde değişmeye başlıyor ki, bu hayret hep bizle beraber ilerliyor. Ben de çok değil, iki sene önceki yaşamıma baktığımda...

"Bunu bir de Bir açısından düşün." Ma'nın bu sözleriyle yine An'a dönüyorum. Ma devam ediyor:

"Tek ağız dedin ya, Bir. İşte o Bir'in her bir parçası bu sorumluluğu alıp etki olmayı seçtiğinde, kendi gerçeğini sunduğunda yaşama, her An cennet olmaz mı bu dünya?"

Hepimizin gözleri dalıyor şöminede çıtırdayan odunların görüntüsüne. Yaşamım boyunca unutamadığım birkaç andan biri olarak kazınıyor o An içime, her şey öylesine tam, öylesine mükemmel ki gözlerim doluyor, sadece var olmak o An'da bana tarifsiz bir doyum veriyor.

Yılbaşına altı, bizim yeni yıl yemeğimize ise bir gün var. Öğle tatilimde Kanyon Alışveriş Merkezinde koşturarak hediye alışverişimi tamamlamaya çalışıyorum. Selim'e alacağım hediye için bir erkek spor giyim mağazasının önünde durmuş vitrindekilere bakarken, birden camdaki yansımasını gördüğüm adam elektrik yemiş gibi irkilmeme sebep oluyor. Celal! İlk tepki olarak hemen arkaya doğru bir adım atıyorum. Halimden bir tuhaflık sezmiş olacak ki, şöyle bir dönüp bana bakıyor ve başını çevirip vitrine son bir bakış attıktan sonra mağazaya giriyor. Donuk ve şaşkınım. Hatta şoktayım. Tanımadı. Celal beni tanımadı! Bu farkındalık beni mutlu mu mutsuz mu etmeli, çıkaramıyorum. O noktada kilitlenip kalmış halde bekliyorum, elbet çıkacak, dışarı çıkacak ve...

"Merhaba Celal."

"..."

"Celal, Mina ben tanımadın mı?"

Ölü bakışlar bana daha bir odaklanıyor. Kim bilir belki de ilk defa dikkat ediyor. Yüzünden belli belirsiz bir şaşkınlık dalgası geçiyor ve aynı ifadesiz yüz yerine geri dönüyor. Buz gibi, sanki zorlukla aralanmış bir ağızdan bir tıslama gibi duyulan bir ses cevap veriyor bana.

"Mina, değişmişsin, tanımadım."

Rahatsız. Dimdik bakıyorum ona. Bu, varlığı ile beni titretmiş, bana korkular ve acılar denizinde yüzme kursu hediye etmiş bu adama. Ama aynı görüntüyü göremiyorum. Ben Celal'i göremiyorum bu adamda. Gördüğüm kaskatı ifadesiz bir yüz, bomboş gözler.

"İyileştim evet."

O kadar sıkılıyor ki, bir sağa bir sola dolanıyor gözleri; kaçmak istiyorlar, bakmak istemiyorlar bana. Sıkıntıyla ağırlığını diğer bacağına geçirip, elindeki telefonun ekranına şöyle bir baktıktan sonra bana tekrar bakıyor.

"Neyse, seni gördüğüme se..."

"Dur dur bu karşılaşmayı kesip atmadan önce sana bir borcum var onu sunmak isterim."

"Ne borcu Mina?" Sesindeki sinir yükselmeye başlayarak bana bakıyor.

Daraldı, kaçmak istiyor.

"Teşekkür borcu Celal. İnan sen olmasaydın bugün burada olmazdım."

"Anlamadım neredesin ki? Yine saçma sapan..."

"Kendimdeyim Celal, kendime geldim. Sana öyle çok teşekkür ettim ki aydıkça, şimdi bizzat şahsına aktarayım dedim. Sağ ol varol canım."

Sarılmak istiyorum ona, tüm kalbimle sarılmak ve onun şaşkınlığını fırsat bilip sarılıyorum da. Hızla kendini benden uzaklaştırıyor, hiçbir şey söylemeden arkasını dönüp hızlı adımlarla yürüyüp gidiyor. İçim bir tuhaf, bir kahve alıp Starbucks'a oturuyorum. Merkezlenmem lazım. Karıştığımı fark ediyorum.

Odaklanıp çalışmama başlıyorum:

"Olan ne?" Kanyon'da Celal ile karşılaştım ve konuştum.

"Ne hissediyorum?" Boşluk. Anlamsızlık gibi bir his.

"Neden?" Bu adam için miymiş onca gözyaşı, acı, ıstırap? Ne varmış ki, hani ne var?

O an beni karıştıran, merkezimden dışa sallayan düşünceyi buluyorum: "Bu muymuş yani!"

Tabii. Öyle büyük bir hikâyeydi ki Celal. Beni mahveden ve yere çalan adam… Aşkından öldüğüm, ıstırabından ölmekten beter olduğum adam bla bla bla… Ne hikâye ama, ne masal! Hani nerede? O vardıysa, bu adam ne? Çünkü gördüğüm o değil. Kim için yaşandı onlar? Karşımda gördüğüm bu korku dolu, gözümün içine bile bakamayan adamcağız için mi? O kimdi, bu kim? Onca acı boşu boşuna! Zihnim öfkeyle haykırıyor, ağlamak geliyor içimden hemen. Hooop yine kayıyorum, merkezlenmeliyim. Boşu boşuna mı? Emin miyim? Bu âlemde herhangi bir şey boşu boşuna olabilir mi? Hem daha demin, ben teşekkür etmedim mi ona gerçeğimden? Birden bütün içimdeki karmaşa duruluyor. Fark ediyorum. "Tabii ya." Zihnim fırsat bilip beni merkezimden kaydıracakken, çok şükür yeniden merkezleniyorum. Bu yaşamda gerçekte öfkelenecek hiçbir şey yok. Sana karşı olan bir şey yok. "Sana olan bir şey yok, her şey senin için oluyor," demişti bir gün Ma. Bu yaşamda boşuna olmuş hiçbir şey yok. Her şey seni sana göstermek için. Senin yansıman olarak o an kimsin, onu göstermek için geliyor. Sen bunu göremeyip yine hikâyeler yazarsan, aynı ıstıraplı hikâyelerde debelenip duruyorsun. Kelimeler yine içimden çıkmak istiyor, bir idrak anı tüm aydınlığı ile önümde, onunla birim. Hemen programım için notlar aldığım defterimi çıkarıp yazmaya başlıyorum:

Yaşam gerçek olmayan ne varsa sende, her gün sana onu gösterir. Gelen hep sensindir. Hep kendini getirir sana, "Kendine gel!" diye. Bütün o savunmaların, saklanmaların, kaytarmaların, ters yöne kaçmaların, sözde korumak için kendini dışarıya saldırmaların ne denli boş olduğunu sana yeniden yeniden gösterir. Yine yakalanırsın, yine gelir kapına. Çünkü "soru"n hep aynı yerden gelir: Kendinden. Bu nedenle cevapları dışarda arayarak değil, kendini OKUyarak çözebilir insan. Yaşam senin için aslında hep tek ve aynı soruyu yineler: "Var mısın?"

Kahvemden bir yudum daha alıp arkama yaslanıyorum. Öylesine yoktum ki o günlerde. Suçlamalardan, öfkeden, suçluluktan, korkudan, acıdan beslenen kendilik nefreti ile iyice nefesi kesilmiş, her anlamda yuvarlandığı yoksunluk ve yoksulluk inançlarının çukurunda yok olmuş o Mina'nın yansıması ne olabilirdi aşk aynasında? Bana bunların hepsini daha da çok yaşatacak, "Bak bak buyum diyorsun, bu olmayı seçiyorsun," diye her gün bana, aynadaki görüntüm olmuş Celal ile kendimi gösteren yaşam. Her şey "Ben." Her şey "Bir."

Etrafima bakıyorum. Öylesine kolaylaşıyor ki yaşam anlayınca gerçeği. Bu dünya bilinç seviyemin bir yansıması ise, ben bilincimi her bir temizlikle yükselttiğimde yaşamım da bunun yansıması olarak daha bir aydınlanıyor. Nasıl yaşaman gerektiğini bildiğin zaman öyle kolaylaşıyor ki... Çıkıp bağırmak istiyorum Kanyon'un ortasında, "Heey, uyanın!" diye. "Ama deli der tıkarlar," diye kıkırdıyorum kendi kendime. Starbucks'dan çıkarken, bu yüzden tamamlamalıyım programı ve bu yüzden anlatmalıyım diye düşünüyorum. Çözdükçe anlatmalıyım. Kendime yeniden yeniden anlatmalı, bu derin uykudan her an biraz daha uyanmak için hem anlatan hem dinleyen olmalıyım yeniden ve yeniden.

Ajansa döndüğümde Neşe beni odasına çağırıyor. Odaya girdiğimde, "Bir kahve içelim ve konuşalım istedim canım," diyor. Hissediyorum, vakit gelmiş demek ki.

"Tabii," diyorum güvenle.

Önce yılbaşı planlarımızdan bahsediyoruz, ben yılbaşı gecesini yine evde Dost ile geçirmeyi seçtiğimi anlatıyorum. Yemeğimizin ertesinde Kerem Dubai'ye dönüyor, ekip de yılbaşını Kapadokya'da geçirmek istedi. Ma ile Alper Bey ise Alper Bey'in Datça'da yaptırdığı, ilerideki aşk yuvaları olacağını hissettiğim inşaatı takip etmek, hem de oralarda baş başa olmak için Güney'e inecekler. Benim tek yapmak istediğim ise yazmak. Programa odaklanmak. Boş olan her an benim için çok kıymetli. Yine evde olacağımı duyunca, bir yılbaşı programı yapmam için ısrar eden arkadaşıma bunu anlatmaya çalışıyorum.

"İnan en çok yapmak istediğim bu," diyorum. "Biliyorum dışarıdan duyunca bunalım bir durum gibi geliyor ama inan değil. Biliyorsun hem burada hem diğer tarafta çok çalışıyorum boş vakit bulabilmem..."

"Ben de bu konu ile ilgili konuşacaktım canım."

Evet, vakit gelmiş. Nitekim, "Biliyorsun işler ilerliyor, büyüyor ve senin kendi yerine yetiştirdiğin Emre ile Ayşegül de oldukça yol aldı. Bu konuda da sana teşekkür borçluyum, zira gerçekten zıpkın gibi oldu çocuklar."

"Ne demek, tabii ki yetiştireceğim. Ekip lazım, ben sonra nasıl gideceğim hayallerime? Seni yarı yolda bırakır mıyım arkadaşım?"

"Minam biliyorum bu kafayla ilerlediğini, ama bence biz hazırız. Senin için de uygunsa, artık bu yılbaşı özgürce kanatlarını açabilirsin, ne dersin?"

Evet, gelmiş. Çok şükür.

"Tabii ki. Sen okey isen ben hazırım. Program için biraz daha çalışmam lazım, ama bunun için de vakit lazım zaten. Biliyorsun artık parasal açıdan da daha güvendeyim. Sen için rahat olarak git diyorsan..."

"Sayende rahat. Yine de sormak istediğimiz bir şey olursa ulaşırız sana."

Biraz daha sohbet ettikten sonra kahveyi bitirince kalkıyorum. Birbirimizi kucaklıyoruz.

"Hadi ben çalışayım," diyorum, "daha on beş gün buradayım."

Odadan çıkınca masama gidiyorum ve oturduğumda bir nefes alıp veriyorum. Ne tuhaf bir gün. Akış böyledir işte. Sen yürüdün mü, her şey dökülür önüne, yine fark ediyorum. Her şey destek olur sana, her şey en uygun hali ile tam da olması gereken haliyle gelir kapına. "Hadi," der. "Nasip geldi, ilerleyelim." Nasip, alacağındır yaşamdan. Bana da bugün iki büyük özgürleşme nasipmiş. İlki Celal ile ilgili hikâyenin tuzla buz olması ve bu hikâyeden özgürleşme, diğeri ise artık giderek uzaklaştığımı hissettiğim bu reklam dünyasından özgürleşme. Çok şükür ki her ikisi de nasıl da kolaylıkla sundu kendini. "Her nasip vaktine esirmiş." Böyle demişti Kerem geçen gün. Uzunya'da yediğimiz bir yemeğin sonunda, bir sessizlik anında, denize doğru daldıktan sonra bir iç geçirmiş ve birden böyle demişti.

"O nerden çıktı şimdi?" diye sormuştum, konuşmuş olduğumuz konuyla alakası yoktu çünkü.

"Öyle, bir şey geldi içime de."

"Eee, bana da söyle?"

"Nasibin değil şu an şekerim," diye gülümsemişti.

"Ya, Kerem ya!"

Söyletemedim. O gün onun içinden geçenleri çok sonraları öğrenecektim. Ama ajansta bu lafı hatırladığımda gülümsedim. Büyük lafmış, hakikaten her şey zamanı geldiğinde öylesine kolaylıkla oluyor ki. Yeter ki biz araya zihnimizle girmeyelim. Yeter ki aracımızın direksiyonunu gideceğimiz yön ile ilgili hiçbir şey bilmeyen zihnimize vermeyelim. O an geleni hemen yine defterimi açıp yazıyorum:

"Ben olayım da her anda, gerisi zaten olması gerektiği gibi oluyor her an."

Bunlar yeni merakım. Son zamanlarda öyle cümleler çıkıyor ki içimden, okuduğunda sanki bir bulmaca, oysa gerçeğin gözünden okuduğunda apaçık bir anlam ifade ediyor. Bunları biriktirmeyi seviyorum.

O sırada kapımdan içeri Ayşegül başını uzatıyor.

"Bir on dakikan var mı Mina?"

"Tabii canım."

"İş değil ama."

"Gel tabii ki."

Ayşegül ile iş dışında kendini gerçekleştirme üzerinde çalışmaya da başladım. Çok açık bir kız. Programımın ilk öğrencilerinden diyebilirim. Bir sürü sahte bahaneler, kaçışlarla ötelediği üniversite mezuniyetini bu yıl tamamına erdireceğiz inşallah. Diğer yandan işini de hazır ediyoruz. Burada arkamdan devam etmek üzere yetiştirdiğim iki gençten biri o.

"Ben diyorum ki..."

Bekliyorum, bakalım ne gelecek?

"Ben diyorum ki, yani geçen gün düşündüm, kendimi gerçekleştirmek için neler eklemem lazım kendime diye de, acaba sence ne eksik bende?"

"Dur, dur, dur," diyorum gülerek. Koca yeşil gözlerini açarak bana bakıyor.

"Kendini gerçekleştirmek konusunu belli ki zihnin yanlış tanımlamış."

"Sen hep diyorsun ya 'Kendimizi gerçekleştirmeliyiz,' diye. İşte ben de kendimi oluşturacağım. Sen bu kadar emek veriyorsun bana, ben ne yapabilirim diye düşündüm de..."

"Bekle, işte burada yanılıyorsun."

Bir süre susuyorum. O an için en uygun ifadenin çıkışını bekledikten sonra lafa giriyorum:

"Kendini gerçekleştirmek dediğim, senin kendin olabilmen. Yani yaşama Ayşegül'ün gerçeğini sunabilmen. Senin de bizim de Ayşegül'ün gerçeğini deneyimleyebilmesi. Kendini gerçekleştirmek zihninin sana söylediği gibi bir şeyler eklemeye çalışarak olmaz. Sen eksik değilsin. Ayşegül tam ve mükemmel olarak, tam da Ayşegül olarak muhteşem bir tasarım. Kendisini yaşama sunabilmek için kusursuz tasarlanmış. Ancak onu yaşayabilmemiz için aksine üzerindeki bu çamur katmanlarını kaldırman gerekir. Her bir katmanı, hikâyeyi, inancı attıkça gerçeğin biraz daha aydınlanacaktır. Ortaya çıkacaktır. Bu iş zanları bırakarak olur. Zannettiklerini. Zihninin inandığı hikâyeleri. Eee, bu da yavaş yavaş olacak canım. Yaşam sana her an gösteriyor temizlemen gerekenleri zaten biliyorsun. Nasıl?"

"Ben de olumsuz bir duygu dalgalanması yaratıyorsa, 'her şey yolunda' halinden beni çıkarıyorsa, orada temizlemem gereken bir hatalı düşünce ve hatta inanç var demek. Temizliyorum ve yoluma devam ediyorum. Her an önüme yani yaşamın bana getirdiğine bakıyorum."

"Bravo!!!"

Alkışlıyorum.

Kendinden memnun gülümseyerek kapıdan çıkıyor. Ben de yüzümde kocaman bir gülümseme ile koltuğumda geriye doğru yaylanıyorum. Yeni yaşamım çoktan başladı. Ben bu işin her anına bayılıyorum ve o an artık yaşamımın bu olduğunu, sadece insanların kendi gerçeklerini yaşayabilmeleri için destek olmak adına çalışmak olduğunu fark edip, önümdeki işi on beş gün içinde devretmek için planlama yapmaya başlıyorum.

Kocaman bir masa üzerinde rengârenk bir sofra. Bereket taşıyor çok şükür yine bu yıl soframızdan. Gözlerimi sofradan kaldırıp tek tek Ma'nın salonunu dolduran aileme çeviriyorum. Burada da bambaşka bir zenginlik. "Şükürler olsun bu ne bolluk," diye geçiriyorum içimden. Koca bir gülümseme ile izliyorum etrafı. Yanıma Kerem geliyor, birazdan Alp Bey'in, Selim'in ailesiyle geleceğini söylüyor. Selim'in ailesini de davet etti bu yıl Ma. Ma'ya dönüyor gözlerim ve ne kadar güzel bir kadın bu, diye düşünüyorum. Yaş aldıkça daha çok parlıyor sanki. Bu yıl giydiği buz mavisi yere kadar, dümdüz, sade elbisesi ile yine bir melek gibi dolaşıyor ortada. Boynunda yine gümüş rengi tül gibi bir atkı ve gümüş babetleri. Ne çok şey borçluyum bu kadına. Kerem yine takılıyor bana:

"Bak bu sene dans edeceğiz değil mi? Bir yıldır gözüne girmek için çok çalıştım."

"Off Kerem, hep suratıma vur, utandır beni."

"Sana takılmak hoşuma gidiyor. Bak Selim'e bak, yerinde duramıyor."

Gerçekten de bir yandan Nazlı ile konusurken, bir yandan da göz ucuyla yola bakıyor Selim. Gözü yollarda derler ya, tam da öyle. Çok beklemiyoruz, on beş dakika sonra kapı çalınıyor ve Alp Bey, Selim'in anne ve babası ile içeri giriyor. Selim ile sarılıyorlar hemen. Bizimkiler durur mu bir alkış kopuyor.

Gece şarkılı, kahkahalı akarken bir ara Alp Bey'in beni süzdüğünü fark ediyorum. Dönüp Ma'ya bir şeyler söylüyor. Yanlarına yaklaşırken, "Ne o dedikodum mu dönüyor burada?" diye takılıyorum. Alp Bey beni iki yanağımdan öperken Ma'nın cevabını duyuyorum.

"Gıybet yavrum," diyor neşeyle. "Hadi bana söylediklerini söylesene Alp."

"Diyordum ki, bu kadın o gün Ulus'ta yanında köpeği ile kapıyı çalan kadınsa sen bir büyücüsün."

Kahkaha atıyorum.

"Gerçekten büyücü olmalı Alp Bey. Çünkü ben oyum vallahi. Ya da ben onun içinden çıkanım desek daha doğru. Bunu kendime de bir iltifat olarak alıyorum ama, teşekkür ederim."

"Şaka bir yana muhteşem gözüküyorsun Mina. Program da ilerliyormuş değil mi?"

"Evet, yılbaşı sonrası ofisimi tutacağım İstanbul'da. Artık bir sonraki bölüme geçme vakti. Çok heyecanlıyım ama, yerimde duramıyorum."

"Aman durma zaten kızım, çok fazla insan var bir nefesi kendine çok sayan, acı içinde karabasanlarında kavrulan" diye lafa giriyor Ma.

"Görebiliyorum Ma, yapacağım, anlatacağım gör bak."

"Biliyorum canım. Bu arada elbiseye bayıldım iyi ki bunu aldın. Çok yakışmış."

Elbisem koyu kırmızı, siyah ve beyaz geometrik desenli bir kumaştan, dizimin biraz üzerine kadar olan dar bir elbise. Kolları dirseklerin biraz altına kadar iniyor. Yakası yuvarlak kesilmiş. Boynumda Kerem'in hediyesi yunusum. İki gün önce Kerem beni şok ederek ışıl ışıl taşlı bir yunus kolye hediye etti bana. "Bu senin uğurun olsun Mina, yeni yolunda bir yunus kadar özgür ve güvenle ilerle, bu hediyeyi alırken bunu diledim," demişti. O kolye boynumda. Elbise altındaki siyah çoraplarım ve siyah kırmızı renklerdeki flamenko stili ayakkabılarımla keyifle giyindiğim bir tarzım var bu akşam.

"Teşekkür ederim Ma diye yanağına bir öpücük konduruyorum.

For thousand little and one giant thing.[6]"

"Neymiş o?"

"Sen olduğun için tabii," diye göz kırpıyorum. "Şimdi gidip biraz yemeklere dalayım öyle açım anlatamam."

Yemek sırasında Selim'e takılıyor gözlerim. Hararetle bir şeyler anlatıyor ailesi ile birlikte etrafındakilere. Annesine ve babasına bakıyorum. Hepsinin gözlerinin içi gülüyor. Sanki hiçbir ayrılık olmamış gibi diyorum içimden. Sanki o karabasan yıllar hiç yaşanmamış, sanki hep birlikteymişler. Sanki geçmiş değişmiş... Geçmiş değişmiş mi? Yine bir şimşek çakıyor içimde birden. Bir farkındalık anı yaşıyorum, bilmecenin bir parçası daha yerine oturuyor, birden aydınlanıyor içim. Ma'nın hep bahsettiği bir şey ile ne demek istediği o an danklıyor bana. Geçmişi iyileştirmek... Ara ara konuşmalarında bugün gerçeğe gelerek, geçmişi de iyileştirebileceğimizi söyler

---

6 Pek çok küçük ve bir dev şey

hep Ma. Aslında gerçekte zaman olmadığı için, yaşam sadece an'da olduğu için bugün bir konuda şifalanma sağladığımızda, geçmişi de şifalandırmış olduğumuzdan bahsederdi. Tabii ya! Anlayamamıştım önceden.

"Ne o yine ışıl ışıl gözlerin, fener gibi parlıyorsun? O yediğin barbunya bu kadar mı lezzetli?" diye takılıyor Kerem bana.

"Bi şeyi daha çözdüm," diyorum gülümseyerek. "Bugünü şifalandırdığımızda geçmişi de şifalandırmak konusu. Boş ver şimdi başını ağrıtmayayım canım ya, partini yaşa, bak ortam ne güzel."

"Dinliyorum seni."

Göz göze geliyoruz. Büyük bir ciddiyet var gözlerinde. Bu ses tonu oldu mu daha tartışmaya, nazlanmaya gerek yoktur. Birbirimizi tanıdık iyice.

"Sen seçtin, peki... Hımm, şimdi çözünce hemen nasıl anlatacağım konusu ikinci bölüm oluyor, henüz nasıl aktaracağımı bilemesem de."

"Dene bakalım. Seyircin istekli."

Gülümsüyorum. Bir süre içime dönüyorum, içeride hissettiğimi çeviriyorum ve nihayet geliyor kelimelerim:

"Bak şimdi: Geçmişte Selim ve ailesi arasında bu kötü durumlar hiç olmasaydı, karşımızda şu an olduğu gibi görüşen, neşeli, iletişimi akan bir üçlü görecektik değil mi? Şu anda yani."

"Evet."

"Şimdi Selim kendi üzerinde çalışıp, korkularını aşıp, ailesiyle bir araya geldiğinde bu durumu şifalandırdı ve ailesi ile bu akşam burada demin bahsettiğimiz şekilde değil mi?"

"Evet."

"Yani geçmişte hiçbir şey olmamış gibi."

"Evet?"

"Bingo! İşte bak ne dedik, geçmişte hiçbir şey olmamış gibi bir haldeyiz, oluş içindeyiz şimdi. Yani burayı iyileştirerek geçmişi de iyileştiriyoruz. Olmamış yapıyoruz. Olmamış oluyor, olmamış olsaydı ne olurduysa şimdi de o oluyor. Yani geçmiş de şifalanıyor böylece. Nasıl oluyor bu? Çünkü an ne ise gerçek olan odur. Ve şu ana baktığımda hiçbir şey olmamış, neşeyle bir olmuş, paylaşan bir aile, bunu görüyorum."

"Mina..."

"Efendim?"

"Ben o kadar net anladım ki, bence sen anlatımı da çözdün. O kadar çok kişiye şifa olacaksın ki güzelim."

"Sağ ol Keremim."

"Hadi gel, dans edelim. Biz de şu geçen yılın yemeğinin anılarını olmamış yapalım ne dersin?"

"Aman Kerem, otuz kez vur kafama," diyorum söylenerek ortaya ilerlerken.

Dans etmeye başlıyoruz. Bu yıl bambaşka olacak biliyorum. Bu yıl Mina ilk kez bu kadar ortaya çıkacak. Kendini ve gerçeğini sunacak yaşama. O an Kerem'in kollarında keyifle dans ediyorum. Öylesine doğal, öylesine sevgi ile sarmalanmış, öylesine evdeyim, öylesine "ben"im bu adamla. Bu duygulara gidiyor aklım, ama hemen dikkatimi başka yöne çeviriyorum:

"Etiler'de bir ofis buldum Kerem. Çok merkezi. Metro'ya da çok yakın."

"İçine siniyor mu? Acele etmeyesin?"

"Çok güzel, şıkır şıkır. Kirası biraz yüksek, ama dolardan TL'ye çevirebilirsem halledeceğime inanıyorum. Çünkü iş yapacağımı biliyorum."

"İçeri girdiğinde 'Burası!' dedin mi?"

"Dedim Kerem."

"O zaman orasıdır."

"Gitmeden sen de bakar mısın benimle? Görmeni çok istiyorum."

"Tabii canım, gitmeden önce uğrarız ben sonra geçerim havaalanına."

"Ben götürürüm seni havaalanına."

"Bakarız," diyerek elimden tutup beni kendi eksenimde döndürüyor.

O gece çok dans ediyoruz. Bütün ekip öyle neşeli ki, bu yılın partisi bambaşka. "Ben mi başkayım yoksa?" diye kendi kendime takılıyorum. Bir şey başlıyor, bir şey bitiyor. Aslında sadece "Ben" oluyor. Aslında başlangıçlar ve sonlar yok da, hep aynı nokta farklı farklı algılanıyor. Burada deneyimlediğin sadece sana ait. Sen ne dersen o oluyor. Ben yepyeni bir başlangıcın eşiğinde, her şeyin ışığa doğru evrildiği bir yaşam görüyorum. "Çok şükür!" diye geçiriyorum içimden.

Gecenin en güzel bölümü Selim'in bize şahane bir mini keman konseri verdiği bölüm oluyor. Selim'in müziği gerçekten hepimizi derinden etkiliyor. İçe yolculuğun ne olduğunu bilen bir gruba sunulmuş olan bu ziyafet, herkesin gönlünde karşılığını kat kat buluyor. Annesinin ve babasının gözyaşları süzülürken, ben de Ma'ya bakıyorum. Nasıl bir duygudur bu? Nasıl bir duygudur bizim gibi, yok olmuşlukta debelenen pek çok insana bu denli şifa olabilme? Önce ayağa kaldırıp sonra yönünü bulmasına sebep olabilme? Nasıl bir tatmindir, sonra onların başarılarını izlemek? Bilmek istiyorum. O an tüm kalbimle hiç olmazsa biraz bilebilmeye niyet ediyorum.

Gecenin sonunda geriye Alp Bey, Ma, Kerem, Selim ve ben kalıyoruz. Kahveler içilip akşam değerlendirilirken Alp Bey de Datça'daki ev ile ilgili gelişmeleri anlatıyor. Anladığım kadarı ile birkaç sene içinde Ma ve onun bu ev ile ilgili planları var. Şimdilik Ma hiçbir şey söylemediği için ben de konuyu itelemiyorum.

"Ben artık kalkayım."

Kerem hızlıca ayaklanıyor. O kalkınca benim de eve dönme vaktimin geldiğini düşünüyorum.

"Kerem beni de bırakır mısın? Arabayı almadım ya."

Arabada hiç konuşmadan ilerliyoruz. Evin önüne geldiğimizde hiç ayrılmak istemediğimi fark edip, bu düşüncem fark edilmesin diye hemen lafa atlıyorum:

"O zaman yarın değil öbür gün görüşüyoruz değil mi? Ben bırakırım seni havaalanına."

"Gerek yok Mina, ben Maslak'tan atlar giderim. Senin işini haledelim de."

"Çok sağ ol canım. İyi ki varsın."

"Sen de," diyor ve yanağımdan bir makas alıyor.

Arabadan iniyorum ve bahçe kapısında zıplayan Dost'a doğru ilerliyorum. Gidip ona sarılıyorum ve gözlerimin dolduğunu hissediyorum. Keşke hiç ayrılmasak, hiç gitmese Kerem! Keşke hep Kerem ile beraber olabilsem. Bu düşüncenin oluşturduğu derin bir özlem hissi geçiyor içimden, fark ediyorum ama son zamanlarda pek çok kez olduğu gibi kendime aynı hatırlatmayı yaparken buluyorum kendimi:

"Saçmalama Mina. Onun kadar kıymetli bir dostu, Can'ım dediğin benzersiz bu desteği riske edemezsin. Bu sevgiyi riske edemezsin. Olacak olsaydı olurdu. Bak işine!"

Ve öyle de yapıyorum. Ondan sonraki günler, kış ve bahar ayları jet hızıyla geçiyor. Yeni işyerim, her sabah kapısından aynı heyecanla girdiğim iki oda ve genişçe bir salondan oluşan bu daire sanki benim mabedim. Şimdilik salonu genel görüşme ve zihin çalışmalarını yapacağım alan olarak belirledim. Odalardan biri nefes çalışmalarını uyguladığım oda, diğerini ise çalışma odam yaptım. Az eşyalı, pastel renklerin hâkim olduğu ofisime neredeyse her gün sabahtan geliyor, akşam geç saatlere kadar çıkamıyorum. Bir yandan çalıştığım kişilerle yaptığım zihin çalışmaları ve nefes çalışmaları, diğer yandan programın yazımının devamı, günlerin nasıl geçtiğini bana hissettirmiyor bile.

Yaz bittiğinde artık tüm programı Ma ile paylaşmaya hazırım. Birkaç gün de onun evinde kamp yapıyoruz, ona adım adım anlatıyorum. Ma bana acımasızca sorular yöneltiyor, oluşabilecek her türlü direnci ve sorgulamayı önüme getiriyor. Ben her birini aşmaya çalışırken o, bazen memnun kalıp "Devam," diyor, bazen de "Otur şuraya," diyerek beni yine yeni idraklere sürüklüyor. En sevdiğimiz laf: "Her şey yolunda!" O kadar güzel özetliyor ki yolumuzu.

Çalışmalarımız devam ederken adım adım finalize ediyoruz. Ma arada beni coşturan yorumlarını da ekliyor:

"İnsanlara son derece kolay uygulanabilir bir yol haritası verme fikrini başından beri çok sevdim Mina, biliyorsun. Herkes felsefe yapıyor, üstten üste atıyor ama 'Peki nasıl yapacağız?' dediğinde lafügüzaf. Sen işte bunu değiştirmelisin. İnsanlara kolaylıkla yürüyebilecekleri bir yol haritası ve bu yolda ihtiyaç hissettikleri her an kullanabilecekleri dolu bir alet çantası sunmalısın."

"Sağ ol Ma, sayende. İşte bu yüzden kalıplaşmış ifadeleri de gerçekten anlaşılır kılıp uygulanabilir hale getirmek lazım. Şimdi sırada ne var? Bakış açısı demiştin ya, onunla ilgili..."

"Evet, herkes bir 'Bakış açını değiştir,' diye tutturmuş ya, bunu da anlatmalısın. Yahu yanlış yere odaklandıktan sonra istediğin açıdan bak, olmaz! Yönün yanlış yönün!"

"Hah Ma, işte onu söyleyeceğim. Şöyle özetleyebilirim: Her an, her şey yolunda mı? Odağımız bu iyilik hali ya… O halde her şey yolunda olmadığında, sebebi ve çözümü bulmak için;

A şıkkımız; dışarıya bakıyorsan, masaldasın. Daha da yolunda olmayacak bilesin! Hangi açıdan bakarsan bak.

B şıkkımız içe bakıyorsan, gerçek sebebi bulabileceğin alanındasın. Çözüm yolda! Yani bakış açısı değil de, bakış yönü önemli diyeceğim. Sorun olduğunda çözümleyecek olan, ona nereden baktığın değil. Çözüm için içe mi bakıyorsun, dışa mı? Bu önemli. Soruna baktığın açı değil, sorunun çözümü için bakacağın yön önemli."

"Hah tamam, aman ilerlerken baktığımız yönü iyi belirleyelim. Bütün mesele dediğin gibi odaklandığın yer ne?"

Notlarıma bir iki kelime eklerken onaylayarak başımı sallıyorum. Ma devam ediyor:

"Bir de gelelim şu kendini sevme meselesine. Kendini sev, kendini sev. Nasıl sevecek bu insanlar kendilerini? Anlamıyorlar. Zaten zihin her an kendilik nefretini sevgi gibi sunuyor onlara. Her sorumluluk almayıp, sözüm ona kendini kollamak için kendini düşündüğünde, 'Artık ben kendimi koruyorum,' ya da 'Ben kendimi düşünüyorum artık,' palavralarına inandığında, aslında kendine bir darbe daha indirdiğinden bihaber insan. Ya da şu senin Özge gibi, 'Ben onu seviyorum ama...' gibi safsatalarla yaşamdan, var olmaktan kaçtığında, kimse kendine nasıl da zarar verdiğini fark etmiyor. Anlatmalısın. 'Kendini sev'miş, herkesin ağzında bu lakırdı..."

"Dur Ma, dellenme," diye gülüyorum. "Bak, şöyle açıklıyorum: Kendini sevmek demek çok net, kendini gerçekleştirmek demek. Demek ki bu kendi gerçeğini yaşama sunabilmek, kendini deneyimlemeyi içeriyor. Mina'nın Mina olmaya başlaması. Bu, yaşamın her an önüne getirdiklerinden, sana ait olanı seçip ona evet diyebilmektir. Önüne gelen her an ile kendi gerçegini birleştirerek 'Yaşam-ım' diyebileceğini oluşturmak demektir. Her an, 'Ben buyum!' diyerek yaşama kendini katmak ve bu katkı ile yaşamı zenginleştirebilmektir.

Kendi gerçeğini her seçtiginde, sen de zenginleşirsin yaşam da zenginleşir. Ki biliyorsun bunun nasıl olacağını, adım adım anlatacağım zaten programda."

"Anlatmak lazım. Onu diyorum işte, felsefe kolay. Ancak öncelikle sorunun kaynağının ne olduğunu ortaya koyman lazım. Neden kimse kendini sevmiyor? Neden kendine gelmemiş, kendine özgürleşmemiş her kişi bir kendilik nefreti gölünde, her fırsatta kendini sabote ederek biraz daha, biraz daha boğuluyor? Neden insan bu denli memnuniyetsiz kendinden, neden sevgisiz?"

Bir süre susuyorum. Bu, şu ana kadar aklıma gelmemiş bir soru. Kendi yolculuğumda kendimin özsevgisizlikte ne denli yok olmuş olduğuna uyanıp tam ters yönde yürümeye çalışırken, esasında bu hastalığın ne denli tüm insanlığa yayılmış bir zihin durumu olduğuna dikkat edip bunun ortak kaynağını merak etmemişim. Hiç "Neden peki?" diye sormamışım. Şöyle bir dolanıyorum aklımla, düşünüyorum ancak o an geçerli bir cevap bulamayınca, "Pes Ma, haydi söyle neden?" diye soruyorum.

"İnsanın kendini konumladığı yer sebebiyle Mina. Malum, insan kendini kurban olarak konumlar. Yaşamının sorumluluğunu almadan, 'Onun yüzünden, bunun yüzünden'lerle kendine acıyarak yaşar. Kendini bir zavallı, birtakım kişi ve durumların acınacak sonucu olarak görmeye alışmıştır. Şimdi söyle bana, böyle birini kim sever ki? Acınacak halde olan ve öyle kalacağına da inanılan birini kim sever ki? Acımak başka şeydir, sevgi başka şey. Böyle birine ancak acınır ve acımak, içeriği son derece yanlış anlaşılmış düşük bir duygudur. İçinde sevgiden eser yoktur. Aksine içeriğinde kendine yabancılaştırmak, aşağı görmek ve hatta uyandırdığı suçluluk duygusu sebebi ile o acınandan kurtulmayı istemek vardır. İşte insan da kendine acıdıkça, her gün baş başa olduğu bu kişiye yani kendine yabancılaşarak, suçluluğunu besleyen varlığından sadece kurtulmak istemekte ve ısrarla, bilinçsizce kendini sabote etmektedir. Kendilik nefretinin kaynağı, en büyük belamız olan kendini kurban görme hastalığıdır."

Yine bir berraklaşma yaşandı o an zihnimde, birden daha da netleşti ortam. O an, acımanın gerçekten de ne kadar yabancılaştıran, sahte ve acıyanın da acınanın da oluşunu dibe çeken bir duygu olduğunu hayretle idrak ettim. Acımak, acınanı çöplüğünde hapis bırakıyor. Acıyanda ise korkuyla kaçma isteği yaratıyor. Hiç kimseye faydası yok. Merhamet etmeli insan. Ancak merhamet içinde "Ne yapabilirim?" sorusunu barındırdığından, sorumlulukla o kişinin durumuna şifa katma olasılığımızı yaratır. Bir anda çözümü de iyice idrak ederek heyecanla söze giriyorum:

"Bu yüzden de tek kurtuluş, oluşunun sorumluluğunu alarak kendini gerçekleştirmeye başlamak. Kurbanlıktan çıkıyorsun ve kendin olabildikçe, kendine ait potansiyeli gerçekleştirebildikçe, kendini sayıyor ve doğal olarak her gün daha çok, daha çok seviyorsun."

"Aynen öyle canım. Kaynağı bilirsen, çözüm çok kolaylaşır. İnsan kendini sevecek. Burada her şey, yaşamın tüm akışı öncelikle kendini sevmek ile işler. İnsanı kendi merkezinde tutabilen, kendi potansiyelini her gün biraz daha ortaya koymasını sağlayan en önemli faktördür bu. Kendini bileceksin, kendini seveceksin, kendine ve kendi yaradılışına teslim olacak, onu gerçekleştireceksin."

"Haklısın Ma. Teslimiyet demişken, bir de ekleme yaptım teslimiyet konusunda. Fark ettim ki teslimiyet olduğunda, yaşam ile bütünleşme var. Yaşama direnmiyor, onunla bir oluyorsun. Her şey 'Bir'in ifadesi olduğundan, teslim olduğun her an gerçekten yaşamda var oluyorsun. Tamlığı yaşıyorsun. Mükemmelliği yaşıyorsun. Teslimiyet, her an yaşamla bütünleşme. Bunun ifadesi. Oysa teslimiyet olmadığında yani zihin direksiyondayken yaşanan hep bütünlük arayışı oluyor."

"Güzel. Peki, en önemli soru sana: Bir, tam ve mükemmel ise neden ayrılık macerasına girsin? Neden bu ayrılık görüntüsünü yaratsın derlerse?"

"Desinler, ben de cevaplarım," diyorum hafif şımararak. "Bak, her şey sen olduğunda deneyim yok. Her şey sensen ve senden başka bir şey yoksa yani teksen, nasıl kendini deneyimleyeceksin? Demek ki deneyim için bir şey olmak gerekiyor, bir şey olmayı deneyimleyeceksin. İşte bilinç, bir şey olmayı deneyimleyebilmek için yani 'Ben şuyum, ben buyum,' diyebilmek için, kendinden dışarı çıkmak zorunda. Yansıtmak zorunda. Burada olanı, orada görüp deneyimlemek... Yaptığı bu. Kendinde ne varsa, dışarıda sanki bir hayal perdesine ayrı ayrı görüntülermiş gibi yansıtıp, onları deneyimleyebiliyor. İşte her bir yansıma, sahibinin muhteşemliğini ortaya koyabildiğinde, yani bizim dilimizle 'kendini gerçekleştirebildiğinde', gerçekleşmemiş olanın, kaynağın muhteşemliği buraya iner. Cennet olur dünya. Ama zihne düştüğünde araçlar..."

"Bravo Mina, sınıfı geçtin canım. Bence tamamdır bu iş."

Bu onay ile o gün düşüme yaklaştığıma ve onu gerçekleştireceğime daha da inanıyorum.

Ma'nın onayının ardından ikinci konuyu netleştirmek için çalışmalara başlıyorum. Atölye çalışmasının gerçekleşmesi için kurmam gereken ekibe.

Bu konuda Reyhan ile beraber ilerliyoruz. Reyhan başından beri bu program fikrini çok sevdiğinden, en iyi öğrencileri ile beni tanıştırıyor. Birkaç tanesi ile gerçekten inanılmaz bir uyum yakalıyoruz. Onlarla adını "Kendine Özgürleşme" olarak belirlediğim atölye çalışmasında birlikte ilerlemek üzere el sıkışıyorum. Öncelikle ekip olarak kendi içimizde sıkı bir çalışma döneminden geçiyoruz. Onlara satır satır programı aktarıyorum. Atölyede aktaracağım bilgilerin, katılımcıların kendi yaşamlarına aktarılması ile ilgili kendi geliştirdiğim zihin koçluk uygulamalarında ve nefes çalışmalarında bana destek olacak ekip de hazır oluyor böylece. Kendi danışanlarımdan ve onların yönlendirdiği kişilerden ilk atölye çalışmasına katılacaklar belirlendiğinde, heyecanım da zirveye tırmanıyor. Atölye çalışmalarımı şimdilik ofisimde yapacağım, daha sonra katılımcı sayısı çok artarsa, o zaman başka bir çözüm bulmaya karar verdim. Her şey akışa göre. Şimdilik çok büyük bir alana ihtiyacım yok. Ofisin salonu bu anlamda bizim için yeterli.

Nihayet ilk atölyemi yapacağım sabah daha güneş doğarken uyanıyorum. Kocaman esneyerek bana bakan Dost'a sarılıyorum. "Vakit geldi Dostum, bize şans dile."

Hemen kalkıp giyiniyorum. Siyah bir pantolon, beyaz bir gömlek. Olabildiğince sade. İçimden öyle geliyor. Ekip ile saat sekizde buluşacağız. Erkenden geçiyorum ofise. Ma arıyor yoldayken. "Hiç endişe etme," diyor. "Sen çoktan o atölyeyi başarı ile tamamladın!"

Her şeyi hazırlayıp katılımcıların gelişini beklerken, ben biraz arka odama çekiliyorum. Heyecan kelimesi hafif kalıyor. Yerimde durmakta zorlanıyorum. Öyle bir hal içindeyim ki, artık sanki bedenimin her bir hücresi öne çıkarak anlatabilmek istiyor. Ne pahasına olursa olsun anlatabilmek. Anlaşılıp anlaşılmamak bile tümüyle önemini yitiriyor. Tek gerçeğim var o an, bütün o aylar boyunca biriktirdiklerimi anlatabilmek.

Nihayet vakit geliyor. Kendimi merakla beni dinlemek için gelen on kişinin önünde bulduğumda onlara bakıyorum. Merakla ve beklentiyle bana bakan on "ben" var karşımda. Ve ben kendime anlatabilmek için yeniden gerçeği, konuşmaya başlıyorum:

"Merhaba, ben Mina. Kendinize Özgürleşme'ye hoş geldiniz. 'Kendine Özgürleşmek' ne demek? Bu, benim gerçekten ve gerçekte yaşayabilmeye doğru yapılan yolculuğa verdiğim isim..."

Kelimeler dökülmeye başladığında, her bir hücremde şunu hissediyorum: Ben o güne kadar yaşamış olduğum her anı, bunları anlatmak için yaşamışım ve bundan sonra da bunları anlatmak için yaşayacağım. Her şey bu an içinmiş, her şey... Öylesine bir kendin olma deneyimi ki bu, öylesine bir kendini sunma ve kendi benzersizliğini kucaklama. Bu işte, bu! İliklerime kadar hissettiğim bir doygunluk, tamlık ve başarı hissi ile Mina'nın bir sonraki oluşunu deneyimlemeye bırakıyorum kendimi. Mina'nın henüz gerçekten yaşamaya başladığını, dudaklarımdan dökülen her bir kelime ile sanki bir kere daha hissediyorum.

"Gelecek" denen zamanda...

"Mina, Mina aşkım uyandın mı?"

Gözlerimi açıyorum. Yatak odama göz gezdiriyorum. Yerde yanımda yatan Dost her zaman olduğu gibi hafifçe "Buradayım," der gibi kıpırdanıyor. Artık iyice yaşlandığı için bir hayli yavaşlamış olan can dostuma, "Günaydın Dostum," diyorum. Dünyama keyifle gülümsüyorum. *Günaydın Mina! Yine buradayım, yine yeni bir güne başlıyorum, benim günlerimden birine, tam da benim istediğim gibi...*

"Aşkım, hah uyandın mı?"

Kerem elinde telefonla başını kapıdan uzatmış bana bakıyor. Onun araladığı kapıdan Jet ve Roy içeri dalıp yatağa atlıyor. Belgrad Ormanına henüz iki aylıkken atılmış, Kerem ile bir yürüyüşümüzde –çok şükür ki– rastladığımız ve ailemize kattığımız şimdi sekiz aylık olmuş biri siyah, diğeri ise beyaz iki labrador kırması çocuklarımız... Dost, "Dikkatli olun, kudurmayın!" der gibi homurdanıyor.

Kerem, sevgilim, aşkım... Kollarımı açıp Kerem'i de davet ediyorum yanıma. O ise elindeki telefonu bana uzatıp, "Ma telefonda," diyor.

"Ben kahvaltıyı hazırlıyorum canım."

Heyecanla telefonu alıyorum ve hemen o çok sevdiğim ses geliyor kulağıma:

"İyi pazarlar canım."

"İyi pazarlar Ma. Nasılsın?"

"İyiyim canikom, fazla bölmeyeyim pazar sabahınızı. Mina sana birini yönlendireceğim. Işıl ismi. Işıl Gürgen, bu yaz burada tanıştık. Onunla çalışmanı çok isterim. Vaktin olur değil mi?"

"Ma, canım Ma, senin emrin başım üstüne. Sen benim telefon numaramı ver, hallederim ben."

"Bir hayli dağılmış durumda bilesin."

"Merak etmeee. Datça nasıl sen onu söyle?"

"Her şey yolunda canım," diyor gülerek. "Hatta şimdi sabah yürüyüşü için beni bekliyor Alp."

"Çok özledim Ma."

"Yılbaşı yemeğimizde kavuşacağız güzel kızım. Az kaldı. Kocaman öpüyorum canım, konuşuruz bilahare."

"Ben de öpüyorum," diyerek telefonu kapatıyorum.

Hiçbir gün bir cümle fazladan konuşmamıştır bu kadın, diye geçiriyorum içimden gülümseyerek. Evet yılbaşına az kaldı, hayırlısıyla bereket soframızda yine kavuşacağız diye düşünürken, içeriden gelen nefis kokular ve onların sorumlusu kişiye dönüyor ilgim.

"Keereem!" diye biraz da şımarıkça sesleniyorum.

Birkaç saniye sonra kapıdan içeri yine o en çok sevdiğim kafa uzanıyor, elinde bir ızgara maşası.

"Ne oluyor yahu? Lütfen şefi işbaşında rahatsız etmeyelim."

Gülüyorum. Kollarımı açıp yanıma çağırıyorum onu. Geliyor. Sarılıp öpüyor, kokluyorum onu. Öylece kalıyoruz bir süre.

"Hadi gel," diyor, "sana çok güzel bir kahvaltı hazırladım, sıra bende ya."

"Geliyorum sevgilim."

Kerem maşası ile birlikte dışarı çıkıyor, saçlarının kokusu hâlâ burnumda. Üç yıl önce Dubai'den döndüğünde, ben de yaşamımı iyice rayına oturtmuş giderken, bir gün nihayet açıldı bana.

Yemeğe çıktığımız akşamlardan birinde gözlerimin içine baktı ve bir zamanlar bana söylemiş olduğu bir lafı yineleyerek söze girdi:

"Minacım malum, her nasip vaktine esirmiş. Umuyorum ki vakit bu vakit."

Yüzünde heyecanlı ve farklı bir ifade görünce, farkında olmadan nefesimi tuttum ben de. O an sadece, inşallah yine bir yere gitmiyordur, diye düşünebilmiştim. Bir an bir sessizlikten sonra en çok duymayı istediğimi bana veriyor yaşam:

"Canım Minam, senin için de uygunsa artık kavuşalım diyorum. Seni çok seviyorum kadın. Ne dersin?"

Gerisini çok hatırlamıyorum açıkçası. Kopmuşum herhalde. Tek bildiğim, en çok istediğim nihayet o akşam nasip olmuştu. Kerem... Onca zaman sabırla beklemiş Kerem. Meğer çok uzun zaman önceden, daha ikinci yılımın yılbaşı yemeğinden kararlıymış benimle bir yaşam boyu, ne kadarsa ömür birlikte olmaya. "Neden bu kadar bekledin?" diye sorduğumda, "Zamanlama," demişti bana. "Sana olan sevgim, senin önce tek başına kendini gerçekleştirmeye başlamanı yaşaman gerektiğini bildi ve kabul etti, sabretti, hepsi bu." Onca zaman ben de beklemişim sabırla. Bana açıldığı an, yıllardır yaşamımın son anına dek onunla geçireceğim her bir günün hayalinin, en büyük zenginlik özlemim olduğunu fark ettim bir anda.

O günden sonra bir daha ayrılmadık. Üç yıldır Demirciköy'de satın aldığımız ve her bir santimetrekaresini özenle döşediğimiz evimizde birlikte yaşıyoruz, birlikte ama ayrı ayrı var oluyoruz. Aynı yolu el ele, ama kendi özgün ifademizle yürüyoruz. Paylaştıkça çoğalıyoruz. Gerçekten sevmenin ve sevilmenin ne olduğunu keşfediyoruz. Çok şükür...

Ayağa kalkıp keyifle cama doğru ilerliyorum. Havalar iyice soğudu. Yine de pencereyi açıp Demirciköy'ün o mis gibi orman havasını içime çekiyorum. En kötü günlerimde beni alan, dönüşümümü anbean yaşadığım köyümün havasını.

Fark ettim ki dönüşüm de insanın gerçeğine dönüşü esasında. İnsan gerçeğine geri dönerken farklılaşmayan, iyileşmeyen, şifalanmayan hiçbir alan kalmıyor. Zaten kalırsa yaşam büyük bir şefkatle onları sana bir bir gösteriyor. Yeter ki görmeyi bilelim. Yeter ki yürümeyi seçelim. Yeter ki dönüşümüzü sahiplenelim. Yine kelimeler canlanıyor içimde, kahvaltıya gitmeden hemen önce yazı masamın üzerinde duran defterime içimde uyananları hızlıca not ediyorum:

Dönüşüm, adım adım gerçekleşen bir süreç. Kısa yol masalları, zihne ait arayışlar ve hayali buluşlardır. Yol tektir. Ya yoldasındır ya da kayıp.

Yola girmek, yolda adım atmak bir 'an'da olur, her an r... dür. Yol, gerçeği seçmeyi ve her an yeniden seçmeyi içer... adım, bir adım daha, bir hikâyeden daha özgürleşe... verdiğin her bir düşünceyi, inancı, alışkanlığı dal... rakarak, bir adım daha kendine yaklaşarak, bir l... etki olmayı seçerek, olumsuz hissettiğin her ... yani eve gelerek ilerleyeceğin bir yolda yürüme...

Yolu yürümektir muhteşem olan, çünkü her adımda gerçeğini, gerçekten yaşamanın benzersizliğini, kıymetini biraz daha idrak edersin. İnanmış olduğun her bir hikâyeyi daha bıraktıkça, daha da hafifleyerek yürüyebilmenin keyfini fark edersin. Adımların dans adımlarına dönüşür giderek. Varoluşun eşsiz senfonisinde hem çalan hem dinleyen hem dans eden olabilmenin keşfidir bu. "Her Şey Ben" dansında, aslında hep kendi merkezinde döndüğünü ve hep kendi merkezine ilerlediğini fark ediştir. Bir kez buldun mu yolu, bir kez gerçekten yürümeye başladın mı, bir kez katıldın mı bu varoluş dansına, vazgeçemezsin.

Aşk bulmuştur seni, sen aşkı... Her nefeste yeniden, yeniden aşkı solumak ve daha çok aşk olmak için, her an yeniden gerçeği seçersin...